HELLA S. HAASSE

Die scharlachrote Stadt

ROMAN

AUS DEM NIEDERLÄNDISCHEN
VON MARIA CSOLLÁNY UND
WALTRAUD HÜSMERT

WUNDERLICH

Schutzumschlag- und Einbandgestaltung
Susanne Müller
Ausschnitte aus den Gemälden
«Ankunft der englischen Gesandten» und
«Rückkehr der englischen Gesandten» von
Vittore Carpaccio, um 1490–1495.
Venedig, Galleria dell' Accademia / Archiv
für Kunst und Geschichte, Berlin
Maria Csollány übersetzte alle Kapitel zu
Giovanni Borgia,
Waltraud Hüsmert die Kapitel zu den
anderen Figuren.

Io dico, ch'a chi vive quel che muore
Quetar non può disir, ne par s'aspetti
L'eterno al tempo, ove altri cangia il pelo

MICHELANGELO BUONAROTTI

INHALT

GIOVANNI BORGIA

Ein Borgia bin ich, ein zweifacher, dreifacher Borgia vielleicht. Meine Herkunft ist ein Rätsel für andere und für mich selber ein Geheimnis, mehr noch, ein Quell der Qualen. Seit einem Vierteljahrhundert hat in Italien kein Name einen übleren Klang als Borgia; wenn ich es nicht schon wüßte, erhielte ich täglich neue Beweise dafür. Wer aus tiefster Seele flucht, sagt Borgia! Wer in einem einzigen Wort das Elend dieser Zeit, die Verkommenheit in Rom, den Verfall Italiens zusammenfassen will, spuckt seine Verbitterung aus: Borgia! Betrug, Korruption, Hurerei, Schwarze Magie, Mord, Totschlag, Blutschande: Borgia. Zwist und Zwietracht, die grenzenlose Zerrissenheit der Städte und Fürstentümer, der Einfall raubgieriger Fremdlinge in Nord und Süd, Haß, Habsucht, Niederlagen, Hunger, Katastrophen, Mazuco, Pest und drohender Untergang: Borgia! Um die Bedeutung des Namens Borgia richtig zu erfassen, mußte ich nach Italien zurückkehren.

Weiß Gott, in Frankreich war ich – zumindest in den letzten Jahren meines Aufenthalts dort – stolz auf meinen Namen. Sollte am Hofe hinter meinem Rücken heimlich über mich und meine Herkunft gelästert worden sein, so habe ich es nicht erfahren. Der König war mir wohlgesinnt, ich galt immerhin als Schützling des Hauses d'Este von Ferrara, und Frankreich besaß in jenen Tagen keinen besseren Freund und Verbündeten in Italien als Alfonso d'Este, den Gatten Lucrezias.

9

Nicht minder wichtig war für mich die Gunst einer anderen Verwandten, Luisa oder Louise, wie sie in Frankreich genannt wurde, Cesares Tochter aus seiner französischen Ehe. Da ich damals immer noch glauben wollte, Cesare sei auch *mein* Vater, legte ich großen Wert auf die Fürsprache dieser Frau, die ich als meine Halbschwester ansah. Luisa war vier oder fünf Jahre jünger als ich; uns verbanden vor allem die gemischten Gefühle bezüglich unserer Herkunft. Einerseits Stolz, der angeborene spanische Stolz, einem Geschlecht anzugehören, das sich erfolgreich mit Königen und Kaisern zu messen gewagt hatte, andererseits ein heimlich nagender Zweifel, eine Scham, die weder Luisa noch ich in Worte fassen konnten und die wir beide hinter vorgeschütztem Dünkel und Selbstbewußtsein zu verbergen versuchten.

Mir gelang das besser als Luisa, denn sie war auch äußerlich eine Gezeichnete: kränklich, mager, das Gesicht durch Narben entstellt, ein lebender Beweis für die Wahrheit der Gerüchte, die seinerzeit über Cesare in Umlauf waren, bevor er Charlotte d'Albret heiratete. Heute weiß jeder, daß er an der Krankheit litt, die man hier in Italien «mal francese», die französische Seuche, zu nennen pflegt, ein meiner Ansicht nach zu hoher Preis für den Liebesgenuß. Mit dieser Krankheit hat Cesare Luisas Blut wie auch das seiner meisten anderen Bastarde vergiftet, sagt man. Ich darf mich glücklich rühmen, daß körperliche Gebrechen mir erspart geblieben sind. Mein Leiden ist unsichtbar, mir steckt das Gift in der Seele.

In Frankreich konnte ich also – trotz gewisser Ereignisse in der Vergangenheit – noch Selbstvertrauen haben. Als ich an den Hof François' I. kam, lag Cesares Tod zehn Jahre zurück. Seine letzten Lebensjahre in Navarra wurden selten, sein ruhmloses Ende niemals erwähnt, zumindest nicht in meiner Gegenwart. Wenn sein Name genannt wurde, so gewöhnlich im Zusammenhang mit der derzeitigen italienischen Politik; Vergleiche mit dem Auftreten meiner Landesgenossen, die die französische Sache unterstützten, fielen zum Vorteil Cesares aus, der sich früher bei aller Doppelbödigkeit in Wort und Tat immerhin als «hardi homme» erwiesen hatte. Bei solchen Anlässen fiel mir auf, wie sehr sein Name, seine Persönlichkeit noch immer die Phantasie beflügelten. Cesare war schon damals mehr als nur eine Erinnerung, er war eine Legende; Gut und Böse hatten bei ihm Dimensionen erreicht, die sich jedem menschlichen Urteil zu entziehen schienen. Sowohl in Gesprächen als auch in Dokumenten wurde er mit seinen französischen Titeln erwähnt; man vergaß auch nicht, daß er die Lilien von Valois in seinem Wappen geführt hatte und daß seine Tochter Luisa mit einem der höchsten Herren im Königreich verheiratet war.

All dies milderte den möglicherweise üblen Beiklang des Namens Borgia. Hinzu kam, daß Alfonso d'Este mich selbst am französischen Hof vorgestellt hatte und daß ich offiziell nicht Borgia hieß, sondern Herzog von Nepi und Camerino. Ein eindrucksvoller, wenn auch hohler Titel und Name, eine Form ohne Inhalt, mehr nicht, denn die Besitztümer und Rechte, die damit einhergingen, hatte man mir aberkannt, als Julius, der Borgia-Hasser, zum Papst gewählt wurde. Er gab die Gebiete den früheren Eigentümern, den Varano und den Colonna, zurück. Papst Alexander, dem Vater von Cesare und Lucrezia, verdankte ich meine wohlklingenden Titel, die einem Prinzen von Geblüt angestanden hätten. Als Bastard des unehelichen Sohnes eines ehemaligen Statthalters Christi auf Erden konnte ich mich gewissermaßen als Mitglied einer Dynastie betrachten.

In den ersten Jahren am französischen Hof lebte ich so, wie man es erwarten konnte; ich nahm einen festen Platz ein unter den jungen Adligen im Gefolge des Königs, ich bekleidete ein Ehrenamt und erhielt eine jährliche Apanage, aber sowohl meine Funktion als auch die Besoldung hatten rein symbolischen Wert. Die meisten meiner Gefährten dienten dem König ehrenhalber; sie waren von untadeliger Abstammung, besaßen Geld, Schlösser, Domänen, ihre Namen waren von alters her in Frankreich berühmt, ihre Wappen ohne Makel. Ich war arm, ein Fremdling; ich hatte kein Vermögen, nichts außer der Handvoll Dukaten, die mir jährlich im Namen des Königs ausbezahlt wurden, und den Geschenken, die

Lucrezia mir schickte. Nach ihrem Tod im Jahre 1519 kam nichts mehr aus Ferrara. Ich hielt ein Pferd, einen Kammerdiener und einen Stallknecht, ferner besaß ich eine Kiste mit Kleidungsstükken, Büchern und ein bißchen Schmuck, das war alles. Ich ritt aus mit dem königlichen Jagdgefolge, saß bei Banketten an der Tafel, verschaffte mir wie jeder andere meinen Anteil an politischen Intrigen und Liebesabenteuern.

Das Leben in den Sälen und Parks von Amboise und Chaumont, Poissy, Chambord und Fontainebleau verging wie im Rausch. Alles war nur Spiel, und wir wußten es. Der Hofstaat: eine bunte Reihe von Kämmerern, Marschällen, Seneschallen, Kanzlern, Provosten, Hofmeistern, Bischöfen, Rittern, Edlen, Knechten, Köchen und Narren, nicht zu vergessen die erlesene Gesellschaft schöner und galanter Damen. Mit höfischer Anmut spielten wir einander aus, Zug um Zug, Angriff und Niederlage, sowohl in der Liebe als auch im niemals endenden Wettstreit um Rang und Vorrang in des Königs Gunst. Doch all dies vollzog sich förmlich und beherrscht, die Intrigen und Manöver glichen den Figuren eines Balletts, den Akkoladen, Verbeugungen und wohlgesetzten Worten auf der Bühne. Tödlicher Ernst und unverhohlene Leidenschaft wurden als stillos verachtet. Mein spanisch-italienisches Blut spielte mir anfangs manchen Streich; später wußte ich mich anzupassen. Ich vergaß nie, daß außerhalb der Palastmauern eines fürstlichen Parks eine andere Welt mit neuen Horizonten lag.

Wie konnte es anders sein? In mir trug ich die Erinnerung an meine Jugend, an die ersten Jahre mit Cesare in der Romagna und auf dem Castel Sant'Angelo; an die Abgeschiedenheit im hochgelegenen Schloß von Bari, an meine späteren langen Streifzüge. Vor allem nachts tauchten aus meinem Gedächtnis längst vergessen geglaubte Ereignisse und Bilder wieder auf. Meine Kindheit zog an mir vorbei wie eine wüste Kavalkade bei Fackellicht, das meiste ging unter in blutrotem Qualm, aber manchmal erkannte ich ein hell erleuchtetes Bild: die Silhouette des Erzengels Michael über der Burg von Rom, hoch aufragend vor einem im Sonnenuntergang drohend gefärbten Himmel, Banner und Fahnen, die in langen Reihen von den Firstbalken des großen Saales im Schloß Camerino herabhingen, eine Landschaft mit schwarzversengten, noch rauchenden Trümmerhaufen, aus dem Fenster einer Sänfte erblickt, und die hohläugig grinsenden Köpfe der Hingerichteten über einem Stadttor. Gesichter von Männern und Frauen aus Cesares Gefolge: seine Mutter, Madonna Vannozza, dick, verwelkt, mit dunklem Haarflaum auf der Oberlippe, aber fürstlich in Haltung und Gesten; der scheue, jähzornige Gioffredo, sein jüngster Bruder, der nur gegenüber Kindern oder Tieren seine Schüchternheit ablegte; sein Festungsbauer und Ingenieur, Messer Leonardo da Vinci, ein Mann mit durchdringendem Blick, der mit einem Zeichenstift die feuchten Schimmelflecken auf einer Mauer in Landschaften und Gestalten zu verwandeln wußte, wie ich sie nicht einmal in Träumen gesehen hatte; Micheletto, Cesares Berater und rechte Hand; Agapito, sein Sekretär, und schließlich die Kinder, meine Spielgefährten, Camilla, Carlotta und natürlich Rodrigo, mein Kamerad und Busenfreund in all den Jahren.

Damals war ich fünf oder sechs Jahre alt. Ich begriff, daß wir Gefahren ausgesetzt waren, aber das Wie und Warum ging über meinen Verstand. Erst viel später ist mir klargeworden, wie sich alles zugetragen hat. In der nächtlichen Stille, in den Vorzimmern und Alkoven der königlichen Paläste Frankreichs, schlaflos auf dem Rücken liegend neben den sich wälzenden oder schnarchenden Edelleuten, mit denen ich das Bett teilte, fand ich reichlich Gelegenheit, Verbindungen herzustellen zwischen den Tatsachen, die mir im Laufe der Jahre bekannt geworden waren, und den Fetzen und Brocken meiner Erinnerung an das, was ich als Kind gehört und gesehen hatte.

Daß ich all diese Dinge, die Abenteuer meiner Jugend, mein Leben am französischen Hof, die Erfahrungen, die ich seitdem gemacht habe – und noch täglich mache – hier zu Papier bringen will, hat seinen Grund.

Ein Mann, der sich von allen Seiten bedroht und beobachtet

fühlt, der weiß, daß er keinem Menschen vertrauen und über nichts in der Welt Gewißheit erlangen kann, muß mit sich selbst zu Rate gehen. Hier ist es nicht möglich, Gedanken auszusprechen, nicht einmal zu flüstern. In den Galerien des Vatikans wimmelt es von Menschen wie in den Straßen an einem Markttag; die Wände haben Augen und Ohren. Übrigens pflegen nur Narren, einsame Häftlinge oder Wahnsinnige laute Selbstgespräche zu führen. Wenn ich schreibe, so erregt das kein Aufsehen, denn Schreiben gehört zu meinen Aufgaben. Fast täglich stehe ich an einem Pult in der päpstlichen Bibliothek und fülle Seite um Seite mit Buchstaben: mit Entwürfen von Briefen und Reden für die minder bedeutenden Diplomaten Seiner Heiligkeit Clemens' VII. Päpstlicher Orator: ein sonderbares Amt für jemanden, der als Edelmann erzogen wurde und als Dienstmann Frankreichs in Navarra und vor Pavia gekämpft hat.

Vermutlich glaubt man hier, es sei mir am Purpur gelegen, zumindest an einem roten Hut. Angesichts meiner Herkunft hält man alles für möglich, nehme ich an. Natürlich würde kein Mann am Hofe Roms daran denken, sich offen nach meinen Zielen zu erkundigen. Man getraut sich – zumindest bisher – weder für noch gegen mich Partei zu ergreifen. Mein Name schafft einen leeren Raum, ein Niemandsland zwischen mir und den anderen. Borgia, das ist wie ein warnendes Zeichen auf einer Haustür, hinter der die Pest wütet. Man wahrt Distanz, aus welchen Erwägungen, kann ich noch nicht genau beurteilen. Ich hege lediglich Vermutungen, denn was man wirklich mit mir vorhat, liegt vorerst im dunkeln. Man läßt mich in Ruhe, weil man glaubt, ich stünde gut angeschrieben bei den Günstlingen Seiner Heiligkeit. Doch ich bin mir bewußt, daß ich diese Ruhe, diese Frist nutzen muß. Unsicherheit macht überempfindlich. Ich muß in erster Linie dahinterkommen, welche Gründe man zu haben meint, mich meiden zu müssen. Das Gift steckt in dem Namen: Borgia. Sie wissen nicht, wer ich bin, was ich will, welche Beziehungen ich unterhalte, welche Verwandten und Freunde ich beschütze, welchen Feinden ich schaden kann. Sie wissen weniger als ich, doch was weiß ich selber?

Datum und Jahr meiner Geburt stehen nicht fest, ich weiß nicht einmal, wer mein Vater und meine Mutter waren. In Ferrara müssen Dokumente mit dem Nachweis meiner Herkunft vorhanden sein, aber ich habe sie nie gesehen und kenne ihren Inhalt nur vom Hörensagen. Ich bin etwa achtundzwanzig Jahre alt, mein Name ist Giovanni Borgia, oder um den mir rechtmäßig zustehenden spanischen Titel zu gebrauchen, Don Juan de Borja y Llançol. Als Kind hielt ich Cesare für meinen Vater, vermutlich, weil nie das Gegenteil behauptet wurde und weil ich in seiner nächsten Umgebung lebte wie Carlotta und Camilla, zwei seiner anderen unehelichen Kinder. Später gesellte sich Rodrigo, Lucrezias Sohn, zu uns. Wir wußten, daß Cesare sich seiner erbarmt hatte, weil Alfonso d'Este den Jungen nicht an seinem Hof in Ferrara duldete; er wünschte nicht, an die frühere Ehe seiner Frau erinnert zu werden.

Cesare nahm uns vier überallhin mit, wir hatten einen festen Platz in seinem Gefolge, mitsamt den Frauen, die uns versorgten. Ich habe meine ersten Lebensjahre in Sänften und Karossen verbracht, in den Zelten von Cesares Heerlager, in den Sälen von Schlössern in der Romagna, die soeben erobert oder eiligst von ihren Bewohnern verlassen worden waren. Namen weiß ich nicht mehr. Später habe ich von Imola und Forli, Cesena und Senigaglia gehört. Wahrscheinlich bin ich dabeigewesen. Ich erinnere mich nur an Camerino, weil ich dort bei der feierlichen Besitzübernahme eine gewisse Rolle spielte. Die früheren Eigentümer von Schloß und Land, die Herren Varano, waren von Cesare ermordet oder vertrieben worden; eine Bulle von Papst Alexander machte mich, den männlichen Nachkommen des Geschlechtes Borgia, zum Herzog des Fürstentums. Gleichzeitig erhielt ich das benachbarte Nepi mitsamt den Schlössern und Ländereien, die dem Geschlecht der Colonna gehört hatten; alles in allem nicht viel weniger als die Hälfte der Romagna. Damals war ich mir kaum der Ehre bewußt, die mir zuteil wurde.

Ich saß im Sattel vor Cesare, als wir von Soldaten umringt durch die steilen und engen Straßen der Stadt ritten. Auf der Ruine des

Schloßturms war Cesares Banner aufgepflanzt. «Duca, Duca», riefen die Menschen, die sich in den Gassen und auf den Hausdächern drängten. Cesares gepanzerte Hand lag auf meinem Knie.

In einem düsteren Saal voll bewaffnetem Volk hob er mich unter den Achseln hoch: Seht den neuen Herrn von Camerino, den ersten Herzog von Papst Alexanders Gnaden. Er schob einen schweren, viel zu weiten Ring auf meinen Finger und hieß mich die Faust ballen. Damit siegelte ich – mit Cesares Siegel, das nun auch das meine war – zum ersten- und bislang letztenmal in meinem Leben als Herzog von Camerino offizielle Dokumente. Es wurden Münzen mit meinem Bildnis geprägt. In Frankreich besaß ich noch einen silbernen Carlin mit der Randschrift: Joannes Bor. Dux Camerini. Doch offenbar habe ich ihn irgendwo verloren.

Im Jahr darauf starb Papst Alexander, den ich als meinen Großvater ansah. Mit ihm gingen Cesares Macht in der Romagna und damit auch mein Herzogtum für immer dahin.

Als ich vor zwei Monaten nach Rom zurückkehrte, erkannte ich den Vatikan nicht wieder. Die Säle, in denen Papst Clemens sich gewöhnlich aufhält, waren mir fremd. Auf der Suche nach den Borgia-Gemächern fand ich nur verschlossene Türen. Der Teil des Palastes, den früher Alexander bewohnt und in dem auch Cesare dann und wann einige Zeit verbracht hatte, wird nicht mehr benutzt. Man sagt, seit den Tagen von Papst Julius habe sie niemand mehr betreten. Ich habe noch nicht um Zutritt gebeten, wenn auch nur, um einen jahrelang heimlich gehegten Wunsch nicht preiszugeben. Manchmal, wenn ich im Belvedere-Hof stehe, schaue ich hinauf zu den offenen Galerien, die sich von außen an den Gemächern entlangziehen. Die Säle auf ebener Erde gehörten Alexander, das darüber liegende Geschoß war für Cesare eingerichtet. Wenn er sich im Vatikan aufhielt, bewohnten Rodrigo und ich ein Haus im Bezirk Ponte unter der Aufsicht der beiden spanischen Kardinäle, die zu unseren Vormunden ernannt worden waren.

Von unseren zahlreichen Besuchen im Vatikan – Alexander

konnte uns nicht oft genug sehen, wenn er uns in der Nähe wußte – sind mir nur die päpstlichen Gemächer in Erinnerung geblieben.

In einem Saal mit buntbemalten Wänden, funkelnd vor Vergoldungen und azurblauem Email, ein dicker alter Mann, behaglich in die Kissen des Thronsessels zurückgelehnt. Er ließ uns seine breite, weiche, stets warme Hand küssen, auch den Ring an seinem Zeigefinger, beugte sich dann vor und drückte uns mit einem tiefen Seufzer der Rührung an sich; in den Falten seines samtenen Umhangs hing der dumpfe Geruch von Weihrauch und Moschus.

«Seid ihr wieder da, meine Jungen, meine flinken hübschen Buben, meine Falken, meine Welpen... du, Rodrigo, von meiner schönen Lucrezia, und du, Giovanni, Giannino mio, meine kleinen Herzöge. Ich werde euch reich und mächtig machen, ihr werdet in Italien als Könige, als Borgia-Könige regieren!»

Er küßte und streichelte uns, legte segnend die Hand auf unsere Köpfe, griff in eine Schale mit kandierten Früchten, die immer neben ihm stand, und streute Süßigkeiten über uns. Manchmal warf er uns auch einen Dukaten, ein Schmuckstück oder dergleichen zu und ließ uns um den Schatz ringen und raufen. Mit Händeklatschen und ermutigenden Rufen feuerte er uns an, bis Rodrigo und ich ausgelassen und erhitzt, ohne Rücksicht auf Ort oder Umstände, Teppiche mitreißend und Kandelaber umstoßend, durchs Zimmer rollten. Die Anwesenden – Schatten im Hintergrund, Prälaten, Edelleute, ein paar Kammerdiener – lächelten und applaudierten, ein Echo von Alexanders kindlicher Freude an unserem Spiel. Cesare jedoch, der uns meistens begleitete, wenn wir seinen Vater besuchten, sah niemals zu uns hin und gab mit keinem Wort, keiner Geste sein Einvernehmen zu erkennen. Nach all den Jahren weiß ich jetzt, daß sein ungerührt düsterer Blick nicht uns, sondern Alexander galt. Wenn ich an Cesare denke, sehe ich diesen Ausdruck auf seinem Gesicht: einen zugleich spöttischen, verächtlichen und amüsierten Blick und das bittere, nachsichtige Lächeln eines Mannes, dessen Geduld schon zu lange auf die Probe gestellt wurde.

Die Besuche im Vatikan müssen in den letzten Monaten vor

Alexanders Tod stattgefunden haben, also im Sommer 1503. Ich war damals etwa sechs Jahre alt. Die fast täglichen Aufforderungen Alexanders oder Cesares, uns in den päpstlichen Palast zu bringen, hörten plötzlich auf. Die Kardinäle, unsere Vormunde, zeigten sich nur noch selten in dem Haus in Ponte, das kühl und dunkel war wie eine Gruft und wo man Rodrigo und mich vor dem Sumpffieber des Monats August sicher glaubte.

Eines Tages kamen unsere Mägde schreiend und wehklagend angelaufen: Papst Alexander im Sterben, so die Gerüchte, Cesare ernsthaft erkrankt, der Vatikan in Aufruhr, ganz Rom ein Ort des Verderbens für alle Anhänger der Borgias. Die Aufregung der Bediensteten griff auch auf uns über. Während die Tore geschlossen und die Fensterläden des Untergeschosses zugenagelt wurden, verkrochen Rodrigo und ich uns in Todesangst hinter den Bettvorhängen und horchten auf die Geräusche in und vor dem Haus: Stimmen, gedämpft in der Nähe, laut hallend in den entfernten Galerien, rasche Schritte unter uns, über uns, das Rumpeln von Kisten und Möbelstücken, das Schnauben von Pferden im Cortile.

Als die Bettvorhänge grob aufgerissen wurden, erwarteten wir den gefürchteten Meuchelmörder. Aber im Licht der Kerzen, die von den herbeigeeilten Frauen hochgehalten wurden, erblickten wir Don Michele Corella, Micheletto, wie ihn alle nannten. Er war Cesares Hauptmann, Freund und Vertrauter, Anführer seiner Leibwache, sein ständiger Gefährte und oft sein Stellvertreter: ein Venezianer mit so dunklen Augen und dunkler Hautfarbe, daß man ihn überall für einen Spanier hielt. Wir hatten gelernt, ihm Ehrerbietung zu erweisen; er kam uns vor wie ein Teil Cesares, wie sein Schatten, unzertrennlich mit ihm verbunden, aber ein Schatten aus Fleisch und Blut, ein Doppelgänger, eine aus Cesare hervorgegangene Kreatur, die seinem unausgesprochenen Willen und seinen geheimsten Gedanken gehorchte. Das Zimmer war voller Leute. Knechte und Mägde rissen die Teppiche von den Wänden und warfen Leinenwäsche und Silberzeug in Kisten. Durch die offene Tür drang der Lärm der bewaffneten Soldaten in Gängen und Portalen.

Umringt von Michelettos Mannschaften, wurden wir zu Pferd durch ein fremdes, nächtliches Rom geführt. Der Mond, gerade aufgegangen, schien gelb und geschwollen durch den glasigen Hitzenebel, der im August Tag und Nacht tief über der Stadt dahintreibt. Mit trappelnden Hufen, stoßenden und krachenden Wagen, Schreien, Fluchen und wirrem Getümmel drängte sich der Zug durch das Labyrinth der schmalen Gassen. Hinter uns, zwischen den Häusern und Kirchen und den steilen, fensterlosen Außenmauern der Paläste, wirbelten schwarze Staubwolken empor.

Später erwachte ich in einem Bett, das ich nicht kannte. Auf den Vorhängen aus steifem, glänzendem Stoff stiegen Borgia-Stiere in parallelen Reihen nach oben. Neben mir atmete wie gewohnt Rodrigo in ruhigem Schlaf. Ich wandte den Kopf zum Licht. Vor einem offenen Fenster, in der Kühle des Morgengrauens, stand Cesares Mutter, Madonna Vannozza. Ich rief sie an mit dem Namen, den Cesare ihr manchmal in unserem Beisein gab: Matrema, Mütterchen.

In ihren rauschenden schwarzen Gewändern kam sie so rasch auf mich zu, als hätte sie auf mein Erwachen gewartet. «Sei still, du, du weckst Rodrigo, bleib liegen.»

Ohne Zärtlichkeit drückte sie mich in die Kissen zurück. Nie habe ich verstanden, warum sie Rodrigo liebhatte und mich nicht.

«Gibt es eine Gefahr, Matrema?»

«Ja, Gefahr für die Borgia», antwortete Madonna Vannozza mit der Betonung auf dem letzten Wort. Während sie die losen grauen Haarsträhnen unter das Kopftuch strich, schaute sie, halb zur Seite gewandt, über ihre Schulter auf mich herab. Ihre Augenlider waren geschwollen, die Schatten um ihre Mundwinkel hatten sich vertieft. Ich erinnere mich vor allem an Madonna Vannozzas Augen und Mund: an die Funken, die in ihren schwarzen Pupillen abwechselnd aufglommen und erloschen, an die Falten, die die fleischige, breite, leicht behaarte Oberlippe an beiden Seiten verlängerten und ihrem Gesicht einen Ausdruck bitteren Trotzes verliehen. Vor ihrem durchdringenden Blick hatte ich Angst. Sie behandelte mich immer grob, als sei sie verärgert oder als koste es sie Mühe, sich zu beherrschen. Sie faßte mich nur an, wenn es unvermeidlich war, und dann mit spürbarem Widerwillen. Ihr Verhalten, das ich mir jetzt sehr wohl erklären kann, erfüllte mich damals mit Angst und Unsicherheit.

Aus der Zeit, die ich in Madonna Vannozzas unmittelbarer Nähe verbrachte, hat sich mir jene frühe Morgenstunde am Tag nach Alexanders Tod besonders deutlich ins Gedächtnis geprägt. Wortlos und unbeweglich, mir den Rücken zugewandt, stand sie am offenen Fenster, als die Sonne am dunstigen Himmel aufging und die Glocken Roms abwechselnd oder zusammenklingend läuteten. Mit dem Tageslicht drang die Hitze herein, fader Sumpfgestank stieg aus der Stadt herauf. In der Ferne hörte ich ein Geräusch, das ich nicht kannte. Es mußte seit meinem Erwachen dagewesen sein, ich hatte es aber bislang nicht bewußt wahrgenommen. Nicht ein Geräusch wie von Meer oder Wind, das abnahm oder anschwoll; es war ein anhaltendes, murmelndes Rauschen, wie fallender Regen oder das Plätschern eines Baches.

«Was ist das da draußen, Matrema?»

Noch bevor Madonna Vannozza antwortete, begriff ich, daß zwischen dem fernen Lärm und ihrem reglos gespannten Lauschen ein Zusammenhang bestand.

«Sie johlen und schreien auf dem Platz vor San Pietro. Zu Tausenden müssen sie heute nacht aus Rom gekommen sein, sobald die Nachricht bekannt wurde.»

«Warum johlen sie, Matrema?»

«Du behältst schlecht, was man dir erzählt. Was sagte Fra Baccio in der Geschichte, als ein Fremder ihn fragte, wann es in Rom am fröhlichsten zugeht? Wenn ein Papst gestorben ist.»

«Wo sind wir jetzt?»

«In meinem Haus im Borgo. Schweig jetzt, leg dich hin. Ich will dich nicht mehr hören.»

Der harte Klang ihrer Stimme jagte mir mehr Angst ein als ihre strengen Worte. In dem stickigen Raum zwischen den Bettvorhängen brach mir der Schweiß aus. Ich wagte nicht, mich zu rühren oder die Decke hinunterzuschieben. Rodrigo schlief. Ich spürte, daß die Frau am Fenster jede meiner Bewegungen beobachtete, obwohl sie sich nicht nach mir umsah. Das Bett, in dem ich lag, war ihr Bett, wie ich plötzlich mit Sicherheit wußte. In dem Geruch, der aus den Kissen strömte, erkannte ich Madonna Vannozzas Körpergeruch, aber vermischt mit einem anderen, alten, schal gewordenen Geruch, flüchtig und dennoch hartnäckig, wie nur eine Erinnerung sein kann: der Geruch der Vergangenheit, der Duft von Moschus und Weihrauch und dann und wann eine sonderbare, tierische Ausdünstung, ein Hauch nur, betörend und widerlich zugleich. Die Leintücher waren sauber, sie waren in der Sonne gebleicht und zwischen Duftkissen verwahrt worden, aber weder frische Luft noch alle Wohlgerüche Arabiens konnten den Geruch toter Wollust aus den Falten vertreiben. Ohne zu wissen warum, fühlte ich mich in dem Bett beengt, als müßte ich ersticken. Langsam versank ich in Matratze und Kopfkissen wie in heimtückischem Treibsand und lag, zur Unbeweglichkeit verdammt, wie verhext unter der Brokatdecke. Über mir, vor mir, neben mir auf den Bettvorhängen, überall erblickte ich, golden glänzend auf scharlachfarbenem Grund, die Stiere der Borgia, die in endloser Prozession zu einem verborgenen Ziel emporstiegen.

Ich beschreibe die Ereignisse, wie sie in meiner Erinnerung auftauchen, das heißt, wie ich sie als Kind erlebt habe. Die Ursachen und Hintergründe konnte ich in jenen Tagen nicht begreifen, obwohl die Erwachsenen um mich herum viel Wichtiges besprachen. Als ich mich als junger Mann in Neapel herumtrieb und später, während meines kurzen Besuchs in Ferrara bei Lucrezia, bevor ich nach Frankreich abreiste, ist mir mehr darüber zu Ohren gekommen. Ich weiß jetzt, warum Micheletto uns Hals über Kopf in den Borgo brachte. Die Kisten, die auf Packpferden und Mauleseln im nächtlichen Zug mitgeführt wurden, enthielten außer unserem persönlichen Besitz auch Gold, Silber und Kostbarkeiten des päpstlichen

Schatzes, von Micheletto auf Cesares Befehl mit dem Dolch in der Faust aus dem Vatikan geholt, sobald Alexanders Tod bekannt wurde.

Cesare selbst, durch Gift oder eine Darmkrankheit geschwächt – niemand wußte es genau –, gab von seinem Bett aus Anweisungen, um dem Volksaufstand und den Angriffen der Colonna, Orsini und anderer von ihm aus der Romagna vertriebener Herren zuvorzukommen. Seine Soldaten besetzten den Borgo, der zu einer Festung ausgebaut wurde. Ich erinnere mich, daß auch Gioffredo, Cesares jüngster Bruder, und dessen Ehefrau, Sancia von Aragon, ein mannstolles, unberechenbares Weibsbild, ihren Palast am anderen Tiberufer verließen und in Madonna Vannozzas Haus flüchteten, in Todesangst vor der Rachsucht der Menge, die Tag und Nacht drohend vor ihrer Tür lärmte.

In jenen Tagen sahen wir weder Sonne, Mond noch Sterne. Hinter verschlossenen Fensterläden und Türen warteten wir Borgias auf das Ergebnis von Cesares Verhandlungen mit den spanischen und französischen Gesandten und mit dem Kollegium der Kardinäle. Madonna Vannozza betete rasch und laut den Rosenkranz, wobei sie uns Kinder wachsam beobachtete, Sancia suchte Streit oder gähnte, Gioffredo kaute schweigend an den Nägeln. Rodrigo, Camilla, Carlotta und ich vertrieben uns die Zeit in den engen, halbdunklen Zimmern so gut es ging mit einem Wurfspiel, einem Ball oder mit Sancias Schoßhündchen. Unaufhörlich wurden Besucher angemeldet und eingelassen: Cesares Boten aus dem Vatikan, Micheletto, die spanischen Kardinäle. Über unsere Köpfe hinweg tobten Wortgefechte, vorwurfsvolle Anklagen, Wutausbrüche. Ohne zu lauschen, hörten wir spielend zu. Im Gedächtnis geblieben ist mir der Bericht über Alexanders Totenbett und Begräbnis, vermutlich weil die besonderen Umstände Eindruck auf mich machten: Der blauschwarze Leichnam, aufgedunsen vor Verwesung, den niemand hatte anfassen wollen und den man an den Füßen nach San Pietro geschleift und mit Fausthieben in den zu kleinen Sarg gepreßt hatte; der schwarze Hund – Alexanders Seele oder der Teufel in vermummter Gestalt? –, der ruhelos in der Basilika herumstreunte, solange der Sarg über der Erde stand. Anfang September verließen wir Rom in einem endlosen Zug. Bewaffnete Soldaten zu Fuß und zu Pferd beschützten die Wagenkolonne und die von Hellebardisten getragene Sänfte, hinter deren schwarzen Vorhängen Cesare lag, zu schwach zum Reiten. Unser Reiseziel war die Burg von Nepi, damals noch mein Eigentum und deshalb Cesare unterstellt. Lange sind wir nicht in Nepi geblieben. Noch bevor die Kisten ausgepackt waren, wurden sie wieder auf die Rücken der Lasttiere geladen. Daß die Rückkehr nach Rom eine Flucht war, habe ich damals schon begriffen. Bis nach Rom wurden wir von den rachsüchtigen Adligen verfolgt. Sicherheitshalber nahm Cesare in den Palästen befreundeter Kardinäle Quartier, aber kaum hatten wir Kinder uns an die fremden Betten gewöhnt, kaum wußten wir den Weg durch die unbekannten Saalfluchten, als plötzlich wieder das Zeichen zum Aufbruch gegeben wurde. Auf unsere Fragen antwortete Madonna Vannozza unwirsch und zerstreut, wegen der Nachstellungen der Colonna, Orsini, Varano und anderer Feinde der Borgia drohe ein längerer Aufenthalt bei dem derzeitigen Gastherrn lebensgefährlich zu werden.

In der Erinnerung kommt mir die Zeit der Wirren und Unsicherheit endlos lang vor. In Wirklichkeit vergingen nur wenige Wochen. Eines Morgens wurden wir vor Sonnenaufgang eilig geweckt, in Mäntel gewickelt und hinausgetragen. Diesmal wartete keine Sänfte. Reiter nahmen uns vor sich in den Sattel. Im Schein der Fackeln sah ich Cesare aufsitzen, wobei Reitknechte ihn stützen mußten. Im Trab ging es durch Rom. Der Reiter, der mich festhielt, schrie über meinem Kopf hinweg einem Kameraden etwas zu. Ich hörte: Ostia, Schiffe, Meer. Aber bevor mir die Bedeutung seiner Worte klar wurde, brach Tumult in der Gruppe aus. Der Schlachtruf der Orsini hallte in den engen Gassen wider, bei der Vorhut war das Gefecht schon in vollem Gang. Lang dauerte es nicht. Spornstreichs stürmte unsere Truppe auf einem anderen Weg zurück, diesmal über die Tiberbrücke in den Borgo, von wo aus man die Gebäude des Vatikans und die Basilika vor dem im Morgengrauen gelb gefärbten Himmel emporragen sah. Während hinter uns die drohenden Schreie – tot oder lebendig! – und das Dröhnen der Pferdehufe anschwollen, drangen wir in einen Vorhof des päpstlichen Palastes ein. Ich wurde vom Pferd gerissen und von den Schulter an Schulter vorwärts drängenden Bewaffneten durch Galerien und Portale getragen und geschleift, wo das Echo die ängstlichen Schreie von Carlotta und Camilla ins Unendliche wiederholte. Plötzlich befanden wir uns unter freiem Himmel. Ich wollte schreien, als ich, zufällig hochgehoben, über eine Brustwehr auf die Dächer von Rom herabblickte. Doch als ich mich auf den Schultern des Mannes, der mich trug, umdrehte, erblickte ich am Ende eines schmalen, überdachten Ganges die Konturen des Castels Sant'Angelo und den im frühen Sonnenlicht glänzenden Engel auf seiner Spitze. Ich begriff, daß wir durch den Korridor flüchteten, der den Vatikan mit der Burg verbindet.

Wie ich heute weiß, glaubte Cesare sich dort in Sicherheit, unerreichbar für seine Feinde und beschützt von Papst Pius, Alexanders Nachfolger, einem furchtsamen, kranken alten Mann, der – übrigens aus Eigennutz – die Hand über uns Borgias hielt. In Wirklichkeit saß Cesare in der Engelsburg wie eine Maus in der Falle. Wir waren noch keine fünf Tage dort, als Papst Pius starb, angeblich an den Folgen eines chirurgischen Eingriffs. Mit ihm verlor Cesare seine letzte Stütze, jetzt konnte er sich nur noch auf seine List und seinen Verstand verlassen. Von dem, was nun folgte, von Cesares erbittertem Kampf um Leben und Existenz, habe ich – zumindest damals – nichts mitbekommen.

Die Räume im Castel Sant'Angelo, in denen wir Kinder mit Madonna Vannozza hausten, waren niedrig, dunkel und feucht und lagen um einen halbkreisförmigen Hof. Auf den Dachgesimsen und Türen und auf der Mauer der Zisterne im Hof war das Wappen Alexander Borgias abgebildet: der mit der Tiara gekrönte Stier und zwei gekreuzte Schlüssel. Täglich spielten wir dort unter den Insignien der Borgia-Macht. Daß diese Macht gebrochen und ihre Symbole sinnlos geworden waren, bemerkten wir kaum. Cesare sahen wir selten in jenen Wochen. Er hielt sich verborgen in dem Teil der Festung, den er bewohnte, schrieb Briefe, empfing seine Vertrauten und verhandelte mit Boten aus dem Vatikan und ausländischen Gesandten.

Madonna Vannozza, in mürrisches Schweigen versunken, saß stundenlang an einem Fenster, das auf den Hof hinausging. Manchmal betete sie, dann wieder rieb sie die Perlen ihres Rosenkranzes mechanisch zwischen Daumen und Zeigefinger. Hin und wieder überkam sie ein Anfall von Zorn und Verzweiflung; dann rief sie uns zu sich, bestrafte selbst kleine Vergehen mit Ohrfeigen und Fußtritten oder rief jammernd eine lange Reihe von Heiligen um Hilfe an und befahl uns, mit ihr zu beten. Manchmal brach sie in Klagen aus. Dann wählte sie Rodrigo, ihren Liebling, zum Gegenstand ihres Mitleids: Mein Junge, mein Kind, *duchetto mio*, was soll nur aus dir werden? Dein Vater wurde ermordet, seine Verwandten sind unsere Feinde, deine Mutter darf dich nicht zu sich nehmen, unser Geschlecht geht zugrunde, unsere Macht ist gebrochen, *ohimè, ohimè*, wir sind alle verloren.

Ein andermal ließ sie sich von unverständlicheren Gefühlen mitreißen. Mit geschlossenen Augen, den Kopf zurückgelehnt, wiegte sie sich wie in Schmerzen hin und her und flüsterte mit tonloser Stimme Anklagen, Stoßgebete, Verwünschungen, die nicht uns galten. In diesem Zustand jagte sie uns Angst ein: eine Schlafende, von bösen Träumen besessen, eine Tote, durch Beschwörungen scheinbar zum Leben erweckt. Der Sinn ihres Gemurmels entging uns, ihre Worte waren rätselhaft wie die einer Sibylle. Später, viel später erinnerte ich mich an ihre Orakelsprüche und begriff, daß sie kein wirres Zeug geredet hatte. Viele Zweifel wären mir erspart geblieben, hätte ich Madonna Vannozzas düsteres Gemurmel vergessen können. In Bari versuchte ich oft, Rodrigo über seine Eindrücke auszuhorchen. Was hatte Madonna Vannozza gemeint? Blicke, von mir zufällig aufgeschnappte Worte, Gespräche, die abbrachen, wenn ich mich näherte – und das an dem förmlichen, überaus gesitteten Hof unserer Pflegemutter Isabella – erweckten in mir ein Gefühl des Mißtrauens, das meine Jugend überschattete. Doch Rodrigo konnte sich nicht an die Ereignisse im Castel Sant' Angelo erinnern. Kein Wunder, er war immerhin zwei Jahre jünger als ich.

Der Aufenthalt in der Burg von Rom wurde plötzlich abgebrochen. Das erstaunte uns nicht, denn allmählich waren wir an unangekündigte Aufbrüche und Reisen gewöhnt. Man brachte uns zu Cesare, von dem wir Abschied nehmen sollten. Er lag mit gekreuzten Beinen auf einem Ruhebett. Ich betrachtete ihn neugierig. Seit unserer Ankunft im Castel Sant'Angelo hatte ich ihn nicht mehr gesehen. In seinen Augen, seinem Aussehen, seinem Verhalten suchte ich nach einer Erklärung für Madonna Vannozzas geheimnisvolle Klagen. Im Gesicht zeichneten sich abgeschilferte, rauhe Stellen scharf von der gelblichen, mit alten Narben bedeckten Haut ab, die Folgen seiner letzten Krankheit. Er war abgemagert; in seinen Augen flackerte hie und da ein unruhiges Leuchten. Das kam mir sonderbar vor. Charakteristisch für Cesare war früher sein unbeweglicher, glanzloser, dunkler Blick. Ich glaube, daß auch die anderen es gemerkt hatten. Später wunderte es mich nie, wenn jemand sagte, Cesare habe den bösen Blick gehabt. Viele Leute – vor allem wenn sie Gründe hatten, ihn zu fürchten – müssen geglaubt haben, der Blick könne ihre geheimsten Gedanken und Gefühle lesen. Als ich Cesare zum letztenmal in dem halbdunklen Gemach der Engelsburg sah, hatten seine Augen diese magische Fähigkeit verloren. Wie immer hatte er seinen Gesichtsausdruck und seinen Körper vollkommen in der Gewalt.

Er lag auf der Seite und stützte sich auf den linken Ellenbogen; auf der Handfläche ließ er, wie es seine Gewohnheit war, eine mit Räucherwerk gefüllte Kugel hin und her rollen. An einem Tisch hinter ihm spielten zwei Prälaten aus seinem Gefolge Karten. Wir blieben nur kurz; worüber gesprochen wurde, weiß ich nicht mehr. Madonna Vannozza jammerte leise und flüsterte ihm etwas ins Ohr; doch als sie ihn umarmen wollte, stieß er sie zurück. Zum

Abschied winkte er uns zu, einen Augenblick lang ruhte sein Blick abwesend, gleichgültig, voll heimlicher Unruhe zuerst auf Rodrigo und dann auf mir. «Bringt sie fort», sagte er schließlich achselzuckend.

Noch in derselben Nacht verließen wir durch eine Geheimtür das Castel Sant'Angelo; Cesares Feinde im Vatikan durften von unserer Abreise nichts wissen. Die beiden kleinen Mädchen blieben unter Madonna Vannozzas Obhut in Rom zurück, Rodrigo und ich dagegen reisten mit den Kardinälen, unseren Vormunden, eilig nach Süden, nach Neapel.

Ich frage mich, wer der Mann mit dem frechen Gesicht ist, der sich täglich eine Zeitlang in der Kanzlei herumtreibt und offenbar mit Vorliebe in der Nähe meines Pultes stehenbleibt. Auch jetzt ist er wieder da, übertrieben elegant gekleidet, wie ein Schauspieler, und geradezu triefend von Moschus. Oberflächlich betrachtet könnte man ihn für einen Adligen halten, aber Gesicht, Haltung und Manieren verraten ihn. Ein reichgewordener Lakai, irgendein Künstler, Günstling oder etwa der Lustbube eines Mächtigen hier am Hofe? Offensichtlich hält er sich für einen bedeutenden Mann. Wie ein prahlender Pfau schreitet er auf und ab und verpestet die Luft mit seinem Parfüm. Er kennt jeden, grüßt nach links und rechts und versteht auf wahrhaft virtuose Art, die einem schauspielerischen Auftritt kaum nachsteht, mit einem Kopfnicken, einer Verbeugung oder Handbewegung auszudrücken, wie hoch – oder niedrig – er die betreffende Person einschätzt. Ein eitler Komödiant, zweifellos ein Glücksritter. Das verrät die Art, wie er sich dienstbeflissen, untertänig und unter tausend Kratzfüßen Höhergestellten nähert, die auf dem Weg zu den Audienzsälen Seiner Heiligkeit hier vorbeikommen.

Gestern besuchte der mächtigste Mann am Hofe, der Erzbischof von Capua, mit seinem Gefolge die Kanzlei. Selbstverständlich drängte sich jeder, der irgendeinen Anlaß dazu hatte, nach vorn und begrüßte ihn. Mein Freund in Pfauenblau warf sich Monsignore buchstäblich zu Füßen, stieß mit erstaunlicher Beredsamkeit einen Schwall von Schmeicheleien und Lobreden hervor und benahm sich weiterhin, als gehörte er zur Gesellschaft. Was immer er auch sein mag – Parasit, Hanswurst, Abenteurer –, fest steht, daß alle sich um seine Freundschaft bemühen. Sobald er sich entfernt hat, werden Blicke und Bemerkungen ausgetauscht, und wenn ich mich nicht irre, haben im Grunde alle Angst vor ihm. Ich würde gern wissen, wer er ist. Obwohl er mit allen spricht und scherzt, scheint er keiner Gruppe anzugehören; man begegnet ihm mit einem auch hinter der größten Zuvorkommenheit und Jovialität spürbaren Mißtrauen. Er nimmt eine Sonderstellung ein. In dieser Hinsicht sind wir, er und ich, einander ähnlich. Mit dem Unterschied, daß *er* offenbar ein alter Bekannter am Hofe ist. Niemand kann sich erlauben, ihn zu ignorieren. Was *mich* betrifft, so habe ich in den zwei Monaten meines Aufenthalts mit keinem Menschen mehr geredet als unbedingt nötig. Ich gebe zu, daß ich bewußt Distanz gehalten habe, es liegt nicht in meiner Art, allzu rasch vertraulich zu werden. Ich spüre, daß man mein Tun und Lassen genau beobachtet, doch ich wiederhole, ich weiß nicht durch wen und warum, obwohl ich meine Vermutungen habe.

Bevor ich in Rom eintraf, habe ich natürlich versucht, über die Zustände und Verhältnisse am Hof Erkundigungen einzuziehen, und mir die Namen einflußreicher Persönlichkeiten nennen lassen. Ich glaubte, diese Kenntnisse würden mir nützlich sein. Das Gegenteil ist der Fall. Der französische Hof setzt sich nach festen, unwandelbaren Prinzipien zusammen, jeder hat dort seinen Platz, gehört einer eindeutig abgegrenzten Gruppe an. Die Spielregeln sind kompliziert, werden aber unter allen Umständen eingehalten. Hier in Rom fühle ich mich sozusagen wie in der Haut eines Chamäleons. Immerzu gibt es Veränderungen. Titel, Benefizien, Ernennungen wechseln ständig; neue Parteien tauchen auf und verschwinden mit rätselhafter Geschwindigkeit wieder. Unaufhörlich muß man sich anpassen: Wer gestern mächtig war, hat heute alle Gunst verloren und umgekehrt. Nie läßt sich vorhersagen, woher morgen der

Wind wehen wird. Der päpstliche Hofstaat: eine wirr durcheinanderwimmelnde Masse von geistlichen und weltlichen Würdenträgern, alle mit eigenem Gefolge aus Verwandten, Freunden, Günstlingen, Bedienten und Mitläufern. Die wichtigsten Kardinäle habe ich mittlerweile kennengelernt; die Monsignori, so zahlreich sie auch sind, heben sich zumindest von der großen Masse ab. Aber die übrigen, die Prälaten, Kammerherren, Sekretäre, Zeremonienmeister, Kämmerer, Offiziere der Wache und viele andere mit mehr oder minder klar umschriebenen Tätigkeitsbereichen, sie alle schwärmen von Sonnenaufgang bis Sonnenuntergang durch die Säle des Vatikans. Halb Rom scheint freien Zutritt zu haben.

Wie man sagt, ist der Trubel heute größer als gewöhnlich; nicht so sehr wegen des Heiligen Jahres – die Folgen der Schlacht bei Pavia sind auch insofern spürbar, als nur wenige Pilger aus der Provinz nach Rom kommen –, sondern weil ständig Gesandtschaften eintreffen. Kein Tag vergeht ohne Besprechungen mit Botschaftern aus Venedig, Mailand, Florenz, Ferrara. Die offiziellen und inoffiziellen Vertreter Frankreichs und Spaniens sind selbstverständlich vertraute Gäste. Die Ereignisse von Pavia haben in den bestehenden Verhältnissen größte Verwirrung angerichtet. Auch hier kam die Niederlage der Franzosen völlig unerwartet. Wie es heißt, war Papst Clemens zu Tode erschrocken. Kein Wunder, wenn es stimmt, daß er fest mit dem Sieg der Franzosen gerechnet hat, diesmal ohne sich ein Hintertürchen offenzuhalten.

Allmählich begreift man in Rom, daß Kaiser Karl V. Italien in seiner Gewalt hat. Mit der Verteidigung der Fürstentümer und Städte sieht es übel aus, wenn man den Berichten der ein und aus gehenden Gesandten glauben darf. Die kaiserlichen Truppen haben nur geringe Verluste erlitten – was sogar in den Wirren nach der Schlacht deutlich wurde –, und sie wurden noch nicht vom Dienst entbunden. Wer wagt zu leugnen, daß darin eine große Gefahr steckt? Der Kaiser läßt wiederholt versichern, er habe die besten Absichten, er wünsche Frieden, nichts als den Frieden. Soweit ich beurteilen kann, ist niemand in Rom so naiv, seinen Beteuerungen

29

vorbehaltlos zu glauben. Es wird offen darüber geredet, daß der Kaiser vorhabe, nach Italien zu kommen und Seiner Heiligkeit eine Lektion zu erteilen. Mag sein, daß er die Nachricht vom Sieg bei Pavia in Demut und mit einem Dankgebet entgegengenommen hat, doch kein Sterblicher kennt seine Gedanken und verborgenen Wünsche. Alle Fürsten sind ehrgeizig und werden nach einem Sieg meist nicht bescheidener. Jedenfalls steht fest, daß seine Ratgeber und vor allem seine Vertreter hier in Rom den Kaiser zu weiteren Aktionen ermutigen.

Über den Papst macht zur Zeit das Scherzwort die Runde, Seine Heiligkeit solle sich zur Abwechslung mal auf die Autorität der päpstlichen Würde verlassen. Über das geistliche Ansehen, das Seine Heiligkeit als Vertreter Gottes auf Erden genießt, schweige ich mich lieber aus. In Glaubenssachen steht mir kein Urteil zu. Weisere Männer als ich nehmen sich täglich die Freiheit, über diese Dinge zu sprechen und zu schreiben. Der Papst möchte offenbar als weltlicher Machthaber auftreten. Als solchen muß man ihn denn auch beurteilen. Clemens besitzt weder Truppen noch Geld, er hat keine überzeugten Anhänger. Schwer zu glauben, daß die Wahl dieses Papstes vor drei Jahren mit Jubel begrüßt wurde.

Der Kirchenstaat ist von Parteienhader zerrüttet. Rom ist mehr als jede andere Stadt von dem Übel politischer Uneinigkeit verseucht. Am Hofe sehen wir die gegensätzlichen Standpunkte verkörpert in den beiden wichtigsten Ratgebern Seiner Heiligkeit, den eigentlichen Machthabern: da ist einerseits der Datarius Giberti, ein Jugendfreund und Günstling des Papstes, der ausgesprochen französisch gesinnt ist, andererseits der Erzbischof von Capua – ein Flame oder Deutscher von Geburt, er heißt Schomberg –, der seinen Einfluß zur Unterstützung des Kaisers benutzt. Der Papst steht zwischen den beiden; einmal neigt er sich der einen, dann wieder der anderen Seite zu. Das Zaudern und Wanken scheint sich auf die gesamte Umgebung Seiner Heiligkeit übertragen zu haben. Hinzu kommt großes gegenseitiges Mißtrauen, Angst vor Verrat, allgemeine Verunsicherung. Ununterbrochen wird die Lage erörtert;

auf Versammlungen folgen Besprechungen und Audienzen, doch zu Taten kommt es nicht. Dennoch muß es in Rom genügend fähige und kluge Männer geben. Von rechts und links höre ich düstere Prophezeiungen von Eingeweihten oder solchen, die vorgeben, es zu sein – was meines Erachtens bei dem heutigen Stand der Dinge auf dasselbe hinausläuft.

Noch habe ich an diesem Hof keinen Mann gefunden, dem ich folgen, keine Gruppe, der ich mich anschließen wollte. Ich verhalte mich abwartend. Auf diesem von Strömungen und Gegenströmungen aufgewühlten Meer bin ich ein unerfahrener Schiffer. Ich muß mehr wissen, mehr gesehen und gehört haben, bevor ich es wagen kann, einen Kurs zu wählen. Wer wie ich ohne Vermögen und ohne Beschützer auf die eigene Kraft angewiesen ist, kann nicht vorsichtig genug sein. Ein glücklicher Zufall hat mich nach Rom geführt. Die meisten meiner Kampfgefährten und Freunde aus Frankreich sind bei Pavia getötet, verwundet oder gefangengenommen worden. Noch weiß ich nicht, in welche Richtung ich einen Vorstoß wagen soll. In Frankreich hatte ich seinerzeit ein festumrissenes Ziel vor Augen, nach dem ich all die Jahre strebte: Ich wollte im Heer des Königs Karriere machen. Ich glaube, ich besitze alle Voraussetzungen für den Kriegsdienst: Mut, Behendigkeit, Anpassungsvermögen. Ich genoß den Respekt meiner Mannschaften und war gehorsam gegenüber meinen Vorgesetzten. Nach den Unruhen in Navarra erhielt ich als Lohn für erwiesene Dienste eine feste Anstellung in der Reiterei von Bayard. Den einmal eingeschlagenen Weg wollte ich weiter verfolgen. Daß ich weder Freunde noch Verwandte habe und frei von Verpflichtungen bin, kann mir bei einer derartigen Laufbahn nur von Nutzen sein.

Wie es aussieht, kann ich an meinem Pult in der päpstlichen Kanzlei diese Pläne vorerst vergessen. So sonderbar es mir noch immer vorkommt, ich bin Orator, ich bekleide ein Amt, das gewöhnlich nur wirklichen oder angeblichen Gelehrten verliehen wird. Den Posten verdanke ich der Protektion des Bischofs Aleandro, der lange Zeit päpstlicher Nuntius am französischen Hof war.

Er weiß, daß ich Französisch und Spanisch spreche, ein wenig Latein kann und eine passable Handschrift habe. Vermutlich hat der fromme Mann nicht gedacht, daß sich so rasch eine passende Tätigkeit findet. Wie dem auch sei, hier stehe ich nun im Auftrag eines Sekretärs des Sekretärs Seiner Heiligkeit und entwerfe Reden, die auf irgendeinem Dorfplatz von dem Podestà vorgelesen werden sollen: Ihr lieben Leute, die Steuern werden wieder einmal erhöht, das Brot wird noch teurer werden. Aufgrund dieser und ähnlicher Verordnungen ist die hungernde und von der Pest heimgesuchte Bevölkerung offenbar zu der Überzeugung gekommen, Seine Heiligkeit müsse der leibhaftige Teufel sein. Das wirft ein merkwürdiges Licht auf meine Tätigkeit.

Was habe ich unter den Schreibern zu suchen? Die wenigen Laien, die diesen Beruf ausüben, betrachten ihn als Ehrenamt, streichen das Jahresgehalt ein und stellen irgendeinen Klosterbruder an, der den Auftrag ausführt. Sähe ich eine Möglichkeit, meine Zeit sinnvoller zu verbringen, würde ich ihrem Beispiel folgen.

Gehört der Mann in Pfauenblau, dieses wandelnde Duftgefäß, auch zu der Sorte? Ich weiß es nicht. Bei näherem Hinsehen scheint er ein weniger oberflächlicher Prahlhans zu sein, als man denkt. Er ist nicht dumm. Diese überschwengliche Liebenswürdigkeit und joviale Aufschneiderei: nichts als Schein, ein Possenspiel, um die Aufmerksamkeit von der Tatsache abzulenken, daß er ganz Auge und Ohr ist. Er ist besessen von Neugier, lauert auf jede Nachricht, jedes Gerücht. Auch mich betrachtet er als Beute, wie ich merke. Wenn ich aufschaue, sehe ich seinen Blick auf mich gerichtet: ein funkelnder, dreister Blick, der mich belästigt. Ein Mann von Ehre starrt einen anderen nicht so an. Ich will wissen, wer er ist und was er im Schilde führt.

Borgia, Borgia. Unter den Gewölben des Vatikans hat mein Name für mich einen anderen Klang bekommen. Noch nie habe ich ein so anhaltendes, alles beherrschendes Bedürfnis verspürt, mir die Bilder meiner Jugend wieder ins Gedächtnis zu rufen. Was bewegt mich, immer wieder in Gedanken zurückzukehren in eine Vergangenheit, die für mich nur Unruhe und Verwirrung bedeutet hat? In Frankreich konnte ich zum erstenmal den Zweifel ausräumen, der mich immer heimlich begleitet hatte. Als ich in den Hofstaat von König François aufgenommen wurde, fühlte ich mich frei von den Schemen und Schatten. Die Männer akzeptierten mich, weil ich ein guter Reiter, Jäger und Fechter war, die Frauen, weil ihnen meine südländische Galanterie gefiel. Was mußte ich anderes sein als ich selbst? Ich streifte die Unruhe ab, wie eine Schlange aus der vertrockneten alten Haut schlüpft. Vielleicht half mir die Nähe Luisas, zu der Überzeugung meiner Kinderjahre zurückzukehren: daß Cesare mein Vater sei. Wenn manchmal nach einer Nacht voller Träume oder – was gefährlicher war – im Dämmerzustand zwischen Wachen und Schlafen sich der alte Zweifel wieder regte, wußte ich mich zu verteidigen. Meine Herkunft bedrückte mich nicht mehr. Ich glaubte, ein für allemal von dem Gefühl befreit zu sein, den Namen Borgia mit mir schleppen zu müssen wie ein Galeerensklave seine Kette.

Ich gewöhnte mich daran, mit einem Bodensatz von innerlichem Unbehagen zu leben. Das Wissen, daß es vorhanden war – und wohl nicht ohne Grund –, veranlaßte mich zu größerer Förmlichkeit in Betragen und Haltung. Bei Luisa nahm ich dieselbe Neigung wahr. Umgeben von der Leichtlebigkeit des Hofes, schützte sie sich mit einem Harnisch stolzer Verschlossenheit. Beide strebten wir danach, uns die strenge höfische Art der Spanier anzueignen, einen Lebensstil, der besser zu uns paßte als die französische Eleganz oder die großen italienischen Gesten. Diesbezüglich erinnere ich mich an ein Ereignis aus der Zeit, als ich im Dienste von König François in den Pyrenäen kämpfte. Es war im Jahr 1421, zu Beginn der Feindseligkeiten zwischen König und Kaiser. Die Spanier hielten Navarra besetzt. Unter der Leitung des Herzogs de l'Esparre zogen wir zur Rückeroberung des Gebietes aus. Das Heer setzte sich hauptsächlich aus Gascognern, Basken und Navarresen zusammen; ich gehörte zu den *gens d'armes*, die der König geschickt hatte.

Nach den Scharmützeln bei der Stadt Pamplona fanden meine Männer im Gebüsch neben der Straße einen durch einen Musketenschuß verwundeten Spanier. Ich redete ihn in seiner Sprache an, fragte ihn nach Namen und Herkunft.

Er hörte aufmerksam zu und musterte mich vom Scheitel bis zur Sohle mit scharfen Blicken. «Ihr seid ein spanischer Edelmann wie ich», sagte er schließlich, «warum kämpft Ihr auf der falschen Seite?»

Nach einigem Überlegen empfand ich seine Bemerkung als Kompliment. Unter dem Einfluß von Alfonso d'Este und meiner französischen Freunde verhielt ich mich zu jener Zeit ablehnend gegenüber der spanischen Politik. Ich wußte schon damals, daß das Geschlecht der Borgia in Spanien sein Ansehen für immer verloren hatte. Dennoch faßte ich nach jener Begegnung bei Pamplona den Plan, dem Vorbild eines Hidalgos nachzueifern. Von der Erbschaft der Borgias war mir – wie ich meinte – der beste Teil zugefallen.

Der Spanier wurde später gegen Lösegeld freigelassen. Ich erinnere mich an seinen Namen: Er hieß Ignacio de Loyola.

Es gab eine ständige Wechselwirkung zwischen meinem neuen Selbstwertgefühl und dem Soldatenleben, das ich führte. Die entbehrungsreichen Reisen und Feldzüge entlang den südlichen und südöstlichen Grenzen Frankreichs, die Belagerungen und Gefechte, der Umgang mit erfahrenen Kriegskameraden stählten meinen Körper gegen Beschwerlichkeiten jeder Art und machten meinen Geist wehrhaft gegenüber Gefühlen, die ich für immer in mein tiefstes Inneres verbannt glaubte. Ich ahnte nicht, daß sie dort weiterwucherten. Seit ich römische Luft atme, schießen die giftigen Gewächse ins Kraut. Jener Mann, der ich während meines aufregenden Lebens unter freiem Himmel war, der ritt, kämpfte und freimütig dem Ungewissen entgegensah, existiert nicht mehr. Zusammen mit Küraß und Waffenrock habe ich auch mein Wesen als Ritter abgelegt. Der Orator in Hoftracht, der keinen anderen Ausblick kennt als die Säle, Loggien und symmetrisch angelegten

Innenhöfe des päpstlichen Palastes, ist ein Fremder, mit dem ich mich nur widerwillig identifiziere. Wer und was bin ich hier? Ich werde es erst wissen, wenn ich dahintergekommen bin, wie die anderen mich sehen.

Hier am Hofe durfte ich mich nicht als Herzog von Camerino vorstellen. Aleandro gab mir taktvoll zu verstehen, daß ich mir damit die größten Schwierigkeiten einhandeln würde. Giammaria Varano, der Mann, der jetzt den Titel trägt, scheint sich in Rom aufzuhalten. Aber auch wenn er nicht hier wäre, würde kein Mensch meine Ansprüche anerkennen. Um die Wahrheit zu sagen, ich glaube selber nicht, daß ich Ansprüche auf das Herzogtum erheben könnte. Varano, der gesetzliche Erbe eines seit Menschengedenken in Camerino ansässigen Geschlechts, ist selbstverständlich der rechtmäßige Eigentümer von Land und Titel. War ich jemals etwas anderes als ein Usurpator? Durch Anspielungen auf den Rang, den ich ungefragt als argloses kleines Kind für kurze Zeit innehatte, würde ich mich nur lächerlich machen.

In dieser Umgebung bedeutet der Name Borgia mehr, als ich augenblicklich ermessen kann. Man sieht nicht mich, den Mann als solchen, man sieht nur: einen Borgia. Wüßte ich, welche Tatsachen, Gerüchte, Legenden, ersonnene oder halbvergessene Katastrophen sich mit meinem Namen verbinden, so könnte ich immerhin einen Standpunkt beziehen und mich wehren. Doch um mich herum herrscht Schweigen. Es mangelt nicht an höflichen Verbeugungen, liebenswürdigen Grüßen, an der Bereitwilligkeit, mich in oberflächliche Gespräche einzubeziehen. Aber niemand schenkt mir sein Vertrauen, niemand versucht, mich in die Aktionen und Intrigen der bestehenden Gruppierungen einzuweihen. Andererseits hat man mir auch die albernen Späße erspart, mit denen man Neuankömmlinge gewöhnlich traktiert. Täglich stolpert ein neugebackener Höfling in eine eigens zu dem Zweck gegrabene, mit Unrat gefüllte und mit Zweigen zugedeckte Grube auf dem Belvedere-Hof. Bislang hat es niemand gewagt, mich zu einem solchen Überraschungsspaziergang aufzufordern.

35

PIETRO ARETINO
UND GIOVANNI BORGIA

*A*h, Messer, meine Entschuldigung! Bei dem Gedränge sieht man kaum, wo man die Füße hinsetzt. Es wäre kein überflüssiger Aufwand, diese Galerie etwas zu verbreitern. Was haltet Ihr davon, Messer? Die Herren, die von Seiner Heiligkeit in Audienz empfangen werden, dürfen immerhin in den Vorzimmern warten. Die Loggien dagegen sind ständig versperrt durch Leute aus ihrem Gefolge. Ein Getümmel und ein Lärm wie auf dem Fischmarkt! Gebt acht, Ihr könnt hier alle Dialekte Italiens hören. Und das ewige Debattieren und Prahlen und Witzeerzählen... das geht schon den ganzen Tag so, Messer. Die Karten- und Würfelspieler dort schlagen ihre Zeit auf amüsantere Weise tot. Nun ja... laßt das Geld nur rollen, meine Herren, gleich werden wieder Dolche gezogen! Gestern erst mußte wieder die Leibwache eingreifen. Die Lakaien des venezianischen und des sienesischen Gesandten hätten sich fast gegenseitig die Kehle durchgeschnitten. Auf dem Platz vor San Pietro haben sie danach den Strauß ausgefochten. Wie es ausgegangen ist, weiß ich nicht... Messer, warum diese abweisende Haltung? Nehmt Ihr es mir also doch übel, daß ich Euch auf die Zehen getreten bin?»

«Ich habe es eilig, Messer.»

«Aber doch nicht so eilig wie die beiden Monsignori dort. Seht, für die roten Talare schafft die Leibwache gleich Platz. Mindere Götter wie Ihr oder ich müssen zurückstehen. Ich rate Euch, ein wenig zu warten, Messer... es sei denn, Ihr wollt riskieren, mit der stumpfen Kante einer Hellebarde vor die Brust gestoßen zu werden. Die Schweizer sind grob.»

«Ich ersuche Euch, haltet mich nicht auf, Messer. Ich habe den Befehl, mich sofort beim Sekretär des Datarius zu melden.»

«Ach so, bei Berni? Hoppla, Messer, stürzt nicht hin. Beinahe wärt Ihr über den Purpur gestolpert. Heutzutage sind nicht einmal die Schleppen der reichsten Huren in Venedig und Rom so lang wie die der Kardinäle.»

«Habt Dank für die Hilfe. Gestattet mir jetzt, daß ich weitergehe.»

«Es war mir ein Vergnügen. Aber es ist schon zu spät. Da verläßt wieder eine Gesellschaft den Audienzsaal. Ihr werdet Euch gedulden müssen, bis die Herren vorbei sind. Was sage ich, diesmal sind auch Damen dabei. Die Marchesa von Pescara, wie ich sehe. Da geht die einzige keusche Frau Roms, Messer. Sie zeigt sich nicht oft in der Öffentlichkeit, wenn Seine Exzellenz, ihr Gemahl, im Heere des Kaisers weilt. ‹Ich werde so oft bei dir sein wie Pescara bei seiner Vittoria.› Das ist der spöttische Kehrreim eines Gassenhauers über einen Mann, der seine Liebste verlassen will. Ich muß gestehen, Ihre Exzellenz trägt ihr Schicksal mit bewundernswerter Geduld. Eine schöne Frau, findet Ihr nicht? Vielleicht etwas zu kühl, zu ernst für meinen Geschmack, aber welche Haltung, welche Augen, Messer! Eine Frau wie eine antike Statue, keine Aphrodite, eher eine Artemis oder eine Nike... Aus dem Geschlecht der Colonna, von edlem Geblüt und stolzer Rasse! Euer Diener, Madonna. Das ist eine Frau, vor der man sich verneigt, auch wenn man genau weiß, daß sie nicht zurückgrüßen wird. Seht, Varano läßt sich diesmal herab, mich zu bemerken.»

«Varano?»

«Der Mann dort, der einen Schritt hinter Ihrer Exzellenz geht. Die große Frau neben ihm, die mit dem Pferdegesicht, ist seine Gemahlin, Catarina Cibo, eine Nichte des Papstes.»

«Varano, der Herzog von Camerino?»

«Ebenderselbe, Messer... Beide übrigens dicke Freunde Ihrer

Exzellenz. Sie wohnen mit ihr zusammen im Palast von Ascanio Colonna. Ich habe sagen hören, die illustre Gesellschaft vergnüge sich mit der Lektüre der Briefe des Apostels Paulus und besuche die Zusammenkünfte der Bruderschaft der Göttlichen Liebe. Kann man sich einen frommeren Zeitvertreib denken? Ihr geht in die falsche Richtung, Messer, Ihr folgt dem Zug. Wenn Ihr zu Berni wollt, solltet Ihr den Weg durch die Galerie der Fresken nehmen. Welche Eile... ich kann nicht mit Euch Schritt halten.»

«Ich habe Euch nicht gebeten mitzukommen, Messer.»

«Daß Varano und seine Frau bei Seiner Heiligkeit gewesen sind, erstaunt mich keineswegs. Die Familien Medici und Cibo – zwei Hände auf einem Bauch, wie man zu sagen pflegt. Aber was bedeutet der Besuch der Marchesa? Pescara gibt sich spanischer als jeder Spanier, und die Colonna sind als Ghibellinen reinsten Wassers seit Jahr und Tag mit sämtlichen Päpsten zerstritten. Überdies ist Ihre Exzellenz vor einem Jahr in Ungnade gefallen.»

«Hat der Herzog von Varano ein Amt am Hofe?»

«Sonderbarerweise nicht, Messer. Aufgrund seiner Beziehungen zu Seiner Heiligkeit könnte er sozusagen alles erreichen, was er will. Offenbar ist er nicht ehrgeizig. Er und seine Frau zeigen mehr Interesse für geistliche als für weltliche Angelegenheiten. Es heißt, sie unterstützten einen neuen Orden von Bettelmönchen. Sie sind wohl öfter hier, um für ihre Schützlinge eine Gunst zu erbitten... Aber Ihre Exzellenz? Wenn sie erneut eine Annäherung an den Papst sucht, liegt es auf der Hand, daß die Varanos als Vermittler auftreten... Ah, jetzt verstehe ich, Ihr wollt dem Zug den Weg abschneiden... Hierher also, zwischen die Säulen, da könnt Ihr die Gesellschaft noch einmal vorbeiziehen sehen.»

«Der Platz ist schon besetzt, Messer. Tut mir den Gefallen und laßt den Mann in Ruhe. Es ist nicht meine Art, mir durch Drängeln einen Vorteil zu verschaffen.»

«Beträfe es einen anderen, so würde ich sagen: nur keine Skrupel. Sich Vorteile zu verschaffen ist eine Frage der Geschicklichkeit. Doch in diesem Fall ziemt uns Bescheidenheit. Wißt Ihr, wer dort steht, Messer? Ich sehe, Ihr kennt ihn nicht. Abgerissen, staubig, ungepflegt wie gewöhnlich, immer ein Sonderling, immer unnahbar, unser Michelangelo Buonarotti! Jedoch ein großer Mann. Man muß ihm vieles nachsehen. Nicht jeder denkt so großzügig wie ich... Er hat viele Feinde in Rom. Ungehobelt bis zur Grobheit, sagt tagelang kein einziges Wort, ist launisch, menschenscheu. Man erzählt Dinge über ihn... Streicht Vorschüsse ein, aber liefert Aufträge verspätet oder überhaupt nicht ab, läuft hübschen Knaben nach, und das nicht nur, um sie in Stein oder Farbe zu verewigen... Aber ein großer Künstler, Messer, ein Gigant unter Giganten. Ich weiß, was ich sage... ich verstehe etwas von Kunst.»

«Wer und was seid Ihr selbst, Messer? Ein Führer, der ungebeten Auskunft erteilt über alles, was hier zu sehen ist?»

«Ah, Ihr haltet mich für einen Wichtigtuer! Ich bin Euch lästig. Aber leugnet nicht, daß Ihr nur zu gern meine Auskünfte über den Herzog von Camerino vernommen habt. Welch ein Glück, daß ich zur Stelle war, Eure Neugierde zu befriedigen. Ohne Übertreibung kann ich sagen, daß ich alles über jeden hier am Hofe weiß. Ihr braucht nur zu fragen... ich stehe zu Euren Diensten.»

«Euer Name, Messer?»

«Wollt Ihr tatsächlich behaupten, Ihr kennt mich nicht? Verlassen wir dieses Gedränge. Hierher, Messer, in diese Galerie; sie ist eng, hierher kommt die Menge nicht. Ihr müßt doch von mir gehört haben. Ich bin Pietro Aretino, seit kurzem Ritter von Rhodos, Dichter, Redner, Pamphletist, Verfasser von Lobreden und Schmähschriften, Satiriker, Autor von Heiligenviten, Vermittler bei Ankäufen antiker und moderner Kunstwerke, Vertrauter und Korrespondent wichtiger Personen innerhalb und außerhalb Roms, zu Diensten. Mein Name reimt sich auf Pasquino... sagt Euch das nichts? Außerdem auf ‹divino›. Eine kleine, aber vielsagende Besonderheit.»

«Und eine, auf die meines Wissens die Hälfte aller Italiener stolz wäre. Ihr seid Euch Eurer Verdienste wohl ganz sicher.»

«So sicher, wie zweimal zwei vier ist, so sicher, wie wir beide uns im Augenblick in der Galerie der Statuen befinden, so sicher, wie ich Lust habe, jenes scheinheilige steinerne Gesicht dort, wer ist das überhaupt... San Onofrio, San Pasquale... irgendein obskurer Märtyrer... in Stücke zu schlagen!»

«Gehen wir also weiter, ehe Ihr Euch zu einer Freveltat hinreißen laßt. Ich habe es eilig.»

«Im Ernst, Messer, findet Ihr die Visagen hier in dieser Galerie gelungen? Kein Ausdruck, kein Leben ist darin, elende Machwerke aus einer Zeit, in der die Bildhauer noch nicht wußten, wie sie warmes, atmendes Fleisch nachbilden sollten. Dagegen das Werk von Messer Michelangelo Buonarotti, dem wir soeben begegnet sind! Was er macht, das lebt, das spricht geradezu...»

«Ich kann mir vorstellen, daß Ihr eine Vorliebe für sprechende Kunstwerke habt.»

«Ah, ah! Ihr wollt Euch einen Scherz mit mir erlauben, Messer. Wenn Ihr das wörtlich meint, bin ich tatsächlich dafür zu haben. Nach dieser Seite hier, nach rechts, strauchelt nicht, um die Ecke sind ein paar tückische Stufen. Ich merke, daß Ihr in diesem päpstlichen Labyrinth noch nicht ganz zu Hause seid, Messer Giovanni Borgia.»

«Mich kennt Ihr offensichtlich auch?»

«Ich weiß alles von Euch, was sich zu wissen lohnt. Ihr kommt vom französischen Hof, Ihr habt im Heer des Königs François vor Pavia gekämpft, Ihr seid von den Kaiserlichen gefangengenommen, aber binnen vierundzwanzig Stunden wieder freigelassen worden, weil Ihr so vernünftig wart, Euch dem Gefolge des Nuntius, Seiner Hochwürden Geronimo Aleandro, anzuschließen, der gleichfalls in Gefangenschaft geriet, dann freilich unter Beachtung der notwendigen Formalitäten aus Rücksicht auf den Papst umgehend nach Rom weitergeschickt wurde...»

«Ihr seid erstaunlich gut unterrichtet.»

«Meine Spezialität, Messer. Ich habe eine feine Nase. Ihr seid mit Aleandro nach Rom gekommen und habt die Tage der Reise meines Erachtens nicht schlecht genutzt, wenn es stimmt, daß Ihr

Euer jetziges Amt der Fürsprache Seiner Hochwürden verdankt. Zu Lebzeiten von Papst Leo war es leicht, eine Stelle zu ergattern. Wer eine Feder halten konnte und gerade genug Verstand hatte, ein Buch nicht verkehrt herum vor sich hinzulegen, hatte sein Schäfchen im trockenen; es wimmelte hier von Burschen, die sich Gelehrte und Literaten nennen durften. So einfach ist das jetzt nicht mehr... ohne handfeste Protektion kommt man nicht aus. Papst Clemens ist sparsam und hat keinen Geschmack, läßt sich aber genauestens beraten, bevor er für Kunst und Wissenschaft Geld ausgibt. Daß Ihr, obwohl kein Dichter von Beruf, päpstlicher Orator werden konntet, spricht jedenfalls für Eure Geschicklichkeit und Euer Durchsetzungsvermögen... oder für die besondere Gunst einflußreicher Leute...»

«Warum denn nicht für persönliche Verdienste?»

«Ich habe mir erlaubt, mir einige Eurer Redeentwürfe zur Einsicht zu besorgen. Sehr korrekter Stil, alles genau nach Vorschrift, aber farblos, ohne Feuer, ohne Geist. Keine Eleganz, kein Schwung, keine Phantasie, was den Anfang, die Betitelung, Bildersprache und Schlußphrasen anbelangt. Ihr besitzt kein Quentchen Menschenkenntnis, Ihr versteht es nicht, mit den Gefühlen der Leser und Zuhörer zu spielen. Ihr müßt ihnen schmeicheln, sie locken, reizen, neugierig machen, sie den Weg entlangführen, den Ihr selbst vorher abgesteckt habt, Ihr müßt sie kränken, verhöhnen, herausfordern, wenn es sein muß. Ihr kennt die Geheimnisse der wahren Rhetorik nicht, Ihr seid nicht besessen von der Leidenschaft des Wortes. Kurzum, Messer, Ihr habt keinen Funken Talent. Daß Ihr zum Orator ernannt worden seid, hat andere Gründe.»

«Die Euch gewiß ebenfalls bekannt sind. Ich unterschätze Euren Spürsinn nicht.»

«Ah, das verspricht ein interessantes Gespräch zu werden...»

«Nicht heute, Messer. Ich bin bereits verspätet.»

«Ihr habt recht... laßt vor allem Berni nicht unnötig warten. Es wäre von Übel, ihn zum Feind zu haben, davon weiß ich ein Lied zu singen. Daß er Euch rufen läßt, ist eine Auszeichnung, Messer. Vielleicht ein Auftrag für Euch vom Datarius?»

«Mir ist nichts bekannt.»

«Wir müssen uns bald wiedersehen. Ihr seid fremd hier, zweifellos seid Ihr auf Informationen erpicht. Ich stehe zu Eurer Verfügung. Ich weiß über alles Bescheid, ich habe die besten Beziehungen und kann Euch im Vatikan und in Rom allerhand zeigen. Selbstverständlich wollt Ihr die Stadt besichtigen. Ich rate Euch, geht nicht allein, vor allem in Trastevere, Ripa und Sant'Angelo wimmelt es von Gesindel. Ihr braucht einen verläßlichen Führer, einen Freund, einen Mann von Welt, der die richtigen Adressen kennt und Euch dort einführen kann. Pantasilea, Antea, Tullia, unsere großen Kurtisanen, ich kenne sie alle persönlich. Ihr braucht mir nur einen Wink zu geben, und Rom steht Euch offen.»

«Habt Dank für Euer Angebot, ich werde es im Gedächtnis behalten. Und nun gestattet, daß ich mich von Euch verabschiede, Messer...»

«...Aretino, Pietro! Vergeßt es nicht. Aretino Pasquino, ein Epigramm aus zwei Wörtern, wenn Ihr mich versteht... Ist es möglich, daß in Rom ein Mann herumläuft, der mich nicht kennt? He, hoppla, Messer, oder tut Ihr nur so? Wir sprechen uns noch.»

MICHELANGELO BUONAROTTI

*E*r ging schnellen Schrittes durch die verlassenen Seitengalerien, die Hände auf dem Rücken verschränkt. Weit hinter ihm, zwischen den Kolonnaden des großen Portals, hallten Stimmen und Schritte, ein unablässiger Strom von Geräuschen, deren Echo bis zu ihm drang. Zu seiner Linken befand sich eine lange Reihe geschlossener Türen, mit vergoldeten und bronzenen Ornamenten verziert; zur Rechten fiel sein Blick durch die hohen Arkaden auf einen Innenhof. Tontöpfe mit blühenden Sträuchern standen in der Sonne. Eine Gruppe Arbeiter besserte unter der Aufsicht eines Baumeisters eine Mauer aus. Herabgestürzte Kalkbrocken, alte Steine und abgeblätterter, vergilbter Putz lagen in der Galerie herum. Im Vergleich zu der Betriebsamkeit in den Loggien an den päpstlichen Empfangssälen war es hier still. Keine Besucher, Pilger, neugierigen Fremden, Hausierer oder Bettler, nur hin und wieder ein Höfling mit seinen Lakaien, ein Würdenträger oder ein Hausprälat, schon von weitem erkennbar am trockenen Rascheln der Talare. In der Luft hing ein Geruch nach Weihrauch, morschem Holz und stark gewürzten Speisen, nach seit langer Zeit ungelüfteten Zimmern, muffigen Teppichen und Duftwasser, nach Tiberschlamm, blühendem Oleander, überreifem Obst und Pferdemist.

Nur widerwillig war er nach Rom gekommen. In der Stadt war die Pest ausgebrochen, unter den Künstlern am Hof führte sein Feind Bandinelli das große Wort, und in Florenz hatte er zu alledem die Arbeit liegenlassen müssen, von der er erfüllt, ja geradezu be-

45

sessen war. Daß er hier Zeit verlor, stimmte ihn bitter. Man hatte ihn wegen einer Angelegenheit herbeordert, die zu kompliziert war, als daß sie in einigen Tagen gelöst werden konnte. In Briefen und Berichten hatte er wiederholt seinen Standpunkt dargelegt. Daß der Papst dennoch auf seiner persönlichen Anwesenheit bei der langwierigen Prozedur von Angriff und Verteidigung bestand, empfand er als persönliche Kränkung. Die Tatsachen waren hinlänglich bekannt, die betreffenden Akten lagen in der Kanzlei. In dem Kontrakt, den er damals, 1513 oder 1514, mit den Erben von Papst Julius geschlossen hatte, war nur von einer Weiterführung der Arbeit an dem vom Verstorbenen bestellten Grabmal die Rede gewesen. Ein Datum für die Fertigstellung war nie festgesetzt worden, er hatte also nicht gegen diese Vereinbarung verstoßen, als er vorübergehend einer anderen Arbeit den Vorrang gab. Außerdem konnte er beweisen, daß er dabei im Auftrag von Papst Leo gehandelt hatte. Von den siebzehntausend Dukaten, die ihm für die Beschaffung von Material und als Arbeitslohn ausbezahlt werden sollten, hatte er tatsächlich einen großen Teil erhalten, jedoch erheblich weniger, als die Herren della Rovere behaupteten. Wer sich die Mühe machte, die für das Grabmal bestimmte Mosesstatue, die Marmorblöcke und Bronzevorräte in Augenschein zu nehmen, mußte doch verstehen, wofür er diesen Betrag verwendet hatte. Papst Clemens hätte die ganze Sache ohne weiteres zur Zufriedenheit aller Beteiligten regeln können. Daß er endlose Dispute bevorzugte und die Anhörung beider Parteien bis ins Groteske ausufern ließ, war ein erneuter Beweis für das Unvermögen Seiner Heiligkeit, Entscheidungen zu treffen, egal in welchem Bereich.

Seine Wahrheitsliebe zwang ihn, diese mißmutigen Gedanken zu korrigieren. Im Grunde wußte er, daß er am Mißverständnis zwischen ihm und den Erben von Papst Julius nicht vollkommen unschuldig war. Wenn er in seine Arbeit vertieft war, kümmerte er sich nicht um die geschäftliche Seite. Später konnte er sich an den genauen Hergang nicht mehr erinnern. In Eile und voller Ungeduld hatte er Versprechungen gemacht, deren Tragweite er nicht bedachte. Einen Teil des besagten Vorschusses hatte er seinem Vater und seinem Bruder geschickt – was war schon dagegen einzuwenden, es war ja allgemein bekannt, daß er für den Lebensunterhalt seiner Verwandten aufkommen mußte. Hatte er vielleicht doch mehr in die Hände bekommen, als er dachte? Er verfluchte seine Nachlässigkeit, seine unordentlichen Rechnungsbücher. Er wußte nur noch, daß er in Florenz zehn, zwölf Jahre lang tagaus, tagein, meist sogar noch nachts sowohl am Grabmal als auch an den neuen Aufträgen gearbeitet hatte, eine Quälerei, weil er sich zu dem einen nicht mehr zwingen und sich vom anderen keinen Augenblick losreißen konnte, und er wußte, daß er sich keine freie Stunde gegönnt hatte.

Es war nur recht und billig, daß man ihn nun zur Rede stellte. Aber was konnte er zu seiner Verteidigung anführen? Er war bereit, seine Schuld zu bekennen, sich zur Rückzahlung oder einer kurzfristigen Vollendung des Grabmals zu verpflichten, wenn sie ihn dann nur in Frieden ließen. Auf die Erfüllung seines innigsten Wunsches wagte er nicht zu hoffen: von einer Aufgabe entbunden zu werden, die ihn nicht mehr inspirierte, die zu einer Tortur für ihn geworden war, zum Joch, unter das er sich gezwungen fühlte, zum Mühlstein, der ihn in die Tiefen der Verzweiflung hinabzog.

Die Tage in Rom waren eine nicht enden wollende Quälerei. Er war zum Müßiggang gezwungen, mußte ständig mit einer Vorladung rechnen. Er besuchte die Werkstätten der Maler, Bildhauer und Kunstschmiede in päpstlichen Diensten, wo er meist gewandte Könnerschaft, Perfektion in Form und Farbe vorfand, aber keine Spur jener Beseeltheit, die diesen Räumen früher, zu Zeiten Raffaels und Peruginos, Francias, Bramantes und Signorellis, Weihe verliehen hatte. Wohin er auch kam, überall stieß er auf die Feindschaft Bandinellis, dieses Epigonen, der dem schnellen Erfolg nachjagte und die Meute drittrangiger Künstler beherrschte. Weil er Bandinellis Arbeit so sehr geringschätzte, ignorierte er gewisse hartnäckige Gerüchte. Selbst in Anfällen tiefster Niedergeschlagenheit konnte er sich einfach nicht vorstellen, daß der Papst ihm einen bedeutenden Auftrag entziehen würde, um ihn Bandinelli zu geben. Gleich nach seiner Ankunft in Rom hatte er jene Unruhe gespürt, die unterschwellige Strömungen verriet. Vor dem Echo dieses Intrigenspiels verschloß er die Ohren, doch es umgab ihn während seines Aufenthaltes am Hof unablässig, begleitete ihn wie eine lästig summende Fliegenschar.

Er wußte, wer in erster Linie für die Kritik, die Verleumdung und die Widerstände verantwortlich war, die ihm seit einigen Jahren zusetzten. Gerade erschien er zwischen den Säulen des bronzenen Tors, dieser Blutsauger Pietro Aretino. Eine Ratte, die im Unrat stöbert, Ungeziefer, das nur in Gestank und Fäulnis gedeiht. Kaum daß er diesen Blick sah und diese Stimme hörte, stiegen Ekel und Wut in ihm auf. Bestechlich und verdorben, dieser Kerl, der seine Feder dem Meistbietenden verkauft, der auf die Geheimnisse aus Schlafgemächern und Beichtstühlen lauert, der aus der Verzweiflung und Leidenschaft derer, die nicht so heucheln können wie er, klingende Münze schlägt. Wer sich mit Lustknaben aus der Gosse abgibt, kann die fast besessene Huldigung edler Gesichtsformen und vollkommen geformter Körper wohl nur als sinnliche Begierde deuten. Er war wieder in Begleitung eines Freundes, dieser Aretino, eines jungen Mannes, den er freundschaftlich durch das Gedränge zog. Ein Verleumder, der seine eigene Schamlosigkeit offen zur Schau stellt. Was denkt er, quod licet Jovi...? Unverschämt und eingebildet genug ist er. Allerdings zog Messer Aretino damals geschminkte Jungen vor... sein momentaner Gefährte dagegen wirkte, im Vorübergehen betrachtet, nicht weibisch.

Er spuckte wütend auf den Boden. Er fühlte sich beschmutzt, gewaltsam aus seinen Gedanken an die in Florenz zurückgelassene Arbeit gerissen – seinem einzigen Zeitvertreib an diesem Ort. Erzwungener Müßiggang, die schlimmste Folter. Den Körper ständig in Bewegung halten und denken, denken... ohne diesen Ausgleich wäre er längst dem Wahnsinn verfallen.

Die Stimme in ihm, die unaufhörlich alle seine Gedanken und Gefühle auf ihre Lauterkeit überprüfte, wandte ein: keine sinnliche

Begierde... wirklich nicht die Spur davon? Hatte er, wenn er harmonisch geformtes Fleisch betrachtete, wirklich niemals jenen heißen Nebel verspürt, der Blick und Gedanken trübt, nie das Verlangen nach Berührung um der Berührung willen? Warum betrog er sich selbst? Trug doch seine Seele die Narben des Kampfes, den er hatte führen müssen, um bei der Arbeit diesen Drang zu überwinden. Wenn er sich zwang, die Körper, die zu besitzen seine Überzeugung ihm verbot, in Ton oder Marmor oder auf einem Stück Papier neu zu erschaffen, erwartete ihn ein Hochgefühl, das unendlich befreiender war als der Liebesrausch es jemals sein könnte. Dennoch vermochte er sich nicht von Scham und Schuldgefühlen zu befreien. Es half ihm nichts, wenn er sich sagte, daß er die Lust ja besiegt hatte, daß er nicht zu ihrem Sklaven geworden war. Die Lust ließ sich nicht wegdenken, sie beeinträchtigte jeden künstlerischen Triumph. So war er also nicht erhaben über die von Aretino in Umlauf gebrachten Gerüchte, die sich so hartnäckig verbreiteten wie Ungeziefer. In diesem Mann, diesem Abenteurer des Wortes, sah er seine eigenen Gefühle wie in einem Vexierspiegel in grotesker Verzerrung. Was nützte es, wenn er sich verteidigte? Er konnte wahrheitsgetreu versichern, daß er sich niemals zum Liebesspiel mit einem Freund oder Modell hatte hinreißen lassen. Daß er durch die Linien eines Körpers, ob männlich oder weiblich, außer sich geraten, daß er bis zum Bersten erfüllt sein konnte mit einer nicht nur vom Schaffensdrang herrührenden Verzückung, wie sollte er das erklären? Eros beherrschte ihn, aber es war der göttliche Eros, der Geflügelte, der den verkohlten Resten der blinden Lust entstiegene Phönix-Eros.

Die innere Stimme, der Quälgeist, der ihn daran hinderte, Frieden zu finden, zwang ihn in die Wirklichkeit zurück. Nicht die Freunde, die er hochachtete, nicht die jungen Männer, die ihm Modell standen – ihre Schönheit, die ihm göttlich erschien, schuf Distanz –, sondern die Steinhauer und Malergesellen waren es, die seine Schlafstätte mit ihm teilten, Burschen, die an die rohesten Vergnügungen, die gröbsten Späße gewöhnt waren.

Wollust erwecken und befriedigen, ob mit oder ohne Frauen, Handlungen, die sie gedankenlos ausführen, stumpfen Trieben folgend wie die Tiere... diese Besudelung begleitet mich auf Schritt und Tritt. Würde ich dieses Gefühl der Minderwertigkeit nicht kennen, wenn ich den Mut hätte, mich den Frauen zu nähern? Ich bin ergraut, ohne daß ich diese Art der Liebe erfahren habe. Aber eine käufliche Frau ist eine Beleidigung der Natur, ein unvergleichliches Greuel. Die anderen, die jungfräulichen Töchter und Schwestern, die ehrbaren Mütter und Gattinnen, sind mir fremd, Wesen aus einer unbekannten Welt, Wesen, die ich wahrnehmen und abbilden, nicht jedoch bis in die Tiefen ihres Fleisches begreifen kann, so wie ich mich und meinesgleichen begreife...

Diese Schüchternheit ist ein Fluch. Es scheint mir geradezu symbolisch zu sein, daß Messer Aretino meinen Blick auf die wunderschöne, beeindruckende Frau dort in der Galerie verstellte. Sie hielt mit der einen Hand die Falten ihres Schleiers auf der Brust zusammen. Ein Juwel, am Haaransatz über der Stirn befestigt, wiegte sich funkelnd im Rhythmus ihrer Bewegungen. Makellos schimmerte die straffe Haut über den Rundungen von Wangenknochen, Schläfen und Kinn. Volle Lippen, durch Selbstbeherrschung in eine strenge Linie gezwungen. Ein schlanker, geschmeidiger Körper unter der Last von Röcken aus Samt und Seide. Hochgewachsen und von harmonischem Körperbau, schreitet sie stolz in vollkommenem Gleichgewicht dahin, den Kopf erhoben, die Schultern frei; ein schöner, gesunder Mensch, die Morgenröte, Demeter, eine geflügelte Victoria. Äußerlich zumindest. Die Seele in dieser wunderschönen Gestalt bleibt ein Geheimnis.

Ein Körper, der durch seine Schönheit anrührt, ja erschüttert, ist allzuoft die Heimstatt eines unbegreiflich feigen, kleinmütigen, kümmerlichen Herzens. Jünglinge, der äußeren Erscheinung nach Götter- und Heldengestalten, versuchen wie durchtriebene Straßenhändler aus der Bewunderung und Zuneigung, die sie hervorrufen, Vorteile zu ziehen, bieten jegliche Gunst feil, begehen den Fehler, in der Hoffnung auf Geld oder Geschenke ihren Körper anzubieten. Sie sehen nicht, wen sie vor sich haben. Sie besudeln eine Begeisterung, die ihren Verstand übersteigt. Und dennoch widerspiegelt auch der Sumpf die Wolken, die Sonne... Angelo, Silvio, Tommaso, sie haben sich über Undank und Launenhaftigkeit beklagt, deren Ursache sie nicht ergründen konnten.

Er blieb stehen und starrte blind auf die weißen Lichtflecke hinter den Säulen.

Ein demütiger Diener des Göttlichen, das er in Jugend und Schönheit offenbart zu sehen glaubte. Der menschliche Körper, wundersam beseeltes Fleisch, jede Bewegung, jede Haltung von bestürzender Ausgewogenheit und Harmonie, die ihm die Tränen in die Augen trieb, das Herz schneller schlagen ließ. Wer ihm diese Erfahrung schenkte, den liebte und verehrte er, den wollte er auf Händen tragen. Er war bereit, sich zu erniedrigen, seine scheue, abweisende Art mühsam zu überwinden. Wenn er schlagartig erkennen mußte, daß der Bewunderte ihn falsch verstand, auf Gefühle spekulierte, die für immer überwunden waren, stieß er ihn zurück. Je tiefer die Enttäuschung, um so heftiger die Abneigung. Dabei litt er beständig unter der Qual des Zweifels an seiner eigenen Aufrichtigkeit. Und aufgrund dieses Zweifels redete er sich ein, er hätte Verpflichtungen gegenüber denjenigen, die er nicht mehr in seiner Nähe ertragen konnte – war es denn ihre Schuld, daß sie ihn nicht verstanden? Obwohl er sich mißbraucht und betrogen fühlte, übergab er die verlangten Geldbeträge und Geschenke, entschuldigte sich für seine Unbeherrschtheit und die groben Worte und zog sich verbittert dorthin zurück, wohin ihm niemand folgte, in seine Werkstatt, in die Marmorbrüche.

Eine solche Erfahrung war ihm noch frisch im Gedächtnis. Die Demütigung und der Schmerz dieser letzten gescheiterten Freundschaft in Florenz erwarteten ihn in Rom bereits in der Form zweideutiger Epigramme aus der Feder Messer Aretinos, der sie einzig und allein in der Absicht verfaßt hatte, ihm den Aufenthalt im Vatikan zu vergällen. Mit jedem Luftzug wehten ihm aus allen Nischen und Ecken des päpstlichen Palastes die unflätigen, höhnischen Worte entgegen. Er schwieg und verhielt sich, als wären die Säle und Galerien mit Geistern bevölkert.

Er war in Rom zum Fremden geworden. Die Stadt erschien ihm wie eine leere Muschel, eine schillernde Form ohne Inhalt. Die Umrisse Roms, dessen Errichtung er vor zehn Jahren miterlebt hatte, waren unverändert, aber über den Palästen, Basiliken und Brücken lag ein leeres, kaltes Licht. Das Leben darin schien erstorben zu sein.

Er hielt sich am liebsten in jenem Teil des Vatikans auf, der an die Sixtinische Kapelle grenzte. Zwischen den Gerüsten der Bauarbeiter und Maler, die tagtäglich damit beschäftigt waren, Mauern niederzureißen, neue Türöffnungen zu brechen und Fresken auszubessern, konnte er wenigstens nachdenken. Langsam suchte er sich einen Weg durch verlassene Galerien, vorbei an Stellen, wo der Boden aufgebrochen oder eingesackt war, an Holzstapeln und Steinhaufen. Manchmal blieb er stehen, um mit dem Daumen hastig ein paar Linien in die Staubschicht auf einer Balustrade zu zeichnen. Er starrte darauf, wischte sie mit dem Ärmel weg und ging weiter. Kurz darauf machte er von neuem Skizzen, zeichnete Kreuze, Dreiecke, Galgen und Entwürfe für Lattenkonstruktionen, die er zur Anfertigung von Tonmodellen benötigen würde. Von Zeit zu Zeit fluchte er, das Gesicht wie in Krämpfen verzerrt. Der Gedanke an die Arbeit, die er zurückgelassen hatte, an alle Werke, die unvollendet auf ihn warteten, an sein Unvermögen, die Aufträge auszuführen, die er übernommen hatte, schmerzte, als würde jemand eine offene Wunde berühren. In zehn langen Jahren hatte er kein einziges Werk mehr vollendet. Die Zeit war über ihn hinweggegangen, hatte ihm nichts gelassen, kein greifbares Ergebnis seiner Mühen, keine Befriedigung, keinen Seelenfrieden.

Der Borgia-Hof und der Cortile della Sentinella: rautenförmige Flächen gleißenden Sonnenlichts. Noch wehte ein frischer Wind von den Hügeln, noch herrschte Kühle im Schatten der Gänge und Portale. Im Hochsommer würde man nicht einmal im dunkelsten Gewölbe des alten Palastteiles der Hitze entfliehen können.

Er grüßte die Schildwache an den Seitentüren der Kapelle. Wie immer überkam ihn an diesem Ort ein Gefühl des Unbehagens. Ein Schwimmer, der sich zu einem Sprung in ihm unbekanntes Gewässer anschickt, kennt dieses Zögern. Unschlüssig blieb er stehen. Sein Verlangen, Qual und Genuß zugleich, siegte über die Besonnenheit, die zur Umkehr mahnte. Er stieß die mit Leder bespannten Türflügel auf und ging hinein.

Er lehnte sich an die Wand, verschränkte die Arme vor der Brust und blickte empor. Vom Deckengewölbe und aus den Lünetten über den Fenstern blickten sie auf ihn herab, Propheten und Sibyllen, Titanen, Atlanten und kindliche Engel: seine Geschöpfe, aus dem inneren Chaos geboren, das er nicht auszuloten wagte. Er wußte, daß sie seinen Wankelmut und seine Verzweiflung, seine Verbitterung und seine Unruhe verkörperten. Aus dieser Entfernung konnte er ihr Mienenspiel und die Details ihrer Gesten nur sehr schlecht sehen. Er mußte die Augen schließen, um sich alles zu vergegenwärtigen: Blick und Haltung, die sich unter der Haut wölbenden Muskeln, den Glanz der Augen und Locken, den Faltenwurf der Gewänder.

Während der Jahre, in denen er tagaus, tagein wie ein Gefolterter auf dem hohen Gerüst gelegen hatte, ächzend wegen des fast unerträglichen Krampfes im hochgestreckten Arm und in den Fingern, die den Pinsel hielten, hatte sich jede Einzelheit seiner Schöpfung unauslöschlich in sein Gedächtnis eingegraben. Aus ihm hervorgegangen und zu ihm zurückgekehrt, existierten seine Kreaturen in zweierlei Gestalt: dort oben auf dem Deckengewölbe als sichtbarer, Form gewordener Geist, und in ihm selbst als mit den Sinnen nicht wahrnehmbare Geschöpfe. Diese Wesen waren mit der magischen Finsternis ihres Ursprungs wieder eng verwandt, und er vermochte sich ihnen nur in tiefster Konzentration zu nähern. Die Bilder über seinem Kopf, unantastbar wie der Sternenhimmel, hatten sich ihm entfremdet. Nur ihr Spiegelbild, das er in sich trug, schien ihm noch voller Glut und Leben, beseelt durch die Kraft seiner Leidenschaft.

Das Gesicht naß von Schweiß und Tränen und herabtropfender Farbe, die Atemwege gereizt durch die Schwaden von Staub und feinem Grus, die die Gerüste umgaben, murmelte er Flüche, betete er wie ein Besessener, beschwor er das noch Unbeseelte, litt er wie in Geburtswehen. Von Sonnenaufgang bis Sonnenuntergang, so lange das Licht ausreichte: die Abgeschiedenheit auf dem hohen Gerüst. Und nachts: die Qual der Schlaflosigkeit. Sein Körper von Erschöpfung, sein Geist von Zweifeln gepeinigt. Morgens kletterte er, angeekelt von seinem eigenen Unvermögen, zurück auf das Gerüst, fest entschlossen, das mißlungene Werk zu zerstören, es für immer auszulöschen. Unter dem Gewölbe kauernd mischte er Kalk, Wasser und Sand für eine neue Grundierung. Dann legte er sich auf den Rücken und tastete nach Pinsel und Bürste.

Gottvater selbst fuhr wie ein Sturmwind aus der Tiefe des Himmels hervor, in seinem gebauschten violetten Mantel verbargen sich neugierige Engel; Sonne, Mond und Sterne wichen zurück. Adam schlief, der Erde zugewandt, ein aus Lehm und Staub gekneteter Körper, von vollkommener Form, aber ohne Bewußtsein, wehrlos in den Traumzustand versunken, der dem Leben vorangeht und ebenso tief und unerschütterlich erscheint wie der Tod. Der Allmächtige zeigte auf ihn: Erhebe dich! Adam aber konnte nicht aufstehen, er schlief, die Wange an den Erdboden gedrückt, eine Leibesfrucht, die sich noch nicht vom Mutterschoß lösen kann.

Als er nach tagelanger verzweifelter Arbeit, nach nächtelangem innerem Zwiespalt eines Morgens das Fresko überblickte, erkannte er plötzlich, worin sein Fehler bestand. Die Erschaffung des Menschen – der Körper war da, die Seele aber hatte sich noch nicht offenbart. Das einzig Wesentliche ist jener entscheidende Augenblick, wenn sich die neue Kreatur zum erstenmal von der toten Materie und den Tieren unterscheidet, wenn sie sich Gott zuwendet und sich aus dem Schlaf aufrichtet.

Er hatte die Skizze des schlafenden Adam mit Kalk und Sand überstrichen, bis nur noch ein form- und farbloser Fleck übriggeblieben war. An die Wand gelehnt blickte er nun zu der Darstellung empor, die er vor sechzehn Jahren nach einem neuen Entwurf geschaffen hatte. Er war vollkommen allein in der Kapelle, ein winziges Insekt auf dem Boden einer Schatztruhe. Mit jedem Atemzug sog er den scharfen, süßlichen Weihrauchduft ein. Da die Türen zum Portal geschlossen waren, drang von draußen kein Geräusch in den geweihten Raum.

Das Verhältnis zwischen Gott und Mensch, zwischen dem Menschen und dem vor ihm Geschaffenen, der Welt. Am letzten Schöpfungstag erwachte im Allmächtigen der Wunsch, ein Wesen hervorzubringen, das den Sinn Seines Werkes zu ergründen vermochte. Aber das Weltall war in allen Sphären vollendet, in den Urformen der Dinge fand Gott kein Vorbild mehr für ein neues Geschöpf. So formte er den Menschen nach Seinem Bilde und hauchte ihm Leben ein. «Erhebe dich, Adam. Keine feste Sphäre, keine unveränderliche Gestalt, keine bestimmte Aufgabe gebe ich dir. Alle anderen Wesen auf Erden haben eine eigene Natur bekommen, müssen den Gesetzen ihrer Gattung gehorchen. Für dich, Adam, keine Bindung, keine Grenze, keine Beschränkung, nur jene des Willens, den ich dir einhauche. Weder himmlisch noch irdisch, weder sterblich noch unsterblich habe ich dich geschaffen. In dir schlummert der Samen aller Lebensformen. Zum Tier kannst du hinabsinken, zum Göttlichen wiedergeboren werden. Du selbst hast die Wahl. Erhebe dich, Adam!»

Adam, die Hand ausstreckend zu Gott, das Knie hochgezogen, die Augen geöffnet, war sich zum erstenmal seines Willens bewußt. Er wollte sich erheben.

Die Stille unter dem bemalten Deckengewölbe schien plötzlich durch ein Rauschen gestört, eine Bewegung wie von einer riesigen

Menge in Todesangst: ein warnendes, wehklagendes Heranschwärmen, eine anschwellende Flut der Furcht.

Der Mann unten an der Tür duckte sich, drückte sich an die Wand, hob mit der abwehrenden Geste eines Überrumpelten die Hände, obgleich er wußte, daß dieses Meer von Geräuschen nirgendwo anders existierte als in ihm selbst. Es war nicht das erste Mal, daß sie ihn riefen, die noch ungeborenen Geschöpfe seiner Phantasie, gestaltlose, gesichtslose Wesen, deren Schicksal er nicht kannte. Nur ihre Stimmen hörte er, jenen Chor der Verdammten, der bis in die tiefsten Fasern seines Herzens nachhallte. Die Seher und Seherinnen, die dort oben Wache hielten beim Untergang Adams und seines Stammes, mit zornigen Blicken, mahnenden Gebärden, aufgeschreckt, verzweifelt oder in düsteres Schweigen versunken, schienen ihn zwingen zu wollen, eine Frage zu beantworten, auf die er keine Antwort wußte. «Erkläre diesen inneren Schmerz, dieses Verlangen, das uns quält. Woher rühren diese Gedanken, der verborgene Ton, den unsere Ohren einzufangen versuchen, das Unsichtbare, das wir so sehnsüchtig erwarten? Erkläre die Spannung, die wie ein Fluch auf uns lastet. Wie lange noch, und warum, warum?»

Warum? Er nahm die Hände von den Augen. Die Unruhe jener Wesen dort oben erfüllte ihn wie unzählige Male zuvor mit Entsetzen und einem Gefühl der Machtlosigkeit. Die Propheten und Sibyllen, einsam in ihren Nischen, forderten ihn auf, Rechenschaft abzulegen über die Tragödie, deren Darstellung er gewagt hatte.

Wer bin ich... wie kann ich mich selbst erkennen? Herr, Dein Ruf: Erhebe dich! klingt mir in den Ohren, Tag und Nacht, in mir wohnt das Echo Deiner Stimme. Aber ich kann nicht aufstehen, ich bin gefesselt durch meine Begierden, meinen Hochmut, meinen Unverstand. Aus freiem Willen – Deine Gabe zu seiner Geburt – hat sich der Mensch für das Böse entschieden. In unserm Innern wohnt der Drang, verführt und verdammt zu werden, ein Drang, den

Du nicht in uns geschaffen haben kannst, und doch besteht er unleugbar und vergiftet das Leben auf Erden. War der Lehm verunreinigt, das Material der Schöpfung?

Dort oben war das Spiegelbild seiner Angst vor dem Untergang, die ihn niemals in Ruhe gelassen hatte, seit er als junger Mann in Florenz Fra Girolamo Savonarola mit übermenschlicher Leidenschaft über die bevorstehende Verdammnis hatte predigen hören. Nackt und besitzlos auf der Flucht vor dem Wasser, wie Tiere zu einer Herde zusammengetrieben, sehen Noahs Zeitgenossen, wie das Meer bis zu ihrem letzten Zufluchtsort ansteigt. Der kalte Wind, der durch Mark und Bein dringt, der den Tod ankündigende Geruch des uferlosen Meeres. Gott, Gott, muß es immer wieder eine Sintflut geben, um die Erde von unseren Spuren zu reinigen?

Unerträglich war die Spannung, die er angesichts seines Werkes empfand. Er verfluchte sich selbst, weil er es hätte wissen können. Jedesmal war es ihm so ergangen. Über ihm hing das Abbild seiner eigenen Angst und Schuld, wie Wolken an einem Gewitterhimmel, hier wie von einem Wirbelwind getrieben, dort dicht zusammengeballt, schwer von Blitz und Regen. Der Sturm würde losbrechen, aber wann nur, wann?

Er drehte sich um und floh blindlings, über seine eigenen Füße stolpernd, aus der Sistina.

VITTORIA COLONNA

*D*er Zug teilte sich vor der Tiberbrücke. Giammaria Varano und seine Frau schlugen den Weg nach Trastevere ein – sie wollten die Basilika Santa Maria besuchen –, die Marchesa von Pescara indes kehrte mit ihrem Gefolge zum Palazzo Colonna zurück. Den Rest des Tages verbrachte sie in ihren Gemächern.

Der Besuch beim Papst wäre besser unterblieben. Seine Liebenswürdigkeit: eine Maske. Der Papst bringt mir zu viel Mißtrauen entgegen. Pavia läßt sich nicht ungeschehen machen. Absurderweise wirft er ausgerechnet mir das Scheitern der Friedenspläne vor. Ich habe mich damals mit ganzer Kraft und Leidenschaft eingesetzt, Giberti weiß das. Nicht aus Ehrgeiz oder Hinterhältigkeit, sondern aus dem tiefen Bedürfnis, zum Ende des Elends beizutragen. Mein innigster Wunsch war es, zu vermitteln, ein günstiges Klima zu schaffen, das eine Annäherung der Gegner ermöglicht hätte. Ohne eine Spur von Eigennutz, eher zu meinem Schaden, denn Ferrante, mein Gatte, war gegen meine Ideen. Ich wollte die Angelegenheit auf eine Ebene bringen, auf der selbst Feinde einander die Hand reichen könnten, Einigkeit um Christi willen, das war mein Ziel. Ich konnte ja nicht ahnen, daß Seine Heiligkeit und Giberti nur zum Schein darauf eingingen und in Wirklichkeit an ihren politischen Interessen festhielten. Sie wollten mich als Werkzeug benutzen, um Ferrante zu gewinnen. Das ist die bitterste Enttäuschung: Im nachhinein muß ich zugeben, daß Ferrantes Mißtrauen berechtigt war. Aber an ein diplomatisches Ränkespiel hatte ich nicht einmal im Traum gedacht. Nur um des Friedens willen ließ ich mich auf die Rolle des Vermittlers zwischen dem Papst und den spanisch Gesinnten ein.

Nur um des Friedens willen? Gott gebe mir die Reinheit des Herzens, auf daß ich ehrlich mit mir selber sei. Warum nur wieder diese Zweifel, es stimmt doch, ich hatte nichts anderes im Sinn, als einen Weg zu gegenseitigem Verständnis, zur Verbundenheit zu bahnen. Wenn ich meine Vermittlungsversuche tatsächlich in der Hoffnung unternommen hätte, Ferrante zu beeinflussen, ihn an mich zu binden, wäre mir das dann nicht bewußt gewesen? Immer war ich darauf bedacht, mich nicht selbst zu täuschen. Ich weiß doch seit langem, daß ich Ferrante niemals für mich gewinnen kann. Es gab eine Zeit, in der ich alles darum gegeben hätte, ihn zu besitzen. Aber das ist vorbei, vorbei...

Warum bestand Seine Heiligkeit darauf, daß ich bei der Audienz zugegen war? Er redete fast nur mit meinen Freunden aus Camerino. Als er schließlich zu mir sprach, war er zwar höflich, doch seine Stimme blieb kühl, sein Blick abweisend. Wann ich meinen Gatten aus Novara zurückerwarte, wie lange er in Rom zu bleiben gedenke? Ob die Verletzungen, die er bei Pavia davongetragen hatte, inzwischen verheilt seien? Ein förmliches Frage- und Antwortspiel. Frostig und steif im Vergleich zu seinen vertraulichen Briefen vom letzten Jahr. Kurz vor dem Ende der Unterredung versetzte er mir den entscheidenden Hieb. «Eure Exzellenz werden nun wohl leidenschaftlicher denn je den Frieden herbeisehnen, und sei es auch nur, um endlich ungestört die Freuden des Eheglücks genießen zu können. Seine kaiserliche Majestät beansprucht Euren Gatten zu sehr... Hoffen wir, daß er die Verdienste Ferrantes, des Marchese von Pescara, gebührend entlohnen wird.»

Wenige Worte und ein ganzes Universum von Andeutungen. Der Papst, Giberti, alle Anwesenden wußten über die Umstände von Vittoria Colonnas Leben nur zu gut Bescheid und ließen sich von ihrem beherrschten Lächeln nicht täuschen. Das Blut stockte ihr in den Adern, ihre Lippen verkrampften sich zu einer harten Linie. Sie sagte nichts.

Eheglück, ein schönes, wohlklingendes Wort, ein Dichterwort. Aber existierte es auch in der Realität, außerhalb von Elogen, panegyrischen Gesängen und Schäferidyllen?

Als Siebzehnjährige war sie mit Ferrante Francesco d'Avalos, dem Marchese von Pescara, verheiratet worden. Diese Verbindung war im Grunde nichts als ein Vertrag mit Vorteilen für beide Parteien. Auf dem Schloß der d'Avalos in Ischia hatte sie ihre Mädchenjahre verbracht, eine Zeit des Aufatmens nach der Unruhe und Gefahr, die ihre frühe Kindheit überschattet hatten. Vom Borgia-Papst Alexander von ihren Besitzungen verjagt, ihres ererbten Herzogtums Nepi in der Romagna beraubt, waren die Colonna nach Neapel geflohen. Dort war Vittorias Vater als Feldherr in die Dienste des Vizekönigs getreten. Er wußte, daß er im spanischgesinnten Süden nur Einfluß gewinnen konnte, wenn er verwandtschaftliche Beziehungen zu einem der angesehenen Geschlechter kastilischen Blutes hatte. Die Familie d'Avalos lockte der alte Name und der Kriegsruhm Colonnas. Ferrante und Vittoria waren gleichaltrig, gesunde, wohlgeratene junge Menschen, die eine sorgfältige Erziehung genossen hatten. Die Heiratsverhandlungen verliefen reibungslos.

Die Jahre zwischen der Unterzeichnung des Vertrages und der Vermählung im eigentlichen Sinn verbrachte Vittoria bei einer Tante des Bräutigams. Von Zeit zu Zeit kam Ferrante zu Besuch. Sie sprachen wenig bei diesen Gelegenheiten; nur die Tante in ihrer Rolle als Duenja bemerkte Ferrantes heimliche Blicke und Vittorias

Erröten. Sie drängte darauf, daß die Hochzeit nicht länger hinausgeschoben wurde.

Zwischen den blühenden Zitronenbäumen im Park der Casa d'Avalos stand eine antike Götterstatue. Fischer hatten sie aus der Bucht von Neapel geborgen. Sie war aus glattem, gelbem Marmor und vollkommen makellos: eine geflügelte Knabengestalt mit geschlossenen Augen, die warnend einen Finger an die Lippen hält. Als die Statue gebracht wurde, hing noch ein dunkelgrüner Schleim von Algen und Seetang an ihr herab, und Muscheln hatten sich daran festgesaugt. Oft stand die junge Vittoria reglos vor dem geheimnisvollen Gott. Sie meinte, Eros vor sich zu haben, doch Ferrante beharrte darauf, daß die Statue Mors darstelle, den Tod. Später sah sie hierin eine tiefere Bedeutung. Wann bloß war die Liebe gleichbedeutend mit dem Tod geworden?

Eines Tages, noch zu Beginn ihrer Ehe, hatte sie erkannt, daß Ferrantes Gegenwart und seine Umarmungen ihr nicht genügten. Selbst in ihren Armen blieb er ein Fremder, verschlossen und unnahbar. Sie teilten den kurzen Genuß, stürmische Sinneslust, die keine Spuren hinterließ. Vittoria wußte, daß sie eigentlich keinen Grund zur Klage hatte. Ihr Gatte achtete sie, war ihr gewogen, teilte jede Nacht ihre Bettstatt. Was konnte eine fürstliche Braut mehr erwarten? Sie begriff nicht, warum sie dennoch von Sehnsucht gepeinigt war. Warum nur war sie zur Einsamkeit verdammt? Ein Blick, ein Lächeln, eine Geste – für sie standen dahinter Versprechungen, die niemals erfüllt wurden, sie las dies alles wie eine Geheimsprache und suchte nach der Seelenverwandtschaft zwischen zwei Liebenden. Ferrantes Verhalten war vieldeutig. Hinter seiner kastilischen Selbstbeherrschung erriet Vittoria andere Wesenszüge, die sie um so mehr fesselten, als sie sie nicht zu fassen vermochte. Vorsichtig tastete sie unablässig nach dem, was sich hinter seiner Maske verbarg, denn dieses Verborgene schien ihr das einzig Begehrenswerte. Sie sprach nie darüber, denn sie fand keine Worte dafür.

Die Feste, Jagdpartien und Turniere der ersten Jahre in Neapel waren für sie eine einzige Qual. Nur in ernsten, stillen Gesprächen in kleiner Runde konnte sie sich öffnen. Lärm und Trubel lähmten sie. In der erotischen Anziehung, jener erregenden Schwingung zwischen Ferrante und ihr, die sie unversehens ergriff und dann erschöpft und verbittert zurückließ, verspürte sie zunehmend etwas Feindliches. Sie befürchtete, der Rausch könnte ihre Idealvorstellung von der reinen Liebe beschmutzen. Sie suchte die heroische Liebe zwischen zwei Verwandten im Geiste. Aus Angst, um des Genusses willen Zugeständnisse an ihr Ideal zu machen, zog sie sich immer mehr in sich zurück, und mit dem Verschließen des Geistes und der Sinne verkümmerte allmählich auch ihre Lust.

Als Pescara merkte, daß die Leidenschaft seiner Frau erkaltete, wandte er sich von ihr ab. Ein Verhältnis mit der Gemahlin des Vizekönigs von Neapel zog ihn schon bald so sehr in seinen Bann, daß er seinen Unmut vergaß. Er begriff nicht, daß Vittorias Kummer nicht nur auf seine Untreue, sondern auch auf ihre unterdrückte Sehnsucht zurückzuführen war. Er achtete Vittoria weiterhin und machte es ihr nicht zum Vorwurf, daß ihre Ehe kinderlos blieb. Er bewunderte ihre Schönheit, ihre Würde, ihre Klugheit. Daß sie mit großer Hingabe ihren religiösen Pflichten nachkam, sich in die Werke von Philosophen und Dichtern vertiefte und lieber die Einsamkeit suchte, als an Banketten und Bällen teilzunehmen, schien ihm in vollkommener Übereinstimmung mit ihrem Wesen, ihrer Strenge und ihrer Keuschheit, Züge, die er hochachtete, jedoch nicht mehr verführerisch fand. Als sie die Statue des blinden geflügelten Gottes in das Zimmer stellen ließ, in dem sie künftig allein schlafen wollte, lächelte er fast spöttisch: Hierin verriet sich für ihn ihre Überspanntheit.

Im Herbst des Jahres 1511 zog Pescara unter dem Banner des Papstes Julius in den Kampf gegen die Franzosen, die die Lombardei besetzt hatten. Er blieb über vier Jahre fort.

Eheglück! Seine Heiligkeit versteht seine Worte geschickt zu wählen. Seit Jahr und Tag vermeidet es Ferrante, mit mir unter einem Dach zu leben, und weiß Gott, in der Einsamkeit fühle ich mich noch am meisten mit ihm verbunden. Seine Briefe können diese trügerische Vorstellung nicht zerstören. «Eure Durchlaucht, meine liebe Frau, zu vernehmen, daß es Eurer Exzellenz wohl ergeht, ist mein innigster Wunsch...»

Da ist so vieles, was uns verbindet. Die Verwaltung der Ländereien in Ischia, Marino, Benevente. Finanzielle Dinge, Familienangelegenheiten. Schließlich alles, was unseren Pflegesohn Alfonso betrifft, Ferrantes Erben und Nachfolger. Während ich Ferrante schreibe oder seine Antworten lese, ist mir, als seien wir vereint. Die Aussicht, ihn wiederzusehen, mit ihm zu reden, seine Hand zu berühren – ich mag nicht daran denken, was mir das alles bedeutet. Wenn sich wiederholte, was bei seiner Rückkehr im Jahr 1515 geschah – nein, niemals! Lieber würde ich in den entlegensten Winkel der Erde fliehen.

Pescara wurde in der Schlacht bei Ravenna von den Franzosen gefangengenommen. Zwischen seiner Freilassung und seiner Rückkehr nach Neapel vergingen mehrere Jahre. Die meiste Zeit verbrachte er am befreundeten Hof der Gonzaga in Mantua. Es war kein Geheimnis, daß er wegen einer schönen Hofdame der Marchesa die Gastfreundschaft bis zur äußersten Grenze ausreizte. Erst der Tod des Königs von Spanien und die darauf folgenden Streitigkeiten hinsichtlich der Erbfolge veranlaßten ihn, gen Süden zu reisen. Vittoria empfing ihn mit trügerischem Gleichmut. Weder mit Worten noch mit Gesten vermochte sie ihre tiefe Verbitterung auszudrücken. Pescara aber sah nur Kälte und Selbstbeherrschung. Eher aus Höflichkeit denn aus Verlangen legte er sich in den ersten Nächten an den alten Platz in ihrem Bett. Am Fußende mahnte der geflügelte Gott, zu schweigen, die Augen zu schließen.

Er hat nichts gemerkt, nichts geahnt. Als ich wieder allein war, konnte ich keinen Schlaf finden. Weinend betete ich, daß ich von diesem inneren Zwiespalt erlöst würde. Mein Körper forderte den Genuß, den ich mir so lange versagt hatte. Zum erstenmal begriff ich, was Verlangen ist. Nacht für Nacht der Verrat an mir selbst, an meiner tiefsten Überzeugung. Dann, nach kurzem Vergessen, bodenlose Leere.

Ihre Leidenschaft befremdete Pescara mehr als die Kälte früherer Tage. Er suchte nach einer Erklärung: Hoffte sie vielleicht, doch schwanger zu werden, gönnte sie etwa seinem jungen Neffen Alfonso del Vasto, der bei ihr aufwuchs, das Erbe nicht? Vittorias Lust stieß ihn ein wenig ab; ihre Tränen, die Stoßseufzer und dann ihr plötzliches Schweigen waren unnatürlich. Erleichtert nahm er den Auftrag an, dem Kaiser in Brüssel im Namen der spanisch gesinnten Edelleute den Vasalleneid zu leisten. Erst ein Jahr später sah er seine Gemahlin wieder: ein förmliches Beisammensein ohne eine Spur von Vertrautheit und ohne jede Gelegenheit, unter vier Augen miteinander zu reden.

Wir waren Gäste auf der Hochzeit von Bona Sforza in Neapel, Ehrengäste. Keine der unendlichen Zeremonien durften wir versäumen. Mehrere Tage saßen wir bis tief in die Nacht wie Fremde nebeneinander. Lächelnde Masken, Prunkgewänder mit leblosem Inhalt: der Marchese und die Marchesa von Pescara. Die Gemächer, die man Ferrante und mir zugewiesen hatte, lagen weit auseinander; aufgrund des Platzmangels mußten wir die Unterkunft zudem mit Leuten unseres Gefolges teilen. Nicht einen Augenblick waren wir allein. Wir wollten auch nicht allein sein, um keinen Preis. Trotz seiner ausgesuchten Höflichkeit war Ferrantes Abneigung deutlich zu spüren. Obwohl die Festlichkeiten für mich die reinste Qual waren, sehnte ich nicht ihr Ende herbei. Wieder wie früher in der Stille der Casa d'Avalos oder auf dem

Schloß von Ischia zusammenzuleben war mir unvorstellbar. Für Ferrante war kein Platz in meinem Leben, und ich paßte nicht in das seine. Schon damals war er mir näher, wenn er mir schrieb oder wenn ich mit Alfonso über ihn sprach. Ferrante ist ein Schatten, und doch gehört er zu mir. Wenn er wirklich da ist, so stört er meinen Seelenfrieden. Er selbst und das Bild, das ich mir von ihm mache, wenn ich allein bin, schließen einander aus. Körperliches Verlangen läßt sich überwinden. Aber ich würde es nicht ertragen, wenn man mich meines selbstgeschaffenen Trostes beraubte.

Nach dem Jahr 1517 begegneten sich die Eheleute nur noch selten. Pescara stieg rasch in der Gunst des Kaisers. Im Kampf gegen die Franzosen in der Lombardei zeichnete er sich durch Mut, Willenskraft und Organisationstalent aus. Vittoria erfuhr, daß man ihn als den fähigsten Feldherrn seiner Zeit rühmte. Sie ließ sich jedoch nicht von Lob und Schmeicheleien blenden. Damals, als Ferrante noch ständig in ihrer Nähe war, hatte er sie verwirrt; nun aber, da er sie nur noch ein- oder zweimal im Jahr für ein paar Tage besuchte, hatte sie schnell gelernt, ihn zu durchschauen. Hinter der spanischen Grandezza entdeckte sie die Eigenschaften, die Pescaras wahren Charakter ausmachten: Ehrgeiz, leicht zu verletzende Eitelkeit, kalte Berechnung. Schweigend folgte sie ihm mit ihren heimlichen Blicken. Sie kannte jede Linie seines Gesichts, seines Körpers: die schmalen, hochmütigen Lippen, die Narben auf Wange und Stirn, seine Art, beim Sprechen den Oberkörper zu bewegen, seine Gewohnheit, Argumente zu bekräftigen, indem er mit der flachen Hand leicht auf Stuhllehne oder Tischplatte klopfte; seinen Gang, mit steifen, gemessenen Schritten, eine Hand auf den Griff des Degens an seiner Seite gestützt.

Wenn sie während dieser Begegnungen geschäftliche Angelegenheiten besprachen, war Vittoria über sein hartes Urteil und seinen Hang zur Grausamkeit empört; begegnete sie jedoch im Feuer des Wortgefechtes seinem Blick – schwelend unter den gerunzelten

Brauen, finster, voller Ärger und Spott über ihren Protest –, vergaß sie verwirrt jede Kritik. Sie kannte dieses Gefühl; es war die Vorstufe jener Leidenschaft, die sie früher in seine Umarmung getrieben hatte. Jetzt, da sich die Zärtlichkeiten zwischen ihnen auf den förmlichen Begrüßungs- und Abschiedskuß beschränkten, mußte Vittoria die Unruhe, die seine Nähe in ihr hervorrief, durch unablässige Geschäftigkeit bekämpfen. Wenn er seinen Besuch angekündigt hatte, lud sie Gäste ein und bereitete Jagden und Feste vor, um die Stille im Haus zu vertreiben.

Pescara verstand das Verhalten seiner Frau nicht, weder ihre hektische Betriebsamkeit noch ihr angespanntes Schweigen. Er konnte sich nicht mehr dazu zwingen, Verlangen vorzutäuschen. Seine Gedanken und Gefühle richteten sich auf das junge mantuanische Hoffräulein Delia Equicola. Im Heerlager oder auf den Festungen, die unter seinem Befehl standen, war sie meist an seiner Seite. Sie war unkompliziert, warmherzig, sinnlich und ihm blind ergeben. Sie schenkte ihm Kinder. Vittoria wußte von ihr, doch weder sie noch Pescara verloren jemals ein Wort darüber. Und trotzdem war Delia als ungenannte, unsichtbare Dritte immer und überall dabei. Nicht Ferrantes Worte, sondern seine Bewegungen, sein gedankenverlorener Blick ließen die andere, die Begehrte, Fruchtbare, plötzlich aus dem Nichts erscheinen.

Mich behandelt er mit Förmlichkeit, kühler Geduld und Ironie. Wenn er bei Wein und Musik, beim Tanz oder nach einem wilden Jagdritt plötzlich ins Leere starrt, weiß ich, daß er an sie denkt. Ihr allein gilt seine Unrast, wenn ihm der Aufenthalt bei mir zu lange währt. An seiner Achtung zweifle ich nicht; er überläßt mir alles, gibt mir Vollmacht, nach eigenem Gutdünken zu handeln. Nicht lange nach der Schlacht bei Pavia schickte er mir einen schmeichelhaften Brief: «... daß unser Neffe Del Vasto im Kampf durch Mut und Würde auffiel, ist vor allem der Art und Weise zu verdanken, wie Eure Hoheit ihn über die Jahre hin geformt und geleitet haben. Da ich so oft abwesend war, konnte ich auf seine Erziehung nicht so großen Einfluß nehmen, wie ich gerne gewollt hätte. Ich werde Eurer Hoheit immer tief erkenntlich bleiben, weil Ihr mir in Alfonso del Vasto einen würdigen Nachfolger geschenkt habt.»

Zweifellos entsprangen diese Worte aufrichtigem Respekt. Diesen Brief hat er auf der Festung von Novara geschrieben. Ob *sie* dabei hinter ihm, neben ihm gestanden hatte? Fortan werde ich auch Alfonso nicht mehr begegnen können, ohne daran zu denken, daß er Ferrante mit der anderen zusammen gesehen hat. Alfonso, mein Schutzbefohlener, jahrelang der Sinn meines Daseins, er hat mir die einzige Zeit wirklichen Friedens gegeben, die ich erleben durfte. Während ich ihn erzog, war mein Geist von Ferrante erfüllt. Je enger das Band zwischen Alfonso und mir wurde, desto mehr besaß ich Ferrante. Mag auch mein Körper unfruchtbar sein, Alfonso del Vasto kann ich meinen eigenen Sohn nennen. Er war mein Kind, als hätte ich ihn selbst geboren. Ferrante sieht das ebenso. Jetzt ist Alfonso erwachsen und selbständig. Die Umstände treiben ihn zu Ferrante. Als Nachfolger und Erbe wird er, wenn es um Geld und Gut geht, mehr Macht bekommen als ich. Das akzeptiere ich ohne Vorbehalte. Aber wie soll ich die Erkenntnis ertragen, daß ich überflüssig geworden bin?

Als der junge Alfonso sie 1521 verließ, um sich in der Lombardei den kaiserlichen Truppen anzuschließen, stand Vittoria erneut vor der schweren Aufgabe, die Leere in ihrem Leben auszufüllen. Von Zeit zu Zeit wohnte sie in Neapel, und manchmal besuchte sie ihren einzigen Bruder Ascanio in Rom. Am liebsten aber zog sie sich in das Schloß auf Ischia zurück, wo sie ihre ersten Ehejahre verbracht hatte. Was früher für sie nur ein Zeitvertreib gewesen war, ein Spiel, das zur Etikette gehörte, wurde ihr nun zum Bedürfnis. Sie sammelte einen Kreis von Dichtern und Gelehrten um sich, erteilte ihnen Aufträge, erwarb ihre Werke für ihre Bibliothek, lud sie zu Zusammenkünften unter den Zypressen und Lorbeerbäumen ihres Parks ein. Sie zwang sich, ihre Aufgaben als Mäzenin ernst zu nehmen.

In ihren Erinnerungen erschienen ihr diese Jahre später wie eine Zeit fruchtloser Ruhe und künstlichen Friedens. Die ihr gewidmeten Gedichte, die elegante Rhetorik der Streitgespräche: das alles war zwar technisch ebenso vollkommen, dabei aber auch so leblos und banal wie die Statuen zwischen den Bäumen der Alleen. Mit heimlichem Unmut erinnerte sie sich auch an die Sonette und Kanzonen, in denen sie besungen wurde, und an die Nächte, in denen sie schlaflos in ihrem einsamen Bett lag, in den Ohren das Echo all des feurigen Lobes und der hochgestimmten Verehrung. Die Liebeserklärungen in den Werken Sannazaros, Britonios, Gravinas und eines halben Dutzends anderer Hofdichter hinterließen einen bitteren Nachgeschmack. Die Kluft zwischen Spiel und Wirklichkeit war zu tief. Sie war die Muse der Berufsschmeichler: Pallas Athene, Aphrodite und Artemis in einer Person, Rivalin von Sonne und Mond, Gebieterin auf dem Parnaß.

Noch hartnäckiger freilich als diese Gedichte hatte sich der höhnische Text eines Gassenhauers in ihr Gedächtnis eingeprägt, den sie einmal aufgeschnappt hatte, als sie neben Ferrante durch Neapel ritt:

> *Liebchen mein,*
> *ich werde so oft bei dir sein*
> *wie Pescara bei seiner Vittoria.*

Um nicht zugrunde zu gehen, mußte ich mich von dem Übel anstecken lassen, das ich immer verabscheut habe: Selbstbetrug. Ich berauschte mich an Worten. In Gedichten verherrlichte ich das Glück der Ehe und die eheliche Treue. Eine sonderbare Befriedigung, später zu hören, wie man Ferrante und mich öffentlich als vollkommenes Ehepaar pries. Ich schrieb falsche, gekünstelte Strophen über die Liebe zwischen einem Helden, der in weiter Ferne in den Kampf zieht, und seiner geduldig wartenden Gattin. Ich schickte sie Ferrante, der jedesmal pflichtbewußt meldete, daß er die Blätter unbeschädigt erhalten habe. Das war alles. Durch sein Schweigen kam ich zur Besinnung. Ich war übersättigt von Schmeicheleien, krank vor Einsamkeit. Ich begab mich zu meinem Bruder Ascanio nach Rom.

Doch auch die neue Umgebung linderte meinen Kummer nicht. Ich besuchte Kirchen, Klöster und Kapellen – vergebliche Wallfahrten. Mein Gebet stieg nicht höher als bis zu den prunkvollen Altären. Hinter den Kandelabern und Statuen herrschte Leere. Die Beichte befreite mich nicht, die Messen waren mir sinnloses Wortgeklingel. Gott war unerreichbar geworden. Fasten, Askese, Selbstkasteiung – alles habe ich in jenen Tagen versucht. In meinem vergeblichen Ringen um Gnade erkannte ich die Qualen wieder, die ich Ferrantes wegen ausgestanden hatte. Schließlich schien mir die Ruhe in Gott die Erfüllung des Verlangens zu sein, das mich früher zu Ferrante getrieben hatte. Ich bildete mir ein, in der Hingabe an Gott würden die Begierden des Körpers, die Verwirrungen des Blutes schmerzlos ersterben. Ich konnte nicht begreifen, warum mir dieser Trost nicht beschieden war.

Am Hof ihres Bruders begegnete sie zum erstenmal dem herzoglichen Paar von Camerino, Giammaria Varano und seiner Frau Caterina Cibo. Die Familien Varano und Colonna hatten in früheren Zeiten gemeinsam gegen die Macht der Borgias gekämpft. Diese Verbundenheit hatte auch dann noch Bestand, als der Name des Feindes nur noch eine Erinnerung war. Das Herzogspaar kam regelmäßig nach Rom, zwei ernsthafte Menschen, die sich durch die Schlichtheit ihres Äußeren und ihrer Lebensweise auszeichneten. Sie besuchten niemals Feste und zeigten sich selten in der Öffentlichkeit. Sie empfingen Freunde oder gingen mit kleinem Gefolge zu gewissen geschlossenen Zusammenkünften, dem eigentlichen Ziel ihrer Reise. Vittoria hatte zwar von der Compagnia del divino amore gehört, wußte aber nicht, wer ihr angehörte und was auf diesen Treffen besprochen wurde.

Caterina Cibo war noch jung, sie hatte ein längliches, mageres Gesicht und tiefliegende, schmale Augen; sie war eher unscheinbar, wenn sie schwieg, aber wenn sie sich zu den Überzeugungen bekannte, die ihr Leben beherrschten, beeindruckte sie jeden. Varano war sanfter, zurückhaltender, eher zu Kompromissen bereit. In seiner Jugend hatte er auf der Flucht vor Cesare Borgias Meuchelmördern schwere Verletzungen erlitten; schon aus gesundheitlichen Gründen mußte er taktieren, sich in Geduld üben, diplomatisch sein, ist doch die Diplomatie die Waffe derer, denen es versagt ist, Gewalt anzuwenden. Als er nach jahrelanger Verbannung in sein ererbtes Herzogtum Camerino zurückkehrte, lagen viele Festungen und Dörfer in Trümmern, die Äcker waren vernachlässigt, die Bevölkerung durch Angst und Armut wie gelähmt. Er bat die Bergbauern mit ihren Beschwerden und Bittgesuchen zu sich auf die Burg, aber es kamen weniger als erwartet: Er war ein Fremder geworden, dem man mißtraute.

Sehr viel einflußreicher als er war Fra Matteo da Bascio, ein Franziskanermönch aus dem Kloster von Montefalcone, der den Menschen in Camerino in Zeiten der Hungersnot und Pest unter Einsatz seines Lebens zur Seite gestanden hatte. Dieser Wohltäter galt geradezu als Heiliger, sein Wort war Gesetz, sein Urteil über das herzogliche Paar würde die Haltung der Bevölkerung entscheidend beeinflussen. Varano lud den Mönch zu sich ein, dankte ihm und versprach ihm Unterstützung bei seinen guten Werken. Und er hielt Wort. Ohne Drohungen oder andere Machtgebärden versicherte er sich so des Gehorsams der Bevölkerung. Die Leute identifizierten die beiden Beschützer Fra Matteos mit dem Mönch selbst: eine unantastbare Trias. Varano war mit sich zufrieden.

Zwischen Caterina und dem Mönch entwickelte sich eine tiefe Freundschaft. Sie waren Seelenverwandte, beide leidenschaftlich, streitbar, bereit, für ihre Überzeugungen die größten Opfer zu bringen. Varano unterstützte Fra Matteo mit Geld und anderen Zuwendungen, aber Caterina tat es dem Mönch gleich: Sie pflegte die Kranken, speiste und kleidete die Armen, tröstete die Betrübten. Vittoria schenkte ihnen ihr Vertrauen, und sie weihten sie in ihre Gedanken ein, bekannten sich zu der Lehre ihres Schützlings: Einfachheit, Selbstzucht und Einkehr.

Jeder Besuch in Rom bestärkte sie in der Meinung, daß Seelenfrieden allein die Frucht schonungslos ehrlicher Besinnung auf das eigene Versagen sei. Durch die Säle und Galerien von Ascanio Colonnas Palast ertönte die laute, ein wenig schrille Stimme Caterinas in rhetorischen Litaneien: Wo beginnt die Katharsis? In unserem Geist. Wer beansprucht das Recht, diesen Geist zu bilden und zu führen? Die Kirche, die sich die heilige nennt. Um dieser Bezeichnung gerecht zu werden, müßte sie klar wie Quellwasser sein, makellos wie frischgefallener Schnee, reinigend wie das Feuer. Aber die Kirche ist eine Brutstätte der Verderbtheit. Die Liturgie ist zur puren Äußerlichkeit verkommen. Kardinäle und Bischöfe, hohe wie niedrige Prälaten geben sich weltlichen Gelüsten und der Ehrsucht hin. In den Klöstern grassieren Faulheit und Unsittlichkeit, die Mönche stehlen, betteln und huren. Die Sakramente werden verhökert, die Zehn Gebote zu einer einzigen Forderung zusammengezogen: Gebt uns Geld! Ganz Rom stinkt nach Korruption.

Hört auf Fra Matteo: Sogar die Auserwählten sind abtrünnig geworden, der Weinberg des Herrn ist die Welt, und die Menschen sind die Reben, die er zu seiner Lust gepflanzt hat. Er wartete auf Recht und Gerechtigkeit – doch siehe da: Rechtsbruch überall, die Rechtlosen haben das Nachsehen. Die Kirche von heute ist unfähig, uns den richtigen Weg zu weisen. Was bedeutet der Glaube den meisten unter uns? Antwortet mir nur nicht, unser Leben sei von Glaubensdingen durchdrungen, denn das stimmt nicht. Das ganze Gerede über Gottes Willen und seine Wunder, über die Anrufung Jesu, Mariä und aller Heiligen – nichts als Äußerlichkeiten. Unsere Seele bleibt davon unberührt, es sind nichts als leere Worte und

Gesten, oberflächlich wie die höfischen Verbeugungen, Grüße und Komplimente. Der Glaube ist für uns ein Gerüst aus Regeln, ein formelles Spiel, an dem wir mal gleichgültig, mal zweifelnd, mal spöttisch teilnehmen, je nach unserer Art. Auf die Form kommt es uns an, den Inhalt haben wir vergessen. Im unwissenden Volk herrscht der Aberglaube, und die Gebildeten bekennen sich stolz zum Heidentum. Diejenigen, die uns eigentlich als Vorbild dienen sollten, sind bis ins Mark ungläubig und verdorben. Die Kirche gibt uns Steine statt Brot. Was ist die Folge? Sie hat ihr Ansehen verloren, ihr Name wird als Spott- und Schimpfwort benutzt. Deshalb tut es not, wieder von vorne anzufangen. Zuerst mit eisernem Besen kehren, die Kurie, die Orden, die Klöster. Das sagt Fra Matteo, und er hat recht...

Die Leidenschaft trieb Glut in Caterinas von Wind und Wetter gegerbte, gelblichbraune Gesichtshaut. Sie streckte sich und sah Vittoria mit gebieterischem Blick an. Varano hatte die ganze Zeit genickt, wie um den Worten seiner Frau Nachdruck zu verleihen.

«Du verteidigst unsere Ideen, obwohl sie doch niemand in Frage stellt», sagte er mit einem beschwichtigenden Lächeln. «Fra Matteo prangert Mißstände an, die jedem rechtschaffenen Menschen ein Dorn im Auge sind. Unsere Freunde in der Compagnia verfolgen das gleiche Ziel. Es gibt nichts Neues unter der Sonne. Solange ich mich entsinnen kann, sind immer wieder Stimmen laut geworden, die eine Reform forderten. Aber jetzt muß endlich gehandelt werden. Wir sollten nicht so weit gehen wie Hitzköpfe in Deutschland, die aus lauter Unzufriedenheit nicht nur die Autorität der Kirche anzweifeln, sondern sogar ihre Dogmen verwerfen. Bitte versteh mich richtig: Weder die Mitglieder der Compagnia noch Fra Matteo oder Caterina und ich haben so etwas im Sinn. Wir möchten die Grundfesten der Kirche stützen, nicht untergraben. Wir wollen gegen Ausschweifungen und Korruption, gegen Sittenverfall und moralische Gleichgültigkeit ankämpfen wie gegen eine ansteckende Krankheit. Wir möchten zur Reinheit der Quelle zurückgehen, zu den Worten Christi und seiner Apostel, und von diesem Ursprung aus die Gesetze und Bräuche der Kirche mit neuem Leben erfüllen. Auch hochrangige Persönlichkeiten aus der engeren Umgebung des Papstes sind davon überzeugt, daß dies nötig ist. Der Datarius Giberti selbst ist bei den Zusammenkünften der Compagnia die treibende Kraft. Was wir tun, beeinflußt die öffentliche Meinung, und vor allem darauf kommt es an. Als Vorbild dienen, das ist wirkungsvoller als fruchtlose Beratungen auf Konzilen. Fra Matteo will im Grunde dasselbe, aber er steht außerhalb der Welt, ist ein Prophet, ein Besessener. Er nimmt kein Blatt vor den Mund, flucht und schimpft, schont nichts und niemanden. Man darf sich von seinem Redefluß nicht mitreißen lassen, der Sinn seiner Bußpredigten ist ganz einfach...»

«Bitte schweig», sagte Caterina, «und laß mich wiederholen, was Fra Matteo sagt. Ich denke so wie er, du hingegen willst einen Mittelweg gehen. Die Welt ist zerrissen, überall herrschen Verdorbenheit und Verfall. Unsere Nächstenliebe, unsere Opferbereitschaft – Lippenbekenntnisse, sonst nichts! Jeder von uns hat seine Verbindung zu Gott, jetzt kommt es darauf an, dieses Band zu erkennen, sich darauf zu besinnen. Wir müssen Stellung beziehen, unsere Position bestimmen. Wir müssen einsehen, daß Gott unser tiefstes Bedürfnis, unsere tiefste Notwendigkeit ist. Alles, was uns von Gott trennt, müssen wir abstoßen, verbannen, vernichten. Die Liebe zu Gott kann gar nicht groß genug sein. Ihn endlos lieben, Ihn über alles andere stellen, Ihn niemals verlassen, sich weder durch das Gute noch durch das Böse, weder durch Gewinn noch Verlust, Freude noch Kummer, Ehre noch Schande von ihm abbringen lassen. Um Seinetwillen würde ich jeden Schmerz, jede Entbehrung ertragen, wenn es von mir verlangt würde, so wie die Märtyrer...»

Verzweifelt suchte Vittoria nach den richtigen Worten. «Ich fühle, daß es möglich sein muß, sich Gott ganz hinzugeben. Aber wie erreiche ich diese Stufe der Liebe? Niemand kann zwei Herren dienen. Wer seine Liebe Gott geben will, muß auf alles verzichten. Wer durch irdische Leidenschaft gebunden ist, kann nicht zu Gott emporsteigen. Sagt mir, wie es gelingen kann!»

Caterina kam zu ihr und schlang die Arme um sie, und in dieser kraftvollen, beschützenden Umarmung verlor Vittoria ihre Selbstbeherrschung. Die Wange auf Caterinas magere, starke Schulter gestützt, spürte sie das langsame, regelmäßige, beruhigende Klopfen von Caterinas Herz. «Ich kann nicht mehr, zeigt mir den Weg, sagt mir, was ich tun muß, um Frieden zu finden.»

«Der Friede ist, wo Gott ist, in uns selbst. Alle Begierden werden gestillt und kommen zur Ruhe in Gott. Anderswo Befriedigung zu suchen wäre, als wolle man mit Salz seinen Durst löschen.»

«Dann gibt es also nur einen Weg: der Welt zu entsagen, in einer Betzelle zu leben, die Kutte zu tragen?»

«Auch das sind nur Äußerlichkeiten. Wohnung und Kleidung sind unwichtig, man muß den Mut aufbringen, seine Gewohnheiten, sein ganzes Leben zu ändern. Wer seine Begierden und bösen Gedanken bezähmt, braucht sich nicht das Haar abzuscheren. Wer in seinen Gedanken von Gott erfüllt ist, braucht nicht Tag und Nacht zu beten. Wer Gott dient, braucht Menschenmacht nicht zu fürchten. Der *Wille*, darauf kommt es an. Wozu sonst hätten wir unseren Willen bekommen, wenn nicht, um Gott zu wollen?»

«Ich habe Angst vor der Macht der Natur, die verborgen in uns wirkt, den Willen untergräbt und das Blut vergiftet.»

«Gerade das ist unsere Aufgabe, die Natur zu bezwingen und sie Gott dienstbar zu machen.»

«Lehre mich, wie das geschehen kann, und ich werde es tun.»

«Führe sie nicht auf einen Irrweg», sagte Varano. «Wir können nicht mehr tun, als ihren Willen zu stärken, den Weg muß auch sie allein gehen. Was weiß ich von deiner Wallfahrt, was weißt du von meiner? Das ist doch gerade der Kern unserer Überzeugung, daß jeder für sich zu Gott finden muß, so, wie es seinem Wesen entspricht. Lade Madonna Vittoria ein, uns zu den Treffen der Compagnia zu begleiten und in Camerino unser Gast zu sein; was sie dort hört und sieht, wird vielleicht die Saiten ihres Herzens zum Klingen bringen.»

Die Gestalten des herzoglichen Ehepaares traten für Vittoria in den Vordergrund, daneben versank alles andere im Nichts. Aus ihrer Sicherheit schöpfte sie Kraft, auch wenn ihr einiges unklar blieb. Es war also möglich, die Grenze zu überschreiten, vor der sie in ohnmächtiger Verzweiflung stand. Man konnte die Unzulänglichkeit der von der Kirche gebotenen Trostmittel erkennen, ohne daß das den Glauben schwächte. Man durfte verurteilen, sogar verwerfen, und konnte dennoch der Gnade Gottes teilhaftig werden. Ihr Zweifel brauchte nicht das Ende zu bedeuten, sondern könnte ein Neubeginn sein.

Hat sich mein Leben wesentlich verändert, seit ich zu den Zusammenkünften in Santi Silvestro e Dorotea mitgegangen bin? In der ersten Zeit habe ich das tatsächlich geglaubt. Nach dem geistreichen Geplauder auf Ischia und der Leere und Einsamkeit in Rom empfand ich den Ernst und die Einfachheit der Bruderschaft als Labsal. Giberti, Sadoleto, Contarini, die Namen waren mir schon bekannt, und in Trastevere genoß ich nun das Vorrecht, mit ihnen zu verkehren wie mit alten Freunden. Ich habe sie für ihr Wissen, ihre Charakterfestigkeit und ihre Hingabe schätzen gelernt. Ihre Ziele wurden die meinen. Einmal wöchentlich trafen wir uns in der kleinen Kirche am Hang des Monte Janiculo, in der Nähe des Ortes, wo Petrus den Märtyrertod starb. Jede Woche erneuerten wir das Eintrittsgelöbnis: uns der Kontemplation und guten Taten zu verschreiben, Christi Lehre in Wort und Tat zu befolgen. Habe ich diesen Schwur gehalten? Ich verteile Almosen an die Armen, unterstütze die Spitäler, besuche Bußklöster. Ich führe ein einfaches Leben. Ich vertiefe mich in die Werke von Paulus und Augustinus.

Aber ich bin weder so ausgeglichen wie Varano, noch ist meine Hingabe so groß wie die Caterinas. Die Form meines Lebens hat sich geändert, nicht aber der Inhalt. Unter der Maske lauert fortwährend die Leidenschaft, bereit, bei der ersten Gelegenheit auszubrechen, mich zu überrumpeln. Was bedeuten mir die Ideen des fernen Fra Matteo, die Compagnia, die weisen Bücher auf meinem Betpult, jetzt, da ich weiß, daß Ferrante jeden Augenblick hier sein kann? Es ist ein Verrat und eine Niederlage zugleich. Ich versuche, mich auf die Gedanken zu besinnen, die mir in den letzten Jahren Trost gaben, doch sie verblassen und werden immer unwirklicher angesichts der Gewißheit, daß Ferrantes Ankunft bevorsteht. Ich habe ihn seit 1521 nicht mehr gesehen. Drei, vier Jahre ist das her... eine Ewigkeit. Er hat mir geschrieben, die Wunden, die er sich bei Pavia zugezogen hätte, seien nun verheilt. Aber ich höre auch andere Gerüchte. Der Bote, der mir seinen Brief überbrachte, deutete an: «Der Marchese leidet unter Schmerzen und kann nur mühsam gehen. Er ist nicht mehr der alte.» – Gebe Gott, daß ich ihn dazu überreden kann, eine Weile bei mir zu bleiben. Aber nicht in Rom... es heißt, daß in den Vierteln am Tiber die Pest ausgebrochen ist. Ich möchte mit Ferrante nach Marino, nach Ischia gehen. Ich würde sogar dulden, daß er die andere zu sich ruft, wenn er sich nach ihr sehnt.

Dem Krieg, nicht dem Frieden habe ich zu verdanken, daß er nun kommt, Hohn des Schicksals, eine Verspottung meines Bestrebens, eine Versöhnung zwischen den Parteien zu bewirken. Ob ich ohne Giberti auf diese Idee gekommen wäre? Wenn ich heute darüber nachdenke, vermute ich, daß er seine Hand im Spiel hatte. Ohne daß ich es merkte, hat er mich in eine bestimmte Richtung gelenkt. In der Compagnia waren wir Freunde geworden. Er besaß mein Vertrauen. Wir haben in diesen ersten Jahren oft lange Gespräche geführt, über die schlimme Lage in Italien, über die bittere Notwendigkeit des Friedens. Ich schrieb ihm regelmäßig, während er als päpstlicher Gesandter in Frankreich und Spanien war. Er war es auch, der den persönlichen Kontakt zu Seiner Heiligkeit vermittelte. In einem Brief flehte ich den Papst an, an einer Versöhnung der feindlichen Mächte mitzuwirken, um Italien und des Glaubens willen. Seine Heiligkeit sandte mir zu Ostern einen von ihm persönlich geweihten Palmzweig. Ich sah ein Symbol darin, ein Versprechen. Ich weihte Ferrante in meine Hoffnungen ein. Ich bat ihn, sich beim Kaiser für den Frieden einzusetzen. Aus seinem Heerlager in der Lombardei ließ er mir durch einen Kurier die Antwort überbringen. Ich sollte nur nicht versuchen, ihn und meine Verwandten, die Colonna, in einen politischen Hinterhalt zu locken. Sein Mißtrauen hat mich tief gekränkt. Niemals hätte ich mich zum Werkzeug in den Händen der französisch Gesinnten gemacht! Auch an Gibertis Redlichkeit habe ich bis vor kurzem nicht gezweifelt. Allerdings hätte ich auch damals schon wissen können, daß man auf die Worte des Papstes nicht bauen kann. Ich habe mich von seiner Freundlichkeit täuschen lassen.

Die Nachricht, daß Pescara und ihr Neffe Prospero Colonna mit den kaiserlichen Truppen über die französische Grenze gezogen waren, kam für Vittoria völlig unerwartet. Giberti verhielt sich freundschaftlich wie immer, doch sie spürte, daß er auf der Hut war und ihr die Bestürzung nicht ganz abnahm. Papst Clemens dagegen hielt sich nicht zurück und warf ihr offen vor, sein Vertrauen mißbraucht zu haben. Als sie diese doppelsinnigen Worte hörte, kam Vittoria zum erstenmal der Gedanke, daß er von Anfang an nicht dem Frieden, sondern der Sache Frankreichs hatte dienen wollen. Ferrante teilte ihr mit, daß er sich jetzt als Feldherr des Kaisers mit Krieg und nicht mit Frieden zu beschäftigen hätte. Seine Kriegslist hatte den erwünschten Erfolg; die französischen Heere ließen sich aufs Schlachtfeld locken. Scharmützel, Belagerungen und kleinere Kämpfe in der Lombardei eskalierten schließlich in der Schlacht bei Pavia. Seit dem Tag, an dem in Rom der Sieg der Kaiserlichen bekannt wurde, mied Giberti Vittorias Gesellschaft. Man ließ sie wissen, daß sie beim Papst in Ungnade gefallen sei. Weder gute

Taten noch Kontemplation halfen ihr, diese bittere Nachricht zu verwinden. In Rom herrschte auf der einen Seite Niedergeschlagenheit, auf der anderen Festrausch. Ascanio Colonna hißte die kaiserliche Fahne und empfing die spanisch Gesinnten mit festlichem Gepränge.

Vittoria vergrub sich in diesen Tagen in ihren Gemächern. In Briefen an Pescara äußerte sie sich zu seinen Verwundungen und erwähnte seinen Triumph mit kaum einem Wort. Sie glaubte zu spüren, daß auch aus seinen Antworten nicht gerade die selbstsichere Stimme des Siegers sprach. Zwischen den Zeilen las sie Unzufriedenheit und Selbstmitleid. Er kündigte ihr seine Ankunft in Rom an, «sobald diese verfluchten Wunden verheilt sind».

Auf den Hügeln standen die Mandel- und Zitronenbäume in voller Blüte, Magnolien, Oleander und Geißblatt verströmten ihren Duft, die Felder waren rosarot und weiß von Anemonen.

Die Familie Colonna besaß draußen vor der Stadt, inmitten von antiken Ruinen, einen Landsitz mit Weingärten und Olivenhainen. An diesen Ort zog sich Vittoria oft für ein paar Tage zurück. Die Ruhe und die saubere Luft erquickten sie. Allein ging sie in dem sorgfältig angelegten Garten und in den schmalen, geraden Furchen zwischen den Weinstöcken umher; allein saß sie stundenlang im Schatten einer Laube aus hochgebundenen Ranken. Manchmal folgte sie einem verwilderten Pfad, der durch hohes Gras und Gestrüpp zu den Resten eines Tempels führte. Eine einzige kannelierte Säule stand noch aufrecht zwischen Gesteinsbrocken, Ruinenstücken und Schutthaufen. Unter dem Unkraut und den Schlingpflanzen ein leises Rascheln, ein Stein rollte herab, Blätter bewegten sich, ein grünglänzender Schlangenleib glitt in den Schatten. Zikaden sangen den ganzen Tag im Gras, das einzige Geräusch außer dem Flügelschlag der Ringeltauben und dem Meckern der Ziegen, die weiter oben am Hang grasten. Am Fuße der Hügel lag Rom. Kuppeln, Türme, ein Meer von unregelmäßigen, nur leicht geneigten Dächern. Im hellen Aprillicht waren alle Farben frisch und neu, wie von Tau beglänzt. Von oben gesehen wirkte die Stadt wie ein Spiel aus durcheinandergewürfelten Flächen, ziegelrot und ockergelb, grau und perlweiß. Ein Mäander des Tibers im freien Feld vor den Stadtmauern glitzerte so hell, daß es blendete. Stinkende Müllhaufen, verfallene Häuser und schmutzbedeckte schmale Gassen blieben dem Blick verborgen. Daß in Rom Menschen lebten, verrieten nur die dünnen Rauchschwaden, die hier und da über den Häusern aufstiegen. Die Statue auf der Engelsburg glänzte wie ein Stern.

Pavia, die Sorge um Pescara, Zukunftsangst, Selbstzweifel und innerer Zwiespalt, das alles war in ihren Gedanken so gegenwärtig wie die Erinnerung an einen bösen Traum, jedoch unwirklicher, nicht mehr so schmerzhaft wie in Rom. Wahrscheinlich wäre sie bis zu Pescaras Rückkehr im Landhaus geblieben, hätte man ihr nicht berichtet, Giammaria Varano und seine Gemahlin seien wieder zu einem kurzen Besuch aus Camerino nach Rom gekommen.

Zum erstenmal seit wir uns kennenlernten, empfand ich ihren Eifer als übertrieben. Vielleicht lag es auch an meiner Unruhe wegen Ferrantes bevorstehender Heimkehr oder daran, daß ich so lange auf dem Land gewesen war – jedenfalls war ich deutlich verschlossener gegen das, was sie beschäftigt. Sie sind erfüllt von Fra Matteos Vision, dem der heilige Franziskus von Assisi im Traum erschienen ist und ihm zugerufen hat: «Ich verlange, daß sich der Orden an meine Regeln hält, bis auf den letzten Buchstaben, bis auf den letzten Buchstaben!» Die Brüder von Montefalcone waren jedoch nicht zur Reform bereit; deswegen hat Fra Matteo mit einem halben Dutzend Anhänger das Kloster verlassen. Sie leben nun wie Einsiedler in den Wäldern von Camerino, unter dem Schutz von Varano und Madonna Caterina. Die Franziskaner haben hier in Rom ihre Exkommunikation und Hinrichtung gefordert. Es ist selbstverständlich, daß sich meine Freunde beim Papst für Fra Matteo einsetzen. Seine Heiligkeit ist ihrer Bitte nachgekommen, wie könnte es auch anders sein, schließlich ist Madonna Caterina seine Blutsverwandte. Was völlig unerwartet kam und mich wirklich erstaunt, ist die Tatsache, daß *ich* aufgefordert wurde, bei dem Gespräch zugegen zu sein.

Es war das erste Mal seit Ferrantes Einfall in Frankreich, daß ich wieder im Vatikan war. Ich war mißtrauisch und verstehe übrigens immer noch nicht, welche Absicht Seine Heiligkeit damit verfolgt haben mag. Wollte er mir zeigen, daß er mir verziehen hat? Das glaube ich nicht. Ich habe es genau gemerkt: Sein liebenswürdiger Ton hatte einen Beiklang von Ironie, und seine Augen blieben kalt. Er muß gewußt haben, daß seine Worte mich verletzen würden. Eheglück! Die «Würdigung» der Verdienste Ferrantes durch den Kaiser. Wunde Punkte, die niemand berühren sollte. Für wen ist es noch ein Geheimnis, daß Ferrante und ich einander so selten sehen, daß wir uns hoch verschulden mußten, weil der Kaiser seine Zusagen nicht einhält. Giberti stand neben dem Thronsessel des Papstes und beobachtete mich. Auch während Seine Heiligkeit mit meinen Freunden aus Camerino sprach, fühlte ich mich von ihm beobachtet. Es rächt sich, daß wir längere Zeit keinen Kontakt mehr hatten. Die Audienz dauerte übrigens nicht lange. Eine wichtige Gesandtschaft aus Mailand wurde angekündigt: der Kanzler Girolamo Morone mit seinem Gefolge.

Noch nie habe ich in den Galerien des Vatikans so viel Betrieb gesehen. Die Leibwache mußte uns einen Weg bahnen. Im Gedränge glaubte ich Messer Michelangelo Buonarotti zu erkennen. Es kann kein anderer gewesen sein. Dieses Gesicht vergißt man nicht so leicht. Was macht er wohl hier? Ich dachte, er sei damals für immer nach Florenz zurückgekehrt. Ich weiß nicht, warum, aber diese Begegnung hat mich bis ins Innerste aufgewühlt. Er leidet, er ist erschöpft, verbittert. Das bleibt sogar einer Fremden wie mir nicht verborgen. Ich möchte dieses Haupt in meinen Armen halten, fürsorglich wie bei einem Kind, nur um den Schmerz aus seinen Augen schwinden zu sehen. Doch mit Mitleid kann man sich ihm nicht nähern. Mitleid gilt den Wehrlosen. Ich verstehe meine eigenen Gedanken nicht, geschweige denn das Gefühl, das mich für einen Augenblick Zeit und Raum vergessen ließ. Ich kenne diesen Mann nicht, ich habe noch nie ein Wort mit ihm gewechselt. Ohne zu grüßen, sah er mich mit einem abweisenden, traurigen Blick an. Und doch war mir, als ob ich an einem Teil von mir selbst vorüberginge. Zu meiner Überraschung wurde mir plötzlich etwas klar, das ich jetzt nicht mehr benennen kann.

Varano und Madonna Caterina sind mit dem Ergebnis ihrer Audienz beim Papst zufrieden. Ich bin nicht mitgegangen zu der Feier des Heiligen Jahres in der Basilika Santa Maria in Trastevere. Ich fühle mich nicht imstande, mir die Geschichten über Fra Matteo und seine himmlischen Visionen noch länger anzuhören.

Sie saß in ihrem Schlafgemach und sah zu, wie die Streifen von Sonnenlicht auf dem Fußboden sich immer weiter zurückzogen, bis sie schließlich durch die Fensternischen ganz verschwanden. Ein Buch lag aufgeschlagen auf dem Lesepult, aber sie sah nicht hinein.

Gegen Abend hörte sie Hufschläge im Cortile. Ein Diener meldete die vorzeitige Ankunft des Marchese von Pescara. Vittoria erwartete ihn auf der obersten Stufe der Freitreppe. Sie sah ihn noch nicht, sie hörte nur im breiten Torbogen zum Hof einen unbekannten, schleppenden Schritt, das regelmäßige Klopfen eines Stockes. Sie grub die Fingernägel in die Handflächen, doch sie konnte das Zittern nicht unterdrücken, das sie plötzlich überkam.

NICCOLÒ MACHIAVELLI

AN FRANCESCO GUICCIARDINI

Erlauchter Präsident der Romagna, lieber Freund!

Diesen Brief schreibe ich aus Rom. Ich bin vor drei Tagen hier angekommen, um Seiner Heiligkeit meine Aufwartung zu machen. Der Papst war meine letzte Hoffnung, aber die Audienz war eine Enttäuschung. Ich wollte endlich ein Amt, das meiner Neigung und meinen Fähigkeiten mehr entspricht als die Stellung eines Briefboten, für die man mich zur Zeit in Florenz als gerade gut genug erachtet. Seine Heiligkeit kennt mich. Mehr als einmal hat er sich wohlwollend über mich geäußert, auch wenn er hundertmal ein de' Medici ist. Dessen eingedenk habe ich ihm den achten Band meiner *Istorie Fiorentine* gewidmet. Anfang des Jahres hatte ich bei Vettori vorgefühlt, ob mein Besuch erwünscht sei. Er ist nie besonders ermutigend. Als er antwortete, der Papst habe einen Teil der *Istorie* gelesen und sich anerkennend geäußert, beschloß ich, es einfach zu wagen.

Ich wurde gebührend empfangen, Strozzi und Salviati versprachen sogleich, ihren ganzen Einfluß geltend zu machen, um mir zu helfen. Ich muß zugeben, daß ich fest mit einer Verbesserung meiner Lage gerechnet hatte. An zu großer Bescheidenheit meinerseits hat es diesmal nicht gelegen. Meine Bitte war mehr als deutlich. Das Wasser steht mir bis zum Halse. Tag und Nacht warte ich sehnlichst auf eine Gelegenheit, diesem unglückseligen, geschundenen Land dienen zu können. Was hat ein Mann wie ich auf diesem Gehöft bei San Casciano verloren, zwischen Hühnern, Ziegen und Bauernlümmeln? Ich habe Euch schon öfter erzählt, wie ich meine Tage verbringe: Ich schlendere zwischen meinem Obstgarten und dem Wirtshaus hin und her, trinke Wein und spiele Tricktrack, und ich lese, lese, lese die Werke meiner griechischen und römischen Freunde, deren einziger Makel es ist, bereits seit mehr als fünfzehnhundert Jahren tot zu sein. Francesco, Ihr kennt meine Verdienste. Wenn ich zum Müßiggang gezwungen bin, werde ich muffig und bitter wie eine auf dem Trockenboden vergessene Frucht. Ich frage Euch: Was ist das für ein Dasein?

Tag und Nacht quäle ich mich mit Grübeleien. Ich sehe, wie Italien zugrunde geht und daß dieser Niedergang durch die himmelschreiende Dummheit und Korruption unserer hohen Herren noch vorangetrieben wird. Ich könnte ihnen als Berater dienen. Ich bin der Apotheker mit der bitteren Arznei, dem letzten Rettungsmittel. Ich kann zwar keine Besserung garantieren, aber in äußerster Not sollte jeder Versuch willkommen sein. Besäße ich doch nur die nötige Macht. Was geschieht indes? Sie wollen von der Medizin naschen, wie es ihnen beliebt, ohne sich an die verordnete Dosierung zu halten. Ich sehe alle Welt mit Mitteln kurpfuschen, die in unbefugten Händen zu Gift werden. Was bleibt mir anderes übrig, als dieses Trauerspiel als Posse zu betrachten, auf so groteske Weise wirklichkeitsnah und so herzzerreißend komisch wie meine Komödie «Mandragola», die – zu meiner Freude las ich es in Eurem letzten Brief – offenbar auch Euch und den Menschen in Eurer nächsten Umgebung vor Lachen die Tränen in die Augen treibt. Es geschieht wahrhaftig nicht jeden Tag, daß ein ehemaliger Gesandter von Florenz, ein ehemaliger Vertrauter von Fürsten und Prälaten, noch als Possendichter Karriere macht. Auch Seine Heiligkeit war so freundlich, ein paar schmeichelhafte Bemerkungen an mich zu richten: Die Komödie hätte ihn außerordentlich amüsiert, er denke an eine Aufführung bei Hofe, vermutlich, um diesem mißglückten Jubiläum im letzten Moment noch ein wenig Glanz zu verleihen. Über ein mir gemäßes Amt, eine anständige Entlohnung für den

Verfasser – der sich bei Gott seine Sporen in Politik und Diplomatie verdient hat – kein Wort.

Voller Ingrimm überreichte ich also Seiner Heiligkeit die *Istorie*, eine feierliche Übergabe erschien mir in diesem Augenblick unangemessen. Mehr als das vage Versprechen einer Zuwendung – wann und wieviel, darüber ließ niemand ein Wort verlauten – habe ich nicht erreicht. Dafür hörte ich Seine Heiligkeit zu meiner Überraschung erklären, er beabsichtige, den *Fürsten* auf den päpstlichen Pressen drucken zu lassen. Es muß sich noch zeigen, ob es ihm Ernst damit ist, aber sollte es wirklich dazu kommen, ginge einer meiner innigsten Wünsche in Erfüllung. Wenn sie es doch endlich einmal schwarz auf weiß vor sich sähen, was es bedeutet, Macht und Autorität zu haben, zu herrschen, Ordnung zu halten, wehrhaft und wachsam, kurzum, ein Fürst zu sein. Hier hätten sie ein Vorbild, diese Herren, die nicht wissen, was sie wollen, und die, selbst wenn sie es wüßten, ihren Willen nicht in die Tat umsetzen könnten. Gott gebe, daß dieser Zustand nicht zu lange währt. Es sieht nicht danach aus, daß uns noch viel Zeit zum Handeln bleibt. Wenn wir jetzt nichts unternehmen, sind wir verloren.

Ihr wißt vermutlich besser als jeder andere über die Kampagne Bescheid, die der Datarius Giberti und Messer Alberto Pio, der französische Gesandte, in die Wege geleitet haben, um eine neue, starke Liga gegen den Kaiser aufzubauen. Was versprechen sie sich davon? Einen unverbrüchlichen Bund gegen die gefährliche Macht Seiner Majestät? Wie oft haben wir in den vergangenen fünfundzwanzig Jahren nicht miterlebt, daß unverbrüchliche Bünde geschmiedet wurden, ob für oder gegen die Reichsmacht! Ich habe es aufgegeben, sie zu zählen, mein Lieber. Auch für diesen Plan gebe ich keinen Soldo. Es liegt in der Natur einer Liga, daß der Erfolg erst nach längerer Zeit sichtbar wird, insbesondere wenn man die Sache in der gewohnten Manier angeht – mit endlosem Geschreibsel und Gerede, ganz zu schweigen von den Intrigen. So, wie die Dinge jetzt liegen, muß augenblicklich eingegriffen werden. Die Haltung Seiner Heiligkeit, dieses ewige Auf-der-Stelle-Treten – das hätte nur Sinn, wenn er damit Zeit gewinnen wollte, um dann um so zielstrebiger handeln zu können. So aber, ohne klare Linie, ist es einfach unverantwortlich – sein ewiges «zu früh» oder «zu spät» oder «überhaupt nicht» und seine grundlegenden Fehlentscheidungen verderben die wenigen Chancen, die wir noch haben. Diesen unsteten, unbezahlten spanischen und deutschen Söldnern ist alles zuzutrauen. Wer verteidigt Florenz, Venedig, den Kirchenstaat, wenn es darauf ankommt? Ein Funke ins Pulverfaß, und dann? Actum erit de libertate Italiae.

Ich weiß, daß Ihr meine Meinung teilt. Giberti und Alberto Pio treiben den Papst zu einer Liga, aber auch Ihr mischt in dieser Angelegenheit tüchtig mit. Giberti ist ein äußerst fähiger Mann, ein edler Mensch, aber wenig fortschrittlich; Pio hängt sein Fähnchen nach dem Wind; die genialen Schachzüge müssen von Euch kommen, Francesco. So blind könnt Ihr doch nicht sein! Ein Mann mit Eurer Erfahrung und Eurem Hintergrund. Wir dürfen uns in unserer Verteidigungsstrategie nicht auf Fremde verlassen. Die Unterstützung Frankreichs nützt uns nichts. Solange sie dort mit Madrid über die Freilassung ihres eigenen Königs verhandeln, werden sie uns keinen Reiter, keinen Landsknecht und keinen Dukaten schikken. Und selbst wenn sie es täten, was dann? Ich kenne mich mit Söldnertruppen aus. Man weiß nie, ob oder wann sie kommen, sie bereiten einem mehr Unannehmlichkeiten als Vorteile, und an unsere Sache bindet sie nichts als der Sold; wenn er ihnen nicht hoch genug ist, meutern sie oder laufen zum Feind über. Was sagen die sogenannten Bündnispartner, wenn es darauf ankommt? Was sagte unlängst der englische Wortführer? Quid ad nos Italia! Was geht uns Italien an... Sie kämpfen für ihre eigenen Vorteile, nicht für unsere Freiheit. Und was schließlich Italien selbst betrifft, wieviel Bruderzwist und Nachbargezänk müßten wir nicht beilegen, bevor Venetianer und Florentiner, Mailänder und Neapolitaner einander vertrauen können?

Wenn unser Kampf um die Unabhängigkeit Aussicht auf Erfolg haben soll, müssen wir ihn vollkommen anders angehen. Erinnert

Ihr Euch an meine Idee einer Volksmiliz? Das ist unsere Rettung, zumindest etwas in der Art. Wir müssen uns selbst verteidigen. Natürlich wäre es weltfremd, zu glauben, daß sich hundert Städte und Staaten in kurzer Zeit einmütig zusammenschließen. Aber es muß ein Anfang gemacht, ein Kern geschaffen werden. Wenn der erst besteht, wenn man nur sehen kann, daß es möglich ist, werden sich alle anderen anschließen. Was seinerzeit in Florenz geschehen konnte, muß unter Eurer Führung auch in der Romagna möglich sein. Ihr seid doch dort der große Mann. Zivil- und Militärgouverneur, Prokonsul, sozusagen absoluter Herrscher. Würde es der Papst jemals wagen, etwas gegen Eure Maßnahmen einzuwenden? Bewaffnet die Bevölkerung und bildet sie militärisch aus. Das ist der eine Punkt.

Hinzu kommt eine zweite und mindestens ebenso wichtige Bedingung, damit das Unternehmen gelingt. Was wir dringend brauchen, ist ein Anführer, und zwar nicht den ersten besten, sondern einen Mann, dem wir vertrauen können und den sogar die Kaiserlichen respektieren. Kurzum, wir brauchen einen Mann von großem Format, mutig, listig und fähig zu weitreichenden Entscheidungen. Wir brauchen einen genialen Feldherrn. Muß ich nach Pavia überhaupt noch einen Namen nennen? Geborene Anführer sind bei uns im Augenblick rar. Was ich nun sagen will, wird Euch vielleicht tollkühn oder sogar lächerlich vorkommen, weil Ihr wißt, daß der, den ich meine, auf der falschen Seite kämpft. Aber in einer Zeit wie dieser sind beherzte Schachzüge gefragt. Die Politik hat ihre eigenen Mittel und Wege, die sich nicht an dem messen lassen, was Ihr und ich im persönlichen Leben als gut oder schlecht bezeichnen. Hier gilt nur eines: Zweckmäßigkeit. Nicht schwanken und zögern, sondern fest entschlossen den Weg einschlagen, den uns die Umstände als den einzig richtigen weisen. Wer redet noch vom Weg, wenn das Ziel erreicht ist! Und unser Ziel ist das Wohl Italiens. Jetzt oder nie, Francesco. Wir müssen unser Schicksal selbst in die Hand nehmen. Ihr, ein Republikaner reinsten Wassers, der sein Leben lang den Medici gedient hat, ein Feind weltlicher

Priestermacht, der dennoch als päpstlicher Beamter seine Pflicht erfüllt, müßtet doch begreifen, um welchen Einsatz es in diesem Spiel geht: einen neuen Staatsgedanken.

Sforzas Kanzler, Messer Girolamo Morone, ist von Mailand nach Rom gekommen. Er hatte eine lange Unterredung mit Giberti und danach auch mit dem Papst. Von Gibertis Sekretär Berni habe ich einiges über diesen Besuch gehört. Seitdem kann ich an nichts anderes mehr denken. Francesco, ich muß es immer wieder betonen: Es handelt sich hier um eine außerordentlich wichtige Angelegenheit, die in engem Zusammenhang mit dem steht, was ich weiter oben angesprochen habe. Die Idee, die mich seit Jahr und Tag beschäftigt, lebt offenbar auch in anderen. Ein kühner Plan: der Griff nach der Freiheit! Der Mann, den ich für den richtigen halte, wird nach meinen Informationen auch in berufenen Kreisen als die einzige Person angesehen, die in unserem Kampf um die Unabhängigkeit die Führung übernehmen könnte. Ihr werdet verstehen, daß ich hier nicht näher auf diese Dinge eingehen kann. Setzt Euch dafür ein, daß ich den Posten eines Gesandten zwischen Euch und dem Hof von Rom erhalte. Ich habe selbst bereits Schritte in diese Richtung getan, aber wer bin ich? Ich ziehe nicht an den Fäden des päpstlichen Marionettentheaters. Nur Euer Einfluß kann zu einem guten Ausgang führen. Wir müssen unbedingt so bald wie möglich einmal unter vier Augen miteinander reden.

In Rom hat sich nichts verändert, seit ich zuletzt hier war, außer vielleicht der Tatsache, daß es am Hof weniger prunkvoll zugeht als zu Zeiten Papst Leos. Ich habe mit vielen alten Bekannten gesprochen und Erinnerungen aufgefrischt. Im Sekretariat Gibertis hatte ich eine seltsame Begegnung. Während ich mich mit Berni unterhalte, wird ein junger Mann gemeldet: Messer Giovanni Borgia. Ein Name, der gewöhnlich nicht so arglos ausgesprochen wird. Ein Name, an den sich Erinnerungen knüpfen. Ein Stück Vergangenheit, schließlich steht er für eine entscheidende Zeit meines Lebens. Dieser Giovanni war damals eines der

Kinder im Gefolge von Cesare Borgia. Der kleine Herzog von Nepi und Camerino. Wenn ich mich nicht irre, war mit ihm irgend etwas los. Über den Grund seiner Anwesenheit gab es die widersprüchlichsten Gerüchte, aber die will ich nicht wieder aufwärmen – sollen sie mit den Borgias tot und begraben sein.

Wie dem auch sei, seit der Begegnung bei Berni muß ich immer an die Zeit zurückdenken, in der ich als Gesandter bei Cesare in der Romagna war. In jenen Tagen konnte ich noch hoffen und glauben, denn ich war überzeugt, Italien hätte in ihm einen Anführer gefunden. Ihr, Francesco, wißt besser als jeder andere, daß ich in Cesares Auftreten gegenüber all den großen und kleinen Tyrannen in der Romagna die Morgenröte unserer Einheit und Selbständigkeit sah. Hätte er vollbracht, was er mit so viel schlauer Überlegung und scharf berechnetem Eingreifen begann, niemals hätten Frankreich und der Kaiser die Macht bekommen, uns zu knechten. Man hat ihn der Niedertracht und des Verrats bezichtigt, seine Eroberungen in der Romagna ein barbarisches Blutbad genannt. Ich habe viel darüber nachgedacht, aber niemals begriffen, wie er auf andere Weise sein Ziel hätte erreichen sollen. Es zeigt sich immer wieder, daß man das Übel nur bekämpfen kann, indem man selbst üble Taten begeht. Die bittere Notwendigkeit zwingt einen zuweilen zu Maßnahmen, die man aufgrund vernünftiger Überlegungen nie ergreifen würde. Der Zweck heiligt die Mittel.

Ich war mir immer darüber im klaren, daß Cesare Borgia im Grunde nur auf den eigenen Vorteil bedacht war. Was ich an ihm bewunderte: seine Kaltblütigkeit, seine einsamen Entschlüsse, seine Taktik, den Gegner zu überrumpeln. Im Vergleich zu ihm waren die anderen Fürsten und ihre Condottieri ein Trupp Dilettanten. Auf das Format kommt es an. Er war die große Schlange, die die kleinen verschlingt. Wäre es seinerzeit notwendig geworden, die große Schlange unschädlich zu machen, wäre auf einen Schlag sämtliches Ungeziefer vernichtet worden. Ich bleibe dabei, daß solche Maßnahmen unvermeidlich sind, um aus der Flicken-

decke, die Italien jetzt ist, ein Ganzes zu formen. Nur auf die sinnlose Streitsucht und Rivalität zwischen den Colonna, den Orsini,
den Montefeltre, den Baglioni und ihresgleichen ist die Schwäche
dieses Landes zurückzuführen, und diese Schwäche führt nun zu
unserem Untergang.

Ihr wißt, ich habe einsehen müssen, daß Cesare Borgia nicht der
Mann war, für den ich ihn anfangs hielt. Daß er sich nach dem Tod
seines Vaters nicht behaupten konnte, spricht gegen ihn. Er hätte
mit allem rechnen müssen, also auch damit, daß er beim Tod von
Papst Alexander selbst durch Krankheit handlungsunfähig sein
würde. Mißgeschicke machten ihn unsicher, und das war der Anfang vom Ende. Ich habe ihn noch einmal besucht – es war das
letzte Mal, daß ich ihn sah –, als er 1503 im Castel Sant'Angelo auf
den Ausgang des Konklaves wartete. Ich war damals ja als Gesandter der Signoria in Rom. Cesare, der wußte, daß sein Feind della
Rovere zum Papst gewählt werden würde, hatte diese Wahl sogar
aus diplomatischem Kalkül unterstützt, in meinen Augen ein unbegreiflicher Fehler. Wie konnte er, der selber ständig willkürlich
seine Versprechen brach, auf das Wort eines Gegners vertrauen? Er
spielte den Überlegenen, Selbstsicheren. Vielleicht gelang es ihm,
seine unmittelbare Umgebung zu täuschen. *Ich* aber sah die Unruhe in seinen Augen. Zum erstenmal empfand ich Ärger, Verachtung, doch auch Mitleid. Der Mann hatte bei mir verspielt. Ich
erkannte, daß er keineswegs der Fürst war, der aus einem Wirrwarr
von Staaten und Kleinstaaten La Patria erschaffen würde. Es war
schwer für mich, diese Enttäuschung zu verwinden. Später lernte
ich, die Dinge in einem anderen Licht zu sehen. Was bedeutet mir
der Mensch Cesare Borgia, der gescheitert ist? Sein Auftreten in
der Romagna bleibt trotz allem die praktische Verwirklichung der
Ideen, die ich danach in jener Schrift, die Ihr ja kennt, in Worte
gefaßt habe.

Zu welchen Betrachtungen einen so eine kurze Begegnung doch
veranlassen kann! Jahrelang habe ich nicht mehr an Cesare Borgia
gedacht. Dieser junge Mann aus der Kanzlei ähnelt ihm übrigens

nicht, obgleich er dunkle Haut und dunkle Augen hat, wie seinerzeit Papst Alexander. Wer seinen Namen nicht kennt, wird die Verwandtschaft nicht sofort bemerken. Er ist ein lebender Beweis für die Schnelligkeit, mit der sich Fortunas Rad dreht. Seine Vorgänger gehörten zu den Großen der Erde, während er nur ein bescheidener Amtsträger am päpstlichen Hofe ist. Die Herzogskronen und Fürstentümer, die ihm in seiner Jugend zufielen, sind in Rauch aufgegangen. Falls er ehrgeizig ist, wird er daran schwer zu tragen haben. Aber was geht Euch und mich dieser Mann an, der kein Jota an Italiens Schicksal ändern wird?

Meine Gedanken über Messer Girolamo Morone und die Sache, die er in Rom vertritt, würde ich Euch gern mündlich mitteilen und Eure Meinung dazu erfahren. Das ist in unser aller Interesse. Gebe Gott, daß ich bald selbst mit Euch sprechen kann. Ich setze meine ganze Hoffnung auf Eure Fürsprache in dieser Angelegenheit. Eure Stimme kann den Ausschlag geben. Bei aller Verbitterung ist es mir ein Trost, daß das Schicksal wenigstens Euch im Überfluß geschenkt hat, was es mir vorenthielt: Einfluß auf diejenigen, die unsere Politik machen.

Ein langer Brief diesmal. Antwortet mir bald, ich warte sehnsüchtig auf günstige Nachrichten Eurerseits. Seid gegrüßt.

Eurer Exzellenz Diener
NICCOLÒ MACHIAVELLI
in Rom

GIOVANNI BORGIA

Seit der Unterhaltung mit Berni habe ich offenbar einen zusätzlichen Posten bekommen. Ohne übrigens zu wissen warum, wurde ich plötzlich dem Gefolge von niemand Geringerem als Messer Girolamo Morone, dem Kanzler von Mailand, zugeteilt, der zu verschiedenen Unterredungen hier ist. Noch weiß ich nicht, welche Dienste man von mir erwartet. Hat das neue Amt einen Sinn oder ist es rein dekorativ? Berni ließ sich nur in vagen Umschreibungen aus, versprach mir aber eine stattliche Besoldung. Er schenkte mir höchstens fünf Minuten seiner Zeit. Das Vorzimmer von Gibertis Sekretariat war voll mit Wartenden. Übrigens war schon jemand bei Berni, als ich angemeldet und eingelassen wurde. Der Besucher zeigte sich überrascht, als er meinen Namen hörte. Warum? Während ich mit Berni sprach, starrte er mich aus einer Ecke des Raumes unverwandt an. Später habe ich mich bei einem Kollegen in der Kanzlei erkundigt, wer das gewesen sein könnte. Ein gewisser Messer Machiavelli aus Florenz, Gesandter, Dichter und Philosoph, wie es scheint, ein hitzköpfiger Sonderling, der die Welt verändern möchte. Ich glaube, den Namen schon früher gehört zu haben, weiß aber nicht mehr, wo und wann.

Bestimmt werde ich alles über ihn erfahren, wenn ich mich bei meinem merkwürdigen Freund in Pfauenblau, Messer Pietro Aretino, nach ihm erkundige. Natürlich sind wir uns nicht zufällig in der Loggia begegnet. Er lag auf der Lauer oder ist mir nachgelaufen. Schon bei seinen ersten Worten war mir seine Absicht klar: Er wollte sich anbiedern. Er läßt sich so schwer abschütteln wie ein blutsaugendes Insekt. Die Begegnung war übrigens nicht uninteressant. Ohne die Beredsamkeit von Messer Aretino hätte ich nicht gewußt, daß der Herzog von Camerino an mir vorbeischritt. Es war sonderbar, zu hören, wie ein anderer mit dem Namen genannt wurde, den ich selbst, ob zu Recht oder zu Unrecht, eine Zeitlang getragen habe. Dieser Giammaria Varano muß der Mann sein – der einzige seines Geschlechts –, der seinerzeit Cesares Hinterhalt entkommen ist. Eine schmächtige Gestalt mit einem schlaffen, verträumten Gesicht. Ein Greis: ich schätze ihn auf rund fünfzig Jahre. Beschützer von Bettelmönchen, täglicher Gast bei der Bruderschaft der Göttlichen Liebe.

Aber Camerino, eine starke Festung in steilem Bergland, ist ein Erbe für einen Krieger und nicht für jemanden, der mit einer Gruppe von Frauen und Gelehrten die Apostelbriefe studiert und sich aus Liebhaberei mit der Kirchenreform beschäftigt. Er leistet also der Gemahlin des kaiserlichen Feldherrn Gesellschaft. Er täte besser daran, Pescara selber oder – je nach seiner Überzeugung – der Gegenpartei seine Dienste anzubieten. Wenn der Kampf weitergeht und, was zu erwarten ist, auf den Süden übergreift, kann Camerino zu einem strategischen Punkt größter Bedeutung werden. An Varanos Stelle würde ich meine Zeit nicht mit Theologie vertrödeln, sondern mich auf die Ereignisse der nächsten Zukunft vorbereiten.

Ich lief dem Zug nach, um Varano noch einmal zu sehen, damit ich ihn in Zukunft wiedererkenne. Doch im entscheidenden Moment hatte ich nur Augen für diese Frau, für Vittoria Colonna, Pescaras Gemahlin. Es ist das zweite Mal, daß sie zufällig meinen Weg kreuzt. Erstmals habe ich sie im Jahre 1517 in Neapel gesehen. Sie ritt an der Seite Pescaras in einem fürstlichen Zug an mir vorbei. Damals hatte ich Bari schon vor mehr als drei Jahren verlassen und verkehrte nicht mehr mit den hohen Herren von Neapel und Umgebung. Ich stand mitten im Volk auf der Straße, ein namenloser Zuschauer. Der Marchese und die Marchesa wurden mit Jubel und

94

Händeklatschen begrüßt. Er galt als Held der Schlachten in der Lombardei, in ihr wollte man ihren Vater, Fabrizio Colonna, den Feldherrn von Neapel, ehren. Ich rief «Vivat» mit der Menge. Damals hatte ich gerade einige Zeit bei den Söldnern gedient, die von Fabrizio Colonna für das kaiserliche Heer gedrillt wurden; meine Bewunderung für den begabten Kriegsherrn und großen Befehlshaber kannte keine Grenzen. In meinen Jahren des Vagabundierens folgte ich seinem Stern. Mit seinem Vorbild vor Augen habe ich damals den Kriegsdienst als Beruf gewählt. Seinethalben jubelte ich auch seiner Tochter zu. Ansonsten interessierte mich die schöne, starre, mit Juwelen aufgeputzte Puppe nicht.

Neulich in der Säulengalerie des Vatikans hat sie mich sehr viel stärker beeindruckt. Ein strenger Mund, traurige Augen. Was vor allem meine Aufmerksamkeit fesselte: ihre auffallende Ähnlichkeit mit der Frau, an deren Hof ich aufgewachsen bin, mit meiner Pflegemutter Isabella von Aragon. Vor allem in ihrer Haltung und ihrem Blick sind die beiden sich ähnlich. Als ich sie näher kommen sah, langsam, die Augen niedergeschlagen und mit einem eigentümlichen Lächeln auf den Lippen, war mir, als sei die Zeit stillgestanden.

Man sagt, die Seele des Menschen verrate sich in seinem Äußeren. Ein seltsam erregender Gedanke, daß die keusche und dennoch reife Schönheit von Frauen wie Isabella und dieser Vittoria die Frucht heimlichen Kummers, von stolz getragener Entsagung sein könnte. Messer Aretino summte mir ein Liedchen vor:

Liebchen mein,
ich werde so oft bei dir sein
wie Pescara bei seiner Vittoria...

Das spöttische Versprechen eines Liebhabers, der sein Mädchen zu verlassen gedenkt! Gassenhauer enthalten, bei aller Übertreibung, meistens ein Körnchen Wahrheit. Schon seinerzeit in Neapel, als der Marchese und seine Gemahlin im Hochzeitszug der Bona

Sforza an mir vorbeiritten, hörte ich scherzende Bemerkungen unter den Zuschauern: Es habe eines Festes bedurft, um Pescara nach Hause zu locken. Was mag in einer schönen Frau, die verschmäht wird, vorgehen?

Als sie kürzlich in den Hallen des päpstlichen Palastes an mir vorbeiging, verbeugte ich mich tief. Einen Augenblick lang glaubte ich, ihr Blick gelte mir. Doch sie hat mich vermutlich gar nicht gesehen. Über ihre Schulter hinweg sah sie sich um nach dem Mann, der im Gedränge vor mir stand und der – Messer Aretino versäumte nicht, mich aufzuklären – als Maler und Bildhauer Michelangelo Buonarotti bekannt ist. Ich weiß wenig von Künstlern und Kunstwerken. Als ich die Gemälde am Deckengewölbe der Capella Sistina zum erstenmal sah, stellte ich mir vor, daß ein Mann, der den menschlichen Körper dergestalt abbilden könne, selbst ganz besonders wohlgestaltet sein müsse. Das Gegenteil trifft zu. Eine gebeugte Haltung, grobe, breite, knochige Hände, wirres graues Kopf- und Barthaar. Sein Nasenbein ist gebrochen, wodurch das ganze Gesicht schief aussieht. Als Messer Aretino ihn anredete – Ihre Exzellenz scheint Euch mit einem Gruß auszeichnen zu wollen –, gab er keine Antwort. Er strich ein paarmal rasch mit gespreizten Fingern über Mund und Kinn, wie um etwas fortzuwischen, und sah uns von der Seite her scheu und mißtrauisch an. Unbeholfen drängte er sich plötzlich unter die Vorbeigehenden. Später, auf dem Weg zu Gibertis Sekretariat, sah ich ihn in der Ferne vor mir gehen. Er beschleunigte den Schritt. Offenbar wünschte er nicht eingeholt und von Messer Aretino angesprochen zu werden.

Das Gefolge der Marchesa war da schon durch die Bronzetüren gezogen und auf dem Vorplatz angelangt. Ihr Gemahl, Pescara, ist ein großer Mann. Ohne ihn hätten die Kaiserlichen bei Pavia niemals den Sieg davongetragen. Seine Energie und sein Erfindungsreichtum sind unerschöpflich. Durch Angriffe und provozierte Scharmützel zwang er die Unseren zu ständiger Wachsamkeit. Seine Soldaten zogen Wälle rings um unser Lager. Täglich wurde der Belagerungsring um uns enger. Drei Tage vor der Schlacht bestürmte er mit ein paar tausend Mann spanischer Infanterie unsere Bastionen, drang ins Lager ein, eroberte mehrere Geschütze und fügte uns schwere Verluste zu. Schließlich haben seine Musketiere am 24. Februar, dem Tag von Pavia unseligen Gedenkens, unter unserer Reiterei das entscheidende Blutbad angerichtet. Auch die anderen kaiserlichen Befehlshaber, de Leyva, Del Vasto, der Überläufer Bourbon, der Vizekönig von Neapel sowie von Frundsberg, der Kommandant der Schweizer Landsknechte, waren jeder in seiner Art tapfere und fähige Krieger. Es spricht für die Einsicht des Kaisers, daß er den Oberbefehl über seine Bataillone solchen Männern anvertraut hat. Doch Pescara ist mehr als nur ein guter Soldat und erfahrener Stratege. Im französischen Heer ist keiner, der ihm das Wasser reichen könnte. Dort gibt es zwar brillante Einzelkämpfer, aber keinen geborenen Anführer. Auf Verwirrung, Unübersichtlichkeit und den Mangel an fester Führung ist die Niederlage zurückzuführen. Es ist vorbei. Die restlichen Truppen von König François haben sich zerstreut oder sind geflohen. Und da auch der König gefangengenommen wurde, wird es viel Mühe kosten, ein neues Heer anzuwerben.

Ich zweifle nicht daran, daß man bald ein solches Heer aufstellen wird. Die Mutter des Königs, Louise von Savoyen, die jetzt die Regentschaft übernommen hat, ist eine kluge, willensstarke Frau. Am Hofe nennt man sie «dame ambition». Sie wird nicht ruhen, bis Frankreich Revanche genommen hat und ihr Sohn wieder frei ist. Ihre Gesandten geben sich an der Tür des päpstlichen Empfangssaales die Klinke in die Hand. Im Vatikan geht das Gerücht um, Seine Heiligkeit verhandle – unter dem Druck des Datarius Giberti – abermals über das Zustandekommen einer Liga gegen den Kaiser. Ich kann mir nicht vorstellen, daß der Papst es wagt, die spanisch Gesinnten öffentlich vor den Kopf zu stoßen. Aber es haben sich schon seltsamere Dinge zugetragen. Anscheinend kann man auf dem Gebiet der Diplomatie von Papst Clemens noch einiges erwarten.

Wie dem auch sei, früher oder später läuft es doch wieder auf einen Kampf hinaus. Wenn die Leitung der kaiserlichen Truppen in dem künftigen Krieg Pescara anvertraut wird, heißt das, Frankreich kann einpacken.

Unter diesem Mann möchte ich kämpfen. Es lohnt sich, in einem siegreichen Heer zu dienen. Immerhin wollte ich den Bannern von Pescara und Colonna folgen, schon lange bevor ich mich nach Frankreich begab. Sicherlich würde ich heute bei den Kaiserlichen einen meinen Verdiensten entsprechenden Rang bekleiden, wenn ich seinerzeit nicht nach Ferrara gegangen wäre. Aber damals fühlte ich mich durch Alfonso d'Estes Unterstützung so geschmeichelt, daß ich seinem Rat folgte. Eine Zeitlang habe ich tatsächlich geglaubt, ich könnte in Frankreich mein Glück machen. Heute weiß ich es besser. Obwohl man mich dort stets höflich behandelte, betrachtete man mich als Abenteurer. Ich hätte im Heer niemals einen hohen Posten, am Hof niemals eine verantwortliche Stelle bekommen. Kein Mann von Rang und Namen hätte mir seine Tochter zur Frau gegeben. Wenn ich auf meinen Aufenthalt in Frankreich zurückblicke, ist mir klar, daß Nichtfranzosen dort zwar mit lässiger Zuvorkommenheit geduldet, nicht aber für voll angesehen werden.

Obwohl ich jahrelang der französischen Sache gedient habe, wäre ich kein Überläufer, wenn ich nun auf der Seite der Kaiserlichen mein Glück versuchen wollte. Ich bin in Italien geboren und aufgewachsen. Meinen Landsleuten steht es frei, die Partei zu wählen, die den größten Vorteil bietet. Ich habe keine Verpflichtungen, was das Land und das Heer von König François betrifft. Doch vorläufig unternehme ich nichts, solange mir hier am römischen Hof nicht einflußreiche Männer mit Rat und Tat beistehen. Abwarten also. Vielleicht kann ich bei Messer Aretino meine Fühler ausstrekken. Ein windiger Bursche, aber interessant und unterhaltsam; jedenfalls eine nützliche Beziehung. Ich habe versucht, Erkundigungen über ihn einzuholen, doch in der Kanzlei wollte niemand meine Fragen beantworten. Man scheint sich vor meinem Freund in

Pfauenblau gewaltig zu fürchten. Er ist der Günstling von Paolo Giovio, dem Leiter der päpstlichen Bibliothek. Ihn zum Feind haben bedeutet, entlassen zu werden. Ein Schreiber gab mir den Wink, im Sekretariat des Datarius nachzufragen. Neulich habe ich Messer Aretinos eigenen Worten entnommen, daß er mit Berni nicht auf freundschaftlichem Fuße steht, so daß man in diesen Kreisen mitteilsamer sein dürfte.

Im Laufe der Jahre habe ich genügend Menschenkenntnis erworben, um zu wissen, daß im Umgang mit solcherart neugierigen und redegewandten Herrschaften Vorsicht geboten ist. Zunächst einmal gilt es, herauszufinden, warum er meine Gesellschaft sucht. Es muß einen Grund haben, daß er sich so gefällig zeigt. Mein Führer im Labyrinth von Rom will er sein. Etwa um mir die neuen Paläste von Bramante zu zeigen – die ich übrigens schon gesehen habe, als ich 1518 hier war – oder um mich zu den antiken Ruinen und den Ausstellungen der kürzlich ausgegrabenen Statuen und Vasen zu führen? Er will wohl eher mein Cicerone sein in den Schenken und Bordellen. Wie er sagt, kennt er die großen Kurtisanen von Rom. Frauen, die sich ein paar Nächte mit einem Vermögen bezahlen lassen. Soweit ich weiß, bleibt von all den Küssen und Umarmungen nur ein einziges handfestes Souvenir: das «mal francese».

Seit ich hier bin, habe ich noch keine Frau angerührt. Es wimmelt in Rom von Freudenmädchen in allen Preislagen. In der Strada del Popolo und am Ponte Sisto wohnen sie Haus an Haus, sie beugen sich aus den Fenstern und rufen den Passanten ihren Preis zu. Kupplerinnen dringen bis in die Galerien des Vatikans vor, um dort ihre Geschäfte zu betreiben. Doch nach den liebeserfahrenen französischen Hofdamen und den wilden, braungebrannten Bauernmädchen, die einem einsamen Reiter gern zu Willen sind, führen mich die billigen, für eine Handvoll Scudi feilen Dirnen kaum in Versuchung. Die anderen, die schönen, verführerischen Frauen, die wie Fürstinnen in Palästen leben und sich nur geladenen Gästen zeigen, sind für mich unerreichbar. Selbst wenn Messer Aretino mich ihnen vorstellen wollte, dürfte ich vermutlich nicht viel weiter kommen als bis zum Vorzimmer.

Heute bin ich ihm wieder begegnet. Er grüßte mich mit überschwenglichen Verneigungen, winkte und verzog vielsagend das Gesicht. Im Vorbeigehen wünschte er mir Glück zu meiner Aufnahme in Morones Gefolge. Offenbar kann man ihm keine Neuigkeiten erzählen.

Der Anblick der Marchesa von Pescara hat die Erinnerung an meine Pflegemutter wieder in mir wachgerufen. Isabella von Aragon war mir in meinen Knabenjahren ein Sinnbild von gekränkter, wehrloser Majestät, von stolzer Ergebenheit in ein leidvolles Schicksal. In ihren Briefen pflegte sie unter ihrem Namen zu schreiben: *unica in disgrazia* – niemand kennt das Unglück so wie ich. Wer ihren Blick sah, mußte ihr glauben. In Frankreich erreichte mich die Nachricht von ihrem Tod. Nie habe ich mit so großer Inbrunst für die Seelenruhe einer Verstorbenen gebetet. Sie war für mich wie eine Mutter, eine andere Zuneigung als ihre liebevolle Fürsorge haben Rodrigo und ich nie gekannt. Das einsame Schloß von Bari, hoch über den Felsen am Adriatischen Meer, war unser Zuhause. Waren wir nicht auch Verbannte, wie Isabella und ihre beiden Töchter?

Nach einem kurzen Aufenthalt in Neapel – zuerst unter der Aufsicht der Kardinäle, unserer Vormunde, danach bei unseren Verwandten Gioffredo und seiner lasziven Frau Sancia – wurden wir nach Bari gebracht. Wir wußten nichts über Isabella von Aragon, außer daß sie die Schwester von Sancia und von Rodrigos Vater war und dereinst als Gemahlin von Gian Galeazzo Sforza Herzogin von Mailand gewesen war. Als wir durch das Tor in die Festung ritten, glaubte ich, man würde uns dort lebenslänglich gefangenhalten. Cesare war im fernen Spanien eingekerkert, von unversöhnlichen Feinden bewacht. Man führte uns durch eine Flucht kleiner, leerer Zimmer, dunkel wie Maulwurfsgänge. Rodrigo und ich hielten einander an der Hand, ich spürte, wie er vor Angst zitterte. Eine Tür wurde aufgestoßen, blendendes Tageslicht strömte uns entgegen. Wir betraten eine Galerie, die an drei Seiten von schlanken Säulen umgeben war. Draußen vor den Arkaden die Weite des wolkenlosen Himmels, des im Sonnenschein glitzernden Meeres. Zwischen Töpfen mit blühenden Bäumchen saß eine Frau, die uns ernst ansah. Sie rührte sich nicht. In der windstillen Hitze bewegte sich keine Falte ihres Kleides, keine Locke des langen Haares, das ihr über die Schultern fiel. Mit ihrem Blick zog sie uns zu sich heran. Als wir dicht vor ihr standen, lächelte sie kaum wahrnehmbar. Sie drehte die Handflächen nach oben und umfaßte unsere Hände mit einem kühlen, festen Griff.

Das Leben bei Isabella war ruhig und ohne Aufregung. Wir waren nicht gewohnt, länger als zwei, drei Wochen am selben Ort zu wohnen. Unterricht hatten wir nie bekommen. Springen, Fangen, Raufen und jene mutwilligen Scherze, zu denen ein Kind aus Langeweile getrieben wird, waren die einzigen Spiele, die wir kannten. In Gesellschaft von Isabellas Töchtern Bona und Ippolita wurden wir in den höfischen Pflichten und Vergnügungen unterwiesen, in Gesang, Tanz und Lautenspiel, außerdem lernten wir Lesen und Schreiben. Rodrigo und ich hatten unsere eigenen Erzieher; der meine hieß Baldassare Bonfiglio und war Isabellas Bibliothekar. Am Hof von Bari wurde Spanisch und Italienisch gesprochen, was wir von Haus aus gewohnt waren.

Isabella vergaß nie, daß sie eine Aragon war; ihre spanische Abstammung äußerte sich in einer königlichen Haltung, in der herben, vornehmen Anmut und beherrschten Leidenschaft, wie man sie von großen Frauen aus den Romanzen kannte, etwa Doña Ximena oder Doña Inès. Das Schicksal gab ihr Gelegenheit zu zeigen, wie tief diese Eigenschaften in ihrem Wesen verwurzelt waren. Nie habe ich aus ihrem Mund eine Klage, eine Beschuldigung, einen Vorwurf gehört. Keine Frau verstand besser zu schweigen als sie. In meinem Beisein pries einmal ein Gesandter aus Mailand ihre Ergebenheit im Unglück. Lächelnd antwortete sie: «Für mich ist der Horizont zu einem einzigen Punkt geschrumpft. Darauf sind meine

Augen, meine Gedanken gerichtet. Der Glaube versetzt Berge, Messer, und mein Wille ist stärker als der Glaube. Doch was nutzt der Wille ohne Geduld?» Er fragte, welche Genugtuung sie in einem Warten finde, das offensichtlich vergeblich war. «Die Form, der Stil. Und wer wagte zu sagen, vergeblich? Ich vergeude meine Geduld nicht, Messer, Ihr könnt gehen.»

Heute weiß ich, daß die späte Einsicht, tatsächlich vergeblich gewartet zu haben, wohl die bitterste Erfahrung ihres Lebens gewesen sein muß, schwerer zu ertragen als Erniedrigung, Verbannung, der Tod ihrer Kinder, die Einsamkeit ihrer letzten Jahre.

Als Rodrigo und ich nach Bari kamen, war Bona fünfzehn Jahre alt und damit heiratsfähig, ein hochgeschossenes, mageres Mädchen mit der gebogenen Nase und blassen Hautfarbe, die, wie man sagt, im Geschlecht der Sforza erblich sind. Sie beherrschte uns, leitete uns an beim Lernen und Spielen und auch in anderen Dingen. Ihre Selbstsicherheit und ihre scharfe Zunge verliehen ihr die Überlegenheit einer Erwachsenen. Isabellas Fürsorge erschöpfte sich in bestimmten Vorschriften, in der Auswahl von Büchern und Musik sowie der Speisen, die uns vorgesetzt wurden, von Kleidern, die man uns zu tragen gab; sie bestimmte auch die Worte und das Verhalten der Erzieher, des Fechtlehrers, des Marschalls und der anderen Angehörigen des Hofstaates, mit denen wir täglich umgingen. Isabella hörte zu, beobachtete und dachte im stillen nach über die zu befolgenden Verhaltensmaßregeln. Selten griff sie unmittelbar ein.

Bona dagegen tadelte, bestrafte oder belohnte sofort, übernahm bei Streitereien die Rolle der Schiedsrichterin, bei Kummer und Mißgeschick die der Trösterin. Sie wußte alles – oder gab es zumindest vor –, was besonders großen Eindruck auf uns machte. Manchmal rief sie uns in einem Anflug von Mitteilsamkeit in irgendeine verlassene Kammer oder auf einen der Dachgärten und erzählte ausführlich und leidenschaftlich, was sie aus eigener Erinnerung oder vom Hörensagen aus vergangenen Tagen wußte: wie ihr Vater, Gian Galeazzo Sforza, der rechtmäßige Herzog von Mailand, von seinem Neffen Lodovico il Moro seiner Macht beraubt und schließlich vergiftet worden war, wie man ihre Mutter beleidigt und erniedrigt, ihren Bruder, ein Kind noch, mit Gewalt entführt und unschädlich gemacht hatte.

«Il Moro, dieser Räuber, dieser Mörder, hat die Franzosen in die Lombardei geholt, um mit ihnen zusammen die anderen Länder Italiens zu knechten und die Beute mit ihnen zu teilen. Er hat geglaubt, er könne den König von Frankreich betrügen und verraten, wie er meinen Vater betrogen und verraten hat, aber er ist in die Falle gegangen und jetzt sitzt er in Frankreich hinter Schloß und Riegel, angekettet wie ein gemeiner Dieb, und in Mailand, wo mein Bruder Herr und Gebieter sein sollte, herrschen die Franzosen. Nie mehr kann er Anspruch auf sein Erbteil erheben, denn sie haben ihn gezwungen, Priester zu werden, als er noch nicht alt genug war, um zu wissen, was das bedeutet. Der einzige Nachkomme der Sforza ist Abt in einem französischen Kloster und wir, meine Mutter, Ippolita und ich, sind ohnmächtige Verbannte. In ganz Italien wie im Ausland findet sich kein Sterblicher, der sich für uns einsetzt und unsere Rechte verteidigt. Ich bin das älteste Kind meines Vaters, wäre ich doch bloß ein Mann. Ich werde verrückt bei dem Gedanken, daß ich zeitlebens Zeugin unserer Niederlage sein muß, ohne auch nur einen Finger rühren zu können, um das Unheil abzuwenden.»

Was Bona erzählte, stieß nicht auf taube Ohren. Ich hatte nur einen Wunsch: rasch erwachsen zu werden, um die französischen Besatzer aus Mailand zu verjagen und die Ehre der Sforza wiederherzustellen. Ich wollte ihnen dienen, notfalls mein Leben für sie hingeben. Bonas Erzählungen verschmolzen in meiner Phantasie mit den spanischen Heldenromanen, die ich unter der Anleitung von Messer Bonfiglio zu lesen pflegte. Das herzogliche Schloß in Mailand, nach Bonas Worten eine Flucht von Palästen, umschlossen von einer riesigen Festung, beherrschte meine Träume. Ich wähnte mich für immer in das Geschlecht der Sforza aufgenommen. Ich vergaß, daß ich ein Borgia war. Alle Bande, die Rodrigo und mich mit der Vergangenheit verknüpften, schienen zerrissen, obwohl wir wußten, daß Lucrezia jedes Jahr aus Ferrara Geschenke und Geld für unseren Unterhalt schickte. Ich betrachtete mich als Isabellas Paladin; eine andere Zukunft, als ihr und ihren Töchtern ritterlich mein Leben zu weihen, konnte ich mir nicht vorstellen. Rodrigo plapperte es mir nach, doch für ihn war das alles letztlich nur ein Spiel.

Allmählich wurde ich mir der Spannungen unter der scheinbar ruhigen Oberfläche an Isabellas Hof bewußt. Der Friede war trügerisch. Im Schloß herrschten vorbildliche Ruhe und Ordnung, jedes Mitglied des Gefolges hatte seine täglichen Aufgaben, die mit Hingebung ausgeführt wurden. Der Duft der Blumen auf den Dachgärten, Klänge von Gesang und Lautenspiel hingen in der Luft. In unserer Mitte bewegte Isabella sich gelassen, mit einem leichten Lächeln um den Mund und nachdenklich niedergeschlagenen Augen. Im Laufe der Jahre lernte ich verstehen, warum sie anderen Menschen nur selten gerade in die Augen sah. Ihr Blick verriet sie; hinter einem dünnen Schleier der Melancholie funkelten ihre Augen scharf und gespannt, forschend und zugleich verbissen. In Bari stand das gesamte Leben im Zeichen des Wartens. Isabella und ihre Gefährten in der Verbannung betrachteten Bari nur als Zwischenstation. Unsere Herzen, unsere Gedanken weilten in Mailand. Boten kamen und gingen, meldeten, was in der Lombardei geschah, und brachten Isabellas Briefe zu ihren einstigen Vertrauten. In unserem Beisein sprach Isabella sehr selten über diese Dinge. Doch Bona wußte zu erzählen, daß ihre Mutter Verbindungen zu den Bürgern von Mailand unterhielt, die die Stadt vom französischen Joch befreien wollten. Besonders häufig korrespondierte sie mit Girolamo Morone, der Il Moro als Sekretär gedient hatte, später aber zu dessen Feinden übergelaufen war. Ein Verrat, den wir ihm nicht übelnahmen, denn in unseren Augen war Il Moro, der Usurpator, ein Verbrecher, und alles, was ihm angetan wurde, eine wohlverdiente Strafe.

«Aber was hilft uns das, was hilft uns das?» sagte Bona, während sie mit zornigen, eckigen Bewegungen vor uns auf und ab ging. «Was nützen uns Mutters Hartnäckigkeit und die Intrigen von Messer Morone? Wir sind zu weit weg von Mailand, wir haben keine Freunde, kein Geld, keine Truppen, nichts, und wenn eines Tages die Franzosen vertrieben werden, so kann mein Bruder doch niemals Herzog werden. Warum nur hofft sie noch immerzu, es ist sinnlos.»

Doch die Hoffnung beherrschte Isabellas Leben. Die Geräusche von Wind und Meer, die immer gleiche Aussicht auf die Stadt Bari und die blauen Gebirgsketten in der Ferne, die Stille in der Burg, die Eintönigkeit der täglichen Verrichtungen lenkten ihre Aufmerksamkeit nicht ab von dem Ziel, das sie sich gesetzt hatte.

1506 starb Ippolita an einer Halsentzündung. Die Trauer machte Isabella zugänglicher. Seit Bona als Erwachsene galt, hatte sie keine anderen Kinder als Rodrigo und mich. Wir nahmen den Platz des fernen Sohnes, der toten Ippolita ein. Im vertrauten Beisammensein ließ sie manchmal die Maske fallen, die sie vor Außenstehenden trug. Sie lachte selten und sprach wenig. Aber die Frau, die uns in der Zurückgezogenheit ihrer eigenen Gemächer empfing, war eine andere als die, die sich umgeben von Höflingen und Dienern in der Öffentlichkeit zeigte. Wer sie nur flüchtig kannte, sah in ihrem Schweigen und ihrer Selbstbeherrschung nur Kühle. Am französischen Hof habe ich einige Leute getroffen, die Isabella in der Zeit des ersten Feldzugs von König Charles in der Lombardei erlebt hatten. Sie nannten sie «sage et courageuse», fanden aber begeisterte Lobesworte für den Charme von Beatrice d'Este, Il Moros junger Gemahlin. Es wunderte mich nicht, daß Isabellas Vorzüge neben dem sprichwörtlichen Glanz des Usurpators und seiner Gemahlin unbemerkt blieben. Nur wenige Vertraute ahnten, daß unter der Asche ein glühender Kern schwelte. Vielleicht muß man sie so gut gekannt haben wie ich, um das zu erraten. Auch heute noch verfolgt mich die Erinnerung an ihr vages, unergründliches Lächeln, an ihren Blick voll Erbitterung, Melancholie und Entschlossenheit. Einen ähnlichen Ausdruck habe ich im Gesicht der Marchesa von Pescara wiedererkannt.

Es gibt noch eine weitere Ähnlichkeit. In Frankreich ging das Gerücht um, Sforza sei nur auf eindringliches Zureden von Verwandten und Ratgebern seinen ehelichen Pflichten nachgekommen. Isabella hatte den Körper einer Frau, die Mutter geworden war, aber keine Liebe gekannt hatte; bei aller Reife war sie jungfräulich in Haltung und Gebärden. Messer Aretino hat die Keuschheit der Marchesa von Pescara gerühmt. Auch ohne seine Bemerkung wäre ich überzeugt, daß sie wie eine Klosterfrau lebt. Was geht mich diese Fremde an, warum muß ich ständig an sie denken? Frauen haben meine Begierden erweckt, selten meine Gedanken in Beschlag genommen, nie jedoch mein Herz gerührt. Fasziniert sie mich, weil sie Isabella ähnlich sieht? Der Schock, den ihre Erscheinung mir versetzt hat, macht mir deutlich, wie groß der Einfluß meiner Pflegemutter auf mich war.

Um Isabellas Anerkennung zu erringen, wollte ich mich in allem ihrem Maßstab unterwerfen. Ich war noch ein Kind, hatte kein eigenes Urteil, wußte nichts von mir selbst. Ich machte mir Ritterlichkeit, stolzes Selbstwertgefühl und vornehme Selbstbeherrschung zu eigen, wie man fremde, verlockend schöne Kleider anzieht. Man stolziert damit herum und merkt nicht, daß sie gar nicht passen, weil sie nach den Maßen eines anderen zugeschnitten sind. Wahrscheinlich identifizierte ich mich auch in dieser Hinsicht mit Rodrigo, der sich benahm und aussah wie ein kleiner Prinz, was in Bari noch besser zur Geltung kam als in der Treibhausatmosphäre von Madonna Vannozzas Wohnsitz. Dabei vergaß ich, daß Rodrigo im Gegensatz zu mir der leibliche Neffe Isabellas, der Sohn eines Aragon war.

Zwei Ereignisse veränderten mein Leben: eine Reise, die ich unerwartet in Begleitung meines Erziehers Bonfiglio antrat, und der Besuch von Alfonso d'Este, Lucrezias Gatten, in Bari. Erst später begann ich zu vermuten, daß zwischen diesen Ereignissen ein Zusammenhang bestanden haben muß. Plötzlich war ich in einer Situation, die ich nicht verstand, die nur durch mir unbekannte Tatsachen zu erklären war. Die Reise wurde durch die rätselhaften Umstände zum Abenteuer, der Besuch von Alfonso d'Este, dem Herzog von Ferrara, hatte von Anfang an unheilverkündenden Charakter.

Eines Tages – ich war damals neun oder zehn Jahre alt – ließ Isabella mich zu sich in ihr Studiolo rufen, ein Gemach, in dem sie Bücher, Gemälde und Fragmente antiker Statuen aufbewahrte. Als ich eintrat, händigte sie Messer Bonfiglio gerade einige Briefe aus. «Hier kommt Don Giovanni», sagte meine Pflegemutter, «haltet Euch an meine Anordnungen, Messer, falls nicht in Carpi anders entschieden wird.»

Ich verstand, daß diese Worte ein langes Gespräch beendeten, dessen Inhalt mir unbekannt bleiben sollte. Messer Bonfiglio nahm die Briefe und verließ das Zimmer. Isabella sah mich eine Weile schweigend an. Dann sagte sie, ich werde eine lange Reise machen, zu Alberto Pio, dem Herrn von Carpi, einem Gebiet in der Nähe von Ferrara. Ich dürfe ihr keine Fragen stellen, sie könne mir das Wie und Warum des Unternehmens nicht erklären. «Sollte dir dort das eine oder andere merkwürdig vorkommen, laß dir deine Verwunderung nicht anmerken. In dem Fall sehen wir uns bald wieder. Vertraue in allem Messer Bonfiglio.»

Ich fragte sie, ob Rodrigo nicht mitkomme. Sie schüttelte den Kopf.

«Komm mal her. Sieh mich an. Was hast du für Erinnerungen an die Zeit vor Bari?»

Daß ich dieses Gespräch fast wörtlich wiedergeben kann, liegt vor allem daran, daß ich nie vergessen habe, was für heftige Empfindungen gerade diese Frage in mir auslöste. Bevor ich nach Bari kam, war mein Leben mit Cesare verbunden gewesen. Mein erster Gedanke galt ihm.

«Hat man ihn freigelassen? Ist er geflohen?»

«Es gibt Menschen, die man nicht wieder freiläßt, wenn man sie einmal hat. Es ist unwahrscheinlich, daß du ihn jemals wiedersehen wirst. Du zitterst ja vor Aufregung. Hängst du so sehr an ihm?»

«Er ist doch mein Vater.»

Isabella runzelte die Augenbrauen und schaute zu Boden. Ihr Schweigen verwirrte mich. In der Stille bekamen meine Worte plötzlich eine tiefe Bedeutung. Es war das erste Mal, daß ich Cesare öffentlich als meinen Vater bezeichnet hatte.

Die Aussicht, mit einem Schiff über das Meer zu fahren, versetzte mich in Aufregung. Ich konnte an nichts anderes mehr denken. Ich vergaß, daß ich nicht wußte, warum ich nach Carpi reiste und was ich dort tun sollte. Die Fahrt verlief ohne Zwischenfälle, das Wetter war heiter, die See ruhig. Für Messer Bonfiglio und mich hatte man auf dem Vorderdeck ein Zelt aufgespannt, wo wir tagsüber im Schatten saßen und nachts schliefen, durch Teppiche gegen den Wind geschützt. Es war August. Die Sonne füllte den Himmel von Horizont zu Horizont mit ihrer Glut, und wenn es dunkel geworden war, funkelten die Sternbilder. Die Küste blieb immer in Sicht. Bei Tage, während Messer Bonfiglio im Zelt las oder schlief, legte ich die Hände als Sonnenschutz vor die Stirn und blickte über das Meer. Ich hielt Ausschau nach den Dörfern und Burgen über den Felsen, nach den Seeleuten auf dem Zwischendeck, nach den sich im Takt hebenden und senkenden Rudern an den Längsseiten, nach den Delphinen, die aus der Gischt hochsprangen. Eines Morgens vor Sonnenaufgang warf die Galeere bei Tolle an der Pomündung den Anker aus. An Land warteten bewaffnete Knechte von Alberto Pio mit Reitpferden. Es folgte ein langer, schneller Ritt durch eine Landschaft, die mir so fremd vorkam, als wäre ich am anderen Ende der Welt: eben, grün und voller Wasser. Gegen Abend passierten wir ein weites Sumpfgebiet; beim eintönigen Froschgequake schlummerte ich auf dem Nacken meines Pferdes ein, so daß ich schlafend am Zielort eintraf.

Von dem Aufenthalt auf Schloß Carpi sind mir nur wenige Ereignisse in Erinnerung geblieben. Alberto Pio sah ich nur ein- oder zweimal im Laufe der folgenden Wochen. Er war damals in der spanisch gesinnten Partei ein ebenso wichtiger Mann wie heute unter den französisch Gesinnten. Erst neulich habe ich ihn auf dem Weg zum Audienzsaal gesehen. Er ist jetzt französischer Gesandter in Rom. Carpi, das von den Kaiserlichen besetzt ist, mußte er aufgeben. Es heißt, er habe gute Aussichten, seinen Besitz zurückzubekommen. Offensichtlich hat er nicht zum erstenmal die Fronten gewechselt und dabei Schloß und Land verspielt. Vermutlich erinnert er sich kaum noch an meinen Besuch in Carpi, oder er will nicht daran erinnert werden. Außerdem ist fraglich, ob er mir unter den derzeitigen Umständen helfen könnte, selbst wenn ich ihn an unsere frühere Begegnung erinnerte.

Damals, vor siebzehn Jahren, war ich fast ständig in der Gesellschaft von Pios jungen Söhnen. Wir gingen in den Sümpfen auf Vogeljagd, amüsierten uns bei Wurf- und Ballspielen auf dem Hof oder musizierten mit den Frauen und Mädchen der Familie in einer Galerie, die an die Gärten grenzte. Oft kamen Freunde und Verwandte von Pio zu Besuch, mit großem Gefolge, Pferden und Hunden. Es wurde von nichts anderem gesprochen als von den militärischen Aktionen des Papstes (damals war es Julius), der bestrebt war, den Kirchenstaat auf Kosten der kleineren Fürstentümer zu vergrößern. Während meines Aufenthaltes in Carpi fiel Perugia. Daß ich bei diesen Gesprächen dabeisein durfte, betrachtete ich als ein Zeichen meiner Mündigkeit. Ich hörte aufmerksam zu und äffte die Erwachsenen nach, obwohl ich nicht die Hälfte von dem verstand, was gesprochen wurde.

Eines Tages kam mich Baldassare Bonfiglio aus den Ställen holen, wo ich mit Pios Söhnen zusah, wie ein Pferd beschlagen wurde. Man zog mir meine besten Kleider an, besprenkelte mich mit Duftwasser und führte mich dann in die Gemächer der Frau des Hauses. Madonna Emilia öffnete selbst die Tür.

«Hier ist er, *vostra Signoria*», sagte sie, halb umgewandt zu einer Person, die weit hinten im Zimmer auf einem Prunkbett saß. Ich wurde nach vorn geschubst, so daß ich stolperte und auf die Knie fiel. Die Fremde beugte sich vor und half mir beim Aufstehen. Ihre

Handschuhe rochen nach Jasmin. Sie umfaßte meine Handgelenke mit einem zärtlichen Griff und lachte leise. Ein Schleier bedeckte ihr Gesicht bis zum Kinn. Ich sah nur ihre Augen hinter dem dünnen Stoff aufblitzen, mehr konnte ich nicht erkennen. Sie zog mich mit einer raschen, heftigen Bewegung an sich. Ihr Duft betäubte mich, ich spürte, wie ihre Lippen sich dicht an meinem Ohr bewegten. «Juan de Borja? Giovanni, Gianni, Giannino?»

Kosenamen, die wie eine Frage klangen. Ich verstand nicht, was sie wollte, und blieb verwirrt vor ihr stehen, ohne ein Wort zu sagen. Um den Hals trug sie eine Kette, an der tief in ihrem Ausschnitt ein grüner Stein in der Form eines Delphins hing. Sie begann, mich auf spanisch auszufragen: Ob ich glücklich sei, ob es mir in Bari gutginge, ob es etwas gebe, das ich gern haben möchte? Ob ich Rodrigo sehr lieb hätte? Sei er kleiner als ich, sähe er mir ähnlich, was täte er am liebsten?

Ich gab die Antworten, die man von mir erwartete. Messer Bonfiglio ergänzte, was ich vergaß oder aus einem mir unerklärlichen Schamgefühl verschwieg.

Am späten Abend kam die unbekannte Frau in das Zimmer, das ich mit Messer Bonfiglio teilte. Ich lag im Bett, im Dämmerzustand zwischen Wachen und Schlafen. Ich hörte ihre Stimme und die meines Erziehers, verstand aber nicht, was gesprochen wurde. Schließlich öffnete ich ein wenig die Augen. Sie standen am Tisch. Ich sah, daß Bonfiglio ihr die Briefe Isabellas überreichte, worauf sie Goldstücke aus einer Börse schüttete. Als sie sich dem Bett näherte, stellte ich mich schlafend. Bonfiglio schob den Vorhang zur Seite und hielt den Leuchter hoch.

«Weckt ihn nicht», sagte die Frau flüsternd. Sie berührte mein Gesicht, meine Haare und zog dann vorsichtig das Laken von mir weg. Aus Scham und Ärger darüber, nackt vor dieser Fremden zu liegen und von ihr angeschaut zu werden, begann ich zu schwitzen. Ich war für mein Alter körperlich gut entwickelt; wenn ich mit Rodrigo und anderen Spielkameraden badete oder spielte, zeigte ich mich nicht ohne Stolz. Aber dies war etwas anderes. Ich fühlte mich wehrlos, ausgeliefert, einem heißen, prickelnden Strom ausgesetzt. Endlich deckte die Frau mich wieder zu, langsam und zärtlich, aber ohne einen Anflug von Mütterlichkeit; das war eine ganz neue, verwirrende Erfahrung. Der Delphin berührte meine Wange. Noch lange nachdem sie gegangen war, blieb der Jasminduft im Zelt meines Bettes hängen. Ich fragte mich, warum sie verschleiert gewesen war, warum sie Spanisch gesprochen hatte. Zum erstenmal seit meiner Abreise aus Bari machte ich mir Gedanken darüber, daß ich den Grund meiner Reise nicht kannte. Nun vermutete ich, daß es etwas mit der geheimnisvollen Frauengestalt zu tun hatte. Später, während meiner Abenteurerjahre in Neapel, als mich die Zweifel über meine Herkunft am heftigsten plagten, habe ich mir Vorwürfe gemacht, weil ich mich so naiv mit dem Rätsel abgefunden habe. Davor hatte ich niemals ernsthaft geglaubt, die Besucherin in Carpi hätte Lucrezia gewesen sein können, obwohl mir der Gedanke hin und wieder gekommen war. Warum hätte Rodrigos Mutter, meine Verwandte und Gönnerin, sich mir nicht zu erkennen gegeben?

In Carpi war mir, als würde ich gemeinsam mit Messer Bonfiglio und der Familie Pio, und mit meiner Pflegemutter im Hintergrund, ein Spiel spielen, eines jener scheinbar sinnlosen, rätselhaften und komplizierten Spiele, wie sie in Ritterromanen vorkommen, in denen der Held der Geschichte eine Art Probe bestehen muß. Was dahintersteckte, war nebensächlich. Hauptsache war in diesem Fall das Versprechen, das ich Isabella gegeben hatte: keine Verwunderung zu zeigen, was auch immer geschehen mochte. Darum stellte ich keine Fragen, als ich merkte, daß die Frau mit dem Delphin verschwunden war. Niemand sprach von ihr, es war, als sei sie nie dagewesen. Ich verstand, daß das Schweigen ein unabdingbares Element in diesem Spiel war. In stillen Stunden dachte ich immer wieder über die Erfahrungen nach, die ich in Carpi gemacht hatte. Auf dieser Reise öffnete sich mir eine Gedankenwelt, die der unschuldigen Kindheit ein Ende machte. Ich hatte Schimpftiraden auf Papst Julius angehört, was der Mitschuld an einer Verschwörung sehr nahe kam; ich hatte verbotenerweise mit den Söhnen Pios im Sumpf Schlingen ausgelegt und den gefangenen Vögeln den Hals umgedreht. Den Duft, die Körperwärme, die liebkosende Berührung der fremden Frau konnte ich ebensowenig vergessen.

Messer Bonfiglio und ich kehrten nach Bari zurück. Während der Fahrt schaute ich oft den Delphinen zu. Messer Bonfiglio erzählte mir, daß sie immer paarweise in den Wellen spielen. Wenn ein Delphin seinen Gefährten verliert, stirbt er vor Kummer. Sie sind sorglose, verliebte, treue Begleiter der Venus Anadyomene.

Wieder zurück auf Bari, schien mir Rodrigo ein kleiner Junge zu sein. Auch Isabella betrachtete ich mit anderen Augen. Ihr Gesicht war nicht hinter einem Schleier verborgen, aber es umgab sie auch kein Jasminduft; ihre Hände streichelten nicht, ihre Stimme hatte keinen verführerischen Klang. Seit ich erfahrener in diesen Dingen bin, vermag ich die besondere, verlockende körperliche Ausstrahlung einer Frau, die viel liebt und viel begehrt wird, rasch zu erkennen. Isabella besaß diese Anziehungskraft nicht, ebensowenig wie die Marchesa von Pescara sie besitzt. Meine Pflegemutter fragte mich nie nach meinen Erlebnissen in Carpi. Als sie mich nach meiner Heimkehr zum erstenmal begrüßte, sah sie mich forschend an, gab mir aber keine Gelegenheit, Fragen zu stellen oder zu erzählen, was mir dort passiert war. Was ich für die Überlegenheit einer klugen Frau hielt, war in Wirklichkeit Ohnmacht und ein Gefühl von Unbehagen. Doch damals begriff ich das noch nicht. Rodrigo bestürmte mich mit Fragen, aber ich wollte ihm nichts erzählen. Zum erstenmal war ich mir des Altersunterschiedes zwischen uns bewußt.

Mit dem Besuch von Alfonso d'Este, Lucrezias Ehegatten, war meine Kindheit endgültig vorbei. Er kam aus zwei Gründen nach Bari: Zum einen überbrachte er die Nachricht, daß Cesare in Spanien den Tod gefunden hatte, und zum anderen wollte er Rodrigo an den Hof von Ferrara mitnehmen. Doch Rodrigo widersetzte sich. Er konnte sich an seine Mutter nicht erinnern und mißtraute

Alfonso, der ihn entschieden abgelehnt hatte, solange er selbst keinen rechtmäßigen Erben besaß. Weil Rodrigo sich mit allen Kräften sträubte, wurde seine Übersiedlung nach Ferrara für unbestimmte Zeit aufgeschoben. Von *mir* war nicht die Rede. Bis dahin waren Rodrigo und ich gleichrangig gewesen. Wir hatten uns nicht wie Vettern, sondern wie Brüder gefühlt. Man behandelte uns völlig gleich, mit dem gleichen Respekt. Man nannte Rodrigo den Herzog von Sermoneta, mich den Herzog von Nepi und Camerino, alles Gebiete, die Cesare in der Romagna erobert hatte. Obwohl wir wußten, daß wir keine Ansprüche mehr darauf erheben konnten, kam uns nicht der kleinste Zweifel an unserem Recht auf fürstliche Erziehung und fürstliche Ehrenbekundungen. In der Welt, die wir kannten, der Welt Isabellas, der entthronten Herrscherin und verbannten Königstochter, verlor niemand sein Ansehen, wenn ihm das Schicksal ungnädig gesinnt war.

Mir fiel auf, daß Alfonso d'Este und sein Gefolge, und nach einiger Zeit auch Isabellas Hofstaat, plötzlich in allem Rodrigo den Vorrang gaben. Mir war klar, daß nicht nur Höflichkeit gegenüber dem Sohn der Herzogin von Ferrara die Ursache dafür war. Da gab es Blicke und Anspielungen, die sich auf mich bezogen und die ich nicht verstand. Die Höflinge tuschelten miteinander, verstummten aber, bevor ich hören konnte, was sie sagten. Kaum, daß ich mich umgedreht hatte und weitergegangen war, flüsterten sie weiter. Noch tiefer verletzte mich, wie Alfonso d'Este mich behandelte. Bei unserer ersten Begegnung hatte er mir nicht mehr Aufmerksamkeit entgegengebracht als einem Pferd oder einem Jagdhund. Breitbeinig stand er mitten im Saal, die Daumen in den Gürtel gehängt. Eine Jacke mit Puffärmeln unterstrich den breiten Oberkörper, die kräftigen Arme und Schultern. Seine Barthaare glänzten rötlich wie dünne Metallfäden. Ehrerbietig näherte ich mich ihm. Er war schon damals ein berühmter Mann, es hieß, er gieße eigenhändig seine Kanonen und Kugeln und könne sich mitsamt seinem Pferd an einem Querbalken hochziehen.

Ohne ein Wort zu sagen, musterte er mich lange und aufmerksam vom Kopf bis zu den Füßen. In seinem Blick lag keine Spur von Wohlwollen. Ich wartete auf eine Geste, einen Gruß, wie sie Rodrigo zuteil geworden waren. Doch jäh drehte er sich um, ließ mich stehen und ging zu Isabella, die schweigend zugesehen hatte. Sein forschender Blick erinnerte mich auf unerklärliche Weise daran, wie ich in Carpi nackt vor der nächtlichen Besucherin gelegen hatte.

In den nächsten Tagen nahm der Herzog von Ferrara keinerlei Notiz mehr von mir, obwohl ich an allen gesellschaftlichen Ereignissen teilnahm. Weitaus unbegreiflicher noch erschien mir die Tatsache, daß auch meine Pflegemutter und Bona mir mit spürbarer Zurückhaltung begegneten. Man hatte mich unvorbereitet in die Dunkelheit gestoßen und dort allein gelassen. Sobald ich die erste Verwirrung überwunden hatte, nahm ich mir vor, herauszufinden, auf was ihr plötzlicher Sinneswandel zurückzuführen war. Nach dem Besuch von Alfonso d'Este wurden mir meine eigene Person, mein Schicksal und die Ursache meiner Ausnahmestellung unendlich viel wichtiger als das Wohl und Wehe Isabellas und ihrer Familie. Ich erkannte, daß es meine oberste Pflicht war, mich für meine eigenen Belange einzusetzen. Ich preise mich glücklich, daß ich schon so früh zu dieser Einsicht gekommen bin.

Zufällig aufgeschnappte Worte brachten mich auf die Spur: In meiner Geburt, meiner Herkunft lag der Schlüssel zu dem rätselhaften Benehmen der Menschen in meiner Umgebung. Zuerst dachte ich an den Unterschied zwischen Rodrigos und meiner Geburt. Er war der eheliche Sohn Lucrezias und eines Prinzen aus dem Hause Aragon. Und ich? Ich hatte angenommen, Cesare Borgia wäre mein Vater. Über die Existenz einer Mutter hatte ich niemals nachgedacht. Als Kind hatte ich von Cesares Gemahlin Charlotte d'Albret sprechen hören, die er nach den Flitterwochen in Frankreich verlassen hatte. Sie konnte nicht meine Mutter sein, denn meine Geburt fiel in jene Zeit, als Cesare noch den Purpur trug. Ich war der Bastard eines Kardinals. Und wenn schon. Papst Alexander hatte mich eines Herzogtums für würdig befunden. Warum sollte ich weniger wert sein als Rodrigo?

Immer wenn ich so weit gekommen war, fielen mir die Worte und das Verhalten Madonna Vannozzas ein. Sie hatte mich gehaßt, mich stets mit heimlicher Verachtung behandelt. Nie ließ sie es mir an etwas fehlen, aber bei aller Fürsorge war ihr Widerwillen deutlich spürbar. Camilla und Carlotta, die anderen unehelichen Kinder Cesares, liebkoste sie dann und wann ebenso herzlich wie ihren Augapfel Rodrigo. Nur mich hatte sie nie in die Arme genommen. Und da waren außerdem ihre sonderbaren Zornausbrüche während unseres Aufenthalts im Castel Sant'Angelo. Vergeblich versuchte ich, einen Zusammenhang in den halbvergessenen, rätselhaften Worten einer alten Frau zu entdecken. Rodrigo schaute mich verwundert an, wenn ich über diese Dinge sprach. Er verstand nicht, was ich meinte; seine Erinnerungen reichten nicht weiter zurück als bis zu unserer Ankunft in Bari. Daß Isabella und Bona mir gegenüber so kühl waren, bemerkte er nicht. Wie immer nahmen wir gemeinsam am Spiel, am Unterricht und an Waffenübungen teil. Für ihn hatte sich nichts, für mich dagegen alles verändert. Rodrigo war ein unbekümmertes Kind, fasziniert von Kleinigkeiten: einem Ausritt, dem eleganten Flug eines Falken, einem neuen Barett, einer Schärpe oder einer vorübersegelnden Galeere weit draußen auf dem Meer. Ihn quälte nur die Angst, man könnte ihn doch noch nach Ferrara schicken.

Schon damals war ich verschlossen und zu Grübeleien geneigt. Ich dachte nicht daran, wegen Isabellas Zurückhaltung Tränen zu vergießen, brütete aber Tag und Nacht über die möglichen Ursachen. Äußerlich gab sie sich genauso sanft und gelassen wie zuvor. Möglicherweise hätte ich die Veränderung kaum wahrgenommen, wenn ich auf ihr Urteil über mich nicht so großen Wert gelegt hätte.

Bauern brachten ihr einmal einen jungen Steinadler, der aus dem Horst gefallen war, bevor er fliegen gelernt hatte, ein mißgestaltetes Tier, nackt und blind, das wild vor Hunger den Schnabel aufsperrte. Der Hofstaat vergnügte sich mit dem piepsenden, strampelnden Vogel. Isabella schaute schweigend zu, auf ihrem Gesicht lag der Ausdruck von Widerwillen und Mitleid. In den Tagen nach Alfonso d'Estes Abreise sah sie mich mit demselben Blick an. Von Tag zu Tag wurde ich unsicherer.

Hinzu kam, daß mein Körper sich veränderte. Ich spürte, daß ich erwachsen wurde; ich war von neuen Leidenschaften, neuen Empfindungen erfüllt, ich betrachtete die Menschen um mich herum mit anderen Augen. Ich war neugierig und ruhelos, wanderte von Saal zu Saal, ohne zu wissen, was ich suchte, und verausgabte mich in den Fecht- und Reitstunden. Meinem Alter gemäß schenkte ich den offenen und verborgenen Reizen von Isabellas Jungfern mehr Aufmerksamkeit als Messer Bonfiglios Bücherweisheit. Auch hierüber konnte ich nicht mit Rodrigo sprechen; er war ein Kind und ich ein Mann.

Im Jahre 1510 brach sich Isabellas Sohn am französischen Hof bei einer Jagdpartie das Genick. Wem der Jagdinstinkt angeboren ist, für den ist es gefährlich, in der Soutane auszureiten. Scheinbar ungerührt hörte Isabella die Unheilsnachricht an. Zehn Jahre waren vergangen, seit man ihr den Sohn weggenommen hatte; sie hatte ihn nie wiedergesehen, nie einen Brief oder eine persönliche Nachricht von ihm empfangen. Sie wußte, daß er sie vergessen hatte und sich in der Rolle des weltlichen Abtes von Noirmoutiers wohl fühlte. Und sie hatte ja selbst gewünscht, daß es so sein möge, daß ihm Kummer und unerfüllbare Sehnsucht erspart blieben. Als man ihn aus ihren Armen riß, hatte sie um ihn getrauert wie um einen Verstorbenen. Seitdem war er für sie nicht mehr ihr Kind, ein schmerzlich vermißter Teil ihrer selbst, Fleisch von ihrem Fleisch, Blut von ihrem Blut, sondern die Verkörperung eines Traumes, der ihr Leben beherrschte: die Rückkehr nach Mailand, die Wiederherstellung der Ehre von Sforza und Aragon. Wie Bona sagte, hatte ihre Mutter die Hoffnung nie aufgegeben, den Sohn dereinst im Range eines Herzogs zu sehen. Sie war bereit, den Papst auf den Knien um einen Dispens anzuflehen. Die Todesnachricht aus

Frankreich vernichtete ihre Hoffnung. Schweigend und ohne eine Träne zu vergießen, trug Isabella Trauer, ein Exempel stoischer Selbstbeherrschung.

Obwohl ich mich mit Isabella, Bona und Rodrigo nicht mehr so eng verbunden fühlte wie früher, traf mich die Entdeckung zutiefst, daß Rodrigo allmählich die Rolle des Erben und Nachfolgers von Bari übernahm. Der Verlauf der Dinge war an sich selbstverständlich. Rodrigo war der Sohn von Isabellas Bruder. Was seine Herkunft betraf, so konnte sie fast ebenso viele, was die Zuneigung anging, mehr Rechte auf ihn geltend machen als seine leibliche Mutter Lucrezia. Er selbst sah es als unumstößliche Tatsache an, daß er zur Familie seines Vaters gehörte. Er war ein Aragon königlichen Geblüts. Er saß und ging zur Rechten Isabellas. Am Hofe murmelte man, nun sei nichts mehr unmöglich: Sohn, Erbe, Nachfolger, eines ergab sich wie von selbst aus dem anderen.

In diesen Tagen fand der für mich entscheidende Rangverlust statt. Aus dem Kreis der Blutsverwandten wechselte ich über zur «famiglia», zum Hofstaat. Der Prozeß ging so allmählich vonstatten, daß ich niemandem eine vorsätzlich demütigende Behandlung vorwerfen konnte. Ich spürte den Unterschied, ohne sagen zu können, worin er bestand. Von Rodrigos ebenbürtigem Gefährten und Cousin sank ich herab zu einer Art Milchgeschwister, zu einem Spielkameraden minderer Herkunft. Noch ging ich in den fürstlichen Gemächern ein und aus, noch war mein Platz am Kopfende der Tafel, bei der Jagd und beim Kirchgang an der Spitze des Zuges, doch kam es mir vor, als hätte ich kein selbstverständliches Anrecht mehr auf diese Ehre. Sie war zu einer Gunst geworden, die ich mit Isabellas Narren und Lautenspielern, mit ihrem Leibarzt und Hofphilosophen teilte.

Anfangs war Rodrigo sich dieser Veränderung sicherlich nicht bewußt. Ich blieb für ihn der Ältere, Vertraute, dem er sich unbefangen zuwandte. Er wußte nichts von der geheimnisvollen Verschwörung gegen mich, an der, wie mir schien, alle Leute in Bari beteiligt waren. Dennoch beschlich mich, wenn ich mit ihm zusammen war, mancher Zweifel. Ich beobachtete ihn mißtrauisch, herrschte ihn an oder hüllte mich in verletzendes Schweigen, wenn er ein Gespräch mit mir anfangen wollte. Gleich darauf schämte ich mich wegen meines unbegründeten Argwohns. Daß ich so launisch war, bewies, wie fremd mir Rodrigo geworden war. Ich zog es vor, meine eigenen Wege zu gehen. Seine Gegenwart störte mich, reizte mich immer häufiger zu Hänseleien und bissigen Bemerkungen. Obwohl ich mich selbst dafür verachtete, fand ich Gefallen daran, ihn zu quälen. Beim Ringen und Fechten setzte ich meine ganze Kraft ein. Rodrigo unterdrückte den Schmerz, schluckte die Tränen herunter, aber ebendiese Ritterlichkeit regte mich noch mehr auf. Manchmal wurde er richtig böse; was als Übung begonnen hatte, artete aus zu einer erbitterten Rauferei. In solchen Augenblicken haßten wir einander. Wenn ich auf ihn losschlug, ihn mit meinem Knie zu Boden drückte, fühlte ich mich als Sieger über Alfonso d'Este, über den Hochmut von Isabellas neapolitanischen und lombardischen Höflingen, über das Rätsel, das mich quälte, über meine eigenen Minderwertigkeitsgefühle. Ich konnte Rodrigo nicht verzeihen, daß er sich seiner selbst, seiner Vergangenheit und Zukunft sicher war. Zu wissen, daß er mich insgeheim fürchtete, bereitete mir Genugtuung. Er beklagte sich nie, weder bei Isabella noch bei anderen. Ich wußte, daß ich ihm unrecht tat, war aber zu stolz, Scham oder Bedauern zu zeigen. Wann immer sich die Gelegenheit bot, ärgerte ich ihn mit spöttischen Worten oder Handgreiflichkeiten. Anfangs hatten unsere Zusammenstöße noch den Anschein einer harmlosen Balgerei, aber das änderte sich zusehends. Wir sprachen nie darüber. Doch Rodrigo wußte – wie ich nicht bezweifle – genausogut wie ich, daß unser Verhältnis verändert, im Kern verdorben war.

Ich merkte, daß er mich zuweilen von der Seite argwöhnisch und düster anstarrte. Nun ließ er sich nicht mehr so leicht übertrumpfen, er war auf der Hut. Er mied mich genauso wie ich ihn. Wir drifteten auseinander wie Schwimmer, die durch eine heimtückische Strömung getrennt werden. Manchmal überkam mich ein Gefühl der Verzweiflung, wenn er im Abstand von wenigen Schritten grußlos an mir vorbeiging, die Lippen gleichgültig zu einem lautlosen Pfeifen gespitzt. Unserer neuen Rangordnung gemäß ging ich nun in Isabellas Hofstaat stets hinter ihm. Rodrigo war klein und schmächtig für sein Alter; trotz seiner würdigen Haltung erweckte er oft den Eindruck, einer bestimmten Situation nicht gewachsen zu sein. Es gab Augenblicke, in denen ich bedauerte, nicht wie früher schützend den Arm um seine schmalen Schultern legen zu können. Diese Anwandlung verschwand allerdings, sobald mir wieder bewußt wurde, daß *ich* der Einsame und Bedrohte war. Das vergab ich ihm nicht. Warum fühlte ich mich besudelt und ausgestoßen, woran lag es, daß mein Leben sich so ungünstig von dem seinen unterschied?

Allmählich wurde mir klar, daß das Geschlecht der Borgia einen üblen Ruf hatte. Cesare und Papst Alexander hatten sich Schritt für Schritt alle bedeutenden Männer Italiens zu Feinden gemacht. Immer wieder wurde ich daran erinnert, wenn in den Jahren, die ich bei Isabella verbrachte, die Rede auf Politik kam. Außer den bekannten Anschuldigungen – Usurpation, Totschlag und Verrat – gab es da noch etwas, das nicht offen ausgesprochen wurde. Je älter ich wurde, desto deutlicher erkannte ich den anzüglichen Ton, die vielsagenden Blicke, mit denen jede Erwähnung der Worte und Taten der Borgias einherging. Ich lauerte förmlich auf diese Signale, die ich mir übrigens nicht erklären konnte. Eines stand schon damals für mich fest: Was immer es auch war, das den Namen Borgia verdächtig machte, es wurde nicht Rodrigo angerechnet, mir aber sehr wohl. Er genoß auch andere Vorrechte. Als Angehöriger des Hauses Aragon stand er unter dem Schutz der spanischen Krone und bezog ein hohes jährliches Einkommen aus dem Erbteil seines Vaters. Für mich war nicht gesorgt. Ich besaß nichts außer den paar Goldstücken, die Lucrezia mir von Zeit zu Zeit schickte. Damals war ich überzeugt davon, Cesares Feinde hätten verhindert, daß er vorsorgende Maßnahmen für mich traf.

Im Alter von zwölf Jahren nahm Rodrigo den Titel Herzog von

Bisceglie an, den sein Vater getragen hatte. Von da an war er stets persönlich anwesend, wenn die Boten und Zahlmeister seiner Besitztümer zur jährlichen Abrechnung in Bari erschienen. Die neue Würde machte ihn sichtlich selbstbewußter und unabhängiger. Wenn sich jetzt die Spannungen zwischen uns in Schimpfreden oder Raufhändel entluden, war ich nicht mehr unbedingt der Stärkere. Seine Angst hatte sich in Verachtung verwandelt. Auch wenn er den kürzeren zog, las ich in seinen Augen die Mißbilligung meiner unbeherrschten Ausfälle, und das war mindestens genauso schlimm wie eine Niederlage.

Schloß Bari ist auf Felsen gebaut, die steil über dem Meer aufragen. Ein verschütteter Fluchtweg zog sich vom Schloß zu einem Bach hinunter. Den Pfad erreichte man durch eine Öffnung in einer der wuchtigen Außenmauern, von der viele schmale Steinstufen hinabführten. Es war uns strengstens verboten, in die Nähe des Durchschlupfs zu gehen. Vermutlich spielten wir gerade deshalb so gern hier, sooft wir es unbemerkt tun konnten. Wir stellten uns vor, in einer Windhöhle zu sitzen. Ein kühler Luftstrom ging durch das Halbdunkel in der Mauerbresche, hinter dem leicht verschiebbaren Holzladen gähnte der Abgrund. In der Tiefe hörten wir das gischtende Meer gegen die Klippen schlagen. Von Anfang an war die Kletterpartie nach unten für mich eine unwiderstehliche Verlockung.

Als ich zum erstenmal den Kopf hinausstreckte, die Entfernung zum Boden abschätzte und ein Tau, das ich ergattert hatte, an einem Eisenring in der Mauer festband, hockte Rodrigo reglos und stumm hinter mir. Das war in der Zeit vor Alfonso d'Estes Besuch, noch lag kein Schatten über unserer Freundschaft. Ich wunderte mich darüber, daß Rodrigo sich für dieses Abenteuer nicht begeistern konnte. Ich drehte mich um und redete ihn an, doch er hörte mich nicht. Er war bleich, der Schweiß stand ihm auf der Stirn, seine Nasenflügel bebten. Über meine Schulter hinweg starrte er auf den weißen Streifen der Brandung unter uns. Ich ließ mich am Tau an der Mauer herab und stieg ein paar Stufen der schmalen

Fluchttreppe hinunter. Die Helligkeit des Himmels und des glitzernden Meeres blendete mich, schwindelnd klammerte ich mich über dem Steilhang an den Steinen fest. Ich kletterte wieder zurück und fand Rodrigo bewußtlos in seinem Erbrochenen liegen. Später wagte ich mich weiter vor bis zu dem Pfad, wo Seeschwalbennester wie graue Schuppen an der Felswand klebten. Während ich Nester ausnahm oder herunterschlug, hörte ich über mir Rodrigos vor Angst schrille Stimme: «Paß auf, Giovanni, komm zurück, komm zurück!» Um ihm zu imponieren und ihn zu überzeugen, daß seine Furcht unbegründet war, blieb ich so lange wie möglich draußen. Als ich zufällig nach unten sah – ich wußte, daß ich das nicht durfte –, warnte mich ein leichtes Kitzeln an den Fußsohlen, daß es Zeit war, umzukehren. Verschwitzt und außer Atem kroch ich in das Mauerloch zurück. Gewöhnlich wurde Rodrigo dabei übel. Die Angst, selbst hinunterzufallen oder mich abstürzen zu sehen, verfolgte ihn in seinen Träumen.

Nie wagte er es, sich aus lauter Übermut rittlings auf die Zinnen des Wehrgangs oder auf die Balustrade des Dachgartens zu setzen, wie ich und Isabellas ältere Pagen es oft taten. Weiß wie Wachs und die Lippen aufeinandergepreßt, sah er uns aus sicherem Abstand zu. Wir lachten ihn aus, aber seine Angst war größer als seine Scham. Dennoch begriff ich schon damals, wie sehr er darunter litt. Später wählte ich ganz bewußt seine Schwäche als Zielscheibe für meinen Spott. Wenn wir uns stritten, konnte ich es mir nie verkneifen, ihn wegen seiner kindischen Höhenangst zu hänseln. «Gib acht, Rodrigo, hinter dir ist ein Mauseloch! Das Fußbänkchen ist zu hoch für Eure Hoheit, du könntest das Gleichgewicht verlieren!»

Gefährliche Kletterpartien machten mir besonderen Spaß, wenn er in der Nähe war: an einer Mauer, einem Felsen, einem Baugerüst. Wenn ich oben war, forderte ich ihn heraus, mir nachzukommen. Manchmal, wenn es ihm zu bunt wurde, wagte er einen Versuch, mußte aber immer auf halber Höhe aufgeben. Es war für mich ein billiger Triumph, den ich um so ausgelassener feierte, je geringer mein Einfluß auf Rodrigo in anderen Bereichen wurde.

Vermutlich beschäftige ich mich deshalb so ausführlich mit diesen Erinnerungen, weil ich lange Zeit das Gefühl hatte, schuld an seinem Tod zu sein. Ich habe diesen Tod nicht gewollt, ich hatte mit dem Unfall nichts zu schaffen... oder doch? Der Mensch ist sehr geschickt darin, seine heimlichsten Wünsche als ihr Gegenteil darzustellen. Als ich Rodrigos zerschmetterten Körper im großen Saal von Bari auf der Bahre liegen sah, durchzuckte mich einen Augenblick lang eine Erkenntnis, bei der mich vor mir selbst schauderte. Ich gäbe viel darum, wenn ich mich erinnern könnte, was damals genau in mir vorging.

An einem Septembermorgen im Jahre 1512, kurz nach Sonnenaufgang, ging ich auf dem Weg zum Waffensaal durch eine Galerie über dem Innenhof. Ich blickte hinunter und sah Rodrigos Reitknecht vor dem Mauerdurchschlupf Wache stehen. Ich rief seinen Namen, fragte, was er dort tue, aber er schüttelte den Kopf und hob warnend die Hand vor den Mund. Ich kletterte auf den alten Wehrgang an der Seeseite und zog mich zwischen zwei Zinnen hoch, so daß ich die Felswand sehen konnte. Rodrigo hatte die Stelle, wo die Schwalbennester hingen, schon hinter sich gelassen. So weit hatte ich mich nie vorgewagt. Ein Bergrutsch hatte den Pfad dort gefährlich verengt, die glatten Felsen boten kaum Halt. Zögernd schob Rodrigo sich Schritt für Schritt voran und tastete in geduckter Haltung nach Stützpunkten. Endlich hielt er an und ruhte sich auf Händen und Füßen aus. In dieser possierlichen Haltung glich er einem verschreckten, hilflosen Kalb, das sich verirrt hat und sich ohne seine Mutter weder vor noch zurück traut. Ich mußte lachen. Rodrigo schaute hoch. Sein Hemd war zerrissen, das verschwitzte, dunkle Haar klebte auf Stirn und Wangen. Er ließ den Blick über die Mauern von Bari schweifen. Dann sah er mich. Ich bewegte mich nicht, gab keinen Laut von mir. An die Zinnen gelehnt schaute ich auf ihn herab. Er öffnete den Mund und schrie. Vor Schrecken oder Triumph? Ich werde es nie wissen. Mit einer heftigen, unbeherrschten Bewegung breitete er die Arme aus und stürzte rücklings ab.

Im Laufe der letzten Tage habe ich keinen Auftrag mehr bekommen, wohl aber die Anweisung, im Vatikan zu bleiben. Offenbar könnte Messer Morone mich jeden Augenblick rufen lassen. Wieder einmal spielt der Kanzler von Mailand eine Rolle in meinem Leben. Angesichts dessen, was ich bislang von ihm gehört und gesehen habe, scheint mir dieses Treffen vorbestimmt zu sein: eine Fortsetzung und ergänzende Abrundung einer Reihe früherer, flüchtiger Begegnungen. Ich habe einmal ein Gemälde eines flämischen Meisters aus dem vorigen Jahrhundert gesehen. Es stellt den Besuch der Königin von Saba bei König Salomo dar. Aus Naivität oder Sparsamkeit hat der Maler in einer einzigen Landschaft alle Stationen der Reise abgebildet. Vor den fernen Bergen im Hintergrund sieht man die daumengroße Gestalt der Fürstin bei ihrem Aufbruch, etwas näher, auf einer Ebene, empfängt sie die Gesandten, während im Vordergrund, lebensgroß dargestellt, die Begrüßung zwischen ihr und König Salomo stattfindet.

Etwa in gleicher Weise nähert sich mir aus der Vergangenheit das Bild von Messer Morone; er wird immer größer, seine Züge immer deutlicher. Will er etwas von mir, oder geschieht die Annäherung ohne eine bestimmte Absicht? Es gibt keinen Grund, warum er sich an mich erinnern sollte. Ich habe ihn einige Male mit seinem Geleit unter Isabellas Höflingen in Bari gesehen; nie bin ich ihm vorgestellt worden, nie hat er ein Wort zu mir gesprochen. Er kann nicht wissen, daß seine Anwesenheit und die Berichte über seine Taten mein Leben ein- oder zweimal entscheidend beeinflußt haben.

Die Versöhnung Isabellas mit dem Sohn ihres Erbfeindes Il Moro auf Anraten Morones war für mich der Anlaß, Bari zu verlassen; sein späterer Verrat an Sforza war der Grund dafür, daß ich bei Fabrizio Colonna, dem Feldherrn von Neapel, den Dienst antrat.

Nach Rodrigos Tod reifte in mir der Plan, aus Bari fortzugehen. Ich war fünfzehn, alt genug, um auf eigenen Füßen zu stehen. Isabellas Hof hatte mir nichts mehr zu bieten. Noch immer behandelte man mich nicht als einen Gleichrangigen, zum Dienstvolk gehörte ich aber auch nicht. Bari lag abgelegen, weit abseits von allem, was mich lockte. Ich wollte Ruhm und Ehre erwerben, hauptsächlich, um die Zweifel an mir selbst zu ersticken und der Erinnerung an Rodrigos Tod zu entfliehen. Irgendwo, so meinte ich, mußte es doch Männer geben, die sich dem Namen Borgia gegenüber loyal verhielten und bereit waren, mich, den Nachkommen eines einstmals mächtigen Geschlechts, zu unterstützen. Wo waren Cesares Hauptleute geblieben, wo die Kardinäle, die Papst Alexander mit Gunst und Gold überhäuft hatte?

Ich wartete auf eine Gelegenheit, meine Pflegemutter von meinem Vorhaben zu unterrichten. Mit Rodrigos Tod waren auch die letzten Spuren von Vertraulichkeit zwischen uns verschwunden. Mit Bona und wenigen Vertrauten lebte sie zurückgezogen in ihren Gemächern. Ich sah sie selten, und auch dann nur aus der Entfernung. Aus Ferrara trafen auch weiterhin regelmäßig Kleider und Geldgeschenke für mich ein, die beigefügten Briefe an Isabella bekam ich nie zu sehen. Messer Bonfiglio hatte seine Tätigkeit in der Bibliothek wiederaufgenommen, der Unterricht war beendet. Mit den Herren aus Isabellas Gefolge ging ich auf die Jagd und übte mich im Waffenspiel. Sie duldeten mich unter sich, ohne mich sonderlich zu beachten.

Ich lauschte ihren Gesprächen über Politik, ihren Prahlereien und Meinungsverschiedenheiten. Ich lernte von ihnen, zu fluchen und zotige Reden zu führen, wie sie hatte ich ein paar flüchtige Abenteuer mit Kammerjungfern und Mädchen aus der Umgebung, die nicht viel Federlesens machten und sich nach ein paar Scherzworten und Handgreiflichkeiten besiegt gaben. Was danach folgte, schenkte mir auf Dauer wenig Befriedigung. Aber mehr gab es in Bari nicht zu erleben.

Schlimmer als die Langeweile war die Unruhe, die mich tagsüber umtrieb, und die Angst, die mich nachts quälte. In den Schatten der Dunkelheit glaubte ich Rodrigos Gestalt zu erkennen, im Rauschen von Wind und Meer hörte ich seine Stimme. Obwohl ich ihn nicht von den Felsen gestürzt hatte, fühlte ich mich auf unerklärliche Weise schuldig. Dieses Gefühl bin ich seitdem nicht losgeworden. Heute vermute ich, daß mein Schuldbewußtsein viel weiter zurückreicht als nur bis zu Rodrigos Unfall, daß es ein uraltes Gefühl ist, erblich wie äußerliche Ähnlichkeit. Gott weiß, für welche Gedanken und Taten eines toten Geschlechts ich mit dieser Unrast büßen muß.

Im Frühling 1513 meldete ein Bote aus der Lombardei, daß Massimiliano Sforza, Il Moros ältester Sohn, als Protegé des Kaisers die Herrschaft über das endlich von den Franzosen befreite Mailand angetreten habe. Zu meiner Entrüstung schickte Isabella umgehend Glückwünsche an den Erben jenes Mannes, der ihr Todfeind gewesen war. Nicht lange danach trafen die Gesandten des neuen Herzogs in Bari ein. Man zeigte mir den Leiter der Abordnung, einen häßlichen Mann in schwarzem Juristentalar: Messer Morone, ehemaliger Sekretär von Il Moro, nun zum herzoglichen Kanzler ernannt.

Der Zweck seines Besuches blieb anfangs geheim, was nicht verwunderlich war. Sicherlich mußte Isabella große innere Widerstände überwinden, ehe sie ihren Entschluß faßte. Vor der Abreise der Gesandten gab sie ein Fest. Im Saal teilte sie den Hofleuten und Gästen mit, sie habe ihr einziges am Leben gebliebenes Kind, Madonna Bona Sforza, ihrem werten Verwandten Massimiliano Sforza, dem Herzog von Mailand, zur Ehe versprochen. In Vertretung des Bräutigams schob Morone einen Ring an Bonas Finger. Er tat es schnell und schweigend, mit einer entschuldigenden Geste, bevor er Bonas Hand berührte. Der von den Parteien unterzeichnete Heiratskontrakt wurde den Anwesenden vorgelegt. Später hielt Isabella das aufgerollte und versiegelte Pergament in der Hand, wie man ein Zepter hält. Als ich die beiden Frauen nebeneinander stehen sah, Bona ernst und beherrscht, Isabella zitternd vor kaum verhehlter Rührung, wußte ich, daß auch für mich der Augenblick gekommen war. Die Frauen hatten ihr Ziel erreicht und auf Morones Rat den einzig möglichen Weg eingeschlagen. Mailand war nicht länger eine Luftspiegelung, sondern das gelobte

Land, greifbar nah am Horizont. Für Bona und ihre künftigen Nachkommen war die Ehre des legitimen Zweiges der Sforza wiederhergestellt. Blieb nur noch die Reise in die Lombardei, die Eheschließung im Castello ihrer Vorväter. Obwohl ich zugeben mußte, daß Isabella keine andere Wahl geblieben war, hatte sie in meinen Augen ihre Vollkommenheit verloren.

Ich wartete, bis die Gäste und die Gesandten aus Mailand das Schloß verlassen hatten, bevor ich meine Pflegemutter um eine Unterredung bat. Während ich sprach, saß sie mit niedergeschlagenen Augen und leise lächelnd da, in jener reglosen Haltung, die ich so gut kannte. Ich sah auf sie herab. Zum erstenmal bemerkte ich graue Strähnen in ihrem Haar und scharfe Falten zwischen Nasenflügeln und Mundwinkeln. Endlich hob sie den Kopf.

«Du willst also fort? Gut. Das kann ich verstehen. Wir werden der Herzogin von Ferrara schreiben.»

«Dorthin will ich nicht gehen.»

«Sie ist dein Vormund, deine nächste Verwandte. Sie wird dich unterstützen.»

«Ich bedanke mich für die Hilfe, die man einem unerwünschten Bastard zukommen läßt.»

Mutter und Tochter wechselten einen Blick. Zitternd vor Aufregung ging ich zum Angriff über, da mich nichts mehr hinderte zu sagen, was ich wollte.

«Ich habe lange genug das Gnadenbrot gegessen. Mehr als ein Knecht, und dennoch kein Herr. Immer in Rodrigos Schatten. Ich bin um keinen Deut schlechter als irgendwer sonst. Aus Bastarden werden Herrscher, Heeresführer, Bankiers, Kardinäle. Ich entstamme einem mächtigen Geschlecht, ich bin ein Borgia, mehr, als Rodrigo es war.»

Isabella zog die Brauen hoch. Bona, die hinter ihrem Sessel stand, machte eine abwehrende Geste.

«Was hast du gehört?» fragte meine Pflegemutter.

«Ich habe gehört, daß wir ein Geschlecht von Verrätern und Mördern sind. Aber sind sie das nicht alle? Die Este, Montefeltre,

Baglioni, Gonzaga, Medici? Ich habe scharfe Ohren. Warum ist es schlimmer, ein Borgia zu sein?»

Bona tat einen Schritt auf mich zu. «Cesare hat Rodrigos Vater auf den Treppen des Vatikans erstechen lassen, weil er...»

«Still, Bona», sagte Isabella mit klarer, harter Stimme. «Das sind Vermutungen. Wir wissen es nicht mit Sicherheit. Ich will nicht, daß gewisse Anschuldigungen unter meinem Dach wiederholt werden. Niemals habe ich mein Urteil auf Gerüchte gegründet. Es ist schlimm genug, daß Zweifel unsere Gedanken vergiftet, unsere Blicke getrübt haben... Giovanni, ich werde nach Ferrara schreiben, daß ich deine Absicht, fortzugehen, gutheiße. Ein Mensch ist, was er sein will. Ich denke, man muß dir Gelegenheit geben, zu zeigen, wohin deine Neigungen dich führen. Ich habe dich heranwachsen sehen. Ich hatte Gründe, dein Tun und Lassen aufmerksam zu verfolgen. Rodrigo hat mir nie Rätsel aufgegeben. Ich will dir ehrlich sagen, ich mag den Ausdruck in deinen Augen, den Zug um deinen Mund nicht. Ich glaube, du mußt viel Dunkles in dir selbst bekämpfen. Frag mich nicht, wie ich zu dieser Vermutung komme. Wie könnte ich dir etwas erklären, das ich selber nicht begreife? Ich wünsche dir, daß du dein eigenes Wesen erkennen lernst und es in seinen edlen Seiten bestärkst.»

Sie drehte sich zu der Wand, an der ihre Gemäldesammlung hing – wir befanden uns im Studiolo –, und winkte mir, näher zu kommen. Über ihren Kopf hinweg sah ich auf das Bild, das sie mir zeigte. Ich kannte es gut. Seit ich mich erinnern kann, hatte es dort gehangen. Immer wenn ich Isabellas Studienkabinett betrat, wurde mein Blick von dem Gemälde angezogen. Vor dem Hintergrund einer abendlichen Landschaft mit Felsen, Zypressen und einem fernen, blauen See kniete eine Gestalt zwischen Farnen und niedrigen Sträuchern. Sie wandte dem Betrachter halb den Rücken zu. Das Gesicht lebte, bewegte sich auf unerklärliche Weise. Keine hellen Farben, festumrissenen Formen, nur Schattierungen von Licht und Schatten, von unterschiedlicher Tiefe in der kunstvoll wiedergegebenen Perspektive. Man hatte den Eindruck, durch ein Fenster zu schauen. Was die Gestalt im Vordergrund betrifft, so weiß ich nicht mehr, ob sie einen Mann oder eine Frau, ein Kind oder einen Erwachsenen, einen Menschen, Engel oder Dämon darstellte. Der Ausdruck des Gesichtes schien sich bei längerer Betrachtung ständig zu ändern.

Einen Augenblick lang, im Beisein von Isabella und Bona, sah ich darin zuerst Grausamkeit und boshaften Spott, gleich darauf Kummer und Mitleid, und zuletzt kam es mir vor, als lächelten Augen und Mund geheimnisvoll, lieblich und verspielt. Ich drehte mich betroffen um und begegnete Isabellas forschendem Blick.

«Messer Leonardo da Vinci hat es für mich gemalt, als ich als Braut nach Mailand kam. Er fügte eine Erklärung hinzu: Dies ist das Gesicht, das die Natur uns zuwendet; es trägt die Züge unserer heimlichsten Leidenschaften, die wir verborgen, uns selber unbekannt, in unserem Blut tragen. Ein Rätsel, denn Messer Leonardo liebte es, Rätsel aufzugeben. Manchmal erschaudere ich vor dem Blick. Ein andermal denke ich: Wenn es Engel gibt, müssen sie so aussehen. Ich stehe oft vor diesem Bild, wie ich vor meinem Spiegel stehe. Schau es an, Giovanni, und sag mir, was du siehst.»

Ich verstand, was Isabella meinte, als ich später in Frankreich, wo Messer Leonardo für König François gearbeitet hatte, ein anderes Gemälde von ihm zu Gesicht bekam. Das Bild hing im Schloß von Amboise. Es war rätselhaft und beunruhigend und in der Tat so fremd und vertraut zugleich, wie unser eigenes Spiegelbild sein kann. Der Mann, der in Schimmelflecken, Treibholz und Exkrementen menschliche Züge erkannte, zeigte im Gesicht und in der Gestalt des Menschen die Verwandtschaft mit dem Unbeseelten, das uns umgibt. Ich erinnere mich an den Teufelskünstler aus der Zeit, als er als Ingenieur Cesares Gefolge angehörte.

Was war Isabellas Absicht, als sie mich in ihrem Studiolo mit dem Gemälde konfrontierte? Daß ich, indem ich beschrieb, was ich darin zu sehen glaubte, mein Innerstes verriet?

Meine Tage in Bari waren gezählt. Ich hatte Isabella gebeten, mich nach Mailand zu schicken. Ich wollte Sforza dienen. Durch die Fürsprache der ehemaligen und der zukünftigen Herzogin hoffte ich dort meinem Ziel näherzukommen. Wie man allenthalben hörte, würde es nicht mehr lange dauern, bis die Kämpfe in der Lombardei erneut losbrachen. Frankreich schickte sich an, Mailand zu erobern. Der bevorstehende Krieg war auch der Grund dafür, daß Bonas Hochzeitsreise aufgeschoben wurde. Lucrezia fürchtete vermutlich, ich ginge dem sicheren Tod entgegen, wenn ich unter diesen Umständen nach Norden zog. Ihre Antwort auf den Brief meiner Pflegemutter bekam ich nicht zu sehen, aber sie schickte mir aus Ferrara Geld, Kleider und ein gutes Reitpferd. Isabella schrieb daraufhin Empfehlungsbriefe an ihre Freunde und Verwandten in Neapel. Sie tat für mich, was sie konnte. Trotzdem war mir bewußt, daß sich hinter ihrem Wohlwollen eine gewisse Erleichterung verbarg. Sie war zerstreut und ruhelos. Bonas Hochzeit, die Reise nach Mailand, das Ende der langen Verbannung, all das beschäftigte sie.

Zum Abschied schenkte sie mir ein Dolchmesser, das Rodrigo gehört hatte und um dessen Besitz ich ihn immer beneidet hatte. Als kleines Kind hatte er den Dolch von Papst Alexander geschenkt bekommen. Seitdem trage ich die Waffe, ein schön ziseliertes Stilett aus Toledo, ständig bei mir. Auf dem Heft sieht man die Wappentiere der alten Geschlechter de Borja und Llançol. Ich erinnere mich gut daran, wie Cesare in schallendes Gelächter ausbrach, als Papst Alexander das Geschenk Rodrigo überreichte. Alexander wurde böse; es kam zu einem heftigen Wortwechsel. Später half Cesare Rodrigo, den Dolch an seinem Gürtel zu befestigen; er sagte, er habe die Waffe selbst eine Zeitlang benutzt. Dabei bekam er erneut einen Lachanfall. Ich glaubte damals, er lache über Rodrigo, der mit dem großen Dolch ein wenig lächerlich aussah. Nachträglich vermute ich, daß Cesares Fröhlichkeit einen ganz anderen Grund hatte.

Bona war die letzte, von der ich in Bari Abschied nahm. Als ich ihr Glück wünschte, runzelte sie ungeduldig die Augenbrauen.

«Glück, Glück! Willst du gehässig sein? Massimiliano Sforza ist ein betrunkenes Vieh, ein Lüstling, er ist faul und dumm. Wäre ich ein Mann, ich würde ihn mit einem Fußtritt aus Mailand hinausbefördern. Aber da ich eine Frau bin, kann ich mein Ziel nur erreichen, indem ich in sein Bett krieche. Meinen Sohn werde ich als echten Sforza anerkennen, weil meines Vaters Blut in seinen Adern fließen wird. Doch deswegen braucht mich niemand zu beklagen, dafür lebe ich. Wünsche mir lieber, daß sich der Kampf bald zu unseren Gunsten entscheidet, damit ich nach Mailand reisen kann. Und bringe meiner Mutter die gebührende Ehrfurcht entgegen. Schließlich ist es ihr Werk, daß dieser Mann mich erwählt hat. Ich wünsche dir, daß du die Trümpfe deines Lebens genauso gut ausspielen lernst. Du hältst nämlich ein seltsames Blatt in den Händen, Giovanni. Weißt du noch, wie oft wir früher mit Ippolita und Rodrigo Karten gespielt haben? Zu deiner Ehre muß ich dir gestehen: Ich habe nie bemerkt, daß du falsch gespielt hast.»

Sie schlug mir leicht auf die Schulter und drehte sich um. Ich schaute ihr nach. Eine kantige, unbeugsame Gestalt, ein stolzer Kopf auf dem langen, schmächtigen Hals. Sie trug ein Kleid in den heraldischen Farben von Mailand.

Bald darauf verließ ich Bari für immer.

An meine ersten Abenteuerfahrten im Königreich Neapel denke ich heute mit Selbstironie zurück. Trotz meines Knechtes, meines Pferdes und meiner wohlgefüllten Börse war ich ein Bettler. Mit Isabellas Empfehlungsbriefen ritt ich von einem hohen Herrn zum anderen, in der Hoffnung, an dem einen oder anderen Hof aufgenommen zu werden. Ich war beim Vizekönig, beim Marchese von Pescara, bei Prospero und Fabrizio Colonna. Durch einen Majordomus oder Sekretär ließ man mir höflich ausrichten, ich möge bleiben und mich als einen der Gäste betrachten, die täglich kamen und gingen. Einmal empfing mich der Vizekönig persönlich; er war sehr liebenswürdig, versprach aber nichts. Pescara und die beiden Colonna waren nicht in Neapel, sondern bei den kaiserlichen Heeren in der Lombardei, um Mailand zu verteidigen. Ich brannte vor Verlangen, ihnen dorthin zu folgen. Mit der Unterstützung eines einflußreichen Mannes hätte ich mein Ziel sicherlich erreicht. Ich war enttäuscht, daß Isabellas Briefe mir nicht weiterhalfen, und ärgerte mich über meine eigene Unerfahrenheit. Bei meinem Aufbruch aus Bari, auf meinem neuen, feurigen Pferd, hinter mir der Knecht und die Maulesel, die mein Gepäck schleppten, hatte ich mich erwachsen und frei, als wahrer Ritter gefühlt. In Neapel blieb von der Hochstimmung nicht viel übrig. Meine Tage verbrachte ich mit endlosem Warten in fremden Palästen. Ich wußte nicht, was ich sagen oder tun, an wen ich mich wenden sollte. Niemand kümmerte sich um mich. Wenn ich durch die Straßen der Stadt ritt, war ich so beeindruckt von dem, was ich dort sah und hörte, daß ich vergaß, die lässige Haltung anzunehmen, die einem Edelmann geziemt. Neugier und Ungeschicklichkeit brachten mich denn auch zu Fall.

Ich fühlte mich geschmeichelt, als ich vor einer Herberge von zwei gutgekleideten, spanischsprechenden jungen Burschen mit kameradschaftlichen Ehrenerweisen angesprochen wurde. Ich hielt sie für Höflinge des Vizekönigs. Bei einem Glas Wein erzählte ich ihnen, woher ich kam und was ich vorhatte. Sie stellten mir ihre Fürsprache bei einem mächtigen Mann am Hofe in Aussicht, wollten mir aber zuvor die Sehenswürdigkeiten von Neapel zeigen. Die nächsten Tage vergingen im Rausch, mit Wein, käuflicher Liebe und hitzigen Raufereien mit anderen Festteilnehmern. Als ich wieder zu mir kam, lag ich halbnackt auf dem Tisch einer Schenke irgendwo im Hurenviertel. Mein Pferd, meine Börse, Mantel und Stiefel waren fort. Die Kleider, die ich anhatte, waren schmutzig und zerrissen. Außerdem war mir unterwegs mein Reitknecht abhanden gekommen. Ich habe ihn nie wiedergesehen und weiß nicht, was aus ihm geworden ist. Schwankend suchte ich den Weg zurück in die mir bekannten Stadtteile. Die Sonne brannte in den engen, steilen Gassen, ich stolperte über Abfallhaufen, Frauen wrangen mit kreischendem Lachen die nasse Wäsche über meinem Kopf aus.

Ich mußte den Inhalt meiner Reisekisten zu Geld machen. Um keinen Preis wollte ich nach Bari zurückkehren oder meine Schirmherrin Lucrezia um Hilfe bitten. Ich kaufte ein anderes Pferd; es war zwar nicht mehr jung, lief aber noch recht gut. Eine Zeitlang trieb ich mich in der Umgebung von Neapel herum und geriet zufällig in eine Räuberbande, die mich als Verräter verfolgte, als ich mich aus dem Staub machen wollte. Später diente ich ein paar Monate im Gefolge eines Edelmannes auf einem Landgut nicht weit von Benevento. Dort hörte ich im September 1515, daß die Franzosen unter dem Oberbefehl von König François bei Marignano die kaiserlichen Heere besiegt hatten und daß die Stadt Mailand wieder in ihren Händen war, obgleich Sforza sich im Castello verschanzt hatte und auf Hilfstruppen wartete. Im Süden erwartete man, daß er durchhalten werde. Das Kastell von Mailand galt als uneinnehmbar. Doch noch vor dem Einbruch des Winters kam die Nachricht, Kanzler Morone habe sein Heer an die französischen Besetzer verraten und verkauft, wie er vor fünfzehn Jahren Il Moro verraten und verkauft hatte. In Frankreich ist mir, Jahre später, eine andere Version zu Ohren gekommen. Anscheinend ging Massimiliano Sforza, der weder zum Regieren noch zu der Ehe mit Bona sonderlich Lust hatte, gar nicht ungern und nur der Form halber in Gefangenschaft nach Frankreich, wo man ihm einen Ehrenposten und ein angenehmes Leben versprochen hatte. Wie dem auch sei, fest steht jedenfalls, daß Morone beim Ablauf der Ereignisse seine Hand im Spiel hatte. Möglicherweise zum Vorteil von Mailand, gewiß aber zum Schaden von Bona und Isabella. Für die beiden Frauen war damit die Chance für eine Rückkehr nach Mailand für immer vertan. Papst Leo ließ die Kaiserlichen im Stich und schloß Frieden mit König François. Nicht lange danach kehrten die Herren Colonna und Pescara aus der Lombardei nach Neapel zurück. Sie waren – und Pescara ist noch immer – Anführer der spanisch gesinnten Partei. Bereits damals war man allgemein der Ansicht, sie würden sich kaum der Politik des Papstes beugen, sondern auch weiterhin den französischen Einfluß in Mailand mit aller Macht bekämpfen. In

Benevento wurde ausgerufen, daß Fabrizio Colonna Soldaten an-
werben und ausbilden lasse. Das war meine Chance. Ich wollte in
die Lombardei mitziehen, gegen die Franzosen kämpfen, Mailand
befreien, Morone möglichst eigenhändig für seinen Verrat bestrafen und in einer fernen Zukunft Isabella und Bona auf den Thron
der Sforza setzen, wobei ich mir außer ihrem Dank auch die voll-
ständige Anerkennung meiner Ebenbürtigkeit erhoffte. Ein kindi-
sches Ideal. Ich zögerte nicht, packte meine Habseligkeiten in einen
Sack, sattelte mein Pferd und ritt nach Neapel.

VITTORIA COLONNA

S ie wußte, welche Krankheit sich ihr Mann bei Pavia zugezogen hatte. Sie wußte auch, daß sie über ihre Entdeckung
mit niemandem reden durfte, nicht einmal mit Pescara
selbst. Das machte er ihr von Anfang an klar. Immer, wenn ihn ein
Anfall jenes trockenen, quälenden Hustens überkam – auch die
Blutflecken im Schnupftuch blieben ihr nicht verborgen –, sah er sie
mißtrauisch und herausfordernd an, als wollte er sagen: Untersteh
dich, mich zu bedauern. Ihren Vorschlag, einige Zeit auf den Ländereien im Süden zu verbringen, lehnte er schroff ab und erklärte,
er sei nicht nach Rom gekommen, um die Hände in den Schoß zu
legen. Wenn es nur um seine Gesundheit gegangen wäre, hätte er
die Festung von Novara nicht verlassen müssen, denn dort habe
man gut für ihn gesorgt. Vittoria schwieg und wandte den Kopf ab,
damit er nicht merkte, wie unangenehm ihr diese Anspielung war.

Sie kannte ihn gut genug, um zu wissen, daß er nicht einen Deut
von seinen Gewohnheiten und Plänen abweichen würde. Jeden
Morgen unternahm er in aller Frühe einen Ausritt vor die Stadt,
obwohl die Narben am Oberschenkel beim Reiten sehr schmerz-
ten. Danach empfing er Verwandte, Freunde und Mitglieder der
spanischen Partei. Seit der letzten Begegnung mit Vittoria hatte er
sich einen kurzen Bart nach spanischer Sitte wachsen lassen. Er
kleidete sich ganz in Schwarz. Seine Haltung war steifer, seine Gestik gemessener und sein ganzes Wesen in kastilischer Förmlichkeit erstarrt. Nur mit größter Mühe gelang es ihm, weiterhin sto-

isch die Schmerzen zu ertragen und Schwächeanfälle zu überspielen. Nach außen wußte er sich vollkommen zu beherrschen. Reizbarkeit und Zorn verrieten sich nur in seiner Wortwahl. Alle Gespräche drehten sich um Politik. Pescara sparte nicht mit Sarkasmus, wenn es darum ging, die Kampftaktik der Franzosen, die Diplomatie des Papstes oder die abwartende Haltung der italienischen Staaten lächerlich zu machen. Verächtlich erklärte er, daß Frankreich die Niederlage und Italien den Untergang voll und ganz verdienten. Die größte Chance des Kaisers sei die Unfähigkeit seiner Feinde. Pescaras Aufenthalt in der Stadt galt als wichtigstes Ereignis des Frühjahrs. Freund und Feind wollten wissen, wie er die Lage beurteilt. Jeden Tag gewährte er wie ein Fürst Audienzen.

An seiner Seite wird auch mir Ehre und Aufmerksamkeit zuteil. Ich sehe, was den Besuchern, ja selbst den Leuten seines Gefolges und unseren Verwandten entgeht: wie die Schatten um Nasenflügel und Schläfen immer tiefer werden, wie er sich manchmal rasch mit der Zunge über die trockenen Lippen fährt, wie sein Lächeln plötzlich mitten im Gespräch zu einer schmerzverzerrten Grimasse erstarrt. Nur ich höre ihn seufzen, leise fluchen, ein Stöhnen unterdrücken. Dank seiner eisernen Selbstzucht gelingt es ihm noch, gegenüber Fremden als der Mann aufzutreten, der er immer war. Seine Haltung und der Schnitt von Wams und Mantel verdecken, daß er stark abgemagert ist und daß er hinkt. Im höfischen Frage- und Antwortspiel bei Tisch entfaltet er wie früher so viel Geist und Elan, daß es Augenblicke gibt, in denen ich meine Befürchtungen für einen Wahn halte. Ich möchte dann glauben, nur geträumt zu haben, einen jener schlimmen Träume, die mich in all den Jahren begleiteten, Schreckbilder von Krankheit und Tod und plötzlichen Unheilsbotschaften. Ich wache auf, und das alles ist nicht wahr, Ferrante sitzt zwanglos zurückgelehnt neben mir, die Zähne im vertrauten, ironischen Lächeln entblößt. Fackellicht, auf dem Tisch

Weingläser und Früchte, in der Ferne Gesang und Lautenspiel und draußen vor den Fensterbögen der blaue Nachthimmel, eine Kulisse wie an jenen Abenden in Neapel und Ischia vor zehn, zwölf Jahren. Dann steigt ein altes Gefühl in mir auf, eine Erinnerung an das Verlangen aus meiner Brautzeit. Wir sind jung, zwischen uns ist keine Distanz, keine Bitterkeit. Ich möchte mich in diesem Gefühl verlieren, vergessen, daß die Zeit nicht stillgestanden ist, daß ich in Rom bin und an der Festtafel neben einem Kranken sitze. Die Glut auf seinem grauen, mageren Gesicht täuscht, die Melodie eines Madrigals schwächt meinen inneren Widerstand und verführt mich zu sinnlosen Träumereien. Aber wenn die Gäste gegangen und die Fackeln im Saal erloschen sind, fällt die Maske. Aschfahl, auf die Schultern eines Dieners gestützt, sucht Ferrante sein Schlafgemach auf. Von seinen Nächten weiß ich nichts.

Um Unstimmigkeiten zu vermeiden, verhielt sie sich deshalb so, als ob sie von seinem heimlichen Leiden nichts ahnte. Pescara aber war sich darüber im klaren, daß sie es wußte, was wiederum für Vittoria kein Geheimnis war. Sie wartete geduldig darauf, daß er ihr von sich aus sein Verhalten erkläre. Sie war davon überzeugt, daß es einen Grund für diese Machtdemonstration und die fieberhaften Aktivitäten geben mußte. Entgegen dem äußeren Anschein war Pescara unruhig, unsicher und verbittert. Es dauerte diesmal lange, bis er sie ins Vertrauen zog. Ihr Erschrecken, ihr bestürzter, wissender Blick, als sie ihn willkommen hieß, hatten den Widerwillen noch verstärkt, den er jedesmal empfand, wenn er seine Frau nach jahrelanger Abwesenheit wiedersah. Fern von ihr war er meist mild gestimmt, vermochte ihr gegenüber Achtung und Ehrerbietung zu äußern und sie zuweilen sogar wegen ihrer Einsamkeit zu bedauern. In den Armen seiner Delia überkamen ihn manchmal Gewissensbisse; dann nahm er sich vor, beim nächsten Wiedersehen nachsichtiger zu sein. Doch sobald ihm seine Gemahlin zur Begrüßung entgegentrat, wuchs seine Abneigung wieder. Vittoria war so unnatürlich. Er merkte, daß sie sich unter Einsatz all ihrer Kräfte beherrschte, ihre wirklichen Gedanken und Gefühle nicht zu verraten. Er wußte, daß sie ihn unablässig beobachtete und sich um ihn sorgte, daß sie ständig über ihn nachdachte, daß sie alles sah und hörte. Dieses heimliche, brütende Interesse störte ihn ungemein. Nun, da er sich krank fühlte, fand er es noch unerträglicher.

Manchmal haßte er diese Frau, die ihre Gelassenheit nur vortäuschte. Was sie verschwieg, erfüllte die Stille, die sie beide umgab, mit Unruhe. Er versuchte, ihr in Gesprächen mit anderen zu entfliehen, doch diese oberflächlichen Unterhaltungen ließen ihn unbefriedigt, konnten ihn nicht von seinem Zweifel und Verdruß befreien. Nur Vittoria war vollkommen vertrauenswürdig. Sie hatte bewiesen, daß sie schweigen konnte, und ihre Ratschläge hatten sich mehr als einmal als vernünftig erwiesen. Um so erboster war er darüber, daß sie sich mit, wie er fand, törichten Idealisten wie dem Datarius Giberti eingelassen hatte. Frieden und Freiheit – süßer Köder, auf den Frauen hereinfielen. Wer wie er die Lage überblickte, war sich darüber im klaren, daß Frieden in diesem Stadium unmöglich und es Italiens Schicksal war, die Herrschaft des Kaisers zu erdulden. Wie wollten diejenigen, die von ihren Palästen aus Politik betrieben, den Konflikt in seinem ganzen Umfang begreifen? Er verachtete die Prälaten, die Herrscher in ihren Fürstentümern und die bürgerlichen Staatsmänner der Republiken wegen ihrer Kurzsichtigkeit und ihres Strebens nach kleinen Vorteilen. Man mußte im Feld gestanden, Qualm und Getümmel einer Schlacht erlebt haben, um zu wissen, daß es klüger ist, sich auf die Forderungen einer Horde von Söldnern als auf die papieren Versprechungen von Diplomaten einzulassen.

Vittorias Vermittlungsbemühungen betrachtete er vor allem als Dummheit; er unterstellte ihr keine bewußte Absicht, seine eigenen Pläne zu hintertreiben. Aber erst als sie ihm versicherte, daß der Kontakt zu Giberti abgerissen sei und ihr seit Pavia sogar die früheren Freunde mißtrauten, beschloß er, sie ins Vertrauen zu ziehen.

Als er den geeigneten Zeitpunkt für ein Gespräch gekommen

sah, suchte er Vittoria an dem Platz im Palazzo Colonna auf, wo sie am liebsten den Vormittag verbrachte: eine zum Cortile hin offene Galerie, die jedoch durch eine Reihe Orangenbäumchen versteckt war. In der Galerie standen Fragmente antiker Steinmetzarbeiten, die bei einem Umbau aus dem Boden zum Vorschein gekommen waren, Sarkophage, Brunnenbecken, Bruchstücke von Säulen. Zwischen den blühenden Orangen und den Marmortrümmern gingen die Eheleute langsam auf und ab.

«Hast du denn wirklich so viel Grund zum Verdruß? Wenn ich deine Briefe richtig gedeutet habe, fühlst du dich zurückgesetzt.»

«Keinem meiner Gesuche wird stattgegeben. Es ist immer das gleiche Spiel. Wohlwollende Briefe aus Madrid, lobende Worte und Versprechungen. Weiter nichts. De Leyva und Lannoy brauchen nicht auf greifbare Gunstbeweise zu warten, sie genießen ja auch das Vorrecht, vollblütige Spanier zu sein.»

«Aber der Kaiser kennt deine sehnlichsten Wünsche.»

«Natürlich kennt er sie. Schon vor drei, vier Jahren habe ich sie ihm persönlich vorgetragen. Ich habe das Recht, Forderungen zu stellen. Aber er reagiert nicht darauf, obwohl er meine Dienste in Anspruch nimmt. Er vertraut darauf, daß ich ihn nicht im Stich lasse. Ich bin sein Vasall. Schon mein Vater und mein Großvater waren der spanischen Sache treu. Alle meine Taten haben bewiesen, daß ich ihrem Vorbild folge. Aber der Kaiser ist voller Argwohn. Weil ich in Italien geboren bin, nimmt er mich nicht für voll und mißtraut mir. Man kann nie wissen. Er haßt die Italiener. Zu Recht, denn sie sind ein Volk von Feiglingen und Verrätern.»

«Jetzt gehst du zu weit.»

«Um deinetwillen nehme ich die Colonna davon aus. Aber im Ernst, du kennst meinen Standpunkt. Ich möchte die Argumente jetzt nicht alle wiederholen. Du weißt so gut wie ich, daß der typische Italiener, ob aus Rom, Mailand, Florenz, Venedig oder weiß Gott woher, ein charakterloser Aufschneider ist, der mehr Schlauheit als Verstand besitzt, ein Maulheld ohne wirklichen Mut. Das mußte ich immer wieder feststellen.»

«Vielleicht sind es nicht die Besten unseres Volkes, die der kaiserlichen Sache dienen. Mit anderen Menschen kommst du kaum in Berührung.»

«Du meinst die Träumer und Schwätzer. Der Himmel verschone mich mit solchen Leuten. Erwarte nur nicht, daß ich damit meine Zeit vergeude. Ich habe mein Leben dem Ruhm des Kaisers gewidmet und geholfen, seine Macht in Italien zu festigen. Er hat mir viel zu verdanken. Ohne Übertreibung kann ich sagen, daß ich es bin, der hier in den letzten zehn Jahren die spanische Partei aufrechterhalten hat. Ich habe aus eigener Tasche den Sold der Truppen bezahlt und sie bewaffnet. Du weißt, welche Opfer wir gebracht und wie tief wir uns verschuldet haben. Demnächst sind die Hypotheken auf unsere Ländereien fällig, dann sind auch die für immer verloren. Jetzt darf ich ja wohl eine Entschädigung verlangen. Ohne mich hätte es bei Pavia keinen Sieg gegeben. Ich habe den französischen König gefangengenommen. Also glaubte ich mich berechtigt, die Bitte zu wiederholen, die ich vor zwei Jahren schon einmal geäußert habe: Ich möchte, daß mir der Kaiser den Oberbefehl über seine Armeen überträgt. Wer sonst wäre dafür geeignet? Aber auch diesmal keine klare Antwort. Unterdessen übe ich Selbstbeherrschung. Warten, immer nur warten. Mein Geld ist aufgebraucht. Keiner von uns beiden besitzt noch etwas, das sich verpfänden oder verkaufen ließe. Weil ich keinen Sold zahlen kann, muß ich die Truppen plündern und rauben lassen. Das schadet dem Namen des Kaisers und der spanischen Sache. Ich werde für den angerichteten Schaden verantwortlich gemacht. Für die Gegenpartei gelte ich als der grausamste Schuft auf Gottes Erdboden. Daß ich diese Zuchtlosigkeit und Unordnung dulden muß, macht mich rasend.»

«Ist das alles nach außen hin bekanntgeworden?»

«Keine Frage! In diesem Land bleibt nichts geheim. Jeder weiß, daß der Kaiser kein Geld hat. Unsere Feinde können sich ins Fäustchen lachen. Sie rechnen damit, daß ihm der Geldmangel den Hals brechen wird. Aber da ist noch etwas: Die Grafschaft Carpi ist vogelfrei, seit Alberto Pio zu den Franzosen übergelaufen ist. Meine

Truppen halten Land und Schloß besetzt. Ich habe den Kaiser gebeten, mir Carpi als Lehen zu geben. Er hat es abgelehnt! Was sagst du dazu?»

«Entweder ist der Kaiser äußerst vorsichtig, oder aber er hat Größeres mit dir vor...»

«Du bist zu vertrauensselig. Er hält mich mit Versprechungen hin, damit ich in seinen Diensten bleibe, aber er hat nicht die Absicht, auch nur eine davon zu erfüllen.»

«Kurz nachdem der Sieg bekannt wurde, habe ich einen Brief aus Madrid bekommen. Der Kaiser ließ mich zu deinen kriegerischen Taten beglückwünschen. Ich habe ihm geantwortet, daß es eine große Ehre sei, von einem mächtigen Fürsten Lob zu empfangen, eine noch größere Ehre jedoch, aus seinem eigenen Mund zu vernehmen, daß er in unserer Schuld steht.»

«Eine kluge Anspielung, mein Kompliment. Wenn er darauf reagieren will, muß er sich beeilen, sonst sehe ich mich gezwungen, zu Mitteln zu greifen, die ihm weniger behagen werden. Der König von Frankreich ist mein Gefangener. Warum sollte ich nicht das Recht haben, ein Lösegeld zu fordern? Mit etwas Verhandlungsgeschick kann ich die Franzosen für den Unterhalt der spanischen Truppen bezahlen lassen und mich selbst auch noch schadlos halten.»

«Das wirst du niemals tun. Das ist unter deiner Würde.»

«Warum? Ich wiederhole es: Der König von Frankreich ist *mein* Gefangener. Daß sich Lannoy bei der Kapitulation der Franzosen vordrängte und den Degen des Königs entgegennahm, hat nichts zu besagen. Er brüstet sich damit, den Sieg errungen zu haben, aber jeder, der bei Pavia gekämpft hat, weiß, daß Lannoy lügt. Als der Kampf am heftigsten tobte, verlor er vor Angst fast den Verstand und schrie wie ein Besessener: Wir sind verloren! Die spanischen Soldaten können es bezeugen. Wenn ich nicht eingegriffen hätte, wäre ein heilloses Durcheinander entstanden. Und dieser Mann will nun den Ruhm einstreichen. Weiß der Himmel, was seine Leute in Spanien dem Kaiser einreden.»

«Überstürze nichts, ehe Antwort aus Madrid da ist.»

«Ich habe keine Zeit zu verlieren. Verspätete Hilfe nützt mir nichts mehr. Sag nichts, ich hoffe, du verstehst, worauf ich anspiele, das genügt.»

Wie gewöhnlich hat er mir mit seinem Blick Schweigen auferlegt. Warum will er sich nicht schonen? Befürchtet er wirklich, beiseite geschoben zu werden, sobald der Kaiser und seine Berater von seiner körperlichen Schwäche erfahren? Einem Mann wie Ferrante gibt man nicht einfach den Laufpaß. Ich kann auch nicht glauben, daß der Kaiser ihn absichtlich auf die Bewilligung seiner Gesuche warten läßt. Möglicherweise versuchen de Leyva und Lannoy aus Neid, diesen Eindruck zu bestätigen. Dennoch... Wie kann sich der Kaiser gegenüber seinem besten Feldherrn so verhalten, warum stellt er Ferrantes Geduld so leichtfertig auf die Probe? Warum kommt es ihm nicht in den Sinn, daß andere diese Situation für ihre Zwecke mißbrauchen könnten? Ferrante sagt, alle wüßten es.

Mir fällt wieder ein, was der Papst sagte, als ich mit den Varanos von Camerino im Vatikan war: Hoffen wir, daß Seine kaiserliche Majestät die Verdienste des Marchese von Pescara gebührend entlohnen wird. Schon damals habe ich in diesen Worten einen tieferen Sinn vermutet. Damals erfolgte darauf ein kurzes, vielsagendes Schweigen. Varano und Madonna Caterina schienen auf einmal in den Hintergrund gedrängt, der Papst, Giberti und ich Darsteller in einem Spiel, dessen Handlung und Text nur mir noch unbekannt waren. Meine beiden Gegenspieler sahen mich gespannt an. Papst Clemens vorgebeugt, die Handflächen auf die Sessellehne gestützt, als ob er sich bereithalte, nach meiner Antwort aufzustehen. Seine Miene verriet unverhüllte Neugierde, um seinen Mund spielte ein huldvolles und herablassendes Lächeln. In dem von oben einfallenden Licht changierte der

Stoff seines Umhangs von Silberweiß bis Blutrot. Giberti, der schweigend hinter dem Thron des Papstes stand, schien in ebenso großer Spannung meine Reaktion abzuwarten. Er wandte die Augen nicht von mir ab und fingerte mit langsamen Bewegungen an der Knopfreihe seiner Soutane. Zuerst glaubte ich, sie wollten ihren Spott mit mir treiben. Warum sonst diese Anspielungen auf mein Eheleben, auf unsere katastrophalen Vermögensverhältnisse, auf die Gleichgültigkeit des Kaisers? Ich schwieg, bis der Papst mit wenigen Worten die Audienz beendete. Wenn ich nun über das nachdenke, was mir Ferrante erzählt hat, sehe ich diese Szene im Empfangssaal des Vatikans in einem anderen Licht. Mit seiner Anspielung auf die Heimkehr und die Unzufriedenheit Ferrantes wollte mich der Papst wohl doch nicht durch eine persönliche Kränkung bestrafen. Er muß eine andere Absicht damit verfolgt haben.

Sie kam dahinter, daß Pescara ihr bei dem Gespräch in der Galerie etwas verschwiegen hatte. Den König von Frankreich gegen ein Lösegeld freizulassen, das den Unterhalt der kaiserlichen Truppen in Italien sichern sollte, hatte Pescara offenbar von Anfang an erwogen. Zwischen ihm und Lannoy hatte es darüber heftige Wortwechsel gegeben; Lannoy vertrat die Ansicht, man müsse den hohen Gefangenen nach Madrid bringen und alles andere dem Kaiser überlassen. Diese Auseinandersetzung sprach für ihr gegenseitiges Mißtrauen. Lannoy wollte verhindern, daß Pescara Vorteile aus der Situation zog, und Pescara wußte, daß Lannoy in Spanien den Ruhm einzustreichen hoffte. Zum Schluß glaubten die Gegner, sich durch einen Kompromiß gegenseitig schachmatt zu setzen: Bis auf weiteren Befehl sollte in der Burg von Neapel ein Aufenthaltsort für den König von Frankreich eingerichtet werden. Als Pescara nach Rom zurückkehrte, war Lannoy im Begriff, sich mit dem Gefangenen einzuschiffen.

Vittoria wußte, daß ihr Mann mit wachsender Ungeduld auf die

Nachricht der Ankunft in Neapel wartete. Er sandte sogar einen Kurier aus, der Erkundigungen einziehen sollte. Der Mann brachte spornstreichs bestürzende Neuigkeiten: Die Flotte hatte Kurs auf Spanien genommen. Pescara schloß sich in seinen Gemächern ein, aß und trank nicht. An seine Tür gelehnt, bekam Vittoria Fetzen eines Wutausbruchs mit, der in einem Blutsturz endete. Als sie endlich zu ihm durfte, lag er ausgestreckt im Bett. Er hatte sich wieder beruhigt, aber sein stumpfer, finsterer Blick verwirrte sie mehr als vorher sein Zorn. Sie brachte ihm einen Brief: Messer Girolamo Morone, der Kanzler von Mailand, bat um eine Unterredung. Ihren Vorschlag, dieses Gespräch auf einen späteren Zeitpunkt zu verschieben, wies Pescara schroff zurück. Er stand auf und kleidete sich sorgfältig in spanisches Schwarz. Dann sandte er dem Kanzler einen Boten mit der Nachricht, der Marchese von Pescara sei bereit, Messer Morone zu empfangen.

FRANCESCO GUICCIARDINI AN
NICCOLÒ MACHIAVELLI

Mein lieber Machiavelli,

leider war es mir nicht möglich, umgehend zu antworten. Die Zeit fehlte mir, denn ich mußte mich in den letzten Tagen um vieles kümmern. Außerdem möchte ich den Inhalt Eurer Briefe erst einmal gründlich überdenken. Man ist geneigt, selbst an dem Feuer zu entflammen, mit dem Ihr die Dinge zur Sprache bringt. Ihr seid ein Idealist, mein Lieber. Ihr baut ein Luftschloß, dessen Glanz einen blendet, und Ihr verliert dabei die Realität aus dem Blick. Die Fremdlinge von italienischem Boden verjagen, Staaten und Städte zu La Patria vereinigen, die weltliche Macht der Priester beschränken – das sind auch meine Lebensziele, lieber Freund. Wie oft haben wir nicht über diese Dinge gesprochen. Ihr wißt, daß ich Italiens Zerrissenheit stets bedauert und verflucht habe. Ich bin ganz Eurer Meinung, wir gehen zugrunde an der Uneinigkeit, der Bestechlichkeit, der Zügellosigkeit und platten Gewinnsucht der Fürsten und Prälaten. In all den Jahren, in denen ich nun als Gouverneur in den päpstlichen Gebieten eingesetzt bin, denke ich über ein probates Mittel nach, mit dem das Unheil abzuwenden wäre. Gäbe es eines, so wäre ich der erste, der es anpreisen und sich unter Aufbietung aller Kräfte für seinen Einsatz verdingen würde. Aber ich bin zu der Überzeugung gelangt, daß ein derartiges Mittel nicht existiert. Die Lage, in der wir uns befinden, hat durch die Handlungen früherer Geschlechter bereits eine so endgültige Form erhalten, daß es kaum möglich ist, noch etwas daran zu ändern oder zu verbessern.

Der Mensch ist zwar nicht imstande, den Lauf der Dinge zu wenden, aber er kann die Erscheinungen studieren und Lehren daraus ziehen. In dem Unheilsmeer unseres Erdenlebens erkenne ich nur ein Ziel: Einen scharfen Blick und einen kühlen Kopf zu bewahren, das dünkt mir am wichtigsten. Sich von nichts blenden und von nichts mitreißen zu lassen. Sich mit den Dingen, wie sie nun einmal sind, abzufinden. Gegen das Übel der Welt gibt es, wie gesagt, keine Medizin. Heroismus führt zu nichts. Ein vernünftiger Mensch kann nur eines tun, lieber Freund: versuchen, Schicksalsschlägen so gut er es vermag auszuweichen und sein Leid mit Fassung zu ertragen, wenn er doch getroffen wird. Der einzige Trost: vollkommene Wahrhaftigkeit und dadurch ein nüchterner Einblick in das Geschehen. Einen solchen Einblick wünsche ich auch Euch.

Der Kampf, den Frankreich und Spanien seit einem Vierteljahrhundert auf unserem Boden führen, wird nun bis zum bitteren Ende ausgefochten werden müssen. Wenn eine Lawine erst einmal ins Rollen geraten ist, kann man sie nicht mehr aufhalten. Der Sieger wird über Italiens Schicksal bestimmen. Wir können nur hoffen – und nach besten Kräften dazu beitragen –, daß sich der Papst bewußt wird, welche Bedeutung seine Wahl der Bundesgenossen für Italien haben wird. Ohne eine Liga werden wir zweifellos überrannt.

Ich sehe kein Heil darin, in der Romagna eine Volksmiliz aufzustellen. Das Volk hier ist für so etwas vollkommen ungeeignet. Die Romagna ist eine Brutstätte von Fehden. Es wimmelt von Banditen, geflohenen Aufrührern aus anderen Landstrichen, umherziehenden Horden entlassener oder desertierter Söldner, ganz zu schweigen von den spanischen und deutschen Kompanien, die wir, wie es der Papst und der Kaiser nach der Schlacht von Pavia vereinbart haben, ernähren und bezahlen müssen. Die Bevölkerung ist zudem in Guelfen und Ghibellinen gespalten: die einen unterstützen die französisch Gesinnten, die anderen die Kaiserlichen. Die Kirche hat hier wenige Anhänger. Das zerstörungswütige Auftreten einiger Päpste ist den meisten noch zu deutlich in Erinnerung.

Ihr meint, man könne ein Heer aus Menschen aufstellen, die keiner der Parteien angehören. Solche Leute sind nicht zu finden. Schon aus Gründen des Selbstschutzes hat sich jeder entschieden. Niemand ist sich hier seines Lebens oder seines Besitzes sicher, kein Wunder nach einem halben Jahrhundert Raub, Totschlag und Plünderung. Seid Euch darüber im klaren, wie gefährlich es wäre, diese Burschen im Kriegsfall zu bewaffnen. Sie für Werte wie Einheit und Unabhängigkeit zu begeistern dürfte äußerst schwierig sein.

Nun zur Frage eines Anführers. Angenommen, es wäre wirklich an der Zeit, einen Anführer zu wählen – aus dem Vorhergehenden werdet Ihr den Schluß gezogen haben, daß ich diese Ansicht nicht teile –, dann würde ich mich gegen den von Euch genannten Kandidaten heftig wehren. Ich bin über Messer Girolamo Morones Pläne unterrichtet. Sie stammen übrigens gar nicht von ihm, sondern wurden in der engsten Umgebung Seiner Heiligkeit ausgebrütet. Keiner weiß, wer zuerst auf Pescara gekommen ist. Ich glaube nicht, daß der Papst und Giberti wissen, auf welch gefährliches Terrain sie sich wagen. Man hat auch mich ins Vertrauen gezogen, aber ich will mit der Sache nichts zu tun haben. Daß Morone sofort dafür zu haben war, spricht Bände. Ihr kennt ihn ja. Er ist ein scharfsinniger und geschickter Jurist. Aber für meinen Geschmack hat er zu vielen Herren gedient und versteht es zu gut, Komödie zu spielen. Ich fand es stets verdächtig, mit welcher Wendigkeit er seine diplomatischen Winkelzüge im nachhinein zu begründen pflegt. Morone ist nur dann vertrauenswürdig, wenn er sich sicher sein kann, daß eine Sache auch für ihn kurzfristig große Vorteile bringt. Und ist er sich dessen in diesem Fall vollkommen sicher? Betrachtet die Dinge nüchtern, lieber Machiavelli. Wir brauchen nicht geheimnisvoll zu tun, ich würde jede Wette mit Euch eingehen, daß mehr Leute von dieser Verschwörung wissen, als der Papst und Giberti auch nur im entferntesten ahnen können. Morone wird also mit Pescara reden. Und dann? Er kann ein Ja oder ein Nein zur Antwort bekommen. Aber so einfach ist es nicht.

Wer kennt Pescara? Er ist zwar in Italien geboren, aber er fühlt und denkt wie ein Spanier. Selbst wenn er den Kaiser auf den Tod hassen würde, wäre es fraglich, ob er Verrat mit seiner Ehre vereinbaren könnte. Ich weigere mich zu glauben, daß er käuflich ist.

Morone spielt mit dem Feuer, aber das muß er selbst erkennen. Ich entsinne mich einer Unterhaltung mit ihm vor vier oder fünf Jahren. Damals vertrat er die Ansicht, in ganz Italien sei kein Mann zu finden, der bösartiger und unzuverlässiger sei als Pescara. Und ausgerechnet diesem Mann will er nun das Schicksal Italiens anvertrauen?

Sagt, daß ich die Dinge zu schwarz sehe, beschuldigt mich übertriebener Vorsicht. Ich bin ein Mann, der mitten im Leben steht und die Menschen kennt. Ihr setzt bei Morone Liebe für La Patria voraus. Doch er besitzt keinen Funken davon, ebensowenig wie die anderen Herren, die an der Sache beteiligt sind. Jeder ist auf seinen eigenen Vorteil bedacht. Diese Eigenschaft ist das einzige, das wir Italiener gemeinsam haben. Bei uns ist man nicht in der Lage, ein übergreifendes Streben zu verstehen, geschweige denn, ihm zu dienen. Das wird unser Untergang.

Das ist auch das ganze Geheimnis der Siege und der wachsenden Macht Seiner Majestät: Seine Diener sind wenigstens dazu imstande, ihre unmittelbaren Belange dem Ruhm von Kaiser und Reich unterzuordnen. Ich spreche aus Erfahrung. Ihr wißt, ich war lange Zeit in Spanien als Gesandter am Hof von König Ferdinand.

Die leidenschaftliche Hingabe an eine Idee ist eine bezeichnende Eigenschaft vieler Spanier. Aber oft artet diese Hingabe aus, und sie halten auf Gedeih und Verderb an ihren Phantasiegebilden fest. Doch sie äußert sich auch in Ritterstolz und Fürstentreue. Daran ist nichts auszusetzen. Wenn doch Ehre und Treue auch für uns lebendige Begriffe wären! Auch wenn sie zu den persönlichen Tugenden gehören mögen, die Eurer Ansicht nach in der Politik nichts zu suchen haben, meine ich, Niccolò, daß ohne Ehre und Treue niemals etwas Großes zustande gebracht wird. Gott verhüte übrigens, daß die Spanier hier noch mehr Einfluß bekommen, als sie bereits

haben, seit sie im Kielwasser der Borgias in unsere Gegend eingedrungen sind.

Ihr erwähnt in Eurem Brief Cesare Borgia. Er hat seinerzeit in
der Romagna mehr zustande gebracht, als ich es heute vermag:
Ordnung, Ruhe, sofortige Bestrafung von Unbotmäßigkeit und
Verbrechen. Aber ich bin weder ein skrupelloser Abenteurer wie
er, noch habe ich einen nachsichtigen Papst im Rücken, der mich
mit Geld und Macht unterstützt. Deshalb kann ich in der Romagna
auch nicht schalten und walten, wie ich möchte, mein lieber
Niccolò, auch wenn Ihr offenbar das Gegenteil glaubt.

Nur mit größter Mühe gelingt es mir, das gesetzlose Volk hier
im Zaum zu halten. Als ich im Jahre 1524 ernannt wurde – mit dem
Auftrag, für Ruhe und Ordnung zu sorgen –, habe ich sofort versucht, mit harter Hand gegen die schlimmsten Übeltäter vorzugehen. Kaum hatte ich in Forli das erste Todesurteil gesprochen (über
einen Kerl, der seinen Vater ermordet und außerdem achtzehn Tot-
schläge und zahlreiche Diebstähle auf dem Gewissen hatte), begannen auch schon die Schwierigkeiten. Der Täter und seine Verwandten hatten einflußreiche Bekannte in Rom, die ein gutes Wort
beim Papst einlegten. Ich wurde gezwungen, mein Urteil zu wi-
derrufen, dem Verbrecher und seinem ganzen Anhang freies Geleit
zu geben. Ich hatte mich in den Augen der Bevölkerung lächerlich
gemacht, was meinem Ansehen sehr schadete. Danach wagten sie
es, sich sozusagen vor meinem Fenster gegenseitig zu bestehlen
und totzuschlagen.

Ihr beneidet mich um meine Macht und seid über Eure erzwun-
gene Untätigkeit verbittert. Wenn Ihr in meiner Haut stecken würdet, wäre Euch klar, wie schwer es ist, sich auf einem so hohen
Posten zu behaupten, wie viele Erniedrigungen und Enttäuschun-
gen sogar der Gouverneur einer Provinz einstecken muß, wenn ihn
seine Auftraggeber zur Rechenschaft ziehen, gleichzeitig aber an
der Ausführung seiner Aufgaben hindern. Ich kenne Euch, Ihr habt
ein aufbrausendes Wesen. Ihr hättet Eurer Empörung Luft gemacht
und wärt dann davongelaufen, noch bevor man Euch Eure Entlas-

sung mitgeteilt hätte. Hier zeigt sich nun der Vorteil der Grundsätze, über die ich schon gesprochen habe. Schweigen, die Dinge nehmen, wie sie sind, geduldig abwarten und dabei in Ruhe die Verhältnisse studieren. Ich hätte allen Grund, dem Papst zu grollen. Aber ich habe mich stets bemüht, mir seinen Charakter und seine Position zu vergegenwärtigen. Sobald ihn ernstere Sorgen beschäftigten als die Unruhen in der Romagna, bin ich meine eigenen Wege gegangen. So kann ich jetzt sagen, daß ich die Dinge einigermaßen unter Kontrolle habe.

Ihr habt mir oft vorgeworfen, daß ich im Dienst der Medici-Päpste emporgekommen bin, obwohl Ihr mich doch als überzeugten Anhänger der Republik Florenz und Feind von Priesterherrschaft kennt. Lieber Freund, ohne die Medici, ohne das Papsttum hätte ich es nie zu meiner heutigen Stellung gebracht. Nur auf dem Posten, den ich jetzt bekleide, kann es mir vielleicht noch gelingen, irgendwann etwas von dem zu verwirklichen, was ich mir in früheren, hoffungsvolleren Tagen zur Aufgabe gemacht habe.

Keine Verschwörung gegen den Kaiser, kein politisches Flickwerk, Niccolò. Es gibt nur ein Mittel, Italien vielleicht noch vor dem schlimmsten Unheil zu bewahren: eine Liga, vorausgesetzt, sie wird mit Sachverstand geplant, schnell geschlossen und bis auf den letzten Buchstaben erfüllt. Wenn es etwas gibt, was ich unterstütze, für das ich mich einsetze... dann nur dieses eine Ziel, eine Liga.

Erzählt mir nichts mehr von Morone oder von Volksmilizen. Das sind idealistische Träume, mein Freund Niccolò, für mich aber gilt nichts als die nüchterne Wirklichkeit.

Mit dem größten Vergnügen werde ich in Rom oder Florenz Euer Fürsprecher sein, wenn es um eine Anstellung als Gesandter in der Romagna geht. Ich an Eurer Stelle würde es freilich vorziehen, weiterhin im Schatten der Olivenbäume von San Casciano zu sitzen und mich in die Lektüre von Cicero und Livius zu vertiefen. Ich würde allen Göttern für diese Ruhe danken und sie nutzen, um meine Ideen zu Papier zu bringen. Schreibt weiter an

Euren *Istorie*, schenkt uns eine zweite *Mandragola*. Nur wenigen ist wie Euch die Gabe des Wortes gegeben. Schildert uns den Staat, den Fürsten, den Bürger, wie sie in einer besseren Welt sein müßten. Überlaßt nüchternen Männern wie mir die Wirklichkeit: den Kompromiß.

In Freundschaft
GUICCIARDINI

GIOVANNI BORGIA

*V*iel Geschrei und wenig Wolle. Ich hatte mindestens eine Reise außerhalb von Rom erwartet, eine Gesandtschaft nach Venedig oder Florenz. Mir war nicht klar, warum Messer Girolamo Morone außer seinem eigenen Gefolge und den ihm hier in Rom zugeteilten Herren eine Eskorte von hundert Reitern brauchte, um dem Marchese von Pescara hier einen Besuch abzustatten. Fürchtete er einen Überfall, einen feindlichen Empfang? Niemand in der Gesellschaft wußte Genaueres. Bevor wir den Vatikan verließen, wurde uns mitgeteilt, wir müßten wachsam sein und unter allen Umständen den Befehlen Messer Morones folgen. Unser Zug erregte großes Aufsehen. Man merkt, daß es in Rom wenig Abwechslung gibt. Verglichen mit 1518, als ich mit Alfonso d'Este hier war, macht die Stadt einen schmutzigen und verkommenen Eindruck. Seinerzeit hatte man an der Piazza Navona neue Paläste mit bunt bemalten Fassaden gebaut. Mit Mühe erkannte ich die Stellen wieder, als ich in Morones Geleit vorbeiritt. Das Pflaster ist eingesackt, die Farbe der Häuser blättert ab. Die Straßen sind Schlammtümpel oder Abfallhaufen, die Plätze eine wahre Wildnis, kaum zu unterscheiden von anderen unbebauten und zugewachsenen Grundstücken. Wegen der ungewissen politischen Lage und der mangelnden Sicherheit auf den Straßen kommen kaum noch Pilger nach Rom. Anscheinend werden viele Feierlichkeiten, die mit einem Heiligen Jahr verbunden sind, diesmal einfach ausgelassen. Die Pest breitet sich aus. Das Ripa-Viertel entlang dem Tiberufer ist bereits abgesperrt, um die Ansteckungsgefahr einzudämmen. Viel wird es nicht helfen. Von Tag zu Tag wird es wärmer, man sagt eine ungewöhnlich heiße und trockene Jahreszeit voraus.

Im Palast von Ascanio Colonna wurden wir mit geziemenden Ehrenerweisen begrüßt. Die Berittenen warteten im Cortile, während Morone mit seinen Vertrauten aus Mailand und zwei oder drei päpstlichen Beamten – darunter auch ich – hineinging. Wir, die Mitglieder des Gefolges, kamen übrigens nicht weiter als bis zum Vorzimmer. Außer Morone hat niemand den Marchese zu Gesicht bekommen. Man sagt, Pescara sei krank. Das Gespräch dauerte lange. Die Herren aus Mailand glaubten zu wissen, was besprochen wurde. Morone solle die einflußreichen Männer der kaiserlichen Partei einzeln aufsuchen und sie dazu überreden, Francesco Sforza mit dem Herzogtum Mailand zu belehnen. Wiederum ein Sforza, der jüngere Bruder von Bonas damaligem Bräutigam. Es gibt nichts Neues unter der Sonne; auch dieser Mann scheint unfähig zu sein, er ist nichts als eine Marionette in Messer Morones Händen. Im Laufe dieser Gespräche habe ich die Kehrseite der vorangegangenen Ereignisse kennengelernt. Die Mailänder sehen in Kanzler Morone den Verteidiger ihrer Interessen, den Schiffer, der das Herzogtum zwischen Scylla und Charybdis hindurchlavieren soll. Daß er sowohl Il Moro als auch Massimiliano Sforza zu Fall gebracht hat, als er von ihrer Untauglichkeit überzeugt war, wird ihm nicht als Verrat angelastet. Die Stadt Mailand kämpft um die Erhaltung ihrer Selbständigkeit und ist sich ihrer Bedeutung durchaus bewußt: Sie ist der Schlüssel zur Lombardei, zu ganz Italien. Wie es scheint, hat Morone die Vollmacht, demjenigen den Schlüssel in die Hände zu spielen, der die Rechte der Stadt garantiert nicht verletzt.

Ich verkürzte mir die Zeit, indem ich diesen und ähnlichen Unterhaltungen lauschte, Fliegen totschlug und aus dem Fenster schaute, bis Messer Morone endlich auftauchte. Er setzte sich für einen Augenblick hin und wischte sich den Schweiß von der Stirn. Es war ein heißer Tag und Morone war nicht mehr jung. Gleichwohl hatte ich den Eindruck, daß seine Erschöpfung noch andere

Ursachen hatte. Aber er schien zufrieden. Er entschuldigte sich mit einem Scherzwort, daß er uns so lange hatte warten lassen. Als wir durch die Galerie zurückgingen, sah ich, daß er sich mehrmals auf die Lippen biß und ein Lächeln unterdrückte.

Im Portico wartete die Marchesa, vermutlich um uns in Vertretung von Pescara hinauszugeleiten. Diesmal konnte ich sie ganz aus der Nähe betrachten. Diese Frau erweckt alte Gefühle in mir. Ich möchte mein Gesicht in die Falten ihres Kleides schmiegen, wie ich es als Kind bei Isabella von Aragon zu tun pflegte, in der Hoffnung, aus ihrer kühlen, keuschen Gelassenheit Ruhe zu schöpfen.

Als die Marchesa im Vatikan an mir vorbeiging, war sie mir älter und strenger erschienen in ihrem Harnisch der Selbstbeherrschung. Innerhalb der Mauern des Palazzo Colonna hatte sie mit Mantel und Schleier offenbar auch einen Teil ihrer Unnahbarkeit abgelegt. Freimütig zeigte sie von Hals und Schultern bis zur Rundung der Brüste ihr schimmerndes, elfenbeinfarbenes Fleisch, ohne jede Spur von Gefallsucht in Haltung oder Blick; ihre Augen sind ernst und wachsam, um ihre Lippen liegt ein strenger Zug. Der Kontrast wirkt aufreizend, weckt einen Wunsch nach Eroberung, der tiefer geht als rein körperliches Begehren. Möglicherweise ist Pescara bei Frauen an leichtere Siege gewöhnt, als er sie vom Schlachtfeld kennt. Zur Entspannung sucht er sicherlich Liebe, die ihm nicht viel Kopfzerbrechen bereitet. Das Bewußtsein, eine Frau wie Vittoria zur Hingabe gezwungen zu haben, muß eine Genugtuung schenken, wie man sie bei der Niederlage eines starken Gegners, beim Fall einer uneinnehmbar geglaubten Festung empfindet. Ich starrte sie an, doch sie sah mich nicht oder wollte mich nicht sehen, weil sie meinen Blick zu dreist fand. Die offenen Türen hinter ihr gewährten Einblick in einen Saal; vor der hohen Kaminnische erkannte ich zwei dunkle Gestalten: Giammaria Varano und seine Frau.

Immer wieder drehen sich meine Gedanken im Kreise herum. Immer wieder kehren sie zum Ausgangspunkt zurück: Borgia. Mein Wille zur Macht wie auch mein Minderwertigkeitsgefühl lassen sich auf ein und denselben Begriff zurückführen: Borgia. Mein Ehrgeiz scheitert an dem Geheimnis meiner Abstammung, das ich zu kennen glaube, ohne es beweisen zu können. Das Bewußtsein meiner inneren Zerrissenheit, die Schwächen, die mir als Erbteil zugefallen sind, machen mich unsicher. Ich habe geglaubt, ich könnte mich mit der Tatsache abfinden, daß ich keine Rechte auf das Herzogtum Camerino geltend machen kann. Doch das wäre zuviel verlangt. Ich verachte Varano, der seine Burg wehrunfähig macht, indem er sie in ein Kloster, ein Hospital, ein Armenhaus verwandelt. Wer so mit seinem Erbe umgeht, verdient, daß er es verliert. Mit Rat und Tat unterstützt er abtrünnige Mönche und setzt sich für eine Kirchenreform ein. Aber abtrünnige Mönche sind meist Manns genug, sich zu verteidigen und aus eigener Kraft die Kurie anzugreifen, wie das Beispiel eines Deutschen, eines gewissen Bruder Martinus, beweist, der 1521 in Worms den Reichstag auf den Kopf gestellt hat.

Zufälligerweise habe ich aus höchst zuverlässiger Quelle mancherlei darüber gehört. Bischof Aleandro, mein Schirmherr, hat seinerzeit als Vertreter des Papstes diesem Reichstag beigewohnt und dort persönlich den Bannfluch ausgesprochen. Während unserer langen Reise vom Schlachtfeld bei Pavia nach Rom berichtete er ausführlich über die Reden und das Verhalten des Deutschen. Aleandro ist ein Mann von altem Schrot und Korn, starr, unbestechlich, asketisch, mißtrauisch und naiv zugleich. Diese Art von Prälaten ist, soweit ich es beurteilen kann, in Rom ausgestorben. Weil mir daran gelegen war, den alten Mann zum Freund zu gewinnen, habe ich zu allem ja und amen gesagt, auch wenn er in seinem Eifer, die Kirche zu verteidigen, Argumente vorbrachte, die mir in ihrer Spitzfindigkeit lächerlich vorkamen.

Nun gut, dies alles tut nichts zur Sache. Die Kirchenreform ist, wie schon das Wort besagt, Angelegenheit der Kirche. Heutzutage glaubt jeder, auf Gebieten, die ihn nichts angehen, eine Rolle spielen zu müssen. Priester treten als militärische Befehlshaber auf, Staatsmänner wollen Philosophen sein, Fürsten nennen sich Dichter und Gelehrte; fehlt nur noch, daß die hohen Herren, deren oberste Pflicht die Wehrbarkeit ist, sich in die Wälder zurückziehen und über die Mißstände in der Kirche spintisieren. Ich bin der letzte, der abstreitet, daß die Herren Prälaten sich vor allem von ihrem eigenen Ehrgeiz, ihrer eigenen Habgier leiten lassen; je höher das Amt, desto augenfälliger der Widerspruch zum Verhalten.

Aber ist das nicht überall so? Die Welt respektiert nur die Macht. Papst Hadrian, Clemens' Amtsvorgänger, war allem Anschein nach ein frommer und rechtschaffener Mann. Aleandro pries in höchsten Tönen seine Einfachheit, Selbstzucht und Unbestechlichkeit. Doch am französischen Hof wurde nur mit Spott und Verachtung über den Papst gesprochen, der seine Machtstellung nicht behaupten konnte und zu schlichten Gemütes war, um ein guter Diplomat zu sein. Bürgerliche Tugenden erwartet man bei einem Papst ebensowenig wie bei einem König.

Offensichtlich nimmt Varano sich derlei Dinge sehr zu Herzen. Warum legen er und seine Frau nicht die Klostergelübde ab? Ein roter Hut würde ihm besser anstehen als die Herzogskrone. Wer weiß, wie heilsam sein Einfluß auf die Kurie wäre. Er hat keinen männlichen Erben, seine Tochter ist noch ein Kind. Falls er keinen Sohn zeugt, geht Camerino in andere Hände über. Wenn ich Geld hätte und einflußreiche Männer hinter mir wüßte, wären meine Aussichten wahrscheinlich gar nicht so schlecht. Um so unerträglicher der Gedanke, daß ich völlig mittellos bin und keinen Fürsprecher habe. Was ich bin, habe ich mir selbst zu verdanken.

Als ich seinerzeit als siebzehnjähriger Bursche in der Gegend von Neapel herumstreunte, hätte alles mögliche aus mir werden können: Strauchdieb, Mitläufer in der famiglia eines Landedelmannes, Bettler und weiß der Himmel was sonst noch. Vom Wunsch getrieben, für Mailand und Sforza zu kämpfen, entschied ich mich für den Kriegsdienst. Ich bot mich Fabrizio Colonna als Söldner an. Eine bessere Schule für einen Soldaten gibt es nicht. Was ich von Gefechtstaktik verstehe, habe ich gelernt, während ich in seinem Kriegsvolk diente. Und das gilt nicht nur für die Reitkunst und die

Geschicklichkeit im Umgang mit Waffen. Fabrizio Colonna ließ seine Mannschaften täglich antreten. Zuerst ritt er langsam an unseren Reihen entlang. Mit erhobenem Stab musterte er uns. Sein Blick unter dem offenen Visier war scharf und streng; sein langer grauer Bart bewegte sich im Wind. Schließlich stellte er sich in den Steigbügeln auf und sprach mit tragender Stimme zu uns. Ich erinnere mich an viele seiner Worte.

«Heutzutage bemüht sich jedermann nach Kräften, die alten Römer in Äußerlichkeiten nachzuäffen. Wir sollten uns lieber an ihrer geistigen und sittlichen Kraft ein Vorbild nehmen. Einfachheit, Ordnung und Zucht sind bei Kerlen wie euch Söldnern, die den Krieg zu ihrem Beruf gemacht haben, kaum zu finden. Ihr könnt nur stehlen, morden, gewalttätig sein. Männer von eurer Sorte brauchen lange Kriege. In Friedenszeiten werdet ihr zu Verbrechern. Ein Soldat ohne Ehrgefühl und Scham ist ein Werkzeug des Teufels, die Ursache unglaublichen Elends.»

«Es genügt mir nicht, einfach nur Befehlshaber eines Heeres zu sein. Ich will euch zu richtigen Soldaten erziehen. In meinen Truppen dulde ich kein undiszipliniertes Gesindel. Ich lehre euch fechten, die Kunst der Schlachtordnung, des Angriffs, des Umzingelns und des Rückzugs, aber das genügt nicht. Bei Verrat, Habgier und Grausamkeit kenne ich keine Gnade.»

Vermutlich warf er mit diesen Reden Perlen vor die Säue, aber sein Schwung und seine Begeisterung sicherten ihm auf jeden Fall unsere Treue.

Mehrmals war davon die Rede, daß wir in die Lombardei ziehen sollten. Doch die Kämpfe in dem Gebiet waren stets von kurzer Dauer. Mitten in den Vorbereitungen zum Aufbruch kam gewöhnlich die Nachricht, daß die Kampfhandlungen für unbestimmte Zeit eingestellt worden waren. Fabrizio Colonna hätte uns gern unter den Waffen behalten, aber Geldmangel zwang ihn dazu, seine sorgfältig gedrillten Truppen zu entlassen. Ein Großteil der Mannschaften zog nach Norden, um sich auf eigene Faust den marodierenden Horden anzuschließen. Sicherlich wäre ich ihrem Beispiel gefolgt, hätte sich in meinem Leben nicht eine Wende abgezeichnet.

Ich nannte mich zu jener Zeit Don Juan de Borja y Llançol. Dem spanischen Adel anzugehören verschaffte einem in Neapel besondere Vorteile. Nur die älteren Männer, mit denen ich in Fabrizio Colonnas Söldnertruppe diente, brachten den Namen Borja noch mit Borgia in Verbindung. Wenn man mich fragte, ob ich mit dem berüchtigten Geschlecht verwandt sei, bejahte ich, ohne den Grad der Verwandtschaft näher zu erläutern. Zweimal kam es zu einem Dolchkampf zwischen mir und einem unvorsichtigen Spötter. Daß ich bereit war, meine Ehre sofort mit der Waffe zu verteidigen, erhöhte mein Ansehen. Ich reagierte nicht nur aus gekränktem Stolz so heißblütig. Die Bemerkungen, die mich dazu bewogen, meinen Dolch zu ziehen – Rodrigos Dolch, Cesares Dolch –, machten mir vor allem klar, wie wenig ich eigentlich wußte.

Beim ersten Mal war eine Frage der Anlaß zu dem Zweikampf: Ob ich das Rezept für Cantarella kenne, jenes Gift, das Papst Alexander und Cesare wiederholt vortreffliche Dienste erwiesen habe.

«Komm, wir sind doch unter Freunden, heraus damit, wenn du schweigst, machst du dich nur verdächtig, Mann. Kupferspäne und Urin, soviel wissen wir auch, aber welche Ingredienzien waren noch darin? Ein höchst praktisches Mittel, das keine Spuren im Körper des Opfers hinterläßt. Haben dir deine mörderischen Verwandten das Rezept nicht vererbt?»

Ein andermal, als ich auf die engen Verbindungen von Gioffredo und Lucrezia zu Angehörigen des Hauses Aragon hingewiesen hatte: «Hat man dir in Rom deine Aufschneidereien geglaubt? Hier in Neapel weiß jeder, daß der alte König Alfonso seine ehelichen Kinder niemals mit den Bastarden eines Priesters vermählt hätte, ob Papst oder nicht! Jeder zu seinesgleichen...» Die eitle Sancia, Rodrigos stolzer Vater: Bastarde? In den Raufhändeln wurde ich Sieger, aber meine innere Verwirrung nahm ständig zu.

Eines Tages kam mir auf der Straße zum Galgenfeld eine Horde entgegen. Gerichtsdiener schleppten einen Mann und eine Frau zwischen sich, hinter ihnen folgte eine johlende Menge. Die Verurteilten waren schon halb tot; seit Sonnenaufgang hatte man sie andernorts in der Stadt gefoltert. Das Volk warf mit Dreck und Steinen nach den beiden, schimpfte und tobte heftiger als sonst. Der Mann, grau und dick, blutete aus vielen Wunden und ließ sich wie ein Sack mitschleifen. Die Frau war noch jung, nackt bis zur Taille und kahlgeschoren. Ihr Vergehen wurde mir, ohne daß ich gefragt hätte, von allen Seiten zugeschrien. Ein Mann neben mir schüttelte die Fäuste über dem Kopf und schimpfte: «Hängt die Schweine, hängt sie auf! Vater und Tochter, ein schmutzigeres Verbrechen gibt es nicht!» Er wandte sich zu mir: «Wo ich herkomme, in Foligno, hat man voriges Jahr auch zwei wegen Blutschande gehängt. Ein Kind war auch da. In einen Sack gebunden und ertränkt hat man es. Widernatürlich und ekelhaft. Kein Christenmensch kann so was dulden!» Aus dem Gedränge tauchte ein anderer auf und stimmte ihm zu. Es war wie in einer Theatervorstellung, wo Auftritte und Dialoge bis ins kleinste Detail vorgegeben sind. «Es gab eine Zeit, in der wir es dulden mußten, ob wir wollten oder nicht. Was heißt hier Christenmenschen. Welcher Christenmensch will der erste sein, der die Tiara mit Dreck und Schmutz bewirft?»

«Das war vor zwanzig Jahren, Mann, später ist so was nie wieder vorgekommen. Die Borgia sind tot, sie schmoren in der Hölle, e basta!»

«Aber die Hure lebt noch in Ferrara, in aller Ehre und Tugend. Wo ist ihr Balg? Das möchte ich gern wissen.»

Ich lief dem Mann nicht nach, hielt ihn nicht fest, zwang ihn nicht, sich näher zu erklären. In tiefster Seele wunderte ich mich nicht. Was mir in den Anspielungen Isabellas und ihrer Höflinge bislang unverständlich geblieben war, erschien jetzt scharf umrissen und in grellem Licht. Es war, wie wenn sich während eines nächtlichen Gewitters die Bäume und Häuser einen Augenblick lang hell vor der Dunkelheit abheben, starr im Blitzlicht, wie aus dünnem Papier geschnitten. Worte und Gesten, die ich bisher zwar nicht verstanden, aber auch nicht vergessen hatte, bekamen plötzlich einen Sinn. Widernatürlich und ekelhaft. Das elende Geschöpf aus Foligno hatte man in einen Sack gebunden und ertränkt. Ich erinnerte mich an Alfonso d'Estes verächtliche Gesten, an Isabellas Blicke voller Widerwillen und Mitleid, an die Frau in Carpi, die mich heimlich betrachtet und betastet hatte, und, in noch fernerer Vergangenheit, an Madonna Vannozzas Abscheu und ihre Selbstgespräche.

Der Bastard eines Bastards zu sein, ohne Vermögen, Freunde oder Beschützer: ein übles Schicksal, aber keine Schande. Eher eine Herausforderung, sich selber Geltung zu verschaffen und Fortunas Gunst zu erzwingen. Aber Ekel und Abscheu vor sich selbst wie eine unheilbare Krankheit mit sich tragen zu müssen, immer von einer Schuld gequält, für die man selbst nichts kann, und, schlimmer noch, ständig an der Richtigkeit der eigenen Vermutungen zu zweifeln, das ist ein Fluch.

Ich beschloß, nach Bari zurückzukehren und meine Pflegemutter zu zwingen, mir endlich die Wahrheit zu sagen. Doch die Reise erübrigte sich, denn Herolde des Vizekönigs verkündeten unter Trompetenschall und Ansprachen auf allen Plätzen und an allen Straßenecken, was längst als Gerücht in der Stadt kursierte: noch vor Jahresende eine Fürstenhochzeit in Neapel. Bona Sforza habe sich mit dem König von Polen verlobt. Wohl oder übel mußte ich die Nachricht glauben, obwohl es mir damals wie später, nach der Hochzeit, widersinnig erschien, daß Bona über ein fernes barbarisches Land und nicht über Mailand herrschen sollte.

Ich wartete also, bis Isabella und Bona in Neapel eintrafen. In strömendem Regen ritten sie an einem Herbsttag mit großem Gefolge in die Stadt. Die Vorhänge der Sänften, die Schabracken der Pferde und Maulesel troffen vor Nässe, ihre Farben zerliefen; Reiter, Reittiere und die sie begleitenden Fußknechte waren von Kopf bis Fuß mit Schlamm bespritzt. Im Palast des Vizekönigs Lannoy nahmen sie Quartier. Der Winter begann feuchter, als man es in

Neapel gewöhnt war. Salziger Dunst hing über der Küste. Unter dem grauen Himmel wurden in den morastigen Straßen Ehrenbogen errichtet und Girlanden gespannt. Ich stand unter dem Volk am Straßenrand und sah die Kavalkade der vornehmen Gäste in einem Regen von Schlammklumpen vorbeiziehen. Für die Brautleute hatten die Zuschauer nur Spott übrig: Bona war zehn Jahre zu alt, um eine blühende Braut zu sein, der polnische König trug eine höchst sonderbar aussehende, hohe Fellmütze. Pescara und seine Frau dagegen wurden mit Händeklatschen und Jubelrufen begrüßt: *Imperio! Spagna!* Damals schenkte ich dem Feldherrn der kaiserlichen Truppen mehr Aufmerksamkeit als seiner Gemahlin. Vor allem beeindruckte mich Pescaras Haltung zu Pferd. Er saß kerzengerade, unbeweglich, eine Hand in die Seite gestemmt. In ihm sah ich verkörpert, was ich selber sein wollte: ein Spanier von edlem Geblüt, mit einer stolzen und mutigen Haltung, die das Ergebnis niemals nachlassender Selbstdisziplin ist. Doch in einem Anfall von Wut und Machtlosigkeit sah ich mich in jenem Augenblick weiter denn je von meinem Ideal entfernt.

Nach dem Ende der Festlichkeiten – ich hatte Bona, bleich und streng, an der Seite ihres Gemahls die Stadt für immer verlassen sehen – begab ich mich in den Palast des Vizekönigs. Ich mußte mehrere Angehörige des Hofstaates bestechen, bevor man Isabella mein Gesuch um eine Unterredung überbrachte. Sie hatte sich kaum verändert, nur ihr Haar war weiß geworden. Es war mir unverständlicher als je zuvor, wie dieses Lächeln voll heimlicher, stolzer Genugtuung in ihren Augen leuchten konnte. In diesem Leben hatte sie nichts mehr zu erhoffen als ein ruhiges Ende. Sie zeigte sich nicht im geringsten überrascht, als ich plötzlich vor ihr stand. Ich hatte den Eindruck, daß sie wußte, warum ich gekommen war, und daß sie schon lange auf diese letzte Begegnung gewartet hatte. Sie schickte die Frauen, die bei ihr saßen, hinaus.

«Ich kenne die Antwort auf deine Frage nicht», sagte sie, nachdem ich mich ausgesprochen hatte. «Aber ich will dir erklären, wie es kommt, daß diese Frage überhaupt gestellt werden kann.» Sie schwieg eine Zeitlang, ich rührte mich nicht. «Das Leben von Menschen wie uns wird durch das Schicksal der Geschlechter geprägt, denen sie angehören. Name, Macht und Besitz, daneben zählt der einzelne Mensch so gut wie nichts. Schachfiguren denken und fühlen nicht, und es ist nicht jedem gegeben, zu begreifen, wie ehrlos es ist, sich willenlos wie eine Figur hin und her schieben zu lassen, und sich ständig dagegen auflehnen zu müssen. Die erste Ehe deiner Verwandten Madonna Lucrezia mit Giovanni Sforza wurde seinerzeit wegen Impotenz aufgelöst. Noch bevor die Scheidung ausgesprochen war, verhandelte Papst Alexander bereits mit meinem Vater über eine Verbindung zwischen Borgia und Aragon. Es war ein öffentliches Geheimnis, daß Sforza verschwinden mußte, weil er den neuen politischen Plänen der Borgias im Wege stand. Ich kannte den Mann gut, er war ein Neffe meines Gatten. Ich halte es für möglich, daß er wirklich an Unfähigkeit litt. Alle Sforzas haben eine schwache Konstitution, meine eigene Ehe ist erst drei Jahre nach der Hochzeit vollzogen worden. Und selbst dann noch... Nun gut. Die Borgias begingen den Fehler, Sforza öffentlich anzuprangern. Das war unverzeihlich, eben weil das, was sie sagten, der Wahrheit entsprach. Sforza hat sich für die Schmach gerächt, indem er die Borgias der Blutschande bezichtigte, und ihre Feinde – schon damals kaum zu zählen – haben seine Behauptung zu ihrem eigenen Nutzen aufgegriffen.»

«Es sind also Lügen?»

«Beweisen kann ich nichts. Ich sage dir, was ich weiß. Urteile nicht voreilig. Die Wahrheit hat unendlich viele Facetten. In jener Zeit war auch ein Gerücht im Umlauf, Madonna Lucrezia habe ein Kind geboren. Verleumdung oder nicht, das Echo hallte lange nach. Mein Vater forderte ein offizielles Dementi vom Vatikan, bevor er meinen Bruder als Bräutigam nach Rom ziehen ließ. Ich versichere dir, die Ehe wäre nicht zustande gekommen, wenn mein Vater Grund zu zweifeln gehabt hätte.»

Nun rückte ich damit heraus, was ich in Neapel gehört hatte. Ich fragte Isabella, ob man vielleicht das eine oder andere gnädig übersehen hätte, weil der junge Bisceglie auch nur ein Bastard gewesen war.

«Ehelich oder unehelich, das machte bei uns keinen Unterschied, was Erziehung und Ehrenbezeigungen betrifft», sagte Isabella stolz. «Dies sind die Tatsachen. Gewißheit kann ich dir nicht geben.»

«Auch Ihr verachtet mich. Ihr hegt eine Abneigung gegen mich.»

«Als ich dich damals aufnahm, wollte ich ein einsames Kind beschützen, nicht einen Borgia. Nach dem feigen Mord an meinem Bruder hatte ich wenig Grund, den Borgias wohlgesinnt zu sein. Sie haben die Macht Aragons untergraben und für immer zerstört. Ich bedauere, daß die Umstände mich dazu zwangen, den Borgia in dir zu sehen. Seitdem haben wir uns entfremdet, Giovanni.»

«Warum wurde er ermordet? Hat Cesare es getan?»

Isabella hob die Schultern. Ihre Mundwinkel verzogen sich zu einem bitteren Lächeln. «Erwartest du wirklich, daß ich eine Antwort darauf weiß? Das Haus Aragon hatte, wie ich dir vorhin sagte, in jener Zeit an Einfluß und Macht verloren. Papst Alexander stellte sich auf die Seite Frankreichs, weil es den Interessen seines Augapfels Cesare diente. Alfonso von Ferrara war damals ein Verbündeter Frankreichs und außerdem Witwer. Niemand konnte meinen Bruder der Impotenz bezichtigen – Rodrigo war gerade geboren worden –, also mußte eine andere Möglichkeit gefunden werden, ihn verschwinden zu lassen. Zieh daraus deine eigenen Schlüsse.»

«Es stimmt also, daß alle Borgias Verräter und Mörder sind?»

«Sie haben ihr Ziel erreicht, und ihre Gegner haben ihnen das nie vergeben. Ich sage dir noch einmal: Mir steht kein Urteil zu. Es hat keinen Sinn, die alten Gerüchte wiederaufleben zu lassen. Damit ist dir nicht geholfen. Du bist erwachsen. Du willst dich selbst erkennen. Du gehörst einem neuen Geschlecht an, das weder Rast noch Ruhe findet, solange es nicht alles unter der Sonne begriffen hat.»

Sie sprach aus, was ich selber dachte.

«So ist es, ich will wissen, wer ich bin.»

«Was willst du sein, Giovanni? Es ist dem Menschen eigen, daß er, durch Glaube oder Überzeugung getrieben, mit seinem ganzen Wesen nach einem bewußt gewählten Ziel strebt. Der Wille des Menschen erschafft alles, wofür es wert ist, zu leben und zu sterben.»

Ich gab zu bedenken, daß ihr Wille sie trotz Glauben, Überzeugung und Streben nie zu dem begehrten Ziel geführt habe. Sie schlug die Augen nieder.

«Ich habe gelernt, mein *Schicksal* zu wollen. Was mir widerfahren ist, schmerzt mich nicht mehr, weil ich mit meiner ganzen Seele nach Ruhe und Gottergebenheit strebe.»

Wieder glaubte ich, sie bei einer Feigheit zu ertappen.

«Aber diese Ergebenheit ist nur eine Lüge, um Eure Niederlage zu maskieren.»

«Der Wille nach einer edlen Lebensform kann niemals eine Lüge sein. Sich dem Haß, der Verbitterung und Wut zu überlassen, das bedeutet in meinen Augen eine Niederlage. Das Streben nach Beherrschung und Form, gerade dann, wenn uns alles zu entgleiten droht, das ist bewußtes Handeln. Wer handelt, läuft nicht Gefahr, zum Spielball oder Opfer eines anderen zu werden. Mein Wille, unter allen Umständen eine mir gemäße Lebensform zu erschaffen, macht mich frei. Ich gehe nicht an Enttäuschung und Kummer zugrunde.»

«Und doch nennt Ihr Euch *unica in disgrazia* ...»

«Niemals war diese Bezeichnung angemessener. Ich sehe, du verstehst mich nicht... Du mußt noch viel erleben, bevor du mir recht geben kannst, Giovanni.»

Damals konnte oder wollte ich aus ihren Worten nur verstehen, daß fürstlicher Stolz Isabella verbot, sich einzugestehen, daß ihre Welt wie ein Kartenhaus zusammengestürzt war. Ich respektierte ihre Würde und sah ein, daß sie keine andere Haltung einnehmen konnte, aber ich glaubte ihr kein Wort. Mit Mühe verbarg ich meine Ungeduld, meinen Ärger. Von ihr würde ich nicht erfahren, was ich wissen wollte. Sie suchte Zuflucht in philosophischen Betrachtungen, die mich kaltließen. Ich empfand eher Mitleid für sie. Mailand verloren, Bona für immer verschwunden ans andere Ende der Welt. Isabella war eine einsame Frau an der Grenze des Alters. Daß sie Milde walten lassen, nicht streng urteilen, einen Schleier über die düsteren Stellen der Vergangenheit breiten wollte: wie hätte ich ihr das zum Vorwurf machen können?

Isabellas Worte hatten meine Zweifel für eine Weile besänftigt, aber nicht verjagt. Die Fragen, die mich am meisten quälten, hatte sie nicht beantwortet, sondern war ihnen ausgewichen, wie sie seit jeher meinem Blick ausgewichen war.

Nach Ferrara also... eine Fahrt, die mir lange im Gedächtnis blieb. Das Meer war stürmisch, der Wind unberechenbar. In Höhe der Romagna, in Sicht der Küste, sank das Kauffahrtsschiff. Ich schwamm an Land, aber meine Habe ging verloren. In Pesaro schloß ich mich einer Gruppe Reisender an. Auf geliehenem Pferd, in geliehenem Mantel, eine geliehene Mütze auf dem Kopf ritt ich nach Ferrara. Wieder diese farblose Sumpflandschaft. Das ständige Froschgequake erinnerte mich daran, wie ich einst nach Carpi gereist war. Carpi liegt nicht weit von Ferrara. Neue Nahrung für die Vermutungen, die mich plagten.

Als ich vor dem Castel Ducale stand, überkam mich ein unbekanntes Gefühl der Beklemmung. Zwischen mir und den hohen rotbraunen Mauern von Lucrezias Aufenthaltsort – eine mit Zinnen gekrönte und mit Türmen befestigte Burg – lag nur ein Graben. Die Festung starrte mich mit dunklen Fensterlöchern an. Ich ließ mein Pferd im Schritt über die Brücke gehen. Mit jedem Hufschlag gab ich unwiderruflich ein Stück der Freiheit auf, die ich in Neapel genossen hatte. Doch mir blieb keine andere Wahl, ich war angekündigt. Dier Art, wie ich im düsteren Cortile empfangen wurde, verriet, daß meine Ankunft gemeldet war. Isabella hatte einen Boten geschickt. Ein Zimmer stand für mich bereit. Ein Diener brachte Waschwasser und neue, passende Kleidungsstücke. Aus den Mienen und dem Verhalten der Menschen, denen ich in den ersten Stunden begegnete, versuchte ich herauszulesen, wie man mir im herzoglichen Palast gesinnt war. Man brachte mir eine Unterwürfigkeit entgegen, die ich seit langem nicht mehr gewöhnt war. Später kamen Lucrezias Sekretär und einige Herren des Hofstaats, um mich zu begrüßen. Sie redeten mich mit *vostra Signoria* an, dem Titel für hohe Gäste. Durch lange, spärlich erleuchtete Gänge führten sie mich in die Gemächer der Herzogin.

Wie hätte ich mir die Frau vorstellen sollen, deren Name einerseits das Bild der Fremden in Carpi heraufbeschwor, andererseits das der Frau, die man wegen Blutschande verurteilt und durch die Straßen von Neapel geschleift hatte? Kein Tag meiner Jugend war vergangen ohne Berichte oder Gerüchte über Lucrezia. Bewußt und unbewußt hatte ich sie alle eingesogen: Lob, Tadel, Spott und Zweideutigkeiten. Ich hatte gehört, wie man ihre Briefe vorlas, wie man die Eleganz ihrer Erscheinung und ihrer Umgangsformen rühmte, ihr Verhalten lobte oder kritisierte. Madonna Vannozza hatte mit Bewunderung und Ehrerbietung, Cesare mit nachsichtiger Ironie, Sancia neidisch, Rodrigo gleichgültig, Isabella förmlich und Bona – in vielsagender Widerspenstigkeit – *niemals* von ihr gesprochen. Schon immer hatte ich gespürt, daß über sie mehr verschwiegen als gesagt wurde. Ein geheimnisvoller Nebel trübte den Blick auf jene Frau, über die alle Welt zu reden schien. In meiner Phantasie erschien sie in immer anderer Gestalt. Später, nach all dem Geflüster, den Blicken, den Anspielungen, wurde das Bild, das ich mir von ihr machte, noch verschwommener. Auf dem Weg von Neapel nach Ferrara war mein Herz von Widerwillen und heimlicher Angst erfüllt.

Auf den Felsen rings um Bari pflegten Rodrigo und ich nach Schlangen zu suchen. Eine alte Frau aus Isabellas Gefolge hatte uns erzählt, daß jeder, der ein Reptil in seiner Höhle überrascht, sein Leben lang gegen Schlangengift gefeit sei. Vorsichtig schlichen wir, mit Stock und Messer bewaffnet, durch das niedrige Gestrüpp. Es ging darum, eine Schlange zu finden, die aufgerollt in der Sonne schlief, und ihr zu folgen, wenn sie in ihr Loch schlüpfte.

Immer waren die Schlangen schneller als wir. Einmal wagten wir uns in einen schmalen, tiefen Spalt zwischen zwei Felsen. In der Dunkelheit glühten zwei feurige grüne Punkte vor mir auf, die Augen eines aufgeschreckten Tieres, vielleicht einer Wildkatze oder eines Frettchens. Ich kauerte mit klopfendem Herzen auf dem Boden. Trotz meines Messers und meines scharf gespitzten Stockes fühlte ich mich wehrlos. Das Tier sah mich an, doch ich war blind. Die Angst lähmte meine Glieder und mein Denkvermögen. Ich wollte fliehen und konnte nicht. Als ich Rodrigo, der zurückgeblieben war, draußen vor der Höhle rufen hörte, wich meine Erstarrung. Wie wild kroch ich rücklings zwischen den Sträuchern und Steinen hinaus. Erst später habe ich mir überlegt, daß die Angst des Tieres dort im Dunkeln genauso groß, wenn nicht größer gewesen sein muß als die meine.

Auf der Brücke vor dem Castel Ducale in Ferrara ergriff für einen kurzen Augenblick ein ähnliches Gefühl von mir Besitz. Es überkam mich erneut, als ich durch halbdunkle, gewölbte Portale und düstere Vorzimmer zu Lucrezia geführt wurde. Ich redete mir ein, ich müsse stolz und kämpferisch auftreten, gefaßt auf jede Enthüllung von seiten Lucrezias, auf jedes Los, das Alfonso d'Este mir zugedacht haben könnte. Schließlich war ich aus eigenem Entschluß nach Ferrara gekommen, weil ich die Wahrheit über meine Herkunft erfahren wollte. Nun, da ich diesen Schritt gewagt hatte, waren mir alle möglichen Folgen lieber als meine frühere Ungewißheit. Die Hand auf dem Knauf von Rodrigos Dolch, überschritt ich die letzte Schwelle.

Das Zimmer war voller Menschen. Der ganze Hofstaat schien sich in dem engen Raum versammelt zu haben. Als ich eintrat, hörte ich keinen Laut, sah ich keine Bewegung. Offenbar hatten alle schweigend den Blick auf die Tür gerichtet und auf mein Erscheinen gewartet. Es roch betäubend nach Parfüm und Körperausdünstungen. Alfonso d'Este sah ich nicht. Eine Frau stand mühsam aus ihrem Sessel auf und näherte sich langsam, mit dem schaukelnden Gang einer Hochschwangeren. Kleine, mollige, mit

Ringen überladene Hände rafften die Falten eines weiten Kleides über der Brust zusammen. Unter einem lächerlichen, melonenförmigen Kopfputz sah mich ein verwelktes Kindergesicht mit hellblauen Augen an. Erst als sie unmittelbar vor mir stand, erkannte ich, daß die Rundungen von Kinn und Wangen aufgedunsen waren, offensichtlich die Folgen von Wassersucht; die aus der Ferne verführerischen Linien des Schmollmundes waren in Wirklichkeit schlaff, die Augen glänzten vor Angst und unterdrückten Tränen. Sie schaute zu mir auf und streckte beide Hände aus. Ihr «Willkommen» klang hoch und laut; mit einer Kopfbewegung bezog sie alle Anwesenden in die Begrüßung ein.

«Sei willkommen in Ferrara. Dies ist Don Juan de Borja, mein Bruder.»

Die Hände, die ich mit den meinen umfaßte, waren klamm. Ein grüßendes Gemurmel ging durch die Reihen der Höflinge, die Frauen ließen sich mit ihren raschelnden Röcken auf die Bänke entlang der Wand sinken. Ich führte Lucrezia zu ihrem Sessel.

«Erzähl mir von der Reise. Wie geht es unserer Verwandten, Donna Isabella? Man sagt, in Neapel sei das Ereignis des Jahres die Hochzeit ihrer Tochter gewesen. Leider konnten wir nicht dabeisein.» Ihre Stimme blieb melodisch und klar, doch ihr Blick wich dem meinen aus. Die Finger, die ein Taschentuch zerknüllten, zitterten.

«Ich habe Schiffbruch erlitten.»

«Das wurde uns berichtet. Wir werden den Schaden ersetzen.»

«Mein Besitz war nicht viel wert. Eine Last, die ich widerwillig mit mir schleppte. Ich wüßte sie nirgendwo besser aufgehoben als auf dem Meeresboden.»

«Vielleicht spült die Flut noch einiges davon an.»

«Ich bin nicht verpflichtet, es als mein Eigentum anzuerkennen.»

«Alles verlieren bedeutet manchmal, ein neues Leben beginnen.»

«Ich habe mein Gepäck verloren, Durchlaucht, nicht jedoch mein Gedächtnis.»

«Die Zeit ist gierig, sie verschlingt alles. Was wir heute erleben, ist morgen schon Erinnerung. Darum nutze die Stunden in Ferrara gut. In den Wintermonaten gibt es hier viele Lustbarkeiten. Die Jagd, Pferderennen, bald auch der Karneval. Unsere Ballette und Theateraufführungen sind berühmt. Ich habe die besten Narren und Zwerge in ganz Italien. Wo bleiben sie nur, laßt sie herein. Meine Zwergin, Anna la loca, kann eine Moresca tanzen. Frag sie, ob sie ‹durch den Fluß waten› will, dann hebt sie die Röcke und tut so, als stiege sie ins Wasser. Man meint, selber nasse Füße zu bekommen.»

Sie erschauerte affektiert und wischte sich die Lippen mit dem Taschentuch. Aus einem Nebenzimmer kamen singend und springend die Mißgestalteten hereingelaufen. Ein dickes, bunt herausgeputztes Weiblein warf beim Tanzen die Beine so hoch, daß seine Schenkel sichtbar wurden. Es war Lucrezias Lieblingsnärrin, Anna la loca, ein freches, etwas idiotisches Geschöpf. Das Schellenrasseln der Tambourine und der schrille Gesang übertönten unser Gespräch.

«Es sind keine Zwerge nötig, um mich zu unterhalten», sagte ich. «Eure Exzellenz hat mir ein fesselndes Rätsel aufgegeben, indem Ihr mich ‹Bruder› nanntet.»

«Laß dir dein Erstaunen nicht anmerken», antwortete Lucrezia auf spanisch, ohne die Augen von den tanzenden Zwergen abzuwenden. «Wir werden noch Gelegenheit finden, unter vier Augen über diese Dinge zu sprechen. Um Himmels willen, laß dir nichts anmerken. Alle beobachten uns.»

Sie lachte und klatschte in die Hände. La loca rollte wie ein Ball heran und küßte den Saum von Lucrezias Kleid, wobei sie mich böse und eifersüchtig ansah.

«Geh durch den Fluß, Liebste», sagte Lucrezia und legte die bleiche, mollige Hand auf meinen Ärmel. «Paß auf, jetzt kommt etwas Schönes.»

Die Zwergin brummte unruhig wie ein Tier, das keinen Fremden neben seiner Herrin duldet. Ich konnte mich für das mißgestaltete Völkchen noch nie sonderlich begeistern. Mir ist rätselhaft, wie man Vergnügen daran finden kann, wenn mißförmige Wesen mit Wasserköpfen und krummen Beinen einen selbst oder andere nachäffen. Die meisten Zwerge können mich deshalb ebenfalls nicht leiden. Anna la loca haßte mich von dem Augenblick an, als sie mich zum erstenmal sah. Weder die Klapse noch die Liebkosungen Lucrezias konnten sie dazu bewegen, ihre Künste vor mir zu zeigen. Schließlich wurde sie kreischend und um sich tretend von ihren Gefährten aus dem Raum gezerrt.

Der Mißerfolg des Divertimentos hatte Lucrezias Nervosität noch gesteigert. Ihre Lippen zitterten, Schweißperlen standen unter dem Brokatturban auf ihrer Stirn. Offensichtlich mußte sie sich sehr anstrengen, um aufrecht zu sitzen und zu lächeln. Ihre Augen glänzten hell wie Email, aber sie wirkten wie leblos und verrieten nichts. Verärgert und enttäuscht schaute ich auf sie herab. In ihrem verwelkten Gesicht, in dem von Schwangerschaft entstellten Körper fand ich keine Spur jener Schönheit wieder, die ich hatte rühmen hören, nichts, was mich an die Frau in Carpi erinnerte. Außer einer gewissen Anmut in der Rundung der Schultern und Arme, den hellen, porzellanblauen Augen und der hohen Stimme konnte ich keinen jener Reize entdecken, die ihren Ruhm gerechtfertigt hätten. Durch eine dünne Schicht weißer Schminke schimmerte die ungesunde, gelblichblasse Farbe ihrer Haut. Nase und Kinn waren ziemlich grob und fleischig. Sie sah Cesare nicht im mindesten ähnlich. Ich hatte erwartet, etwas von dem düster Katzenhaften in ihr zu finden, das Cesare eigen gewesen war. Lucrezia erweckte vor allem den Eindruck von Trägheit und Schlaffheit: weiche Körperformen, ein schwacher Charakter.

Sie schien hilflos, schnell beeinflußbar, rasch geängstigt und ebenso rasch wieder beruhigt, kindlich froh oder betrübt über unwesentliche Dinge. Ich fühlte mich irgendwie verpflichtet, sie zu beschützen, zugleich aber stieg der kaum bezwingbare Wunsch in mir auf, dieses naive, überempfindliche Geschöpf zu quälen und zum Schreien zu bringen. Ihre Würde, Beherrschung, ihre förmliche Konversation: nichts als Schein und Spiel vor dem Hofstaat.

Als man uns später allein ließ, fiel ihre Maske. Sie brach in Tränen aus, überhäufte mich mit Küssen und Liebkosungen. In einem Schwall von spanischen Wörtern nannte sich mich ihren Juanito, ihr Brüderchen, ihren einzigen verbliebenen teuren Verwandten. Sie flehte mich an, ihr zu verzeihen, Geduld mit ihr zu haben, und schwor mir, alle Rätsel aufzuklären, alle meine Wünsche zu erfüllen, meinen Weg mit Gold zu pflastern. Ich fragte sie, wie Alfonso d'Este über meinen Aufenthalt in Ferrara dachte.

«Er ist auf Reisen. Aber er ist dein bester Freund, er wird alles für dich tun, was in seiner Macht steht», sagte Lucrezia.

Ihren gehetzten Worten entnahm ich, daß sie sich dessen gar nicht so sicher war. Sie bat mich, von meinem Aufenthalt in Neapel zu erzählen, wohl um mich zu hindern, selber Fragen zu stellen. Während ich sprach, ging sie mühsam und unruhig, mit beiden Händen den hohlen Rücken massierend, in der dämmrigen Kammer auf und ab. Nach einer Weile merkte ich, daß sie mir nicht zuhörte, und ich verstummte. Sie blieb stehen und warf mir über die Schulter einen flehenden, schuldbewußten Blick zu, wie ein Kind, das man bei einem verbotenen Spiel ertappt hat. Sie fürchtete, mich verärgert zu haben, und flüchtete sich in kokettes Schmollen, das einer jungen Frau reizend angestanden hätte, zu ihrem verwelkten Aussehen aber nicht recht paßte. Sie merkte mein Mißfallen und wechselte abermals den Kurs.

«Ach Gott, mein Kopf, mein armer Kopf tut mir so weh, daß ich kaum noch denken kann.» Sie setzte sich hin und zog mit bebenden Fingern die Nadeln und Spangen aus ihrem Kopfputz. «Ich habe den schweren Schmuck nie ertragen können. Allein das Gewicht meiner Haare macht mich krank. Ich setze dieses Ding nur auf, um meinem Gatten einen Gefallen zu tun. Seine Schwester, die Marchesa von Mantua, hat die Mode eingeführt. Ihre Meinung ist hier Gesetz. Ich richte mich soweit wie möglich nach ihrem Vorbild. Entschuldige mich jetzt einen Augenblick.»

Während sie in einem Nebenzimmer ihre Frisur ordnen ließ, schaute ich aus dem Fenster. Unter mir lag ein Innenhof, dunkel und tief wie ein Brunnen, kühle Luft stieg von dem Pflaster herauf. Unter den Arkaden bewegte sich dann und wann der verschwommene Schein von Fackeln und Laternen. Die überstehenden Galerien dämpften jedes Geräusch. Ich trat einen Schritt zurück. Lucrezia stand hinter mir, ihr Gesicht ein blasser Fleck vor der Dunkelheit.

«Dort unten im Hof hat man sie enthauptet, die Herzogin Parisina und ihren Stiefsohn Ugo. Das ist lange her, schon über hundert Jahre. Die Este sind unerbittlich in ihrem Zorn. Mein Ehegatte würde auch keine Gnade walten lassen, falls er mich bei einer Untreue ertappte. Innerhalb dieser Mauern ist viel geschehen. Ich könnte dir Dinge erzählen... Unvorsichtigkeit und Leichtsinn werden hier schwer bestraft. Nur wer gewissenlos oder ganz ohne Sünde ist, kann in dem Castello ruhig atmen. Komm jetzt mit, nebenan ist es wärmer und heller.»

Bei Kerzenlicht sah sie besser aus. Ihre Augen funkelten, sie redete ununterbrochen. Sie ließ ihre Kinder hereinbringen, eine ganze Schar von Stammhaltern des Hauses Este. Später wurde eine Mahlzeit aufgetragen. Während ich aß und trank, sprach sie mit niedergeschlagenen Augen von Rodrigo. Ich versicherte ihr, daß er auch fern von ihr nicht unglücklich gewesen sei.

«Versteh mich recht, der Argwohn meines Gemahls hat mich daran gehindert, so zu handeln, wie ich wollte. Auch dir gegenüber, mein kleiner Bruder, habe ich versagt.»

«Niemand hat mir je gesagt, daß ich ein Sohn Papst Alexanders sei.»

«Ich habe es selbst nicht gewußt. Mein Väterchen hat dich in frühester Kindheit Cesares Obhut anvertraut. Kürzlich wurden aus Rom Dokumente hergebracht, die jetzt in unserer Kanzlei liegen. Darunter eine Bulle, ein langer lateinischer Text, unterzeichnet von meinem Väterchen, dem Papst. Darin steht unmißverständlich, daß du sein Kind bist.»

Ich fragte, ob ihr der Name meiner Mutter bekannt sei. Lucrezia zuckte die Achseln. «Ist das so wichtig? Du genießt alle Vorrechte.»

«Auf dem Papier vielleicht. In Wirklichkeit bin ich ein Vagabund ohne einen Soldo Vermögen.»

«Das wird sich jetzt ändern. Ich werde dir helfen. Ich werde für dich tun, was mein Väterchen für dich getan hätte. Das ist meine Pflicht.»

«Warum?»

«Warum, warum?»

Mein Blick beunruhigte sie. Sie schnitt ein Stück Fleisch in Streifen und fütterte damit ihre kleinen Windspiele. Ich glaubte ihr nicht. Je länger ich mit ihr sprach, desto mehr war ich davon überzeugt, daß sie etwas vor mir verbarg. Sie war unsicher und nervös. Knechte und Mägde trugen die Reste der Mahlzeit fort. Wir waren wieder allein.

«Wir Borgias müssen einander beistehen. Wir gehören zusammen wie die Beeren einer Weintraube. So hat mein Väterchen gesagt. Er war gut, gut, was immer man auch von ihm behauptet. Niemand hat seine Kinder so geliebt wie er. Nie hatte er etwas anderes im Sinn als mein Glück. Doch, doch, es ist wahr!» rief sie heftig, obwohl ich nicht widersprochen hatte. «Alles, was er tat, tat er für uns, für unseren Ruhm, unsere Macht, unseren Reichtum. Die Liebe zu uns war seine einzige Schwäche. Nach dem Tod meines Bruders, des Herzogs von Gandia, wollte er nichts essen oder trinken. Nur um meinetwillen, weil er nicht ertrug, mich weinen zu hören, hat er sich damals vom Boden erhoben. Was meinen Kindern widerfährt, fühle ich als Lust und Schmerz am eigenen Körper, so lauteten seine Worte. Immer wieder hat er uns vorgehalten, die Blutsverwandtschaft sei ein heiliges Band, für das kein Opfer zu groß und kein Dienst zu schwer sei. In diesem Glauben sind wir aufgewachsen. Ich habe meinem Väterchen stets gehorcht. Was auch von mir verlangt wurde, ich habe es getan. Vielleicht war das nicht richtig, vielleicht hätte ich anders handeln sollen. Ich habe seither so viel gesehen und gehört. O Gott, wer weiß, was wahr ist und was nicht? Du kannst das alles nicht verstehen. Meinen Verwandten zu dienen, das zu tun, was mein Väterchen, meine Brüder und mein Gatte wollen, ist mir zur zweiten Natur geworden. Wie könnte ich dir meine Hilfe verweigern?»

Sie sprach erregt und atemlos, ihre Hände waren ständig in Bewegung, pflückten an den Falten ihres Kleides, nestelten an den Borten auf Ärmeln und Mieder. Die Ringe an ihren ruhelosen Fingern funkelten. Während ich ihr zuhörte, ließ ich meinen Dolch, den ich vom Gürtel gelöst hatte, auf den Knien hin und her rollen. Jeder hat so seine Gewohnheiten, wenn er in Gedanken versunken ist. Ein Schmuckstück, eine Münze, ein Handschuh, eine Quaste oder Schnur finden sich immer, um damit sinnlose Kunststückchen auszuführen. Ich greife in solchen Situationen zu meinem Dolch, lasse ihn auf der Spitze der Klinge wirbeln, ziehe mit den Fingerspitzen die Form des Heftes nach. Früher habe ich mir nichts dabei gedacht. Seit jenem Gespräch mit Lucrezia bin ich nicht mehr so unbefangen. Aber für die meisten Menschen, mit denen ich zu tun habe, ist mein Dolch eine Waffe wie jede andere.

«Wie könnte ich dir meine Hilfe verweigern?» Bei diesen Worten beugte Lucrezia sich vor und berührte sanft mein Knie. Im selben Augenblick begann sie am ganzen Leibe zu zittern. Ich hörte ihre Zähne klappern. Sie schlug die Hände vors Gesicht und wandte sich ab. Nur mit Mühe verstand ich, was sie flüsterte.

«Nimm ihn weg, nimm ihn weg! Wer hat dir diesen Dolch gegeben? Nimm ihn weg, steck das Ding ein. Ich will es nie mehr sehen, nie mehr!»

Ich fragte sie, ob sie sich nicht erinnerte, daß das Stilett einst Cesare gehört hatte. Als sie, noch immer die Hände vor dem Gesicht, wortlos nickte, erzählte ich ihr, wie Papst Alexander die Waffe Rodrigo geschenkt hatte und wie sie später, in Bari, in meinen Besitz übergegangen war. Sie ließ sich in den Sessel zurücksinken, ihre Schultern zuckten. Als ich sie stützte, sah ich zu meinem Erstaunen, daß sie nicht weinte, sondern lachte; ein krampfhaftes, lautloses Lachen, mitleiderregender als Tränen.

«Ferrara ist berühmt für seine Maskenschnitzer. Ganz Italien bestellt hier Masken für den Karneval. Im Vergleich zu mir sind alle Künstler nur Stümper. ‹Kleine Lucrezia, liebes Töchterchen, liebes Schwesterchen, lach und tanze, mach dich schön, es ist immer Fest, immer Karneval, immer Hochzeit.› Einmal, zweimal, dreimal Hochzeit... warum nicht? Bräutigame sind Marionetten, man schnitzt sie und zerbricht sie nach Belieben...»

Das unnatürliche Lachen endete genauso abrupt, wie es begonnen hatte. Still lehnte sie sich in den Sessel zurück, ihre Aufmerksamkeit richtete sich auf etwas, das für mich unhörbar, unsichtbar war. Tastend strich sie sich mit gespreizten Fingern über den Bauch. Sie seufzte ein paarmal und bat mich dann flüsternd, ihre Frauen zu rufen und sie allein zu lassen.

Es vergingen Wochen, ehe ich Lucrezia wieder zu Gesicht bekam. Am Tag nach unserem ersten Gespräch wurde sie von einem Kind entbunden, das nicht lebensfähig war. Sobald sie wieder aufstehen konnte, ließ sie sich in aller Stille nach San Bernardino bringen, einem Kloster in Ferrara, wohin sie sich, wie man mir erzählte, oft zurückzog, bis ihre Gesundheit wiederhergestellt war. Einige Tage später kehrte Alfonso d'Este von der Reise zurück. Mit ihm kam mehr als die Hälfte des herzoglichen Gefolges nach Hause. Ich verstand, warum es im Castello so ruhig gewesen war. Alfonso brachte Leben und Abwechslung mit. Lucrezias Abwesenheit fiel kaum auf. Ich brauchte nicht lange auf ein Zeichen seiner Aufmerksamkeit zu warten. Alfonso begrüßte mich mit gleichgültiger Jovialität, wie man einen entfernten Verwandten niedrigeren Ranges willkommen heißt. Mit keinem Wort erwähnte er unsere erste Begegnung in Bari. Ich hatte übrigens wenig Lust, ihn daran zu erinnern. Trotz seiner Sorgen um den Staat und der Kriege gegen eroberungslüsterne Päpste hatte er sich in den vergangenen zehn Jahren überhaupt nicht verändert. Seine dröhnenden Schritte und seine laute Stimme erfüllten das Castel Ducale. Wo er ging und stand, verbreitete sich die Atmosphäre eines Heerlagers, einer Jagdgesellschaft. Doggen und Windhunde liefen ihm überallhin nach, lagerten sich um seinen Sessel. Die Lautenspieler und Narren wurden in die Gesindestuben verbannt.

«Prunk und Prahlerei, Weiberkram! Verschont mich mit dem Getue, bis die Herzogin zurückkehrt. Gebt mir ordentlich zu essen – keine vergoldeten Nachtigallenzungen oder parfümierte Pasteten. Der ganze Aufwand kostet mich ein Vermögen. Standesgemäß zu leben ist eine kostspieligere Angelegenheit, als Kriege zu führen. Das ganze Affentheater gehört zu einem Hof, nun gut, ich habe nichts dagegen, aber bitte erst, wenn die Herzogin wieder da ist. Sie kann sich um das alles kümmern, sie hat Zeit genug. Aber solange ich allein bin, will ich meine Ruhe haben.»

Gästen und Gefolge bot er Unterhaltung für Männer: schwere Mahlzeiten, lange Ausritte über die morastigen Felder um Ferrara und – weitaus erschöpfender – nächtliche Besuche bei seinen Geliebten und ihren Freundinnen. Alfonso bevorzugte dicke, dunkle Frauen, die genußsüchtig und sinnlich, dabei aber schweigsam, ruhig und träge, kurzum, in jeder Hinsicht das Gegenteil von Lucrezia waren.

Einmal führte er mich persönlich über die Wehrgänge hinter den Zinnenkronen, um mir die Kanonen aus seiner eigenen Gießerei zu zeigen. Von allen Seiten wurde mir versichert, dies sei ein besonderer Gunsterweis. Barhäuptig und ohne Mantel ging er über die Plattformen der Wachttürme voran und deutete mit dem Stiel seiner Hundepeitsche auf wichtige Einzelheiten.

Der winterliche Himmel hing tief und regenschwer über dem Land. An drei Seiten des Castello die Unendlichkeit des graugrünen, flachen Landes, unterbrochen von Sümpfen, Seitenarmen des Po und den Baumbeständen des herzoglichen Wildparks. An der Seite der Zugbrücke lag Ferrara, ein unregelmäßiger Haufen niedriger, dunkler Häuser in einem Ring von Mauerwerk. Der Wind trieb uns einen Nebel aus feinen Tropfen ins Gesicht.

«Die Waffe der Zukunft!» Alfonso streichelte die glatte Bronze-
oberfläche einer Kanone. «Die Praxis hat es erwiesen. Dennoch bin
ich der einzige in Italien, der das einsieht. Du bist anderer Meinung? Du kommst aus der Schule von Fabrizio Colonna. Ein tapferer Mann, ein guter Stratege, meinetwegen, aber er lebt in einer
Zeit, die für immer vorbei ist. Bei den spanischen Truppen legt
man zuviel Gewicht auf das Fußvolk und die Bogenschützen. Die
Schweizer glauben, die Lanzentechnik sei das A und O der Ge-
fechtskunst. Die Franzosen schworen früher auf ihre Reiterei. Ihre
Geschütze taugten nichts. Bei Ravenna habe ich ihnen gezeigt, was
Kanonen leisten können. Sie sehen ihren Irrtum ein, sie kommen
zu mir. Schau dir diese da an... bessere werden nirgends herge-
stellt. Sogar der französische König schickt seine Artilleristen nach
Ferrara, damit sie die Kunst von mir erlernen.»

Er rief die Kanoniere herbei, ließ mir alle Besonderheiten zeigen. Breitbeinig, die Hände in den Gürtel gesteckt, stand er unter
dem Vordach des Wehrgangs. Mein Erstaunen bereitete ihm sicht-
liches Vergnügen. Später stiegen wir zur Gießerei in den Kellerge-
wölben des Castello hinab. Die Reden des alten Fabrizio Colonna
fielen mir ein, sein feuriges Plädoyer für Zucht und Verantwor-
tungsgefühl, ohne die das Kriegshandwerk in seinen Augen ein ab-
scheuliches Unterfangen war. Alfonsos Leidenschaft für Kanonen
war völlig anders geartet. Die Vervollkommnung von Rohr, Lunte
und Pulverkammer war für ihn das höchste Ziel. Unbewegt, mit
lauter, kühler Stimme erklärte er mir haargenau alle Vorteile von
Form und Material, rechnete die Reichweite der verschiedenen Ku-
gelsorten aus und beschrieb die Wirkung der Geschosse.

Der Krieg war für ihn eine Gelegenheit, seine Kanonen auf ihre
Tauglichkeit zu erproben. Seine Kampfgenossen und Gegner inter-
essierten ihn lediglich als Erzeuger oder Opfer des Artilleriefeuers.
Die Hauptsache war das Duell zwischen den Feuermündern, die
Zweckmäßigkeit der Schanzwerke, die effektive Organisation des
Kugelnachschubs. Bis zu diesem Augenblick hatte ich den Krieg als
notwendiges Übel betrachtet, als unvermeidliches Zwischenspiel

bei Meinungsunterschieden zwischen Gruppen mit entgegengesetzten Interessen. Die Überzeugung vom eigenen Recht und dem Unrecht der anderen, Ehrgeiz, Rachsucht, Raubgier: in den Soldaten auf den Schlachtfeldern waren sie hundert- und tausendfach verkörpert. Und jeder einzelne wurde noch von eigenen Beweggründen angetrieben: von Angst, vom Drang zum Überleben, von der Hoffnung auf Beute. Während ich Alfonso d'Estes technischen Erläuterungen lauschte, stellte sich mir plötzlich der Krieg als Vernichtung um der Vernichtung willen dar. Ursache und Ziel des Zusammenstoßes interessierten nicht mehr, die Mannschaften waren nur Figuren, Sklaven feuerspeiender Ungeheuer aus Bronze und Eisen, die Städte und Dörfer nur Zielscheiben, wehrlose Ameisenhaufen. Eine beängstigende Vision.

Nach meinem Aufenthalt in Ferrara habe ich denn auch lange geglaubt, Anzahl und Beschaffenheit der Kanonen bestimmten die Unbesiegbarkeit eines Heeres. Bei Pavia habe ich erkannt, daß dem nicht so ist. König François war stolz auf seine großen, schweren Geschütze, die durch die Neigung des Gestells, auf dem sie ruhten, auf das Ziel gerichtet werden konnten. Diese Neuerung war von Alfonso d'Este eingeführt worden. Am frühen Morgen der Schlacht hielten die Kaiserlichen dem französischen Feuer nicht stand und suchten Hals über Kopf Deckung. Allgemeine Verwirrung war die Folge. Ein taktischer Fehler von König François machte den Vorteil jedoch wieder zunichte. Pescara nutzte den Fehler auf meisterhafte Weise. Er forderte ein Handgemenge heraus, bei dem der Einsatz der Geschütze für die Franzosen mehr Schaden als Nutzen gebracht hätte. Die Schlacht bei Pavia hat bewiesen, daß strategisches Geschick, vor allem aber der Einfluß eines Befehlshabers auf seine Soldaten eine größere Wirkung haben als Kanonen, selbst wenn diese mit den neuesten Finessen ausgerüstet sind.

Damals in Ferrara machten Alfonso d'Estes Kenntnisse und sein gebieterisches Auftreten einen tiefen Eindruck auf mich. Cesare war tot, Fabrizio Colonna ein Greis, Pescara unerreichbar fern.

Alfonso war für mich die Verkörperung männlicher Autorität, das Vorbild eines Herrschers. Die Größe des Hauses Este war der Hintergrund, vor dem ich ihn sah: eine gigantische Gestalt, ein Heros. Einmal zeigte er mir den Turm, in dem er seine beiden Halbbrüder – ertappt bei einer Verschwörung, ihn zu ermorden – lebenslänglich eingesperrt hatte. «Es ist sinnlos, in Ferrara strenge Gesetze zu erlassen und angesichts der Verbrechen der eigenen Verwandten die Augen zuzudrücken. Bei uns herrscht die Tradition, auch gegenüber den Schwächen der Familienangehörigen unerbittlich zu sein. Dieser Taktik verdanken wir unser Ansehen.»

Damals bewunderte ich seine Haltung sehr. Erst später hatte ich reichlich Gelegenheit, seine Gefühlskälte, Engherzigkeit und Hinterlist kennenzulernen.

Er behandelte mich mit liebenswürdiger Nachlässigkeit, lud mich ein, mit ihm und seinem vierzehnjährigen Sohn Ercole die Mahlzeiten einzunehmen, und ließ mich bei der Jagd und im Gefolge unmittelbar hinter ihm reiten. Er zeigte mir auch seine Werkstatt, in der er zum Vergnügen eiserne Schlösser bastelte und Tongefäße bemalte. Über seine abwesende Frau sprach er selten, über mich und meine Vergangenheit nie. Eines Morgens ließ er mich in sein Schlafzimmer rufen. Nur mit dem Hemd bekleidet stand er mitten im Zimmer. Diener reichten ihm die Kleidungsstücke, halfen ihm Schnüre zu binden und einzufädeln. Seine beiden Doggen lagen auf dem Bett. Vor den Fenstern lag der dämmrige Nebel des frühen Wintertages. Der Widerschein des Kaminfeuers huschte über die Wände, die mit Fresken überlebensgroßer Gestalten von Alfonsos Vorfahren aus dem illustren Geschlecht des Herzogs Borso bemalt waren.

«Ich habe meiner Frau befohlen, morgen nach Hause zu kommen. Sie ist jetzt lange genug bei den Nonnen gewesen. Früher hatte sie niemals das Bedürfnis, sich in einem Kloster einzuschließen. Im Gegenteil. Madonna bevorzugte weniger fromme Vergnügungen. Tanzfeste an jedem Tag der Woche, lange Gespräche unter vier Augen oder Lustfahrten zu den Landsitzen mit ihrem jeweiligen Verehrer oder, wenn zufällig kein verliebter Narr in der Nähe war, ein gemeinsames Bad mit einer Hofjungfer, eines jener durchtriebenen Geschöpfe, die in allen maurischen Liebeskünsten beschlagen waren. Keine Rede von Beten oder Fasten! So sind die Frauen, launisch und wechselhaft, sie fallen von einem Extrem ins andere. Nur in einem hat sie sich nicht verändert. Wie alle ihre Verwandten hängt auch meine Frau krankhaft an ihrer Familie. Auch sie weiß genau, wie sie ihren Willen durchsetzen kann, indem sie schmollt, krank wird oder wegläuft. Als Kind hat sie offenbar gelernt, daß dies die einzige Möglichkeit ist, dem Borgia-Gesindel etwas abzutrotzen. Ich durchschaue sie sehr wohl. Wenn mir kein Schaden daraus entsteht, gebe ich nach, sonst nicht. Sie hat die Absicht, dir zu helfen. Ob du ihrer Hilfe würdig bist, wird sich mit der Zeit herausstellen. Du bist Madonna noch nie begegnet, bevor du hierherkamst?» fragte er scheinbar beiläufig. Etwas in seinem Blick und Ton verriet jedoch, daß viel von meiner Antwort abhing und davon, wie ich sie gab.

«Noch nie», sagte ich. «Ich habe auch nicht gewußt, daß ich der Bruder Ihrer Exzellenz bin.»

Alfonso setzte sich ans Feuer und ließ sich die Stiefel anziehen. Danach schickte er die Diener und das Gefolge aus dem Zimmer. Ich blieb vor ihm stehen, während er sein Frühstück, Fleisch, Wein und Obst, verzehrte.

«Auf ihr Ersuchen hat man in Rom Erkundigungen über deine Geburt angestellt. In der päpstlichen Kanzlei sind zwei Bullen ans Licht gekommen.»

«Ihre Durchlaucht sprach von *einer* Bulle.»

«Ist das wahr? Merkwürdig. Warum sollte sie nur eine erwähnt haben, obwohl sie genau weiß, daß es zwei sind? Du mußt dich irren, mein Werter.»

Ich übersah seinen scharfen, fragenden Blick, sagte nichts und zeigte keinerlei Verwunderung.

«Zwei Bullen also! In der einen wirst du als Sohn von Cesare Borgia ausgewiesen, in der anderen Bulle erklärt Papst Alexander den Inhalt der ersten für nichtig, nennt dich sein eigenes Kind, seinen allerteuersten Giovanni, Herzog von Nepi und Camerino, und bezeichnet dich als ‹Infans Romanus›. Das klingt fast wie Kronprinz des Kirchenstaates oder dergleichen. Da staunst du, nicht wahr? Kein Wunder. Ich verstehe auch nicht, wie es zu den beiden gegensätzlichen Erklärungen kam, die offensichtlich mit großer juristischer Spitzfindigkeit am selben Tag ausgestellt wurden. Mir persönlich ist es egal, ob du nun vom Vater oder vom Sohn abstammst. Das eine erscheint mir ebenso denkbar wie das andere. Die Haltung meiner Frau in dieser Angelegenheit interessiert mich schon mehr. Dein Erstaunen ist nicht geheuchelt. Ich will also annehmen, daß sie wirklich nur eine Bulle, also die zweite, erwähnt hat. Hast du eine Ahnung, Messer, warum sie dir nicht die ganze Wahrheit gesagt hat? Das Wesen der Herzogin ist voller Überraschungen, eine Weile ist sie sanft wie eine Taube, gefügig, ganz und gar demütig, und dann plötzlich, ohne daß man dahinterkommt, warum, trotzig und verschlossen, oder sie betet in Tränen aufgelöst wie eine bußfertige Sünderin.»

Er stand auf, sein Schatten glitt über die Wand mit der gemalten Prozession der Adligen.

«Als ich sie heiratete, glaubte ich, ich bekäme eine Magdalena. Dafür gab es gute Gründe. Doch zu jener Zeit wurde Madonna offenbar noch nicht von ihrem Gewissen geplagt. Weder mein Vater noch ich oder einer unserer Verwandten war begeistert über diese Heirat. Aber wir brauchten Geld. Und da Papst Alexander sich bereit zeigte, für die Aufnahme von Madonna in das Haus Este gut zu bezahlen, drückten wir gelegentlich ein Auge zu. Wir haben sie übrigens tüchtig gezähmt. Zu ihrer Ehre muß ich sagen, sie tut, was von ihr erwartet wird, von einigen Ausnahmen abgesehen. Ihre Launen kümmern mich wenig. Versteh mich recht, wir hier in Ferrara haben uns durch die Borgia-Machenschaften nie blenden lassen. Ich bin ein nüchterner Mensch, ich halte Augen und Ohren offen. Madonnas Weichherzigkeit und Melancholie sind nur Fassade, ebenso wie seinerzeit das geheimnisvolle Getue von Messer

Cesare und die Wollust Papst Alexanders. Alle Spanier sind sinnlich, düster und launisch; aber wer sich von allgemeinen Vorurteilen in die Irre führen läßt, ist ein Narr. Sie haben verteufelt genau gewußt, was sie wollten, diese Borgias, allesamt geschickt, durchtrieben und unbeugsam von Charakter, Madonna Lucrezia nicht ausgenommen... Und du, Messer Giovanni, was willst du?»

Er wandte sich zu mir um und blieb dicht vor mir stehen. Ich antwortete, ich vermöchte erst dann einen eigenen Willen zu äußern, wenn ich wüßte, wer ich sei. Alfonso machte eine ungeduldige Geste.

«Tu nicht so, als seist du ein unbeschriebenes Blatt. Das bist du nicht. Du besitzt alle Charakterzüge eines Borgia. Du kannst dich anpassen wie ein Höfling, gehorchen wie ein Soldat, du hast die Haltung eines Edelmannes, die Frechheit eines spanischen Marranen, das Minderwertigkeitsgefühl eines Bastards. Lehr du mich die Menschen kennen! Du bist ehrgeizig und mit deinem Schicksal unzufrieden. Du hast Verstand, du kannst warten. Und sicherlich hast du noch mehr auf Lager. Wann werden Heimtücke, List, Verrat und Undankbarkeit gegenüber deinen Wohltätern sich offenbaren, Messer? Tauchen sie bei dir ebenso plötzlich auf wie bei Madonna, der Herzogin, die unter der Maske der Unterwürfigkeit stets darauf lauert, mich zu belügen und zu betrügen? Die weinend und sentimental eines Vaters und Bruders gedenkt, vor denen sie in Wirklichkeit Todesangst hatte, schlimmer noch, die sie haßte? Ja sicher, so war das, die Frage ist nur, ob sie es selber weiß. Sie, die mit großen unschuldigen Augen alle gegen sie gerichteten Verdächtigungen als Verleumdung von sich weist, dann aber in einer plötzlichen Anwandlung fastet und betet wie eine Büßerin? Solche Unberechenbarkeiten kann ich nicht leiden. Sobald die Grillen eines anderen Menschen mir lästig oder gefährlich werden, kenne ich keine Gnade. Ich bin ständig auf der Hut, auch wenn es nicht so aussieht. Das solltest du dir merken, Messer!»

«Wenn es Euch nicht paßt, daß ich hier bin, gehe ich noch

heute fort. Ich habe geahnt, daß ich hier nicht willkommen sein werde. Wenn ich mich recht erinnere, wollten Eure Durchlaucht in Bari nicht mit mir sprechen.»

«So, erinnerst du dich daran?» Langsam und bedächtig wählte Alfonso ein Stück Wildbret aus einer Schüssel; er betrachtete es und schnupperte daran, bevor er die Zähne hineinschlug. «Daß Don Rodrigo existierte, wußte ich. Madonna war so vernünftig und begriff, daß sie den Jungen nicht bei sich behalten konnte, solange er ein Kind war. Immerhin habe ich ihre beiden vorigen Ehen in Kauf genommen. Und alles übrige: den Klatsch, die Anspielungen... nicht sehr angenehm, das versichere ich dir. Es soll noch irgendwo ein Bastard meiner Frau herumlaufen, Vater unbekannt. Eine Zeitlang habe ich geglaubt, du seist dieses Kind, Messer.»

Ohne den Blick von mir abzuwenden, biß er Stücke von dem Fleisch ab. Ich dachte nach. In diesem Augenblick verstand ich ihn vollkommen. Meine Sicherheit in Ferrara, Lucrezias Ruhe, Alfonsos Bereitwilligkeit, mich zu unterstützen: alles hing davon ab, wie ich mich jetzt verhielt. Ich sagte, ich hätte mich immer für einen Sohn Cesare Borgias gehalten und sei sicher, daß die anderen derselben Meinung wären.

«Cesare hatte in Ferrara einen besonders schlechten Ruf. Die Erinnerung an ihn und seine Taten ist noch nicht verblaßt. In deinem eigenen Interesse rate ich dir deshalb, nutze die Chance, die die zweite päpstliche Bulle dir bietet. Als Halbbruder der Herzogin hast du Anspruch auf unsere Hilfe.»

Die Unterredung mit Alfonso d'Este war – wie ich schon damals wußte – nichts als Theater. Was uns wirklich beschäftigte, kam nicht zur Sprache. Mich quälte die Frage, ob ich die Frucht einer Blutschande war; die beiden widersprüchlichen Bullen gaben keinen Aufschluß darüber, im Gegenteil, sie stellten mich vor neue Rätsel. Die Dokumente wurden mir übrigens später vorgelegt. Alfonso d'Estes Beweggründe waren ganz anderer Art. Im nachhinein, als ich die Situation besser durchschaute, vermochte ich sie in Worten auszudrücken. Es gab etwas, was ihn Tag und Nacht beschäftigte: Er wollte Beweise für Lucrezias Schuld. Dabei ging es ihm nicht um eine bestimmte Schuld, nicht um bestimmte Taten oder Gedanken. Es ging Alfonso offenbar um die Genugtuung, die er empfand, wenn er seine Frau bei einem Verstoß gegen ihn und das Haus Este ertappen konnte. Alfonso gehörte zu den Menschen, die nicht zugeben können, daß sie sich geirrt haben.

Das Gespräch erbrachte weder ihm noch mir die erwünschten Antworten, was wir beide sehr wohl wußten.

Lucrezias Rückkehr fiel mit dem Beginn des Karnevals zusammen. Stadt und Kastell von Ferrara bekamen wie durch Zauberkraft ein neues Gesicht. Sie waren nicht mehr grau und tot wie in den ersten Tagen meines Aufenthalts, auch nicht die wehrhafte, luxuriöse, von Betriebsamkeit erfüllte Kulisse, die zu Alfonso d'Este paßte, sondern ein Ort voller Narren und Verliebter, voller Tanzender und Betrunkener. Singend und johlend zogen die Maskierten durch die Straßen der Stadt und durch die Gänge des für jedermann offenen Castello: Hahnenköpfe, lange Nasen, Teufelsfratzen, Wald- und Meeresungeheuer; ein Wirbelsturm aus knallbunten Tüchern, Federn, Flittergold und Konfetti. Wohin man sah, Umzüge, Wettkämpfe, Gelage, und auf den Wiesen entlang den Po-Ufern: Pferde- und Eselsrennen. Im Schloß brannten Tag und Nacht die Fackeln, die Tische wurden nicht abgeräumt, auf den Bretterbühnen wechselten Ballettvorstellungen und Komödien einander ab, so daß jedes Zeitgefühl verlorenging. In einem Saal wetteiferten Musikanten und Tänzer; Piva, Saltarello, Mezzacrocca, es wollte kein Ende nehmen. Hinter der nächsten Tür lag eine Gruppe erschöpfter oder betrunkener Festgänger, dort wo sie umgesunken waren, in tiefem Schlaf. Am bewölkten Himmel kam und ging das Tageslicht, niemand achtete darauf. Die Wirklichkeit schien nicht mehr vorhanden, es gab nur noch an Wahnsinn grenzende Vergnügungssucht. Bei dieser Gelegenheit habe ich festgestellt, daß es mir unmöglich ist, mich rückhaltlos einem Rausch hinzugeben. Trotz Maske und Festkostüm wollte die Ausgelassenheit nicht von mir Besitz ergreifen. Man muß wohl unbekümmert und leicht entflammbar sein wie ein Italiener, um sich der Raserei des Karnevals hinzugeben.

Die warme, stickige Luft in den Festsälen, die Glut der Fackeln, das unbeherrschte Gelächter und Geschrei, der merkwürdige Effekt der Tiermasken über menschlichen Körpern, die gewollte Schamlosigkeit der Kostüme lösten in mir widersprüchliche Gefühle aus; einerseits Verachtung und Langeweile, aber auch – und ich war mir der Gefahr wohl bewußt – den Drang, in Ernst umzuwandeln, was als Scherz betrieben wurde: dreinzuschlagen auf die Harlekins und Clowns, die sich in betrunkenem Handgemenge über den Boden wälzten oder einander mit Süßigkeiten und Pasteten bewarfen; Fackeln zwischen die Girlanden und Vorhänge zu werfen, damit das sinnlose Gelächter in Angstgeschrei umschlug; die Frauen, die sich im Schutz ihrer Masken schlüpfrige Worte und Gesten erlaubten, derart zu beleidigen, daß ihnen der laszive Übermut verging. Während die tanzenden Paare sich im *ballo della catena* in einer endlosen Kette stundenlang durch die Saalfluchten wanden und wirbelten:

il ballo s'intreccia
braccia con braccia
mentr'un s'allacia
l'altro si streccia,

stand ich, maskiert und mit Fransen und Schellen behängt wie alle anderen, in einer Ecke und überließ mich schweigend meinen Zweifeln.

Ich verspürte dasselbe würgende Gefühl, das mich ergriffen hatte, als ich Rodrigo wegen seiner kindlichen Angst verspottet hatte. Wieder war ich im Begriff, eine Grenze zu überschreiten: wohin, warum?

Durch Vorzimmer und über Treppen, wo ich über die Körper von Schlafenden und Liebespaaren stolperte, suchte ich nach einem Ausweg. Ich stieß ein Fenster auf und sah, daß es schneite. In

Frankreich habe ich seitdem das winterliche Weiß bis zum Überdruß genossen, doch damals in Ferrara hatte der Schnee für mich noch den Reiz des Unbekannten. Ich erinnere mich, daß ich an Bona Sforza dachte, die in Polen das halbe Jahr über in Frost und Eis leben mußte. Der Gedanke an Bona und die leichten, schwebenden Flocken besänftigten meinen Zorn und brachten mich zur Besinnung. Ich nahm einen Mantel und wollte mir mein Pferd bringen lassen, als eine Gruppe Maskierter über die Brücke in den Cortile stürmte und den Hofstaat zu einer Schneeballschlacht herausforderte. *A fare una battaglia a palle di neve!* Wer nicht zu betrunken war und noch auf den Beinen stehen konnte, kam aus den Festsälen herunter. Niemand fand größeres Vergnügen an dem verrückten Spiel als Alfonso d'Este. Auf den Galerien über dem Cortile drängten sich die Frauen. Zwischen den ausgelassen kreischenden Hofdamen stand Lucrezia, reglos und schweigend, erkennbar an ihrer vergoldeten Maske. Zum erstenmal fühlte ich mich ihr verwandt. Hinter dem Bacchantengesicht aus Blattgold erriet ich denselben Zug von Stolz und Mißfallen, der meine Lippen erstarren machte.

Der Hof von Ferrara hatte einen Ruf zu wahren; es galt, die am besten ausgestatteten, teuersten Ballette und Komödien aufzuführen. Im Castello war der Karneval eine ununterbrochene Folge solcherlei Unterhaltungen. Ich will nicht leugnen, daß sie vorzüglich arrangiert waren und offensichtlich viel Geld gekostet hatten. Feuerwerke und Wasserspiele, Maschinen, mit deren Hilfe Nymphen und Engel gleichsam aus dem Himmel herabschwebten, prunkvolle Kostüme und Kulissen, Massenauftritte von Tänzern und Sängern und was es sonst noch alles gab. Doch die Texte erschienen mir ausnahmslos langatmig, die Handlung unverständlich, die Witze und Possen so alt wie der Weg nach Rom. Alles in allem nach meinem Geschmack ein protziger Firnis antiker Kultur. Alle Götter des Olymps wurden bemüht. Jedes Spiel, jede Allegorie war ein Rebus, das nur enträtseln konnte, wer sich in der Mythologie gut auskannte. Deshalb gähnten die Gäste und Hofleute auch am lautesten. Es erstaunte mich über die Maßen, daß Alfonso d'Este diese Darbietungen duldete, ihnen bis zuletzt beiwohnte und jenen, die ihre Langeweile nicht verhehlten, sogar mißbilligende Blicke zuwarf. Ich genoß das Vorrecht, neben dem herzoglichen Paar und ihren Kindern unter dem Baldachin zu sitzen. Gezwungenermaßen wurde ich nicht nur Zeuge des Bühnengeschehens, sondern auch der Gespräche zwischen Alfonso und Lucrezia.

Ein riesiger silberner Delphin wurde hereingetragen, der zuerst farbiges Wasser und dann Feuer spuckte. Danach besangen Meeresgötter, die auf seinem Rücken saßen, in endlosen Strophen das kürzlich geschlossene Bündnis zwischen Ferrara und Venedig.

«Hm. Recht hübsch, aber was mag das gekostet haben?» fragte Alfonso. «Hätte etwas weniger nicht auch gereicht, Madonna? Ich weiß, woher du deine Verschwendungssucht hast. Wann wirst du endlich begreifen, daß Ferraras Verteidigung in den vergangenen Jahren ein Vermögen gekostet hat?»

«Mein Vermögen, meinen Brautschatz», flüsterte Lucrezia, ohne sich zu rühren. «Ich habe die Karnevalsfeste nicht erfunden, ich setze nur eine Tradition fort. Du hängst doch so an Traditionen. Diese Allegorie hat sich die Marchesa von Mantua ausgedacht.»

«Schieb die Schuld nicht meiner Schwester in die Schuhe. Sei froh, daß sie sich Jahr für Jahr bemüht, unsere Bräuche in Ehren zu halten, wenn du zu sehr mit Krankheiten und Meditieren beschäftigt bist, um dir selber etwas auszudenken. Sie ist Fürstin mit Leib und Seele, die erste Frau Italiens, meine Schwester! Sie weiß, was sich an einem Hof gehört. Aber wer nicht von Haus aus an den vornehmen Lebensstil gewöhnt ist, kann das nicht begreifen.»

Lucrezia hüstelte und hob den Fächer vor das Gesicht. «Sie kümmert sich nicht aus Freundschaft um die Gestaltung der Feiern. Aber ich widersetze mich nicht länger, ich gönne ihr das Vergnügen.»

«Tu nicht so bescheiden, Madonna. Immerhin unterhältst du einen regen Briefwechsel mit meinem werten Schwager, dem Marchese. Hast du dich schon einmal gefragt, wie meine Schwester über deine platonisch angehauchten Liebesbriefe denkt?»

Die Federn des Fächers zitterten. Ich sah nur Lucrezias Rücken. Da sie reglos verharrte, blieb ihr Profil mir verborgen. Sie hatte zu dem feierlichen Anlaß ihren Leib in ein Brokatmieder gezwängt. Durch den Schleier, der Hals und Schultern bedeckte, schimmerte die wächserne Blässe ihrer Haut.

«Du hegst niederträchtige Gedanken. Muß ich denn auf alles verzichten, auf meine Gewohnheiten, die niemandem schaden, auf meine guten Freunde?»

«Ja, wir kennen diese Gewohnheiten, diese Freundschaften. Nimmt denn dieses Stück überhaupt kein Ende? Gut gemacht, dieser Delphin, das Symbol Venedigs. Führt unser Freund, Messer Bembo, der Venezianer, nicht auch einen Delphin in seinem Wappen? Da ich schon von Messer Bembo spreche, ich werde ihn einladen, uns wieder einmal zu besuchen. Er ist jetzt ein bedeutender Mann! Hat es weit gebracht. Der Purpur wird ihm schmeicheln. Es kann nicht schaden, wenn wir mit dem Sekretär Seiner Heiligkeit auf freundschaftlichem Fuße stehen. Außerdem muß es sonderbar sein, nach zehn, zwölf Jahren – du weißt besser als ich, wie lange das schon her ist – diese Bekanntschaft aufzufrischen. Nun, was sagst du dazu? Seinerzeit ist er Hals über Kopf abgereist, ohne sich von mir zu verabschieden. Meinst du, er hatte einen Grund, sich vor mir zu fürchten?»

Ich hörte nicht, was Lucrezia antwortete, ich sah nur, wie sie schaudernd die Schulterblätter hochzog. Alfonso hielt es nicht für nötig, seine Stimme zu dämpfen, die Musik auf dem Podium war laut genug.

«Wärest du Monsignores Besuch gegenüber weniger abgeneigt, wenn ich euch Gelegenheit gäbe, die heimlichen Schäferstündchen von damals in Carpi fortzusetzen? Dort habt ihr euch doch immer getroffen? Nach all den Jahren kannst du das jetzt ruhig zugeben. Doch ob Alberto Pio und seine Frau noch die Kuppler spielen wollen... Aber vielleicht ist Bembo die Lust zu Liebschaften mittlerweile vergangen. Wir sind alle älter geworden...»

Ich bückte mich und hob den Fächer auf. Der Stiel war zerbrochen. Lucrezia nahm mir lächelnd und mit einer anmutigen Geste der Entschuldigung die Stücke ab – eine Mimik, die für die vielen auf uns gerichteten Augen bestimmt war –, doch mir entging nicht das Zittern ihrer Lippen, nicht der wilde, blinde Glanz in ihren Augen.

Während der Monate, die ich in Ferrara verbrachte, war ich mehr als einmal Zeuge ähnlicher Gespräche zwischen den Eheleuten. Offensichtlich war Alfonso nicht gewillt, Lucrezia in Ruhe zu lassen. Ihre melancholische Gottergebenheit und ihr Schweigen reizten ihn. Bis zu einem gewissen Grade konnte ich das wohl begreifen, obwohl ich ihn auch verachtete, weil er sie so quälte. Trotzdem glaube ich nicht, daß er sie aus Bosheit mit seinen Anspielungen und Beleidigungen verfolgte. Die Gefühle und Gedanken, die ihn zu seinen harten Worten trieben, quälten ihn selbst am meisten. Nach außen wußten die Eheleute den Schein guten Einvernehmens zu wahren. Bei offiziellen Gelegenheiten behandelte Alfonso seine Frau mit größter Höflichkeit. Er ließ ihr den Vortritt, zeigte sich zufrieden, wenn man ihr zujubelte – Lucrezia war, vor allem in den Jahren nach dem Krieg, in Ferrara sehr beliebt –, er fragte sie um Rat und lobte ihre Ansichten, daß jeder es hören konnte. Lucrezia war so klug, das Spiel mitzuspielen. Sie verstand es, sich in der Öffentlichkeit vorteilhaft zu zeigen. Wenn ich sie so sah, sorgfältig gekleidet und frisiert und mit Juwelen geschmückt, konnte ich mir jene andere, legendäre Lucrezia nur zu gut vorstellen.

In ihren eigenen Gemächern ließ sie alle Zwänge von sich abfallen. Immer traf ich sie dort auf einem Ruhebett an, in weiten Kleidern ohne Mieder, das Haar mit einem Tuch hochgebunden, wie die Frauen in Rom es tragen.

Nicht ein einziges Mal habe ich während meines Aufenthaltes in Ferrara das berühmte goldblonde Haar unbedeckt gesehen. Nach ihrem Tode machte das Gerücht die Runde, sie habe während ihrer letzten Lebensjahre eine Perücke getragen. Gut möglich, daß dem so war.

Sie ließ mich zwei-, dreimal am Tag zu sich rufen. Zuerst tauschten wir die üblichen Höflichkeiten aus; sie fragte mich, was ich in den vergangenen Stunden getan hätte, wie ich dies oder jenes in Stadt oder Schloß fände. Sie wollte mein Urteil hören über die Musikstücke und Dichtungen der berühmten Künstler, die sie aus allen Ländern an ihrem Hof versammelte, über Farbe und Zuschnitt ihrer Gewänder, über die Gestaltung ihrer Zimmer. Mein Latein und meine Kenntnisse über Literatur ließen viel zu wünschen übrig, ich wußte wenig von Mythologie, verstand nichts von Mode und Kunst. Sie lachte über meinen Mangel an höfischen Manieren und sagte, sie würde mich schon noch erziehen. Später wurde sie vertraulich. Ich kam kaum zu Wort. Sie hatte ein scheinbar unstillbares Bedürfnis, über sich selbst zu reden. Beim Sprechen schien sie sich von einer Last zu befreien, immer wieder seufzte sie, drückte mir die Hände und lachte mich an wie ein Kind, das um Entschuldigung bittet. Da wir spanisch sprachen, störten sie die ein und aus gehenden Hofleute nicht. Sie nannte mich ihr Gottesgeschenk, sagte, nun könne sie endlich wieder sie selbst sein.

«Mein Gemahl ist einverstanden, daß du in Ferrara bleibst. Du weißt nicht, was das für mich bedeutet. Immer hat er den Menschen, die ich mochte und die mich mochten, das Leben schwergemacht. O Gott, wenn ich dir alles erzählen könnte.»

Durch ihre Geschichten erhielt ich einen Einblick in die Familienangelegenheiten der Este. Was ich zu hören bekam, erfüllte mich mit Hohn und Entrüstung: «Und solche Leute wagen es, von Borgia-Gesindel zu sprechen.»

In Italien wie im Ausland wird nach wie vor viel über die Geheimnisse von Ferrara geredet. Aber weil die Este einem vornehmen, alten, noch immer mächtigen Geschlecht angehören, vergibt man ihnen, was man den Borgias als Schandtaten anlastet. Lucrezia sprach, ich hörte zu. In der naiven Art ihres Erzählens enthüllten sich mir ihr Ärger und ihr Groll, so klar wie Kiesel in seichtem Wasser. Das meiste habe ich vergessen. Obwohl sie mir so viel erzählte, gelang es mir nicht, das Leben, das Lucrezia in Ferrara geführt hat, richtig einzuschätzen.

«Immer dieser Argwohn, diese Feindseligkeiten. Man hat mir nie verziehen, daß ich besser war als mein Ruf. Was ich auch tat, war falsch. Die Leute hier hassen die Spanier. Ich hatte ein spanisches Geleit aus Rom mitgebracht. Am päpstlichen Hof meines Väterchens herrschten spanische Bräuche und Sitten. Wir kommen ja ursprünglich aus Spanien, aus Jativa bei Valencia, wußtest du das? Ich liebte es, lange zu baden, mich von maurischen Frauen salben und massieren zu lassen. Was ist daran so schlimm? Meine Hofjungfern waren schön und gewitzt. Ist es meine Schuld, daß die Männer in Ferrara zu plump sind für verliebte Tändeleien? Man schickte mein Gefolge fort, ich blieb allein unter Fremden. Vier Fehlgeburten nacheinander. O Gott, was habe ich mir damals anhören müssen. Sie behaupteten, es läge an meiner Vergangenheit, meinem Lebenswandel. Mein Gatte verachtete mich, weil ich kein Kind austragen konnte. Aber er ließ mich nicht in Ruhe, schon gar nicht, wenn ich schwanger war. Und ich war immer schwanger. Er wählte meine Diener, meine Gesellschaft aus. Wenn ich einen Vertrauten gefunden hatte, mußte er gehen... oder noch schlimmer. Mein Hofdichter Ercole Strozzi, mein guter, getreuer Freund, ermordet, abgeschlachtet wie ein Tier. O Gott, mein ganzes Leben lang ist das schon so, was mir lieb ist, muß mich verlassen oder sterben. Ich will darüber nicht reden, mag nicht daran denken. Verzeih mir, ich weiß nicht mehr, was ich sage. Vergiß es, Juan!»

Ich fand heraus, daß Lucrezia genau an der Stelle, wo der Mord an Strozzi verübt worden war, das Kloster San Bernardino errichten ließ, in das sie sich zurückzuziehen pflegte. Trauert man so um den Verlust eines fröhlichen Poeten, der Trost und Ablenkung verschafft hat? Ich zog Erkundigungen über Strozzi ein, doch im Castello gab mir niemand Auskunft. Als hätte man sich verschworen, über ihn zu schweigen, wie man über die beiden Herren von Este schwieg, die im Turm gefangen saßen. Später hörte ich, man habe auch verboten, über meine Anwesenheit in Ferrara zu sprechen, vor allem mit Außenstehenden.

Für ihren zeitweiligen Rückzug ins Kloster gab mir Lucrezia übrigens eine andere Erklärung. Sie floh vor Alfonso. Von seinen Zimmern führte ein Gang zu den ihren. Seine vielen Liebschaften hinderten den Herzog offenbar nicht daran, auch seine Ehefrau regelmäßig mit Besuchen zu beehren. Vermutlich mißtraute er ihr weniger, wenn sie schwanger war. Insgeheim mußte ich schmunzeln, wenn Alfonso in meiner Gegenwart über die frommen Neigungen der Herzogin schimpfte. Über diese und andere Dinge sprach Lucrezia zu mir mit größter Offenheit. Sie sagte, es erleichtere sie, zu reden, sie fühle sich dann wieder lebendig. Komplimente und freundliche Worte machten sie glücklich wie ein Kind.

«Du mußt mich liebhaben, sehr liebhaben», wiederholte sie oft lächelnd oder unter Tränen. «Es gibt nichts auf der Welt, dessen ich so sehr bedarf, nichts, wonach ich mich so sehne.»

Tagaus, tagein hörte ich ihr geduldig zu, obwohl es mich große Anstrengung kostete. Aber ich sagte mir, ich würde nie etwas von ihr erfahren, solange sie unsicher war, wie sie sich mir gegenüber verhalten sollte. Es war offensichtlich, daß meine Anwesenheit sie aufregte und verwirrte. Aber wie hätte es anders sein sollen? Ich begriff, daß sie Zeit gewinnen wollte. Dennoch gab ich mir Mühe, alles aus ihrem Wortschwall herauszufiltern, was die Rätsel, die mir mein Leben vergällten, erklären könnte. Schon bald merkte ich, daß sie nicht so unbefangen plauderte, wie ich zunächst geglaubt hatte. Das Wichtigste, das wirklich Wissenswerte verbarg sie vor mir. Was ich hören wollte, verschwieg sie. Sie schüttete mir ihr Herz aus, aber nicht über den Kummer, der sie noch täglich quälte. Nie sprach sie über die Jahre vor ihrer Ankunft in Ferrara. Nur beiläufig erwähnte sie ihren Vater Papst Alexander, nie hörte ich sie Cesares Namen aussprechen. Ebenso auffallend war ihre Zurückhaltung, wenn es um ihren Brieffreund und Schwager, den Marchese von Mantua, ging, oder um Pietro Bembo, den Venezianer, auf den Alfonso ständig Anspielungen machte. Manchmal hatte ich den Eindruck, daß auch das Gesicht, das sie mir zeigte, nur eine Maske war. Hatte sie sich nicht ihrer Verstellungskünste gerühmt? Die Zeit verging, aber ich wurde nicht klüger. Meinen Fragen und versteckten Andeutungen wich Lucrezia aus. Als ich merkte, daß sie nicht so naiv und wehrlos war, wie sie sich stellte, änderten sich auch meine Gefühle für sie. Indem sie mir die Wahrheit vorenthielt, auf die ich doch ein Recht hatte, stellte sie sich auf die Seite meiner Gegner. Es gab Augenblicke, in denen ich sie so sehr haßte, daß es mich selber wunderte.

Alfonso hatte einmal im Zusammenhang mit Bembo die Stadt Carpi erwähnt und von der Rolle gesprochen, die dieser Mann in Lucrezias Leben gespielt haben soll. Seine Bemerkung war mir nicht entgangen, und ich hatte meine Schlüsse daraus gezogen. Als ich wieder einmal bei Lucrezia saß, fragte ich sie rundheraus, ob der von Alfonso vorgeschlagene Besuch des päpstlichen Sekretärs bald zu erwarten sei. Zufällig hatte ich an diesem Tag Alfonso höhnisch sagen hören, Monsignore Bembo getraue sich wohl nicht, die Einladung anzunehmen. Lucrezia blickte in den Spiegel, den sie gerade in der Hand hielt. Die Antwort, die sie nach einer langen Pause gab, war mehr an ihr Spiegelbild als an mich gerichtet.

«Ich glaube nicht. Er ist in Rom sehr beschäftigt.»

Aufmerksam betastete sie mit einem Finger die schlaffe Haut an Hals und Wangen. «Laß dir eines von mir sagen, Juan. Wenn du jemals ein Frau liebst, verlasse sie, bevor sie alt und häßlich wird. Beteure ihr deine Liebe in Briefen, zehn, zwanzig Jahre lang, aber versuche nicht, sie wiederzusehen. Laß niemals Scham, Bedauern, Enttäuschung oder Langeweile das Glück zerstören, das du einst genossen hast.»

«Das ist Selbstbetrug», sagte ich, um sie zu kränken.

«Nenne es, wie du willst. Sich vorzugaukeln, die Dinge seien anders, als sie sind, ist die einzige Waffe gegen die Wirklichkeit, die häßlich ist, so häßlich...»

Wie beiläufig erwähnte ich meinen Aufenthalt in Carpi. Ich

schaute sie an, als zweifelte ich nicht daran, daß wir einander dort begegnet waren. Sie betrachtete sich weiter im Spiegel. Mit bewundernswerter Selbstbeherrschung suchte sie nach einer Ausrede.

«Alberto Pio und Madonna Emilia waren meine Freunde. Ich habe sie lange nicht gesehen... Ja, damals wurdest du auf meine Bitte nach Carpi gebracht.»

«Warum?»

«Man hatte mir erzählt, du sähest Rodrigo ähnlich. Ich sehnte mich nach ihm. Er war noch ein Säugling, als ich nach Ferrara ging; ich konnte mir nicht mehr vorstellen, wie er aussah. Ich getraute mich nicht, Rodrigo nach Carpi bringen zu lassen. Mein Gemahl unterhielt Verbindungen zum Hof von Bari. Deine Reise fiel weniger auf, sie ist aber trotzdem bekannt geworden. Auf den Knien habe ich meinen Mann um die Erlaubnis gebeten, Rodrigo zu mir zu nehmen. Daraufhin ist er nach Bari gegangen, um ihn zu holen.»

«Aber Rodrigo wollte nicht mitkommen», sagte ich schroff.

Ich traf sie tiefer, als sie mich gekränkt hatte. Sie wandte das Gesicht ab und schwieg. Sie weinte still und mit unbewegtem Gesicht. Die Tränen, die sie immer reichlich vergoß, wenn von Rodrigo die Rede war, waren keineswegs Ausdruck der Trauer um den toten Sohn. Je öfter ich Zeuge ihrer Kummerausbrüche wurde, desto mehr war ich überzeugt, daß Schuldbewußtsein und Selbstvorwürfe sie zum Weinen brachten. Aber nicht weil sie geduldet hatte, daß er fern von ihr aufwuchs. Ihr Weinen und Händeringen hatten eine tiefere Ursache, Rodrigo bedeutete noch etwas anderes für sie. Sie hatte ihn nicht gekannt, sie wußte nichts von ihm. Sie konnte sich nur an die Tage erinnern, als ihr Sohn ein Wickelkind war, an ihre Schwangerschaft, daran, wie er gezeugt wurde. Auf diese Zeit gingen ihre Schuldgefühle zurück. Bona hatte Cesare des Mordes an Rodrigos Vater bezichtigt. Ich begriff, daß ich der Wahrheit über meine eigene Herkunft sehr nahekam, wenn es mir gelang, den Zusammenhang zwischen diesen Dingen aufzudecken.

Ich glaubte Lucrezia nur zum Teil, als sie ihre Sehnsucht nach Rodrigo als Grund für ihren Besuch in Carpi angab. Hatte sie wirklich gehofft, sie könne ihre Hirngespinste verscheuchen, wenn sie sich bei meinem Anblick Rodrigos Gesicht und seine Gestalt vorstellen konnte? Wenn es stimmte, daß ich Rodrigo ähnelte – aber ich habe Rodrigo nie ähnlich gesehen –, glaubte sie, wenn sie an mich dachte, auch sein Bild heraufzubeschwören? Diese Erklärung befriedigte mich nicht. Was ging in ihr vor, wenn sie mich ansah? Die gespannte Aufmerksamkeit der Frau, die mich in Carpi liebkost hatte, hatte nicht nur Rodrigo gegolten. Es mußte einen Grund geben für die Unruhe, die sie stets in meiner Gegenwart befiel.

Ich fragte sie, warum sie verschleiert zu dem Treffen gekommen war. Wollte sie nicht erkannt werden? Versteckte sie sich vor mir oder vor Messer Bembo? Sie antwortete nicht, sondern zuckte nur die Achseln, das Gesicht noch immer abgewandt. Neben dem Ruhebett stand ein vergoldeter Käfig, in dem ein Papagei auf einer Stange saß. Ab und zu bewegte sich der Vogel, als wollte er die Flügel spreizen; die bunten Federn zitterten kurz, dann saß er wieder still da. Lucrezia hatte den Papagei als Kind geschenkt bekommen. Seine Flügel glänzten wie Pfauenfedern, sie schillerten grün und blau, auf Kopf und Brust lag ein braunroter Schimmer mit grünen Reflexen, die Farbe getrockneter Blutflecken auf Metall. Der Papagei konnte sprechen; mit Vorliebe wiederholte er die erste Zeile einer spanischen Canzone:

> «Si los delfines mueren d'amores, triste di mi ...»
> «Wenn die Delphine vor Liebe ersterben, o armes Ich ...»

Oft habe ich mich gewundert, daß Lucrezia das Gekrächze in ihrer Nähe duldete. Später begriff ich, daß die Töne in ihren Ohren nicht lächerlich klangen. Für sie war es das Echo einer geliebten Stimme.

Ich wollte mich nicht mehr mit Andeutungen abspeisen lassen und beschloß, Lucrezia zu einer Antwort zu zwingen. Ich kannte sie jetzt gut genug und wußte, daß sie sich lästigen Fragen entziehen würde, indem sie Unpäßlichkeit oder Ermüdung vorschützte und sich dann ins Kloster oder auf ihr Lustschloß Belriguardo zurückzog. Nach unserer Unterhaltung über Bembo und Carpi hatte sie mich drei Tage lang nicht empfangen. Ich wußte, daß ich sie hinterrücks in eine Ecke drängen mußte, aus der ihr kein anderer Ausweg blieb als die Wahrheit. Hinter der Fassade von Vertraulichkeit und freundschaftlichem Scherz spielten wir ein Spiel von Angriff und Abwehr. Sobald ich ein verbotenes Thema streifte: ihre Vergangenheit in Rom, Papst Alexander, Cesare oder Bembo, verkroch sie sich in ihr Schneckenhaus. Aus dem stummen Duell schloß ich, daß sie keineswegs arglos war. Ich begriff Alfonsos Ohnmacht und seinen Zorn über ihre Widerspenstigkeit. Auf unnachahmliche Weise wußte sie die liebste Waffe der Schwachen, die Undurchschaubarkeit ihres Wesens, einzusetzen. In ihren dämmrigen Gemächern, in denen sie maurisches Räucherwerk verbrennen ließ, war ihre verborgene Widerstandskraft stärker als anderswo. Sie gab nichts preis, sie hatte gelernt, sich zu verteidigen.

Als sie merkte, was ich erfahren wollte, begann sie ausführlich über die päpstlichen Paläste, über die Feiern und Feste in Rom zu erzählen. Sie beschrieb den Karneval, die Feier des Heiligen Jahres 1500, ihre eigenen Hochzeiten und die ihrer Brüder, die Triumphzüge Cesares nach seinen Siegen in der Romagna. Rom: eine riesige Kulisse, vor der die Borgias die Hauptrolle spielten. Voller Begeisterung erzählte sie mir eine Fülle von Einzelheiten, als wolle sie mich mit den Bildern voll Prunk und Pracht ablenken. Ich gab mir keine Mühe, zu verhehlen, daß mich dies alles nicht interessierte. Übrigens erinnerte ich mich selbst noch vage an die einstige Größe der Borgias. Lucrezia wechselte das Thema und erging sich über die Hintergründe vieler Ereignisse, die ich als Kind erlebt hatte. Diesmal hörte ich ihr aufmerksam zu. Durch das, was sie sagte, sah ich gewisse Erinnerungen in einem helleren Licht.

Plötzlich wandte sich Lucrezia direkt an mich: «Warum schaust du mich so an? Ich ertrage es nicht, wenn man mich so anstarrt. In deinen Augen sehe ich Mißtrauen, ja, Feindseligkeit. O Gott,

Juan, du wirst dich doch nicht gegen mich wenden? Warum ändert sich alles zwischen uns? Ich war so froh über dein Kommen. Ich habe mit dir geredet, so wie ich mir immer gewünscht habe, mit einem Bruder reden zu können.»

«Und wie war das mit Cesare?»

Sie hielt den Atem an, als hätte ich ihr ins Gesicht geschlagen. Dann klagte sie über Kopfschmerzen und schickte mich fort.

Noch am selben Nachmittag ritt sie mit einem kleinen Gefolge nach San Bernardino. Alfonso ließ bekanntgeben, die Herzogin habe sich, getrieben von dem Bedürfnis nach Besinnung, für unbestimmte Zeit zu den Klarissen zurückgezogen. Beim Essen war er ungewöhnlich schweigsam und trommelte ständig mit den Fingern auf dem Tisch. Als ich ihn grüßte, sah er mich lange und prüfend an. Sein Blick gefiel mir nicht. Ich bedachte, wie unsicher meine Position am Hofe von Ferrara war. In den herzoglichen Hofstaat hatte man mich nicht aufgenommen, ich genoß nur Gastfreiheit und wurde zuvorkommend behandelt. Man hatte mir einen Kammerdiener und einen Reitknecht zur Verfügung gestellt. Lucrezia hatte dafür gesorgt, daß meine Börse gut gefüllt war, und mir Kleidungsstücke und alles, was ich sonst noch brauchte, geschenkt. Sie hatte mir sogar einen ihrer Zwerge überlassen, einen Bruder oder Vetter von Anna la loca. Aus Höflichkeit behielt ich den Gnom eine Weile bei mir. Er durfte tun und lassen, was ihm beliebte, wenn er mir nur seine Kunststücke und Grimassen ersparte. Als ich merkte, daß er mir – wenn auch schweigend und so unauffällig wie möglich – überallhin folgte und sogar im Zimmer blieb, wenn ich schlief, kam mir der Verdacht, daß er den Auftrag hatte, mir nachzuspionieren. Ich nutzte Lucrezias Abwesenheit, um den Zwerg unter einem Vorwand in das Gefolge zurückzuschicken, wohin er gehörte. Die anderen Zwerge und Narren nahmen mir das sehr übel, vermutlich fühlten sie sich in ihrer Ehre verletzt. Sobald sie mich sahen, ahmten sie in nicht eben schmeichelhafter Weise meine Haltung und meinen Gang nach und stießen unanständige Laute aus. Ich hörte, daß man mir die Schuld an

Lucrezias Abreise gab. La loca grämte sich und wollte weder essen noch trinken. Als ich einmal allein durch einen halbdunklen Korridor ging, sprang sie aus dem Schatten hervor und biß mich in die Hand. Ich brauchte meine ganze Kraft, um das verrückte Geschöpf wieder loszuwerden. Obwohl ich kein Wort darüber verlor, wurde der Vorfall bekannt. Die Höflinge, die meine Abneigung gegen das berühmte Narrenvolk nicht verstehen konnten, amüsierten sich über die Attacke. Ercole, der älteste Sohn von Alfonso und Lucrezia, nahm die Zwergin in seinen besonderen Schutz.

Ercole d'Este hatte eine flache Nase, die Folge einer schwierigen Geburt. Von diesem Schönheitsfehler abgesehen, hatte der Junge ein ansprechendes Aussehen. Er war jetzt in dem Alter, wo man sich über derlei Makel besonders grämt. Seine eigene Enttäuschung und die seines Vaters – auch Alfonso konnte nicht umhin, manchmal zu zeigen, wie sehr ihn die Mißbildung im Gesicht seines Stammhalters störte – machten ihn unwirsch, hochmütig und überempfindlich gegen jede Kritik, aber auch gegen jedes Zeichen der Wertschätzung. Alfonso und sein Sohn hatten ein sehr vertrauliches Verhältnis. Selbstverständlich redeten sie untereinander über mich. Aus ihrer wirklichen Meinung, die Alfonso aus diplomatischen Erwägungen hinter einer Maske des Wohlwollens versteckte, machte Ercole keinen Hehl. Er schien mich überhaupt nicht wahrzunehmen, ging meist mit seinem eigenen Gefolge auf die Jagd oder veranstaltete auf den Wiesen vor dem Castel Ducale Kampfspiele.

Zu dieser Zeit reiste Alfonso d'Este in Staatsangelegenheiten nach Venedig. In Ferrara ließ er sich durch seinen Halbbruder, Kardinal Ippolito, vertreten, den eitelsten und unzuverlässigsten Flegel, der mir je begegnet ist. Lucrezia hatte versprochen, bald zurückzukommen, blieb aber in ihrem Kloster. Ich wußte, daß sie Ippolito nicht leiden konnte. Vermutlich wollte sie auch mir vorläufig aus dem Weg gehen. Im Castello herrschte Unruhe; Intrigen und Raufereien standen auf der Tagesordnung. Verglichen mit Ippolitos ausschweifenden und perversen Gewohnheiten erschien die grobe Sinnlichkeit Alfonsos wie ein harmloses Kinderspiel.

Eines Tages fragte mich ein Höfling, der eng mit einem Kapitän der Wachmannschaft befreundet war, ob ich Lust hätte, die verhafteten Herren d'Este einmal aus der Nähe zu betrachten. Nachdem ich versprochen hatte, zu schweigen, führte er mich in einen verlassenen Teil des Castello. Alle Fenster waren zugemauert, bis auf eines, von dem man einen Ausblick auf jenen Teil des Turmes hatte, wo die Gefangenen täglich Luft schnappen durften: eine vergitterte Galerie hoch über dem Erdgeschoß. Zwischen dem Turm und den Mauern der anderen Palastgebäude lag ein enger, tiefer Schacht. Ich brauchte nicht lange zu warten. Hinter den Gittern bewegte sich etwas, ein Mann lief wie gehetzt auf und ab. Dann entdeckte ich auch den anderen, der in unsere Richtung zu starren schien. Ich wollte ihm einen Gruß zuwinken.

«Das kannst du dir sparen!» sagte mein Kamerad und zog mich weiter. «Das ist der Blinde. Kardinal Ippolito hat ihm seinerzeit die Augen ausstechen lassen, weil er sich in eine spanische Hofjungfer der Herzogin verguckt hatte, die dem Kardinal selber gefiel.»

Nicht lange nach diesem scheinbar unwichtigen kleinen Ausflug zum Turm ritt ich eines Abends mit anderen Höflingen – unter ihnen auch der Mann, der mir die Gefangenen gezeigt hatte – über den Domplatz. Aus dem Schatten eines Säulenganges stürzten sich plötzlich bewaffnete Männer auf uns. Ein kurzes, verworrenes Gefecht, dann verschwanden die Angreifer ebenso plötzlich, wie sie aufgetaucht waren. Einer von ihnen blieb tot auf der Piazza liegen. Wie sich herausstellte, gehörte der Mann zum Gefolge von Ercole d'Este. Das Ereignis löste großen Aufruhr im Palast aus. Lucrezia kehrte aus San Bernardino zurück. Sie ließ mich zu sich rufen, stellte mich zur Rede und wollte wissen, warum ich mich auf eine Verschwörung eingelassen hätte. Ich beteuerte, von nichts zu wissen. Da ich auf ihre Fürsprache angewiesen war, erzählte ich ihr von meinem Besuch in der Kammer gegenüber dem Turm. Ihr Entsetzen darüber machte mich nachdenklich; nun begann ich selbst an eine Gefahr zu glauben und warf mir meinen Leichtsinn vor. Lucrezia deutete an, daß ich ja fliehen könnte. Alfonso d'Este war auf dem Heimweg nach Ferrara. Ich konnte mir vorstellen, was in den Meldungen über mich behauptet wurde. Aber eine Flucht wäre einem Schuldbekenntnis gleichgekommen. Am Ende durchschaute ich die Komödie, die hier inszeniert wurde. Man wollte mich loswerden. Wenn ich floh oder mich vertreiben ließ, war ich vogelfrei. Ich mußte versuchen, die Spannungen im Hause der Este zum eigenen Vorteil zu nutzen. Ich wartete also Alfonsos Heimkehr ab. Was er mit Lucrezia besprach, bevor er mich rufen ließ, weiß ich nicht. Die barsche Haltung, die er mir gegenüber annahm, war ebenso aufgesetzt wie seine Jovialität in den Monaten davor.

«Du kannst von Glück reden, Messer. Deine Vorgänger, die eine Verschwörung angezettelt hatten, um meine Herren Brüder zu befreien, sind nicht so einfach davongekommen.»

Ich verteidigte mich zum Schein und beklagte mich über den Überfall auf dem Domplatz.

«Mein Sohn Ercole ist ungestüm. Er kann nicht warten. Erst mit dem Alter wird man besonnen. Er glaubte, mir und Ferrara damit einen Dienst zu erweisen.»

Ich wußte, daß die Männer, die mich an dem Abend begleitet hatten, nicht verfolgt wurden, und Alfonso war klar, daß ich das wußte. Sein Vorwurf und meine Rechtfertigung waren im Grunde reine Formalitäten. Als er erkannte, daß ich bereit war, Ferrara zu verlassen (unter der Voraussetzung, daß er mir weiterhalf), und als ich mir sicher war, daß er dies auch wirklich belohnen würde, kam das Gespräch flotter voran. Seitdem habe ich über die Hintergründe dieses Spiels viel nachgedacht. Die einfachste Erklärung war, daß weder Alfonso noch Lucrezia mir vertrauten. Beide hielten mich für den heimlichen Handlanger des anderen. Ihr Verhältnis war weiterhin gespannt, und sie fürchteten sich vor dem, was durch mich oder durch meine Anwesenheit möglicherweise ans Licht kommen könnte.

Alfonso teilte mir mit, daß er als Abgesandter von Ferrara und

Venedig mit dem König von Frankreich Verhandlungen führen werde. Er lud mich ein mitzukommen und versprach, er werde mich am französischen Hof einführen. Mir gefiel der Vorschlag. Endlich eine Gelegenheit – so dachte ich damals –, fern von Italien ein neues Leben zu beginnen ohne die ständigen Vorurteile.

Die Reisevorbereitungen begannen. Lucrezia bekam ich in jenen Wochen nicht zu Gesicht. Man sagte, sie müsse das Bett hüten. Am letzten Tag schickte Alfonso mich zu ihr, um die Geschenke in Empfang zu nehmen, die ich der Königin von Frankreich in ihrem Namen überreichen sollte.

Lucrezia saß an einem Tisch, auf dem Juwelen ausgebreitet lagen. Ihr Gesicht war gelblichblaß, auf der Stirn und um die Lippen waren braune Flecken. Kraftlos blieb sie in ihrem Sessel sitzen. Sie zeigte mir, was sie ausgesucht hatte, und gab mir genaue Anweisungen, was ich bei der Übergabe sagen sollte.

«Such dir auch etwas aus, als Andenken.» Zum erstenmal, seit ich eingetreten war, milderte ein Lächeln den strengen Glanz ihrer hellblauen Augen. Ich bewunderte die Schätze auf dem Tisch.

«Das ist gar nichts, nicht einmal der hundertste Teil von dem, was ich besaß, als ich hierherkam. Im Krieg wurde viel verkauft und verpfändet. Meinem Väterchen war nichts schön genug für mich. Jetzt liegt mir nicht mehr viel daran.»

Ich öffnete eine Schachtel. Auf einem Stück Samt lag darin der grüne Delphin. «Das da», sagte ich.

Doch ehe ich den Stein berühren konnte, versteckte sie ihn schon in der fest verschlossenen Hand. «Nein, der gehört nicht dazu. Den gebe ich nicht her. Wenn ich sterbe, geht er an den zurück, der ihn mir geschenkt hat.»

Der Anblick des Schmuckstückes löste ein Flut von Erinnerungen in mir aus. Wenn ich jetzt keine Antwort auf die Fragen bekam, die für mich die Schlüssel zur Vergangenheit wie auch zur Zukunft bedeuteten, war mein Besuch in Ferrara vergeblich gewesen.

«Wer bin ich? Sagt mir wenigsten das, bevor ich fortgehe.»

Sie stand aus dem Sessel auf und klammerte sich an mir fest. Ich fühlte ihre Nägel durch den Stoff meines Wamses.

«Ich weiß es nicht. Ich habe ein Kind gehabt, mein erstes Kind, es wurde mir nach der Geburt fortgenommen. Niemals wollte mir jemand sagen, was aus ihm geworden ist. Es wurde nie von ihm gesprochen, nie wieder. Dieses Kind durfte es nicht geben.»

«Weil er seinen Vater auch Großvater hätte nennen können?»

«O Gott, wer hat dir den Gedanken in den Kopf gesetzt? Ich schwöre bei Gott, das ist nicht wahr. Mein Väterchen liebte mich als seinen kostbarsten Besitz. Warum muß seine Zärtlichkeit mit Schmutz beworfen werden? Das Kind kam zu einer Zeit, als ich unter Eid erklären mußte, noch Jungfrau zu sein, damit meine erste Ehe aufgelöst werden konnte. Es lag im Interesse meines Vaters und meiner Brüder, daß ich in zweiter Ehe einen Aragon heiratete. Ich hatte keine andere Wahl.»

«Wer ist der Vater jenes Kindes, das vielleicht ich bin?»

«Frag nicht weiter. Alles, was ich dir sagen kann, würde deine Unsicherheit nur vergrößern. Was hätte das für einen Sinn? Ich sage ja nicht, daß *du* dieses Kind bist. Mein Vater hatte in Rom mehrere Söhne von verschiedenen Frauen. Die Bulle in der Kanzlei...»

«Es existieren zwei Bullen.»

Eine Weile blieb sie eng an mich geschmiegt stehen. Obwohl sie schwieg und sich nicht rührte, spürte ich, wie sie um Selbstbeherrschung rang.

«Ich weiß von nichts. Glaub, was du willst. Was macht das für einen Unterschied? Du bist ein Borgia. Du stehst mir nahe, ich habe dich lieb. Du wirst für mich immer ein Bruder sein, der letzte, der einzige, der mir geblieben ist.»

Ich trat einen Schritt zurück, nun mußte sie mir in die Augen schauen. Ich fragte sie, warum sie Cesare gehaßt hatte. Sie starrte mich an, und wieder mußte ich an ein Beutetier denken, das in Todesangst seinen Verfolger hilflos ansieht.

«Wie kannst du es wagen, von Haß zu sprechen! Cesare hat alles für mich getan, alles. Er hat gesagt, daß er mich beschützen wird, daß er wie ein Gott eingreifen wird, wenn ich in Schwierigkeiten bin oder mir Gefahr droht. ‹Dein Lebenslauf ist das Symbol unseres Triumphes, Schwesterlieb, aber überlaß es meinem Gutdünken, zu entscheiden, wann man dem Schicksal ein wenig nachhelfen muß...›»

Wieder dieses Lachen, das sich kaum von einem Schluchzen unterschied. Sie stemmte beide Hände gegen meine Brust und stellte sich auf die Zehenspitzen. Als ich in ihre weit aufgerissenen, hellen Augen schaute, begriff ich plötzlich, daß Lucrezia einen lebenslangen Kampf mit den Mächten, die ihre Jugend beherrscht hatten, austrug. Papst Alexander und Cesare waren tot und zu Staub vergangen; doch etwas von ihnen lebte weiter, hatte sich ihren gefügigen Geist zu eigen gemacht und versuchte nun, sich in ihr zu einem eigenständigen Wesen zu verdichten. Ihr launenhaftes Wesen: die Folge ihres Kampfes mit dem Dämon. Gegen Alfonso, gegen mich und die anderen Menschen konnte sie sich wehren, nicht aber gegen das Böse, das sie in sich selbst trug und das sie zerstörte.

«Ich habe mich damit abgefunden, daß mir der nötige Verstand fehlte. Blindlings habe ich dem Urteil meines Väterchens und meiner Brüder vertraut. Ich war wohl zu dumm, das Wie und Warum der Maßnahmen zu begreifen, die in meinem und im Interesse meiner Familie getroffen wurden. Mit ein wenig Ruhe, Glück und Behaglichkeit war ich schon zufrieden... ehrgeizig war ich nie. Ich habe es weit gebracht, das ist wahr, aber ich habe weiß Gott viele Tränen geweint...»

Ich wiederholte meine erste Frage: «Wer bin ich?»

In plötzlichem Zorn stieß sie mich von sich. «Wenn du so sprichst, muß ich glauben, daß du Cesares Sohn bist. Du läßt deine Beute nicht los, willst um jeden Preis deinen Willen durchsetzen, du quälst mich...»

«Mich selber quäle ich am meisten. Ich lebe in ständiger Unsicherheit, alles kann mich verletzen. Ich fühle mich wie ein wan-

delndes Rätsel. Überall stoße ich auf Schweigen, auf Widersprü-
che. Die schlimmste Wahrheit ist mir lieber als der Zweifel.»

Jetzt wollte sie mich besänftigen. Sie umarmte mich und flüsterte mir tröstende Worte zu. «Ich verstehe dich. Auch ich bin
unglücklich. Du und ich, wir schleppen eine Last mit uns. Aber du
hast viel weniger zu tragen als ich, du könntest dich vielleicht noch
befreien. Du bist jung, du gehst weit weg von hier. Wenn du willst,
kannst du alles vergessen. Vielleicht ist dein Wille noch ungebro-
chen, noch nicht vom Laster angefressen. Sieh mich nicht so an.
Stünde es nur in meiner Macht, dir zu helfen... Verzeih mir. Be-
wahre mir deine Zuneigung. Wir sehen uns zum letztenmal. Ich bin
wieder schwanger – diesmal werde ich es nicht überleben...»

Ihre Ahnung wurde wahr. Sieben Monate später erreichte mich
in Frankreich die Nachricht von ihrem Tod. Alfonso schrieb mir
eigenhändig, war untröstlich. Wie verlautete, entdeckte man unter
der Kleidung der Verstorbenen ein härenes Hemd und einen Gürtel
mit scharfen, nach innen gerichteten Spitzen, wie ihn die Büßer
tragen.

Im wesentlichen hat sich wenig verändert, seit ich Ferrara verlassen
habe. Worte, die ich gelegentlich aufschnappte, haben meinen Vermutungen ab und zu neue Nahrung gegeben. Es war mir niemals
vergönnt, längere Zeit derselben Überzeugung anzuhängen. Nach
vielen Zweifeln und Selbstquälereien entschied ich mich unter
dem maßgeblichen Einfluß von Luisa schließlich für diejenige der
vielen Möglichkeiten, mit der ich mich am leichtesten abfinden
konnte: daß ich doch Cesares Sohn sei. Nach Lucrezias Tod wurde
mir klar, warum sie so unruhig geworden war, als ich von Cesare
gesprochen hatte. Zu Lucrezias Leben gehörten Fröhlichkeit, Sorg-
losigkeit und Glück, aber Cesare hatte immer wieder in ihr Leben
eingegriffen und ihre Ruhe gestört. Ihren ersten Gatten hatte er
schmählich verjagt, den zweiten getötet, und zwar vermutlich mit
demselben Dolch, den er später mit grausamem Spott Rodrigo,
dem Sohn des Ermordeten, geschenkt hatte. Um sein Handeln zu

verstehen, mußte ich mich auf das verlassen, was Lucrezia mir erzählt hatte. Die Politik war das Spielfeld der Borgias, Lucrezia eine Schachfigur, die sich willig hin und her schieben ließ, sobald von Vater- und Bruderliebe oder Familieninteresse die Rede war. Papst Alexander, im Bann seines ehrgeizigen Sohnes, vermochte sie nur mit Juwelen, Küssen und weinerlich schmeichelnden Worten zu trösten. Natürlich hatte sie Cesare gehaßt, aber die Angst vor ihm saß so tief in ihrer Seele, daß sie sie noch zehn Jahre nach seinem Tod zu verbergen versuchte. Von mir fühlte sie sich gleicherweise angezogen wie abgestoßen; ich war ein Blutsverwandter, ein Borgia, zugleich aber auch eine lebendige Erinnerung an den gefürchteten Bruder. War dies nicht eine erschöpfende Erklärung für ihre zwiespältige Haltung mir gegenüber? In Carpi hatte sie mich angesehen und betastet wie ein Wunder: Fleisch von Cesares Fleisch, Blut von seinem Blut, und doch ungefährlich, wehrlos ihrer Macht anheimgegeben.

Angesichts dieser Überlegungen neigte ich dazu, die infamen Beleidigungen, die ich in Bari und Neapel gehört hatte, als pure Verleumdung zu betrachten. Stets hat der Name Borgia Haß, Abscheu und Neid hervorgerufen. War es verwunderlich, wenn man die Toten im nachhinein mit Schmutz und übler Nachrede überschüttete?

Ich hielt mich an dem Glauben fest, Cesares Bastard zu sein. Alfonso hatte mir immerhin persönlich von jener Bulle berichtet, die diese Tatsache bestätigte. Daß es noch eine zweite Bulle gab, in der ich als Sohn Papst Alexanders angeführt wurde, tat meiner Meinung nach nicht viel zur Sache. Wer die Familienpolitik der Borgias zum Zeitpunkt meiner Geburt durchschaute, würde sicherlich ein Motiv für diesen Widerspruch finden können.

Cesare hatte mich anerkannt, zugleich aber befürchtet, dies könne ihm irgendwann schaden. Deshalb hatte Papst Alexander – ob gezwungenermaßen oder freiwillig – die Vaterschaft übernommen, aber listig wie ein erfahrener Jurist zur Sicherheit beide Dokumente aufbewahren lassen.

Dies alles wollte mir am fröhlichen Hof von König François nicht aus dem Kopf gehen. Wie ich schon sagte, gelang es mir immer besser, mir selber Gewißheit einzureden. Nur in der Dunkelheit und Stille der Nacht, wenn die unmöglichsten Dinge wirklich erscheinen, schreckte ich manchmal aus einem Alptraum hoch und brütete über die ungelösten Rätsel.

Jenes geheimnisvolle Kind Lucrezias, von dem seither weder sie noch jemand anders ein Lebenszeichen vernommen hatte, ein Bastard, geboren in der Zeit zwischen ihrer ersten und zweiten Ehe. Hat sie wirklich eine Zeitlang geglaubt, ich sei dieses Kind? Wenn ich wollte, konnte ich aus ihren Worten und ihrem Verhalten auch dafür Beweise herauslesen. Aber diese Möglichkeit, die sich mir in meinen Träumen immer wieder aufgedrängt hat, habe ich stets von mir gewiesen. In der Beziehung zwischen mir und Lucrezia gab es vieles, was ich nicht verstand und was wohl bis zum Jüngsten Tag im Dunkel bleiben wird. Nie standen wir einander unbefangen gegenüber. Vermutungen und Ungewißheiten trübten unser Zusammensein. Wenn ich an sie denke, überkommt mich auch jetzt noch ein Gefühl, in dem sich Ärger und Mitleid vermischen. Noch immer neige ich dazu – obwohl ich weiß, daß es ungerecht ist – ausgerechnet ihr mein Schicksal vorzuwerfen. Warum? Weil sie die einzige war, deren Verhalten mir gegenüber durch Schuldbewußtsein bestimmt war? Oft habe ich mir gesagt, wäre ich ihr Sohn gewesen, so hätte die Natur mir oder ihr oder uns beiden ein Zeichen gegeben. Andrerseits weiß ich auch, daß man solche Zeichen nicht überbewerten darf. Nie habe ich gehört, daß ein Mann seine Mutter ganz von selbst erkannt und verehrt habe, wenn er ihr als Erwachsener zum erstenmal begegnete. In der griechischen Geschichte des Königs Ödipus... Nein, Lucrezia stand mir nicht so nahe. Sie war Cesares Schwester. Das Kind, das sie geboren hat, geht mich nichts an. Geht mich nichts an. Andernfalls träte die Frage der Vaterschaft erst recht in den Vordergrund, und ich wäre gezwungen, die in Neapel gehörten Gerüchte ernst zu nehmen. Es sei denn... Wie soll ich sicher sein, daß dieser Giovanni Sforza wirklich impotent war? Die Borgias wollten ihn loswerden, er mußte weg. Selbst wenn Lucrezia schwanger war... Warum nicht? Die Möglichkeit einer ehelichen Geburt, einer echten Blutsverwandtschaft mit Isabella und Bona und den Herrschern von Mailand... Wenn ich das beweisen könnte, würde sich mein ganzes Leben ändern.

In Frankreich habe ich solche Überlegungen weit von mir gewiesen, sie schienen mir unvorstellbar. Doch seit ich nach Rom zurückgekehrt bin, läßt mir die Frage keine Ruhe mehr.

Weil man es nicht besser weiß, nennt man mich hier einen Borgia-Bastard. Ich habe keine Vergangenheit und darum auch keine Zukunft. Es ist mir nicht einmal vergönnt, Scham oder Stolz über meine Geburt zu empfinden. Ich weiß nichts. Die Frage, die ich mir selber und anderen so oft gestellt habe, bleibt: Wie kann ein Mann wissen, welchen Weg er gehen muß, wenn er sich selbst nicht kennt? Selbst für den, der weiß, aus welchem Land er kommt, ist es schwer, durch die Leere der Zeit, die vor uns liegt, eine eigene Bahn zu ziehen.

Stets habe ich die Menschen beneidet, die keine Zweifel an ihrer Vergangenheit und an ihrem Lebensziel haben. In Frankreich suchte ich die Freundschaft ehrgeiziger, selbstbewußter junger Männer und verliebte mich vorzugsweise in die durchtriebensten Frauen am Hofe. Doch ich habe nichts von ihnen gelernt. Auch wenn ich mein Bestes tat, um ihre unbekümmerte Lässigkeit und selbstsichere Haltung nachzuahmen, ich wußte immer: Das einzige, worauf es wirklich ankommt, fehlte mir. Was bei ihnen echt war, blieb bei mir nur Schein. Andere konnte ich vielleicht täuschen, mich selber nicht. Eine Frau gab mir einen wertvollen Rat. Eine Engländerin mit dem barbarischen Familiennamen Bullen oder Boleyn, niemand konnte ihn richtig aussprechen (ich höre noch ihr spöttisches Gelächter). Sie war eine Hofdame der Königinmutter, jung und dunkel, mit herausfordernden schwarzen Augen. Sie zog alle Männer am Hofe in ihren Bann, gewährte aber keinem mehr als ein paar Küsse. Natürlich habe auch ich mein

Glück bei ihr versucht. Sie lachte mir ins Gesicht. «Ich bin keine Dirne wie die anderen», sagte sie stolz und zeigte in die Runde. Ein Korb war mir genug, und so ließ ich sie fortan in Ruhe. Offensichtlich gefiel ihr meine Zurückhaltung, denn später unterhielt sie sich oft freundlich mit mir. Ich erinnere mich, daß ich sie einmal nach dem Geheimnis ihrer Beliebtheit fragte. Sie lachte wie gewöhnlich: «Niemand kennt mich. Ich sage nie, was ich denke oder plane. Aber ich lasse durchblicken, daß ich sehr hohe Ansprüche stelle. Das Allerbeste ist für mich gerade gut genug. Damit steigt mein eigener Wert himmelhoch.»

Sie hatte recht. Ich habe ihre Regeln von Zeit zu Zeit angewendet und immer wieder festgestellt, daß sie das gewünschte Ergebnis erbrachten. Man erzählt, daß jene Dame jetzt eine bedeutende Person am englischen Hof ist. Sie soll die Geliebte des Königs sein. Also die eigenen Gedanken und Vorhaben verschweigen. Den Anschein erwecken, als sei das Verschwiegene die Mühe des Schweigens wert. Immer so tun, als sei man sich seiner selbst völlig sicher.

Eine gehörige Anstrengung, diese Aufschneiderei. Die Boleyn hat immerhin einen König in ihre Netze gelockt, was wird mein Lohn sein? Doch selbst wenn es mir gelänge, durch sorgfältig überlegtes Verhalten den Eindruck zu erwecken, mehr zu sein und mehr zu können als andere, wird man mir das Herzogtum Camerino nicht anbieten. Je mehr ich höre und sehe, desto unerträglicher der Gedanke, daß ich weder das Recht noch die Macht besitze, um Camerino oder Nepi zu beanspruchen. In dem einen Fall müßte ich den dicken Frömmler, diesen Varano, verjagen, im anderen die Verwandten jener Frau, die Colonna, die jetzt wieder in Nepi thronen.

Doch die Zeiten sind vorbei, da man sich als Condottiere mit Mut, Willensstärke und einer Handvoll Soldaten Städte und Landstriche unterwerfen konnte. Bevor ich Frankreich verließ, habe ich mit Luisa über meine Aussichten gesprochen. Sie versprach mir damals, unseren Verwandten in Spanien zu schreiben, die dort die Borgia-Besitztümer verwalten. Ich habe nichts mehr von ihr gehört; Luisa beantwortet meine Briefe nicht.

Seit ich in das Gefolge des Kanzlers von Mailand aufgenommen wurde, ist mein Ansehen übrigens merklich gestiegen. Noch immer frage ich mich, wer mir den Posten verschafft hat. Ich habe ein anständiges Quartier, genug zu essen und trinken, meine Ausgaben werden bezahlt, man hat mir eine wohlgefüllte Börse ausgehändigt. Zumindest kann ich mich jetzt zu Pferd mit den anderen Herren des Gefolges in Rom zeigen; ich brauche nicht mehr den ganzen Tag in der Kanzlei herumzulungern und ohne Geld gelangweilt durch die endlosen Galerien des Vatikans zu streifen.

In der Stadt ist es heiß und staubig, in den Straßen hängt ein Geruch, den ich von früher her kenne: Rauch, gebratener Fisch, Straßenschmutz und Aprikosen, vermischt mit dem faden Gestank, der aus den Bezirken, in denen die Pest wütet, herüberweht. Wie ich schon sagte, habe ich nicht viel zu tun. Man hat die allgemeine Stimmung aufzuheitern versucht, indem man auf den Straßen lustige Wettkämpfe veranstaltete, bei denen alte Männer, Krüppel, Blinde, Juden in langen Kaftanen und halbnackte Huren im Laufen und Weitspringen wetteiferten. Auf den Straßen eine johlende und pfeifende Menge, die Schenken waren brechend voll, es wurde getanzt und gesungen wie im Karneval. Einen Grund für die ganze Fröhlichkeit habe ich, ehrlich gesagt, nicht entdecken können. Um den Gedanken an die Niederlage bei Pavia und an die Pest für eine Weile aus den Gemütern zu verbannen, wurden Umzüge und Prozessionen abgehalten. Wenn Lucrezias Geschichten nicht stark übertrieben sind, muß es hier 1500, im letzten Jubiläumsjahr, anders zugegangen sein. Nebenbei bemerkt, am Hofe von König François sah man auch bei weniger wichtigen Anlässen mehr und vor allem schönere, besser gepflegte Pferde, größere und schöner geschmückte Prunkwagen. Dort hätte man im Umzug keine verschlissenen Brokatgewänder, verfärbte Banner und in ungeordneten Haufen dahinschlendernde Männer und Frauen geduldet. In Rom wimmelt es von Prälaten jeden Ranges in Gewändern unterschiedlichster Schnittform und Farbe, von aufgeputzten Dirnen und Müßiggängern, von Lakaien, Kanzleiangestellten, Bullenschreibern und Quacksalbern, von Horden angeblicher und echter Künstler und außerdem vom frechsten Pöbel der Welt. Bankiers und Edelleute ziehen mit einem Heer von Gefolgsleuten und viel Lärm und Prunk durch die Stadt, als zögen sie in die Schlacht statt drei oder vier Straßen weiter.

Am liebsten halte ich mich in den Weingärten außerhalb Roms auf oder gehe in den Ruinen um das Colosseo auf die Wildtaubenjagd. Am Montag nachmittag haben wir eine Menge Tauben erlegt und unsere Beute in einer Herberge am Stadtrand rupfen und zubereiten lassen. Wir tranken einige Krüge Wein dazu und unterhielten uns bis zum Mondaufgang über die Gerüchte, die seit dem Besuch von Messer Morone beim Marchese von Pescara die Runde machen. Ein in ganz Rom bekanntes Geheimnis, ein Stoff für die Commedia dell'Arte. Aber Männer wie Pescara und Morone sind keine Hanswurste. Auf dem Heimweg, noch vom Gespräch erhitzt – und außerdem ziemlich betrunken –, stieß ich zu Pferd mit einer Sänfte zusammen. Die Herren, die die Sänfte begleiteten – sie waren auch nicht mehr nüchtern –, glaubten sich Räubern gegenüber. Es entstand ein recht komisches Handgemenge mit gegenseitigen Beschimpfungen, das schließlich mit allgemeinem Gelächter, Umarmungen, Entschuldigungen und Katzbuckeln nach links und rechts endete. Im Vorbeireiten warf ich einen Blick in die Sänfte. Zwei Frauen saßen darin, eine dicke Alte, die vom Zetern noch ganz außer Atem war, und ein junges, außergewöhnlich schönes Mädchen, das mit gelangweilter Miene in der Ecke lehnte und gähnte. Beim Licht der Fackeln schien sie vom Scheitel bis zu den Zehenspitzen mit Gold und funkelnden Schmuckstücken bedeckt. Ich fragte meine Gefährten, wer sie sei. Eine Kurtisane, was denn sonst. Eine gewisse Tullia, die sich – wie solche Frauenzimmer zu tun pflegen – den Nachnamen eines berühmten Fürstengeschlechtes zugelegt hatte: d'Aragona. Ob es nun an dem mir so vertrauten Klang dieses Namens liegt, an dem im Mondlicht verlockend blassen, gleichgültigen Gesicht des Mädchens oder an der Tatsache, daß ich seit langem auf Liebesabenteuer verzichtet habe: Ich habe die Absicht, Messer Pietro Aretino um die versprochene Vorstellung bei ihr zu bitten.

Über Messer Pietro habe ich im Sekretariat des Datarius und in Morones Gefolge das eine und andere erfahren. Ich will nicht behaupten, ich wüßte jetzt alles über ihn. Daß er aus Arezzo kommt, dürfte feststehen. Sein Vater soll ein Schuster oder heruntergekommener Edelmann, seine Mutter eine Dirne oder eine Nonne gewesen sein. Bevor er nach Rom kam, hat er offenbar ein bewegtes Leben geführt, als Malergeselle, Strauchdieb, Mönch, Schankknecht... was er sonst noch tat, habe ich vergessen. Hier hat er sich als Dichter unzähliger Epigramme einen Namen gemacht. Er ist die Seele des jährlichen Festes zu Ehren des heiligen Pasquino, den man hier als Patron der anonymen Spottgedichte verehrt. Auf Bestellung liefert Messer Pietro Schmähschriften und allerlei schlüpfrige Machwerke, politische Abhandlungen und Heiligenviten. Er liebt Knaben, ohne deshalb die Frauen zu verschmähen. Er hat reihum an verschiedenen Höfen die Rolle eines Spions, Hanswurstes, Sekretärs und Kupplers gespielt; nun gut, das hat er mir gegenüber auch angedeutet. Man sagt, in Italien sei niemand so schlagfertig, aber auch niemand so gefährlich wie er. Obwohl er einiges auf dem Kerbholz zu haben scheint, wagt der Papst es nicht, ihn davonzujagen. Dank dieser Neuigkeiten erscheint die Gestalt meines Freundes in Pfauenblau in einem ganz anderen Licht.

PIETRO ARETINO UND
GIOVANNI BORGIA

*E*s freut mich überaus, Messer, daß Ihr mir endlich Gelegenheit geben wollt, Euch etwas von Rom zu zeigen. Ihr werdet diesen Abend nicht bereuen. Tullia d'Aragona, das ist etwas ganz Besonderes. Ihr habt sie auf der Straße gesehen. Wartet, bis Ihr in ihrem Haus gewesen seid. An der Einrichtung sieht man ihren Erfolg. Dazu kann ich Euch eine hübsche Geschichte erzählen. Als der reiche Florentiner Bankier Strozzi, einer ihrer treuesten Bewunderer und an Luxus gewöhnt, Tullia zum erstenmal besuchte, war er fassungslos angesichts der Pracht. Plötzlich benötigte er einen Spucknapf, doch wohin er auch schaute, nirgends war einer zu finden. Er winkte seinen Knecht herbei und spuckte ihm ins Gesicht. Erstaunt fragte Tullia, warum er das getan habe. Und Strozzi antwortete: ‹Weil sein Gesicht das Häßlichste in diesen Gemächern ist; woanders hinzuspucken habe ich mich nicht getraut.› Später hat er Tullias Dienste mit einem Satz Spucknäpfen aus massivem Gold belohnt. Diese Tullia ist übrigens ein liebes Mädchen, und das sage ich nicht leicht von solchen Frauenzimmern. Die meisten Kurtisanen sind im Grunde gemeine Dirnen, mit Müh und Not als große Damen zurechtgemacht: dumm, frech und abergläubisch, wandelnde Brutstätten aller denkbaren Seuchen; es gibt keine Krankheit, die sie nicht haben. Kratz ihnen die Schminke ab, zieh ihnen den teuren Plunder vom Leib, und von ihrer Vornehmheit bleibt kaum etwas übrig. Ich sage Euch nichts Neues, es ist überall dasselbe, ob in Rom, Paris oder Madrid. Doch diese Tullia... wirklich ein weißer Rabe. Jung, gesund, intelligent und außerdem von vornehmer Herkunft; es lohnt sich, ihr einen Besuch abzustatten. Aber kommt erst zu mir, damit wir zusammen ein Glas Wein trinken. Wir kennen einander noch viel zuwenig, Messer. Ihr müßt mir mehr von Euch erzählen. Ihr vertraut mir doch?»

«Bisher habt Ihr mir keinen Grund gegeben, an Eurer Zuverlässigkeit zu zweifeln.»

«Ihr seid vorsichtig, wie ich wohl merke. Eine löbliche Angewohnheit, besonders oft anzutreffen bei Menschen, die etwas zu verbergen haben, etwas erreichen wollen oder Interesse daran haben, sich als Person von hohem Rang darzustellen.»

«Wo sind wir jetzt?»

«In den Nebengebäuden des Vatikans, werter Herr. Wie Ihr seht, gibt es hier keinen Marmor, keine Wandgemälde und Säulengalerien, aber gottlob auch keine jener abscheulichen alten Steinfiguren. Wir sind im Labyrinth des Borgo, Messer, in einem wahren Rattennest aus Häusern, Türmen und Gängen, dem Sitz aller minderen Gottheiten am Hofe. Seid Ihr noch niemals hier gewesen? Ihr wohnt auf der anderen Seite des Palastes?»

«Über den Wachstuben.»

«Weit entfernt vom Gewimmel der Borgo-Ratten also. Der Mann, dem Ihr Euer Obdach verdankt, muß einen Grund gehabt haben, Euch von dieser Gegend fernzuhalten.»

«Mir scheint, Ihr sucht überall nach verborgenen Gründen.»

«Messer, ich kenne die Welt, die Menschen und vor allem das Hofleben wie meine Jackentasche. Wir sind da. Ihr wollt mir also die Ehre erweisen, auf kurze Zeit mein Gast zu sein. Matteo, Pirro, macht die Tür auf! Wo treiben sie sich herum, diese Esel? Endlich, der Riegel ist offen. Flegel, was fällt euch ein, mich vor meiner eigenen Tür stehenzulassen. Tretet ein, Messer.»

«Ich habe das Gefühl, wir stören.»

«Wartet, Messer, das ist gleich erledigt. Afrosina, habe ich dir heute morgen nicht gesagt, du sollst verschwinden? Ist mein Haus etwa eine Schenke oder ein Bordell? Den ganzen Tag im Bett liegen und meine Knechte empfangen, sobald ich das Weite gesucht habe! Mach, daß du fortkommst, ich will dich hier nicht mehr sehen. Geh zurück zu deiner Kupplerin, laß dich an jemanden verschachern, der nicht so anspruchsvoll ist wie ich. Raus! Entschuldigt die Störung, Messer. Römische Knechte und Buhldirnen, alles dasselbe Gesindel. Matteo, Pirro, macht das Bett, fegt die Krümel und Kerne auf, wischt die Weinpfützen vom Boden, bringt saubere Gläser und einen Krug Falerno. Setzt Euch doch, Messer. Es ist mein Verhängnis, daß ich so gutmütig bin und mich so rasch verliebe. Immerzu werde ich von meinem Personal und meinen Geliebten betrogen und bestohlen. Verschwinde, Afrosina, verschwinde endlich, das sind nur Krokodilstränen. Wenn du wenigstens gut kochen könntest, würde ich vielleicht meinem Herzen einen Stoß geben... aber deine Polenta schmeckt mir nicht, außerdem wirst du mir langsam zu teuer. Wäre ich nicht so geschickt im Umgang mit Geld, würde ich längst vor den Kirchenportalen betteln. Ich weiß, worauf das hinausläuft. Bei Gelegenheit werde ich Euch ein paar Passagen aus dem Theaterstück zu lesen geben, an dem ich gerade schreibe, eine Komödie mit dem Titel ‹Die Kurtisane›, in der ich das Tun und Treiben solcher Weibsbilder unverblümt schildere...»

«Sind Freudenmädchen es denn wert, daß man ihnen eine ganze Komödie widmet? Man vergnügt sich mit ihnen oder läßt es bleiben, aber länger über sie nachzudenken...»

«Und warum nicht, Messer? Es sind menschliche Wesen wie Ihr und ich. Ein unerschöpfliches Studienmaterial für den, der die Tugenden und Laster seiner Nächsten kennenlernen will. Die Hure und ihr Gewerbe, das ist die Welt im kleinen. Meine ‹Cortigiana› müßt Ihr in erster Linie als Gleichnis lesen, als Satire auf die Gesellschaft. Der ganze Hof wird darin aufs Korn genommen. Ziert Euch nicht, dieser Krug muß leer werden, Borgia. Bei der Hitze beginnt der Wein schnell zu gären. Ihr seid also unlängst auf dem Sekretariat des Datarius gewesen. Was haltet Ihr von Berni?»

«Euer Feind, wenn ich mich nicht irre, Messer?»

«Ah... so gut wißt Ihr also Bescheid! Was haben Euch die Handlanger dieses reimeschmiedenden Intriganten über mich berichtet? Mein Sündenregister aufgezählt, nicht wahr? Alles Lügen und Verleumdung. Berni haßt mich, weil ich mehr Talent habe als er, weil mächtige Männer mich zum Freund erwählen. Bevor ich nach Rom kam, ließ er sich als Verfasser von Epigrammen und allerlei Gelegenheitsgedichten feiern. Jetzt kräht kein Hahn mehr nach ihm, und das verzeiht er mir nicht. Papst Clemens zeigte sich seinerzeit nicht abgeneigt, mir das Amt Bernis zu überlassen. Damals hatte ich mich schon seit Jahren im Gefolge von Messer Agostino Chigi, dem großen Bankier, bewährt. Ich war sein Augapfel, seine rechte Hand, ohne mich führte er keine wichtige Transaktion durch. Man hat mich geradezu angefleht, an den Hof zu kommen. Hohe Bäume fangen viel Wind, Messer. Man verleumdete mich. Giberti kann mich nicht ausstehen, weil ich alles weiß und mein Licht nicht unter den Scheffel stelle. Er tut, was er kann, um meinen Einfluß zu untergraben. Zu meinem Glück ist der Papst im Augenblick Giberti gegenüber etwas distanzierter, weil er den Kardinal von Capua nicht verärgern will. Nach dem Sieg der Kaiserlichen bei Pavia ist jetzt dieser Schomberg der große Mann, wie du sicherlich bemerkt hast. Wenn Giberti nicht an Ansehen verloren hätte, wäre ich schon längst draußen. Papst Clemens und Giberti sind von alters her dicke Freunde; früher nannte man Giberti *il cuor del papa*, das Herz des Papstes. Was Monsignore sich in den Kopf gesetzt hatte, geschah sofort. Dabei habe ich ganz schön Federn lassen müssen. Man hat einen Teil meiner jährlichen Zuwendungen gestrichen, mich für einige Zeit vom Hofe verbannt, und als ich zurückkehrte, mußte ich mit einem Obdach hier im Borgo vorliebnehmen. Sieh dich um, ist das etwa eine angemessene Unterkunft für einen genialen Dichter, einen Ritter des Rhodos-Ordens, einen Vertrauensmann des Marchese von Mantua? Eine Kammer, was sage ich, ein Stall, vier Wände mit einem Dach darüber, mehr nicht; für Diener und Möbel, für Essen, Trinken und meine Kleider muß ich selber aufkommen. Und das alles wegen ein paar Sonetten.»

«Ich habe etwas von Untertiteln zu gewissen Stichen erzählen hören...»

«Ah, auch das ist dir bekannt. Ich kann mir die edle Entrüstung in Gibertis Sekretariat lebhaft vorstellen. Ich gebe zu, meine Verse waren gepfeffert. Aber du hättest die Bilder von Marcantonio Raimondi sehen sollen. Sechzehn Varianten des Liebesaktes, überaus reizvoll, und was die Gravur betrifft, eine hervorragende Arbeit. Meisterwerke, Stück für Stück, Messer. Hat der Künstler denn in der Wahl seiner Themen nicht alle Freiheit? Was ist dabei, die Vereinigung von Mann und Frau darzustellen? Sind wir weniger wert als die Tiere, daß wir uns eines Aktes schämen müssen, dem wir alle unser Dasein verdanken? Aber ich will mich nicht besser geben, als ich bin. Natürlich fließt in meinen Adern Blut und kein Wasser. Der Anblick dieser meisterhaften Stiche ließ mich wahrhaftig nicht kalt. Als der Maler Romano – nicht gerade ein Unbekannter, von dem diese Idee ausging – mich fragte, ob ich die Bildunterschriften dazu machen wolle, habe ich zugesagt, und zwar mit Vergnügen, Messer! Das ist alles. Aber hier am Hofe ein Aufruhr, als ginge die Welt unter. Dio! Ich habe häßlichere Dinge gehört und gesehen, seit ich nach Rom kam. Das Schönste an der Sache ist, daß die Stiche mitsamt den Versen bei den Mitgliedern der Kurie besonders großen Anklang fanden. Kein Kardinal, der sie nicht unter dem Kopfkissen liegen hatte... Giberti hat die Kampagne gegen mich angestiftet; er brauchte einen Vorwand, um mich aus dem Weg zu räumen. Ich glaubte, Messer, du würdest Giberti gut kennen, da er der Vorsitzende der französisch gesinnten Partei ist.»

«Ich kenne Monsignore nur vom Sehen.»

«Aber du hast doch sicherlich noch Kontakte nach Frankreich und zu den französisch Gesinnten, nachdem du so lange im Land gelebt hast? Auf Eure Gesundheit, Messer, und auf das Gelingen Eurer Pläne.»

«Ihr scheint meine Pläne besser zu kennen als ich selber.»

«Nur ein Narr bewirbt sich um eine Stelle am römischen Hof, ohne Pläne – große Pläne – zu haben. Du wirst ja wohl nicht aus

Sehnsucht nach bella Italia und unserer Ewigen Stadt den französischen Hof verlassen haben... wo man übrigens sehr angenehm lebt, wie ich mir habe sagen lassen.»

«Ich war Soldat, Messer. Wäre der Feldzug von König François anders ausgegangen, so säße ich jetzt sicherlich nicht in Rom.»

«Vielleicht hast du auf einen hübschen Posten im Dienste Frankreichs spekuliert, als Kommandant einer Festung oder sogar als Gouverneur der einen oder anderen Stadt in der Poebene?»

«Ihr zeigt viel Verständnis für meinen Ehrgeiz... Ich glaube fast, es dauert Euch mehr als mich, daß meine diesbezüglichen Aussichten nach Pavia für immer dahin sind.»

«Für immer? Komm, komm, du bist ja pessimistischer als die französisch Gesinnten. Sogar Seine Heiligkeit sieht die Sache nicht so düster. Du hast natürlich auch gehört, daß er insgeheim wieder eifrig Annäherungsversuche an Frankreich macht und daß Sonderkuriere von und nach England... Ich erzähle dir nichts Neues, Messer Giovanni, laß dir noch mal einschenken. Das ist ein ausgezeichneter Falerno, wie du sicher bemerkt hast. Du kannst übrigens ruhig mit mir über Politik reden, ich weiß genausogut Bescheid wie deine Gönner hier am Hof.»

«Woraus schließt Ihr, daß ich im Vatikan Gönner habe?»

«Wer hier erfolgreich sein will, muß mächtige Freunde haben, sonst fängt er besser erst gar nicht an. Ein Posten in der Kanzlei kann zu einem Kardinalshut führen. Was hättest du sonst dort zu suchen, mein Werter? Du mußt deiner Sache ganz sicher sein, wenn dir an einem Platz unter den Purpurträgern gelegen ist. Vor allem weil du dich, wenn ich mich nicht irre, nicht auf eine legitime Geburt berufen kannst.»

«Meine Geburt geht nur mich etwas an.»

«Du bist sehr empfindlich, Borgia! Ich wollte dich nicht beleidigen. Ich will dir mit meinem Rat nur einen Dienst erweisen. Ich brauche dir doch nicht zu sagen, daß eine uneheliche Geburt kein Hindernis für eine große Laufbahn ist. Nenne mir ein halbes Dutzend hochstehender Männer in Italien, die *keine* Bastarde sind. Hier am Hofe ist es nicht anders. Ämter, Jahresgehälter, Landgüter und Titel zuhauf, und wenn einer aus der Gosse gekrochen kommt. Nur mit dem Purpur ist Clemens nicht so freigebig wie seine Vorgänger. Nicht einmal für Geld will er Kardinäle machen. Dagegen Leo! Der hätte notfalls sogar Gott verkauft. Weißt du, was er immer sagte? ‹Das Christentum ist ein Geschäft, das Geld in die Schublade bringt.› Ich könnte dir so manchen Herrn nennen, der Papst Clemens für einen roten Hut ein Vermögen angeboten hat. Doch so wankelmütig er in anderen Dingen ist, hier gibt er nicht nach. Aus Angst natürlich! Angst ist die Triebfeder für alles, was dieser Papst tut. Der üble Ruf seiner Vorgänger hängt ihm wie ein Mühlstein um den Hals. Und Giberti, der heute den großen Kirchenreformer mimt, trägt auch sein Scherflein dazu bei. Laß dir einen guten Rat von mir geben, Messer: Wenn du es hier in Rom zu etwas bringen willst, mußt du dich vor allem bei Giberti einschmeicheln.»

«Dann verstehe ich nicht, warum Ihr den Datarius tagtäglich vor den Kopf stoßt.»

«Rom ist für mich im Grunde längst erledigt. Ich will nicht hierbleiben. Ich ekle mich vor diesem stinkenden Morast. Gib acht, Messer, was ich dir jetzt sage, ist vertraulich...»

«Sagt nichts, wenn Ihr Euch meiner nicht sicher seid.»

«Ah, ich weiß schon lange, woran ich mit dir bin, Borgia. Du bist ein Edelmann nach dem Geschmack von Messer Baldassare Castiglione, unserem Experten in höfischem Anstand. Du scheinst seinem ‹Buch des Höflings› entsprungen zu sein...»

«Zuviel der Ehre. Ich kenne Castiglione nicht und habe sein Buch nicht gelesen.»

«Ach so! Er war schon Gesandter in Madrid, bevor du in Italien Fuß gefaßt hast. Ein eifriger Befürworter der spanischen Sache. Er unterhält eine rege Korrespondenz mit meinem großen Gönner, dem Marchese von Mantua. So erfahre ich Dinge, die eigentlich nur in den engsten Kreisen um den Kaiser bekannt sind. Wie so viele der sogenannten hochherzigen Naturen ist Castiglione naiv.

Weil er selbst durch und durch von nobler Gesinnung ist, glaubt er, Gemeinheit und Schmutz ließen sich im Handumdrehen beseitigen. Die höfischen Umgangsformen sind sein Steckenpferd. Für ihn ist der Hof – und zwar jeder Hof – ein Brennpunkt strahlender vaterländischer Tugenden.»

«Und für Euch, Messer Aretino, was ist er für Euch?»

«Ein Schweinestall, eine Brutstätte von Haß, Ehrgeiz, Neid... das Grab unserer Hoffnungen und ehrlichen Absichten, ein Markt der Lügen, eine Schule des Betrugs und Verbrechens, ein Paradies der Untugenden, ein Misthaufen, auf dem Talent und Verdienste verrotten. Es ist Wahnsinn, zu glauben, man könne unter diesem Gesindel zum Mann, zum Edelmann werden.»

«Eine Frage: Warum bist du in Rom geblieben, Messer Pietro?»

«Messer Giovanni, weil ich von irgend etwas leben muß.»

«Jemand wie Ihr findet immer und überall sein Auskommen.»

«Das glaubst du! In diesen Zeiten läßt sich mit Schreiben kein Stück trockenes Brot verdienen, mein Werter. Sieh dich um. An den Höfen Italiens geht es drunter und drüber. Die Fürsten sind bis über die Ohren verschuldet, und wenn sie Geld haben, geben sie es lieber für Söldner und Festungswerke aus als für Dichter.»

«In Anbetracht der Lage kann ich das den Herren kaum übelnehmen.»

«Wer voller Argwohn seine nahen und fernen Nachbarn belauert, der verlangt nicht nach einem Epos über seine Vorfahren oder einem Lobgesang über die eigenen Heldentaten. Keinen Soldo haben die Herren für gereimte Werke übrig. Wo sind die Zeiten hin, da ein Dichter noch große Aufträge erhielt? Da es überall Mäzene gab, die ihn im Tausch für ein paar hundert Strophen nährten, kleideten und ihm fürstliche Unterkunft verschafften? Glaub mir, es ist vergebliche Liebesmüh. Das Schreiben ist verkappte Bettelei, nichts weiter. Du wählst dir einen Fürsten oder eine andere hochgestellte Person aus, die du als besonders mildtätig oder kunstverständig oder auch eitel hast rühmen hören, du besingst den Mann in Terzinen und Sonetten, vergleichst ihn mit allen Göttern des

Olymps, mit allen lebenden und toten Helden, du rühmst seine Frau als himmlisches Wunder, preist seinen Zwerg, sein Lieblingsroß, seinen Schoßhund... und dann schickst du ihm den ganzen Plunder mit einem schmeichelnden Begleitbrief oder bietest ihm dein Werk persönlich an, auf den Knien, möglichst mit einer passenden Rede in Versen. Aber was ist deine Belohnung? Besten Dank, Messer Pietro, wir sind zufrieden. Wir werden Eure Gedichte gelegentlich vorlesen lassen. Wir lassen von uns hören... Im günstigsten Fall eine Handvoll Goldstücke, die gerade reichen, um die Unkosten an Federn und Papier zu bezahlen, vielleicht auch das eine oder andere neue Kleidungsstück. Aber das ist keineswegs die Regel. Ich könnte gar nicht aufzählen, wie oft ich habe fragen, bitten, flehen, drohen, fluchen müssen, bevor ich ein Trinkgeld bekam. Prost, Messer, trinken wir auf die Glorie des Dichtertums.»

«Nach dem zu urteilen, was ich über Euch gehört habe, braucht Ihr Euch über mangelndes Interesse an Euren Werken nicht zu beklagen.»

«Ah, Messer, das ist mein Geheimnis. Ich weiß, was ich will und wie ich es erreichen kann. Ich werde die Früchte meines Genies ernten, glaube mir. Ich kenne die Menschen wie kein anderer. Klingende Münze schlagen aus ihrer Feigheit, ihrer Eitelkeit, ihrem schlechten Gewissen, ihren Leidenschaften, ihren verborgensten Wünschen: so mache ich das! Ich liefere, was verlangt wird, noch bevor der Betroffene sich seiner Wünsche bewußt ist. Ich drücke allgemein herrschende Stimmungen und Gefühle aus, bevor sie ein anderer in Worte gefaßt hat. Ich fange ein Gerücht auf, solange es noch ein dünnes Wölkchen ist... ich forme es, färbe es, blase ihm kräftig Leben ein und präsentiere es als Wahrheit. Nichts ist so einträglich wie ein Skandal. Die Menschen wollen gekitzelt werden, Messer. In Spott, Kritik und Zweideutigkeiten steckt mehr Macht als in der gesamten Dichtkunst des Parnaß. Dafür sind die Herren bereit zu zahlen: um mich zum Schweigen zu bringen oder aber damit ich meinen Verleumdungen freien Lauf lasse. Glaub mir, ich weiß, wie man die Welt in den Griff bekommt. Ich warte nur den richtigen Augenblick ab. Ich spitze die Ohren, halte die Augen offen, ziehe Erkundigungen ein; ich bin überall und nirgends zugleich und setze meine Ehre darein, alles zu wissen, Messer, alles... die Wahrheit, aber auch die Lüge. Derjenige, um den ich meine Netze spinne, ist nicht zu beneiden. Dann und wann zeige ich, was ich kann.»

«Unter anderem bei Giberti und seinen Anhängern?»

«Sag selber, sprechen die Ergebnisse nicht für sich? Giberti ist wütend, aber im Augenblick machtlos. Wäre seine Position nicht so unsicher, säße ich längst im tiefsten Kerker des Castel Sant'Angelo, bei meinem Freund Marcantonio Raimondi, dem Graveur. Giberti getraut sich nicht, gegen mich vorzugehen, da er damit meine Behauptungen bestätigen würde.»

«Was für Behauptungen?»

«Daß Monsignore für alle Dummheiten und Winkelzüge des Papstes verantwortlich ist. Spricht es nicht Bände, daß er und sein Trabant Berni nicht öffentlich gegen mich auftreten? Denk daran, Messer, wenn man dir im Sekretariat wieder einmal etwas über mich erzählt. Ich habe mehr Macht, als du dir auch nur annähernd vorstellen kannst. Ich merke, du willst erst mal abwarten. Sehr vernünftig! Ich mag keine Menschen, die sich allzuleicht auf den Leim locken lassen. Ich möchte dir nur dies zu verstehen geben: Ich kann dir unschätzbare Dienste erweisen. Es gibt nichts, was du nicht mit meiner Hilfe erreichen könntest, Messer. Du mußt mir natürlich vertrauen und mich deinen anderen Bekanntschaften vorziehen.»

«Messer Pietro, ich bewundere die Hartnäckigkeit, mit der Ihr mich auszuhorchen versucht. Laßt Euch jetzt für Euren Eifer mit dem Geständnis belohnen, daß ich keine einflußreichen Bekannten oder Gönner am Hofe habe und daß mein Ehrgeiz sich nicht auf den Purpur und alles, was damit zusammenhängt, erstreckt.»

«Wir müssen ehrlich zueinander sein. Keine weiteren Spiegelgefechte, Messer! Ich habe den ersten Schritt getan und dir so manches aus meinem Leben erzählt, das ich gewöhnlich nicht an die große Glocke hänge. Selbstverständlich willst du Karriere machen.

222

Ich wiederhole, ein Mann ohne Ehrgeiz hält sich hier keinen einzigen Tag. Du bist ein Borgia. Du hast – wie könnte es anders sein – ein Talent für Intrigen, du hast die Absicht, deinen Willen um jeden Preis durchzusetzen. Gewiß kennst du Mittel und Methoden... Bleib ruhig, es gibt keinen Grund, zornig zu werden... Laß dir nochmals nachschenken. Ich weiß mehr, als du denkst.»

«Was wißt Ihr? Was redet man über mich?»

«Messer, ich möchte unsere Unterhaltung keinesfalls verderben, indem ich an etwas rühre, worüber du nicht sprechen möchtest. Jeder hat seine Empfindlichkeiten. Was ich weiß, ist kein Allgemeingut. Es wird hier am Hofe über Euch nichts erzählt, was für Euch wichtig sein könnte, darauf wette ich. Und um Euch weiter zu beruhigen: Was ich weiß, kommt nicht über meine Lippen...»

«Zum Teufel, wovon sprecht Ihr?»

«Regt Euch nicht auf. Wir leben nun einmal in einer sündigen Zeit, Messer. Es gibt Dinge, über die Männer von Welt wie Ihr und ich einfach hinwegsehen, während das gemeine Volk sich darüber empört... Die Könige im alten Ägypten rühmten sich sogar, aus der Verbindung von Bruder und Schwester geboren zu sein... Ah, ah... steck den Dolch wieder ein, mein Werter, setz dich wieder hin.»

«Beweise will ich für das, was Ihr soeben anzudeuten gewagt habt!»

«Dio, du hast spanisches Ehrgefühl, Messer Giovanni. Sofort nach dem Dolch greifen, wenn anders als in Tönen höchster Ehrerbietung über die Familie gesprochen wird.»

«Wann und wo habt Ihr die... Gerüchte zum erstenmal gehört?»

«Mein Freund, die Spatzen pfiffen es seinerzeit von allen Dächern. In Rom, in allen Städten, Dörfern und Weilern Italiens. Ich habe es gehört, als ich noch ein Junge war, in Arezzo. Aber glaub mir, die meisten haben es längst vergessen.»

«Und die Beweise?»

«Beweise, Beweise. Wenn du unbedingt Beweise haben willst,

kann ich sie für dich aufspüren. Eine schwere und langwierige Angelegenheit, aber nun ja, für einen Freund... Wenn ich gewußt hätte, daß du dir die Sache so zu Herzen nimmst, hätte ich nichts gesagt. Denk nicht mehr daran, mein Werter. Spielst du Karten?»

«Ich rechne auf die Beweise.»

«Natürlich spielst du Karten. Du kommst aus Frankreich. Ich habe mir sagen lassen, daß nirgends so leidenschaftlich gespielt wird wie am französischen Hof. Dort bringen die Karten mehr Dukaten zum Rollen als der Handel mit Flandern und die kriegerischen Auseinandersetzungen in ganz Italien. Willst du mischen? Sieh dir die Karten gut an, jede einzelne ist ein Kunstwerk. Ja, von Marcantonio Raimondi. Und so einen Mann wirft man in den Kerker des Castel Sant'Angelo. Wer die Symbole des Kartenspiels so kunstvoll zu gestalten weiß, ist mehr als ein ausgezeichneter Graveur, er ist ein Philosoph.»

«Ich frage mich, was Ihr mit mir vorhabt, Messer Pietro. Zu welchen Zwecken habt Ihr diese Unterhaltung mit mir benutzt?»

«Benutzt, benutzt, was für ein häßliches Wort. Trink noch einmal aus.»

«Der Wein macht mich nicht gesprächiger, als ich von Natur aus bin, Messer.»

«Hör zu. Du sagst, du hättest keinen Kontakt mit Giberti und seiner Clique. Aber ich kenne die Welt. Man sagt das eine, tut das andere, denkt und meint dabei vielleicht wieder etwas ganz anderes.»

«Wenn es Euch beruhigt, kann ich Euch mein Ehrenwort geben.»

«Ein Ehrenwort! Messer, Ihr haltet mich wohl für einen Einfaltspinsel.»

«Ich habe sieben Jahre in Frankreich gelebt. Ein Ehrenwort gehörte dort zum Rüstzeug eines Edelmannes.»

«Du mußt dir noch manches abgewöhnen, wenn du in Rom Erfolg haben willst. Einem Mann von Ehre ergeht es hier wie einem Fisch in heißem Öl. Gut, angenommen, dein Ehrenwort gilt etwas. Hast du dich mit deinem Ehrenwort verpflichtet, darüber zu schweigen, was du über den Besuch von Messer Girolamo Morone beim Marchese von Pescara erfahren hast?»

«Nehmt Ihr wirklich an, Messer Morone hätte mich ins Vertrauen gezogen? Ich wurde seinem Gefolge zugeteilt, ohne daß man mir einen Grund dafür nannte.»

«Zum Teufel, du mußt doch gemerkt haben, daß sich da etwas tut. Du siehst nicht aus wie ein Narr oder ein weltfremder Träumer. Sieh mal, wenn du dich geschickt anstellst, kannst du dein Glück machen. Glaub mir, da gärt etwas... und es wird gewaltig stinken, wenn man den Deckel lüftet. Was für entzückende Karten. Ich bin ein leidenschaftlicher Spieler, Messer. Schlafen und Kartenspielen, das sind für mich die beiden größten Wohltaten des Lebens, Allheilmittel sozusagen. Hör zu, Borgia. In der Angelegenheit, über die wir vorhin sprachen, müßten wir eigentlich ein gutes Gespann bilden. Mit meinen Beziehungen und meiner Erfahrung kann ich dir unschätzbare Dienste erweisen. Sieh zu, daß du dahinterkommst, was Morone und Pescara aushecken. Gib mir die Nachricht weiter und überlaß mir das übrige. Wenn ich mich nicht irre, finden wir bald jemanden, der uns für unser Schweigen oder unsere Mitteilsamkeit ein Vermögen bietet, je nachdem. Was sagst du dazu?»

«Ich wollte mir eigentlich auf ehrenvollere Weise eine Position verschaffen.»

«Daß ich nicht lache. Du mit deinem Namen und Hintergrund. Ah, ah, da fährst du wieder auf, als hätte man dich gestochen. Mein Gott, Messer, sitzt das bei dir so tief? Ich versichere dir, über die alten Klatschgeschichten regt sich niemand mehr auf. Zumindest jetzt noch nicht. Nur ein Mann wie ich könnte die Gerüchte in einen Orkan verwandeln, der dich samt all deinen Plänen und Träumen wegbläst... Merk dir das, Messer. Aber warum solltest du mein Feind sein? Wir könnten gut miteinander auskommen. Ich verspreche mir viel von unserer Zusammenarbeit. Aber wir dürfen uns nicht die Butter vom Brot nehmen lassen. Ordne zuerst deine Karten, sieh dir ruhig das Spiel an, das du in den Händen hältst, Messer Giovanni. Es ist noch früh, wir haben Zeit genug. Bei Tullia wird es erst amüsant, wenn die Kerzen angezündet sind. Soll ich bieten? Ist ein ehrgeiziger Mann denn nicht auch ein großer Spieler, Borgia, und die Welt sein Kartenspiel?»

TULLIA D'ARAGONA

*T*ullia hat sich hinter die hölzerne Umzäunung auf dem Dach ihres Hauses zurückgezogen. Sie wäscht und blondiert dort ihr langes Haar, was einen ganzen Tag dauert und größte Sorgfalt verlangt. Sie ist allein. Keine Dienerin, keine Freundin, nicht einmal ihre Mutter will ihr in der prallen Sonne Gesellschaft leisten. Wer sich nicht die Haare waschen möchte, meidet vor Sonnenuntergang die offene Dachterrasse. Tullia sitzt zwischen Zubern und Krügen und trocknet ihre Locken, die sie über die ausladende Krempe der Solana gebreitet hat, den Waschhut ohne Kopf, der Gesicht und Hals vor dem grellen Licht schützt. In einer Hand hält sie einen Spiegel, in der anderen einen Stab, an dessen Ende ein Schwämmchen befestigt ist. Von Zeit zu Zeit befeuchtet sie die Haarsträhnen mit einer Bleichflüssigkeit.

Venezianisches Blond, die Modefarbe, ist das Ziel dieser Prozedur. Aus eigenem Antrieb würde sich die zur Bequemlichkeit neigende Tullia nicht so große Mühe geben, rotgoldenes Haar zu bekommen. Aber ihre Mutter weiß, was eine junge Kurtisane auf sich nehmen muß, die es zu etwas bringen will. Wo wäre Tullia heute ohne ihre Hilfe, ihre Ratschläge, ihre unablässige Wachsamkeit? Hundertmal am Tag stellt sie diese Frage, auf die ihr die Tochter keine Antwort geben kann.

Ach, Tullia, Faulenzerin, Schlampe, Träumerin, wer weckt dich, wer wäscht dich, wer frisiert dich und kleidet dich an? Wer bereitet deine Schönheitsmittel zu und achtet darauf, daß du dich richtig schminkst? Wer paßt auf, daß du weder zu dick noch zu mager wirst? Wer hat dich gelehrt, wie du sprechen und gehen mußt, um zu gefallen, wer hat immer einen Wink, eine Geste, ein aufmunterndes oder warnendes Wort für dich parat? Wer knüpft Beziehungen für dich an, wer verhandelt über die Geschenke, empfängt die Herren und begleitet sie später wieder hinaus? Wer gibt dir die Gelegenheit, mit deiner guten Erziehung zu glänzen, und wem allein hast du diese Erziehung zu verdanken?

Tullia kann dazu nur mit den Achseln zucken. Manchmal gähnt sie, manchmal blickt sie summend aus dem Fenster oder geht in ein anderes Zimmer. Was soll sie schon sagen. Ihre Mutter hat ja recht. Es gibt keinen anderen Weg. Wenn sie sich sträubt, erinnert die Mutter sie sogleich an die Dinge, die sie nicht vergessen darf.

«Glaubst du vielleicht, du hättest einen Kardinal zum Vater, wenn ich mich zu meiner Zeit nicht ständig unter Kontrolle gehabt hätte? Ich wußte, was ich wollte. Ich habe hart an mir gearbeitet. Du mußt dich unentbehrlich machen, die Schönste, Gebildetste, Begehrteste, die Einzige sein. Und auch wenn du das erreicht hast, darfst du dich nicht gehenlassen. Du hast glänzende Aussichten, viel bessere, als ich jemals hatte. Wer war ich denn schon? Ein einfaches Mädchen aus Ferrara, das eines Tages mittellos und ohne Freunde und Verwandte in Rom auf der Straße stand. Wenn ich nicht so gut auf mich aufgepaßt hätte, wäre ich längst tot, oder ich müßte für einen Soldo mit den Bettlern unter dem Ponte Sisto liegen... Und du? Dein Vater war ein vornehmer Herr, und ich war seine Herzensfreundin. Neben mir wollte er keine andere. Giulia Ferrarese, das ist die Königin von Rom, sagten die Leute. Du bist in einem Palast geboren und aufgewachsen. Du hast Griechisch und Latein und das Harfenspiel erlernt wie die Mädchen aus den vornehmsten Familien. Du hast Bücher gelesen und kannst über alles mitreden. Es ist dein Unglück, daß dein Vater früh gestorben ist und seine Gläubiger uns alles nahmen. Sonst hättest du gewiß eine gute Partie abgegeben und dich mit keinem Geringeren als einem Landedelmann zu begnügen brauchen. Aber es ist sinnlos, mit dem

Schicksal zu hadern. Wir müssen für uns selbst sorgen. Ich habe getan, was ich konnte, aber nun bin ich zu alt für die Liebe. Jetzt bist du an der Reihe, Tullia. Nimm doch Vernunft an. Du kannst es noch weit bringen. Dann wirst du mir dankbar sein.»

Tullia kennt all diese Reden auswendig. Sie leisten ihr Tag und Nacht Gesellschaft, eine Horde schemenhafter Gestalten mit Klauen und Schnäbeln wie Harpyien: Habgier, Käuflichkeit, Wollust und Berechnung. Sie fühlt sich von ihnen belauert wie von den alten Weibern, die ihre Mutter ins Haus holt, damit sie das Essen zubereiten, Kräuter zerstoßen und Karten legen. «Nimm doch Vernunft an, sei klug, wuchere mit deiner Jugend und deiner Schönheit, du mußt höher hinaus, Kindchen, höher hinaus.» Wenn es ihr für einen Augenblick gelingt, die Phantome zu verscheuchen, das Summen und Zischeln und Kichern zum Schweigen zu bringen, treibt ihre Mutter die Quälgeister zu ihr zurück. Gefährlich ist der aristokratische Müßiggang, gefährlicher noch der angeborene spanische Stolz, ihr Erbe väterlicherseits, ein Stolz, der Armut und Tod der verlorenen Ehre vorzieht. Solche hochmütigen Träume versteht ihr die Mutter zu verleiden.

«Daß dein Vater aus dem Geschlecht Aragon stammte, mußt du als Aushängeschild sehen, Töchterchen, als Geleitbrief, der dir Zugang zur großen Welt verschafft, mit der du sonst kaum in Berührung kämest. Was hast du von deiner Bildung und deinen vornehmen Manieren, wenn du keinen Nutzen daraus ziehst? Mit diesen Waffen kannst du deine Rivalinnen aus dem Feld schlagen. Musizieren, Verse deklamieren, lateinisch sprechen: Raffinement, das deiner Schönheit die Würze gibt. Die Männer, die sich davon fesseln lassen, Männer von erlesenem Geschmack und wohlhabend genug, um ihre Wünsche befriedigen zu können, das sind die Beschützer, die meine Tullia braucht. Ich kenne die Geheimnisse unseres Fachs, laß mich nur machen... Du brauchst nichts zu tun, als mir zu gehorchen.»

Tullia schweigt. Mit ihrer Sehnsucht nach dem verstorbenen Vater, den sie als Sinnbild eines Fürsten verehrt hat, und nach der

Geräumigkeit und Ruhe des Palastes, in dem sie ihre Kindheit verbrachte, wächst auch der Haß gegen die, dunkle, mit klimperndem Schmuck behangene Matrone, zu der sie Mutter sagen muß. Als Tullia zur Frau geworden war, sind sie von Siena nach Rom übergesiedelt, aus dem vornehmen Siena, wo sie nach dem Bankrott des Kardinals am Rande von Dichter- und Gelehrtenkreisen verkehrt hatten. Am Campo Marzio in der Parochie San Trifone hat Giulia Ferrarese für sich und ihre Tochter eine Wohnung in einem schönen neuen Haus gemietet, das zum Augustinerkloster gehört. Ihre Nachbarn: unten ein Bischof, oben zwei Kurtisanen, Vascha und Speranza, gewöhnliche Freudenmädchen, keine Konkurrenz. Hinten, an den Cortile grenzend, eine Schule. Die ersten Verehrer, frühere Bekannte Giulias – ihr noch nicht verjährter Ruhm ist die beste Empfehlung für ihre unerfahrene Tochter – haben die Einrichtung bezahlt, die Kleidung, die Sänfte, das Personal und die Maultiere.

Nur ein hohes Geländer ist zwischen Tullia und den gelben, grauen und schmutzigweiß verräucherten Dächern des Viertels, dem Gestank und dem Lärm, die aus den Schächten von Straße und Hof aufsteigen. Die Stimme der Mutter dringt von der Loggia zu ihr; sie zählt laut und langsam die Ingredienzien für ein Schönheitswasser auf, das die Haut geschmeidig machen soll: Terpentin, Lilienblätter, frische Eier, Honig, zerstoßene Muschelschalen und Kampfer... laß das Ganze in einem Glasgefäß über kleiner Flamme ziehen und füge dann Moschus und Ambra hinzu, dieses Mittel ist unübertroffen, meine Tochter muß sich damit siebenmal am Tag das Gesicht betupfen...

Tullia steckt sich die Finger in die Ohren. Durch einen Vorhang von schimmerndem Haar sieht sie den Himmel und die umherflatternden Tauben. Das wöchentliche Waschen und Färben der Haare ist die einzige Gelegenheit, Giulias ständiger Bevormundung, dem Geschwätz der alten Weiber und der Aufdringlichkeit Vaschas und Speranzas zu entrinnen, die von Balkon zu Balkon Erlebnisse und Schönheitsgeheimnisse austauschen möchten. Nur hier, halbnackt auf dem glühendheißen Dach, vom eigenen Schweißgeruch und dem starken, würzigen Balsamduft betäubt, vom Licht geblendet und von der Hitze ermattet, fühlt sich Tullia frei. Sie summt ein Lied, um auch noch die Erinnerung an die Stimme ihrer Mutter zu verscheuchen, und läßt die Holzpantoffeln an ihren Zehen hin und her baumeln. Sie nimmt ihre Schreibschatulle auf den Schoß und greift zu einem neuen, scharfen Gänsekiel.

Eines Tages war zwischen den vertrauten Besuchern und den neu eingeführten Gästen plötzlich jener Unbekannte in ihren Empfangsräumen erschienen, der Begleiter Messer Pietros. Ein dunkler Blick, der alles sieht, wenige Worte, kein Lächeln. Was sie vor allem tief beeindruckte: als es später zu dem verhängnisvollen Streit kam, stellte er sich auf die Seite des Schwächeren, des Spaniers.

Giulia legt großen Wert darauf, daß ihre Tochter höfische Manieren zeigt und ihre Bildung hervorkehrt, um den Empfängen den Charakter eines Liebesmarktes zu nehmen.

«Komm, Tullia, ein Gedicht, ein Lied auf der Laute oder Harfe, ein Tanz, eine Rosina oder Pavane, sprich über Dante oder Plato, bring ein Gespräch in Gang, steh nicht herum, als ob dich das alles hier nichts anginge.» Tullia verzieht kurz mißmutig das Gesicht, sagt dann aber laut und mit einem Lächeln: «Was meint Ihr, Messer Strozzi, hat Petrarca in seinem Werk viel von den älteren provenzalischen und toskanischen Dichtern übernommen?» Applaus, bravo, Tullia versteht es, nicht nur den Sinnen, sondern auch dem Geist zu schmeicheln. Um sie herum bildet sich ein Kreis. Pflichtschuldig hält Tullia die Diskussion in Gang. Sie ist sich ständig des wachsamen Blicks der Mutter bewußt, die aus einer strategisch gewählten Ecke den Saal überblickt.

«Die Gedanken anderer zu übernehmen ist eines großen Dichters unwürdig.»

«Petrarca hat nicht mehr und nicht weniger von seinen Vorgängern gestohlen als die Spanier von uns. Sie tragen unsere Barette, stecken sich aber Spangen und Medaillen daran und bezeichnen diese Tracht nun als spanische Erfindung.»

«Die Spanier haben sich aber noch mehr angeeignet als nur unsere Kopfbedeckungen...»

«Che dizis vos, segnor, de los Espagnoles?»

Ach Gott, unter den Besuchern ist heute ja ein Spanier! Giulia wedelt von weitem zornig und warnend mit ihrem Fächer. Ein Gast in ihrem Haus beleidigt! Petrarca ist vergessen, nun geht es um Politik. Ein Wortgefecht, Beschimpfungen und dann die Aufforderung, den Streit draußen auszutragen. Messer Pietros Begleiter pflichtet dem Spanier bei. Die beiden gehen als erste. Binnen einer Viertelstunde haben sich die Räume der Kurtisane geleert. Zurück bleiben nur die erboste Giulia, die ein Durcheinander von zerbrochenen Gläsern und umgefallenen Stühlen zu beseitigen hat, und ein Liebhaber Tullias, der alles bezahlt. In seinen Armen denkt sie noch an den jungen Mann. Warum hat er nicht mit ihr gesprochen, nicht wie die anderen um eine Stunde, eine Nacht mit ihr gebeten? Sie möchte wissen, wer er ist. Ihre Mutter winkt auf alle Fragen achselzuckend ab: Denk nicht mehr an ihn. Daß der nichts für uns ist, habe ich mit einem Blick gesehen. So ein dunkles, unfreundliches Gesicht, so eine steife Haltung. Läßt du dich davon beeindrucken? Ich wette, er ist der neue Ganymed von Messer Pietro. Der ist ja mit allen Wassern gewaschen.

Aber die Gedanken sind frei. Was Tullia wissen möchte, soll ihr nun Messer Pietro sagen. Er ist der Hausfreund, der Berater, der Vertraute. Ein Mann von Welt, ein Höfling, der jeden in und außerhalb von Rom kennt, der über alles unterrichtet ist und mehr Einfluß hat, als so mancher ahnt. Dabei kann er auch stundenlang über Frauendinge plaudern: Kleider, Rezepturen, Herzensangelegenheiten. Man muß ihn nur bitten, und er bringt einen steinreichen Kunden oder auch eine Wahrsagerin ins Haus, er weiß, wie man sein Geld am besten anlegt, er kennt für alles und jedes die besten Quellen, er sprudelt über von Witzen und Neuigkeiten und spannenden Klatschgeschichten – er ist ein kleines Wunder, und besonders Giulia kann von alledem nicht genug bekommen. Daß vieles bei ihm nur Fassade ist, hatte Giulia gleich durchschaut, aber was macht das schon... man muß Respekt haben vor jemandem, der sich am päpstlichen Hof so emporgearbeitet hat – ein Vorbild, Tullia! – und was für ein Kamerad, was für eine Stütze und nie versiegende Quelle der Unterhaltung ist dieser Messer Pietro! Er erscheint morgens oder am frühen Nachmittag, wenn die Frauen Siesta halten und die Tür für jeden anderen Mann geschlossen ist. Er stört sich nicht an unfrisierten Haaren, heraushängenden Leibchen, hastig zugeschnürten Röcken. In seiner Gegenwart kann man ungeniert essen, schlafen und sich schminken. Er nascht mit ihnen von den Süßigkeiten und vom Wein, schnuppert an Pomaden und Parfums, legt die Beine auf den Tisch und faulenzt, summt ein Lied, führt Kartentricks vor, spielt mit Tullias Äffchen.

«Ja, mein neuer Freund ist ein merkwürdiger junger Mann. Man sollte ihn im Auge behalten. Ein Rätsel, und deshalb um so faszinierender. Aber es gibt kein Rätsel, das sich nicht am Ende doch lösen ließe. Ist er nur unsicher und tut sich deshalb wichtig, oder ist er eine Schachfigur in den Händen eines Mächtigen, dieser Giovanni Borgia?»

«Wie, was, ein Borgia? Giulia hat in ihrer besten Zeit zum Glanz der Feste Papst Alexanders und seines Sohns Cesare beigetragen. Dio, so etwas Großartiges hat es seither nicht mehr gegeben. Wißt Ihr, Messer Pietro, daß ich im Vatikan auf dem Kastanienfest war? Fünfzig Römerinnen, natürlich die schönsten. Auf allen vieren mußten wir splitternackt zwischen Kandelabern mit brennenden Kerzen über den Boden kriechen... Es war ein Wettstreit, bei dem es galt, die meisten Kastanien aufzusammeln. Eine Idee von Il Duca. Was haben wir gelacht! Aber Ihr kennt die Geschichte ja, ich habe sie schon öfter erzählt.»

«Zu oft, Mutter...»

«Halt du den Mund, Tullia. Die vornehme Dame kannst du auf deinen Empfängen spielen, wo du damit imponieren kannst. Erzählt mir mehr über diesen Borgia, Messer Pietro; ein Blutsverwandter von Papst Alexander und Il Duca? Dacht' ich mir's doch, eines der vielen namenlosen Söhnchen... Kein Geld? Die Borgias waren doch sagenhaft reich.»

Messer Pietro erhebt in einer vielsagenden Geste die Hände. «Unser Freund hat die Eigenschaften seiner illustren Vorfahren, er versteht es, sich mit einer Aura des Geheimnisvollen zu umgeben. In der Kanzlei des Vatikans wird über niemanden so viel geredet wie über ihn. Er tut so, als ob er es nicht merkt, geht schweigend seine eigenen Wege und schürt so immer neue Vermutungen. Ob du ihn zum Reden bringen könntest, Tullia mia? Vielleicht würde er ja in deinen Armen genauso mitteilsam wie Messer Strozzi. Hast du eigentlich deinem Florentiner schon etwas entlockt, mein Täubchen? Du weißt schon, was ich meine.»

Tullia kann nicht mit einem zornigen Ruck den Kopf in den Nacken werfen; die Solana läßt sich ebensowenig abschütteln wie der Gedanke, der sie beunruhigt. Sie ist unter ihrem großen Hut gefangen; so wie sie das Gewicht des nassen Haars ertragen muß, ist sie auch dem Ehrgeiz Giulias und der Neugierde Messer Pietros ausgeliefert, der hinter die politischen und geschäftlichen Geheimnisse der Herren kommen möchte, die sich ihre Gunst kaufen.

Aus der Zeit am Hof ihres Vaters, des Kardinals, ist sie es gewohnt, nur Umgang mit vornehmen Männern zu haben; darum nimmt sie die Huldigungen von Edelleuten, Prälaten und Bankiers auch jetzt noch wie selbstverständlich entgegen. Giulia verweigert außerdem jedem den Zutritt, dessen Rang und Reichtum nicht höchsten Anforderungen entsprechen. Messer Pietros Interesse an ihren Verehrern hat jedoch andere Gründe. Giulia spornt ihre Tochter an, auf die Wünsche des treuen, wertvollen Hausfreundes einzugehen: Für seine Hilfsbereitschaft müssen wir ihm doch auch einmal einen Dienst erweisen!

Es hat schon seine Gründe, daß man in Rom Tullias Geistesgaben rühmt. Man kann mit ihr im Bett über Politik und Geldangelegenheiten reden, ihr jedes nur erdenkliche Problem anvertrauen, und das erhöht ihr Ansehen. Strozzi, der florentinische Gesandte, nennt sie Aspasia, denn wenn er ihr sein Herz ausschüttet, gibt sie ihm das Gefühl, ein Alkibiades zu sein. Es liegt an ihr, daß er sich nicht um die Weisungen aus Florenz kümmert und seinen Aufenthalt in Rom immer wieder verlängert. Er ist verliebt und möchte sie später in seine Heimatstadt mitnehmen; Giulia sieht jedoch keinen Vorteil in einem solchen Verhältnis, solange Tullia noch jung ist. Strozzi erscheint also weiterhin mit großzügigen Geschenken und einem Herzen voll Kummer und Sorgen, das er nur bei Tullia erleichtern kann. Sie ist die Midasgrube, in die er flüstert, was ihn bedrückt: die Boshaftigkeiten seiner eifersüchtigen Frau in Florenz, der zähe Verlauf der ihm anvertrauten diplomatischen Verhandlungen, seinen Ärger und seine Unruhe über die allgemeine Lage, seine republikanische Abneigung gegen die Medici, die – wie lange wohl noch? – Florenz regieren.

Messer Pietro wartet begierig auf das Echo dieser nächtlichen Gespräche und gibt Tullia Anweisungen für die nächsten Begegnungen. «Tullia, mein Juwel, ich bin gern über alles unterrichtet. Ich weiß zwar schon viel, aber ich kann leider nicht überall zugleich sein. Erwähne Strozzi gegenüber, du hättest gehört, sein Freund Messer Niccolò Machiavelli sei in Rom. Diesen Namen zu kennen ehrt dich; wenn du ihn nennst, gibst du dich als Frau mit fortschrittlichen Ideen zu erkennen. Bring das Gespräch auf Messer Girolamo Morone, den Kanzler von Mailand. Zeig dich besorgt um das Schicksal unseres teuren Italien, vergleiche es mit einem Stück Fleisch, um das sich zwei Hunde balgen, die es dabei in Stücke reißen. Vermutlich wird Strozzi dir dann mehr erzählen…»

Messer Pietro kennt Tullias Schwachpunkt. Sie bildet sich mehr auf ihren Verstand als auf ihren Körper ein. Aber das ist nicht nur Eitelkeit. Der Geist befreit, adelt. Je mehr Tullia sich vorkommt wie ein willenloser Gegenstand, mit dem alle nach Belieben umgehen – ihre Mutter, Messer Pietro, die Verehrer –, desto inbrünstiger sehnt sie sich nach Freiheit und Vornehmheit. Etwas in ihr sträubt sich gegen die Berührungen ihres Körpers, gegen die Bevormundung ihres Willens und ihrer Gedanken. Sie empfindet es als Schmach, zur Untätigkeit gezwungen zu sein. Wissen bedeutet

Macht, die Phantasie aber ist jene magische schöpferische Kraft, die alle Fesseln sprengt. Eine Kurtisane kann noch so reich und berühmt sein, sie bleibt doch immer ein Instrument der Lust. Lust, die man über sich ergehen lassen muß, ist demütigend. Eine Künstlerin dagegen, die heute diesen, morgen jenen bei sich duldet – weil sie liebt oder weil sie leben muß, was macht das schon für einen Unterschied? –, kann sagen, sie *verschenke* ihre Gunst. Tullia möchte, daß ihr Wert nicht von den Männern abhängt, die sie besitzen. Sie möchte ihrem Leben einen Sinn geben, der außerhalb dieses fast mechanisch vollbrachten Dienstes an einer Gottheit liegt, an die sie nicht glaubt. Der verbissene Ernst, das nie nachlassende Interesse ihrer Mutter am Gewerbe der Kurtisane erfüllen Tullia mit Ungeduld und Verachtung.

Die Hitze auf der Dachterrasse, das Gewicht des Waschhuts und der nassen Haare erträgt sie gern für einen Tag ungestörter Einsamkeit. Mit der Schreibschatulle auf den Knien und einer Feder in der Hand hält sich Tullia für eine Dichterin und Gelehrte. Ihre Verse sind gar nicht so schlecht, in Siena erfuhren sie sogar eine gewisse Verbreitung. Tullia besingt den Frühling, die Liebe und die Vergänglichkeit aller Dinge in einer Sprache, die reich an mythologischen Bildern ist, wie sie jeder Dichter von den Alpen bis Kalabrien verwendet. Strozzi hat aus Höflichkeit die besten Oden und Stanzen auswendig gelernt, und Messer Pietro, weniger ehrlich, aber redegewandter, bezeichnet sie als kleine Meisterwerke und nennt die Dichterin eine zweite Sappho. Aspasia, Sappho, Frauen von Genie, das sind Tullias Vorbilder. Sie wird ihre Gedichte drucken lassen. *Divae Tulliae Aragonensis Opera*, in vergoldeten Lettern auf einem Pergamenteinband, welch ein Triumph! In ihrem Werk wird sie auch dann noch bewundert und verehrt werden, wenn ihr Körper erschöpft und ihr Gesicht unter der Schminke für immer verblüht ist. Tullia glaubt so leidenschaftlich an ihr Talent, daß jeder heimliche Zweifel im Keim erstickt wird. Jeder vermeintliche Kenner der Poesie, der ihre Gedichte lobt, hat bei ihr gewonnen. Messer Pietro läßt sich nicht lange bitten und schreibt ausführliche

Betrachtungen über Tullias Verse, die sie während der Stunden auf dem Dach und in den seltenen einsamen Nächten fabriziert. Auch wenn Tullia dieser Begeisterung nicht ganz traut, ist sie um jedes Krümchen Nahrung für ihre Selbstachtung dankbar. Als Gegenleistung redet sie mit Strozzi über Politik, so oft es Messer Pietro von ihr verlangt. Giulia duldet die Schreibschatulle in den Händen ihrer Tochter nur, wenn ein Brief abgefaßt werden muß. Verse vorzutragen ist ein Talent, das eine Kurtisane ziert, aber wozu Verse schreiben, wo es doch in Rom genügend Dichter gibt.

Hoch oben auf dem Dach, unter dem Waschhut nach Atem ringend, ist Tullia wenigstens eine Zeitlang von den Bädern, Massagen und komplizierten Schönheitsbehandlungen befreit, denen sie sich sonst täglich unterziehen muß. Sie schreibt ein Gedicht über einen Blick aus dunklen Augen, der glutvoller ist als die Sonne, und denkt dabei an Messer Pietros Freund. Die eigenen Strophen verwirren sie; sie seufzt unruhig, wischt sich den Schweiß von Gesicht und Armen und zeichnet Figuren auf den unbeschriebenen Teil des Blattes: eine Sonne, einen Lorbeerkranz, ein Herz, aus dem Blut tropft. Messer Pietro hat ihr sein Ehrenwort darauf gegeben, daß ihm dieser junge Mann nicht die Dienste eines Ganymed erweist.

«Der träumt von schönen Frauen, von der Marchesa von Pescara, wenn ich mich nicht irre, seit jenem Abend in diesem Haus vielleicht ja auch von dir, wer weiß? Was mich betrifft, ich habe mein Leben geändert, wußtest du das nicht? Ich habe mich zu jener Art von Liebe bekehrt, die du und deine Freundinnen so reizvoll zelebrieren.»

Was macht Giovanni Borgia für Tullia so anziehend? Sein Blick, aus dem verhaltener Ingrimm und heimliche Auflehnung sprechen, der Eindruck, daß er vollkommen auf sich selbst gestellt ist. Allein, aber wehrhaft, allein, aber frei – das ist in Tullias Augen ein Vorrecht, neben dem alles, was sie als Kurtisane jemals erreichen könnte, verblaßt.

Sie hat gehört, daß er eine Anstellung im Gefolge des Kanzlers von Mailand hat, eine Information, mit der sie etwas anfangen kann, denn von Strozzi weiß sie – geheim, geheim! –, in welcher Mission Morone nach Rom gekommen ist. Messer Pietro, dem sie wiederum zahlreiche Einzelheiten zugetragen hat, versäumt nicht, sie darauf hinzuweisen, daß auch Morones nächste Umgebung – Messer Giovanni nicht zu vergessen – von den Früchten ernten wird, wenn Morones Unternehmen gelingen sollte. Tullia ist nun unruhig. Sie geht wie eine Gefangene in den Räumen ihres Hauses auf und ab. Mehr denn je leidet sie darunter, daß sie zwischen den weichgepolsterten Sesseln, den mit Kerzenleuchtern und kostbaren Trinkgefäßen beladenen Tischen, den Teppichen mit Quasten und Fransen und den vergoldeten Spucknäpfen tatsächlich wie eingekerkert ist. Sie kann nur hinaus, wenn sie sich in ihrer Sänfte prunkvoll aufgeputzt durch die breitesten und belebtesten Straßen Roms tragen läßt oder – ganz selten einmal – von einem halben Dutzend Verehrer eskortiert einen Ausflug zu einem Weinberg draußen vor der Stadt unternimmt.

Mit Giovanni Borgia wechselte sie an jenem Abend nur einen Blick. Er stand an die Wand gelehnt da, in einiger Entfernung von den anderen, als ob er gekommen sei, sie und ihre Gäste zu besichtigen, so wie man in einer Menagerie sonderbare, possierliche Tiere betrachtet. Ein Mann, der die Marchesa von Pescara verehrt, meint vielleicht, auf eine Kurtisane herabblicken zu können. Weiß er denn nicht, daß auch sie Gedichte schreibt, und das sicherlich nicht schlechter als diese Colonna, die er so bewundert, wie Messer Pietro sagt? Kenner der Poesie haben es ihr versichert. Sie könnte ihm aber noch mehr über jene andere erzählen: Sie ist kalt wie Stein. Ihr Gatte flüchtet vor ihr, sie weiß nichts von Liebe. Diese Colonna, die sie um ihren aristokratischen Stolz, ihre makellose Abstammung und ihren Dichterruhm beneidet, diese Frau, die alles ist, was sie, Tullia, gern wäre, gäbe vielleicht Himmel und Erde darum, das zu können, was Tullia kann, nämlich gefallen.

Wenn er jemals wieder zu ihr kommt, dieser Giovanni Borgia –

und er muß kommen, weil sie es so will –, wird sie ihm freiwillig geben, was kein Mann jemals von ihr hat kaufen können: unverstellte Leidenschaft.

Sie kann sich dieses Gefühl selbst nicht erklären. Jeden Abend sucht sie ihn vergebens unter den Gästen. Wenn sie schließlich nach ihm fragt, lacht Messer Pietro vielsagend: «Mein Täubchen, er ist nicht reich genug, um einer Frau wie dir gebührend den Hof zu machen. Vielleicht ist ihm Fortuna gnädig, wenn Messer Morones kühner Plan gelingt. Wenn ich alles das wüßte, was Strozzi weiß, würde ich mit Hilfe meiner Beziehungen zum Hof einen guten Ausgang der Dinge beschleunigen... Aber mich zieht dieser verliebte Florentiner ja nicht ins Vertrauen. Hör zu, bella mia, falls es doch so wäre, würde ich ihn fragen...»

Tullia merkt sich die Fragen und versteht es, sie im richtigen Augenblick zu stellen. Sie führt ihre Aufgabe mit größerem Eifer aus als früher, denn sie hofft, daß ihr Weg irgendwann den Pfad Giovanni Borgias kreuzen wird. Zum erstenmal ist Strozzi beunruhigt: «Schwöre mir, Tullia, daß das, was ich dir sage, unter uns bleibt.»

Tullia lächelt, und Strozzi küßt ihr die erhobene Hand, bittet sie für seine Aufregung um Verzeihung, aber er habe sich nicht mehr in der Gewalt. Hör zu, Tullia, große Veränderungen stehen bevor, Italiens Rettung naht...

Als Messer Pietro das nächste Mal kam, entwischte sie den alten Frauen und lief ihm auf bloßen Füßen sogleich entgegen, Gesicht und Hals noch mit einem Balsam bestrichen, der die Haut hell machen soll. Der Marchese von Pescara für die italienische Sache gewonnen! Das hat Strozzi von jemandem erfahren, der es direkt aus Messer Girolamo Morones Mund gehört hat. Messer Pietro schnippt jedoch nur ungeduldig mit den Fingern: «Das weiß ich schon seit Tagen. Ganz Rom redet davon, dafür hättest du deinen Florentiner nicht mit deinen Liebeskünsten beglücken müssen. Verflucht, bringen deine Küsse nicht mehr ein als altbackene Nachrichten?»

Später kam er in das Zimmer, wo sie für den Abend zurechtgemacht wird. Im Spiegel sieht sie ihn hinter sich auftauchen. Tullia lächelt nicht und bleibt unfreundlich, auch nachdem Messer Pietro den Blick auf ihre Schultern und Brüste schöner genannt hat als die Aussicht auf die sieben Hügel Roms. Sie hat sich geschworen, ihm nie mehr einen Gefallen zu tun. Soll er doch Spitzel in Dienst nehmen, die gegen Geld Geheimnisse auskundschaften und weitererzählen. Tullia ist nicht dumm. Sie weiß, daß Messer Pietro heuchelt, wenn er mit dramatisch zum Himmel gerichtetem Blick vom unglückseligen, unterjochten Italien redet. Er ist so faszinierend, gleichzeitig aber auch so unaufrichtig wie ein virtuoser Schauspieler. Sie hat ihm einen Dienst erwiesen, ohne jemals zu fragen, wozu er die Informationen braucht, die sie ihm verschafft. Aber sie ist nicht bereit, sich Grobheiten gefallen zu lassen. Schließlich ist sie weder seine Tochter noch seine Geliebte oder seine Dienstmagd. Sie läßt sich nicht länger von ihrer Mutter und Messer Pietro bevormunden, diesen beiden Blutsaugern. Fortan wird sie nach ihren eigenen Vorstellungen leben. Sie hat sich von den beiden benutzen lassen, nun wird sie den Spieß umdrehen.

Im Spiegel begegnet sie Messer Pietros zerknirschtem, dabei aber neugierigem Blick. Sein gepflegter schwarzer Bart berührt ihre Schulter. «Bist du mir böse, liebe Tullia? Da ist ein seltsames Funkeln in deinen Augen. Wenn ich zornig bin, sage ich unfreundliche Dinge. Bitte vergiß es. Für mich steht viel auf dem Spiel. Ich muß über alles im Bilde sein. Ich muß meinen Ruf wahren.»

Tullia beugt sich schweigend zum Spiegel und steckt sich die Ohrringe mit den tropfenförmigen Perlen an. Als Messer Pietro hilfsbereit eine Locke zur Seite streichen will, weicht sie seiner Hand aus. Er runzelt die Brauen. «Ist das nicht mehr erlaubt? Darf ich dir nicht mehr helfen, wenn du dich für deinen Bankier schönmachst?»

Tullia sieht ihn unverwandt an, bis der Spott aus seinem Blick gewichen ist.

«Hör zu, Tullia. Strozzi sieht die Dinge einseitig. So einfach ist die Sache nicht. Er hält sich für einen Freund und Vertrauten Morones und Machiavellis, aber ich bezweifle, daß diese gerissenen Herren ihre wirklichen Absichten vor unserem Florentiner offenlegen. Hinter dem Ganzen steckt offenbar mehr, als Strozzi ahnt. Es ist außerordentlich wichtig, daß ich über alles im Bilde bin. Wir müssen jemanden aus Morones nächster Umgebung finden, am besten einen der Herren aus seinem Gefolge. Da wirst du mir doch wohl recht geben?»

Das Zwinkern, mit dem er ihr Spiegelbild ansah, entging Tullia nicht. Sie reagierte nicht darauf und fuhr in aller Seelenruhe damit fort, Wangen und Stirn mit einer Mixtur aus roter Pomade und Sublimat zu bestreichen. Er scharwenzelte weiter um sie herum, plauderte und scherzte unablässig mit Giulia und den alten Frauen, warf dabei aber forschende Seitenblicke auf die schweigsame Tullia.

Sie öffnet die Schreibschatulle wieder und überfliegt noch einmal ihre neuen Verse, die Augen im grellen Licht halb zugekniffen. Doch die Worte kommen ihr nichtssagend und blutleer vor im Vergleich zu der in ihr angestauten Unrast. Sie ist sich nun sicher, daß die so ersehnte Begegnung bevorsteht. Sie spürt eine Schwere der Glieder und eine ungewohnte Spannung der Nerven. Zum erstenmal haben die Liebeskünste und Liebkosungen, die sie pflichtgemäß erlernt und angewandt hat, einen Sinn und sind sogar verlockend.

Die Luft über dem Flachdach flimmert in der Hitze, und die Glut dringt durch die Poren ihrer Haut; alles in ihr wird Flamme. Sie kennt dieses Gefühl; es ist eine Warnung, sie muß nun vor der Sonne fliehen. Tullia klopft auf die Dachluke. Eine der alten Frauen öffnet und hilft ihr, über eine Leiter ins Haus hinabzusteigen. Schwindlig, halbnackt, die hastig heruntergerissene Solana in der Hand, das heiße, matt glänzende Haar wirr um Kopf und Schultern hängend, betritt sie das Zimmer, in dem sie ihre Mutter vermutet. Sie ist noch vom grellen Sonnenlicht geblendet. Erst nach einer Weile entdeckt sie Messer Pietro und seinen Begleiter.

«*Ecco la bella!* Ich habe Messer Borgia mitgebracht!»

Sie sucht den Blick, den sie seit der ersten Begegnung nicht mehr vergessen konnte, sieht jedoch, daß er nur Augen für ihre üppigen rotblonden Haarsträhnen hat, die sich wie Schlangen ringeln, die Glut der Sonne ausstrahlen und intensiv nach Kräutern und Jasminöl duften. Messer Pietro nimmt eine Locke zwischen Daumen und Zeigefinger und reibt das Haar mit der Geste eines Sachverständigen hin und her. «Schön, schön! Nicht zu trocken, nicht zu rot... keiner anderen Frau in Rom gelingt das so meisterhaft.»

Giulia bringt Wein und süßes Gebäck. Der Klang ihrer Stimme verrät, daß sie ihren Unmut nur aus Neugierde unterdrückt; es ist ihr anzumerken, daß sie mit diesem Besuch nicht einverstanden ist. Über das Tablett hinweg schaut sie böse und voller Mißtrauen jenen Mann an, der sich nicht an das vorgeschriebene Zeremoniell hält und ohne sich vorzustellen und mit ihr zu verhandeln, noch dazu außerhalb der festen Empfangszeiten, im Kielwasser von Messer Pietro in ihr Haus einzudringen wagt. So will sie wenigstens im Gespräch die Oberhand behalten.

«Ich erzähle Messer gerade, daß du deine Haare mit der gleichen Methode bleichst wie seine Verwandte damals, Madonna Lucrezia. Ich kannte sie persönlich, müßt Ihr wissen, ich war früher oft im Vatikan. Dio, welch eine Pracht, dieses Haar. Sie trug es immer offen. Das Haar meiner Tochter ist auch schwer und lockig, ein Wunder, daß es so etwas ein zweites Mal geben kann...»

Messer Pietro weiß natürlich auch bei diesem Thema mitzureden.

«Kein Haar war damals in Italien so berühmt wie das von Lucrezia Borgia. Es heißt, Madonna hätte selbst Gott und den Teufel warten lassen, wenn sie sich das Haar bürstete oder blondierte. Gefährliches Haar noch dazu. Unter anderem für einen gewissen Strozzi, einen Blutsverwandten deines Florentiners, Tullia, der in Ferrara niedergestochen wurde, weil er es gewagt hatte, ihrem Liebhaber Bembo eine Locke der Frau Herzogin zu überbringen.»

Tullia schüttelt mit einer heftigen Bewegung die Haare zurück, bindet sie zusammen und schlingt sie zu einem dicken Knoten. Welch ein seltsames Quartett dort in dem halbdunklen, kleinen Zimmer. Durch die geschlossenen Läden dringen dünne Streifen Sonnenlicht. Messer Pietro ergeht sich in Doppeldeutigkeiten und Anspielungen, aber die starrköpfige Giulia ist nicht bereit, seinem Wink zu folgen und die beiden allein zu lassen. Tullia schweigt abwartend; sie hört das Blut in ihren Ohren rauschen. Nun sitzt er ihr also endlich gegenüber, und aus seinem Blick spricht Verlangen – doch sie weiß es schon, dieses Verlangen gilt nicht ihr.

VITTORIA COLONNA

*D*aß Morone ihren Gemahl um eine Unterredung bat, hatte sie zunächst nicht verwundert. Sie wußte, daß sich Pescara und der Kanzler von Mailand kannten. Es befremdete sie auch nicht, daß er mit großem Gefolge kam, was dem Treffen einen offiziellen Anstrich gab. Schließlich war es kein Geheimnis, daß sich der Kaiser bereit erklärt hatte, den jungen Sforza unter bestimmten Bedingungen mit dem Herzogtum Mailand zu belehnen. In kaiserlich gesinnten Kreisen war Morones geschicktes Feilschen schon sprichwörtlich. Seit er im Namen Sforzas mit den spanischen Gesandten verhandelte, wurde der Kaiser zu immer neuen Zugeständnissen gezwungen. Nach dem Fall Pavias hatte sich Morone auch mehrmals an Pescara gewandt. Im Grunde war es nur selbstverständlich, daß er sich um die Vermittlung des wichtigsten kaiserlichen Befehlshabers bemühte. Vittoria sah es als günstiges Zeichen an, daß ein Mann wie Morone, der durch seine Position gut informiert war, Pescaras Einfluß in Madrid noch immer hoch veranschlagte. Sie nahm es als Beweis, daß die Spannungen zwischen ihm und dem Kaiser offenbar doch nicht so ernst zu nehmen oder zumindest noch nicht nach außen gedrungen waren. Sie glaubte auch zu wissen, warum Pescara darauf bestanden hatte, Morone trotz seines Blutsturzes sofort zu empfangen. Er war dem Kanzler von Mailand besser gewachsen als die anderen Wortführer des Kaisers. Jeder diplomatische Gewinn könnte ihm dazu verhelfen, die Gunst zurückzuerlangen, die er verloren glaubte.

Nach der Unterredung, die lange dauerte, wartete sie auf Morone, um ihn hinauszugeleiten. Obwohl sie nicht dazu verpflichtet war, hielt sie es für angebracht, den Besuch durch diese höfliche Geste zu beschließen. Wenn Pescara Schmerzen hatte, war er heftig und mißtrauisch und machte ohne Anlaß spöttische und beleidigende Bemerkungen. Deshalb forschte sie in Morones Miene nach Anzeichen von Unmut, fand jedoch das Gegenteil. Als er sie sah, fiel er auf die Knie, küßte die Hand, die sie ihm reichte, und sprach zu ihr mit feierlicher, vor Ergriffenheit bebender Stimme. Er beglückwünschte sie zur Genesung ihres Gatten; man sehe ja, daß der Marchese die Folgen der bei Pavia erlittenen Verletzungen vollkommen überwunden habe. Nur mit Mühe konnte Vittoria ihr Erstaunen verbergen; sie wunderte sich weniger über Morones Haltung als über seine Worte. Sie sah ihn an, um herauszufinden, was ihn dazu bewegen mochte, die Wahrheit so grob zu entstellen. Aber der Kanzler von Mailand überschüttete sie nun mit Komplimenten: beim Anblick Madonnas sei ihm gewesen, als habe er ein helles Licht aufgehen sehen. Obgleich er gewußt habe, daß er die schönste und begabteste Frau Italiens zu sehen bekäme, die edle Vittoria Colonna, die sich dem Ideal des Friedens verschrieben habe, sei er erst jetzt, da er ihr von Angesicht zu Angesicht gegenüberstehe, von der Wahrheit dieser Worte überzeugt... und mehr noch: eine innere Stimme sage ihm, daß sie erfolgreich sein würde, wo mächtige, tapfere Männer versagt hätten.

Vittoria hörte ihm schweigend zu, verwirrt und auch ärgerlich über das überschwengliche Lob und die Anspielungen auf ein Bestreben, an das sie nur mit Scham über ihre eigene Ohnmacht zurückdachte. Ihr dämmerte, daß hinter Morones Schmeicheleien eine Absicht stecken mußte. Was wollte er von ihr? Über seine Schulter hinweg sah sie auf die Leute seines Gefolges, die in einiger Entfernung reglos dastanden und warteten, bis der Kanzler ausgeredet hatte. Einer der Männer verbeugte sich, als ihr Blick auf ihn fiel, und sie spürte, daß er sie auch danach weiterhin anstarrte. Sie forschte in ihrem Gedächtnis: Habe ich dieses Gesicht nicht schon einmal gesehen? Der unverwandte Blick irritierte sie und verstärkte das Gefühl des Unbehagens, das Morones Verhalten in ihr geweckt hatte.

Als die Gesellschaft aufgebrochen war, ging sie sofort zu Pescaras Gemach. In den Vorräumen fand sie weder Diener noch andere Leute des Gefolges. Pescara saß mit dem Rücken zum Fenster an einem Tisch. Ein mit rotem Stoff bespanntes Holzgitter dämpfte das Mittagslicht. Er hörte sie nicht hereinkommen. Als sie vor ihm stand, blickte er auf, als hätte sie ihn aus dem Schlaf gerissen.

Seit heute morgen ist Ferrante völlig verändert. Die äußere Gestalt des Mannes, der dort sitzt, sieht dem Ferrante, den ich kenne, täuschend ähnlich, doch im Innern, unter der zerbrechlichen Hülle, ist alles aufgewühlt und aus dem Gleichgewicht. Wäre ich nicht gerade in diesem Augenblick zu ihm gekommen, hätte ich nie etwas davon bemerkt. In seiner Abgeschiedenheit hätte er seine Selbstbeherrschung zurückgewonnen und mich und alle anderen in Unkenntnis gelassen über das, was hinter dieser undurchdringlichen Maske gärt. Nun aber habe ich ihn im Zustand der Wehrlosigkeit überrascht. Jetzt kann er seine innere Zerrüttung nicht mehr vor mir verbergen. Zum erstenmal sehe ich ihn unverhüllt in seiner ganzen Verwundbarkeit. Zum erstenmal nicht die Scheingestalt, sondern, nackt, der Mensch selbst. Seine Stirn ist mit Schweißtropfen bedeckt, sein Blick unstet. Was lese ich darin? Die Qual der Versuchung? Er hat soeben gedacht: Hebe dich hinweg von mir, Satan. Warum? Was wurde hier beredet? Zwischen Ferrante und dem Stuhl, auf dem Morone wahrscheinlich gesessen hat, ist ein breiter Tisch und ein noch breiteres Stück Fliesenboden. Hat Morone wirklich nicht gesehen, was ich sehe, was jedem sofort auffallen muß – daß Ferrante nur noch ein Schatten seiner selbst ist? Diese Wehrlosigkeit macht ihn zugänglicher. Nie, nicht einmal wenn er krank war und unter Schmerzen litt, hat er mich zu sich gelassen, immer hat er Distanz gewahrt. Das ist nun anders. Er schaut mich an, als sähe er in mir die Verkörperung der Kraft, die er verloren hat. Ich lege meine Hand auf seine Stirn, und er läßt mich gewähren. Nie waren wir einander so nahe wie in diesem Schweigen. Er lehnt sich an mich; es ist keine Sinnestäuschung. Diese halbe Umarmung, ohne eine Spur körperlicher Begierde, dieses stille, reglose Lauschen auf den Atem und Herzschlag des anderen: endlich die Gnade. Was macht es, daß meine Tränen auf seinen Kopf und seine Hände fallen. Zum erstenmal braucht er mich.

«Sag nichts. Beweg dich nicht. Du bist erschöpft.»

«Ich darf keine Zeit verlieren.»

«Was beunruhigt dich? Erzähl es mir in wenigen Worten. Widersetzt sich Mailand weiterhin den Forderungen des Kaisers?»

Pescara lachte leise, bekam dabei aber sofort einen Hustenanfall. Sie stützte ihn, während er nach Atem rang.

«Die Forderungen des Kaisers sind gar nicht zur Sprache gekommen.»

«Aber was sonst bezweckte Morone mit seinem Besuch?»

Pescara schob ihren Arm weg und richtete sich auf. «Schau mich an. Stell dich dort neben den Stuhl. So hat Morone mich vor Augen gehabt. Durch dieses magische rote Licht hat er sich täuschen lassen. Er hat mich in aller Aufrichtigkeit zu meiner Genesung beglückwünscht.»

«Und du glaubst wirklich, daß er das ernst meinte?»

«Was auf diesen Glückwunsch folgte, war der Beweis dafür. Er müßte ein vollkommener Narr sein, wenn er mir einen solchen Vorschlag unterbreiten würde, obwohl er sich über meinen Zustand im klaren ist. Und Morone ist alles andere als ein Narr. Allmählich bekomme ich Respekt vor diesem Mann. Mein Seelenheil würde ich ihm nicht gerade anvertrauen, aber er imponiert mir, dieser listige Teufel, dieser Draufgänger!»

«Und was will er?»

«Mich will er. Und zwar nicht umsonst. Was er mir in Aussicht stellt, ist nicht zu verachten. Oberster Feldherr der vereinigten italienischen Streitkräfte. König von Neapel, wenn alles nach Wunsch verläuft. Spreche ich in Rätseln? Also gut: Er möchte, daß ich den Kaiser verrate. Daß ich de Leyva und ein halbes Dutzend anderer Anführer ermorden lasse, meine spanischen Offiziere gefangennehme und die nichtspanischen mit Versprechungen von Ruhm und Kriegsbeute besteche. Er möchte, daß ich die fremden Söldner in meinen Diensten mit dem Geld ködere, das meine neuen Beschützer mir mit ganzen Wagenladungen schicken werden, und daß ich schließlich die Truppen, die meine Befehlsgewalt nicht mehr anerkennen, auflöse und notfalls über die Klinge springen lasse. Nein, Morone ist nicht verrückt. Hinter seinem Ansinnen stehen Mailand, Venedig, Florenz und der Heilige Vater höchstpersönlich. Frankreich hat sich bereit erklärt, auf sämtliche Ansprüche auf italienischen Boden zu verzichten, wenn der Plan gelingt. Kein geringes Opfer... und das nur in der Hoffnung, Seine kaiserliche Majestät stürzen zu sehen. Wenn es dann endlich soweit ist, wenn die Spanier vertrieben und wieder Ruhe und Frieden eingekehrt sind – das eine als logische Folge des anderen, wie die vaterlandsliebenden Herren offenbar meinen –, wird mir Seine Heiligkeit eigenhändig die Krone von Neapel aufs Haupt setzen. Gründer einer Dynastie werden wir nicht mehr, du und ich, Nachkommen sind uns ja nicht vergönnt, aber dennoch... reizt dich diese Ehre nicht?»

«Du kannst das alles doch nicht ernst meinen!»

«Hast du Morone gesehen, als er ging? Er versuchte, sich nichts anmerken zu lassen, aber der Triumph stand ihm ins Gesicht geschrieben.»

«Du hast den Vorschlag doch wohl nicht angenommen.»

«Freiheit und Frieden. Ist das nicht auch dein Ideal?»

«Ich glaube dir nicht. Du scherzt.»

«Scherz nennst du das? Blutigeren Ernst gibt es nicht. Diese Verschwörung gegen den Kaiser ist der Tropfen, der das Faß zum Überlaufen bringen wird. Was nun folgt, ist nicht aufzuhalten.»

«In Gottes Namen, laß es genug sein. Du bist verbittert, weil sie sich erdreistet haben, dich für bestechlich zu halten. Sag mir, wie du Morone abgewiesen hast.»

«Ich habe ihn nicht abgewiesen. Kann man einen solchen Vorschlag abweisen? Nein sagen und Gefahr laufen, daß morgen einer der anderen Feldherren des Kaisers ja sagt, mit allen Folgen?»

«Ich verstehe nicht, was du meinst.»

«Ich muß wissen, welche Garantien mir geboten werden. Ob es Rechtens ist, daß ein ehemaliger Vasall des Kaisers die Krone von Neapel annimmt. Ob die versprochenen Geldsummen für den Unterhalt der Armeen auch sofort ausbezahlt werden, ob ich tatsächlich mit unbeschränkter Vollmacht auftreten kann. Ich muß mehr wissen, alle Einzelheiten und Namen, schwarz auf weiß. Morone versteht, daß ich kein Mann bin, der auf Sand baut.»

Vittoria wich zurück. Sie umklammerte mit beiden Händen die Tischkante in ihrem Rücken. Pescara saß noch immer steif und aufrecht da, die glasigen Augen tief in die Höhlen gesunken, die Zähne höhnisch entblößt. Ein Totenkopf, dachte sie, und dieser Gedanke beschwor einen anderen herauf, der sie noch mehr erschreckte. Sie fiel neben seinem Sessel auf die Knie.

«Du bist krank. Du phantasierst. Laß mich einen Diener oder deinen Leibarzt rufen, damit sie dich ins Bett bringen. Besser noch, darf ich es tun? Stütz dich auf meine Schulter. Du hast Fieber, deine Haut glüht ja.»

Pescara riß seine Hand los, die sie umklammert hatte. «Laß mich in Ruhe. Warum mischst du dich ein? Ich habe dich nicht um deine Meinung gebeten und beabsichtige auch nicht, das zu tun. Bring mir Feder und Tinte und Schreibpapier oder befiel einem Diener, die Sachen zu bringen. Steh auf, diese Haltung geziemt dir nicht. Steh auf, sage ich.»

Vittoria gehorchte schweigend. Sie war wieder unsicher, wie früher stand sie vor einer undurchlässigen Mauer. Sie holte die Schreibutensilien, um die Pescara gebeten hatte, und legte sie vor ihm auf den Tisch.

«Lies mit, was ich schreibe. Es muß unbedingt tadellos abgefaßt sein. Die Sekretäre geht es nichts an. Ein Brief an Seine kaiserliche Majestät in Madrid.»

Über seine Schulter hinweg sah sie auf das Blatt. Ohne zu zögern, schrieb Pescara: «Hieronimo Moron a hablarme por grandes arodeos y ultimamente dezirme que sy yo le prometia la fe de le tener secreto que el me dyria y descubrizia grandes coses...»

Vittoria hielt die Hand fest, die die Feder führte. «Die Rolle des Denunzianten ist unter deiner Würde.»

«Also doch heimliche Sympathie für die Retter Italiens? Bevor ich weiterschreibe, möchte ich gern hören, ob du schon früher von diesem sauberen Plan gewußt hast. Messer Morone fand nicht genug der lobenden Worte über dich. Sinnbild des Sieges, die Säule, auf welcher der Frieden ruht, und noch mehr von derlei blumigen Wortspielen auf deinen Namen. Hat der Papst oder dein Freund Monsignore Giberti dir aufgetragen, mich in dieser Sache zu beeinflussen? Keine Ausflüchte, sag die Wahrheit!»

«Ich schwöre bei Gott, daß ich von alledem nichts weiß. Vielleicht wurden Andeutungen gemacht, aber falls es so war, habe ich sie nicht verstanden. Du vergißt, daß man mir im Vatikan mißtraut. Giberti kennt mich zu gut; er käme nie auf den Gedanken, ich würde meinen Gemahl zum Verrat überreden.»

«Auch nicht um des Vaterlandes willen, das du in deinen Versen als unglückselige, in Ketten gelegte Unschuld darzustellen pflegst? Italia, vergewaltigt von Eindringlingen, vorneweg von den schrecklichen Spaniern. So denkst du doch, gib es nur zu! Dein Blut läßt sich nicht verleugnen. Wie kannst du ein Volk verstehen, das noch den Mut hat, zu glauben, zu entdecken, zu erobern...»

Die geballten Fäuste an die Brust gedrückt, rang Vittoria um Beherrschung. Das Gesicht, auf das sie hinabblickte, war in seiner feindseligen Verschlossenheit nicht wiederzuerkennen.

«Was immer ich mir wünsche und wie immer ich die Dinge sehe, ich würde nie deine Stellung untergraben. Ich stehe hinter dir. Ich muß mit dir am gleichen Strang ziehen.»

Pescara verzog höhnisch die Lippen. «Und doch willst du mich davon abbringen, meinem obersten Herrn zu melden, was man gegen ihn im Schilde führt?»

«Überlaß das den Spionen des Kaisers.»

«Kein Spion könnte jemals soviel in Erfahrung bringen, wie mir nun auf dem Präsentierteller dargeboten wird.»

«Erniedrige dich nicht zu einem Doppelspiel. Nimm Morone gefangen oder halte dich aus allem heraus.»

«Ich bin von Verrat und List umgeben, soll ich vielleicht das Opfer werden? Der Kaiser soll wissen, wer sein treuester und fähigster Diener ist. Es gibt kein besseres Mittel, um ihm endlich die Augen zu öffnen.» Pescara wurde noch blasser und schlug mit der linken Faust krachend auf den Tisch. «Por Dios, gebrauche deinen Verstand! Dieser Plan wurde nicht erst heute oder gestern ausgeheckt. Was für Gerüchte hat man über mich verbreitet, vielleicht absichtlich, um in Madrid Mißtrauen gegen mich zu säen? Was weiß Lannoy, was flüstert er dem Kaiser ein? Pescara ein Verräter. Der Kaiser weiß nur zu genau über seine Versäumnisse mir gegenüber Bescheid. Er wird Lannoy sofort glauben, und sei es nur, um sein Gewissen zu besänftigen...»

Ein langer Brief. Ein logischer Satz folgt dem anderen, eine übersichtliche Schilderung des Komplotts. Morones Vorschlag und die Hintergründe. Ferrante schreibt ohne Pause. Ich kann mich des Eindrucks nicht erwehren, daß er sich nie auf diese Sache eingelassen hätte, wenn er sich seiner selbst vollkommen sicher wäre. Mit diesem Eifer will er offenbar seine eigenen Zweifel unterdrücken. Er ist mit sich selbst uneins. Ich kann nicht vergessen, wie er schaute, als ich ins Zimmer kam. Er war nicht auf der Hut, so wie jetzt. Er muß nahe daran gewesen sein, Morones Vorschlag anzunehmen. Gott vergebe mir diesen Gedanken, aber ich fühle, daß es die Wahrheit ist. Auf einen Schlag alles, was er sich jemals gewünscht hat, die Erfüllung seiner hochfliegendsten Träume.

Heimliches Schuldbewußtsein treibt ihn zu diesem übertriebenen Beweis seiner Vasallentreue. Habe ich recht, oder liegt die Sache doch anders? Haben Krankheit und Verbitterung seinen Stolz so angegriffen, daß er sich nun für solche Dinge hergeben muß, um die Gunst des Kaisers zurückzugewinnen? Er ist sich nicht zu schade, auf Morones Spiel einzugehen. Daß er sich bewußt und willentlich für diese Handlungsweise entscheidet, ist mir unbegreiflich. Sehen Seine Heiligkeit und Giberti denn keinen anderen Weg zum Frieden als den einer Verschwörung? Der Papst muß über den Parteien stehen. Was bleibt von seiner Würde in diesem abgefeimten Spiel? Ein Morone als Wortführer und Vertreter derer, die Italien befreien wollen? Ich war bereit, mich für dieses Ziel einzusetzen, aber solche Mittel lehne ich ab. Es heißt, Politik bestehe im wesentlichen aus Betrug und Verrat. Dann muß ich die Politik ablehnen. Wenn Politik unsere Zeit beherrscht, ist unsere Zeit verflucht, zum Untergang verdammt.

Sie wollen also Ferrante mit der Krone von Neapel für etwas bezahlen, das in seinen Augen im Grunde unverzeihlich ist, die einzige Tat, die lebenslänglichen Ehrverlust nach sich ziehen würde: dem Souverän abtrünnig zu werden. Nur um den Preis der Selbstaufgabe könnte er diese Belohnung annehmen. Was sind das für Leute, die es wagen, ihn in Versuchung zu führen, die eine moralische Niederlage und Korruption in Kauf nehmen, wenn sie nur ihr Ziel erreichen? Auf einer solchen Grundlage kann kein freies, glückliches Italien erstehen. Verdorbene Saat keimt nicht. Wenn diese Welt nicht an ihrer eigenen Verkommenheit zugrunde gehen will, müssen sich die Menschen von anderen Überzeugungen leiten lassen. O Gott, wenn ich doch sehen könnte in der Finsternis und dann Worte finden für das, was ich sah. Wäre ich doch in der Lage, meine Angst und meine Ahnung von kommendem Unheil in Taten umzusetzen!

Ferrante schreibt. Seine Feder gleitet kratzend übers Blatt. Besäße ich doch nur die Fähigkeit, diesen einen Menschen zu ergründen. Wenn ich doch nur mit ihm und für ihn um die Erhaltung seiner Integrität kämpfen könnte. Ich würde an eine bessere Zukunft glauben, wenn ich wüßte, daß dieser Sieg über Ehrsucht, Machthunger und Mißgunst zu erringen wäre. Warum zögere ich noch, dies ist ein Kampf um die Gnade Gottes, der mir mehr entspricht als beten und Almosen austeilen. Als ich nach meinem Eintreten einen Augenblick lang still neben Ferrante stand, hatte ich das Gefühl, endlich erlöst zu sein. Ich glaube nicht, daß das Selbstbetrug war. Warum könnte dies nicht der Beginn einer neuen, anderen Bindung zwischen uns sein? Er braucht mich, auch wenn er es nicht weiß und nicht wahrhaben will. Doch er muß es sich langsam und vorsichtig eingestehen. Daß er mich mit spöttischen Bemerkungen einzuschüchtern versucht, zeigt nur, daß ich mehr Einfluß auf ihn habe, als ihm recht ist.

Die Unterredungen mit Morone werden ihn vorerst an Rom fesseln. Die ganze Zeit wird er in meiner Nähe sein. Ich möchte, daß er mir sein Vertrauen schenkt, vorbehaltlos. Er muß spüren, daß ich seinen tiefsten, innigsten Wünschen dienen möchte.

Vittoria nahm den beschriebenen Bogen, den Pescara zum Rand des Tisches geschoben hatte. Die spanischen Wörter in Pescaras steiler, zorniger Schrift schienen mit dem Schmerz und der Leidenschaft geladen, die er im Gespräch unterdrückte.

«... einen Augenblick lang überlegte ich, ob ich ihn an Ort und Stelle züchtigen lassen sollte, weil er es gewagt hatte, mir einen derartigen Vorschlag zu unterbreiten. Doch dann bedachte ich, daß es nützlicher sein könnte, weitere Einzelheiten in Erfahrung zu bringen. Ich erwiderte also, daß ich tatsächlich Grund zur Unzufriedenheit hätte. Sein Angebot sei nicht gering, aber wenn ich mich von Eurer kaiserlichen Majestät lossagen würde, müsse es in einer Weise geschehen, die eines Edelmannes würdig ist. Ich sei durchaus dazu bereit, und wäre es nur, damit Eure kaiserliche Majestät endlich erkenne, daß auf mich nicht so leicht zu verzichten ist als auf andere, die sie gegenwärtig höher schätzt als mich. Girolamo Morone glaubt nun, daß ich auf seine Pläne eingehen werde. Solche Winkelzüge sind mir eigentlich verhaßt. Nur unter dem Druck der Verhältnisse lasse ich mich darauf ein. Wenn Eure Majestät nicht einzusehen vermag, wie wichtig es in diesem Augenblick ist, in Italien energisch durchzugreifen, heißt das, daß sie von Beratern, denen sie ihr Vertrauen geschenkt hat, falsch unterrichtet wurde...

Angesichts der Macht Eurer Majestät haben die Verschwörer keine großen Aussichten. Dennoch möchte ich Euch die Gefahr nicht verhehlen. Italien fürchtet Euch, aber Eure Armeen werden verabscheut und als Last empfunden. Eure Freunde und Diener hier sind erschöpft und entmutigt. Unbezahlte Soldaten werden zu Überläufern, verbitterte Anführer verlieren ihre Wachsamkeit. Ich beschwöre Euch: Schickt uns Geld und neue Truppen. Der König von Frankreich ist in Euren Händen. Zwingt ihn zu einem Bündnis...

Eure kaiserliche Majestät mögen mir diesen Ton verzeihen. Nur weil ich meinem Souverän dienen möchte, wage ich es, so zu sprechen. Es gilt nun, alles zu gewinnen oder alles zu verlieren...»

Vittoria ließ das Blatt sinken, das raschelnd über ihr Kleid strich.

Ohne sich umzudrehen, streckte Pescara die linke Hand aus.

«Hast du das gelesen?»

«Schick diesen Brief nicht ab. Schreib einen anderen, in dem du Morone nicht erwähnst...»

«Soll ich mich einer derart schweren Unterlassung schuldig machen, nur um dem Bild des edlen Helden ohne Furcht und Tadel zu entsprechen, den meine Frau in mir sehen möchte?» Pescara warf das Papier vor sich auf den Tisch. Seine Faust öffnete und schloß sich krampfhaft. «Dieses Problem läßt sich nicht ohne Betrug lösen. Die Frage ist nun: Welcher Betrug ist der weniger ehrlose? Hier, hör zu, ich stelle mich nicht besser dar, als ich bin.»

Er las mit großem Nachdruck: ««... denn ich weiß genau, daß ich, wie auch immer, Verrat begehe, auch wenn dies nicht geschieht, um mich an Eurer kaiserlichen Majestät zu versündigen, der ich durch meinen Eid verpflichtet bin.› Was sagst du dazu?»

Vittoria antwortete nicht. Pescara hörte, wie sie sich unter leisem Rascheln ihrer Röcke hinter ihm zur Tür entfernte.

«Wenn du weder Königin von Neapel sein willst noch die Gemahlin des kaiserlichen Oberbefehlshabers, des Siegers von Italien... was in Gottes Namen dann?»

«Die Frau von Ferrante d'Avalos, von Pascara, den ich liebe und hochachte.»

Als sich Pescara mit ungeduldigem Achselzucken umsah, hatte sie die Tür schon hinter sich geschlossen.

In den folgenden Tagen mied er sie. Auch sie unternahm keinen Versuch, ihn zu sehen oder mit ihm zu reden. Sie saß im Hof, am Springbrunnen, wo es etwas kühler war. Manchmal leisteten Varano und Madonna Caterina ihr Gesellschaft, öfter aber blieb sie unter einem Vorwand allein. Seit sie sich einmal in ihrer Verzweiflung eine Blöße gegeben hatte, war sie das Gefühl nicht mehr losgeworden, daß ihre Freunde, vor allem Caterina, mehr von ihr erwarteten. Sie drängten sich nicht auf, boten ihr nie unaufgefordert Rat oder Hilfe an, aber ihre Wachsamkeit war nicht zu übersehen. Diese Aufmerksamkeit, die Vittoria vor Pescaras Rückkehr als hilfreich und tröstlich empfunden hatte, engte sie nun ein und erfüllte sie mit einem unbestimmten Schuldgefühl. Wenn sie gemeinsam mit den Varanos in den Paulusbriefen las, schweiften ihre Gedanken ab, und bei den anschließenden Betrachtungen wurde sie müde und unruhig. Die niemals offen geäußerte, aber um so deutlicher spürbare Abneigung des Ehepaares gegen Pescara (die sie in den Jahren seiner Abwesenheit nicht gestört hatte) schuf nun eine Distanz zwischen ihnen. Die milde Gleichgültigkeit Varanos erschien ihr wie eine Maske, hinter der er sie scharf beobachtete, und in allem, was Caterina sagte, glaubte sie einen Unterton von Ungeduld zu hören.

«Wer Augen hat, um zu sehen, und Ohren, um zu hören, und

trotzdem nicht Partei ergreift, sich trotzdem nicht mit ganzer Kraft der Verteidigung von Gottes Wahrheit in dieser elenden Welt widmet, ist verachtenswerter und gefährlicher als der schlimmste Sünder. Wie kann man nur gleichgültig bleiben, wenn es um Leben und Tod unserer Seele geht? Sich mit den Problemen des eigenen Ichs zu befassen, mit seinem Glück oder Unglück, oder der Lust und dem Vergnügen zu frönen, während die Welt zugrunde geht, weil keiner mehr begreift, was es bedeutet, daß Christus für unsere Sünden am Kreuz gestorben ist... das ist leichtfertig, unverantwortlich, ein Verbrechen gegen Gott und die Menschen. Auf uns, die das einzusehen vermögen, kommt es jetzt an. Auf den Besten unter uns ruht die Pflicht, das größte Opfer zu bringen. Besäße ich die Gabe des Wortes wie Fra Matteo, ich würde die Wahrheit auf den Plätzen Roms herausschreien...»

«Die Saat ist ausgestreut, sie wird rasch genug aufgehen», sagte Varano. «Glaub mir, wir tragen das Unsrige dazu bei, es ist sinnlos, den Lauf der Dinge beschleunigen zu wollen. Die Geisteshaltung, gegen die wir uns wenden, bröckelt bereits. Wo zeigt sich das deutlicher als gerade hier in Rom?»

Ich bilde mir ein, daß Varanos und Caterinas Worte mir gelten. Ich habe Ohren, um zu hören, und Augen, um zu sehen, und ich bleibe gleichgültig. Ich bin gerufen worden, und doch komme ich meiner Pflicht nicht nach. Ich möchte glauben, daß die Gnade Gottes das höchste Gut ist, aber ich liebe Ferrante mehr als Gott. Und wenn schon? Zum erstenmal habe ich ihnen widersprochen. Varano hat sich aus Eigennutz auf diese Dinge eingelassen. Caterina hätte ihr leicht entflammbares Temperament unter anderen Umständen in den Dienst anderer Überzeugungen gestellt. Sie sind keine Propheten, keine Verkündigungsengel. *Ihr* Glaube braucht *mich* nicht zu befriedigen. Jedem Menschen sein eigenes Himmelreich, seine eigene Hölle. Jedem sein eigener, einsamer und steiniger Pfad zu Gott. Diese Erkenntnis übermannt mich plötzlich, ich habe das Gefühl, aus vertrautem Boden gerissen zu werden. Wie es auch mit Varano und Caterina bestellt sein mag, an mir haben sie ihre Aufgabe vollbracht. Was sie mit Erklärungen und Ansporn nicht in mir zu wecken vermochten, reift jetzt, nachdem ich mir der Unterschiede zwischen ihnen und mir bewußt geworden bin. Ich habe gar nicht erst versucht, ihnen zu erzählen, was sich in mir verändert hat. Sie verhalten sich so, wie ich es erwartet hatte: Sie gehen auf Distanz.

Die Entfremdung zwischen mir und jenen beiden, die bisher meine Freunde und Vertrauten waren, ist wohl unvermeidlich; fortan muß ich meinen Weg allein gehen. Hier im Hof, zwischen den Mauern des Colonna-Palastes, fühle ich mich mehr als an irgendeinem anderen Ort vollkommen einsam.

Dort: der Flügel, den mein Bruder Ascanio bewohnt. Wir sind uns seit langem fremd. Er bemüht sich krampfhaft darum, eine bedeutende Rolle in der Politik zu spielen, und er kann es nicht ertragen, weniger Macht und weniger Geld zu besitzen, als ihm seines Erachtens zustehen. Deshalb quält er seine Frau und unternimmt heimlich alchimistische Versuche in der Hoffnung, Gold machen zu können. Aus Ehrgeiz möchte er Ferrante und mich unter seinem Dach haben, obwohl er uns haßt.

Auf der gegenüberliegenden Seite: die Gemächer, in denen sich Ferrante aufhält. Nah und doch unerreichbar. Hinter den geschlossenen Läden wartet er auf neue Nachrichten von Morone und auf eine Antwort des Kaisers. Der Kammerdiener und der Leibarzt erzählen mir, wie er seine Zeit verbringt. Er bleibt in seinem Zimmer, sie hören ihn lange auf und ab gehen. Er ißt kaum und kann nachts nicht schlafen. Er hatte wieder einen Blutsturz. Niemand wird zu ihm vorgelassen. Besucher werden mit der Erklärung fortgeschickt, der Marchese sei beschäftigt.

Ich muß stark werden, mich bemühen, alles aus mir zu verbannen, was nicht ausschließlich seinen Belangen dient, also den Dingen, die es ihm ermöglichen, seinem inneren Gesetz treu zu bleiben. Seine Belange, dazu gehört auch die Genesung von dieser Krankheit, die ihn körperlich und seelisch zerrüttet. Wenn ich ihm helfen will, darf ich nichts mehr von ihm verlangen, mir nichts mehr von ihm erhoffen. Ich habe ihn berührt, ich habe es gewagt, von Liebe zu sprechen und seine ganze Hand zu nehmen, als er mir nur einen Finger bot. Die Folge hätte ich voraussehen können: Er stößt mich zurück, er mißtraut mir. Ich weiß nun, daß ich mich jahrelang selbst betrogen habe, obwohl ich dachte, die Zeit des Selbstbetruges sei für immer vorbei. Ich glaubte, Ferrante für immer entsagt zu haben. Doch das stimmt nicht, mein Verlangen ist so stark wie früher, nein, stärker noch. Der Schmerz, den ich nun erleide, macht mir bewußt, wieviel ich noch immer von ihm erwartet habe. Was ich jetzt zu tun habe, tun muß, um seinetwillen und auch um den Weg zur endgültigen Erlösung gehen zu können: mich selbst, mein Verlangen und meinen Schmerz vergessen. Er wird mich nur noch in seiner Nähe dulden, wenn er spürt, daß ich nichts mehr von ihm erwarte, nie mehr. Gott helfe mir, die Zeit ist so kurz.

Als Pescara sie um eine Unterredung bitten ließ, verließ sie der Mut, den sie in den vorhergehenden Tagen und Nächten unter so großen Mühen gewonnen hatte. Sie sah, daß er sich wieder in der Gewalt hatte; er hatte einen unwiderruflichen Entschluß gefaßt.

«Ich bedaure, daß du mich so verwirrt gesehen hast. Aber es ist schon vorbei. Reden wir nicht mehr darüber. – Gestern hatte ich wieder eine Unterredung mit Messer Morone.»

Als er ihren erstaunten Blick sah, lächelte er kurz.

«Er kam wie verabredet allein und durch eine Seitentür. Er brachte mir das Ergebnis der rechtlichen Überprüfung, um die ich ihn gebeten hatte. Wie erwartet, war alles in Ordnung. Die Sache ist hieb- und stichfest. Die gescheitesten Köpfe Roms versichern mir schwarz auf weiß, daß ich ohne Bedenken die Krone von Neapel annehmen kann. Interessiert dich das?» Er entfaltete Dokumente und reichte sie ihr. Sie streckte die Hand nicht aus.

«Gut. Es tut auch nichts zur Sache. Ich erzähle es dir der Ordnung halber, weil ich dich nun mal ins Vertrauen gezogen habe. Die Herren – es sind Angelo de Cesis und Kardinal Accolti – beweisen hier, daß Neapel eigentlich noch immer ein päpstliches Lehen ist, trotz der drei Jahrhunderte Fremdherrschaft. Sie rechnen mir vor, daß ich meine Besitzungen in Spanien ohne Schaden aufgeben kann. Das wäre also das. Außerdem hatte Morone schriftliche Garantien über die mir zugesagten Geldsummen dabei. Ich kann schon heute über einen großen Betrag verfügen. In diesem Zusammenhang ist es wichtig, daß ich möglichst schnell nach Novara zurückgehe. Ich habe angeordnet, daß alles für meine Abreise vorbereitet wird.»

Vittoria sah auf die glänzenden Bodenfliesen vor ihren Füßen. Auf dunkelrotem Untergrund ein Ornament aus miteinander verflochtenen Arabesken: Schlangen und Ranken. Von weitem erschienen die Blüten und Blätter und die sich ringelnden Reptilien wie in chaotischer Umarmung verschlungene Menschenkörper. Sie dachte: Er geht zu ihr, um Ruhe zu haben, um ungestört tun zu können, was er will.

Pescara lachte leise. «Natürlich bleibt das, was ich dem Kaiser geschrieben habe, meine Richtschnur. – Arme Vittoria. Ist dir mein diplomatisches Spiel zu hoch? Hör auf, darüber nachzudenken. Ich hätte dich nicht mit Problemen belästigen sollen, die eine Frau nicht beurteilen kann.»

Er hustete und spuckte mit weggedrehtem Gesicht in sein Schnupftuch. Als er sich wieder gefaßt hatte, sah er ihren Blick auf sich gerichtet.

«Ich nehme an, du weißt, wie es um mich steht. Du bist einer von den drei oder vier Menschen, die Bescheid wissen. Schweige darüber. Für mich hängt alles davon ab, daß es kein Außenstehender erfährt. Ich weiß nicht, wie lange es noch dauern wird. Ich gebe dir mein Wort, daß ich dich rufen lasse, wenn es soweit ist. Komm dann... nach Novara oder wo ich in jenem Augenblick auch sein mag.»

Bei dem kurzen Abschied wußte Pescara es zu schätzen, daß ihm seine Gattin Tränen und Anspielungen auf persönliche Dinge ersparte. Er hatte einen Gefühlsausbruch erwartet, ja für unvermeidbar gehalten, denn er war davon überzeugt, daß sie danach niemals mehr unter vier Augen miteinander reden würden. Schweigend und reglos empfing Vittoria seinen Kuß auf ihre Wange, ihre Hand. Erst als Rom schon hinter ihm lag, erahnte Pescara, daß sie wohl erst im letzten Augenblick begriffen hatte, wie nahe er dem Tode war.

GIOVANNI BORGIA

*J*ch hätte nie erfahren, was ich heute weiß, wenn ich damals meiner ersten Regung nachgegeben und Messer Pietros Haus zornentbrannt verlassen hätte, als er mir seine Version über das Geheimnis meiner Geburt mitteilte. Aber ich hatte schon ziemlich viel getrunken. Seine Enthüllungen beschäftigten mich so sehr, daß ich gar nicht richtig mitbekam, was er danach über Morone und den Marchese von Pescara sagte.

Später habe ich ihn zu Tullia d'Aragona begleitet. Ich wollte nicht weitergrübeln. Es waren schon viele Gäste im Haus am Campo Marzio versammelt, so daß ich nur ein paar kurze Begrüßungsworte mit der Kurtisane wechselte. Sie hatte grüne Augen, und ich sah, daß sie gefärbte Haare hatte. Sie bewegte ihre Schultern und Hüften auf so übertriebene Weise, daß man den Eindruck bekam, sie wollte sich über die angelernten Verführungskünste ihrer Zunftgenossinnen lustig machen. Dazu setzte sie eine strenge, leicht beleidigte Miene auf und gab sich keine Mühe, freundlich zu sein. Im Grunde lag mir nicht viel daran, mich unter die lärmende Gesellschaft zu mischen, die sie wie eine Leibwache umringte. Die Männer tranken Wein aus ihren Schuhen und diskutierten über philosophische und literarische Probleme. Messer Pietro, im Rausch noch gesprächiger als sonst, stand auf einem Taburett und schrie über die Köpfe der anderen hinweg: «Die Literatur, dieses alte Mütterchen, die Literatur in Italien ist tot, mausetot. Alles nur ein Abklatsch, eine Nachäfferei der antiken Dichter; Epigonen von Vergil, Plautus und

Terenz, Nachbeter von Boccaccio und Petrarca. Und ihre Sprache: erstarrte Formen, ein gekünstelter Stil, stinklangweilig, wie ein krepierter Frosch, meine Herren!»

Er begann eine seiner beliebten Anekdoten zu erzählen – wie eine vornehme Dame ihn eingeladen habe, die Nacht bei ihr zu verbringen. Kaum hat er ihr Schlafzimmer betreten, da kehrt der Gatte unerwartet von der Reise heim. Messer Pietro, noch völlig angezogen, ist auf einen heftigen Fechtkampf gefaßt, doch der Herr des Hauses begrüßt ihn ausgesprochen freundlich und sagt: Legt doch Eure Kleider ab, macht es Euch bequem. Ich wünsche euch beiden eine gute Nacht – und verläßt diskret das Zimmer.

Nach dieser Geschichte blieb Messer Pietro, von einem Schluckauf geplagt, noch eine Weile auf dem Fußbänkchen stehen und redete wild gestikulierend ins Leere; eine dicke Frau, wohl Tullias Mutter, füllte dann und wann sein Glas nach. Nicht minder töricht erschienen mir die anderen, die einander ihre Ansichten zu Petrarca und über die Geheimnisse der Dichtkunst in die erhitzten Gesichter schrien, gleichsam wie eine literarische Akademie in einem Zerrspiegel. Allmählich wurde ich wieder nüchtern. Ich stand neben dem mit Schalen und Kannen beladenen Anrichteschrank und knackte Nüsse. Als das aufgeregte Gespräch einen Augenblick verstummte, bemerkte ich, daß Tullia mich ansah.

Vermutlich hätte ich die halbe Nacht an der Wand gestanden und die Figuren auf der vergoldeten Tapete oder die Fäden in den Wandteppichen gezählt, wäre unter Tullias Gästen nicht ein Streit ausgebrochen. Wäre es bei einer einfachen Zankerei geblieben, so hätte ich mich wohl mit der Rolle des Zuschauers begnügt. Doch ein Spanier zog plötzlich seinen Degen und erhob ihn gegen alle Umstehenden, und aus einer unerklärlichen Ahnung heraus, die mich den ganzen Abend lang nicht losgelassen hatte, sprang ich ihm mit gezücktem Dolch zur Hilfe. Als Tullias Mutter uns beschwor, die Bilder, Möbel und anderen Einrichtungsgegenstände zu verschonen, zogen wir in wirren Haufen hinaus auf die Piazza. Zischend und fluchend spornte der Spanier sich selbst an. Schließlich sah er sich drei oder vier Gegnern gegenüber, während die anderen mit ihren Pferdeknechten und Fackelträgern zuschauten. Messer Pietro lag ausgestreckt auf dem Boden und rezitierte aus dem Stegreif gereimte Verse über den Titanenkampf auf dem Marsfeld. Nachdem auf beiden Seiten ein bißchen Blut geflossen war – fast alle hatten eine Schramme oder einen Kratzer abbekommen –, hatte die Gegenpartei genug. Der Spanier aber wollte weiterkämpfen und verlangte immer wieder Genugtuung, doch die Herren schickten nach ihren Pferden und ritten davon. Schließlich sah er ein, daß die Fechtpartie zu Ende war, spuckte verächtlich auf den Boden, umarmte mich, dankte mir für meine Hilfe und verschwand hinkend, den verwundeten Arm in den Mantel gewickelt, mit seinem Gefolge im Dunkeln.

Der kleine Kampf hatte mir ein wenig Selbstvertrauen zurückgegeben. Ich überließ Messer Pietro, der seine Ansprache zu den Sternen noch immer nicht beendet hatte, seinen Knechten. In meinem Nachtquartier fragte ich mich, warum ich überhaupt noch in Rom bleiben sollte. In dieser Nacht reifte in mir der Entschluß, die Stadt zu verlassen, wo man über meine Herkunft zu viel wußte, das mir schaden konnte. Ein Höfling bin ich nicht, ein Schreiber will ich nicht sein. Nie werde ich mich unter den Parasiten und Sykophanten im Vatikan, unter den Modegecken, Wirtshaus- und Bordellbesuchern in Rom zurechtfinden. Während ich im Bett lag und auf das Morgengrauen wartete, dachte ich daran, mein Glück als Soldat zu versuchen, entweder beim Marchese von Pescara oder bei Giovanni de' Medici, dem Befehlshaber einer berühmten Söldnertruppe. Was mich schließlich davon abhielt, Rom Hals über Kopf zu verlassen, war die Überlegung, daß ich mich ohne Fürsprache oder Empfehlungsschreiben eines einflußreichen Gönners immer mit einem Platz in den niederen Rängen begnügen müsse.

Eine Kleinigkeit, ein Zufall kann die Einstellung des Menschen zu seinem Leben verändern. Jener Fechtkampf, ein im Grunde belangloser Vorfall, machte mir plötzlich deutlich, daß ich in Rom in eine Sackgasse geraten war. Weder seiner Abstammung noch dem

Charakter nach passe ich in eine Umgebung, in der man nur Erfolg
hat, wenn man auf ein Bollwerk von Name, Vermögen und Protektion bauen kann, oder wenn man das Talent und die Geduld besitzt,
kompizierte Intrigen zu spinnen. Ich gehöre in eine Welt, wo die
Vergangenheit nicht zählt, wo es auf das Hier und Jetzt ankommt,
wo statt Adelsbrief und Geldbeutel Taten gefragt sind, wo ein Mann
im entscheidenden Moment durch sein Verhalten beweisen muß,
wer und was er ist. Meine Welt ist die Welt des Soldaten auf dem
Schlachtfeld. Das Gestern zählt nicht mehr, das Morgen ist unge-
wiß. Ich, der ich weder Vergangenheit noch Zukunft habe, nirgends
habe ich mich so wohl und so frei gefühlt wie auf den Feldzügen in
Navarra und in der Dauphiné, und später in der Lombardei und vor
Pavia. Wäre da nicht diese verfluchte Unruhe in mir, der Drang,
meinem Leben durch große Heldentaten einen Sinn zu geben, ich
wäre als einfacher Söldner ganz zufrieden gewesen, mit Waffen und
Sold als einzigem Besitz, einer von vielen, immer den Befehlen eines
anderen gehorchend. Hier bin ich getrieben von dem Drang, mir
selber zu beweisen, daß ich durchaus jemand Besonderes bin. Als
Soldat lebte ich in Einklang mit meiner Umgebung, die ich handelnd
mitbestimmte. Hier in Rom hat man mir nicht einmal eine Chance
gegeben, etwas zu tun. Nur indem ich meine Gedanken und Erinnerungen aufschreibe – ein Ausgleich für die stumpfsinnigen Schreib-
arbeiten – habe ich zumindest zeitweise das Gefühl zu handeln. Den
Posten in Morones Gefolge hielt ich zunächst für eine Vorstufe zu
der mir eigentlich zugedachten Laufbahn. Aber wenn ich Messer
Pietro auch nur im Ansatz Glauben schenken darf, bin ich in einen
gordischen Knoten von Intrigen geraten. Für jemanden, der sich in
diesen Dingen einigermaßen auskennt, steht die Chance eins zu tausend. Und zu denen gehöre ich nicht.

Cesare und Lucrezia. Eine Möglichkeit, die mir um so glaubhafter
erscheint, je länger ich darüber nachdenke. Doch ich will keine
Vermutungen anstellen, ich will *Beweise*. Damit die quälende Unsicherheit ein Ende hat. Cesare also doch mein Vater, was meine

zwiespältigen Gefühle für Lucrezia erklärt. Das Wissen, ein Borgia zu sein, gezeugt von einem Borgia und geboren von einer Borgia, die denselben Borgia zum Vater hatten: ich muß es akzeptieren und ertragen, ohne Hoffnung, aber auch ohne Angst. Zumindest kann ich dann mein Leben von einem festen Standpunkt aus betrachten.

Als ich mit mir ins reine gekommen war, beschloß ich, nochmals Meister Pietro aufzusuchen. Der Mann, bei dem ich unangemeldet eintrat, war ein anderer als der pfauenhafte Geck und Aufschneider, der sich überall im Vatikan herumdrückte. Es herrschte noch größere Unordnung als bei meinem ersten Besuch. Später stellte sich heraus, daß er seine Knechte des Diebstahls überführt und fortgejagt hatte. In einem heillosen Durcheinander von Krügen und Bechern, Kleidungsstücken, abgenagten Hühnerknochen und Fruchtkernen, zusammengeknülltem Papier und anderem Unrat saß er, nur mit Hemd und Hose bekleidet, an einem Tisch unter dem Fenster und schrieb. Es war ihm offenbar zunächst unangenehm, daß ich ihn in diesem Zustand überraschte, aber dann fand er sichtlich Vergnügen daran, das Chaos noch zu steigern. Er trat ein paar leere Flaschen in Scherben, schmiß Bücher und Papierstapel von einem Sessel, so daß Staubwolken uns den Atem nahmen. Er lief in Bastpantoffeln hin und her, öffnete das Hemd, rieb und kratzte die schwarzbehaarte Brust, auf der die zahlreichen Amulette und Heiligenmedaillons wie ein Glockenspiel klingelten. Natürlich ließ er mich nicht zu Wort kommen. Er begann, mir einen Schmähbrief an den Marchese von Mantua vorzulesen, in dem er ihm mit einer Verleumdungskampagne drohte, sollte er ihm nicht sofort die geforderte Summe schicken.

«Ich brauche neue Kleider», sagte er, nachdem sein Feuerwerk aus Beleidigungen und Drohungen abgebrannt war. «In Mantua ist man immer säumig, wenn es um die Bezahlung erwiesener Dienste geht. Zum Glück legt Seine Durchlaucht großen Wert auf seinen guten Ruf, und so gestatte ich mir eben von Zeit zu Zeit, ihn daran zu erinnern. Ich wette, diesmal bringt es mir ein paar Barette und den Stoff für einen Mantel ein.»

Messer Pietro sammelte die Papiere ein, die unter dem Tisch und über das Bett verstreut lagen. Er drückte sie mir in die Hand und bat mich, ihm seine *Cortigana* laut vorzulesen, während er sich umzog. Ich konnte die pechschwarze, verschmierte Schrift nur mühsam entziffern. Er wurde ungeduldig, deklamierte auswendig, was er geschrieben hatte, geriet allmählich in Fahrt und trug die verschiedenen Rollen mit der Mimik und Gestik eines begabten Schauspielers vor. Als er fertig war, wollte er sofort mein Urteil hören. Atemlos und verschwitzt beugte er sich vor, die feurig glänzenden Augen erwartungsvoll aufgerissen.

«Na, sag doch was. So etwas hast du noch nicht gehört, nicht wahr? Das ist etwas völlig Neues. Wesen aus Fleisch und Blut, ein quicklebendiger Dialog, ein Stück Wirklichkeit, Messer, und doch zugleich ein Symbol, eine Satire.»

Ich erwiderte, daß ich mich ausgezeichnet amüsiert hätte, die Handlung jedoch schwach und verwirrend, das Thema belanglos fände. Die Dirnen, Lakaien, Diebe, frechen Spitzbuben und schüchternen Glücksritter aus der Provinz, die Schankwirte und Bauernfänger sind doch nur Nebenfiguren. Was hat es für einen Sinn, die Gespräche, Schimpftiraden und Schelmenstreiche des römischen Pöbels in aller Ausführlichkeit auf die Bühne zu bringen? Meine Vorliebe gilt Stücken, die Rätsel aufgeben, Gleichnissen, die durch ihren hohen Stil der banalen Wirklichkeit enthoben sind. Heroen und Narren – sie haben mit der alltäglichen Welt so wenig zu tun, daß sie auf den Brettern geduldet werden können. Wer sich jedoch für die Taten und Gedanken der Personen interessiere, die Messer Pietro zum Gegenstand seiner Komödie erhoben habe, tue besser daran, sich auf den Straßen, in Herbergen oder Bordellen umzusehen.

Bevor ich ausgesprochen hatte, donnerte Messer Pietro los: «Fort mit dem verstaubten Mummenschanz! Warum will man die Wahrheit nur hören, wenn sie von Königen und Heiligen, Göttern und Halbgöttern, Hirten und Satyrn in holprigen Versen vorgetragen wird? Sicher, Messer, es gibt Helden und Narren, aber es gibt unendlich viel mehr ganz gewöhnliche Menschen, die lügen und stehlen, die leiden, weinen und lachen, einander hintergehen und sich verkaufen so wie meine Figuren, die du römischen Pöbel nennst.»

Mit Tränen in den Augen beschwor er mich, ich solle ihm glauben, die Tragödien und Schwänke, die heutzutage in Mode seien, hätten ausgedient.

«Die ganze Literatur ist eine kunstfertig einbalsamierte, geschminkte und herausgeputzte Leiche, Messer, nichts als leblose Formen. Sollen wir immerzu nur Mumien verehren? Geschichte und Mythologie können uns nichts mehr lehren; das Wesentliche umgibt uns in der Natur, im Alltag. Keine Handlung in meiner *Cortigiana*, sagst du? Messer, in diesem Werk brodelt das Leben, das ist besser als jede Handlung. Das sind keine Narrenpossen, bei denen das Publikum vor Lachen brüllt, hier krümmt sich jeder kluge Zuschauer vor Scham und Schuldbewußtsein. Diese Passage ist dir vielleicht entgangen.»

Es tat mir leid, daß ich ihn gekränkt hatte. Wütend stellte er sich vor mich hin und wiederholte mit obszönen Gesten eine Passage des Textes, wobei er mit seinen breiten, feuchten Lippen jedes Wort sorgfältig artikulierte. Es lief, wenn ich mich recht erinnere, etwa darauf hinaus: Krieg, Hunger, Pest und Prophezeiungen von Katastrophen treiben die Menschheit dazu, dem Genuß nachzujagen; sie verwandeln die Welt in ein riesiges Hurenhaus, wo Eltern und Kinder, Brüder und Schwestern sich ohne Gewissensbisse, Reue oder Schamgefühl... Nun, ich unterbrach seine Tirade. Offensichtlich wollte er sich für meine Kritik rächen, aber er hatte mir die Karten zugespielt, denn genau über Verwandtschaftsverhältnisse wollte ich ja reden. Ich forderte ihn auf, die versprochenen Beweise zu liefern für das, was er soeben wie auch in unserem vorigen Gespräch angedeutet hatte. Er schlug die Hände zusammen und verdrehte die Augen.

Ah, ah, da verlange ich schier Unmögliches von ihm, sagte er. Es sei alles gar nicht so einfach. Er erinnere sich da an so manches... Lucrezia hatte drei Brüder, warum sollte sie einen von ihnen bevorzugt haben? Ob ich denn nicht wüßte, wie man seinerzeit den rätselhaften Tod des Herzogs von Gandia, des zweiten Sohnes von Papst Alexander, zu erklären versucht habe? Cesare soll seinen Bruder aus dem Weg geräumt haben, weil auch dieser Lucrezias Gunst genossen hätte. Und was den dritten beträfe, Gioffredo...

Er warf mir einen hinterlistigen und schadenfrohen Blick zu und bot mir mit einer ausladenden Geste an, sämtliche noch vorhandenen Epigramme, Schmähschriften, Briefe und Berichte von Höflingen aus jener Zeit sowie andere Dokumente über die Borgia-Familie zu beschaffen. Ich zwang mich dazu, diesen Vorschlag so gelassen abzulehnen, als sprächen wir über höchst unwichtige Dinge.

Seitdem ist ein stilles Duell zwischen uns im Gange. Ich will mir trotz meiner tiefen Unsicherheit keine Blöße geben, und er will mich durchschauen, will, daß ich endlich nach seiner Pfeife tanze. Er war nahe am Ziel. Er hat sehr wohl bemerkt, was mich bedrückt, hat mich aber für einen Feigling gehalten, vermutlich weil er wie die meisten Aufschneider und Schwätzer selber nicht viel Mut besitzt. Aber wer seit Jahren eine schwere innere Last mit sich herumschleppt, läßt sich nicht so leicht erschrecken und zu unbedachten Äußerungen oder Handlungen hinreißen. Aus Ehrgeiz hätte ich vielleicht bei Pescara und Morone den Spion gespielt, niemals aber aus Angst vor Messer Pietro. Trotz seiner guten Menschenkenntnis hat er sich diesmal geirrt. Er war merklich enttäuscht, als ich nach seiner Anspielung auf die vierfache Blutschande nicht die Fassung verlor.

Im Gegenteil, auch diese Behauptung überprüfte ich anhand dessen, was ich selber im Laufe der Jahre gehört und gesehen habe. Auch diesmal wundere ich mich nicht. Erst jetzt, im nachhinein, verstehe ich gewisse Äußerungen von Sancia, ihre Schimpf- und Spottreden gegen den stets so schüchternen Gioffredo. Einmal, in Neapel, beklagte er sich in Rodrigos und meiner Gegenwart über das liederliche Betragen seiner Frau. Sancia deutete mit gespreizten Fingern über der Stirn ein Gehörn an und höhnte: «Geh nur zu deiner Schwester, lauf zu deiner lieben Lucrezia, die wird dich trösten und hätscheln wie früher.» Sie schrie ihn an, er solle Gott danken, daß sie ihm keine Vorwürfe mache und nicht an die große Glocke hänge, was sie über ihn wisse. Als sie in einem Wirbel schwarzer Röcke an Rodrigo und mir vorbeirauschte, spuckte sie vor uns aus. Ich denke auch an die sonderbaren Klagen Madonna Vannozzas. Ich erinnere mich an Augenblicke bei Lucrezia in Ferrara, als ich hinter der dünnen Wand ihrer Selbstbeherrschung eine verborgene Welt voller Finsternis ahnte.

Zehn-, zwanzigmal hat Messer Pietro mir beim Kartenspiel und beim Wein vorgerechnet, wie weit wir es bringen könnten, wenn wir zusammenhielten. Mit der Regelmäßigkeit eines Uhrwerks fallen ihm immer neue Greueltaten und Ausschweifungen der Borgia ein. Er glaubt immer noch, mich für seine Pläne zu gewinnen, indem er mir Angst einjagt. Für ihn sind Macht und Angst eng verknüpft. Er weiß aber nicht, wovor ich mich fürchte. Für einen Mann wie ihn gibt es nur handfeste Gründe für Angst und Unruhe.

So liefern Messer Pietro und ich uns Spiegelfechtereien, unterbrochen nur, wenn er mir aus seinen Komödien vorliest oder wenn wir Spaziergänge durch Rom unternehmen, wo er jeden Geldverleiher und Juwelier, jeden Fischverkäufer, Obsthändler und Büttel, jeden Wirt und jede Bordellbesitzerin zu kennen scheint.

Ich hatte ihm gesagt, mir läge nichts daran, als letzter in einer langen Reihe auf Tullias Gunst zu warten. Er antwortete, ein vorgezogenes Treffen sei schwer zu arrangieren, wenn man nicht über die entsprechenden Geldmittel verfüge. Damit war die Angelegenheit für mich erledigt.

Vermutlich hat er bemerkt, wie sehr es mich kränkt, daß diese Frau für mich unerreichbar ist. Eines Mittags verkündete er mir augenzwinkernd und mit vielen anzüglichen Bemerkungen, daß man mich erwarte. Eine große Ausnahme. Tullia selbst wolle mich sehen.

Ich begleitete ihn abermals zum Haus am Campo Marzio. Ich fand Tullia noch anziehender als bei meinem ersten Besuch. Sie war nicht herausgeputzt und geschminkt, sondern hatte wie ein Mädchen aus dem Volk Hemd und Rock an und trug das Haar offen. Weder sie noch ihre Mutter begrüßten mich wie einen willkommenen Gast, was mich am Wahrheitsgehalt von Messer Pietros Botschaft zweifeln ließ. Vor allem die Mutter gab sich feindselig. Tullia starrte mich schweigsam an, hin und wieder strich sie ihr frischgewaschenes, noch störrisches Haar aus dem Gesicht. Eine goldfarbene Pracht. Nie hätte ich gedacht, daß Frauenhaar so dicht und lang sein kann. Als Tullia merkte, daß ich die Augen nicht von ihrem Haar abwenden konnte, flocht sie es und steckte es auf, dann band sie ein Tuch darum. Es erregte mich, erinnerte mich an Lucrezia und ihren Hang zu Heimlichkeiten, was Tullia für mich noch reizvoller machte. Da war mir schon egal, ob ich willkommen war oder nicht. Ich hatte nur noch einen Wunsch: Tullia möge die Flechten wieder lösen.

Als ich sie schließlich dazu bewogen hatte (das war Stunden später, nachdem Messer Pietros seine ganzen Überredungskünste aufgewandt hatte, um den Ärger ihrer Mutter über meinen Besuch zu besänftigen), war ich um zwei Erkenntnisse reicher: erstens, daß sie es ernst meinte, wenn sie mich liebkoste, und zweitens, daß mich ihre warme, weiche, duftende Haarflut dermaßen verhexte, daß ich ihre Liebkosungen nicht nach Gebühr erwidern konnte. Sie verlor kein Wort über mein Versagen. Auf den Ellenbogen gestützt lag sie still neben mir und sah mich unverwandt an. Ich wußte nicht, wie ich ihr Verhalten deuten sollte, und versicherte ihr, sie brauche sich keine Vorwürfe zu machen. Mit einer stolzen, ungeduldigen Bewegung schüttelte sie den Kopf. So ruhten wir in der dämmrigen Kammer nebeneinander wie zwei Statuen auf einem Sarkophag. Bei jeder anderen Frau hätte ich mich geschämt, und diese Ruhe wäre mir unerträglich gewesen, aber Tullia gab mir höflich und verständnisvoll Zeit, mich wieder zu erholen. Sie ließ Obst, Wein und andere Erfrischungen kommen, schickte die alte Frau, die neugierig auf der Schwelle herumstand, fort, und bediente mich eigenhändig. Sie stellte mir keine Fragen, sondern erzählte von sich. Sie sei die Bastardtochter eines Neffen von Isabella von Aragon. Dieses Geschlecht läßt sich nicht verleugnen, es erklärte Tullias Benehmen, ihre Hände, ihre Abneigung vor lautem Gelächter und Lärm. Sie sang und trug mir selbstgedichtete Verse vor, viel inbrünstiger als an jenem Abend, an dem ich sie zum erstenmal gehört hatte. Sie ließ ihren Affen seine Kunststückchen vorführen. Später erlaubte sie mir zuzuschauen, wie sie angekleidet und frisiert wurde. Ich beobachtete, wie sie sich im Laufe einer Stunde aus einem einfachen Mädchen in ein Idol verwandelte. Um Hüften und Arme bauschte sich knisternder Brokat, ein enges Mieder drückte die Brüste hoch. Das Haar, in Stränge geteilt und mit Bändern und Ketten durchflochten, verlor seinen betörenden Zauber. Zuletzt malte sie sich eine starre, raffinierte Kurtisanenmaske auf ihr ernstes Gesicht.

Beim Abschied schenkte ich ihr die Juwelenbrosche von meinem Barett, eines der wenigen Schmuckstücke, die mir von früher geblieben sind. Sie bat mich, wiederzukommen, sehr oft wiederzukommen.

Es ist gewiß nicht ihre Schuld, daß sich diese Stunde für mich mit einer peinlichen Erinnerung verknüpft. Wären ihre Haare bloß nicht rotgolden gewesen, hätten sie nur nicht nach Jasmin gerochen! Immer, wenn sie mir den Rücken zuwandte und ich die glänzende Flut über ihre Schultern bis weit über die Taille herabfallen sah, überkam mich eine unbeschreibliche Verwirrung. Ich verfluche alle Borgias.

Eine handschriftliche Botschaft von Tullia: Ob ich etwa mißtrauisch sei und sie deshalb nicht mehr besuche? Sie schwört, nie, niemals einem Dritten (das ist unterstrichen) mitzuteilen, was ich ihr in unseren gemeinsamen Stunden anvertrauen könnte. Sie fleht mich an, zu ihr zu kommen und Messer Pietro Aretino weder von ihrem Brief noch von meinem Besuch etwas zu sagen. Ich werde hingehen.

Messer Morone ist unerwartet nach Mailand zurückgekehrt. Auch der Marchese von Pescara ist in aller Stille abgereist. Als Berni mich rufen ließ und mir als Dank für die erwiesenen Dienste eine zweite und letzte Börse voll Dukaten überreichte, verfluchte ich mich selbst wegen meiner Leichtgläubigkeit. In dem Spiel, das ich jetzt, nach Messer Pietros Enthüllungen und dem, was mir Tullia während unserer Siestastunden ins Ohr geflüstert hat, zu durchschauen glaube, war ich lediglich ein Statist. Ich habe die Chance, eine wichtigere Rolle zu spielen, verpaßt, weil ich nicht rechtzeitig begriff, worum es ging. Verglichen mit meinem Posten als Kanzleischreiber empfand ich es als Beförderung, für eine Weile zu Repräsentationszwecken hinter einem wichtigen Mann herreiten zu dürfen. War die Wahl deswegen auf mich gefallen, weil ich so ahnungslos war? Oder war mir die Rolle des Verräters von Anfang an zugedacht worden, und wenn ja, von wem? Tullia hat gestanden, daß Messer Pietro ihr aufgetragen hat, mich auszuhorchen. Daraus schließe ich, daß er mich seit jeher für einen Eingeweihten hielt.

Messer Pietro liegt schwer verwundet in seinem Haus im Borgo. Es heißt, er sei bewußtlos. Seine Ärzte und die bewaffneten Wächter vor seiner Tür lassen niemanden hinein. Er ist nachts auf der Straße von Unbekannten überfallen worden. In der Stadt geht das Gerücht um, der Mordanschlag sei im Auftrag des Datarius Giberti verübt worden. Im Vatikan zuckt man mit vielsagender Miene die Achseln. Inzwischen wurde bekannt, daß die spanisch gesinnten Kardinäle an Messer Pietros Krankenbett gesessen haben und daß einige verdächtige Personen auf Befehl von Monsignore Schomberg festgenommen worden sind... gegen den Widerstand des Papstes. Es ist nicht schwer zu erraten, was dahintersteckt.

Endlich habe ich mir zu Messer Pietros Wohnung Zutritt verschaffen können. Er ist außer Lebensgefahr. Sieben Dolchstöße haben ihn zwar für einige Zeit außer Gefecht gesetzt, aber noch lange nicht zum Schweigen gebracht. Er lag im Schatten der Bettvorhänge, von einem Stapel Kissen gestützt, mit Verbänden um Kopf, Brust und einen Arm. Sein Gesicht war grau. Der Bart lag in zerzausten Strähnen auf dem Hemd mit den getrockneten Blutflecken.

Scheinbar freute er sich, mich zu sehen, und forderte mich auf, mich ans Fußende seines Bettes zu setzen. Seine Augen glänzten vor Fieber und Aufregung, als er mich frech und zugleich entschuldigend ansah.

«Hoppla, da ist ja unser Messer Giovanni. Wie du siehst, lebe ich noch. Sie haben sich diesmal gewaltig angestrengt, mich kaltzumachen. Welche Enttäuschung für Giberti und Berni, daß es nicht gelungen ist. Mehr, viel mehr als eine Enttäuschung, wie ich hoffe. Das wird ihnen noch zu schaffen machen. Monsignore Schomberg, der Erzbischof von Capua, hat mir versprochen, er werde so lange nicht ruhen, bis die Täter bestraft sind. Er hätte vor einer halben Stunde hier sein müssen. Der Mörder saß auf meinem Bett, genau dort, wo du jetzt sitzt, und erkundigte sich nach meinem Befinden. Della Volta, Bernis Faktotum. Gleich nach dem Anschlag, als ich wieder zu mir kam, habe ich gesagt, man müsse ihn festnehmen, ich habe ihn verdammt genau erkannt, obwohl es pechfinster war in der Gasse, in der sie mich überfallen haben. Aber was passiert? Im Gefängnis wimmelt es von Burschen, die von nichts wissen, und Della Volta besucht sein Opfer ungehindert am Krankenbett. Dabei steht draußen eine Leibwache, um mich zu beschützen. Wie ist so etwas nur möglich?»

Ich fragte, was der Grund für den Anschlag gewesen sei. Er wollte die Achseln zucken, aber verzog dabei vor Schmerz das Gesicht. «Nur ruhig, Messer», sagte ich, «vielleicht hast du der spanisch gesinnten Partei gewisse Nachrichten über Girolamo Morone und den Marchese von Pescara zugespielt?»

«Wie kannst du mir so etwas unterstellen, Messer Giovanni. Es geht gar nicht um Politik. Gott behüte. Ich habe mich in eine Küchenmagd von Giberti verliebt, und er gönnt sie mir nicht.» Er zwinkerte mir zu und brach in Gelächter aus.

«Glaubst du wirklich, Giberti würde offen eingestehen, daß er in eine Verschwörung gegen den Kaiser verwickelt ist?» fuhr er fort. «Und das in einem Augenblick, wo diese Verschwörung von vornherein zum Scheitern verurteilt zu sein scheint? Hör zu und nutze zu deinem Vorteil, was ich dir jetzt sage. Warum haben Morone und Pescara Rom verlassen? Aus zuverlässiger Quelle weiß ich, daß Morone noch immer keine schriftliche Zusage Pescaras besitzt, obwohl dem Marchese durch Morones Vermittlung eine große Summe päpstlicher Dukaten ausbezahlt wurde. Die Herren sind nicht verrückt. Die Freiheit Italiens und die Macht des Kaisers sind schöne Worte, wunderbare Ideen, aber den meisten geht doch letztlich nichts über die *eigene* Freiheit, die *eigene* Macht. Gib acht, die beiden spielen ein falsches Spiel. Morone besitzt Geld, Pescara ein gutgedrilltes Heer, und beide zusammen wissen alles, was man über die in- und ausländischen Beziehungen wissen muß. Bald werden sie sowohl den Kaiser als auch den Papst schachmatt setzen, und dann haben wir zwei Herrscher in Italien: König Morone in Mailand und König Pescara in Neapel...»

Er winkte mich näher zu sich. Als ich mich im erstickenden Dunst von Schweiß und Medikamenten über ihn beugte, zog er mich am Ärmel herab und flüsterte zornig: «Wenn du nicht so störrisch gewesen wärst, Messer, läge ich vielleicht nicht so da. Jetzt ist es zu spät. Schade, jammerschade. Es gibt kein Geheimnis mehr zu verkaufen, denn allmählich weiß alle Welt Bescheid, jeder redet darüber und bemüht sich nach Kräften, der Gegenpartei mal mehr, mal weniger deutliche Hinweise zu geben, damit er je nachdem, wie die Sache ausgeht, ad votum, wie man sagt, seinen Vorteil daraus ziehen kann. Wir hätten die ersten sein können, Messer. Nicht umsonst heißt es: Man muß das Eisen schmieden, solange es heiß ist. Dein ewiges Zaudern hat mich fast das Leben gekostet.»

Ich erinnerte ihn daran, daß er sich seine Informationen auch ohne meine Mitwirkung verschaffen konnte. Hatte er nicht gehofft, von Tullia zu hören, was ich ihm verschwieg? Er zog die Brauen hoch und spielte den Überraschten, aber sein Blick blieb scharf und argwöhnisch.

«Aha, das weißt du also auch? Dann ist sie ja noch verliebter in dich, als ich dachte, Messer. Als Liebhaber mußt du außerordentliche Qualitäten haben. Wenn ich das geahnt hätte ... Ich gebe zu, ich wollte dich übertrumpfen. Aber jetzt bist du dran. Was weißt du von dem Überfall? Oder sehe ich die Dinge vollkommen falsch?»

Ich beruhigte ihn und versicherte, daß ich nicht mit Messer Della Volta unter einer Decke steckte. «Ich komme wegen der Beweise, die du mir neulich versprochen hast.»

Offenbar ging es ihm wirklich schlecht, denn er wagte es nicht, wie sonst sein Spiel mit mir zu treiben. Nach einigem Überlegen nannte er schließlich die Namen einiger Zeugen aus jener Zeit: einen venezianischen Gesandten, einen Spion aus Ferrara, einen Kammerdiener des Zeremonienmeisters von Papst Alexander. Die anderen seien tot oder nicht mehr auffindbar.

«Der Himmel stehe mir bei, was für ein Getue, Messer, für so etwas Belangloses wie ein Elternpaar. Du bist keinem Kohlkopf entsprungen und verdankst dein Leben auch keinem himmlischen Wunder. Du lebst, was willst du mehr? Und du trägst einen großen Namen. In dieser Hinsicht bist du besser dran als ich, der ich mich nach meiner Heimatstadt Arezzo nennen muß. Aber warum sollte mich das beunruhigen? Bin ich darum weniger wert? Ich habe es weit gebracht, Messer, und ich werde es noch weiter bringen. Ich werde ihnen zeigen, daß ein Mann auch ohne dieses ganze Brimborium Königen und Kaisern ebenbürtig, was sage ich, überlegen sein kann. Mit meiner Feder werde ich die Welt beherrschen. Warte es nur ab, man wird mich die Geißel der Fürsten nennen. Sie werden mir ihre Schätze zu Füßen legen, nur um sich meine Freundschaft zu erhalten. Wie ich das anstellen werde? Ich bin ein freier Mann, Messer, ich gehe meine eigenen Wege. Solange ich lebe, werde ich sagen, was ich will. Ich erkenne niemanden als meinen Meister an. Jedenfalls wirst du nie erleben, daß ich zum Sklaven meiner Hirngespinste werde. Nimm dir ein Beispiel an mir, vergiß deine Vergangenheit und kümmere dich um die Zukunft, damit hast du genug zu tun.»

Mit halb zugekniffenen Augen sah er mich forschend an. Ich fragte mich, was er in meinem Gesicht las. Er hatte sich heißgeredet, lehnte sich in die Kissen zurück, zeichnete mit der unverletzten Hand Figuren in die Luft und erzählte ungehemmt weiter. Jetzt zeichnete er das Borgiageschlecht in den rosigsten Farben, und zwar mit demselben Feuer, mit dem er bei früheren Gelegenheiten die Skandale und Untaten geschildert hatte. Begabte, faszinierende Persönlichkeiten seien sie gewesen, diese Borgias, verleumdet von einer neidischen und unverständigen Welt, die weder Treue noch Familienstolz zu schätzen wußte. – Papst Alexander, ein Diplomat ersten Ranges. Natürlich hatte er einen etwas zu ausgeprägten Hang zu schönen Frauen, aber schließlich war er eine stattliche Erscheinung, wie man erzählt, nur in seinen letzten Lebensjahren wurde er zu fett. Ein dunkler Typ, von hoher, kräftiger Gestalt, ein guter Unterhalter und brillanter Redner, ein Mann mit Geist und Taktgefühl, der durchsetzte, daß sich alles und jedes seinem Willen fügte. Er hätte nie Papst werden dürfen, das ist richtig. Kirchenangelegenheiten interessierten ihn nicht im geringsten, er kannte kaum die Liturgie und vergaß immer wieder das Zeremoniell. Bei offiziellen Feierlichkeiten hatten seine Prälaten alle Hände voll zu tun, um seine Fehler zu vertuschen. Er fühlte sich in erster Linie als weltlicher Fürst und war zu stolz oder zu bequem, um den Schein priesterlicher Würde vorzutäuschen. Sag selbst, es spricht doch für ihn, daß er keine Lust hatte, den Leuten etwas vorzumachen...

Lucrezia hatte übrigens auch mehr Verstand, als man gemeinhin behauptet, fuhr Messer Pietro fort. Zweimal übernahm sie die Regierungsgeschäfte ihres Vaters, als dieser auf Reisen ging. Monatelang hatte sie als Regentin zur Zufriedenheit aller in Spoleto geherrscht. Ihre Würde und ihr weises Urteil waren seitdem sprichwörtlich. «In Ferrara wird sie nach ihrem Tode als Heilige verehrt. Sie hat einen Fonds gestiftet, aus dem arme Mädchen einen Brautschatz bekommen können, damit sie nicht in Not geraten und den Pfad der Tugend verlassen... Es geht nichts über die Ehe, hat

Lucrezia gesagt... Außerdem konnte sie tanzen wie ein Engel und kleidete sich so geschmackvoll wie keine andere Frau in Italien... Das verzeiht man nicht so leicht, Messer... Die Damen der Gesellschaft, die sich vor ihrer Konkurrenz fürchteten, schürten natürlich Madonna Lucrezias üblen Ruf. Mit eigenen Ohren habe ich gehört, wie die alte Marchesa von Mantua, die Mutter meines Brotherrn, die Tote, die sich nicht mehr verteidigen kann, infam beleidigte. Daß sie so etwas aussprach, besagt alles. Wie du weißt, ist sie die Schwester des Herzogs Alfonso von Ferrara. Ich kenne das herrschsüchtige Frauenzimmer, stets will sie die Erste, die Höchste, die Beste, die Berühmteste, die Reichste sein. Prima donna d'Italia, daß ich nicht lache. Schirmherrin der Künste und Wissenschaften. Künstler, die ihre unsinnigen Forderungen ablehnen, sperrt sie bei Wasser und Brot in den Turm. Sie werde ihnen schon beibringen, was sie zu tun haben. Ja, ja. Ihre Ansichten lassen jedem, der auch nur ein bißchen was von Kunst versteht, die Haare zu Berge stehen. Wenn ich damit erst anfange... Doch wo war ich stehengeblieben? Ach ja, die Borgias, das spanische Reis, auf einen italienischen Stamm gepfropft... ein merkwürdiges Geschlecht, das die Aufmerksamkeit der ganzen Welt auf sich zieht, Messer, glaube mir...»

Er beschrieb Cesare als einen Mann, der höfische Sitten und Verweichlichung verachtete. Schweigsam, weil er überflüssiges Gerede und inhaltslose Gespräche verabscheute, der Einsamkeit zugeneigt, weil er keine Schmeichler und Kriecher ertragen konnte. Stark und gewandt beim Stierkampf, ein Jäger und Reiter sondergleichen. In der Romagna erzählen die Leute noch heute, wie Cesare manchmal abends ohne Geleit und zu Fuß das eine oder andere Dorf aufsuchte, wo er Vergnügen daran fand, auf der Piazza mit den kräftigsten Bauern einen Ringkampf auszutragen.

«Grausam, kalt, unberechenbar, o ja, das natürlich auch, Messer. Ein echter Spanier. So sind sie nun einmal, wie Ihr wohl wißt. Der ärmste Vagabund fühlt sich als Hidalgo, hat seinen Stolz, seine Ehre. Schwert und Dolch sitzen bei den Spaniern immer locker in der Scheide. Sie fühlen sich schnell beleidigt und kämpfen wie die Teufel. Besonders, wenn sie von Haus aus zu den Mächtigen gehören. Ich bin überzeugt davon, daß die Herren Borgia hierzulande gerade deswegen so viel erreicht haben, weil sie Fremdlinge waren; sie hatten keinem italienischen Geschlecht gegenüber verwandtschaftliche Verpflichtungen und waren mit keinem verfeindet. Die ganze Familie eine geschlossene Einheit. Vermutlich fühlten sie sich immer bedroht und gehaßt. Mit allen Kräften haben sie darum gekämpft, ihre Macht zu behaupten. Und was die Blutschande betrifft...» Messer Pietro hob die linke Hand und schaute zweifelnd zum Himmel. «Ist etwa jemand dabeigewesen, Messer?»

Es ist niemand dabeigewesen, nein. Als ob das für mich der entscheidende Punkt wäre. Das Urteil der Welt hat für mich nur insofern Bedeutung, als ich mich selbst darin erkenne. Es wäre mir gleichgültig, was man über mich denkt und sagt, wenn ich nicht so ein zerrissener Mensch wäre, wenn ich meine innere Wahrheit gefunden hätte. Das ist es, was mein Leben vergiftet: Ich bin nicht ich selbst. Die mich in die Welt gesetzt haben, sind stärker als ich. Deswegen, nur deswegen will ich wissen, wer sie sind, will wissen, welche Schuld sie auf sich geladen haben, denn ihre Schuld lebt in mir weiter. Dennoch werde ich Messer Pietros Rat, mich lieber um die Zukunft zu kümmern, beherzigen. Ohne das ständige Grübeln über meine Vergangenheit hätte ich vielleicht – meinetwegen mit seiner Hilfe – einflußreiche Männer auf mich aufmerksam machen können. Immerhin ein erster Schritt. Habe ich Unterstützung, dann kann ich um Anhänger werben. Wer sich auf seine Anhänger verlassen kann, wagt Forderungen zu stellen. An diesem Punkt beginnt erst das große Spiel. Soweit bin ich noch lange nicht.

Was Morone von Pescara verlangt, dürfte den Kaiserlichen bekannt sein. Pescara hat seine Mitwirkung versprochen, auch das müssen die Kaiserlichen wissen. Dennoch lassen sie Pescara ungeschoren davonkommen. Morone und seine Hintermänner wissen ihrerseits, daß die Kaiserlichen alles wissen. Trotzdem unterstützen sie Pescara mit Geld. Wer ist hier der Dumme? Diese verzwickte Situation kann nur eines bedeuten: Jede der beiden Parteien hofft, daß ihr eigener Vertreter den Gegner schließlich doch noch in die Knie zwingt. Unterdessen haben jedoch – wie Messer Pietro meint – Morone und Pescara insgeheim eine neue Interessengemeinschaft gebildet. Warum nicht? Messer Pietro hat in Rom schon öfter für Staunen gesorgt, wenn seine kühnen Prophezeiungen in Erfüllung gingen.

Hier am Hofe und in der Stadt nichts als verrückte Ablenkungsmanöver. Niemand weiß Genaueres, doch alle glauben, sie wüßten Bescheid. Tatsächlich kennt niemand die wahren Hintergründe.

NICCOLÒ MACHIAVELLI
UND FRANCESCO GUICCIARDINI

Niccolò Machiavelli an Francesco Guicciardini

Aus San Cascanio, in großer Unruhe. Vir illustrissime, mein Gruß. Die Nachricht, daß Pescara Morone in einen Hinterhalt gelockt und gefangengenommen hat, kam für mich nach all der Heimlichtuerei und den Gerüchten, nach deinen Warnungen und Vorhersagen nicht besonders überraschend. Im Gegenteil – wenn ich nun höre, daß Pescara Mailand im Namen des Kaisers dem Reich einverleibt hat und daß Sforza der Felonie angeklagt wird, begreife ich, daß das Ganze offenbar von Anfang an geplant war. Pescara hat sich auf dieses Spiel mit Morone, dem Papst und Italien nur eingelassen, um sich Mailands zu bemächtigen und Sforza absetzen zu können. Ich war tatsächlich blind, Ihr aber habt die Gefahr rechtzeitig erkannt. In der Lombardei wüten nun die Spanier wie die leibhaftigen Teufel.

Offenbar ziehen ständig neue Truppen deutscher Landsknechte über die Alpen und vereinigen sich auf den Straßen des Nordens zu einem Heer. Flüchtlinge aus Mailand, Cremona und anderen Städten berichten von furchtbaren Greueltaten der Spanier und der Deutschen, und es gibt hier niemanden, der nicht lieber den Satan zu Gast hätte als diese Burschen.

Warum rührt sich in Rom niemand? Jetzt ist die letzte Gelegenheit, einzugreifen. Pescara soll sich, angeblich schwerkrank, in Novara aufhalten, Lannoy und Bourbon sind in Spanien. Dies wäre

283

der richtige Augenblick, die ungeordneten und verstreuten Horden anzugreifen. Wenn doch um alles in der Welt gehandelt würde! Wir brauchen eine Armee und einen Anführer. Alle Soldaten, die wir auftreiben können, müßten wir unter den Befehl eines Mannes stellen.

Warum nicht Giovanni de' Medici? Ein Söldnerhauptmann ist immer noch besser als gar kein Anführer. Signor Giovanni gilt allgemein als tapferer und fähiger Krieger, auch wenn er Pescara oder Cesare Borgia nicht das Wasser reichen kann. In seinem Fähnlein herrschen Tatkraft, Mut und Zucht. Er ist unser bester Mann. Ihm sollten wir den Befehl über unsere vereinigten Truppen anvertrauen. Mit den richtigen Anweisungen und genügend Unterstützung aus Rom könnte er die Kaiserlichen besiegen. Meint Ihr nicht, daß man den Papst für diesen Plan gewinnen könnte, zumal es sich um einen Medici handelt? Ihr könntet Seine Heiligkeit doch gewiß davon überzeugen, daß ein Sieg Signor Giovannis für die ganze Familie eine ungeheuerliche Bedeutung hätte. Ich kann nun einmal nicht darüber schweigen, Francesco. Nachdem ich den Papst endlich für den Plan einer Volksmiliz begeistern konnte, habt Ihr ihm wieder davon abgeraten. Ich weiß, Ihr hieltet es für Eure Pflicht und wolltet mir nicht in den Rücken fallen. Nur deswegen habe ich es Euch verziehen. Ihr dient dem Papst und unternehmt nichts, was ihm schaden könnte.

In einer Liga, wie sie Euch vorschwebt, spielt die Macht des Heiligen Stuhls eine Rolle, während mein Plan nur ein Ziel hat: die Freiheit und Einigkeit Italiens. Wie Ihr wißt, bin ich davon überzeugt, daß die Kirche nicht für dieses Ziel zu gewinnen ist. Um den Preis, Euer Ideal zu verraten, unterstützt Ihr die Tiaraträger, Eure Lohnherren, die die Schuld an unserer Zerrissenheit tragen. Ihr schreibt mir, daß Euch Ehre und Treue über alles gehen. Es ist zweifelsohne äußerst löblich, daß Ihr einer Sache, der Ihr Euch nun einmal verschrieben habt, bedingungslos treu bleibt. Aber die Sache, um die es hier geht, die Sicherung der Macht des Papstes, ist eine *schlechte* Sache, wenn man Italien dienen will. Ich wage sogar zu behaupten, daß sie im Widerspruch zu Eurer eigentlichen Überzeugung steht; deshalb seid Ihr im Grunde auch weder treu noch ein Ehrenmann, sondern unehrlich und untreu gegenüber Euch selbst, und das ist in meinen Augen unverzeihlich. Ich schätze Euch sehr, Signor Francesco, einen besseren Freund besitze ich nicht, doch vor allem liebe ich mein Vaterland.

Nacht für Nacht quält mich der gleiche Traum: Ich bin allein auf einem riesigen Kornfeld. So weit das Auge reicht, nichts als Garben reifen Getreides, das Brot für ein ganzes Jahr. Am Horizont türmen sich bleigraue Wolken, der Wind treibt sie näher, und ich sehe das Unwetter aufziehen, das unsere Ernte vernichten wird. Aber ich bin machtlos, denn ein Mann allein kann all das Korn nicht einbringen.

San Casciano ist im Spätherbst ein gottverlassener Ort. Die Hügel sind hinter Nebel und Regen verschwunden. Ich verbringe meine Zeit im Haus, es ist düster, und mich umgibt ein Dunst von Zwiebelsuppe. Das jüngste Kind ist krank, es schreit den ganzen Tag, und meine Frau trägt es ununterbrochen herum. In der Küche keifen die Mägde, und der Wind rüttelt an den Fensterläden. Manchmal flüchte ich über schlammige, unwegsame Pfade zu einem der Mädchen in der Nachbarschaft, um wenigstens für ein paar Stunden meinen Gram zu vergessen. Ich merke, daß ich langsam alt werde. Außerdem macht mir meine Verdauung zu schaffen. Nur mit Hilfe von Arzneien kann ich mich aufrecht halten. Da fällt mir ein, daß Ihr mich um ein Rezept gebeten habt. Et tu, amice? Mein Gott, Francesco, wir zwei sind Possenfiguren.

Um hier nicht verrückt zu werden, habe ich wieder angefangen zu schreiben. Ich muß meiner Unruhe und Verbitterung Luft machen, und so habe ich eine Anklage gegen die Fürsten und Prälaten begonnen, die an unserer Misere schuld sind. Aber ich bin inzwischen ein ergrauter Tor, der keine anderen Waffen besitzt als Feder und Papier und keinen anderen Wirkungskreis als diesen gottverdammten Weiler. Warum ich wieder in San Casciano bin? Weil ich das außerordentlich ehrenvolle Amt eines Wortführers der Wollweberzunft, das man mir nach meiner Rückkehr aus Rom angetragen hatte, niedergelegt habe. Eine Reise nach Venedig, um einen dreiseitigen Bericht über ein paar verschwundene Kaufleute zu verfassen, das ist ein Auftrag, der einen Geschichtsschreiber und Diplomaten wahrlich überfordert. Zu alledem hatte ich in Florenz Schwierigkeiten mit meinen beiden ältesten Söhnen, der eine krank, der andere in Geldschwierigkeiten...

Francesco Guicciardini an Niccolò Machiavelli
Lieber Freund, wenn Ihr diesen Brief erhaltet, habt Ihr San Casciano hoffentlich verlassen und weilt wieder in Florenz. Ich denke, daß Eure neue Aufgabe Euren Fähigkeiten mehr entspricht als die Angelegenheiten der Wollweberzunft. Gern hätte ich Euch eher Nachricht zukommen lassen, aber es gab Dinge, die einfach keinen Aufschub duldeten.

Ich bin noch immer in Rom. Nach dem Tod Pescaras am 2. Dezember haben viele Menschen hier neue Hoffnung geschöpft. Die Königinregentin von Frankreich unterbreitet wichtige Vorschläge. Es gilt nun, den Papst von der Liga zu überzeugen, bevor man am Ende in Madrid gegen Bedingungen, die für uns höchst ungünstig sind, König François freiläßt.

Es wäre wahnwitzig, jetzt mit einem hastig zusammengetrommelten Heer aus Bürgern und Bauern gegen die Kaiserlichen ins Feld zu ziehen. Außerdem wäre der Papst nur im äußersten Notfall dazu bereit, seinen Neffen zum Anführer zu ernennen. Ich weiß nicht, ob Familienzwist der Grund dafür ist oder ob er vermeiden will, daß man ihm Nepotismus vorwerfen kann. Wie auch immer – ich bin davon überzeugt, daß wir die Sache völlig anders angehen müssen. Das Netz, das der Kaiser gerade um Italien zuzieht, läßt sich nicht mehr mit einem einzigen heroischen Ruck zerreißen. Nur gründlich vorbereitet, nur mit endloser Geduld und Ausdauer könnte es uns noch gelingen, unserem Schicksal zu entrinnen. Nur eine Liga, die von Frankreich und Venedig nach Kräften unterstützt wird, könnte uns den nötigen Rückhalt geben.

Laßt Euch nicht vom äußeren Anschein täuschen. Die spanischen und deutschen Fähnlein in der Lombardei mögen nicht sehr zahlreich sein, aber es sind erfahrene, kampferprobte Soldaten, zähe Burschen, die weder Entbehrungen noch Mißerfolge scheuen und vor nichts zurückschrecken. Und was die diplomatischen Mittel des Kaisers betrifft – wagt Ihr nach der Angelegenheit zwischen Pescara und Morone noch zu behaupten, daß Ihr sie durchschaut? Warum wird Morone nach seiner Festnahme mit Samthandschuhen angefaßt? Er sitzt zwar hinter Schloß und Riegel, aber in einer fürstlichen Umgebung, wie man sagt. Er empfängt regelmäßig Besuche von de Leyva und anderen kaiserlichen Hauptleuten. Sein Geld und seine Ländereien wurden nicht beschlagnahmt, seinen Angehörigen wird kein Haar gekrümmt. Und man gibt sich nicht einmal die Mühe, dies geheimzuhalten. Was könnte Pescara bewogen haben, Morone nicht hinrichten zu lassen? Überlegt einmal: Morone ist vor seinem letzten und für ihn schicksalhaften Besuch in Novara von allen Seiten gewarnt worden. Trotzdem ist er gegangen. Das Geständnis, das er eigenhändig und freiwillig niederschrieb, war just der Freibrief, den Pescara brauchte, um Mailand zu besetzen. Es ist bekanntgeworden, daß Pescara sich in seinem Testament beim Kaiser für Morone einsetzt. Seine Erklärung für das alles hat Pescara mit ins Grab genommen. Ich befürchte jedoch, daß Morone dank dieser raffinierten Winkelzüge schon bald einer der angesehensten Berater Seiner kaiserlichen Majestät sein wird.

Eure Verbitterung macht Euch ungerecht, lieber Niccolò. Ihr werft mir vor, ich sei mir selbst untreu geworden. Glaubt Ihr denn, ich hätte diesen Weg aus Eigennutz gewählt? Mit Bedacht verzichte ich auf die innere Befriedigung, die es bereitet, in aller Öffentlichkeit nach seinen tiefsten Überzeugungen zu handeln. Indirekt und im verborgenen diene ich dem gleichen Ziel, dem auch Ihr Euch verschrieben habt. Ich möchte keinen Ruhm, sondern wirklichen Einfluß. Nicht eine äußere Position, sondern tatsächliche Macht ist für mich erstrebenswert. Ihr habt einmal gesagt, ich hielte die Fäden des päpstlichen Marionettentheaters. Nun denn – den Puppenspieler müssen die Zuschauer weder sehen noch kennen. Auf Ehrenbezeigungen kann ich verzichten. Was Ihr das Vaterland nennt, liebe ich nicht minder als Ihr. Woher nähme ich sonst die Geduld und den Mut, mein Ziel einer Liga so beharrlich zu verfolgen und diese nervenaufreibende Springprozession – einen Schritt nach vorn und zwei zurück – anzuführen.

Ich habe über Euren Traum nachgedacht. Daß die Garben verlorengehen, ist schlimm genug, aber viel schlimmer ist, daß das Volk tatenlos dasteht und auf den Wolkenbruch wartet. Daß es um Italien so schlecht bestellt ist, liegt an den Italienern selbst. Gegen dieses Übel ist kein Kraut gewachsen. Hoffentlich werdet Ihr in Florenz nicht mehr von Alpträumen gequält.

Ich habe noch eine persönliche Bitte an Euch. Würdet Ihr so freundlich sein und mir die Ehre erweisen, in einer Familienangelegenheit als Vermittler aufzutreten? Es geht um die geplante Heirat einer meiner Töchter...

Niccolò Machiavelli an Francesco Guicciardini
...nein, diesmal darf ich mich nicht beklagen. Ich danke Euch von ganzem Herzen für Eure Mühewaltung in dieser Angelegenheit. Ich habe den Auftrag, zu untersuchen, wie Florenz am besten zu verteidigen ist. Das führt zwangsläufig zu der Frage, inwieweit die Stadtmauern noch brauchbar sind. Als ich letztes Jahr in Rom war, habe ich zufällig auch mit dem Papst über dieses Problem gesprochen. Seine Heiligkeit empfahl damals, den Hügel von San Miniato in die Umwallung einzubeziehen, aber das ist ein unsinniger Plan. Dieser Hügel ist ein Hindernis. Die Mauer würde entweder zu lang und somit zu schwach, oder aber ein ganzes Stadtviertel ließe sich nicht verteidigen. Ich werde nun eine sorgfältige Prüfung vornehmen. In meinem Bericht hoffe ich zu beweisen, daß es am besten ist, die vorhandenen Mauern mit neuen Türmen, Basteien und Wällen zu verstärken. Meine Aufgabe nimmt mich so in Anspruch, daß ich an nichts anderes mehr denken kann. Endlich eine Tätigkeit, die von unmittelbarem Nutzen ist.

Ohne die Mauern von Florenz würde ich vor Ärger aus der Haut fahren. Ich wußte von Anfang an, daß der Plan einer Liga nicht besonders aussichtsreich war. Ich glaube auch nicht, daß sie jemals zustande kommt, zumal sich der König von Frankreich nun mit Madrid über seine Freilassung geeinigt hat. Dieser Vertrag bedeutet, daß ein Krieg unvermeidlich ist. Warum ziehen wir keine Truppen zusammen? Warum rührt sich niemand? Wartet Ihr dort in Rom auf ein Wunder? Euer Traum von einer Liga ist in Rauch aufgegangen. Nun werdet Ihr mir wohl endlich recht geben.

Ich verstehe Eure abwartende Haltung nicht. An Eurem Schreibpult könnt Ihr die Dinge so nobel und besonnen formulieren. Wenn ich Eure wohlgesetzten Worte lese, komme ich mir vor wie ein kopfloser Narr. Ich frage mich nun: Woher nehmt Ihr diese Gelassenheit? Zieht Ihr sie aus einer Erkenntnis, zu der ich erst noch gelangen muß, oder kommt sie von einer Eigenschaft, die ich des öfteren bei Euch bemerkt zu haben glaube, einer Art hochmütiger Geringschätzung für alles, was um Euch herum vorgeht, die verfluchte *sprezzatura*, wie wir hier sagen. Aristokratische Abneigung gegen Gewaltakte, alles schön und gut, Exzellenz, philosophisch begründete Schicksalsergebenheit, hervorragend im privaten Leben. Nun aber steht Bedeutsameres auf dem Spiel.

Ich werde Euch noch ausführlich von den Verhandlungen berichten, die ich in Eurem Namen mit der Familie jenes Herrn geführt habe, der um die Hand Eurer Tochter angehalten hat. Wie von rechtschaffenen Florentiner Bankiers nicht anders zu erwarten, beabsichtigen sie, Euch das Fell über die Ohren zu ziehen. Auf meine Gegenvorschläge gehen sie nicht ein, es bleibt bei höflichem Geplänkel. Darf ich Euch einen guten Rat geben? Bittet den Papst um ein Darlehen für die Mitgift, wenn Euch an dieser Verbindung tatsächlich viel gelegen ist. Er wird es Euch gewiß nicht abschlagen...

Francesco Guicciardini an Niccolò Machiavelli

... abschlagen, nein, aber ich denke nicht daran, den Papst um so etwas zu bitten. Ich war immer sparsam, egal, ob mit meinem eigenen oder mit fremdem Geld. In diesem Fall biete ich an, was ich entbehren kann, und das muß genügen. Wenn die Herren in Florenz damit nicht zufrieden sind, verzichte ich.

Ihr urteilt vorschnell. Der Plan einer Liga ist in meinen Augen keineswegs in Rauch aufgegangen. Im Gegenteil. Ich betrachte den Vertrag von Madrid als schweren politischen Fehler des Kaisers. Er stellt Forderungen, die Frankreich schon aus Gründen der Selbsterhaltung niemals erfüllen wird. Der Papst hat König François im voraus die Absolution versprochen, sollte er den Vertrag brechen und doch noch der Liga beitreten. Vettori ist bereits nach Fontainebleau aufgebrochen, um weiterzuverhandeln. Wartet also noch ein wenig, bevor Ihr vom Scheitern der Liga redet.

Ihr stellt zu viele Mutmaßungen über meinen Charakter an, lieber Freund. Ich bin ein nüchterner, schlichter und gewissenhafter Mensch, der auf gewisse Formen Wert legt. Hochmut, Geringschätzung gegenüber der Welt, jenem Ort des Schreckens und der menschlichen Ohnmacht? Ach was. Ich bin einfach aus anderem Holz geschnitzt als Ihr, lieber Niccolò. Die Gabe, kurz entschlossen zu handeln, wurde mir nun einmal nicht in die Wiege gelegt.

Euer Rezept für das Mittel gegen Obstipation taugt nichts. Nun verstehe ich auch, warum Euch Eure Arzneien keine Linderung bringen – offenbar vertraut Ihr Euch Kurpfuschern an. Sucht Euch einen guten Arzt und achtet besser auf Euch.

Francesco Guicciardini an Niccolò Machiavelli

Durch Kurier, damit Ihr in Florenz der erste seid, der es erfährt. Günstige Nachrichten aus Frankreich. Die Liga ist besiegelte Sache. Sis felix.

TULLIA D'ARAGONA

*M*utter und Tochter knien nebeneinander in einer der Kapellen von San Trifone vor dem Altar, wo die Messe gelesen wird. Giulia, die in einer Hand einen Fächer, in der anderen einen Rosenkranz hält, hat ihr Kniekissen dicht neben Tullias geschoben, und die Falten ihres Kleides berühren Tullias weit fallenden Mantel. Tullias Blick ist starr auf die Altarkerzen gerichtet. Während des Responsoriums unterbricht sich Giulia immer wieder, um Tullia etwas zuzuzischeln.

«Lorenzo, dieser Schafskopf, hat mal wieder nicht zugehört, dabei habe ich's ihm noch ausdrücklich gesagt: hinter dem Schrein von San Cosmo, auf dem Mosaik des Kindermords. Aber jetzt knien wir auf der Anbetung der Weisen, genau in der Zugluft – amen –, ich hole mir hier noch die Gicht und du dir einen steifen Nacken, wickle dir doch den Schleier um den Hals, gebe Gott, daß es nicht noch stärker regnet, wenn wir hinausgehen, dieser Schlamm überall macht mich noch ganz krank... schau nur, die Pantasilea trägt eine Hermelinstola, ich zähle bestimmt fünf, sechs Dutzend Schwänze, bald werden sie hier alle einen Pelz tragen, denk an meine Worte – amen –, erinnere Strozzi noch mal an die Marderfelle, die er uns versprochen hat, wenn wir sie nicht bald verarbeiten lassen, haben wir diesen Winter nichts mehr davon, du nimmst am besten rotes Futter und ich schwarzes, bitte ihn auch gleich um Spangen und Verschlußketten, davon hat er nämlich nichts gesagt, aber nicht so gewöhnliche Verschlüsse mit Kordeln oder Tressen, es muß schon was hermachen, sonst behaupten sie noch, deine beste Zeit sei vorbei, das hätten wir dann davon, früher gab es keinen Anlaß zu solchen Befürchtungen, aber du und deine verrückten Launen, sprich also mit Strozzi über die Pelze, er kann dir ja nichts abschlagen – amen –, schau mal, da ist auch wieder Messer Petrucci, noch ein wenig blaß um die Nase, aber offenbar hat ihm die Kur gutgetan, denk nur, Tullia, ich habe gehört, daß die Franzosen das ‹mal francese› die neapolitanische Krankheit nennen, das muß man sich mal vorstellen, jetzt geben sie Italien die Schuld – amen – ... du hast heute morgen wieder nichts von der Marzipanpastete gegessen, dabei ist sie so köstlich, mit Muskatnuß, Melonenkernen und Rosenwasser, du mußt aufpassen, daß du nicht zu mager wirst, dieser häßliche Lakaienbastard ist es nun wirklich nicht wert, daß du dich aus Kummer um ihn verzehrst, schau nur, die Imperia da vor dir, welch volle Schultern und Arme sie hat, und so weiße Haut, aber die gibt sich ja auch Mühe, da kannst du Gift drauf nehmen, sie brüstet sich jetzt schon damit, daß alle deine Verehrer zu ihr gelaufen sind – amen –, du bist ja nur noch Haut und Knochen, das gefällt Messer Strozzi bestimmt nicht... O Gott, o Gott, wären wir doch diesem Borgia niemals begegnet – wieviel Elend wäre uns erspart geblieben.»

Nach Giovannis erstem Besuch hatte Giulia alles darangesetzt, Tullia davon abzubringen, mit diesem Habenichts anzubändeln. Wutentbrannt warf sie ihr immer wieder vor, daß sie ihre Laufbahn aufs Spiel setze. Aber Tullia ließ sich von diesen Ausbrüchen nicht beeindrucken, und so verlegte sie sich auf eine andere Strategie, überschüttete Tullia mit Vorwürfen, Ermahnungen und Klagen, appellierte an ihren gesunden Menschenverstand und die Liebe zu ihrer Mutter. Verzweifelt zählte sie alles auf, was Tullia bisher erreicht hätte: Ruhm und Erfolg, ganz abgesehen von dem Haus, der kostbaren Einrichtung, von Gold und Silber, Kunstwerken, Juwelen, teuren Duftwässern und Roben aus Brokat und Seide. In den düstersten Farben malte sie ihr das Schicksal einer alternden Dirne aus, die in Unrat und Armut lebt und wie ein Hund krepieren muß.

Doch all ihre Tiraden führten zu nichts. Tullia zuckte nur schweigend die Achseln.

Ein paar Tage später war dieser Borgia wieder aufgetaucht, und seitdem war er ein regelmäßiger Gast, bis... Ach, Giulia darf gar nicht daran denken, wie sie in ihrem eigenen Haus vor dem unerwünschten Eindringling floh; wenn sie nur seine Schritte hörte, versteckte sie sich, weil sie ihm nicht begegnen und ihn nicht begrüßen wollte. Niemals brachte sie persönlich Wein und Pastetchen ins Schlafzimmer, wie sie es bei Tullias anderen Besuchern zu tun pflegte, lachend, scherzend, bestimmt und dabei beflissen, hier eine Falte von Tullias Hemd ordnend, dort eine Haarlocke auf ihrer nackten Schulter zurechtzupfend, als wäre ihre Tochter ein Gegenstand, den es anzupreisen gelte.

Wenn sich die Tür von Tullias Zimmer hinter ihr und Messer Giovanni geschlossen hatte, zog sich Giulia brütend und voller Groll in die Prunkgemächer zurück, in denen die Schätze aufgehäuft waren, die für sie das Leben lebenswert machten. Voller Stolz schüttelte sie die Kissen auf, arrangierte die Pokale und Schalen auf der Kredenz, verrückte Taburette und Spucknäpfe, darunter einen der neuen vornehmen, mit vergoldeten Engelchen verzierten Spucknäpfe von Strozzi. Dabei spitzte sie die Ohren, in der Hoffnung, aus dem verschlossenen Zimmer ein Geräusch aufzuschnappen.

Hörte sie etwas, so spuckte sie auf die Tür, durch die dieser Borgia ihre Räume betreten hatte. Verzweifelt versuchte sie dahinterzukommen, warum sie diesen jungen Mann nur so haßte und verabscheute. Borgia, Borgia. Er trägt zwar diesen Namen, aber was hat das heute noch zu bedeuten. Die meisten Bastarde vornehmer Geschlechter können ihren Vater und ihre Mutter oder wenigstens einen Elternteil nennen, doch es ist ein offenes Geheimnis, daß Messer Giovanni im dunkeln tappt. Giulia hat das unangenehme Gefühl, daß da etwas ist, was sie sich wieder in Erinnerung rufen könnte... aber sie kommt einfach nicht darauf.

So ging sie an jenen Nachmittagen im Oktober und November

zur Zeit der Siesta rastlos und gereizt durch die Wohnung, versetzte der Katze einen Tritt, wenn sie ihr vor die Füße lief, und schimpfte auf die schläfrigen Papageien in ihrem Käfig und die herbstliche Kühle in den Räumen. Wenn sie es gar nicht mehr aushalten konnte, ging sie ins untere Stockwerk, tat so, als wolle sie die beiden alten Frauen dort schelten, weil sie ihre Arbeit vernachlässigten, um einen Vorwand dafür zu haben, sich am Feuer in der Küche zu wärmen. Im niedrigen Gewölbe zwischen dem Kochgeschirr, unter Bunden von Knoblauch, Zwiebeln und getrockneten Kräutern brütete sie dann dumpf vor sich hin.

«Man sieht deutlich, daß Imperia falsche Haare in ihre Frisur eingeflochten hat, schau mal, eine völlig andere Farbe, zehn Jahre ihres Lebens gäbe sie dafür, wenn sie so volles Haar hätte wie du, es ist eine Sünde, eine Schande, wie du damit umgehst, wie konntest du es nur mit diesem Zeug waschen, lieber Himmel, ich könnte heulen vor Kummer, wenn ich diesen braunen Busch sehe, hart wie ein Roßschweif, amen, ausgerechnet du mußt so rumlaufen, und dabei war dein goldenes Haar das prächtigste von ganz Rom, warum hast du das nur getan, noch dazu, nachdem Monsignore Bembo diesen schönen Vers darauf verfaßt hat, wie lautet er noch, ach ja, ‹wie die Locken, die meine Seele und meine Sinne einst umfingen in einem Netz aus feinem Gold›, ist das nicht vortrefflich ausgedrückt – so etwas aus dem Mund eines großen Mannes zu hören und dabei zu wissen, daß er dich mit der seligen Madonna Lucrezia vergleicht, die damals ja seine Geliebte war – amen – , und du hättest an ihre Stelle treten können, wenn du Monsignore nicht so grob beleidigt hättest, indem du ihm sein Geschenk zurückgegeben hast, ein so seltenes Kleinod, dieser prachtvolle Anhänger, der Delphin aus Smaragd, wie konntest du nur so töricht sein, der Kardinal war verliebt in dich bis über beide Ohren, das war unsere Chance, Tullia, die Chance schlechthin, aber nein, du mußtest ja auf das hören, was dir dieser eifersüchtige Liederjan eingeredet hat, der fast immer mit leeren Händen zu dir kam, und als sei das alles nicht schon schlimm genug, schneidest du dir nun einfach die Haare ab und spülst sie mit diesem Mittel, ohne mich vorher um Rat zu fragen, mit ekelhaftem Nußsaft, und Gott sei's geklagt, jetzt siehst du aus wie eine Bäuerin oder Landstreicherin, amen, amen. Wüßte ich nur jemanden in Rom, der Einfluß auf dich hat, ich bin ja nur deine Mutter, meinen Rat schlägst du in den Wind, du glaubst ja, alles besser zu wissen, ach ja, Undank ist der Welt Lohn, und dabei wollte ich immer nur dein Bestes, Ruhm und Macht und Reichtum für meine Tullia, die Königin von Rom solltest du sein, so wie ich in meiner besten Zeit, alles würde ich dafür opfern, ich will dir doch nur den Weg ebnen, ich lasse dich aus meinem Schatz von Erfahrungen schöpfen, hör doch auf mich, Kind, tu endlich nicht mehr so, als seist du aus Stein, du brichst mir ja das Herz und Messer Strozzi auch, ach, er hat sich noch nicht bei mir beklagt, aber ich merke es doch, auch er ist völlig ratlos, gib nur acht, daß wir diesen letzten treuen Freund nicht auch noch verlieren, daß er dich nicht wegen Pantasilea oder Antonella oder Maddalena im Stich läßt, wie es die anderen getan haben... *jetzt* wirbt er noch mit Geschenken und Komplimenten um deine Gunst, aber wenn du so weitermachst, wird er sein Vergnügen dort suchen, wo es ihm ohne solche Schwierigkeiten geboten wird. Du kannst dem Himmel auf Knien für diesen Beschützer danken, nicht viele Mädchen können sich erlauben, was du dir in letzter Zeit erlaubt hast, vergiß nicht, daß du an Strozzi etwas gutzumachen hast, Gott sei Dank hat er nicht erfahren, daß du alle seine Herzens- und Staatsgeheimnisse Messer Pietro zugetragen hast, ach, der Teufel hole diesen Schlawiner, der uns den Borgia auf den Hals geschickt hat, ach, hätte ich mich doch nur nicht von seinen schönen Reden, seiner Hilfsbereitschaft und seinen Possen und Späßen blenden lassen, Dio, damit wollte er uns ja nur einwickeln, um uns für seine Ziele einzusetzen, allein darum ging es ihm, er hat bei uns gegessen und getrunken, wir haben ihm die Kleider gewaschen und geflickt, wir haben ihm Geld geliehen und ihm erlaubt, sich wie der Herr des Hauses aufzuführen, alles haben wir ihm erzählt, ja, wir haben unsere vornehmsten Gäste ausgehorcht, in ihren Taschen herumgeschnüffelt und ihre Bediensteten bestochen, nur um diesem Speichellecker einen Gefallen zu erweisen – und was ist nun der Dank? Er sorgt dafür, daß du dich in seinen verfluchten Freund verliebst, und zerstört deine Laufbahn...»

Über Messer Pietro hat Giulia in ihrer Wut und Verbitterung oft nachgedacht, seitdem er bei Nacht und Nebel verschwunden ist, nach Mantua oder Venedig, niemand weiß es so genau. Daß er um sein Leben bangte, nun ja, das ist eben der Preis, den man für dunkle Machenschaften bezahlen muß. Sie hat ihre Nase nie in seine Angelegenheiten gesteckt. Allerdings hat sie an eine gewisse stillschweigende Übereinkunft geglaubt: keine Fragen, keine Erklärungen, wir verstehen uns schon. Eine Hand wäscht die andere. Sie fand es angenehm, immer einen Vertrauten in der Nähe zu wissen, mit dem keine großen Worte nötig waren. Über Verhaltensweisen oder Äußerungen, die dem Bild des allwissenden, klugen Ratgebers und amüsanten Hausfreundes nicht entsprachen, hatte sie hinweggesehen.

Wenn sie nun darüber nachdenkt, hat sie das unangenehme Gefühl, daß ihr Verhältnis keineswegs dem gegenseitigen Vorteil diente. Messer Pietro hat sie offenbar zum Narren gehalten. Giulia, die doch ihr Reich, die Welt der Alkoven und Minnekünste, der Liebestränke und Schönheitsgeheimnisse, der Irr- und Umwege der Leidenschaft kennt wie niemand sonst und die Messer Pietro ohne den Ansatz eines Zweifels als Mann klassifiziert hatte, der mit allen Wassern gewaschen war, wird nun blitzartig klar, daß die verborgenen Winkel seines Wesens ihrer Aufmerksamkeit entgangen sind. Nun fällt ihr vieles wieder ein: die Hingabe, mit der er Satin- und Samtstoffe, Spitzen und Borten befühlte und über seinem Arm drapierte, wie er vor dem Spiegel die Wirkung von Farbenspiel und Schmuck studierte, scheinbar zum Spaß, doch dafür auffällig lange, seine Neugierde auf jene Dinge, die selbst eine Kurtisane selten mit einem Mann bespricht, die heimliche, schmachtende Aufmerksamkeit, mit der er Tullia beobachtete, wo sie ging und stand, ob beim Baden oder Ankleiden, die Art, wie er um sie herumscharwenzelte, immer ihre Nähe suchte, sie betastete und beschnupperte, gänzlich ohne Begehren, eher, als wolle er in ihre Haut schlüpfen und Tullia werden... oft blitzten in seinen Blicken selbstquälerische Neugier und, ganz unverkennbar, Neid auf. Giulia, die ihre Schlüsse gezogen hat, schnaubt höhnisch und verächtlich auf: Ein Mann, der Frauen um das einzige beneidet, das für ihn unerreichbar ist, das Frau-Sein – zwitterhaftes Gesindel, und dem fühlt sie sich schon berufshalber weit überlegen.

Aber das allein wäre für eine Frau wie Giulia kein Grund, jemanden zu hassen. Daß Messer Pietro aber Giovanni Borgia mitgebracht hat, ist für sie ein eindeutiges Zeichen seiner lange unterdrückten Boshaftigkeit und Rachsucht. Für seinen heimtückischen Versuch, ihren Erfolg und ihr Lebensglück zu untergraben, muß sie ihn hassen. In Messer Pietro sieht sie einen bösen Geist, der sich Giovanni Borgias bedient, um Tullia ihrem Einfluß zu entziehen. *Ihm* macht sie die Widerspenstigkeit ihrer Tochter zum Vorwurf, er allein ist an all jenen Vorfällen schuld, die einen Gast nach dem anderen aus dem Haus trieben. Für sie sind Messer Pietro und dieser Borgia allmählich zu ein und demselben feindlichen Wesen verschmolzen. Messer Pietro ist außer Reichweite, aber mit Giovanni Borgia hofft sie auch ihn zu treffen.

Irgendwann gelang es ihr, ihre aufgestaute Wut in jene Worte zu fassen, vor denen Borgia dann floh. Er ist fort (gebe Gott, daß er niemals wiederkommt, amen, amen, betet Giulia bei diesem Gedanken blitzschnell und blickt fordernd auf den mit Kerzen und Wachsblumen geschmückten Altar), aber ist damit die Rechnung beglichen?

Giulia weiß noch genau, an welchem Abend das Leben, das sie für Tullia und sich aufgebaut hatte, zu bröckeln begann. Vorher hatte sich Tullias Aufsässigkeit nur in hartnäckigem Schweigen und kühlen, abweisenden Blicken geäußert. Die Nachmittage widmete sie Borgia, abends jedoch empfing sie wie früher die Herren, die mit Giulia einen Besuch bei ihr vereinbart hatten. Trotzdem witterte Giulia Gefahr. Nicht zu Unrecht brüstet sie sich damit, daß ihr nichts verborgen bleibt. Eine Frage hier, eine Frage dort, und schon wußte sie, daß unter den Liebhabern ein Gerücht kursierte: Wenn man Tullia umarmte, war es, als sei man mit einer lebendigen Toten zusammen.

Giulia versuchte, die drohende Unzufriedenheit durch eine List zu bannen: «Meine Tochter ist eine Dichterin, meine Herren, empfindsam und zartbesaitet. Könnte es nicht sein, daß sie befürchtet, ihr Temperament könnte als Unkeuschheit, ihre Liebeskunst als Mangel an Sittsamkeit gedeutet werden?» Sogleich verfaßten die treuesten Besucher des Hauses am Campo Marzio, wobei sie recht viel Wein genossen, ein Manifest: Tullia ist die tugendsamste Frau der Welt, und wer das zu bezweifeln wagt, wird hiermit zu einem Zweikampf herausgefordert, von Orsini, Rinuccini, Urbino oder Mattei, lauter klingende römische Namen. Mit lauter Stimme lasen sie Tullia dieses Dokument vor, und zwei oder drei der Verteidiger ihrer Ehre hoben sie, obwohl sie sich sträubte, auf ihre Schultern wie auf einen Thron. Der Scherz endete, als Strozzi (der während dieser Zeremonie eintrat) blaß vor Wut das Papier an sich nahm und zerriß. Nach dieser Begebenheit und der sich anschließenden Schlägerei ging die Zahl der Besucher im Haus am Campo Marzio drastisch zurück. Ein zweiter, noch ernsterer Vorfall führte dann zu der gefürchteten Stille in den Empfangssälen.

Eines Abends war Kardinal Bembo, das Gesicht hinter einer Larve versteckt und in weltlicher Kleidung, unangekündigt mit einem kleinen Gefolge von Vertrauten am Campo Marzio erschienen. Er sagte, er sei gekommen, um der berühmtesten Frau Roms die Hand zu küssen, und Giulia war es, als öffne sich der Himmel. Dieser reiche und mächtige Freund von Fürsten und Päpsten, ein Mann von Welt, ein großer Gelehrter und Dichter, der vielleicht sogar dazu ausersehen war, einmal mit der höchsten Würde bekleidet zu werden, in ihren Räumen! Vielleicht ist Tullia ja ein Ruhm beschieden, von dem sie nie zu träumen gewagt hätte. Der ergrauende Kardinal mit der eleganten, mageren Gestalt, der die anderen um einen Kopf überragt, gilt als wählerischer und raffinierter

Frauenkenner. Ein Mann wie er besucht nicht ohne Grund das Haus einer jungen Kurtisane. In Gedanken hat Giulia bereits alles geregelt, noch bevor der erste Pokal Wein geleert ist; selbst Strozzi wird sich fügen müssen, Monsignore geht vor... Tullia muß sich einfach geschmeichelt fühlen! Hat sie nicht mit Hilfe von Bembos berühmtem Dialog über die Liebe, *Gli Asolani*, lesen gelernt, ist sie nicht später unter dem Einfluß dieser Lektüre Dichterin geworden, hat sie die Werke des Kardinals nicht immer wieder mit Feuereifer gegen Messer Pietro verteidigt, der es gewagt hat, Bembo als pedantischen Narren, saft- und kraftlosen Frömmler und als Schänder der Sprache zu bezeichnen? Giulia spornt ihre Tochter an, Verse zu deklamieren, und beobachtet im Hintergrund, wie Monsignore wohlwollend nickt. Sie betet zu allen Heiligen, daß Tullias Streben nach dichterischem Ruhm stärker sein möge als ihre Leidenschaft für diesen Borgia. Lob und Ermutigung von Bembo höchstpersönlich, was könnte sie mehr verlangen – dann wäre ihr Name gemacht. Als der Kardinal später in wohlgesetzten Worten ein Stegreifgedicht auf Tullias rotgoldenes Haar deklamiert, überkommt Giulia ein rauschartiges Triumphgefühl.

Warum nur mußte dieser Borgia am nächsten Tag bei Tullia sein, als Bembos Mohr ein Geschenk überbrachte, Monsignores Dank für diese erste, angenehme Begegnung? Es war ein Anhänger, ein aus einer Welle von Perlen emporspringender Delphin aus Smaragd. Er, dieser Borgia, riß ihr den Schmuck vom Hals, nannte ihn Hurenputz und bezeichnete Tullias goldenes Haar als Hurenhaar. Danach lief ihm Tullia, bleich und außer sich vor Angst, bis in den Cortile nach: Wenn du es von mir verlangst, werfe ich Monsignore den Delphin vor die Füße, und wenn er mich von den Sbirren nackt auf die Straße jagen läßt, aber geh nicht fort, Giovanni, bleib bei mir!

Sie hielt ihr Wort und gab den Schmuck trotz Giulias Drohungen und ihres Lamentos (eine Villa, eine fürstliche Zuwendung durch deine Unvernunft und deinen Mutwillen verspielt) noch am selben Abend Monsignore zurück, der daraufhin sofort ging,

299

scheinbar sorglos scherzend, dabei aber mit steinerner Miene. Dann bestach sie eines der alten Weiber aus dem Erdgeschoß, ihr ein Mittel zu verschaffen, das gefärbtem Haar die ursprüngliche Farbe zurückgibt. Am nächsten Tag kamen die Sbirren und untersagten Giulia Ferrarese und ihrer Tochter auf Befehl der Obrigkeit bis auf weiteres den Empfang von Besuchern.

Jeden Tag lauscht Giulia nun mit angehaltenem Atem an Tullias Tür und versucht, aus den Gesprächsfetzen zu erraten, was die beiden dort drinnen vorhaben. Es ist, als wüßten sie, daß Giulia horcht, denn sie kann nur selten etwas hören, und was sie hört, versteht sie nicht. Einmal vernimmt sie deutlich Tullias Stimme: «Ich tue alles, was du willst, habe ich das nicht bewiesen? Ich will fort von hier, ich werde mit dir gehen, ganz gleich, wohin. Heute, morgen, ein Wort von dir genügt.»

Maßlose Angst überkommt Giulia. Tullia wird sie verlassen, eines Tages wird sie fortgehen, Geld und Kleinodien mitnehmen, um mit ihrem Borgia davon leben zu können, und sie, Giulia, kann krepieren. Es ist für sie so sicher wie das Amen in der Kirche: Tullia wird sie nicht bei sich dulden, nie mehr. Aber was dann? O Gott, was hat sie nicht alles gehört und gesehen, als sie – bevor die Tage ihres Ruhms begannen – allein und schutzlos durch Rom streifte. Kreaturen, die wie lichtscheue Tiere in der Dämmerung aus ihren Schlupfwinkeln hervorkriechen. Lumpen und Fetzen und darunter ekelerregender Verfall. Im Schatten von Torbögen und Kirchenportalen kauern, um ein Almosen betteln. In den Abfallhaufen stöbern auf der Suche nach etwas Eßbarem. Vor Wirtshäusern und Bordellen betteln und hoffen, noch einen Trunkenbold mitlocken zu können. Vogelscheuchen, nur noch Haut und Knochen, von Geschwüren und Flechten übersät, mit Hängebrüsten und zahnlosen Mündern. Verzweifelt vor Hunger im Hurenviertel umherstreifen und junge Dirnen ansprechen: «Nimm mich in deine Dienste, Herzchen, laß mich deine Ruffiana sein, ich kenne geheime Mittel gegen das ‹mal francese›, ich bereite dir Bäder, die dich wieder zur Jungfrau machen, ich lese aus der Hand, ich weiß dies und jenes, ich kann dir alles sagen, für eine Mahlzeit, für ein Nachtlager...»

Wie oft hat sie nicht voller Abscheu und unter Verwünschungen ihr Kleid den Klauen eines solchen Geschöpfs entrissen, das ihr rachsüchtig hinterherkreischte: «Ich habe den bösen Blick, verfaul doch, du Hure, hängen sollst du, brennen!»

Erbarmungslos wird Tullia sie zu diesem Weg verdammen, in die Gassen beim Ponte Sisto, in die Hütten und Löcher zwischen den antiken Ruinen, ins Hurengefängnis der Torre Savella und schließlich ins Lazarett und ins Beinhaus.

Giulia kann nicht mehr schlafen, das Essen bleibt ihr im Halse stecken. Im Haus ist es still geworden, eine dünne Staubschicht bedeckt die Möbel und Teppiche im Empfangssaal. In der Küche sitzen die alten Weiber flüsternd beim Feuer; wenn Giulia eintritt, schweigen sie und stochern in der Asche. Regenschauer peitschen das Pflaster des Cortile. Nur abends ertönt noch Gelächter und Gesang, aber nur in dem Teil des Hauses, den Vascha und Speranza bewohnen, und tagsüber hört man die Schulkinder toben und johlen. Ohne diese Zeichen von Leben hätte Giulia längst den Verstand verloren. Sie ist ein Mensch, der ständig in Bewegung sein muß, und sie braucht unbedingt jemanden, mit dem sie reden kann. Bisher hatte sie jeden Kontakt zu den anderen Bewohnern des Viertels mit Bedacht vermieden, weil sie wußte, wie mächtig einen eine hochmütige Haltung macht. Nun aber würde sie alles darum geben, mit Nachbarinnen und Markthändlern schwätzen zu können. Seit das Haus für Gäste geschlossen ist, gibt es nichts zu regeln, nichts vorzubereiten. Den lieben langen Tag hat sie keine andere Beschäftigung, als beim Feuer zu hocken, sich das drohende Unheil auszumalen und Tullia nachzuspionieren. Tullia geht stolz und gelassen ihre eigenen Wege, erteilt den alten Frauen, dem Pagen Lorenzo und dem Stallburschen Befehle, läßt Mahlzeiten für sich und diesen Borgia zubereiten und bestellt bei trockenem Wetter Sänfte und Maulesel für einen Ritt durch die Straßen Roms.

Keiner der früheren Verehrer läßt noch etwas von sich hören. Nur Strozzi sendet hin und wieder einen Boten und fragt an, ob er sich wieder Hoffnungen machen könne. Tullia antwortet nicht, und Giulia schluchzt und flucht in ohnmächtiger Wut.

In der nächtlichen Stille kommt ihr ein neuer Gedanke. Tullia muß verhext sein. Haben die Borgias es nicht verstanden, bei jeder Frau ihren Willen durchzusetzen, wußten sie nicht jeden Feind aus dem Weg zu räumen? Il Duca besaß damals im Vatikan ein Kabinett mit einer Sammlung von Gebeinen, sonderbaren Tieren, Mißgeburten in Spiritus, fleischfressenden Pflanzen und bizarren Erfindungen. Schlaflos wälzt sich Giulia im Bett hin und her. Von wem man vermutete, daß er zuviel hörte und zuviel sah, der wurde nicht zu den päpstlichen Festen eingeladen. Giulia Ferrarese, die aufstrebende Kurtisane, hat das immer beherzigt. Aus ihrem Mund war nie etwas anderes als Lob für die Borgias und ihren Hof zu hören. Was sie nicht alles hätte ausplaudern können... Sie mußte sich von ihnen sogar beleidigen lassen. Il Duca bereitete es Vergnügen, Kurtisanen in der Öffentlichkeit lächerlich zu machen. Einmal, bei einem Gesellschaftsspiel, hatte sie Grund anzunehmen, daß er es war, der sie im Dunkeln... Als dann die Kerzen wieder hereingetragen wurden, stand er aus vollem Halse lachend in einer anderen Ecke des Raumes, und sie fand diesen Lakaien Perotto Caldès neben sich, den spanischen Lieblingsdiener des Papstes. Zum erstenmal seit vielen Jahren versucht sie, sich dessen Gesicht wieder zu vergegenwärtigen; in ihrer Erinnerung ist er eine Mischung aus Messer Pietros Unverschämtheit und dem Finsteren, irritierend Ungreifbaren, das Giovanni Borgia umgab. Dieser Lakai...

Was Giulia niemals erfahren wird: Trotz seiner vielen Besuche blieb Giovanni Borgia ein Fremder für Tullia; die kurzen Augenblicke der Vertrautheit in jenen Momenten des Schweigens nach der Liebe führten nie zu einer Nähe, die bis zum nächsten Wiedersehen anhielt. Tullia stellt ihm keine Fragen. Seine Einsilbigkeit stört sie nicht. Sie hat zu viel reden und lachen müssen mit ihren vielen Verehrern. Sie schält ihm Früchte, spielt Laute, füttert die Vögel in der Voliere, legt neues Holz ins Kaminfeuer. Sie weiß genau, daß ihn gerade ihre Fähigkeit, Abstand zu wahren, an sie bindet. Natürlich wüßte sie gern, welche Menschen er geliebt oder gehaßt hat und warum es so war. Aber sie hat nicht den Mut, davon anzufangen. Irgendwann einmal hat sie einen zaghaften Versuch gemacht und ihm erzählt, wie sehr sie ihre Mutter verabscheue. In seinem Blick war zu lesen, daß er sie gut verstand. Er kennt also den Haß auf das eigene Fleisch und Blut. Er mag es nicht, wenn man von seinen Verwandten redet. Auch das haben sie gemeinsam, außerdem die Abneigung gegen den Rausch und gegen Worte, die allzu glatt von den Lippen gehen.

Tullia kennt die Spielregeln der Liebe, die ihre Mutter sie gelehrt hat. Aber die nützen ihr jetzt nichts. Sie gibt sich vorbehaltlos hin. Das Leben, das hinter ihr liegt, hat sie vergessen. Soll ihre Mutter doch schluchzen und toben und ihr vorwerfen, daß sie für immer ihre Chancen verspielt – Tullia läßt sich davon nicht beirren. Was kümmert es sie, daß man sie abends nicht mehr besucht, weil sich niemand die Gunst Kardinal Bembos verscherzen möchte, der in Tullias Haus beleidigt wurde. Was kümmern sie Strozzis Briefe und Botschaften. Er hat es zwar immer gut mit ihr gemeint, aber dafür hat sie ja auch mit ihrem Körper bezahlt. Sie braucht kein Mitleid zu zeigen. Für sie existiert nur noch Giovanni Borgia, der ohne Liebeserklärungen oder Geschenke kommt und ohne Dank geht, der in ihren Armen nicht in erster Linie den Genuß sucht und dessen Wesen und Absichten sie nicht ergründen kann. Aber sie hat Geduld, sie kann warten. Vorerst genügt ihr dieses rätselhafte Beisammensein. Seine Gegenwart hat sie befreit.

Es entgeht ihr nicht, daß ihre Mutter vor lauter Anspannung fast den Verstand zu verlieren droht. Sie kann es nicht ändern. Tullias Glück und Giulias Glück sind unvereinbar.

Als sie eines Nachmittags mit Giovanni aus ihrem Zimmer kommt, springt Giulia aus einem Versteck, in dem sie Tullia aufgelauert hat, hervor. Sie droht Giovanni mit zu Klauen gekrümmten Fingern und beschimpft ihn kreischend.

«Komm», sagt Tullia, «beachte sie gar nicht. Sie kann sich nicht damit abfinden, daß hier nicht mehr so viel Geld fließt wie früher. Tag für Tag hat sie mich verkauft, für jede Umarmung hat sie mindestens ein kleines Vermögen verlangt, denk mal, wie hoch der Verlust ist, seit ich dich liebe.»

Giulia klammert sich schluchzend an die Röcke ihrer Tochter, umfaßt ihre Knie, will sie am Weitergehen hindern: Du weißt nicht, was du tust, lieben nennst du das, dabei hat er dich verhext und dich so in seine Gewalt gebracht. Dieser Teufel macht mit dir, was er will, er gehört mit einem Stein um den Hals in den Tiber, genau wie sein Vater.»

Giovanni hört sich die Tiraden schweigend und gleichgültig an. Aber Tullia sieht, wie sich seine Miene bei diesen letzten Worten verändert, wie sein Gesicht erschlafft und wehrlos wird. Giulia erahnt diese Unsicherheit und nutzt die Schwäche blitzschnell aus. Sie hört auf zu weinen und steht auf, mit breit in die Hüften gestemmten Armen tritt sie ihrem Feind gegenüber.

«Leugne es doch, wenn du es wagst, du Lakaienbastard! Ich habe recht, auch wenn deine Mutter sich als große Dame aufgeführt und die Prinzessin gespielt hat, dieser Augapfel von Papst Alexander, seine porzellanene Lucrezia, für die kein Mann auf Erden gut genug war.»

Tullia legt ihre Hand auf seinen Ärmel, aber er schüttelt sie grob von sich.

«Beweist, was Ihr da sagt.»

«Ach ja, Tullia d'Aragona einwickeln, die nur Edelleute, große Handelsherren und den Purpur empfängt, so tun, als ob du etwas Besseres wärst als all diese Herren zusammen, und glauben, in Rom gäbe es niemanden mehr, der sich noch daran erinnert, wie Madonna Lucrezia sich neun Monate lang verstecken mußte, damit es nicht herauskam, was für ein Kuckucksei Pedro Caldès den Borgias ins Nest gelegt hatte. Wenn du darauf bestehst, kann ich es auch beweisen; schließlich habe ich vor meiner Verbindung mit Kardinal d'Aragona mit einer Frau zusammengewohnt, die im Haus von Madonna Vannozza gegen hohes Schweigegeld bei einer Geburt geholfen hat. Ich könnte auch die Vor- und Nachnamen der Leute nennen, die dabei waren, als man Perotto an Händen und Füßen gefesselt aus dem Tiber fischte, zusammen mit einer Kammerzofe der keuschen Lucrezia, glaub mir, die beiden sind bestimmt nicht aus Versehen ins Wasser gefallen... Heute brauche ich ja nicht mehr den Mund zu halten, es laufen keine Meuchelmörder von Il Duca mehr herum, die jeden kaltmachen, der ein häßliches Wort über seine Schwester zu sagen wagt.»

Tullia begreift nicht, warum er noch immer wie gebannt auf das bösartig verzerrte Gesicht vor ihm starrt, warum er Giulia nicht zum Schweigen bringt, notfalls mit Gewalt. Was da gerade geschieht, erfüllt sie mit grenzenlosem Erstaunen. Giulias Worten lauscht er mit einer Aufmerksamkeit, die er Tullia nie entgegenbrachte. Giulias Hohn und ihre Schadenfreude scheinen ihn nicht zu stören. Er führt sie zu einem Stuhl und setzt sich ihr gegenüber. Vorgebeugt, die geballten Fäuste zwischen die Knie gepreßt, stellt er ihr viele Fragen, und Giulia, besänftigt durch seine Ruhe, antwortet ihm. Als er plötzlich aufsteht, macht Tullia einen Schritt in seine Richtung; er aber würdigt sie keines Blickes und geht ganz dicht an ihr vorbei, als ob draußen vor der Tür jemand auf ihn warte.

Nach einer Woche läßt Giulia Strozzi benachrichtigen. «Er hat sie verlassen, sie ißt nicht, sie schläft nicht, sie sagt kein Wort, bitte kommt, Exzellenz, per misericordia.» Was soll Strozzi tun? Die mitgebrachten Geschenke beachtet sie nicht, die Leckereien rührt sie nicht an, seine Liebkosungen weist sie zurück. Sie steht am Fenster und blickt auf die Piazza. Hundertmal am Tag beugt sie sich über das Treppengeländer im Haus, horcht auf die Geräusche im Hof. Rastlos geht sie hin und her. Wenn Giulia sich ihr zu nähern versucht, entblößt sie die Zähne wie ein Tier, das sich in die Enge getrieben fühlt.

Bestürzt über Tullias Elend, macht Strozzi einen Vorschlag, der ihn selbst mit Scham und Spott erfüllt. Er, ein Florentiner Patrizier, wird sich als Kuppler betätigen. Er schickt einen vertrauten Diener mit einer Botschaft für Messer Giovanni Borgia zum Vatikan. Doch der Bote kommt unverrichteterdinge zurück. Messer wohnt nicht mehr über den Wachlokalen, er ist weder in der Kanzlei noch sonstwo im päpstlichen Palast zu finden, man hat ihn zwar noch durch die Stadt reiten sehen, aber seinen derzeitigen Aufenthaltsort und seine Pläne kennt niemand. Strozzi überbringt Tullia diese Nachricht persönlich, und er wählt seine Worte mit großer Vorsicht. Er sieht, wie die unnatürliche Spannung plötzlich nachläßt, es ist, als ob eine Feder springen, eine Mechanik gestoppt würde. Tullias Augen werden trübe. Strozzi redet auf sie ein, in der Hoffnung, diese starre Puppe wieder zum Leben zu erwecken, einen Funken zu schlagen, der die Wärme früherer Vertrautheit zurückbringen kann. Weißt du, Tullia, daß ich wegen dir einen Tadel von der Signoria bekommen habe, wie findest du das, bella mia, ich habe dich zu oft besucht, sagen sie, und daß ich mich für dich sogar geprügelt habe, halten sie in Florenz für unvereinbar mit der Würde eines Mannes, der im Dienst der Staatskanzlei steht. Wenn ich mir nicht einmal mehr mein Liebchen selbst aussuchen darf, sollen sie in Zukunft doch jemand anderen nehmen, so angenehm finde ich es wahrlich nicht, das ganze Verhandeln, das Herumstreiten, die Winkelzüge und Haarspaltereien, die sie Diplomatie nennen... und das gerade jetzt, wo so viel auf dem Spiel steht. Es sieht schlecht aus, Tullia, es sieht schlecht aus, die Dinge nehmen einen anderen Gang als erwartet, die Sorgen wachsen mir über den Kopf, Kind, und du verweigerst mir schon so lange deinen Trost...

Später teilt Strozzi der unterwürfigen Giulia seine Wünsche mit: Das Haus soll für andere Besucher geschlossen bleiben, auch wenn der Hauptmann der Torre Savella das Empfangsverbot aufhebt. Mutter und Tochter sollen sich bereithalten, um ihn bei seiner Rückkehr nach Florenz zu begleiten. Unterdessen sorgt er auch für Zerstreuung: Er schickt einen Maler, der Tullia porträtieren soll.

Strozzi wählt die Pose, Giulia die Robe und den Schmuck. Schweigend erduldet Tullia, wie sie an ihr herumzupfen, um alles zu drapieren. Stundenlang verharrt sie in der gewünschten Haltung, den Kopf etwas zur Seite geneigt, ein Lächeln um die Lippen, die grünen Augen starr auf einen Punkt gerichtet. Als der Maler hört, daß sein Modell dichtet, gibt er ihrem Bildnis einen Hintergrund von Lorbeerzweigen und verewigt Tullia so in jenem legendären Hain, wo man den Ruhm nur zu pflücken braucht.

«Wie schrecklich kalt es hier ist, wir holen uns noch den Tod, Tullia, schließ in Gottes Namen den Mantel dicht über der Brust, so, laß mich nur machen, betest du, schläfst du oder grübelst du wieder über das nach, was vorbei ist, sei doch gescheit, nimm die Dinge, wie sie sind, das Leben liegt noch vor dir, was geschehen ist, ist geschehen, du hast Signor Strozzi, du hast mich, was willst du mehr, denk mal, ich war in deinem Alter mutterseelenallein. Vielleicht gehen wir ja demnächst nach Florenz, endlich wieder eine Abwechslung, die Luftveränderung wird dir guttun. Strozzi wird schon dafür sorgen, daß du dich dort wohl fühlst, du kennst ihn ja. Du hast deine Schäfchen im trockenen, auch wenn du dein Leben lang sein Liebchen bleiben solltest, aber ich habe die Hoffnung nicht aufgegeben, daß es doch noch mehr für meine Tullia gibt, warte nur ab, mächtige Herren werden dein Porträt anschauen, wenn es in Strozzis Palast hängt, und fragen: Wer ist diese Schönheit, wo wohnt sie? Glaube mir, du bist noch immer ein aufgehender Stern. Amen, amen, Gott sei Dank, endlich können wir aufstehen, hier, Lorenzo, nimm die Kissen, und merk es dir gefälligst, du Esel, das nächste Mal auf dem Kindermord-Mosaik!»

GIOVANNI BORGIA

*W*as hat mich dazu bewogen, Pescaras Gemahlin aufzusuchen und sie um ein Empfehlungsschreiben zu
bitten? Ich sagte mir, es sei der richtige Augenblick, Rom
zu verlassen. In Wirklichkeit gehorchte ich nur dem blinden
Drang, meine besten Eigenschaften oder was ich bislang dafür hielt
in einer Umgebung einzusetzen, die nicht geprägt war von höfischen Intrigen und Hurengunst. Wenige Tage nachdem in Rom die
Verhaftung Girolamo Morones bekanntgeworden war, gewährte
mir die Marchesa von Pescara eine Audienz. Sie empfing mich stehend in einem kleinen zugigen Zimmer, einem Verbindungsraum
zwischen zwei Sälen. Als ich meinen Namen nannte, sah sie mir
mit einem forschenden, kühlen Blick in die Augen. Ich mußte mich
beherrschen, um mich ihr nicht zu Füßen zu werfen. Am liebsten
hätte ich ihr laut zugerufen, daß sie mich nicht verachten, fürchten
oder mir wegen meines Namens mißtrauen dürfe, daß ich in Wirklichkeit ein Niemand sei, der nichts besitzt und sozusagen erst in
diesem Augenblick zu leben beginnt. Sie hatte nicht viel Zeit für
mich und fragte, was ich wolle. Ich sagte also ohne Umschweife,
ich wolle Pescara dienen und hoffte, daß sie mir einen Empfehlungsbrief nach Novara mitgeben werde.

«Ich kann Euch nicht empfehlen, Messer, denn ich kenne Euch
nicht», antwortete sie achselzuckend und mit einem vagen Lächeln. «Warum wollt Ihr dem Marchese dienen?»

«Ich brauche ein Ziel, für das ich leben oder sterben kann. Ich verehre den Marchese. Das Ziel, das er sich gesetzt hat, ist sicherlich auch gut genug für mich.»

«Ein Ziel, für das man leben oder sterben kann. Das ist ein hoher Anspruch, Messer. Ihr bürdet meinem Gatten eine schwere Verantwortung auf.»

Ich befürchtete schon, sie würde mich wegschicken, denn plötzlich wurde mir klar, wie lächerlich meine Bitte war. Doch sie blieb in Gedanken versunken stehen. Durch die offenen Türen hinter ihr blickte ich in eine Flucht dunkler Säle.

«Ich habe Euch im Gefolge des Kanzlers von Mailand gesehen. Sonderbar, daß Ihr jetzt den Marchese aufsucht. Nach allem, was geschehen ist, würde sich jeder, der Signor Morone anhing, von meinem Gemahl abwenden. Erklärt mir doch, welche Eigenschaften bewundert Ihr an dem Marchese?»

Die Marchesa wandte den Blick nicht einen Moment lang von mir ab. Sie sah müde aus, sie trug ein schmuckloses, dunkles Kleid und hatte ein durchsichtiges Tuch um das Haar gebunden. Eine keusche, klösterliche Tracht. Ich erinnerte mich, daß ich diese Frau begehrenswert gefunden hatte, als sie im Vatikan an mir vorbeiging. Seitdem hatte sie sich auf merkwürdige Weise verändert. Ihre Anziehungskraft war geblieben: ihre ruhige, fürstliche Haltung, ihre hellen Augen, die beherrschte Leidenschaftlichkeit ihrer Lippen. Doch diese Schönheit sprach nicht mehr die Sinne an. Die Marchesa schien mir jetzt viel mehr zu sein als nur eine schöne Frau.

«Dient zuvor mir», sagte sie, als ich schwieg. «Ich muß verreisen. Ich übertrage Euch das Kommando über mein bewaffnetes Geleit.»

Ich bin heute nicht mehr der Mann, der in der Bibliothek des Vatikans in aller Ausführlichkeit seine Erinnerungen aufschrieb. Die Erkenntnis, ein Borgia und zudem die Frucht einer Blutschande zwischen Vater und Tochter oder Bruder und Schwester zu sein, hat mich lange Zeit gelähmt, wie ich jetzt erkenne. Ganz abgesehen von meinem erzwungenen Müßiggang, dem entnervenden Herumlungern in den päpstlichen Galerien, in Erwartung eines Auftrags. Und dann meine Besuche bei Tullia d'Aragona. Sie war entgegenkommend und bescheiden, ich bereue die Stunden mit ihr nicht. Ich glaube, sie meinte es ernst, wenn sie mir ihre Zuneigung beteuerte. Sie gab mir mehr, als ich erwartet hatte, mehr, als ich begehrte. Aber auf die Dauer macht eine Liebe, die man weder erwidern noch mit fürstlicher Freigebigkeit belohnen kann, beklommen. Eine Frau, die man nicht liebt, kann man nicht täglich umarmen, ohne daß sich Langeweile einschleicht. Überdruß befiel mich wie eine Krankheit. Auf Tullias Bett ausgestreckt, erwog ich tausend verschiedene Pläne, aber ich konnte mich zu nichts aufraffen, mir fehlte der Mut und die Willenskraft, die Vergangenheit abzuschütteln. Ein Schock war nötig, um mich wachzurütteln.

Nachdem jenes Weib, Tullias Mutter, zum erstenmal gewisse Dinge erwähnt hatte, war ich außer mir. Es paßte alles so gut mit dem zusammen, was ich schon wußte. Endlich eine Erklärung dafür, warum ich nach meiner Geburt nicht auch im Tiber verschwunden bin, warum Papst Alexander mir ein Herzogtum geschenkt, Cesare mich bei sich aufgenommen hat. So hofften sie, ihre kostbare Schachfigur Lucrezia gegen jeden Verdacht zu schützen. Die besagten Bullen wurden später lediglich zur Sicherheit ausgestellt, als Lucrezia mit Alfonso d'Este die Ehe einging. Die Borgias brauchten männliche Nachkommen, um ihre Macht dauerhaft zu festigen.

Sollte dieser Pedro Caldès wirklich mein Vater sein, so ist verständlich, warum mich nach dem Tod von Alexander, Cesare und Lucrezia niemand unterstützen wollte. Die Angehörigen des Geschlechts der Borgia, die heute in Spanien leben, die Nachkommen des Herzogs von Gandia und seines Bruders Gioffredo, erkennen mich nicht an.

Ich schreibe dies alles in größter Seelenruhe. Ich habe aufgehört, mit der Frage nach meiner Herkunft zu hadern. Ich weiß genug. Messer Pietro hatte recht, als er sagte, ich täte besser daran, vorwärtszuschauen. Doch bevor ich zu dieser Einsicht gelangen konnte, mußte ich erst sicher wissen, daß nichts in meiner Vergangenheit für meine Zukunft bestimmend sein könnte. Anfangs streifte ich ziellos durch Rom und wehrte mich erbittert gegen den Schabernack, den das Schicksal mit mir getrieben hatte. Sprach nicht auch das Leben, das ich in den vergangenen Monaten geführt hatte, für meine niedrige Abstammung? Ich hatte halbe Tage faulenzend in den Gemächern einer Dirne verbracht, mich sogar behaglich und zu Hause gefühlt in dem Luxus zwischen ihren Papageien und ihrem Affen, in einem Bett, wo vor mir wohl halb Rom, Florenz und Siena gelegen hatte. Dabei war ich nicht ihr Kunde oder Beschützer, sondern eher ein ausgehaltener Günstling, eine Art Hausgenosse; es war so erbärmlich, daß meine Abstammung von jenem Lakaien Pedro Caldès nur zu wahrscheinlich schien. Meine Flucht aus Tullias Haus war vor allem ein Versuch, mich von etwas Unerwünschtem zu befreien. Im blinden Zorn vergaß ich, daß ich dies mit mir trage, wo ich gehe und stehe.

Als ich endlich wieder zur Besinnung kam, erkannte ich, daß das Übel, das ich für einen neuen Schlag gehalten hatte, in Wirklichkeit eine Gunst des Schicksals war. Pedro Caldès erlöst mich von jenem anderen, unsäglichen Verhängnis. Der Borgia in mir ängstigt mich nicht mehr, seit ich mit gutem Grund glauben darf, daß die Hälfte meines Wesens von Natur aus gegen die Borgia gerichtet ist. Der Lakai, der die Tochter seines Herrn verführt: eine Tat, die für Aufsässigkeit und unterdrückten Groll spricht.

Obwohl ich es weit von mir weise, das Wesen eines Knechts zu haben, beruhigt mich die Erkenntnis, daß ich dank Pedro Caldès ein Gegengift in meinem Blut trage, denn das enthebt mich der Verpflichtung, den Borgia-Knoten um jeden Preis zu entwirren. Ich bin ein Namenloser im wahrsten Sinne des Wortes. Ich bin weder ein Glied in einer Kette noch ihr Schlußstück. Aber ich könnte ein Anfang sein. Ich bin unbelastet von der Vergangenheit eines Geschlechtes, denn ich gehöre keinem Geschlecht an. Den Namen Borgia trage ich nur, weil es keinen besseren für mich gab. Für mich bestehen keine familiären Traditionen, Rechte und Verpflichtungen mehr. Das Bewußtsein, frei von alledem zu sein, überkam mich wie eine Offenbarung.

Adieu, Camerino. Nie mehr dieses verkrampfte Gefühl von Reue und Ohnmacht, weil ich nicht in der Lage bin, eine einmal begonnene Linie weiterzuführen. Ich muß keine Rolle auf jener Bühne spielen, auf der sich die Varano und alle anderen Vertreter der Fürstengeschlechter tummeln.

Ich werde den Sinn meines Lebens in einer Umgebung suchen, in der jene Tugenden vorherrschen, die mir seit meiner Geburt teuer sind: innere Disziplin und Selbstsicherheit, die Fähigkeit, gezielt zu handeln, und vor allem die Gabe, zu erkennen, daß man im Leben ständig wählen muß. Der Marchese von Pescara zum Beispiel trifft aus einer Vielzahl politischer Möglichkeiten seine Wahl, und genauso hat sich Madonna Vittoria für die verborgene Welt ihrer Seele entschieden.

Sicherlich handle ich richtig, wenn ich unter alles, was hinter mir liegt, einen Strich ziehe. Freunde habe ich nicht, Messer Pietro ist fort, in der Kanzlei war ich nur einer unter vielen. Und auch Tullia wird mich bald vergessen.

Wieder ein Lebensabschnitt abgeschlossen. Wieder muß ich mir ein neues Ziel suchen. Pescara ist tot. Seine Frau muß gewußt haben, wie es um ihn stand, als sie mich in ihren Dienst nahm. Sie hatte nie die Absicht, mich nach Novara zu schicken. Vermutlich erkannte sie, in welchem Zustand ich war, als ich um ihre Hilfe bat, und befand es für nötig, mich gegen mich selbst zu schützen.

Der Reihe nach besuchte sie mehrere Landgüter südlich von Rom, die ihr und dem Marchese gehörten. Nirgends blieb sie länger als ein paar Tage. Nachdem sie ihre Verhandlungen mit den Kastellanen und Verwaltern geführt hatte (ich vermute, daß sie im Hinblick auf Pescaras nahen Tod ihre Vorbereitungen traf), gab sie sofort den Befehl zum Aufbruch.

Es waren milde Spätherbsttage. Die Marchesa saß in einer offenen Sänfte, ich ritt neben ihr. Sie war mir gegenüber freundlich und zuvorkommend, sprach aber wenig. Noch nie habe ich so bewußt die Farben und Formen einer Landschaft in mir aufgenommen wie auf jener Reise. Die Sonne schien auf das flammendrote Laub der Weinberge. In den Tälern, zwischen den Auen und Zypressenwäldchen, schäumten weiß die vom Regen angeschwollenen Bäche. An höher gelegenen Stellen ließ die Marchesa oft anhalten. Dann stand sie in ihren Mantel gewickelt eine Weile schweigend da und ließ den Blick über das Land schweifen. Die Männer der Eskorte, überwiegend Waffenknechte aus dem Hofstaat von Ascanio Colonna, ließen bei einer solchen Pause ihrem Unmut freien Lauf. Murrend baten sie mich, Madonna zu veranlassen, statt auf einsamen Hügelkuppen lieber in Dörfern und Städten zu rasten, wo es Herbergen gab.

Doch ich wollte sie nicht stören in jenen Augenblicken der Besinnung, die sie sich so selten gönnte. Die Ruhe, die sie in diesen Momenten schöpfte, übertrug sich auf mich. In jenen Tagen hatte ich keinen Wunsch mehr. Ich atmete tief und fühlte das Blut durch meine Adern strömen. Es genügte mir, den kleinen Zug von Raststätte zu Raststätte zu begleiten. Ich glaubte, Angst und Zweifel für immer verbannt zu haben. Ich sog den Geruch von Erde, Wasser und Bäumen so gierig ein wie ein Genesender oder ein soeben entlassener Gefangener.

Wenn wir uns auf einem der Landgüter aufhielten, lud die Marchesa mich manchmal abends zu einer Partie Schach in das Zimmer, wo sie mit ihren Frauen saß. Sie spielte meisterhaft. Aber mehr noch bewunderte ich die Art, wie sie mich bei solchen Gelegenheiten zum Reden brachte, auf Umwegen, ohne direkte Fragen zu stellen. Immer erzählte ich ihr mehr, als ich eigentlich vorhatte. Hinterher bemerkte ich, daß mich diese Aussprachen von den letzten Spuren meiner inneren Unruhe befreiten. Ich weiß nicht, wieviel sie verstanden hat. Sie hörte mir zu, als sei es die selbstverständlichste Sache der Welt, und hinterher verspürte ich weder Unbehagen noch Scham. Möglich, daß einiges, was ich sagte, an ihr vorbeiging. Was ich damals für Anteilnahme hielt, kann auch etwas ganz anderes gewesen sein, nämlich der Ausdruck einer eigentümlichen inneren Spannung. Auch wenn niemand zu ihr sprach, sah sie aus, als horchte sie, als wartete sie auf etwas.

Eines Tages ließ sie mich rufen. Sie stand reglos am Fenster und hielt einen Brief in der Hand. Sie sagte, der Marchese bitte sie, nach Novara zu kommen. Für mich war dies eine gute Nachricht, denn ich war überzeugt, daß sie in Novara meine Fürsprecherin sein werde.

Um rascher voranzukommen, ließen wir die Wagen und Sänften zurück. Auf ihren Wunsch ritten wir Tag und Nacht. Das Wetter war umgeschlagen. Es regnete in Strömen, aber die Marchesa saß auf ihrem Pferd und sagte kein Wort.

In Viterbo, wo wir uns eine erste kurze Rast gönnten, erwartete sie ein Kurier. Sie schickte sich an, abzusteigen, als der Mann sie anredete. Ich sah, wie sie den Kopf hob, als ringe sie nach Atem. Bevor ich oder ein anderer hinzuspringen konnte, stürzte sie seitlich aus dem Sattel.

Ein Mann, dem sich die Gelegenheit bietet, zu handeln, verliert die Lust an schriftlichen Erörterungen. Natürlich war es sinnvoll, daß ich gewisse Ereignisse meines Lebens wie auch die Gedanken, die ich mir darüber machte, in Worte gefaßt habe. Was man schwarz auf weiß vor sich hat, verliert seine Bedrohlichkeit.

Weniger sinnvoll erscheint es mir, tagtäglich über all die Belanglosigkeiten zu berichten, die sich ereignen, seit ich in Ascanio Colonnas Diensten stehe. Ich bin kein Tagebuchschreiber. Ich brauche später nicht genau zu wissen, ob ich an einem Dienstag, Donnerstag oder Samstag auf dem Schloßhof Übungen in Scharfschießen abhalten ließ oder die Männer beaufsichtigte, die die Außenmauern verstärkten und die Fenster und Tore im Erdgeschoß zumauern mußten (denn das waren – und sind – meine Aufgaben).

Madonna Vittoria hat sich nach Pescaras Beerdigung ins Kloster von San Silvestro in Capite zurückgezogen (es hieß zuerst, sie wolle

Nonne werden, doch offenbar hat der Papst das nicht erlaubt), und so hat mich nun Signor Ascanio in sein Gefolge übernommen. Er hat seine männlichen Verwandten um sich versammelt, Neffen, Onkel, Bastarde, ein ganzes Heervolk von Colonnas: Marcello, Giulio, Sciarra, Marziano und wie sie alle heißen. Außerdem sieht man hier viele Anhänger der Ghibellinischen Partei aus anderen Familien. Trotz seines autoritären Auftretens ist nicht Ascanio das Oberhaupt der Colonna, sondern Kardinal Pompeo (ein erbitterter Feind von Papst Clemens und selbst Anwärter auf die dreifache Krone), der sich nach einer Auseinandersetzung mit Seiner Heiligkeit im Castel Marino verschanzt hat. Er weigert sich, nach Rom zu kommen, und schickt statt dessen unablässig Boten mit Instruktionen.

Nicht einer der Colonna – die überzeugt sind, der Kaiser werde in Kürze ganz Italien beherrschen – hätte geglaubt, daß Papst Clemens tatsächlich den Mut aufbringen werde, eine Liga gegen den Kaiser zu gründen. Anscheinend erwartet man, daß es demnächst zu Kämpfen kommen wird, denn Kardinal Pompeo und Ascanio Colonna haben heimlich Waffen und Mundvorräte aus der Stadt in den Palast schaffen lassen. Es herrscht eine Stimmung wie vor einer Belagerung. Wir wagen uns nur gruppenweise in die Stadt. Seit der Verkündigung der Liga stehen die Häuser der Spanier und der kaiserlich Gesinnten unter Bewachung. Waffen zu tragen ist verboten.

So stehe ich denn diesmal im Lager jener Leute, die sich rühmen, die wichtigsten inländischen Hilfstruppen des Kaisers zu sein. Niemand kümmert sich darum, wer ich bin und woher ich komme. Die Leute hier kennen von meiner Vergangenheit nur die Zeit, in der ich das bewaffnete Geleit Madonna Vittorias anführte. Sie haben mich als einen der Ihren aufgenommen. Ich trage die Farben der Colonna.

Täglich treffen weitere Colonna mit ihrem Gefolge ein und suchen Obdach im Palazzo. Wie man sagt, lagern in der Nähe aller Colonna-Besitztümer in der Provinz päpstliche Soldaten. Seine

Heiligkeit versucht offenbar, die Kontakte der Colonna mit Neapel zu unterbinden, damit sie sich im Kriegsfall nicht den kaiserlichen Heeren anschließen können.

Wie ich höre, erwartet der Kaiser von den spanisch Gesinnten in Rom, daß sie rechtzeitig eingreifen und verhindern, daß die Liga die veränderten Umstände zu ihren Gunsten nutzt. Im Vatikan wird den ganzen Tag konferiert, aber von neuen Beschlüssen und Maßnahmen, auf die wir hier sozusagen mit der Waffe in der Hand warten, ist nichts zu vernehmen.

Der spanische Gesandte, Don Ugo de Moncada, ist in Rom eingetroffen. Im Palast war man der Ansicht, dieser Grande, einer der fähigsten Berater des Kaisers, sei nur gekommen, um Seiner Heiligkeit die Liga auszureden. Hinterher schrieb man das Mißlingen seines Besuchs vor allem Giberti zu. De Moncada überbrachte dem Papst Briefe aus Madrid, der während des folgenden Gesprächs merklich unsicher wurde. Doch Giberti wich nicht von seiner Seite und flüsterte ihm ständig ins Ohr. Schließlich mußte der spanische Gesandte unverrichteterdinge abziehen. Sein Abgang war ein Skandal, wie man hierzulande lange keinen mehr erlebt hat. De Moncada verzog keine Miene, als er den Vatikan verließ. Doch er hatte seinen Narren hinter sich aufs Pferd gesetzt, der ausspuckte, Winde fahrenließ und auf dem Innenhof und auf dem Platz vor San Pietro urinierte.

Don Ugo de Moncada hat sich bei Kardinal Pompeo Colonna auf der Burg Marino einquartiert.

Man meint, jetzt müsse endlich etwas geschehen. Die Truppen des Papstes und Venedigs haben den Befehl erhalten, in die Lombardei vorzurücken. Vorgestern hat der soeben ernannte Generalkommissar des Papstes, Signor Francesco Guicciardini, die Stadt verlassen. Auf ihn setzt die Liga ihre ganze Hoffnung. Die Unruhe in der Stadt nimmt täglich zu. Immerzu herrscht Aufruhr. Zornige Propheten und Unheilverkünder treiben ihr Unwesen. Mönche eines neuen Ordens, Varanos Schützlinge, die sich nach ihren eigenartigen Kopfbedeckungen Kapuziner nennen, halten an allen Straßenecken Bußpredigten. Ununterbrochen läuten die Totenglocken für die Pestopfer. Der Papst hat nun auch in Rom Besatzungstruppen stationiert und das Kommando den Orsini übertragen. Seine Heiligkeit hätte sich kein besseres Mittel ausdenken können, um die Colonna zu beleidigen.

Offenbar hat der Papst jetzt doch vor den drohenden Kriegsvorbereitungen der Colonna Angst bekommen. Er will Kardinal Pompeo wieder in Amt und Ehren einsetzen und ihm die beschlagnahmten Güter zurückgeben. Er hat versprochen, einen Teil des Besatzungsheeres zu entlassen und die Orsini nach Hause zu schicken, wenn wir mit unseren Anhängern die Stadt verlassen. Auf Ascanios Befehl stehen wir mit Pferden und Waffen bereit. Um dann auf ein Zeichen hin abzuziehen? Ich habe den Verdacht, daß seine Gehorsamkeit gegenüber den Forderungen des Papstes andere Gründe hat.

Dies schrieb ich am neunzehnten September. In derselben Nacht drangen Kardinal Pompeo und Don Ugo de Moncada mit dreitausend Mann Fußvolk und achthundert Reitern (überwiegend in der Provinz angeworbene Männer) durch das Tor von San Giovanni in Laterano in die Stadt ein. Sie biwakierten rings um den Colonna-Palast, einen Steinwurf von unseren Mauern entfernt, in den Ruinen auf dem Forum.

Wir, die Männer von Ascanio, schlossen uns ihnen an. Nach Sonnenaufgang zogen wir durch die Stadt. Wir trafen auf keinen Widerstand. Die Menschen standen auf den Straßen und beobachteten, was passierte. Wie in einer Parade rückten wir ungehindert nach Sant'Apostolo vor. Ich war der Truppe zugeteilt, die über den Ponte Sisto nach Trastevere geschickt wurde, um dort die Lage zu erkunden. Zweihundert eilig zusammengetrommelte päpstliche Verteidiger stoben nach einem kurzen Scharmützel nach allen Seiten auseinander. Danach zogen Kardinal Pompeo und das restliche

Colonna-Heer mit lautem Geschrei über die Brücke: Imperium! Colonna! Freiheit!

Mir war, als wiederholte sich ein Ereignis, das ich vor langer Zeit als Kind erlebt hatte: der dichte Haufen schnaubender und trappelnder Pferde, die Schulter an Schulter vorrückenden Soldaten, der gelbe Morgenhimmel über den Häusern des Borgo und den Wehrgängen des Vatikans. Wie damals wurden die Tore des Vorhofs eingeschlagen, stürmten die Bewaffneten über Treppen und Galerien in den Palast. Der Papst hatte sich im letzten Augenblick durch den Fluchtgang in das Castel Sant'Angelo gerettet. Die meisten Kardinäle hielten sich in der Stadt versteckt.

Der Vatikan stand offen. Ein paar Schweizer der Leibwache kämpften, bis sie umfielen, wohl mehr um ihren Ruf zu retten als aus vernünftigen Erwägungen. Aus den Nebenräumen hinter den verlassenen Sälen und Galerien flohen die Beamten und Lakaien wie Ratten vor dem Feuer. Kardinal Pompeo, der sich schon als Herr und Sieger sah, hatte es so eilig, die Papiere in der Kanzlei und im Sekretariat des Datarius zu durchsuchen, daß er vergaß, das Plündern zu verbieten, wobei es fraglich ist, ob die Soldaten seinem Befehl überhaupt gehorcht hätten. Von dem Augenblick an, als wir in den Vatikan eingedrungen waren, hatten die Colonna über die Söldner und über die Bauern aus der Romagna, die sie mit Beuteversprechen angeworben hatten, jegliche Macht verloren.

Die päpstlichen Empfangssäle, die Unterkünfte der Höflinge und Prälaten, die Basilika und Sakristei von San Pietro, alles war geplündert: die Tapeten von den Wänden gerissen, die Statuen zerschlagen, die Türen und Fenster eingetreten, die Pferde aus dem Gestüt quer durch den Palast getrieben, Gibertis kostbares Porzellanservice in tausend Scherben auf dem Pflaster zerschellt. Papierfetzen von Bernis Korrespondenz und von der berühmten Handschriftensammlung des Bibliothekars Giovio trug der Wind bis weit nach Trastevere hinein.

Beim vergeblichen Versuch, die Mannschaften zu versammeln, geriet ich in den Teil des Palastes, wo Papst Alexander und Cesare gewohnt hatten. Die Plünderer hatten die versiegelten Türen aufgebrochen. Es herrschte vollkommene Stille. Hier gab es nichts zu erbeuten, die Säle standen seit langem leer. Auf den Fußböden lag Staub und Schutt, unter den Fenstern lagen Glasscherben. Zum erstenmal seit zwanzig Jahren stand ich wieder in den Borgia-Gemächern, in denen Rodrigo und ich einst Papst Alexander besucht hatten. Ich sah die blauen und grünen Bodenfliesen, das Gewirr der vergoldeten Ornamente, Tiaras, Schlüssel, Stiere und anderer Borgia-Embleme an den Deckengewölben. Ich erkannte auch die Wandgemälde, vor allem den Disput der Santa Catarina. Entsetzt blieb ich davor stehen. Als Heilige und biblische Gestalten verkleidet starrten mich die Menschen an, die ich vergessen wollte. Cesare und Lucrezia. Ich sah vor allem sie, in Lebensgröße. Ich wußte, daß sie es war, obwohl ich sie in diesem Alter nicht gekannt hatte. Eine schlanke Gestalt, ein hochmütiges und melancholisches Mädchengesicht.

In diesen Zimmern begegnete sie zum erstenmal dem Kammerdiener Pedro Caldès, genannt Perotto. Er stand hinter Alexanders Sessel, neben dessen Bett und Tisch. Sie sah, wie er Speisen herantrug, wie er den Purpurmantel seines Herrn zuknöpfte, wie er ihm Pantoffeln an die päpstlichen Füße schob. Ein hübscher dunkler Junge, der die Laute spielte und auf dem Ballplatz eine gute Figur machte. Außerdem ein Spanier, ein Günstling des Papstes. Der Überbringer von Briefen und Privatnachrichten zwischen Vater und Tochter. Er kannte die Familiengeheimnisse, durfte im Palast Santa Maria in Porticu unter vier Augen mit ihr sprechen. Sie hatte heißes Blut und Sforza war impotent. Es ist nicht nur möglich, es ist sehr wahrscheinlich. Als ich vor dem Fresko stand, sagte ich mir, daß ich keinen Grund mehr zum Zweifeln hätte. Von meiner Vergangenheit war nichts übriggeblieben als Staub und Scherben und die bunten Schemen dort an der Wand. Die Siegel waren zerbrochen. Mit dem, was hinter mir lag, hatte ich ebenso endgültig abgerechnet wie mit diesen leeren Zimmern. Mir fiel ein, wo ich war und was ich tat. In der Ferne hörte ich das Geschrei der plündernden Horden in den Gängen. Als ich mich umdrehte und hinausgehen wollte, erblickte ich in einem Medaillon über einer Tür ein Madonnenbild, jedenfalls hatte die Frau ein Kind auf dem Schoß und trug um den Kopf einen Strahlenkranz. Den Kopf zur Seite gewandt, schaute sie mit heimlicher Geringschätzung auf mich herab. Sie schien mich mit ihrem Lächeln zu verspotten wegen meines krampfhaften Bemühens, etwas zu glauben, was ich nicht beweisen konnte, nur damit ich endlich ein wenig Sicherheit hatte. Die Bilder der Muttergottes sollen Ruhe und Trost schenken. Ich fragte mich, wie Papst Alexander diesen kühlen, kritischen Blick Tag und Nacht ertragen konnte. Da hörte ich im angrenzenden Zimmer Stimmen und Schritte. Don Ugo de Montada trat ein, gefolgt von einem jungen Mann im Harnisch, der die funkelnde Tiara des Papstes in beiden Händen trug. Don Ugo de Moncada machte Scherze und spielte mit seinen Handschuhen, als sei er auf einem Fest und nicht im zerstörten Vatikan. Er sah mich an und blickte zur Madonna über der Tür.

«Ah, der Charme der Giulia Bella verführt diesen Capitano zum Träumen», sagte er auf spanisch zu seinem Gefährten. «Sie war eine überaus reizende Frau, eine Verwandte von dir, Farnese, ich erinnere mich sehr gut an sie.»

«Wenn ich die Hände frei hätte, würde ich ihr Gesicht von der Wand kratzen», antwortete der andere. «Wir sind nicht stolz auf die Borgia-Hure in unserer Familie.»

Er ging weiter. Seine Augen, die mich über die Spitze der Tiara ansahen, waren die gleichen wie die der Frau über der Tür.

Man hat mir viel von Giulia Farnese erzählt, aber gesehen habe ich sie nie. Sie war längst nicht mehr die Geliebte des Papstes und wohnte nicht mehr im Vatikan, als Rodrigo und ich hier unsere Besuche machten. Ich weiß, daß Lucrezia sie gehaßt hat. Einmal fragte sie mich, ob ich mir vorstellen könne, was es für sie bedeutet habe, aus Liebe zu ihrem Vater in schwesterlicher Freundschaft mit der «Braut Christi» wohnen zu müssen. Denn so wurde Giulia Farnese – wie ich mich erinnere – allgemein genannt.

Vor Sonnenuntergang gelang es uns, die mit Beute beladenen Soldaten zu versammeln und sie zu überreden, in ihre Lager um den Colonna-Palast zurückzukehren. Es war höchste Zeit. Wären wir jetzt nicht abgezogen, so wären die Bürger der Stadt, die am Morgen noch gleichgültig und am Mittag zu Tode erschreckt gewesen waren, vermutlich den verzweifelten Aufrufen Gibertis und der anderen Kardinäle gefolgt und hätten, entrüstet über die Plünderung des Vatikans, zu den Waffen gegriffen.

Zu einem allgemeinen Aufstand in Rom zur Unterstützung der kaiserlichen Partei – wie die Colonna geplant hatten – ist es nicht gekommen. Der Überfall war listig geplant und unter Don Ugo de Moncada (der nach eigener Aussage diese Kunst in Cesares Stab gelernt hatte) rasch durchgeführt worden, aber er scheiterte, weil es den Anführern der ungeübten Truppen an Autorität fehlte.

Das einzige, was dabei herausgekommen ist: Der Papst, der im Castel Sant'Angelo im wahrsten Sinne des Wortes in die Enge getrieben wurde, ist bereit, einen Waffenstillstand mit dem Kaiser zu schließen. Da aber auf die Versprechen Seiner Heiligkeit kein Verlaß ist, haben die kaiserlichen Truppen Geiseln genommen, die gestern unter starker Bewachung die Stadt in Richtung Neapel verlassen haben. Unter ihnen ist auch Filippo Strozzi, Tullias Beschützer aus Florenz.

Pierluigi Farnese ist der illegitime Sohn von Kardinal Alessandro Farnese. Er wurde «Kardinal Unterrock» genannt, weil er sein hohes Amt seiner Schwester Giulia, seiner Fürsprecherin bei Papst Alexander, verdankte. Dieser Pierluigi ist trotz seiner Jugend – ich schätze ihn auf etwa fünfundzwanzig – eine wichtige Person in der Colonna-Partei. Sein Vater hat ihn gewarnt, er solle möglichst rasch aus Rom verschwinden. Im Vatikan scheint man wieder etwas auszubrüten. Den Bannfluch über die Colonna und ihre Anhänger, die Konfiszierung ihrer Güter? Das wäre nur möglich, wenn der Papst abermals umschwenkt und zur Liga überwechselt. Wie dem auch sei, Pierluigi Farnese bereitet sich vor, mit den jüngeren Angehörigen der Colonna nach Neapel aufzubrechen, wo ihnen der Vizekönig Posten im kaiserlichen Heer versprochen hat.

Zuerst wollte ich um die Erlaubnis bitten, mich der Gruppe anzuschließen, doch dann habe ich es mir anders überlegt. Ich will vor Pierluigi nicht als Untergebener auftreten. Ich will nicht Zeuge sein, wie ihm spielend gelingt, was ich selber niemals erreichen werde. Ich habe nie mit ihm gesprochen. Außer jenem kurzen Treffen im Vatikan, als er mit der Tiara von Papst Clemens an mir vorbeiging, sind wir uns nie begegnet. Schließlich verkehrt er in den höchsten Kreisen um Kardinal Pompeo, während ich nur ein Gefolgsmann der Colonna bin.

Meine Gefühle für ihn lassen sich nur schwer schildern. Er könnte mein bester Freund, aber auch mein erklärter Feind sein. Mit gespannter Aufmerksamkeit verfolge ich sein Tun und Lassen und verzehre mich dabei schier vor Neid. Er ist, was ich mir wünsche zu sein, was ich hätte sein *können*. Der Bastard eines vornehmen Geschlechtes, dadurch aber nicht im geringsten benachteiligt. Ein freier, selbstbewußter, willensstarker Mann. Man sagt ihm eine große Zukunft voraus. Ohne einen Finger krumm zu machen, wird er es über kurz oder lang zum General des kaiserlichen Heeres bringen. Er hat Geld, Freunde, einen mächtigen Vater. In seiner Nähe könnte ich mich mit meinem niedrigen Stand nicht abfinden. Um Himmels willen, wie soll ich leben, wenn ich mich nie mit dem begnügen kann, was in meiner Reichweite liegt? Pierluigi Farnese, allein sein Name, den er so selbstsicher trägt, läßt mich mit meinem Schicksal hadern. Bliebe er hier, so wäre das für mich ein Grund, Ascanio Colonna den Dienst zu kündigen. Ich weiß nicht, warum das so ist. Manchmal denke ich: Wenn Rodrigo noch lebte, stünde er zu mir im gleichen Verhältnis wie jetzt dieser Pierluigi. Die alten Gefühle sind in mir erwacht. Als würde mir jetzt erst die Rechnung präsentiert für eine Schuld, die ich seit langem verjährt glaubte.

Aber diesen Kampf muß ich mit mir selber austragen.

Er ist mit einem großen Gefolge von Freunden und Verwandten abgereist. Gut, daß er fort ist. Seit ich ihn nicht mehr sehe, muß ich den verfluchten Zwang nicht mehr bekämpfen, mich ständig mit ihm zu vergleichen. Neulich erblickte ich unerwartet mein Gesicht in einem Spiegel. Ich bildete mir ein, wir sähen einander ähnlich. Mit diesen Hirngespinsten muß es ein Ende haben.

FRANCESCO GUICCIARDINI UND
NICCOLÒ MACHIAVELLI

Francesco Guicciardini an Niccolò Machiavelli

Aus Piacenza. Carissime. Die Liga hat uns nichts gebracht. Ein großartiges Vorhaben ist an Ohnmacht, Unzuverlässigkeit und gegenseitigem Mißtrauen gescheitert. Alle Anstrengungen des vergangenen Jahres waren vergebens. Die in der Lombardei errungenen Vorteile sind verloren, weil sich der Papst in dem vermaledeiten Vertrag mit dem Kaiser verpflichtet hat, die Truppen hinter den Po zurückzuziehen. Die Hilfe aus Frankreich – nichts als schöne Worte auf einem Fetzen Papier. Aus Rom kommt kein Geld mehr, mit dem ich unsere Soldaten besolden und verpflegen könnte. Sie laufen mir zu Hunderten davon. Die Armada des Kaisers hat mit sieben- oder achttausend Mann Gaeta erreicht. Bourbon hat mit einem großen Heer halbverhungerter und unzufriedener Spanier Mailand verlassen.

Und wer ist dieser Mann, seine rechte Hand und sein Berater, der sich Generalkommissar der kaiserlichen Truppen nennt? Kein anderer als Messer Girolamo Morone, der vor noch kaum einem Jahr ein Vorkämpfer für die Einheit und Unabhängigkeit Italiens war. Nun brauchen wir uns über nichts mehr zu wundern.

Aus Brescia erreicht mich die Nachricht, daß die Straßen, die von den Alpen herunterführen, schwarz von Landsknechten sind. Sie bekommen weder Sold noch Verpflegung, haben weder Geschütze noch Pferde. Was sie brauchen, stehlen sie unterwegs. Giovanni de' Medici ist in der Schlacht gefallen. Der Herzog von Urbino, der nun das Kommando übernommen hat, ist ein Versager. Im Rom gärt, wie es scheint, der Aufruhr. Nach dem hinterhältigen Überfall der Colonna geht es dort drunter und drüber. Teuerung, Pest und nicht zuletzt die neuen Abgaben, die sich der Papst ausgedacht hat, um die vom Kaiser verlangte Summe aufzubringen, machen den Menschen schwer zu schaffen. Seine Heiligkeit schreibt in seiner Verzweiflung herzzerreißende Briefe. Er weiß nicht mehr ein noch aus. Zum erstenmal ist er sich der Gefahr bewußt, aber nun ist es zu spät, ich kann ihm auch nicht mehr raten. Er möchte über einen Waffenstillstand verhandeln. Egal, wie er sich entscheidet – Hauptsache, er beeilt sich. Aus Neapel rückt Lannoy vor, und die Deutschen haben mit Unterstützung des Herzogs von Ferrara den Po überquert. Daß uns der Herzog ausgerechnet jetzt im Stich läßt, sagt alles. Ohne die Unterstützung Urbinos kann ich mit den Truppen, die ich hier befehlige, nichts ausrichten. Täglich sende ich Kuriere nach Mantua, ich flehe ihn an, sofort zu kommen, ich befehle es ihm, aber er rührt sich nicht von der Stelle. Vor mir liegt gerade die letzte Antwort Seiner Durchlaucht: Er halte es für besser, mit seiner Armee dort zu bleiben; dann sei wenigstens das Gebiet um Venedig geschützt, falls die Landsknechte umkehren sollten. Umkehren! Als ob man diese Rotten zur Umkehr bewegen könnte, solange sie die reichsten Städte der Toskana vor sich haben. Wenn wir diese Burschen nicht rechtzeitig aufhalten, werden sie plündernd und brandschatzend weiterziehen, im schlimmsten Falle bis nach Taranto. Sie fragen nicht nach Recht oder Unrecht – für sie zählt nur die Beute.

Uns bleibt tatsächlich nur noch eines: Wir müssen uns mit allen Mitteln wehren. Aber wo ich auch hinschaue, ich sehe nur noch Verwirrung, Mutlosigkeit, Feigheit und Zweifel. Ich bin müde. Am liebsten würde ich alles hinwerfen. Doch die Selbstzucht, zu der ich mich zeitlebens gezwungen habe, verbietet es mir, eine Schwäche zu zeigen. Solange ich noch die Haltung wahren kann, verfällt auch meine Umgebung nicht in Panik. Trotz der Gefahr war der Karneval hier in Piacenza seit Jahren nicht mehr so turbulent. Gern hätte ich wieder Eure *Mandragola* aufführen lassen, um die Misere wenigstens für kurze Zeit zu vergessen. Selten habe ich mich so danach gesehnt, wieder einmal zu lachen. Aber als Generalleutnant muß man stets nüchtern und abgeklärt sein. So saß ich nach den üblichen Mahlzeiten bis tief in die Nacht über meinen Landkarten und Depeschen. Das Lallen und Johlen auf den Straßen raubte mir den letzten Rest Zuversicht. Wäre ich nicht durch mein Pflichtgefühl und die Umstände dazu verdammt, bis zum bitteren Ende auf meinem Posten auszuharren, ich würde in der Zeit, die mir noch bleibt, einen Handel mit Scherzartikeln betreiben.

Niccolò Machiavelli an Francesco Guicciardini
Exzellenz, wenn Euch dieser Brief in Piacenza erreicht, werde ich Florenz just verlassen haben, um mich als Gesandter der Signoria zu Eurem Hauptquartier zu begeben. Für das Amt eines Proveditore bei den Bastionen hat man bereits jemand anderen ausersehen, den Bildhauer Messer Michelangelo Buonarotti – ein vortrefflicher Mann, wie Ihr wißt.

Ich hoffe inständig, daß es ihm gelingt, diese Sache bald zu einem guten Ende zu führen, nachdem man mir unentwegt Steine in den Weg gelegt hat. Immer hatte man an meinen Bauplänen etwas auszusetzen, und die Bürger waren nicht gewillt, mir bei der Arbeit zu helfen. Die neuen Befestigungsanlagen existieren nur auf dem Papier. Niemand hat Geld dafür übrig, und auch auf die versprochene Unterstützung des Papstes habe ich vergebens gewartet. Fragt mich nicht, wie das alles möglich ist – ich weiß es nicht. Ich wende mich nun an Euch als Wortführer einer Stadt, in der die Menschen sich verzweifelt an jedes neue Gerücht klammern und alle Heiligen anrufen. Sie wollen nicht begreifen, daß sie selbst etwas tun müssen. Und Ihr wißt wohl besser als jeder andere, was Florenz bevorsteht, wenn die riesige Schar von Söldnern und Abenteurern wie ein Heuschreckenschwarm über uns herfällt.

Wenn wir nicht unverzüglich handeln, ist Florenz, ja ist die ganze Toskana verloren.

Was soll nur aus uns werden, wenn auch Ihr zaudert, Francesco? Wenn ich bedenke, daß ich es gewagt habe, Euch Vorwürfe zu machen und Eure Ideen zu kritisieren, kann ich mir nur an den Kopf greifen. Während Ihr die schwere Aufgabe hattet, das Schiff durch die Brandung zu lotsen, stand ich am Ufer und führte weise Reden. Wie soll ich nun durchhalten, wenn sogar Euch der Mut verläßt? Ich möchte aus Eurem eigenen Mund hören, daß es nicht stimmt, daß Ihr die Hoffnung nicht aufgegeben habt. Ich weiß, ich bin ein Hitzkopf und ein Träumer. Aber wenn ich oder wenigstens meine Ideen es noch irgend vermögen, Euch anzuspornen, Euren Mißmut zu vertreiben und Euren Kampfgeist zu wecken, dann erlaubt mir, mit Euch durch dick und dünn zu gehen, ob als Sekretär, als Bote oder als Narr, das ist mir einerlei. Ich habe mich mein Leben lang mit Politik beschäftigt. Auf dem Papier habe ich mich mit allen Fragen befaßt, ich habe Grundsätze für Krieg und Frieden aufgestellt. Worte, nichts als Worte, alleinseligmachend, wenn man in seiner Studierstube hockt, aber vollkommen nutzlos, wenn es wie jetzt um Leben und Tod geht. Ich wäre bereit, meinem gesamten Werk abzuschwören, den *Principe*, die *Discorsi* und die *Istorie* zu vernichten, wenn mir dafür nur eines vergönnt wäre: jetzt, in der Stunde der größten Not, handeln zu dürfen. Was mich bewegt, läßt sich nicht mehr in theoretischen Abhandlungen oder dichterischen Werken ausdrücken. Alles, was ich bin und habe, würde ich in die Waagschale werfen. Ich werde nie mehr auch nur einen Buchstaben zu Papier bringen.

Ich bin nicht zum Anführer geschaffen, aber ich besitze die Gabe der Rede. Sendet mich zum Herzog von Urbino. Ich teile Euch diesen Wunsch schriftlich mit, damit Ihr bereits einen Entschluß gefaßt habt, wenn ich in Piacenza eintreffe. Ich schwöre Euch, daß ich nicht lockerlassen werde, bis sich Urbino mit seinen Truppen in Bewegung setzt. Ich schwöre Euch, daß es mir gelingen wird. Wenn nicht, erlaubt mir, im Handel mit Larven und Pappnasen Euer Kompagnon zu sein.

Francesco Guicciardini an Niccolò Machiavelli
Was sagt Urbino, was hat er vor? Die Spanier unter Bourbon haben sich vorgestern bei Mortara mit den Landsknechten Frundsbergs vereinigt. Ich habe Piacenza verlassen und bin nun auf dem Weg nach Bologna. Dort kann ich eine Belagerung riskieren. Macht Urbino klar, daß es mir ohne ihn und seine Truppen unmöglich ist, die Kaiserlichen aufzuhalten. Er muß unverzüglich aufbrechen! Ich verlasse mich auf Euch.

Niccolò Machiavelli an Francesco Guicciardini
Exzellenz, lieber Freund, ich erhielt die dringende Aufforderung, nach Florenz zurückzukehren. Ihr habt inzwischen meinen Bericht empfangen: Urbino hat versprochen, so bald wie möglich aufzubrechen. Als ich vorgestern Casalmaggiore verließ, sah es so aus, als würde er sein Versprechen halten.

Hier ist alles in heller Aufregung. Man sagt, der Papst habe für achtzigtausend Dukaten einen Waffenstillstand erkauft, und Florenz müsse nun den größten Teil dieser Summe aufbringen. Die Signoria läßt die Kirchenschätze umschmelzen, um Geld zur Hand zu haben, wenn die Kaiserlichen vor den Toren stehen. In ihrer unsäglichen Angst vor den Landsknechten sind die Menschen zu Opfern bereit, die sie vorher für ihre Verteidigung nicht bringen wollten.

Und ich habe nun den Auftrag, in Rom mit dem Papst über das Geld zu verhandeln. Sobald es um den Mammon geht, läßt die Organisation nichts zu wünschen übrig.

Ein Waffenstillstand würde bedeuten, daß wir Zeit gewännen, uns auf die entscheidende Schlacht vorzubereiten. Wenn wir diese letzte Chance nicht ergreifen, ist alles aus. Hätte ich das Beten nicht so gründlich verlernt, würde ich auf die Knie fallen und den Himmel anflehen, Urbino dazu zu bringen, tatsächlich nach Bologna zu ziehen. Die Erfahrung hat mich indes gelehrt, daß Gebete bei weitem nicht so schnell zum gewünschten Erfolg führen wie Taten. Sobald ich diese Mission erfüllt habe, werde ich versuchen, die Signoria davon zu überzeugen, mich wieder in Euer Hauptquartier zu senden. Ermächtigt mich dann, in der Toskana und der Romagna herumzureisen, auf daß ich es den Stadtregierungen, den hohen und weniger hohen Herren einhämmern kann: Zu den Waffen! Zu den Waffen! Es gilt Italiens Einigung oder Italiens Untergang!

Francesco Guicciardini an Niccolò Machiavelli
In Bologna verschanzt warte ich noch immer vergeblich auf Urbino. Die vereinigten spanischen und deutschen Armeen haben drei Wochen lang vor den Toren der Stadt bei San Giovanni im Feld gelegen, im strömenden Regen, erschöpft und mißmutig. Wo sie auch entlanggezogen sind, haben sie geplündert, so daß weit und breit nichts Eßbares mehr aufzutreiben ist. Bourbon hat einen Trompeter nach Bologna entsandt, der von uns Proviant verlangte und forderte, daß die Männer ungehindert durch die Stadt ziehen könnten. Da man mir zu diesem Zeitpunkt den Waffenstillstand noch nicht bestätigt hatte, habe ich beides verweigert. In diesem Augenblick hätte Urbino den Kaiserlichen in den Rücken fallen müssen. Ohne Hilfe von außen mußten wir uns in Bologna darauf beschränken, uns zu verteidigen. Was ist nur in Urbino gefahren? Erst verspricht er zu kommen, und dann bricht er sein Wort. Ist er denn verrückt oder noch dümmer als ein Esel? Steckt gar eine Absicht hinter seiner verfluchten Wankelmütigkeit? Ich traue ihm nicht mehr.

Unter den Spaniern und den deutschen Landsknechten gab es täglich Aufruhr und Tumult, nachdem sie gehört hatten, daß Kaiser und Papst über einen Waffenstillstand verhandeln. Sie lagerten bis dicht an die Stadtmauern, und ihr Geschrei nach Brot, Sold und der versprochenen Beute war bis hierher zu hören. Sie bedrohten ihre Anführer, plünderten Bourbons Quartier und jagten den Gesandten aus Rom wie einen Hund fort. Frundsberg soll beim Versuch, den Aufstand zu unterdrücken, der Schlag getroffen haben.

Jetzt haben sie das Heerlager abgebrochen und ziehen ab, jedoch nicht zurück in die Lombardei, sondern – trotz des Waffenstillstandes und wider die Befehle des Kaisers – auf einem Umweg an Bologna vorbei. Das macht Bourbon mit Sicherheit nicht aus freien Stücken. Es kann nur eines bedeuten: Diese Horden verweigern ihm den Gehorsam. Nun hat er die Wahl: sich umbringen zu lassen oder sie zu führen, wohin sie wollen. Vom Kastell aus sehe ich sie im Nebel verschwinden, wilde Scharen von Söldnern, Lanzenreitern und Troßknechten mit ihrem Gefolge von Vagabunden und Abenteurern. Sie sind so hungrig, daß sie die unreifen Oliven von den Bäumen reißen. Und sie haben es eilig. Der letzte Akt hat begonnen, Niccolò. Nun ist es geschehen um das Italien Catos und Scipios, Dantes und Petrarcas, das Italien unserer Jugend, das sorglos und übermütig in seinem Wohlstand war, weiß Gott, aber nun trauere ich ihm nach wie einem verlorenen Paradies.

Niccolò Machiavelli an Francesco Guicciardini
Unterwegs. Immer nur Regen, Regen und schneidender Wind. Immer neue Anfälle meines verfluchten Darmleidens machen mir das Reiten zu einer Tortur, die schlimmer ist als alles, was ich damals in den Kerkern der Stinche auf der Folterbank erdulden mußte. Was aber ist die Verzweiflung über eigenes Leid im Vergleich zu dem bitteren Haß, der mich nun zu ersticken droht, da ich mit ansehen muß, wie dieser Papst, dieser de' Medici, wie ein Rohr im Wind zwischen seinen Beratern schwankt. Er kann weder Krieg führen noch Frieden schließen; ängstlich zählt er seine Dukaten, obwohl er weiß, daß zwölftausend ketzerische Landsknechte im Anzug sind, die geschworen haben, das neue Babylon in Schutt und Asche zu legen. Was kümmert diese Burschen der Waffenstillstand!

In Florenz winseln sie um Schutz. Meine Frau und meine Kinder in San Casciano schreiben mir verzweifelte Briefe. Wenn sich nur die Bäume im Wind bewegen, befürchten sie schon, daß die Spanier anrücken. Ich kann nicht zu ihnen eilen, noch nicht. Ich werde wohl mit sinnlosen Briefen und Botschaften umherreiten, bis ich zusammenbreche. Noch vor einigen Wochen haben mir weder Schlamm noch Kälte, noch der Regen, der mich bis auf die Haut durchnäßte, etwas ausgemacht, im Gegenteil, ich ertrug das alles mit Freuden, Francesco, weil ich davon überzeugt war, daß meine Bemühungen fruchten würden. Doch nun plagen mich Zweifel, die weitaus quälender sind als die ewigen Bauchkrämpfe. Ich glaube nicht mehr an das, was ich tue.

Wenn man auf verlorenem Posten kämpft, ist es töricht, auszuharren. Ausharren ist nur dann der richtige Weg, wenn man unbeirrt, mit dem Mut der Verzweiflung und möglichst gut vorbereitet dazu bereit ist, die Folgen seines Handelns zu tragen. Also nichts für wankelmütige Jammerlappen, Schwächlinge und Dummköpfe. Was nützt einem außerdem der Mut, wenn man nicht einmal über die Mittel verfügt, den Gegner anzugreifen oder sich wenigstens zu verteidigen? Vom Krieg zu reden, ohne in der Lage zu sein, den Krieg so zu führen, daß die Zahl der Opfer möglichst gering ist – das ist eine unverzeihliche Torheit. Ich selbst war so ein Tor und Kriegstreiber.

Francesco, nur Ihr könnt ermessen, was ich alles durchgestanden habe, bis ich zu dieser Einsicht gelangt bin: Wir müssen um jeden Preis Frieden schließen. Wir müssen uns demütig ergeben, wir müssen den Barbaren zahlen, was sie verlangen. Nur so können wir dieses Land vor einem Blutbad und einer Verwüstung ohnegleichen bewahren. Einen anderen Weg sehe ich nicht. Jetzt muß verhandelt werden. Der Papst und seine Clique von Jasagern, die sich sehenden Auges von Bourbon hintergehen lassen, können uns nicht helfen. Nein, Signor Guicciardini, Ihr müßt für uns verhandeln, denn jedermann weiß, daß man auf Euer Wort bauen kann. Verhandelt, ehe es zu spät ist! Das sollte wahrlich keine Schande für Euch sein, wenn man bedenkt, daß Ihr in letzter Zeit zur Tatenlosigkeit verurteilt wart. Es ist keine Schande, um Frieden zu flehen, wenn es einem nicht möglich ist, zu kämpfen. Aber in einer solchen Lage nicht alles zu tun, was in Eurer Macht liegt, um ein grausames Gemetzel unter wehrlosen und unschuldigen Menschen zu verhindern, wäre mehr als Schande, es wäre ein Verbrechen.

Verfügt über mich, wie es Euch beliebt. Mein einziger Wunsch ist es, daß Italien die Greuel einer zweiten Vandalenherrschaft erspart bleiben. Meinethalben mag der Kaiser Herr und Gebieter sein, meinethalben mögen wir zahlen und zahlen, wenn uns nur erspart bleibt, was in der Lombardei geschehen ist, diese Hölle von Totschlag, Vergewaltigung, Folterung und sinnloser Zerstörung.

Während ich Euch diese Zeilen schreibe, Francesco, in der Schankstube einer Herberge, umringt von Kindern, die mich ernst anstarren, und emsig scharrenden Hühnern, will mir scheinen, die Einsicht, daß solche bestialischen Greuel um jeden Preis verhindert werden müssen, sei mehr wert als alles, was ich in meinem Leben bisher geleistet habe, all die Gesandtschaften und diplomatischen Ansprachen, all die Hunderte von Seiten mit Ideen, Abhandlungen und Theorien. Francesco, wofür habe ich gelebt?

Francesco Guicciardini an Niccolò Machiavelli
Euer Ruf nach Frieden ist ebenso leidenschaftlich, aber auch ebenso weltfremd wie zwei Jahre zuvor Euer Aufruf zum Krieg.

Verhandeln, sagt Ihr. Aber mit wem? Bourbon verhandelt nicht. Er könnte es auch gar nicht, selbst wenn er wollte. Sogar sein Katz-und-Maus-Spiel mit dem Papst ist im Grunde nichts als ein verzweifelter Versuch, seine Ohnmacht zu verschleiern.

Es zählt nur noch ein Wille, der Wille jener Armee, dieser Hydra mit fünfundzwanzigtausend Köpfen, die die Beute schon gewittert hat.

Messer Girolamo Morone hat mir einen geheimen Brief zukommen lassen. Im Tausch gegen klingende Münze bietet er mir an, bei den Kaiserlichen zu vermitteln.

Nun, Niccolò Machiavelli, mein Freund? Sollen wir uns in unserer großen Not diesem Unterhändler anvertrauen? Das Angebot zeigt wohl überdeutlich, wie aussichtslos unsere Lage ist. Wenn die Aasgeier auftauchen, ist das Ende nahe.

Wir haben zwei Möglichkeiten: Flucht oder Widerstand bis in

den Tod. Das Ergebnis wird in beiden Fällen das gleiche sein. Es ist lediglich eine Frage der Haltung. Weder Euch noch mir dürfte die Entscheidung viel Kopfzerbrechen bereiten.

Die Kaiserlichen heben sich Florenz offenbar für einen späteren Zeitpunkt auf. Ich ziehe nun mit den Unsrigen auf dem kürzesten Weg nach Rom. Lebt wohl.

MICHELANGELO BUONAROTTI

*E*r wußte kaum, wie viele Monate seit seiner Rückkehr nach Florenz vergangen waren. Blind und taub für die Außenwelt, vergrub er sich in seine Arbeit wie ein Maulwurf in seinem unterirdischen Gang. Von Papst Clemens väterlich dazu aufgefordert, hatte er in Rom schließlich einen neuen Kontrakt mit den Herren della Rovere unterzeichnet. Es war ihm bewußt, daß er sich damit unwiderruflich zu harter Fron verurteilt hatte. Doch er war bereit, wie ein Sklave zu schuften, bis das Werk vollendet war. Erst dann würde er sich von seiner Schuld befreit fühlen. Fast unerträglich aber war es ihm, daß er nicht ungestört für sein altes Versäumnis büßen und seine alten Pflichten erfüllen durfte. Am Ende der Audienz hatte der Papst in einem Schlußwort laut und für alle vernehmlich das Urteil über ihn gesprochen: «Das Grabmal wird vollendet, meine Herren, das steht nun fest, unser werter Künstler hat es soeben schwarz auf weiß bestätigt. Damit wäre diese unangenehme Sache hoffentlich aus der Welt geschafft.» Dann jedoch hatte er, nur für ihn verständlich, geflüstert: «Vergeßt aber unterdessen die Arbeit an der Medici-Kapelle nicht, ich erwarte, daß Ihr Euch auch an den Kontrakt haltet, den Ihr mit mir geschlossen habt.»

Seither quälte ihn wieder jene innere Zerrissenheit, neben der jeder andere Kummer verblaßte. In seinen Träumen ragte das Grabmal für Papst Julius vor ihm auf, die Statuen von Moses, Paulus, Rachel und Lea reichten bis an die Wolken, marmorne Giganten, von der Erde emporgestoßen wie Gebirge. An den Falten ihrer Gewänder versuchte er hinaufzuklettern wie eine Ameise auf riesigen Klippen, ein armseliges, schwaches Geschöpf auf zittrigen Beinen. So bewegte er sich immer höher, bis zu den Himmel und Erde verkörpernden Figuren, die den Sarkophag trugen. Hier ruhte Julius, sein Quälgeist, dessen Ruhmsucht an allem schuld war. Die Macht dieses päpstlichen Eroberers mehr als zehn Jahre nach dessen Tod zu verherrlichen, zu einem Zeitpunkt, da das Ansehen des Papstes großen Schaden erlitten hatte und die eroberten Gebiete vor dem Einfall eines noch schrecklicheren Feindes zitterten – das schien ihm mehr als Torheit, es war verlogen, eine Schmach.

Gleich nach seiner Rückkehr hatte er in Florenz den alten Entwurf vernichtet, den Papst Julius seinerzeit gutgeheißen hatte. Fort mit den Sinnbildern der unterworfenen Provinzen, der Sieben Freien Künste und der sieben Tugenden. Er fertigte eine neue Skizze der Figuren an, die das Monument stützen sollten. Gefesselte Sklaven krümmten sich nun unter der Last des Steinkolosses, der sie zu zermalmen drohte – achtfach verkörperten sie seine seelische Verfassung. Während er die Formen aus dem Stein meißelte, empfand er ihren Schmerz und ihre stumme Verzweiflung. Wie besessen arbeitete er einmal an dieser, dann wieder an jener Statue, als ob er seinen Seelenfrieden aus dem erdrückenden Marmor befreien müsse. Seine Augen waren vom Marmorstaub und weil er so wenig schlief rot und blutunterlaufen, sie tränten ständig; Staub und Schmutz verstopften alle Poren seiner Haut, sein Haar und sein Bart waren vom Schweiß zu Strähnen verklebt. Er konnte sich nicht erinnern, wann er zum letztenmal die Kleider gewechselt hatte. Er gönnte sich weder Zeit zum Essen noch zum Schlafen. An eine Truhe gelehnt, den Blick unablässig auf den Marmorblock gerichtet, den er gerade bearbeitete, aß er nur hin und wieder ein Stückchen Brot mit Zwiebeln und trank einen Schluck Wein. Wenn ihm vor Übermüdung schwarz vor Augen wurde, ließ er sich einfach irgendwo fallen, auf einen Stapel Säcke oder, zwischen Splittern und Steinbrocken, auf den nackten Boden.

Zuweilen trieb ihn ein plötzliches Bedürfnis nach frischer Luft ins Freie. Ohne darauf zu achten, wo er sich befand und was um ihn herum geschah, irrte er dann durch die Straßen von Florenz. Er hörte die Glocken läuten, er bemerkte die Glut des Abend- oder Morgenhimmels, er schwitzte oder fror, er erkannte die vertrauten Umrisse verschiedener Gebäude. Dann und wann suchte er gezielt irgendwelche Plätze vor den Stadtmauern auf, am Weg nach Fiesole oder hinter San Miniato, um die weiten, wogenden Linien der Landschaft in sich aufzunehmen. Dort kamen sein Körper und seine Hände, Sklaven im Dienst jener Sklaven, die das Monument für Papst Julius tragen sollten, für einen Augenblick zur Ruhe. Innerlich aber konnte er keine Ruhe finden, immer wieder stellte er sich jenes Werk vor, das zu vollenden er nun ersehnte wie die ewige Seligkeit: das Medici-Denkmal in San Lorenzo. Vor seiner Zeit in Rom war er sich des Sinns und folglich auch der endgültigen Komposition nicht sicher gewesen, nun aber sah er sie mit überirdischer Klarheit vor sich. Es war die Antwort auf den Ruf, der jahrelang in ihm widergehallt hatte: Erhebe dich, Adam. Der Mensch mußte aus dem Leben in das Geheimnis des Todes gehen, bevor er zur ewigen Wahrheit auferstehen konnte. Er mußte sich aus dem Kerker des Körpers, aus der Macht des unerbittlichen Schicksals, aus dem Zwang von Raum und Zeit zum wahrhaftigen Leben der Seele erheben. Das Leben auf Erden ist ein Traum, aus dem man in der klaren Welt der Ideen staunend erwacht. Wachen und Träumen, Einschlafen und Aufwachen sind geheimnisvolle Seelenzustände, die dem Wechsel von Tag und Nacht, Sonnenuntergang und Morgenröte entsprechen.

Während er an den Torsi der gefesselten Sklaven weitermeißelte, verspürte er den fieberhaften Drang, seinen neuen Ideen Gestalt zu verleihen. Das machte seine Aufgabe doppelt schwer. Dem Grabmal für Papst Julius konnte er sich nun nicht mehr mit voller Hingabe widmen, ständig mußte er gegen seinen gefährlichsten Gegner kämpfen, den Widerwillen gegen diese Arbeit. Er fühlte sich dazu getrieben, etwas anderes zu erschaffen, Gestalten, die nicht die Knechtschaft, das Ächzen unter einer verhaßten Last, sondern die einzig mögliche Befreiung versinnbildlichen sollten. Papst Clemens' Worte «Vergeßt die Medici-Kapelle nicht» hatte er bisher aus seinen Gedanken verbannt, um nicht in Versuchung zu kommen; nun aber konnte er seine Ohren nicht mehr vor ihnen verschließen. Sie waren wie der Wind, der das Feuer anfacht.

Eines Tages schleuderte er seine Werkzeuge zu Boden, breitete Tücher über die unvollendet aus ihren Marmorblöcken hervortretenden Torsi und ging zu dem Tisch mit seinen Skizzen. Wie in einem Rausch erstanden auf Papier die Gestalten, die ihm im Traum erschienen waren. Für ein paar Tage vergaß er die Sklaven.

Dann aber quälte ihn wieder jener innere Zwiespalt, der Schmerz, den er auf die Dauer nicht unterdrücken konnte. Die Gegenwart der steinernen Körper und ihrer unsichtbaren Last vergiftete seine Schaffensfreude und störte seine Konzentration. Der Gedanke des Unvollendeten quälte ihn. Das Unvollendete – das war für ihn weit mehr als nur ein nicht fertiggestelltes Werk. Er empfand alles Unvollendete als Niederlage gegenüber seinen Auftraggebern, als Zeichen für das Ungeordnete, noch Unerkannte und nicht Überwundene in ihm selbst. Zugleich fürchtete er immer mehr, es würde ihm nicht gelingen, sichtbar und greifbar zu machen, was ihn erfüllte, bevor er sein altes Versprechen eingelöst und das Grabmal für Papst Julius bis ins letzte Detail fertiggestellt hatte.

In der verlassenen Werkstatt hinter der Kapelle Santa Maria Novella führte er laute Selbstgespräche. Seit seiner Rückkehr nach Florenz duldete er keine Gesellen und Gehilfen mehr um sich. Die alte Frau, die ihm das Essen brachte, kam und ging, ohne daß er es merkte.

Schließlich hielt er es nicht mehr aus. Er schlief einen ganzen Tag und eine Nacht den bleiernen Schlaf eines Menschen, der körperlich und geistig vollkommen erschöpft ist. Danach glaubte er seine Schaffenskraft für immer verloren.

In diesen Tagen wurde er aufgefordert, vor der Signoria zu erscheinen. Mühsam riß er sich aus seinen Grübeleien, wusch und kleidete sich sorgfältig und sprach zur festgesetzten Stunde im Palazzo vor. Dort tagten die Stadtoberen mit der Fünferkommission, die für die Instandhaltung und Verstärkung der Stadtmauern verantwortlich war. Unter den Anwesenden vermißte er Niccolò Machiavelli, den erst kürzlich ernannten Proveditore der Bastionen. Zu seiner großen Verwunderung trug man ihm nach einigen einleitenden Worten dieses Amt an. Messer Niccolò sei mit einer anderen Aufgabe betraut worden.

Mauern, Befestigungen. Er zuckte schweigend die Achseln und starrte über die Köpfe der Ratsherren hinweg auf die blutroten Lilien des Wappens von Florenz an der Wand. Er sollte also eine neue Aufgabe übernehmen, die ihn Tag und Nacht beanspruchen würde, obwohl für ihn jede Stunde kostbar war. Er müßte sich in architektonische und militärische Probleme vertiefen, obgleich ihn nur noch eines beschäftigte: das Geheimnis von Leben und Tod. Schon deswegen hätte er den Auftrag ablehnen müssen, aber er hätte auch noch weitere Einwände vorbringen können. Die Zeit drängte. Angesichts der drohenden Gefahr hielt er es für sinnlos, neue Mauern zu errichten, statt die alten zu verstärken. Außerdem war ihm klar, daß das Amt des Proveditore mit wenig Geld und wenigen Arbeitern alles andere als einfach sein würde.

Die Mitglieder des Rates und der Kommission bestürmten ihn, auf ihre Bitte einzugehen, und unterbreiteten ihm schon Vorschläge für seine Arbeit. Er aber saß still am Tisch, die Augen geschlossen, das Kinn in die gespreizten Finger der linken Hand gestützt. Hin und wieder nickte er, um zu zeigen, daß er verstand, worum es ging. Schließlich seufzte er, stand auf und erbat sich Bedenkzeit.

Draußen auf der Piazza mußte er unwillkürlich zu seinem David aufblicken, der nun schon zwanzig Jahre hier stand. Die harmonischen Linien des steinernen Kolosses erfüllten ihn wie immer mit großer Befriedigung, und diesmal fesselte ihn der Anblick so sehr, daß er nicht weitergehen konnte. Zum erstenmal war ihm bewußt, daß David für ihn und für die Stadt stets mehr gewesen war als nur die vollkommene Statue eines Jünglings. Er verkörperte Kraft, Mut und edle Empörung über Unrecht und Gewalt, war ein Symbol für die wehrhaften Bürger der Republik Florenz. Michelangelo erinnerte sich daran, daß dieses Standbild zur Zeit des Umbruchs für viele ein Wahrzeichen für den Protest gegen die Herrschaft der Medici gewesen war: David, der Advokat der Freiheit.

Aber nun verzog er die Lippen, als läge ihm ein bitterer Geschmack auf der Zunge. Die Kampflust des jungen Kolosses mit seiner Schleuder erschien ihm plötzlich unsagbar naiv. Sie paßte nur in eine Welt ohne Schatten, in der alle Dinge fest umrissen waren und sich in klassischem Gleichgewicht befanden. War die Antike in ihrer Blütezeit wirklich so eine Welt gewesen? Das heutige Florenz, das gegenwärtige Italien verlangten eine kompliziertere Art von Heldentum.

Er drehte sich um. An der anderen Seite des Einganges zum Palazzo della Signoria stand ein leerer Sockel. Seit seiner Rückkehr aus Rom hatte er die Piazza gemieden, denn beim Anblick jenes leeren Platzes neben seinem David fühlte er sich jedesmal aufs neue gedemütigt. Als er die Statue damals vollendet hatte, beauftragte ihn die Stadtobrigkeit damit, als Gegenstück einen Herkules zu schaffen. Doch zu mehr als einem Entwurf war es nie gekommen. Wann in den letzten Jahren hätte er denn auch bei den vielen Auftragswerken für den Papst diesen Herkules in Angriff nehmen sollen? Daß ihm die Stadt Florenz den Auftrag nicht wieder entzog, war für ihn eine künstlerische Selbstverständlichkeit. Der Entwurf lebte in ihm, er war sein geistiges Eigentum, ein Teil seiner selbst. Während David den Kampf des Menschen gegen äußerliche Gewalt verkörperte, sollte Herkules ein Sinnbild des Kampfes gegen feindliche Kräfte im Innern eines jeden Menschen sein. Die beiden gigantischen Statuen beiderseits des Tors, durch das die Regenten von Florenz ihr Rathaus betraten, sollten eine Einheit bilden: Wachsamkeit nach außen wie nach innen.

Noch im Jahre 1525, vor seinem Aufenthalt in Rom, war die

Signoria ausdrücklich dem Gerücht entgegengetreten, ein anderer Bildhauer solle den Auftrag bekommen. Doch während seiner ersten Tage im Vatikan bewahrheitete sich Michelangelos schlimmste Befürchtung: Papst Clemens hatte den Hofbildhauer Bandinelli beauftragt, einen Herkules zu schaffen.

Er erinnerte sich an die demütigende Audienz, als hätte sie erst gestern stattgefunden. Voller Zorn hatte er sich beschwert, doch der Papst war auf seine Argumente nicht eingegangen und hatte nur geantwortet: «Ihr habt doch mit dem Grabmal des Julius und der Medici-Kapelle schon alle Hände voll zu tun, mein Lieber. Außerdem warten wir nun bereits zwanzig Jahre auf Euren Herkules.» Als er anbot, auf seine Entlohnung zu verzichten, wenn man ihn nur weiterarbeiten ließe, zuckte der Papst lächelnd die Achseln. Es blieb dabei: Bandinelli würde den Auftrag behalten.

Der Gedanke an Bandinelli beschwor die Wochen in Rom wieder herauf. Im Vatikan hatte er sich wie ein Gefangener gefühlt. Auch dort war er ständig dem Unvollendeten begegnet. In der Sistina mühte er sich unter Qualen, die Quintessenz jener Darstellungen zu finden, die wie Wolken oder Meereswogen über das Deckengewölbe zu wirbeln schienen. Das Gefühl der eigenen Unzulänglichkeit und die Unrast, von der ihn nicht einmal seine Arbeit befreite, überwältigten ihn jedesmal, wenn er die Sistina betrat. Fortan mied er die Kapelle. Grübelnd irrte er durch die Galerien. Die Spötter, die Verleumder und die Neugierigen nahm er nicht wahr. Er führte laute Selbstgespräche, auch wenn man ihm zuhörte. Er schalt sich einen Nichtsnutz und Versager, weil es ihm nirgends gelang, seine selbstquälerischen Zweifel zu überwinden. Rang er mit einer Vision, deren Umsetzung seine Fähigkeiten überstieg? Betrog er sich nicht selbst, wenn er sich dazu berufen wähnte, das noch nie Dargestellte abzubilden: das Martyrium des Menschen, der hin und her gerissen ist zwischen göttlichen und animalischen Kräften? Nun, auf der Piazza, im kalten Wind, der von den Hügeln wehte, sah er auf dem nackten Sockel seinen Herkules, der wie im Entwurf mit dem Riesen Antäus rang: zwei Körper, die einander in einem Kampf umklammert hielten, der niemals enden würde – ein Sinnbild der zwiespältigen Menschenseele.

Nach der Unterredung in der Signoria konnte er tagelang nicht mehr arbeiten. Ohnmacht und Unentschlossenheit lähmten ihn. Immer wieder ging er in die Stadt, und zum erstenmal seit seiner Rückkehr nahm er die brodelnde Unruhe und das fieberhafte Leben wahr. Lange Züge von Flüchtlingen aus der von den Spaniern heimgesuchten Lombardei wälzten sich durch die Straßen, Bauern und Bürger aus kleinen Städten mit ihren Familien und gerade so viel Hab und Gut, wie sie zu Fuß, zu Pferd und auf Ochsenkarren mitführen konnten. Aus einem grauen Himmel ergossen sich Regen- und Schneeschauer über Florenz. Im Dom, in San Lorenzo, San Giorgio, Santa Trinità und allen anderen Kirchen und Kapellen, die er besuchte, knieten dicht an dicht die betenden Menschen. Er hörte sie schluchzen und wehklagen und um Gnade flehen und wähnte sich um drei Jahrzehnte zurückversetzt, in jene Zeit, als Fra Girolamo Savonarola hier von der Kanzel gerufen hatte: «Bereut eure Sünden, die Stunde des Jüngsten Gerichts ist nahe, tut Buße, großes Unheil wird über euch kommen.»

Heute wie damals herrschte düstere Weltuntergangsstimmung. Während er im Dämmerlicht des Domes stand und auf die Kerzenglut weit vorn auf dem Altar starrte, erfüllte ihn die Ahnung, daß er und alle, die hier mit ihm beteten, tatsächlich den Untergang der Welt erleben würden: einer Welt der oberflächlichen Genüsse, des Hochmuts und der Selbstgefälligkeit, einer Welt des Zweifels und Spotts, einer Welt zynischer Nachsicht gegenüber Feigheit, Lüge und Kriecherei. Diese Welt war im Begriff zu zerplatzen wie eine überreife Frucht. War dies das Unheil, das Savonarola angekündigt hatte? Reifte vielleicht schon eine neue Welt heran, mit neuen Maßstäben, neuen Überzeugungen und einem neuen Bewußtsein? Eine Welt, in der man den Sinn des menschlichen Daseins, das innere Ringen um Gnade nicht mehr verleugnen, verheimlichen und tarnen muß, eine Welt, in der man sich leidenschaftlich zu diesem Sinn bekennen und ihn in künstlerischen Werken ausdrücken kann?

Er hetzte durch den Stadtkern von Florenz, als gelte es, Abschied zu nehmen. Über dieses Pflaster, unter diesen Gewölben waren jene Männer einhergeschritten, die er in seiner Jugend verehrt hatte, die Staatsmänner, Philosophen und Künstler, denen die Stadt Macht und Ansehen verdankte. Über diese Mauern hatten sich ihre Schatten bewegt. Er legte seine Hand auf die kalten Steine. Die Farben waren damals satter, das Licht heller gewesen. Über allem hatte ein Glanz von Jugend, Frohsinn und frühlingshafter Frische gelegen. Unter den Zypressen und Granatapfelbäumen eines Parks oder an einer festlich gedeckten Tafel im Saal eines Palastes den Ansprachen und den Disputen über den göttlichen Eros und seine alles durchdringende Macht lauschend, hatte er geglaubt, es gäbe nichts Höheres als diese Weisheit. Er hatte geglaubt, die Welt, in der er und seine Gefährten dieser Auffassung huldigten, würde ewig währen.

Vergebens suchte er nun einen letzten Widerschein jener verlorenen Welt, das Florenz seiner Jugend. Er entsann sich eines Liedes von Lorenzo Il Magnifico: «Genieße die Jugend und die Schönheit, denn niemand weiß, was der morgige Tag bringt.»

Der Wind blies ihm den Nebel ins Gesicht, und er blickte zu den Türmen und Dächern empor, die sich vor dem grauen Himmel abzeichneten. Obwohl die Umrisse die gleichen waren, hatte sich das Gesamtbild unwiderruflich verändert. Ein ähnliches, wenn auch nicht so starkes Gefühl der Melancholie hatte ihn auch damals in Rom ergriffen.

Durch die dichten Pulks schreiender und gestikulierender Menschen – die deutschen Landsknechte hätten den Po überschritten, hieß es – bahnte er sich hastig einen Weg zu seiner Werkstatt.

Als er die unfertigen Sklavengestalten und die noch sehr groben Statuen der beiden Medici-Herzöge sah, die Blätter mit den Entwürfen für die Figuren der Nacht, des Tages, des Morgens und der Abenddämmerung, verlor er den letzten Rest Selbstvertrauen. Er strich mit der Hand über den Marmor, in dem seine Träume schlummerten und der noch wie eine harte, weiße Decke über die kaum angedeuteten Formen gespannt war. Er preßte die Stirn an den kalten Stein, und es schien ihm, als ob die Aufgabe, die er sich gestellt hatte, im Grunde schon in jene zukünftige Welt gehörte. Er wußte nun, daß er dieses Werk niemals vollbringen konnte, wenn er nicht bereit und imstande war, einen Teil seiner selbst der Vernichtung anheimzugeben. Auch er mußte wiedergeboren werden.

GIOVANNI BORGIA

*J*ch lebe noch. Wenn ich mühsam aufstehe und zum Fenster
gehe, sehe ich, so weit das Auge reicht, nichts als die mit
Unkraut überwachsenen Schutthaufen zerstörter und ver-
brannter Häuser, dazwischen wie Inseln die zerfallenden, schwarzversengten Mauern von Kirchen und Palästen. Der Fäulnisgestank
ist unerträglich. Der Boden hier muß mit Blut geradezu getränkt
sein. Es ist still geworden in Rom.

Ich hinke. Ich habe ein Auge verloren. Ich bin krank. Ich kann
mich kaum noch als Mann bezeichnen. Zum Soldaten tauge ich
nicht mehr. Pierluigi Farnese und seine Colonna sind der Katastro-
phe entkommen und dienen im Heer des Kaisers. Sie ziehen nach
Neapel, in die Lombardei, durch die Romagna – ohne mich. Aber
ich lebe noch.

Ich habe – vermutlich durch die Fürsprache des Kardinals Pompeo – einen Posten im Sekretariat des Kardinals Alessandro Farnese
bekommen. Ich wohne in seinem Palast, der nur wenig beschädigt
wurde. Hier läßt man mich in Ruhe.

Ganz selten gehe ich hinaus vor die Tore. Ich sehe Rom nur aus
dem Fenster meiner hochgelegenen Kammer, ein Panorama des
Verfalls und der Verwüstung. Der Weg von der Kammer zu meinem Schreibzimmer, den ich mehrmals täglich auf Krücken zu-
rücklegen muß, ist anstrengend genug. Wieder nur schreiben,
schreiben. Ich kann noch eine Feder halten.

Ich will aufschreiben, was ich erlebt habe. Schnell, schnell, bevor es mir wieder entschlüpft. Es gibt Tage, an denen ich mich an nichts erinnern kann. Dann wiederum sehe ich die Bilder rasend schnell vorüberhuschen. Ich muß sie festhalten. Und sei es nur, um später sagen zu können: Das war der Wendepunkt. Damals hat sich alles verändert.

Als die ersten Spanier durch eine Bresche beim Tor von Santo Spirito in die Stadt eingedrungen waren, rannten die Soldaten, die die Mauern verteidigen sollten, so schnell sie konnten davon, zum Ponte Sisto, und schrien: «Der Feind ist da, rette sich, wer kann!» Wir, die Leute der Colonna, schickten uns gerade an, auszurücken, als die wilde Schar vorbeistob, voran der Hauptmann des Papstes, Renzo da Ceri, mit seiner feigen Bande, hinter ihnen eine wie wahnsinnig tobende Menge von Männern, Frauen und Kindern, bepackt mit dem, was sie in der Eile greifen konnten. Aus allen Gebäuden stürzten weitere Menschen heraus, um sich dem Strom anzuschließen. Es gelang nicht allen von uns, sich rechtzeitig in den Cortile zurückzuziehen. Ich wurde samt meinem Pferd von den vorwärts stürmenden Massen mitgerissen zum Castel Sant'Angelo. Das Gedränge vor der Burg war unbeschreiblich. Soldaten, Edelleute, Höflinge, Prälaten, Hausierer und Krämer, dazwischen Hunderte von Frauen. Bürger kämpften Seite an Seite mit dem gemeinsten Pöbel aus Trastevere und Ripa um ihre Rettung: durch das Tor ins Castell eingelassen zu werden. Als mein Pferd scheute und sich aufbäumte, wurde es von drei, vier Burschen festgehalten und niedergestochen, mich zogen sie rücklings aus dem Sattel. Die kreischenden Menschen wurden von der nachdrängenden Menge gegen uns gepreßt und fürchteten, von den zuckenden Pferdehufen getroffen zu werden. Sie hielten mich mit Gewalt fest, und in meiner Angst dachte ich nur noch an eins: auf den Beinen zu bleiben, denn wer hinfiel, wurde erbarmungslos zu Tode getrampelt. Ich war keinen Meter vom Tor entfernt, als das eiserne Fallgitter herabkrachte. Die Schreie der Verwundeten übertönend, rief man uns hinter den Gitterstäben zu, in der Burg seien schon über dreitausend Menschen, noch mehr könnten die Mauern nicht fassen. Doch die Masse wich um kein Haarbreit zurück – was auch gar nicht möglich war –, sondern blieb unter den Mauern stehen und bat schreiend und jammernd um Einlaß. Die Leute begannen zu fluchen und zu toben, als einige Kardinäle und andere hohe Herren aus den ersten Reihen in Körben und an Strickleitern hinaufgezogen wurden. Ich sah den Datarius Giberti und Monsignore Schomberg wie zwei fette purpurne Fische, die an einer Angel pendeln, über die Mauer rutschen. Ich konnte weder vorwärts noch zurück. Nach Atem ringend stand ich zwischen den Verzweifelten, die ebenfalls hochgezogen werden wollten und die Adligen und Prälaten verfluchten, die sich rechtzeitig einen Unterschlupf im Castel Sant' Angelo gesichert hatten. Ein Mann neben mir verlor den Verstand. Er rollte die Augen, Schaum trat ihm vor den Mund. Er fiel hin und verschwand in der Menge wie in einem Strudel. Ich schrie: «Verteilt euch! Wir müssen Trastevere verteidigen! Sperrt die Brücken ab!» Aber als ich die wilden, argwöhnischen Blicke der Umstehenden sah, verstummte ich, aus Angst, ebenfalls niedergetrampelt zu werden. Auf einmal kam Bewegung in die Masse, und laute Schreie waren zu hören. Es bildete sich ein starker Sog in die entgegengesetzte Richtung, die Menschen, die Hals über Kopf zum Kastell geflohen waren, wollten jetzt unbedingt wieder über die Brücken in die Stadt zurück. Hunderte plumpsten ins Wasser und schwammen hinüber. Widerstand war sinnlos, auch jetzt mußte ich mich mitschleifen lassen, vorbei an Klöstern und Palästen der kaiserlich gesinnten Adligen. Wer konnte, bahnte sich einen Weg in eines der Häuser, in der Hoffnung, bei den Geistlichen oder unter den Farben des Kaisers in Sicherheit zu sein. Ich versuchte in den Palazzo Colonna hineinzukommen, doch das Tor wurde mit Gewalt zugedrückt, bevor ich mich aus dem wild wimmelnden Ameisenhaufen befreien konnte.

Ich weiß nicht mehr, wo ich die ersten Schreie hörte: «*Viva Spagna! Amazza, amazza,* schlagt sie tot!» Da kamen sie anmarschiert, in geschlossenen Reihen, von einer Staubwolke umhüllt, und mähten alles nieder, was sich ihnen in den Weg stellte. Nicht einmal wer mit erhobenen Händen auf sie zulief oder auf den Knien zu ihnen kroch und sie anflehte, fand ihre Gnade. Von den verzweifelt schreienden Menschen dachte keiner daran, sein Leben teuer zu verkaufen. Als einzelner Widerstand zu leisten war sinnlos. Es gelang mir, in eine enge Gasse auszuweichen. Ich kletterte auf eine Mauer und lief in gebückter Haltung so schnell ich konnte über die Dächer. Im nachhinein kommen mir diese Stunden vor wie ein endloser Alptraum. Die Sonne brannte vom wolkenlosen Himmel herab. Es war der sechste Mai, vormittags. Im grellen Licht schob ich mich bäuchlings über Dächer und Terrassen, während aus den Straßen unter mir ein durch Mark und Bein dringendes Geschrei heraufstieg.

Mir fehlen die Worte für das, was ich, an Dachsimsen hängend oder hinter Balustraden und Schornsteinen hockend, sah und hörte. Zeitlebens habe ich an die ehrenhafte Gesinnung und an die Disziplin der Spanier geglaubt, und auf diesen Glauben gründete sich der letzte Rest meiner Selbstachtung. Jetzt weiß ich nur noch eines: Wenn ich in die Hölle komme, hoffe ich dort Teufel anzutreffen und keine Spanier. Während die kaiserlichen Truppen vor Rom aufmarschierten, hatten die Colonna den Plan gefaßt, sich den Spaniern anzuschließen, sobald sie in die Stadt einrückten. Daß sie plündern würden, stand fest, doch daß ihr Einzug zu so einem bestialischen Blutbad ausarten würde, hätte niemand geglaubt. Ich weiß, daß Soldaten grausam sind – in Navarra, in der Lombardei und vor Pavia habe ich mancherlei erlebt –, doch nichts von alledem war auch nur annähernd vergleichbar mit der Brutalität dieser Morde, Folterungen und Vergewaltigungen. Unter den Spaniern erkannte ich Offiziere und Soldaten des päpstlichen Besatzungsheeres und der Colonna. Daß sie sich den Kaiserlichen angeschlossen hatten, um nicht selbst niedergestochen zu werden, ist verständlich, nicht aber, daß sie sich in blinder Raserei am Morden und Sengen beteiligten.

Ich kroch über die Dächer, sprang über die engen Abgründe der

Gassen und lief bis zur Stadtmitte, in der Hoffnung, auf eine Gruppe zu stoßen, die Widerstand leistete. Ich hatte die Todesschreie der Frauen und Kinder noch in den Ohren, und es beseelte mich nur noch ein Wunsch: den Mördern zu Leibe zu rücken. Auf der Piazza di Gesù hatten sich bewaffnete Bürger aus verschiedenen Stadtbezirken versammelt, aber keineswegs, um sich bis zum letzten Atemzug zu verteidigen, wie ich zunächst glaubte. In Panik warfen sie ihre Waffen auf einen Haufen und schwenkten weiße Fahnen. Von der einen Seite rückten die Spanier gegen sie vor, von der anderen Seite die deutschen Landsknechte. Bevor das Massaker begann, floh ich weiter über die Dächer. Hätte ich geahnt, was mich erwartete, ich hätte alles versucht, um die Stadt zu verlassen. Bis Sonnenuntergang hielt ich mich versteckt. Als ich hörte, daß auf dem Campo de' Fiori und auf der Piazza Navona zum Sammeln geblasen wurde, woraufhin die Soldaten unter Trommelwirbeln aus allen Richtungen zu diesen Plätzen strömten, glaubte ich, die Ordnung sei wiederhergestellt und das sinnlose Morden vorbei. Ich ging zur Piazza Navona, wo hinter den Reihen der Spanier ein Trupp Colonna-Soldaten angetreten war. Ich gesellte mich zu ihnen. Sie stanken nach Blut, waren von Kopf bis Fuß mit Unrat bespritzt – sie sahen aus wie Schlächter. Man sagte mir, vierzigtausend Mann der Kaiserlichen seien in der Stadt, Spanier, Deutsche, Truppen der Colonna und Gonzaga, dazu ein ganzes Heer unterwegs aufgelesenes Gesindel.

Den ganzen Abend standen wir auf der Piazza, angeblich um auf einen möglichen Gegenangriff vorbereitet zu sein. Der Himmel war rot von der Feuersbrunst im Stadtteil Leonina. Die Spanier wurden ungeduldig. Ihre Anführer ritten vor den Reihen auf und ab, konnten aber die Ordnung nicht aufrechterhalten. Es war gewiß nicht die Elite des spanischen Fußvolkes, die dort im Fackellicht stand, sondern ein zusammengewürfelter Haufen: gedrungene, sehnige Burschen, braun wie Mohren oder Zigeuner, schmutzig, wild und verwegen. Gegen Mitternacht warfen sie die schweren Waffen und Banner auf den Boden und grölten laut, sie hätten jetzt genug gewartet. Sie zerstreuten sich in alle Richtungen und stürmten zu weiteren Raubzügen in die Stadt. Da vorläufig keine neuen Order zu erwarten waren, glaubte ich, die Leute der Colonna würden in den Palast zurückkehren, wo man sicherlich jeden Bewaffneten dringend brauchte. Doch von wenigen Ausnahmen abgesehen, schlossen sich die Männer den Plünderern an, worüber ich in höchstem Maße entrüstet war. Vom Campo de' Fiori rückten Landsknechte heran, die sich gleichfalls von ihrer Truppe abgesetzt hatten.

Ich versuchte, mir einen Weg durch die Straßen zu bahnen. Ohrenbetäubender Lärm von splitterndem Holz und herabstürzenden Steinen, überall Geschrei und Gegröle. Aus den Fenstern schlugen Flammen, rötlicher Fackelqualm wälzte sich über die besinnungslos wütenden Horden. Aus den Häusern wurden Weinfässer auf die Straße gerollt, betrunkene Soldaten, Leichen und zerschlagener Hausrat lagen im Weg. Um nicht aufzufallen – was den sicheren Tod bedeutet hätte –, zückte ich den Degen, nahm irgendeinen hastig aufgehobenen, vergoldeten Gegenstand in die andere Hand, schrie: «*Spagna! Spagna!*» und schloß mich einer Gruppe von Plündernden an, mit denen ich von Haus zu Haus zog.

Von da an kann ich mich nicht mehr genau erinnern. Ich weiß nicht, ob ich in zehn, zwanzig oder tausend Häuser, Kirchen und Kapellen eingedrungen bin. Hinterher kam es mir vor, als hätten wir wie im Fieberwahn immer wieder dieselben Hausbewohner in denselben Hausfluren niedergestochen oder erschlagen, als hätte ich immer wieder dasselbe Flehen, Schreien und Röcheln gehört. Ein hundertmal, tausendmal wiederholter Alptraum: Wir stürmten über die Leichen der Besitzer in die Häuser, traten Türen ein, rissen Vorhänge herunter und zertrümmerten Fensterscheiben und Spiegel. Überall floß das Gold aus Schatzkisten und Krügen, überall dasselbe Keuchen, Fluchen und Ringen um eine Handvoll Dukaten. In den meisten Kirchen waren die Landsknechte uns zuvorgekommen. Ich weiß nicht mehr, wie oft ich durch Blut gewatet und über die Scherben von Statuen und Fensterscheiben gestolpert

bin, vorbei an den Leichen der Priester und Gläubigen, die im heiligen Gebäude vergeblich Zuflucht gesucht hatten, nach vorn zum
zerstörten, besudelten und leergeraubten Altar.

Einen Tag und eine Nacht lang muß es gedauert haben. Ich erinnere mich, daß ich die Sonne habe auf- und wieder untergehen sehen. Das Stadtbild war durch die Brände und Plünderungen dermaßen verändert, daß ich nicht wußte, wo ich war. Landsknechte
zogen vorbei mit römischen Huren, stockbetrunken, singend und
grölend, schwarz vom Pulverdampf, mit geraubtem Schmuck behängt, Haar und Bart mit Ketten durchflochten und um die Schultern glänzende Meßgewänder. Mit beiden Händen trugen sie ihre
mit Gold gefüllten Barette. Die Spanier dagegen trugen ihre Beute
in Mäntel oder Fahnen gewickelt auf dem Rücken; sie hatten die
Hände frei, waren bis zu den Hüften voll von geronnenem Blut,
und ihre Augen und Zähne blitzten wie ihre Messer.

Hier und da stiegen Hornsignale und Trommelwirbel aus der
Stadt auf. Vielleicht glaubten die Anführer, das Kriegsvolk habe
nun vom Plündern genug. Doch das Schlimmste hatte noch nicht
einmal begonnen.

Ich habe alles gesehen, alles gehört. Und ich kann es nicht fassen, daß ich Zeuge all dieser Grausamkeiten war und trotzdem
noch lebe.

Wie ein Wahnsinniger bin ich in jener Nacht in der Hölle von
Rom umhergeirrt. Das Feuer. Der Gestank von Leichen und Kada-
vern. Der Lärm aus den aufgebrochenen Häusern und Klöstern.
Soldaten, die in langen Reihen, wie auf einer Treibjagd, mit Fak-
keln das Gestrüpp auf dem Palatinus und Campo Vaccino nach
Frauen durchsuchten, die sich in den Ruinen versteckt hatten. Das
Echo, das aus unterirdischen Höhlen und Gängen heraufklang. Bei
Tagesanbruch groteske Umzüge: johlende Landsknechte in Pur-
pur- und Meßgewändern trieben stadtbekannte Kardinäle, Bischöfe
und Priester vor sich her, einige waren auf Eseln festgebun-
den, andere lagen in offenen Särgen, wurden an den Füßen mitge-
schleift oder wie erlegtes Wild kopfunter an Stangen getragen. Auf

351

den Plätzen und an Straßenecken über schwelenden Feuern waren nackte, verstümmelte Körper aufgespießt oder angekettet. Ich erkannte Anhänger der Colonna darunter. Tagsüber ununterbrochene Freß- und Saufgelage und Würfelspiele unter freiem Himmel, als zusätzliche Tafelfreude die Folterung der reichen und vornehmen Gefangenen. Immer und überall dasselbe Zwiegespräch zwischen Peinigern und Opfern: «Dein Geld, dein Geld, sag, wo du deine Schätze versteckt hast.» – «Gnade, habt Erbarmen, ich habe schon alles hergegeben, man hat mir alles genommen.» – «Wo hast du dein Gold versteckt oder vergraben? Wer bewahrt es für dich auf?» – «Gott im Himmel ist mein Zeuge, ich besitze keinen Soldo mehr, glaub mir doch, verschone mich!»

Wenn ein Opfer freigelassen wurde und jammernd davonkroch, wurde es von der nächsten Bande aufgegriffen und das Spiel begann von vorn. Solange es hell war, blieb ich in der Nähe größerer Gruppen. Weil ich torkelte und sinnloses Zeug redete, hielt man mich wohl für betrunken. Unter den namenlosen Banditen aus allen Landstrichen fiel ich nicht weiter auf. Daß ich einfach immer mitlief, war meine Rettung. Ich gesellte mich zu einer Bande, die Arm in Arm über die Marktplätze tanzte; ich beobachtete, wie Nonnen und Priester in Frauenkleidern zum Höchstgebot an Bordelle versteigert wurden. Ich schloß mich einem Trupp Spanier an, die, getrieben von dem Gedanken, vielleicht in den Gräbern noch Kostbarkeiten zu finden, von Kirche zu Kirche zogen, die Grabplatten hochwuchteten und in den dunklen Gruben wühlten. Ich geriet in eine Gruppe von Deutschen, die gotteslästerliche Schreie ausstießen, während sie mit ihren Lanzen Reliquien und Hostien aufspießten und dann in den zu einer riesigen Kaserne umgewandelten Vatikan marschierten, wo sie Bruder Martinus zum Papst ausriefen. Ich war unter den Troßknechten, die in der Sixtinischen Kapelle einen Stall für die Pferde der Hauptleute einrichteten und die zerrissenen Seiten der päpstlichen Handschriftensammlung auf den Boden streuten, weil sie kein Heu oder Stroh fanden. Später zog mich eine Horde mit, die die bislang erfolgreich verteidigten

Paläste ausräuchern oder sprengen wollte. Ich sah, wie Spanier und Deutsche ihre in Rom lebenden Landesgenossen zwangen, Hunderte von geflüchteten Bürgern auszuliefern. Deutsche ermordeten spanische Prälaten, Spanier folterten deutsche Bankiers und Kaufleute und raubten sie aus. Am Abend wurden die Bacchanalien fortgesetzt, die immer wieder von wüsten Raufereien um die Beute unterbrochen wurden.

Im Schutz der Dunkelheit wollte ich zum Tiber schleichen und versuchen, schwimmend aus der Stadt zu entkommen. Abermals ein gespenstischer Irrweg durch die Straßen und Gassen voller Kadaver. Waren tatsächlich überall Gejammer und Geächze zu hören, oder bildete ich mir das in meiner Aufregung nur ein? Ein paarmal betrat ich irgendwelche Ruinen, in denen ich Hilferufe zu hören glaubte, aber da waren nur Schutt, Leichen und davonflitzende Ratten. Ganze Viertel waren zu verlassenen Totenstädten geworden, in denen es nichts mehr zu rauben gab. Vielleicht versteckten sich darin noch einige Überlebende, vielleicht hockten sie in Todesangst in einem Kellerloch oder hinter einer Mauer, bis meine Schritte verklungen waren.

Auf den großen Straßen, die zum Ponte Sisto führen, und auf den Uferstraßen feierten die spanischen und neapolitanischen Truppen von Lannoy mit der Aussicht auf das Castel Sant'Angelo ihre Gelage außerhalb der Reichweite der Kugeln, die die päpstlichen Verteidiger von Zeit zu Zeit abfeuerten. Das Dröhnen der Geschütze übertönte das Lachen und Kreischen der Troßhuren und das Jammern der Gefangenen, die dort wie überall in der Stadt gefoltert wurden, damit sie Lösegeld bezahlten. Ich ging durch die ausgebrannten Gassen am Tiber, in der Hoffnung, irgendwo unterhalb von Trastevere eine Stelle zu finden, wo ich unbemerkt den Fluß erreichen konnte. Ich versteckte mich, als sich ein Licht näherte und Hufgetrappel erklang. Langsam trottete ein Maulesel mit zwei Reitern heran: ein schnarchender Landsknecht, der eine Frau in den Armen hielt. Die Frau war fast nackt, sie trug eine Bischofsmitra auf dem Kopf und eine brennende Wachskerze in der Hand.

Mit leerem Blick starrte sie in die Flamme. Ich erkannte Tullia d' Aragona. Sie rührte sich auch dann nicht, als ich den betrunkenen Kerl vom Maulesel stieß. Ich sprach zu ihr und faßte sie an, aber sie erkannte mich nicht, verstand nicht einmal, was ich sagte. War sie betrunken, taub geworden oder hatte sie den Verstand verloren? Ich weiß es nicht. Ich blies die Kerze aus. Erst jetzt stammelte sie ein paar Worte und versuchte sich zu wehren. Ich wollte sie beruhigen und sagte, wir könnten ja zusammen fliehen, obwohl ich wußte, daß es hoffnungslos war, daß meine Worte nicht zu ihr durchdrangen und daß eine gemeinsame Flucht unmöglich war. Ich führte den Maulesel am Zügel und hoffte, unbemerkt die Wildnis auf dem Palatino zu erreichen und mich mit Tullia in den Ruinen verstecken zu können, die man den Palast des Caligula nennt.

Ich dachte an die Zeit, in der sie mir fast täglich gesagt hatte, daß sie alles im Stich lassen wolle, um mit mir zu kommen, auch wenn uns nur Armut, Krankheit oder Tod erwarteten. Was ich damals verschmäht hatte, weil ihre Zuneigung mich bedrückte, empfand ich hier in der dunklen Gasse, unter dem rötlich gefärbten Nachthimmel, als unverdiente Gnade. Ich begriff, daß ich nichts auf der Welt so vollkommen besessen hatte wie dieses hilflose Geschöpf auf dem Maulesel. Ich, der ich im Leben nie einen Sinn entdecken konnte, erkannte ihn jetzt, als ich schweigend neben Tullia ging.

Dann, auf einer Kreuzung, diese Horde Spanier. Sie tobten, als ich ihnen Tullia nicht freiwillig abtreten wollte. Ich kämpfte wie ein Besessener, hätte mich sogar totschlagen lassen. Doch sie überwältigten mich und schleppten mich fort. Ich schrie Tullias Namen. Die Worte, die ich nie zu ihr gesagt habe und ihr niemals mehr sagen kann, erstickten mich fast. Sie saß noch immer reglos auf dem Maulesel und ließ sich in die andere Richtung mitführen. Sie blickte sich nicht einmal um.

O Gott, was dann noch kam. Was ich davon noch weiß, läßt mich fragen, wieviel ich wohl vergessen oder nie bewußt wahrgenommen habe. Ein tiefes Gewölbe, eine Folterkammer wie die Vision eines wahnsinnigen Schergen, voll aufgeknüpfter, gereckter, gestreckter Spukgestalten. Die Männer, die mich dorthin geschleppt hatten, hielten mich – bittere Ironie des Schicksals – für einen reichen und vornehmen Mann. Ich bat sie auf spanisch, mich lieber gleich zu töten, da jede Folterung vergeblich sei. Sie glaubten mir nicht. Sie nahmen mir den Borgia-Dolch weg. Sie ließen nichts unversucht, um mich zu erpressen: Wo ich meine Schätze versteckt hätte und wie meine mächtigen Verwandten und Gönner hießen. Ich habe immer einen abgehärteten Körper, eine kräftige Konstitution gehabt. Ich weiß nicht, wie lange sie mich quälten, nach welcher Ewigkeit sie mich vom Haken herabließen und mit Wasser übergossen. Ich konnte nichts mehr sehen, mich nicht mehr rühren. Irgendwann kam ich taumelnd vor Schwäche und Schmerzen draußen in der Sonnenhitze einigermaßen wieder zu mir. Man gab mir etwas zu essen. Dann fiel ich vornüber und sank in Schlaf. Als ich erwachte, blickte ich mit dem Auge, das sie nicht ausgeschlagen hatten, um mich. Ich war in einem Innenhof, zusammen mit anderen schmutzigen, von Wunden entstellten Männern. Spanische Soldaten gaben uns nochmals zu essen und jagten uns dann durch Rom, das wir kaum wiedererkannten – die Straßen voll Unrat und Verwesung, schwarzversengte Häuser, nur hier und da Soldaten oder ein zerlumpter Bettler. Wir liefen über die Tiberbrücke zu den Mauern des Castel Sant'Angelo, wo man uns zwang, für den bevorstehenden Angriff der Kaiserlichen einen Wall aufzuschütten. Der Papst hielt sich noch immer in der Burg verschanzt. Unaufhörlich wurde auf uns gefeuert. So schnell wir konnten, karrten wir die Erde heran. Die Spanier blieben hinter uns im Borgo außer Schußweite. Als der Papst sich schließlich zu Verhandlungen bereiterklärte, wurde die Belagerung aufgehoben. Nun mußten wir in der Stadt die verwesenden Leichen einsammeln und in den Tiber werfen oder vor den Toren begraben. Danach zwang man uns, durch die Kloaken zu kriechen, um dort nach verstecktem Gold zu suchen. Ich war so benommen, daß ich alles tat, was man von mir verlangte. Der Schmerz in meiner leeren Augenhöhle hinderte mich zu denken. Eines Tages zeigte mir jemand den kaiserlichen Wortführer, der mit dem Papst über die Bedingungen seiner Freilassung verhandelte. Auf seinem Weg zum Castel Sant'Angelo ritt er mit bewaffneter Eskorte an mir vorbei, der mächtigste Mann in Rom, wenn nicht in ganz Italien: Messer Girolamo Morone. Bei seinem Anblick wurde mir wieder bewußt, wer ich war und was ich tat. Noch in derselben Nacht floh ich mit einigen Schicksalsgenossen aus der Stadt. In den Bergen fanden wir auf einem Landgut der Colonna bei Bauern Unterschlupf.

Ich fühle mich schuldig an allem, was geschehen ist. Der Borgia in mir, der Spanier in mir, der Knecht in mir, sie alle sind schuldig geworden. Was ich wissend oder unwissend an Habsucht, Grausamkeit und Neid in mir getragen habe, hat mich schuldig werden lassen.

Ich habe mich damit abgefunden, daß ich sühnen muß.

Giammaria Varano ist tot. Nicht im Kampf gefallen, sondern von der Pest dahingerafft, wenige Wochen nachdem er das Schloß von Camerino in ein Pestspital für das Volk verwandelt hatte. Sein Kind ist minderjährig. Wie es scheint, gibt es viele Anwärter auf das Herzogtum.

Kardinal Farnese hat mir dies alles persönlich mitgeteilt. Er weiß, daß ich einst am Schicksal von Camerino interessiert war. Er weiß noch viel mehr. Selten spricht er offen von mir und meiner Vergangenheit, aber an vielen Kleinigkeiten merke ich, daß er außerordentlich gut unterrichtet ist. Oft läßt er mich zu sich rufen. Er ist sechzig Jahre alt, ein hagerer alter Mann mit einem schlauen Gesicht und scharfen schwarzen Augen, den Augen seiner Schwester, den Augen von Pierluigi. «Kardinal Unterrock» – dieser Name paßt nicht zu ihm. Auch ohne die Fürsprache der schönen Giulia wäre er geworden, was er heute ist: Legat von Rom und, seit Giberti in Ungnade gefallen ist, Vertrauter des Papstes. Man sagt, er sei ein fähiger Diplomat, der nach dem Tode von Papst Clemens mit der Tiara rechnen kann. Niemand hat augenblicklich so viel Einfluß am römischen Hof wie er.

Warum ist er so freundlich zu mir? Es ist keine Spur von Herablassung oder Heuchelei in seinem Verhalten. Welchen Grund mag er haben, einen Untergebenen wie mich, wo es nur geht, zu schonen und zu unterstützen? Offenbar mag er mich, Gott weiß warum. Ich bin nicht sehr gesprächig. Bevor ich den Dienst bei ihm antrat, hat er mich von seinen eigenen Ärzten so sorgfältig behandeln lassen, als wäre ich ein Gast oder ein Verwandter. In seinem Palast genieße ich viel Freiheit. Man bringt mir Achtung entgegen.

In seinem Blick war gespannte Erwartung, als er mir Varanos Tod mitteilte. Ich sagte, seit langem sei mir völlig gleichgültig, in wessen Händen Camerino sei.

Der Kaiser kommt nach Italien, um sich in Bologna krönen zu lassen. Kardinal Farnese hat mir erzählt, daß er die Reichskrone tragen wird. Nachdrücklich fügte er hinzu, der Kaiser werde hier Audienzen abhalten, wobei sich die Gelegenheit ergeben werde, Bittschriften zu überreichen.

Plötzlich sagte Farnese in einer Aufwallung seltener Vertraulichkeit, ich solle mich setzen. Ohne mich anzusehen, riet er mir, ich solle dem Kaiser meine Ansprüche auf Camerino vortragen. Er duldete keinen Widerspruch. Ich müsse die Dokumente aus der Zeit Papst Alexanders vorlegen, in denen ich als Herzog von Camerino bezeichnet würde. Er wolle die tüchtigsten Anwälte Roms mit der Suche nach den Dokumenten und der Aufstellung der Bittschrift beauftragen.

Als ich ablehnte, hob er ruckartig den Kopf. Zum erstenmal bemerkte ich ein zorniges Funkeln in seinen Augen.

«Komm, da sind doch diese Bullen», sagte er ungeduldig. «Schreib nach Ferrara, Herzog Alfonso wird sie dir sicherlich schicken.»

Er weiß so vieles, warum sollte er also nicht auch über die verfluchten Bullen Bescheid wissen.

Er beugte sich zu mir vor. «Schreib jetzt gleich, heute noch, ich werde einen Kurier schicken.»

Ich erwiderte, ich hielte es für sinnlos. Der Kaiser werde der Tochter Varanos nicht das Herzogtum zugunsten eines Wracks wegnehmen, wie ich es bin. Ich kann keine Erben mehr zeugen, ich bin nicht in der Lage, einen Besitz wie Camerino angemessen zu verwalten und im Kriegsfall zu verteidigen. Meine Rechte sind zweifelhaft. Ich habe weder Verwandte noch Anhänger. Ich besitze keinen Soldo.

Wieder dieser stechende schwarze Blick. «Das werden wir schon regeln. Diese Caterina Cibo kann sich auf die Dauer nicht in Camerino halten. Alle wissen das, sie selber am besten. Sie und ihr verstorbener Gatte haben sich aus purer Mildtätigkeit selbst an den Bettelstab gebracht. Zweifellos käme ihr eine fürstliche Mitgift für ihre Tochter sehr gelegen. Und wenn nicht im Guten, dann im Bösen. Nein, nicht mit Gewalt. Das ist nicht nötig. Prozessieren, prozessieren. Den Prozeß bis vor die Rota, den höchsten Gerichtshof der Kirche, bringen. Was hast du zu fürchten, wenn ich hinter dir stehe?»

Warum will er mich verleiten? Es ist ein wahnwitziger Plan. Gleichgültig, wieviel Geld er investiert und wieviel Einfluß er auch geltend macht, er kann nicht etwas aus mir machen, was ich nie und nimmer gewesen bin.

Ich kann heute nacht nicht schlafen. Ich weiß nicht, ob ich ihm danken oder ihn dafür verfluchen soll, daß er wieder Unruhe in mein hoffnungslos ödes Leben gebracht hat. Was nützt mir die Hoffnung? Was habe ich von der Chance, die er mir bietet? Seine Hilfe kommt zu spät. Nicht nur mein Körper ist krank und kraftlos. Das Ungewisse und Dunkle, das mich zeitlebens gequält hat, dieses Krebsgeschwür meiner Seele – jetzt erkenne ich sein wahres Wesen: es ist ein Erbe von Scham, Schuld und Minderwertigkeitsgefühl. Dieses Gefühl wird mich an jedem Recht zweifeln lassen, das ich angeblich habe. Es ist mit meiner Herkunft untrennbar verbunden. Kardinal Farnese kann mich von diesem Gefühl ebensowenig befreien, wie er meine Herkunft ändern kann. Auch mit einem Herzogtum wäre ich Pierluigi nicht ebenbürtig.

Warum setzt der Kardinal sich für mich ein? Ich glaube nicht, daß hinter seinem Angebot Eigennutz steckt. Wenn er die Macht über Camerino begehrt, könnte er ja einen seiner Söhne mit Varanos Tochter verheiraten. Ich verstehe seine Beweggründe nicht. Ich nehme an, dafür müßte ich abermals in der Vergangenheit wühlen. Es gibt kein Entrinnen. Immer wieder werde ich zu den verfluchten Nachforschungen gezwungen, die meine Last nur erschweren. Ich muß in der Vergangenheit graben, um weiterleben zu können.

VITTORIA COLONNA

Sie bewohnte mit einem kleinen Gefolge von Frauen einige
Räume im Kloster San Silvestro in Capite. Dort lebte sie
sehr zurückgezogen und kam nur noch selten nach Rom.
Als man ihr den Besuch Caterina Cibos ankündigte, war ihr erster
Gedanke: Ich will sie nicht sehen, *sie* am wenigsten von allen.
Später schämte sie sich für ihre Feigheit und sandte der Herzogin
von Camerino, die bei Verwandten in der Stadt weilte, einen Will-
kommensgruß.

Caterina kam auf einem Maulesel, von einer kümmerlichen
Schar zerlumpter Diener begleitet. Sie trug ein zerschlissenes
Prunkgewand, das inzwischen so sehr eingelaufen war, daß ihre
großen Füße darunter hervorschauten. Ihr Gesicht war braun und
gegerbt wie das eines Bauern oder Soldaten. Ihre ausgreifenden
Schritte hallten durch die Loggien des Klosters. Sie wirkte sehr
streitbar.

«Ihr habt Euch gar nicht verändert», sagte sie, als Vittoria sie
begrüßte. «Ich dagegen schon, wie Ihr seht. Das bleibt nicht aus,
wenn man ständig kämpfen und wachsam sein muß. Ein Mann
gewinnt durch so ein Leben Haltung, aber eine Frau wird dabei zur
Vogelscheuche. Zum Glück lege ich keinen Wert auf Äußerlichkeiten, und auch körperliche Entbehrungen, Armut, Schmutz oder
Ungemach können mir nichts anhaben. Vielleicht steht mir ja noch
Schlimmeres bevor als ein paar Belagerungen, als Hungersnot und
Pest. Ich bin darauf gefaßt, daß ich eines Tages noch meiner Über-

zeugungen wegen am Straßenrand betteln muß. Die letzten Jahre waren mir eine bittere Lehre, aber ich habe mich mit diesen harten Prüfungen abgefunden. Ich weiß nun, was ich alles zu ertragen vermag, aber ich weiß auch, daß man sich seinen Seelenfrieden trotz Mißgeschick und Unrecht bewahren kann, wenn man nur den rechten Glauben hat.»

Vittoria geleitete sie in einen kleinen Hof zu einem Sonnenbaldachin. Die zertrümmerten Säulen und das aufgerissene Pflaster erinnerten noch an die Verwüstungen und Plünderungen vor sieben Jahren.

«Ihr könnt mich beglückwünschen. Dieser Borgia, den Ihr ja auch kennt – war er nicht eine Zeitlang in Euren Diensten? –, hat seinen lächerlichen Prozeß verloren. Ich habe keinen Augenblick daran gezweifelt, daß die Sache so ausgehen würde, obwohl er die Gunst des Kaisers und das Gold Farneses im Rücken hatte. Er konnte kein einziges Beweisstück vorlegen, und davon abgesehen wären seine Ansprüche neben denen Varanos ohnehin null und nichtig. Um mich zum Schweigen zu bringen, haben sie mir Bullen vorgelegt, in denen er mit allen Titeln genannt wird. Aber meine Rechtsgelehrten haben herausgefunden, daß es sich bei diesen Dokumenten um Fälschungen handelt. Farnese hat sie damals in der Kanzlei Papst Leos für diese Lucrezia, die Herzogin von Ferrara, anfertigen lassen. Ich denke, damit haben wir ihn für immer zum Schweigen gebracht. Aber Farnese wird es mir nie verzeihen, daß seine Machenschaften vor der Rota ans Licht gekommen sind. Mich wird es als erste treffen, wenn er Papst geworden ist. Und das wird er zweifellos. Bevor es soweit ist, muß ich Camerino absichern. Ich habe vor, meine Giulia mit dem Sohn Urbinos zu verheiraten. Das ist einer der Gründe, warum ich in Rom bin. Ich möchte mit Seiner Heiligkeit reden, bevor sich sein Zustand so verschlimmert, daß er nicht mehr weiß, was er sagt oder tut.»

Sie beugte sich vor und umfaßte mit ihren harten, trockenen Händen Vittorias Rechte. Ihre Augen funkelten vor Eifer. Vittoria erinnerte sich noch gut an diesen Blick.

«Hört mich an, ich brauche Eure Hilfe. Die Heiratsangelegenheit regele ich schon allein. Seine Heiligkeit schätzt Urbino sehr und wird mir keine Schwierigkeiten machen, im Gegenteil. Aber da ist noch etwas. Auch wenn Ihr Euch von der Welt zurückgezogen habt, ist Euch doch sicher nicht entgangen, daß die Kapuziner aus Rom vertrieben wurden. Man hat sie wie Hunde fortgejagt, unter den absurdesten Beschuldigungen. Auch hinter dieser Sache steckt Farnese, da bin ich mir sicher.

Er hat dem Orden von Anfang an Steine in den Weg gelegt. Er hat es sogar gewagt, von Ketzerei zu sprechen, ausgerechnet er. Ihr wißt ja, was für einen Lebenswandel er geführt hat und, Gott mag es wissen, vielleicht noch immer führt. Für mich ist er der Inbegriff von allem, was in der Kurie verderbt und korrupt ist. Alle Verhöhnungen und Verleumdungen unserer Compagnia wurden in seiner nächsten Umgebung ausgebrütet. Wenn Farnese Papst ist, wird er die Kirche auf seine Weise reformieren, und sei es nur, um die Compagnia auflösen und die Kapuziner der Abtrünnigkeit bezichtigen zu können. Mit dem Glauben hat das nichts zu tun, es ist reine Politik.

Ich kann Euch aber noch mehr erzählen. Er selbst begünstigt einen Orden, der sich ebenfalls kirchlichen Erneuerungen verschrieben hat. Eigentlich sind es nur eine Handvoll spanischer und französischer Priester, die in der Gegend von Venedig Straßenpredigten halten. Ihr Anführer ist ein Spanier, ein gewisser Loyola. Er scheint sehr eifrig zu sein. Vielleicht leisten sie ja auch gute Arbeit. Aber warum lassen sie es zu, daß Farnese sie vor seinen Karren spannt? Sie versuchen den Leuten einzureden, wir von der Compagnia und auch die Kapuziner hätten uns von der deutschen Irrlehre anstecken lassen... Mein Gott, dabei gibt es auf der ganzen Welt keinen Menschen, der edler und frommer wäre als Fra Bernardo, das Haupt des Ordens. Wenn er sagt, daß wir Gott aus unserem eigenen Willen heraus suchen müssen, daß wir im Glauben Gerechtigkeit finden, ist das eine Erquickung für die Seele. Wenn Giulia nicht wäre und ich nicht die Verantwortung für Camerino hätte, ich würde ihm überallhin folgen, nur um seine Predigten zu hören, denn er macht einen standhafter und mutiger.»

«Und was ist mit Fra Matteo, Eurem alten Freund?» fragte Vittoria lächelnd.

Caterina schüttelte ungeduldig den Kopf, als hätte sie ein begriffsstutziges Kind vor sich. «Fra Matteo ist doch schon seit über sechs Jahren tot, erinnert Ihr Euch nicht mehr an meinen Brief? Aber damals auf Ischia wart Ihr ja auch mit anderen Dingen beschäftigt. Ich habe die Gedichte nicht gelesen, die Ihr dort über Euren Gemahl geschrieben habt, denn außer Gottes Wort und den Briefen der Apostel lese ich überhaupt nichts mehr. Ihr müßt mir schon verzeihen, daß ich nicht auf dem laufenden bin... Aber Leute, die mehr davon verstehen als ich, haben Eure Werke gerühmt. Hört mich an. Fra Bernardo ist ein Prophet, ein Verkündiger, ein Mann Gottes, wie es keinen zweiten gibt. Er ist im Besitz der Wahrheit, und er vermag Sündern und Gleichgültigen die Augen zu öffnen. Ihr habt ihn noch nie predigen hören, deshalb könnt Ihr Euch nicht vorstellen, wie dieser Mann seine Zuhörer mitreißt. Als ich einmal an der Kraft meines Glaubens zweifelte, fragte ich ihn: Was muß man tun, um in der Liebe zu Gott über sich selbst hinauszuwachsen? Unsere Liebe ist doch nur ein Abbild unserer kleinen menschlichen Seele, unseres unvollkommenen Wesens... Und er antwortete: Jene Form der Liebe entstammt nicht der Natur oder den Sinnen. Sie ist frei und wurzelt nur in unserem Willen. Durch die Kraft unseres Geistes und die Gnade, die jedem Menschen zuteil wird, kann man sich in der Liebe zu Gott über sich selbst erheben. Ich wiederhole diese Wahrheit vor Euch, Vittoria, weil sie meinem Leben einen Sinn gibt.»

«Ihr hattet eigentlich davon gesprochen, daß Ihr meine Hilfe braucht?»

«Denkt nur nicht, daß ich vom Thema abschweife. Es geht ja um Fra Bernardo und den Orden. Sie wurden aus den Mauern Roms verbannt und halten sich derzeit in San Lorenzo auf. Wenn niemand eingreift, werden sie vielleicht noch größere Demütigun-

gen ertragen müssen. Sie haben viele Anhänger unter den Aller-
ärmsten, den Krüppeln, den Lahmen und den Aussätzigen. Aber
was können diese armen Teufel anderes tun als jammern oder
ängstlich den Mund halten? Nur der Vatikan könnte den Kapuzi-
nern helfen. Und da der Papst nun zusehends hinfälliger wird, wagt
es dort niemand, etwas zu tun, was Farnese mißfällt. Für Wahrheit,
Gerechtigkeit und Nächstenliebe ist noch immer kein Platz in
Rom. Rom hat nichts gelernt, gar nichts. In der Stadt gibt nun
wieder dieselbe zuchtlose Bande wie früher den Ton an. Die Kurie
ist eine abstoßende, ehrsüchtige Clique, genau wie vor 1527. Ja,
solange noch Trümmerhaufen beseitigt, Tote begraben, Kranke
gepflegt und Betrübte getröstet werden mußten, solange Pest,
Elend und Hungersnot herrschten, solange man trauerte und Buße
tat, waren die Kapuziner willkommen. Jetzt, wo sie niemand mehr
braucht außer den Bettlern und Ausgestoßenen und sie die Menschen allein durch ihre Anwesenheit an Dinge erinnern, die sie lieber schnell vergessen möchten, sollen sie sich tunlichst in Luft auflösen. Aber sie denken nicht daran, sie halten sich weiter an ihre
strengen Regeln und folgen dem Vorbild Christi. Deswegen hat
man sie vertrieben. Begreift doch, daß wir etwas tun müssen! Begleitet mich zur Audienz bei Seiner Heiligkeit. Am Hof sagt man,
seit Caterina von Siena hätte es keine Frau gegeben, die das Wort so
gut beherrscht wie Ihr. Man nennt Euch die größte Dichterin Italiens, denn es soll Euch gelungen sein, die Seele unserer Zeit auszudrücken. Auf Euch wird man hören. Ihr könntet Seine Heiligkeit
überzeugen.»

«Nein, das kann ich nicht», sagte Vittoria schroff. «Zwischen
mir und dem Papst ist jeder Kontakt unmöglich geworden. Nach
dem Tod meines Gemahls wollte er mich einem de' Medici zur
Frau geben. So viel Wert legte er damals offenbar noch auf meinen
Einfluß. Er verbot mir, den Schleier zu nehmen. Er verfolgte mich
mit Vorschlägen, selbst nachdem ich ihn gebeten hatte, mich in
Ruhe zu lassen. Ich ging dann nach Ischia.»

«Nun gut, aber Ihr seid auch wieder von Ischia zurückgekehrt.

Das kann doch nur heißen, daß diese einsame Insel nicht der richtige Ort für Euch war. Ihr müßt gespürt haben, daß hier eine Aufgabe auf Euch wartet. Ich habe die Hoffnung nie aufgegeben, daß Ihr irgendwann eine der Unsrigen werdet. Kommt, Ihr habt lange genug getrauert. Wir verlangen ja gar nicht von Euch, daß Ihr dem Toten untreu werdet. Ihr sollt Euch Gott hingeben mit allem, was Ihr denkt und fühlt, also auch mit Eurer Trauer. Es ist selbstsüchtig, sich von der Welt zurückzuziehen. Was zwischen Euch und dem Marchese war, ist nun für immer vorbei. Eine Verbindung zwischen zwei Menschen erlaubt weder Wachstum noch Entwicklung. Überschreitet nun die letzte Grenze, öffnet Euch der Liebe zu Gott, die doch alles andere umfaßt, auch Eure Liebe zu Pescara. Ihr klammert Euch an einen verdorrten Ast, Vittoria. Ihr verurteilt Euch selbst dazu, lebendig begraben zu sein. Aber die Welt um Euch herum besteht weiter, und glaubt mir, es ist eine andere Welt als die, vor der Ihr seit 1527 die Augen verschließt.

Leute, auf deren Urteil ich großen Wert lege, halten Eure Gedichte für sehr bedeutend, obwohl es Liebesverse sind. Sie sagen, in diesen Werken drücke sich die Sehnsucht aus, von der nur die Besten unter uns erfüllt sind, die Sehnsucht, diesem Sumpf von Genußsucht, geistiger und moralischer Gleichgültigkeit, Zweifel, Haß und Neid zu entrinnen. In den Werken, die Ihr dem Gedenken an Euren Gemahl gewidmet hättet, so sagt man, würdet Ihr anschaulich machen, daß man die Sinnlichkeit überwinden kann. Ihr würdet zeigen, daß man durch die Liebe zu einem sterblichen Wesen zu der Einsicht gelangen könne, daß die Seele unsterblich ist. Das hört sich alles sehr schön an. Aber Ihr müßt weitergehen als Plato. Was er gelehrt hat, genügt uns nicht. Wir dürfen die befreiende Kraft nicht nur im menschlichen Geist suchen. Wenn Ihr darüber im Bilde wärt, was außerhalb Eures Unterschlupfes geschieht, wüßtet Ihr, daß die Welt verzweifelt nach einem Halt sucht, der stärker ist als das «Edle» und «Schöne». Der Kult des Edlen und Schönen, dem wir alle so leidenschaftlich huldigten, hat nicht verhindern können, daß wir jämmerlich ertrinken. Die Erlösung ist eine Gnade Gottes. Wer das weiß, ist wiedergeboren. Mit Euren hervorragenden Geistesgaben könntet Ihr unendlich viel mehr erreichen, wenn Ihr Euch in den Dienst dieser Wahrheit stellen würdet.«

Vittoria schwieg eine Weile. Sie entzog ihre Hand Caterinas festem Griff. «Ich würde mich und andere betrügen, wenn ich das täte», sagte sie schließlich. «Auf die eine Täuschung würde die nächste folgen. Glaubt mir, ich weiß um die Macht des geschriebenen Wortes. Ich habe mich nicht in die Einsamkeit zurückgezogen, um selbstversunken zu trauern. Ich lebe hier im Kloster, gerade weil ich mich auf den allzu leichtfertigen Umgang mit Worten besinnen möchte. Ich weiß, Ihr könnt das nicht verstehen, aber das wäre auch zuviel verlangt. Ich muß mich selbst und die Beweggründe meines Handelns und Denkens kennen, bevor ich es wagen kann, anderen Menschen etwas zu verkündigen. Es gibt keine schlimmere Strafe als die, im Laufe der Zeit erkennen zu müssen, was man – aus Unverstand und nur seinem Gefühl gehorchend – angerichtet hat, das könnt Ihr mir glauben. Vor Jahren habt Ihr einmal zu mir gesagt, eine Läuterung sei nur durch äußerste Wahrhaftigkeit möglich. Wenn Euer Glaube an Gott auf dieser Wahrhaftigkeit beruht, Caterina, werdet Ihr auch im Besitz der Gnade sein, von der Ihr sprecht. Doch wenn ich auf den Grund meiner eigenen Seele schaue, muß ich erkennen, daß Gott für mich keine Wirklichkeit ist. Ich gebrauche seinen Namen, ich bete zu ihm. Aber ich weiß nicht, was dieser Name bedeutet, ich weiß nicht, wen ich in meinen Gebeten anrufe. Ich muß Gott auch mit dem Verstand erfassen können – von dieser Forderung kann ich nicht abgehen. Ich bin davon überzeugt, daß es einen Zusammenhang zwischen Gott und meinem Verstand geben muß. Ich kann mich nicht vorbehaltlos hingeben.»

Caterina nickte eifrig und rückte näher. Mit einer beschwörenden Geste sagte sie: «Ihr seid reif für die Metamorphose, Ihr habt es nur noch nicht erkannt. Die blinde Huldigung des Verstandes gehört einer Zeit an, die hinter uns liegt. Als ob der Verstand selig machen könnte! Hört auf Fra Bernardo: ‹Unter allen Geschöpfen Gottes besitzt nur der Mensch einen freien Willen. Deshalb widersetzt er sich auch oft dem Willen Gottes und maßt sich an, Gott auf Erden zu sein. Der Verstand macht den Menschen zur chaotischsten aller Kreaturen... Der Wille darf sich nicht nach dem Verstand richten, sondern muß ihn beherrschen. Der Wille darf nur auf Gott gerichtet sein.›

Was Ihr, Vittoria, in der Liebe zu Eurem Gemahl erreicht habt, ist auch auf einer höheren Stufe möglich. Dort wartet die Erlösung, und sie kann jedem Menschen zuteil werden. Das ist die Gnade, die ich meine. Hört, was Fra Bernardo noch alles sagt...»

Sie redet, sie redet immerzu. Habe ich das alles nicht schon einmal gehört? Vor zehn Jahren war es genauso. Fra Matteo sagt dies, Fra Matteo sagt das, Fra Matteo hat immer recht. Das ist ihr Leben; sie folgt irgendwelchen Aposteln und bekennt sich zu ihren Lehren. Das gibt ihr Befriedigung. Ich aber kann nicht auf Geheiß anderer zum Glauben gelangen. Weder Caterina noch die frommen Nonnen hier können mich überzeugen. Caterina behauptet, im Besitz der Gnade zu sein, aber die Schwestern, die sich in den Einzelheiten eines Regelwerks verlieren, das Caterina als nebensächlich verwirft, glauben offenbar gleichfalls fest daran, dieser Gnade teilhaftig zu sein. Vor Ferrantes Tod hätte ich den Sprung vielleicht machen können. Damals, als er zum letztenmal nach Novara ging, fühlte ich mich für kurze Zeit bereit zum Aufbruch, zum geistigen Aufbruch. Sein Tod aber hat alles verändert. Caterina ahnt nicht, was ich seither durchgemacht habe. Nun aber bin ich weniger denn je geneigt, mich von ihr mitreißen zu lassen. Ich achte sie zwar, aber etwas in ihrer Inbrunst stößt mich ab. In diesem glühenden Willen, die Welt zu retten und die Menschheit zu erlösen, steckt ein Keim von blindem Eifer, von Zwang und Unerbittlichkeit, der mir angst macht. Sie will das Übel bekämpfen oder jedenfalls das, was sie das Übel nennt, aber läuft nicht diese Kampfeslust selbst Gefahr, zu einem Übel auszuarten? So fragt mein Verstand, den ich nicht zum Schweigen bringen kann.

Mein Verstand wendet sich aber auch gegen die unbegründete Abneigung, die ich – zum erstenmal und unwillkürlich – gegen sie empfand. Darf ich sie überhaupt kritisieren? Sie tut wenigstens etwas. Ich halte ihre Besessenheit für einseitig und geradezu gefährlich, aber während sie sich mit ganzer Kraft für ihre Überzeugung einsetzt, schaue ich weiterhin tatenlos zu. Ich denke unablässig über mich und mein Leben nach, sie hingegen handelt. Vielleicht muß man ja auch so erfüllt von Begeisterung und Tatkraft sein, um in solchen Zeiten etwas Nützliches zustande zu bringen. Mich hemmen der Zweifel und die Neigung, über alles gründlich nachzudenken. Trotzdem ist diese Eigenschaft mein kostbarster Besitz. Sie zwingt mich zur Aufrichtigkeit. Im Grunde lehne ich Caterinas kämpferischen Reformeifer ab; er ist mir ebenso zuwider wie die naive Frömmigkeit der Nonnen hier im Kloster oder wie die Scheinheiligkeit dieses Messer Pietro Aretino, der so dreist war, mir aus Venedig ein aus reiner Gewinnsucht geschriebenes und mir gewidmetes «Leben der Jungfrau Maria» zu senden. Über diese Dinge kann ich mit Caterina nicht reden, sie denkt an nichts als an ihre Ziele. Wie sollte ich ihr erklären, daß meine sogenannten großen Gaben ihrer Sache gar nichts nützen könnten, weil ich sie dazu mißbraucht habe, mich und andere zu betrügen? Es ist nur allzu wahr, daß ich in ganz Italien berühmt bin, weil ich Ferrante durch meine Liebe verherrlicht habe. Diese Gedichte gehen von Hand zu Hand, was verhängnisvolle Folgen hat. Niemand außer mir kennt die Wahrheit: Ich habe Ferrante nie geliebt.

Schon bevor Ferrante starb, war ich an einem Wendepunkt angelangt. Mir war klargeworden, daß ich ohne eine tiefe Selbstbesinnung zugrunde gehen würde. Wäre er am Leben geblieben, so hätte ich meine Einsamkeit aus eigener Kraft ertragen müssen. Der Tod aber gab ihn mir wieder, zumindest schien es mir so. Ferrante gehörte nur mir allein, die Welt hatte keinen Anteil mehr an ihm. In mir und durch mich sollte er weiterleben. Mit meiner ganzen Lebenskraft wollte ich ihm dienen. Ich sah es als meine Pflicht an, seinen Namen von jedem Verdacht zu befreien, seine Schuld und sein Versagen auszulöschen. Dieses Opfer war für mich wie ein Rausch. Widerlicher Hochmut, noch widerlicherer Selbstbetrug! Doch die Strafe blieb nicht aus. Jener Ferrante, dessen Andenken ich in Ehren halten wollte, existierte gar nicht und hat auch niemals existiert. Ich widmete mich einem Trugbild. Um meinem Leben einen Sinn zu geben, machte ich ihn zu meinem Abgott. Für diesen Götzen, den ich mir selbst geschaffen hatte, mußte ich von neuem alle Stufen einer unerfüllbaren Liebe durchleben, noch sinnloser als zuvor, weil dieser Ferrante ein papierenes Geschöpf war, ein Wesen, das nur aus Worten und Phrasen bestand. Diese Gestalt, aufgebaut aus allen unerfüllten Sehnsüchten, Traumbildern und verschwiegenen Gefühlen meiner Jugend, beherrschte mich so sehr, daß ich die Welt ringsum vergaß. Freunde und Verwandte bemitleideten mich wegen seines Todes und lobten mich, weil ich meine Witwenschaft so heldenhaft und vorbildlich trüge. Sie ahnten nicht, daß ich nie zuvor so vollkommen glücklich gewesen war wie in jener Zeit. Ich weilte auf Ischia, wo mich jeder Stein, jeder Baum und jede Aussicht an die Vergangenheit erinnerten. Die Jahre fielen von mir ab, ich fühlte mich jung und tatkräftig, ich konnte im Spiegel sehen, wie ich aufblühte. Ich trieb Raubbau mit dem Tod. Ich war allein, aber in einer verwunschenen Stille, bevölkert mit Bildern, die ich selbst geschaffen hatte. Dieser Traum wurde meine Wirklichkeit. Die Welt außerhalb der Insel verschwand im Nebel.

Allmählich aber verlor ich diese Gelassenheit wieder. Ich wachte auf und nahm plötzlich wieder die Welt wahr, die ich so lange vergessen hatte. Ich hörte die donnernden Geschütze der spanischen Galeonen im Golf von Neapel. Wenn ich meinen Park verließ, traf ich überall auf die Flüchtlinge vom Festland, die in notdürftig errichteten Hütten hausten. Ich sah, daß es viel für mich zu tun gab.

Und in diesem Augenblick mußte ich erkennen, daß mir von all den Jahren, die ich seit Ferrantes Tod auf Ischia verbracht hatte, nichts blieb als ein Bündel Papiere voller Lügen. Ich nahm all meinen Mut zusammen, um die Sonette und Kanzonen noch einmal zu lesen. Es war offensichtlich, daß ich mich selbst betrogen hatte, und diese Einsicht entsetzte mich. Ich las Lobgesänge auf Eros, jene rätselhafte Gottheit, die mir und Ferrante den vollkommenen Genuß der körperlichen Liebe versagt hatte, um uns statt dessen ein Glück zu schenken, das bis weit über den Tod hinaus währte. Ferrantes keusche Liebe zu mir, so las ich, hätte jede sinnliche Begierde in meinem Herzen abgetötet und mich so auf eine Erlösung von irdischer Leidenschaft vorbereitet. In meinen Versen lebte ich in ihm und er in mir, eine immerwährende Einheit, unerschütterlich wie ein Fels. Unsere Ehe war kinderlos geblieben, unsere Liebe war nicht Fleisch geworden, sondern Geist, eine andere und höhere Form des Fortlebens. Ferrantes Tod, so glaubte ich damals, hätte unsere Ehe nicht aufgelöst, da der Tod ja nur den Leib zerstöre, der für uns vollkommen unbedeutend gewesen sei. Während ich das alles las, erkannte ich, daß es keine Rettung für mich gab, wenn ich diese Lügengespinste nicht eigenhändig entwirrte.

Ich habe mich dabei nicht geschont. Ich habe mich gezwungen, Tag und Nacht der ungeschminkten Wahrheit ins Gesicht zu sehen, bis ich mich mit ihr abgefunden hatte und nicht mehr versuchte, mich in Wunschträume zu flüchten, die den Schmerz betäubten. Ich mußte mir eingestehen, daß ich Ferrante nie geliebt hatte, weder auf die Weise, die ich zu seinen Lebzeiten, noch auf die, die ich nach seinem Tod besungen habe. Wie hätte ich ihn auch jemals lieben können – ich kannte ihn ja gar nicht, von Anfang an stand das Trugbild jenes Ferrante, den ich lieben *wollte*, zwischen uns. Heute ist mir vieles klar: Ich muß die Ursache für die Mißverständnisse und die Entfremdung zwischen uns in meinem eigenen Unvermögen suchen, Liebe zu geben und Liebe zu empfangen, die nicht überirdisch, vergeistigt war. Dieses Unvermögen ist mir rätselhaft, denn auch in den langen Jahren, als jede Annäherung ausgeschlossen schien, habe ich im Grunde nie nach etwas anderem verlangt als gerade nach dieser Leidenschaft, die mich lockte, deren ich mich aber gleichzeitig schämte. Weil ich meine wahren Gefühle verkannte, die Sinnlichkeit ablehnte und den Körper verleugnete, war das, was geschah, unvermeidlich. Aber ich konnte nicht anders handeln. Diese Scham und Zurückhaltung, die heimliche Angst und die Abneigung gegen den Drang der Natur sind mir angeboren. Könnte ich noch einmal von vorn beginnen, ich würde nicht anders handeln. Zwischen Ferrante und mir konnte es nur Zwietracht geben, niemals Harmonie. Mein Verhalten mußte ihn einfach mehr und mehr abstoßen, während seine Lebensweise mich dazu brachte, daß ich mich in meiner Verzweiflung immer mehr zurückzog.

Als ich mir zum erstenmal eingestehen mußte, daß das, was ich Liebe genannt hatte, eine überspannte Einbildung gewesen war, mit der ich mein Dasein rechtfertigen wollte, fühlte ich mich leer, ausgebrannt. Dann aber kam eine andere, schlimmere Qual hinzu: Jener Ferrante, der in meinen Gedichten Gestalt angenommen hatte, gehörte nun nicht mehr mir allein. Ich hatte der Welt meinen Abgott als den wahren Pescara hinstellen wollen. Jenes andere Bild, das in der Erinnerung der Menschen fortlebte, das Bild des berechnenden, ehrgeizigen Verräters, des gerissenen Wegbereiters des Kaisers, wollte ich auslöschen. Ich hatte die Verbreitung meiner Gedichte nicht nur erlaubt, sondern sogar gefördert. Der Erfolg gab mir die Gewißheit, daß ich mein Ziel erreichen würde. Ich hatte eine Lawine ins Rollen gebracht, die sich nicht mehr aufhalten ließ. Nur durch meine Dichtkunst gilt Ferrante nun als untadeliger Ritter. Wer es wagt, die alten Gerüchte aufzuwärmen, wird wegen übler Nachrede belangt. Die Kaiserlichen preisen ihn als leuchtendes Vorbild für jeden Mann, der dem Heiligen Römischen Reich dient. An dieser blinden, übertriebenen Heldenverehrung trage ich die Schuld. Ferrante ist unsterblich geworden in einer Gestalt, die nichts mit ihm zu tun hatte. Von dem Mann, der er in Wirklichkeit war – den ich nicht kannte, den vielleicht niemand kannte außer Delia Equicola, die Frau, in deren Armen er sterben wollte –, ist nichts mehr übriggeblieben. Es ist, als hätte er nie existiert. Ich gönne ihm seinen Ruhm, aber angesichts der grellen, unnatürlichen Farben dieses gefälschten historischen Porträts, das ich gezeichnet habe, befällt mich ein Schaudern vor der Macht des Wortes, das eigenmächtig seinen Weg geht und sich wie eine Seuche unter den Menschen verbreitet. Wie sicher man sich doch der Lauterkeit seiner Gedanken sein muß, bevor man es wagen kann, sie in die Welt zu senden!

Vor meiner Abreise nach Rom habe ich noch einmal das Grab in San Domenico Maggiore in Neapel besucht, wo unter Trophäen, Wappen und Bannern Ferrante ruht. In seinem Sarkophag ließ ich in einer Bleiröhre die Dokumente zurück, die ich gerade aus Madrid erhalten hatte: die kaiserliche Anerkennung, schwarz auf weiß, der Verdienste von «Ferrante Francesco d'Avalos, Marchese von Pescara, Feldherr und Diplomat, durch dessen Mut und Umsicht Wir dann zu guter Letzt in Bologna mit der Reichskrone gekrönt wurden, die Unser rechtmäßiges Erbe ist».

Auf den Steinplatten kniend fragte ich in die Leere, die

mich umgab: «Bist du nun zufrieden? Sind es diese Pergamentbogen mit der Unterschrift eines Kaisers und mit roten Siegeln, diese Phrasen von Achtung, Ruhm und ewiger Glorie, für die du gelebt hast und für die du gestorben bist?»

Hätte ich gewußt, ob meine Stimme ihn noch irgendwo erreichte, hätte ich ihm am liebsten zugerufen: «Ich habe mehr für dich getan als der Kaiser und seine Minister. Ich habe dir deine Ehre wiedergegeben, die jetzt so groß ist, daß sogar der kastilische Edelmann in dir befriedigt sein müßte. Du bist der größte Held seit dem legendären Roland. Dafür werde ich alle Tage und Nächte meines Lebens bis zur Stunde meines Todes büßen.»

Dann kehrte ich nach Rom zurück. Ich glaubte, die geschundene Stadt sei der rechte Ort für mich. Die Zerstörung, die Leere, die mühsamen Versuche zum Wiederaufbau entsprachen genau meinem Seelenzustand. Ich suchte die Gemeinschaft mit anderen, die wie ich in Trümmern weiterleben, mit leeren Händen wieder von vorn anfangen mußten. Ich suchte ein Gefühl der Zusammengehörigkeit, des gemeinsam ertragenen Leides, um so mein Schicksal annehmen und vielleicht sogar neue Hoffnung schöpfen zu können. Hat man seine Schuld erkannt, kann man es als Vorrecht empfinden, sich Katastrophen zu stellen und sie dadurch zu überwinden. Im Laufe der Jahre ist von meinem Bestreben wenig übriggeblieben. An den Anblick von Ruinen gewöhnt man sich unglaublich schnell. Der Karneval, die Stierrennen, die Volksfeste werden wie früher gefeiert, trotz Armut und Pest. Viele meiner ehemaligen Freunde, Prälaten wie Adlige, haben ihre Paläste wieder geöffnet und leben wie zuvor in großem Prunk. Anfangs habe ich den einen oder anderen noch besucht. Doch ich kann mich am Hof meiner alten Bekannten und in diesen veränderten Straßen nicht mehr heimisch fühlen. Nach jedem Spaziergang, jedem Gespräch wußte ich nur eines: Ich war vollkommen allein.

Wie sollte ich Caterina erklären, daß mir Menschen für mein Seelenheil wichtiger zu sein scheinen als die Begegnung mit Gott? Noch nie habe ich einen anderen Menschen wirklich geliebt, nie das Gefühl tiefer Vertrautheit kennengelernt. Niemals hat mich ein anderer Mensch wirklich gebraucht. Doch nun weiß ich es: Mein Dasein hat nur dann eine Berechtigung, wenn ich meinen Nächsten lieben darf wie mich selbst. Nur durch diese Form der Liebe kann sich mein Wesen vervollkommnen. Nur sie gibt meinem Leben einen Sinn. Erst wenn mir diese Erfüllung beschieden wäre, könnte ich auch Gott suchen. Wenn ich der Gnade einer so vollkommenen Liebe würdig bin, so möge sie mir doch zuteil werden.

Sie begleitete Caterina hinaus und zog sich dann in ihre Zelle zurück. Dort setzte sie sich auf einen Schemel und betrachtete das Kruzifix an der Wand, den ausgebluteten, erschöpften, zu Tode gemarterten Körper des Heilands. Michelangelo Buonarotti hatte es nach ihren Wünschen geschaffen. Obwohl er in Rom lebte – er arbeitete in der Capella Sistina an einem Fresko des Jüngsten Gerichts, das den Abschluß seiner früheren Arbeiten bilden sollte –, kannten sie sich nicht persönlich. Sie hatte ihm in Briefen beschrieben, wie sie sich den Gekreuzigten vorstellte: als einen leidenden, demütigen Christus, von Gott und den Menschen verlassen, in der bittersten Stunde von Golgatha. Er hatte sie in kurzen, sachlichen Berichten über seine Fortschritte bei der Arbeit auf dem laufenden gehalten. Als er ihr schließlich das fertige Kruzifix sandte, ging er auch auf ihre Andeutungen ein. Er schrieb: »Auch ich durchlebe meine bitterste Stunde, aber demütig bin ich nicht. Ich bin von Gott und den Menschen verlassen, und ich leide: der Gedanke, daß alle meine Werke vergänglich sind – die Farbe, das Holz und der Marmor –, daß auf die Dauer nichts davon bleiben wird, hat mir Kraft und Mut geraubt.«
Erschüttert von diesem unerwarteten Ausbruch und von einem

Gefühl der Ohnmacht gepeinigt hatte sie ihm sofort einen ausführlichen Dankesbrief geschrieben und sein Werk gelobt. Zu einem weiteren Briefwechsel war es nicht gekommen.

Nun saß sie still und aufrecht auf dem hölzernen Schemel, die Hände im Schoß zusammengepreßt.

In diesem Augenblick wurde ihr klar, daß sie jeden Tag, ja jede Stunde ihres Daseins von neuem um Selbstachtung ringen müßte. Doch das Wissen, zu diesem lebenslangen Kampf bereit zu sein, erfüllte sie mit großer innerer Ruhe. Außer dieser Gewißheit besaß sie nichts.

Sie stand auf, nahm Feder und Papier zur Hand und schrieb:

«Verehrter Freund, würdet Ihr wohl in der Weise, wie nur Ihr es vermögt, für mich noch einmal die Gestalt des Christus am Kreuz zeichnen? Nicht als Toten, wie man ihn gewöhnlich abbildet und wie Ihr es auf meine Bitte bereits getan habt, sondern lebendig, das Gesicht erhoben, in dem Augenblick, da er Gott anruft: Eli! Eli! Lamma sabbachtani! Denn das ist für mich der Sinn der Darstellung des Gekreuzigten: nicht die willenlose Ergebung, die Ermattung im Tode, das Ende der Marter, sondern das bewußte Leiden, die Tortur von Körper und Seele, die niemals aufhört. In der Bejahung *dieses* Leidens liegt die Erlösung.

Ich habe eine Bitte an Euch. Würdet Ihr mir den Entwurf selbst überbringen? Verzeiht mir meine Unbescheidenheit, aber ich möchte so gerne mit Euch sprechen. Ich wünsche es mir schon so lange, aber ich hatte nie den Mut, Euch darum zu bitten.»

Sie versiegelte den Brief und sandte ihn an Messer Michelangelo Buonarotti in der Via Esquilina in Rom.

GIOVANNI BORGIA

*J*m Laufe jenes verfluchten Prozesses hat die Gegenpartei
gewisse Anspielungen gemacht.

Es sind auch neue Tatsachen ans Licht gekommen. *Farnese* hat
1518 die beiden Bullen für viel Geld anfertigen lassen. *Farnese* hat
nach meiner Rückkehr aus Frankreich am römischen Hof insgeheim die Hand über mich gehalten. *Ihm* verdanke ich die Aufnahme
in Morones Gefolge.

Messer Pietro schickt mir auf meine Bitte die Ergebnisse seiner
Nachforschungen in Venedig, wo er offenbar geheime Quellen
hat. Ein Bastard Farneses wurde 1497 – im Jahr meiner Geburt –
einige Zeit im gemeinsamen Haushalt von Lucrezia und Giulia
Bella, im Palast von Santa Maria in Porticu erzogen.

Ein Sohn von Farnese, ein Bruder von Pierluigi. Ich will es glauben.

Was kümmert mich da noch meine Niederlage vor dem päpstlichen Gerichtshof? Selbst meine Verstümmelung und meine Ohnmacht könnte ich ertragen, wenn ich sicher wüßte, daß ich weder
mit den Borgias noch mit Perotto etwas zu tun habe.

Aber warum will Farnese mir nicht in die Augen sehen, wenn
ich das Gespräch in eine bestimmte Richtung lenke? Warum weicht
er meinen Fragen aus?

Ich muß es wissen. Von dieser Antwort hängt alles Weitere in
meinem Leben ab.

Ein Farnese bin ich, ein Farnese...

ZEITTAFEL:
ITALIEN ZUR ZEIT GIOVANNI BORGIAS

(Ereignisse, auf die in *Die scharlachrote Stadt* Bezug genommen wird,
in eckigen Klammern)

1492 Wahl Alexanders VI., des Borgia-Papstes. Erste Heirat seiner Tochter (mit Giovanni Sforza).

1494 Karl VIII. von Frankreich marschiert in Italien ein.

1495 Karl VIII. erobert Neapel. Ferdinand V., Maximilian (Kaiser des Heiligen Römischen Reiches), Papst Alexander VI. und die Stadtstaaten Venedig und Mailand verbünden sich und zwingen ihn zum Rückzug.

[1497: Geburt von Giovanni Borgia. Lucrezias Ehe wird annulliert. Sie heiratet Alfonso von Aragon, einen illegitimen Sohn Alfonsos II. von Neapel.]

[1498: Cesare Borgia, der mit 17 Kardinal wurde, legt nach dem Tod seines Bruders, des Herzogs von Gandia, sein Amt nieder. Wird päpstlicher Legat am Hof Ludwigs XII. von Frankreich, mit dem er ein Bündnis schließt.]

1499 Unterstützt von Ferdinand V. von Spanien und Papst Alexander VI., erobert Ludwig XII. von Frankreich Mailand. Ludwig ernennt Cesare zum Herzog von Valentinois.

[Cesare heiratet Charlotte d'Albret. Erobert Städte in der Romagna.]

[1500: Im Auftrag seines Vaters erobert Cesare Borgia weitere Städte in der Romagna. Er läßt Lucrezias zweiten Gatten Alfonso ermorden.]

1501 Den Franzosen gelingt es, Neapel zu besetzen, aber es kommt zu Uneinigkeiten zwischen Frankreich und Spanien.

[Alexander VI. ernennt Cesare Borgia zum Herzog der Romagna. Lucrezia heiratet zum drittenmal: Alfonso d'Este.]

1502 Spanien und Frankreich stehen im offenen Krieg gegeneinander. [Cesare lockt einige seiner größten Feinde ins Schloß von Senigallia und läßt sie dort erhängen.] [1503: Tod Papst Alexanders VI. Nachfolger wird zunächst Pius III., der kurz darauf stirbt, dann Julius II., ein della Rovere und Feind der Borgia. Cesare wird gefangengenommen, kann aber fliehen. Auch Ludwig XII. hat sich gegen ihn gewendet.]

1504/05 Ludwig XII. unterzeichnet den Vertrag von Blois: Neapel wird Spanien überlassen, Genua und Mailand fallen an Frankreich. [Lucrezias dritter Gatte Alfonso wird Herzog von Ferrara.] [1506: Cesare Borgia findet Unterschlupf am Hofe des Königs von Navarra. Er begegnet Niccolò Machiavelli, der ihn in seinem Werk *Der Fürst* als Sinnbild des idealen Herrschers verewigt.] [1507: Cesare stirbt im Kampf für den König von Navarra.]

1508 Papst Julius II. verbündet sich mit Frankreich, Spanien und dem Kaiser des Heiligen Römischen Reiches, Maximilian, gegen den Stadtstaat Venedig. Erneut bricht in Italien Krieg aus.

1509 Die Franzosen nehmen Venedig ein.

1510 Papst Julius II., Spanien, England und Venedig schließen die Heilige Liga gegen Frankreich. Kämpfe gegen die Franzosen, mit dem Ziel, sie aus Italien zu vertreiben.

1512 Die Schweizer stellen sich auf die Seite der Heiligen Liga. Sie bestürmen Mailand, besiegen die Franzosen und stellen die Macht Massimiliano Sforzas in Mailand wieder her.

1513 Sieg der Schweizer bei Novara. Sie übernehmen die Macht über die Lombardei. Tod Papst Julius' II.; sein Nachfolger ist Leo X., ein Medici.

1515 Franz I. von Frankreich, Nachfolger Ludwigs XII., besiegt die Schweizer bei Marignano. [1517: Giovanni Borgia geht an den Hof Franz' I. nach Frankreich.]

1519 Tod Kaiser Maximilians. Sein Enkel, König Karl V. von Spanien, sticht Franz I. von Frankreich und Heinrich VIII. von England aus und wird zum Kaiser gekrönt. Große Feindschaft zwischen Karl und Franz. [Tod Lucrezia Borgias]

1521 Feindseligkeiten zwischen Franz I. und Karl V. führen zu neuen Kämpfen auf italienischem Boden. Tod Papst Leos X.; Nachfolger wird Adrian VI.

1522 Franz I. wird bei La Biococca von den kaiserlichen Truppen besiegt.

1523 Tod Adrians VI. Nachfolger wird der Medici-Papst Clemens VII.

[1524: Francesco Guicciardini wird Präsident der Romagna.]

1525 Schlacht von Pavia: Der Herzog von Pescara führt die kaiserlichen Truppen zum Sieg. Der französische König wird gefangengenommen und nach Madrid gebracht. [Giovanni Borgia, der für die Franzosen kämpfte, wird ebenfalls von den kaiserlichen Truppen gefangengenommen. Kardinal Aleandro rettet ihn jedoch und verschafft ihm eine Stelle als Redenschreiber beim Papst.] Tod des Herzogs von Pescara.

1526 Luise von Savoyen, die Mutter Franz' I., wird für die Zeit der Gefangenschaft ihres Sohnes Regentin von Frankreich. Franz tritt Karl V. den Sieg ab. Unmittelbar nach seiner Freilassung jedoch unterzeichnet er mit den Stadtstaaten Venedig und Florenz die gegen den Kaiser gerichtete Liga von Cognac.

1527 Der Kaiser rächt sich für die Liga von Cognac: Deutsche und spanische Söldner besetzen unter Karl von Bourbon eine Woche lang Rom («Sacco die Roma»). Der Papst wird im Castel Sant'Angelo gefangengehalten.
Franz I. erobert Genua und ist auf dem Weg nach Rom, um den Papst zu befreien, als dieser sich Karl V. ergibt. Karl nutzt die schwache Position des Papstes, um ihm Gelder und Konzessionen abzuzwingen.
[Guicciardini verliert seine Stellung und widmet sich fortan ausschließlich seinen historischen Schriften. Tod Niccolò Machiavellis]

1529 «Damenfrieden von Cambrai». Frankreich verzichtet auf Gebietsansprüche in Italien.

1530 Karl V. wird in Bologna vom Papst zum Kaiser gekrönt.

[1534: Tod Clemens' VII. Nachfolger ist Paul III., ein Farnese.]

STAMMBAUM DER FAMILIE BORGIA

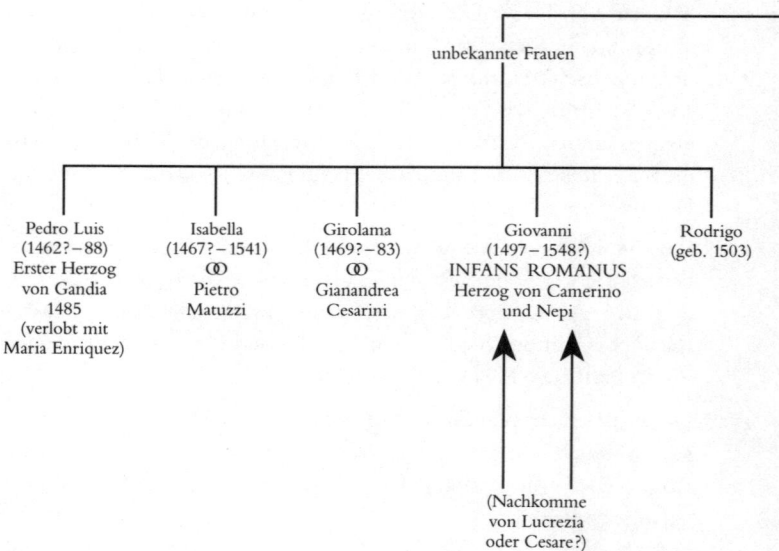

unbekannte Frauen

Pedro Luis
(1462?–88)
Erster Herzog
von Gandia
1485
(verlobt mit
Maria Enriquez)

Isabella
(1467?–1541)
⚭
Pietro
Matuzzi

Girolama
(1469?–83)
⚭
Gianandrea
Cesarini

Giovanni
(1497–1548?)
INFANS ROMANUS
Herzog von Camerino
und Nepi

Rodrigo
(geb. 1503)

(Nachkomme
von Lucrezia
oder Cesare?)

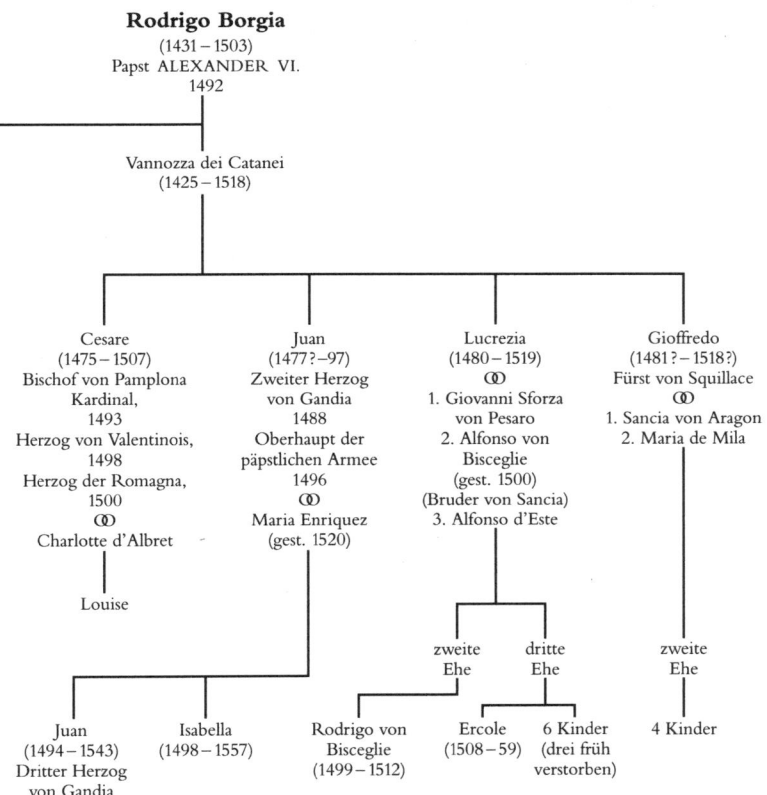

Rodrigo Borgia
(1431 – 1503)
Papst ALEXANDER VI.
1492

Vannozza dei Catanei
(1425 – 1518)

Cesare	Juan	Lucrezia	Gioffredo
(1475 – 1507)	(1477? –97)	(1480 – 1519)	(1481? – 1518?)
Bischof von Pamplona	Zweiter Herzog	⚭	Fürst von Squillace
Kardinal,	von Gandia	1. Giovanni Sforza	⚭
1493	1488	von Pesaro	1. Sancia von Aragon
Herzog von Valentinois,	Oberhaupt der	2. Alfonso von	2. Maria de Mila
1498	päpstlichen Armee	Bisceglie	
Herzog der Romagna,	1496	(gest. 1500)	
1500	⚭	(Bruder von Sancia)	
⚭	Maria Enriquez	3. Alfonso d'Este	
Charlotte d'Albret	(gest. 1520)		

Louise

zweite dritte   zweite
Ehe   Ehe   Ehe

Juan	Isabella	Rodrigo von	Ercole	6 Kinder	4 Kinder
(1494 – 1543)	(1498 – 1557)	Bisceglie	(1508 – 59)	(drei früh	
Dritter Herzog		(1499 – 1512)		verstorben)	
von Gandia